MW01714720

# DÉDALE

DU MÊME AUTEUR

chez le même éditeur

FORTITUDE

*en collaboration avec Dominique Lapierre*

PARIS BRÛLE-T-IL?
... OU TU PORTERAS MON DEUIL
Ô JÉRUSALEM
CETTE NUIT LA LIBERTÉ
LE CINQUIÈME CAVALIER

LARRY COLLINS

# DÉDALE

*roman*

traduit de l'américain par Marie-Lise Hieaux-Heitzmann

ÉDITIONS ROBERT LAFFONT
PARIS

© Larry Collins, 1989
et Éditions Robert Laffont, S.A., Paris, 1989
pour les pays de langue française
ISBN 2-221-05275-7

*A mon père*

## *SOMMAIRE*

Au début du siècle, le savant espagnol Santiago Ramón y Cajal prédit que la plus belle réalisation de l'homme serait la conquête de son propre cerveau. Nous sommes parvenus au seuil de cette conquête. Un monde de merveilles et de mystères, d'espoirs et de promesses nous ouvre ses portes. Les découvertes qui nous y attendent constitueront pour la science un formidable bond en avant, rivalisant avec celles de l'atome et de l'espace. Mais nos conquêtes successives nous ont appris que chaque grand progrès accompli par l'homme a tiré dans son sillage un terrifiant potentiel de malheur. Le savoir n'est-il pas, par excellence, une boîte de Pandore?

*Première partie*

# « COMMENT DIABLE A-T-ELLE RÉUSSI UNE CHOSE PAREILLE? »

A 350 mètres au fond de l'Atlantique, à 317 milles nautiques au sud-est du Groenland, l'USS *Boston* avançait prudemment dans un océan de nuit perpétuelle, à la vitesse de 4 nœuds. C'était un SSN-688 de la classe Los Angeles, un sous-marin d'attaque « chasseur-tueur » à propulsion nucléaire, un des meilleurs et des plus récents de la marine américaine. De son poste de commandement, le pacha du sous-marin suivait sur la toile d'araignée verte de sa table traçante la très lente progression de son navire.

Depuis des heures, le *Boston* décrivait des cercles concentriques de plus en plus serrés autour du point central d'une zone baptisée Bravo. La présence du *Boston* dans cette zone contrevenait totalement à l'un des principes fondamentaux des sous-mariniers. Les ordres d'opération destinés à la flotte sous-marine en Atlantique ne laissaient planer aucun doute : la zone Bravo constituait un territoire vierge, une zone absolument interdite. C'était le sanctuaire, l'espace réservé de l'*Ohio*, un sous-marin nucléaire américain SNLE deux fois gros comme le *Boston* et lanceur de missiles Trident.

Pourtant, le *Boston* avait reçu l'ordre d'investir le cœur de la tanière de l'*Ohio* à son retour de New London après une opération spéciale. Cet ordre urgent, « pour exécution immédiate », émanait de COMSUBLANT, le commandant des sous-marins en Atlantique. Le nom de la mission, « opération Octail », avait été généré par ordinateur. Le commandant du *Boston* frémit d'inquiétude en l'étudiant.

Il devait sillonner les eaux autour de l'*Ohio* « afin de déterminer si oui ou non il était surveillé à son insu par des forces ennemies ».

Si tel était le cas, cette catastrophe aurait des conséquences incalculables. L'*Ohio* et les autres SNLE représentaient l'instrument vital de la politique américaine de dissuasion nucléaire, la seule arme atomique que nul traité de désarmement ne supprimerait jamais. Neutraliser l'*Ohio* et les autres sous-marins lance-missiles revenait à mettre les États-Unis à la merci du Kremlin.

Un sous-marin d'attaque soviétique rôdant dans les parages se verrait repéré et détruit par un missile en quelques minutes.

Le pacha du *Boston* savait que l'*Ohio* pouvait rester immobile ou se déplacer paresseusement à deux nœuds en décrivant des huit autour du centre de la zone Bravo. A 3 500 mètres au-dessous du niveau de la mer s'étendait un espace – une cavité – identifié sur les cartes sous-marines confidentielles sous le code C9357. Des années auparavant, plusieurs missions équipées de sonars en avaient examiné chaque centimètre carré. Les renseignements obtenus, introduits dans des ordinateurs Cray, avaient fourni une véritable cartothèque des fonds sous-marins de l'Atlantique aussi précise, aussi fiable qu'une carte topographique de la surface de la terre.

Une fois par jour, grâce à son sonar 3D, un système supplémentaire de repérage, l'*Ohio* confirmait sa position par rapport au centre de la cavité C9357. Dans l'éventualité d'une attaque nucléaire russe sur les États-Unis, et même si tous les satellites de navigation ainsi que son propre système par inertie se trouvaient hors d'usage, l'*Ohio* pouvait calculer sa position géographique par simple émission sonar vers la cavité. En faisant coïncider son système de guidage missile avec la position obtenue par son écho sonar, le commandant de l'*Ohio* pourrait alors lancer ses missiles sur des cibles situées au cœur de l'Union soviétique. Marge d'erreur maximale : 250 mètres. Cette faculté faisait de l'*Ohio* un élément vital de la politique de dissuasion américaine.

L'*Ohio* était tenu plus que tout autre à respecter la règle d'or des sous-mariniers : « Silence et discrétion. » Son objectif était de rester tapi dans son territoire et de ne pas se faire détecter – prendre selon leur expression – par les sous-marins ennemis.

*« Comment diable a-t-elle réussi un chose pareille? »*

A 30 nautiques du cœur de la zone Bravo, le *Boston* n'entretenait pas de contact sonar avec l'*Ohio*. Et l'*Ohio* ne pouvait non plus avoir repéré sa présence tandis qu'il décrivait sa circonférence. Le commandant ne l'ignorait pas.

– Sonar, dit le pacha. Ici le central Opérations. Quelque chose?

– Négatif, commandant.

C'était toujours la même réponse depuis le début de l'opération.

Le commandant se leva, s'étira et acheva sa sixième tasse de café de la journée avant de se décider à descendre dans la salle du sonar.

Le PC-ASM, poste central anti-sous-marin, était le centre nerveux de tout sous-marin moderne, ses oreilles, ses yeux – capables de percer les murs noirs et infinis de la mer. Au cœur de la pièce trônait un cadran de vingt centimètres de diamètre qui, guidé par l'opérateur sonar de service, contrôlait les hydrophones tubulaires longs de 2,50 mètres. Chaque hydrophone était orienté sur deux arcs de cercle entourant le sous-marin. Mais comme ses capteurs présentaient des angles morts, il subsistait toujours deux arcs silencieux pour chaque relèvement. L'opérateur sonar pouvait balayer les mers entourant le *Boston* en sondant successivement chacun de ses hydrophones; il offrait la faculté de poursuivre un seul bruit en se fixant sur un des hydrophones; il pouvait aller et venir entre deux contacts sonar situés en des points opposés du sous-marin. Pour le moment, le *Boston* était à l'écoute. L'opérateur sonar se déplaçait lentement d'un hydrophone à l'autre, écoutant intensément chaque secteur avant de faire déplacer son cadran sur l'hydrophone suivant et sur un nouveau relèvement.

Santucci, l'opérateur en chef du sonar du *Boston* détenait le grade de maître principal. Il venait de Marblehead, dans le Massachusetts et avait passé dix-sept ans de sa vie dans des sous-marins à écouter la symphonie de la mer. C'était un véritable expert dans son domaine, une oreille d'or capable de distinguer en quelques dizaines de millisecondes le lent « bloup » d'un marsouin ou d'un dauphin, le cri aigu d'une baleine à bosse ou le gazouillis encore plus perçant d'une grande baleine blanche, le « honk honk » d'un phoque ou le crépitement d'un banc de crevettes. En principe, Santucci n'assurait pas les veilles sonar. Toutefois, quand le *Boston* était en alerte, ou en mission spéciale, comme ce jour-là, personne ne pouvait l'éloigner de sa console.

– Quelque chose? s'enquit le commandant en pénétrant dans le local ASM.

– Rien à signaler, commandant, répondit Santucci, à part un couple de baleines à bosse se déplaçant par notre travers tribord.

Le commandant hocha la tête. Assis à ses côtés, les écouteurs plaqués aux oreilles, se tenaient le second de Santucci et son enregistreur. Au-dessus du cadran, une pendule digitale affichait l'heure au centième de seconde près.

Au-dessous, l'ordinateur Cray clignotait, un petit joujou merveilleusement programmé de plusieurs millions de dollars. De chaque côté, des enregistreurs UNQ7. Des bandes 10 pouces enregistraient le moindre son perçu par les hydrophones et les transmettaient au Cray.

Aux oreilles d'or de Santucci, le seul son discordant était le son d'origine humaine. Mais surtout, Santucci et ses hydrophones traquaient la signature d'un sous-marin, ses empreintes digitales acoustiques, un véritable patrimoine génétique qui rendait chacun unique.

La tradition voulait que les empreintes provinssent du bruit émis par les pales de l'hélice. En réalité, elles représentaient la somme d'une série compliquée de bruits dont celui de l'hélice n'était qu'un élément.

Santucci et le pacha savaient que ces précieuses signatures avaient été obtenues par d'autres sous-marins américains au prix de risques considérables, car ils avaient dû se cacher dans les eaux territoriales soviétiques non loin de Mourmansk et de Vladivostok. Depuis leur cachette, ils « se pointaient » sur les sous-marins russes qui entraient et sortaient du port avec leur sonar passif BQR6. Ils enregistraient les bruits selon trois angles différents : bâbord, tribord et arrière. Toute une gamme de sons était saisie : ronflement de la centrale d'air conditionné, de la centrale de réfrigération, battement régulier des générateurs, ronronnement des turbines, bruit des pompes à eau renvoyant la vapeur du condensateur dans le réacteur nucléaire. Parfois, les centrales d'air conditionné étaient plus proches de la coque de quelques centimètres, modifiant ainsi le son produit. Ou bien un générateur émettait un bruit particulier comme certains moteurs d'automobiles.

L'amalgame de tous ces bruits constituait la signature du sous-marin. Et là, dans l'ordinateur Cray de Santucci, étaient stockées les signatures de chaque sous-marin de la marine soviétique. Grâce à elles, les quelques sons caractéristiques captés par ses hydrophones révéleraient au *Boston* non seulement la présence d'un sous-marin russe mais son identité, l'armement qu'il portait, et la menace potentielle qu'il signifiait pour le *Boston*.

– Je vais dans ma chambre mettre à jour ma paperasse, dit le pacha à Santucci. S'il y a quoi que ce soit, appelez-moi sur ma ligne directe.

Vingt minutes plus tard exactement, Santucci se redressa sur son siège, tout ouïe. Son enregistreur et son second le dévisagèrent. Ils n'avaient rien entendu. Santucci appuya sur son moniteur et rembobina la bande de l'un des enregistreurs UNQ7 dont il réécouta une demi-douzaine de fois la fin sur l'hydrophone nº 19. Enfin, son second perçut le bruit lourd et sourd, quasi inaudible, qui lui avait fait dresser l'oreille. Il le regarda, l'air interrogateur.

– Je sais une chose, grommela Santucci, ça n'est pas un poisson. Je crois que je vais attirer l'attention du pacha là-dessus.

Il pressa le bouton de la ligne directe reliée à la chambre du commandant.

– Commandant, dit-il, j'aimerais vous faire écouter quelque chose.

Le pacha fut là en quelques secondes. Il s'empara d'une paire d'écouteurs.

– Nous entendons ça sur le relèvement deux-sept-trois, expliqua Santucci en faisant repasser la bande son qui l'avait intrigué.

A son tour, le commandant l'écouta une demi-douzaine de fois.

– Qu'en pensez-vous? demanda-t-il à Santucci.

– En tout cas, commandant, ce n'est pas un bruit marin normal.

– Y a-t-il autre chose sur ce relèvement pour l'instant?

– Rien.

Les deux hommes écoutèrent attentivement l'hydrophone qui balayait le relèvement deux-sept-trois. On ne percevait qu'un mur de silence.

– Il me vient une idée folle, commandant.

– Laquelle? s'enquit le pacha qui savait pertinemment que les idées folles de son chef opérateur sonar l'étaient rarement.

– Peut-être, je dis bien peut-être, que quelqu'un a envoyé un sas d'éjection dans ce coin et qu'un des lests a cogné à la sortie.

Les sous-marins devaient éjecter périodiquement leurs ordures au moyen de sas semblables à des lance-torpilles. Les ordures étaient empaquetées dans des sacs lestés de poids de métal.

– J'aimerais avoir la permission de faire une recherche sur ce relèvement, commandant.

Le pacha réfléchit une seconde. Cela imposait de rompre le rythme de la ronde.

– D'accord, dit-il en appuyant déjà sur l'interphone. Poste de commande, ici le commandant. Par la gauche au deux-sept-trois.

La manœuvre fit pointer l'avant du *Boston* dans la direction du bruit perçu par Santucci. Les hydrophones les plus sensibles du sous-marin se trouvèrent dans l'axe du relèvement. Pendant plus d'une heure, le *Boston* progressa ainsi, ses hydrophones ne captant que le silence de la mer. Le commandant commençait à se demander combien de temps encore il pouvait se permettre de maintenir ce cap et s'il ne ferait pas mieux de reprendre une allure normale d'écoute quand Santucci se figea.

– Commandant, j'ai un contact très net à ce relèvement.

Le commandant saisit ses écouteurs. Après un moment, lui aussi entendit le bruit qui avait alerté Santucci. C'était un très faible bourdonnement.

– Je crois que nous tenons un sous-marin, dit Santucci.

Il se pencha en avant et mit en marche la bande magnétique UNQ7 dans le Cray. Au même instant, le pacha appela le poste de commande.

– Kiosque, ici le commandant. Réduisez à deux nœuds. Silence total. Branchez les écouteurs.

Comme le *Boston* arrivait sur le contact par l'avant, il était dans sa position la plus discrète. Mais le commandant ne voulait pas prendre le risque d'alerter le contact de sa présence.

– Le contact est immobile, dit Santucci. Je n'ai aucun bruit de propulsion.

Maintenant, les quatre hommes dans la salle du sonar avaient les yeux braqués sur le Cray auquel l'UNQ7 transmettait le son enregistré par le sonar. Soudain, une succession de lettres gris-vert apparut.

CLASSIFICATION INITIALE CLASSE SOUS-MARIN NOVEMBER NU-

*« Comment diable a-t-elle réussi un chose pareille? »*

MÉRO DE COQUE ENCORE INDÉTERMINÉ DEMANDONS RENSEIGNEMENTS SUPPLÉMENTAIRES POUR IDENTIFICATION DÉFINITIVE.

Un November désignait dans la marine l'un des meilleurs sous-marins nucléaires d'attaque soviétiques.

– Bon Dieu de merde! siffla le commandant. Je ne l'aurais jamais cru! Barre, stoppez les machines.

Chaque homme écoutait les bruits provenant des hydrophones. Santucci fut le premier à parler.

– Je perçois le bruit des pompes de refroidissement du réacteur, murmura-t-il.

– Est-ce le signe qu'il nous a repérés? s'enquit le commandant.

Santucci secoua la tête en signe de dénégation.

– Nous ne captons que les sons d'un seul générateur.

Si les Russes avaient utilisé deux générateurs, cela aurait probablement voulu dire qu'ils étaient en état d'alerte, et qu'ils avaient repéré la présence du *Boston*.

L'écran ordinateur clignota de nouveau.

– Ça y est, on le tient, dit Santucci en voyant s'afficher une nouvelle ligne sur l'écran.

IDENTIFICATION CONFIRMÉE CLASSE SOUS-MARIN NOVEMBER NUMÉRO DE COQUE S174.

Le commandant appuya sur l'interphone.

– Poste de commande, ici le commandant. November confirmé sur l'avant. Nous sommes dans ses haut-parleurs. Faites machine arrière très lentement jusqu'à ce que vous ayez mis encore quatre mille mètres entre nous.

Alors que le *Boston* reculait, hors de portée sonar du November, le pacha et l'équipe sonar regardaient l'écran, fascinés et horrifiés par le spectacle qui se présentait à eux. A son tour, le sous-marin d'attaque russe se rapprochait peu à peu, encerclant la position C9357, le centre de la zone Bravo. Dans l'ombre de l'*Ohio* il était capable, s'il en recevait l'ordre, de détruire en quelques minutes le sous-marin américain.

– Au temps pour les représailles nucléaires, remarqua, songeur, le commandant du *Boston*. Demandez à l'officier de trans de descendre immédiatement.

– Codez ceci et envoyez-le à COMSUBLANT par parachute d'éjection ordonna-t-il à l'officier en question. « Identification confirmée classe November numéro de coque S174 position 13 000 mètres relèvement zéro-neuf-zéro de la position C9357 de l'*Ohio* STOP semble filer *Ohio* STOP aucune indication qu'*Ohio* ait détecté sa présence STOP attendons ordres.

– Il va plutôt être secoué, COMSUBLANT, remarqua Santucci.

– Pas autant que moi, soupira le commandant. Comment diable COMSUBLANT a-t-il flairé qu'un navire russe pouvait naviguer dans le sillage de l'*Ohio*?

*

L'air sinistre, Art Bennington se regardait dans le miroir de sa salle de bains. Ce qu'il voyait ne lui plaisait guère. Il avait les yeux cernés et bouffis de trop de nuits agitées; il dormait très mal en ce moment. Il commençait à avoir un double menton et, sous ses pommettes, l'épiderme, moins ferme, évoquait une peau de tambour mal tendue. « Il faudrait peut-être que je m'offre un lifting », se disait-il. Mais comment se payer une opération de ce prix avec son salaire de la CIA? Les liftings, c'était bon pour les agents immobiliers et les avocats de divorce. Ses cheveux, il est vrai, étaient tellement épais qu'il avait du mal à y passer un peigne. Mais ils blanchissaient à vue d'œil. Et à en juger l'état de ses nerfs et de ses intestins, il aurait bientôt assez de pellicules pour remplir une machine à neige artificielle. Son nez avait été modifié tant de fois à la belle époque du football américain – joué sans masque – qu'une ancienne petite amie de chez Smith lui avait dit un jour: « Tu es si laid que tu en es presque mignon. »

Quel était, au juste, ce dicton? « Après cinquante ans, on commence à voir vos péchés sur votre visage. » Bon Dieu, si au moins il avait commis de vrais gros péchés, bien charnels, bien cochons, dont le souvenir l'eût consolé aujourd'hui de la tête que lui renvoyait son miroir.

Il retourna dans sa chambre et alluma la télévision sur CNN, la chaîne qui diffusait des infos vingt-quatre heures sur vingt-quatre. Il le faisait tous les matins, comme on se brosse les dents. Et, en bon savant spécialiste de l'étude du comportement, il savait que ce n'était par besoin d'avoir des nouvelles du monde mais par désir d'entendre une voix humaine dans ce deux-pièces affreusement triste, du mauvais côté de la 123, à Vienna, Virginie, à quelques kilomètres du centre de Washington.

Comme l'écran commençait à trembler, il remarqua sur sa table de nuit que le témoin rouge du lecteur de cassettes était encore allumé. Il rembobina la cassette et éteignit le lecteur. Cette hypnothérapeute de Tyson's Corner était une bénédiction du ciel. Qu'elle ait réussi à le débarrasser de sa manie de fumer deux paquets de cigarettes par jour, et cela en deux séances d'une demi-heure, ne le surprenait pas. Voilà des années qu'il explorait ce domaine pour la CIA. Il connaissait donc bien les pouvoirs et les limites de l'hypnose. Mais elle s'était montrée précieuse en l'aidant à calmer la rage obsessionnelle causée par son divorce, l'amertume provoquée par l'interminable procès puis le jugement, accablant. Désormais, il pouvait penser de temps en temps à Terri sans être pris d'une fureur incontrôlable. Elle habitait Wendover Court, sur Carriage Hill, côté chic de la 123, dans une maison coloniale de brique rouge qu'il avait achetée pour 275 000 dollars, en 1973. Il avait mis toutes ses économies dans le premier versement et s'était offert vingt ans de prêt hypothécaire à huit pour cent auprès de la Arlington Trust Company.

Elle valait bien un million de dollars, aujourd'hui, mais c'était perdu pour lui. L'avocate de sa femme, une garce de gouine surnommée la Hyène qui exerçait sa haine des hommes en les clouant au pilori en plein tribunal, s'était occupée de ça. Elle avait convaincu le juge de laisser la maison à Terri, son ex-femme, pour qu'elle abrite ses amours avec son dernier amant en date, un petit crétin de chez Hill et Knowlton, de quatre ans plus jeune qu'elle. Il se présentait pompeusement « conseiller en relations publiques. » En réalité, il vendait n'importe quelle potion magique fabriquée par un quelconque dictateur arabe ou asiatique ayant les moyens de payer *cash*.

Art secoua la tête. Son hypnothérapeute lui aurait dit que ce n'était pas avec de telles pensées qu'on entamait une bonne journée. Il le savait parfaitement. Il est vrai qu'il consacrait sa vie à l'étude du comportement étrange et fragile du psychisme humain. Et pourtant, quand il s'était aperçu qu'il était en train de se noyer dans l'océan de ses frustrations d'homme mûr, il avait dû trouver quelqu'un d'autre pour lui asséner ces évidences. Il avait envisagé d'aller voir le service du personnel afin d'entamer une série de rendez-vous du genre « déballez-moi-tout-ça » avec un psychanalyste de l'Agence, mais ce n'était pas ce qu'on pouvait appeler un choix stratégique positif dans la carrière d'un cadre supérieur de la CIA. Bennington était bien placé pour savoir que ce type d'initiative faisait immédiatement tinter les sonnettes d'alarme.

Quand il avait constaté qu'elle réussissait à l'empêcher de fumer, il s'était demandé s'il ne ferait pas mieux de persévérer avec cette hypnothérapeute plutôt qu'avec un psychanalyste. Une façon de garder secrets ses problèmes personnels; sans compter qu'il savait par son métier que l'hypnose profonde donnait souvent d'excellents résultats dans le domaine des comportements obsessionnels. Apparemment, c'était le cas pour lui.

Là-dessus, il se rendit dans le salon pour faire sa gymnastique. Un entraînement vigoureux : rien de tel quand on appartient à la CIA. En sueur, il regagna sa chambre, se pesa et jeta un nouveau regard dans la glace. Il pesait quatre-vingt-neuf kilos, exactement cinq de plus que lorsqu'il était trois-quarts au football américain à l'époque où il existait encore des joueurs pour tenir le choc soixante minutes. Il trouvait son corps beaucoup plus présentable que son visage. Ses exercices quotidiens lui confèrent un torse solide et musclé, des biceps bien marqués et des avant-bras costauds. Il avait bien un petit pneu Kronenbourg, mais rien en comparaison de certains de ses subordonnés à l'Agence. Et ils avaient vingt ans de moins!

Il se sentit meilleur moral. Cela dura jusqu'à ce qu'il s'assoie devant son petit déjeuner. Une bouillasse répugnante d'All-Bran dans un lait écrémé bleuâtre l'attendait, lui ôtant toute envie de manger. Quand je pense, se dit-il, au temps où le petit déjeuner était un véritable repas, et si exquis; des œufs brouillés, du bacon, des muffins grillés emplis de beurre fondant...

Il avait atteint l'âge où la vie n'est faite que de contraintes et l'expression « fini le... » semblait la plus positive de son vocabulaire. Fini le beurre, fini les œufs, fini les énormes steaks bleus.

Cholestérol. Fini la mousse au chocolat, la tarte aux noix avec de la glace à la vanille dessus. Triglycérides. Répudiés, ces repas mexicains si épicés qui transforment les Tequila Rose en vapeur dans l'estomac. Un seul de ces cocktails et vous voilà avec des hémorroïdes pour des semaines. Fini ces martinis-dry si froids que vous vous mordiez la langue à la première gorgée; fini les Johnnie Walker étiquette noire, dans lesquels dansaient les glaçons et le zeste de citron. Prenez plutôt un Perrier rondelle, c'est meilleur pour le foie. Fumez, et vous risquez d'être battu à mort par une horde d'écolos bien avant que le cancer ne vous frappe. Fini le sexe. SIDA.

Bon Dieu, se dit-il en s'obligeant à avaler une dernière cuillerée de ce petit déjeuner médicamenteux à haute teneur en fibres, mais qu'est-ce qui vous reste à cinquante balais?

En tout cas, songeait-il en faisant sa petite vaisselle, le divorce l'avait transformé en véritable perle domestique.

Sa nouvelle demeure de célibataire était un appartement loué dans la résidence Park Terrace, série d'immeubles en L à trois étages, avec quatre entrées et deux appartements identiques par étage. Le tout était conçu avec un manque d'imagination tellement ahurissant que les soirs de cuite on risquait de se glisser par erreur dans le lit de la voisine. L'appartement de Bennington était doté d'une terrasse de trois mètres carrés qui lui permettait une vue imprenable sur les salons des voisins, revendeurs de voitures d'occasion, programmeurs informatique et gérants de pizzerias, engeance qu'il évitait avec soin. Un peu par snobisme, un peu parce que travailler pour la CIA vous apprenait vite à choisir vos fréquentations.

Il s'aperçut qu'il était grand temps d'enfiler son vieux blazer de chez Hawes & Curtis de Savile Row. Cette loque avait au moins vingt-cinq ans. C'était un peu son uniforme, et il se rappelait toujours avec plaisir le jour où il l'avait commandée, au début des années soixante, quand les anciens de l'OSS d'Allan Dulles dominaient encore la CIA et que tout ce qui était british était beautiful. A cette époque aussi, être officier de la CIA était une question de fierté. On vous admirait, on vous enviait même. D'Arcy Watt, son homologue au MI-6, l'avait emmené chez Hawes & Curtis après un déjeuner au White's et l'avait présenté au vieux M. Winterbotham qui, à en croire Watt, était le tailleur du prince Philip et de Dicky Mountbatten. Dans les années soixante, le salaire d'un officier de la CIA lui permettait de s'offrir le luxe occasionnel d'un blazer comme celui-là ou d'une demi-douzaine de chemises de chez Turnbull & Asser. Maintenant, quand vous aviez besoin d'une chemise neuve, il fallait attendre l'anniversaire de George Washington et les soldes chez K Mart.

Il y avait pire, songea Bennington. Il était SIS-4, haut placé dans le Renseignement, seulement deux grades en dessous des 6, les directeurs adjoints, qui n'étaient que quatre. Il gagnait 72 000 dollars par an après plus de trente-cinq années au service de la nation. C'était le salaire maximum offert par le gouvernement à ses ambassadeurs de carrière, ses généraux quatre étoiles, et aux directeurs des instituts nationaux de la Santé. Soixante-douze mille billets verts et de grandes chances de pouvoir gagner un bonus de 20 000 dollars tous les deux ou trois ans au lieu des 10 000 annuels octroyés d'ordinaire aux officiers du Renseignement de son grade.

Shearson Lehman Hutton et Goldman Sachs donnaient plus que cela comme premier salaire à des gamins frais émoulus de Harvard, et que faisaient-ils pour la communauté? Les fusions et les rachats qu'ils élaboraient mettaient au chômage des ouvriers de l'acier à Youngstown et des OS à Peoria.

Bennington s'avisa qu'en ce matin de printemps, la totalité de ses dettes s'élevait à un remboursement de prêt hypothécaire de 1 615 dollars par mois pour une maison qui ne lui appartenait plus et que la totalité de ses avoirs se composait de son plan de retraite de la CIA d'un montant de 23 275 dollars en actions diverses chez Thomnson McKinnon et de 13 750 dollars en bons d'épargne Credit Union de la CIA. Tel était l'état de ses finances au bout de trente-cinq ans de service dans un des secteurs les plus élitistes – voire le plus élitiste – du gouvernement américain.

Pourtant, on ne l'avait pas enrôlé de force à la CIA. Il se rappelait le jour de son recrutement. Il sortait d'une garde de vingt-quatre heures. Son internat au Columbia Presbyterian touchait à sa fin. Il avait reçu un coup de fil du Dr Pinckney Arledge, son professeur de neurologie. Celui-ci lui avait expliqué qu'un de ses amis de Washington cherchait un jeune neurologue avec d'excellentes connaissances en pharmacologie. Flatté, Bennington était parti déjeuner avec le visiteur au Dom's Sub and Pizza, lieu fréquenté assidûment par les étudiants de l'autre côté de Colombus Avenue. Trois gorgées de café, une bouchée d'œufs brouillés, et Bennington avait déjà compris que l'homme appartenait à la CIA. Lequel savait qu'il savait. Mais il n'en fut pas question. Le visiteur rappela à Bennington que deux ans de service militaire obligatoire à faire des accouchements à Camp Gordon ou à examiner des hernies à Fort Riley, dans le Kansas, n'ajouteraient pas grand-chose à son expérience.

Il lui suggérait une solution qui lui permettrait de travailler dans son domaine, le cerveau, et de se rendre très, très utile à la nation. Nommé capitaine, il aurait une solde d'officier, mais ne serait jamais tenu à vivre dans un baraquement de l'armée ou à mettre un uniforme.

Bennington avait sauté sur l'occasion. Pour accréditer sa couverture, on lui avait affecté une unité bidon, l'Unité de liaison médicale 219 de l'armée américaine, ainsi qu'un bureau bidon avec un numéro de téléphone qui sonnait au Pentagone. En fait, sa carrière à la CIA commença dans une organisation si minuscule, si secrète, si ésotérique que son nom n'apparaissait même pas sur les documents les plus secrets. C'était une branche de la TSD, Direction des services techniques, sous-direction aux plans, ou services clandestins. Leur job consistait à fournir aux hommes de terrain ce qui se faisait de mieux en matière de matériel. Cela allait du silencieux à l'attaché-case muni d'un compartiment secret si soigneusement dissimulé qu'il échappait à toute fouille.

Le premier jour, l'homme l'emmena déjeuner dans une petite auberge en pleine campagne à une trentaine de kilomètres. Tout en dégustant un Martini, il avait déposé sur les épaules de Bennington un fardeau de connaissances qui modifia le cours de son existence.

Les plus hauts échelons du gouvernement américain, jusqu'au président Eisenhower, étaient convaincus que les Soviétiques et les Chinois avaient mis au point des techniques pour modifier le comportement humain. Les États-Unis ne comprenaient ni ne possédaient ces techniques. Les preuves étaient partout : l'aspect drogué des victimes de procès spectacles comme celui du cardinal Mindszenty ou des prisonniers américains en Corée qui avaient subi un lavage de cerveau. La mission de leur minuscule unité consistait à déterminer comment on pouvait modifier le comportement d'un individu sans que cela fût perceptible. Les enjeux étaient considérables. La survie de la nation était en cause.

– La partie est rude, avait prévenu son nouveau patron. Faute de mieux, nous parlerons de médecine maléfique. Dans un but défensif, bien sûr, pas offensif. Mais il faut regarder la réalité en face : nous avons affaire à des applications non conventionnelles et inacceptables de la science.

Les noms de code de la multitude de projets traités par la branche étaient aussi innocents que les projets semblaient inquiétants. Il y avait, entre autres, OISEAU BLEU, « recherche d'individus dotés de grandes capacités de perception extrasensorielle afin de déterminer si de tels dons peuvent s'appliquer aux problèmes pratiques du renseignement ». Il y avait la recherche d'une drogue qu'on pouvait verser dans le verre d'un transfuge hésitant pour lui donner pendant dix minutes assez de couilles pour faire le saut. On avait passé des années à essayer de trouver le moyen de faire absorber plus rapidement l'alcool dans le sang. Quel bonheur pour les agents obligés de passer la nuit à boire en compagnie de candidats à la désertion pour les aider à éliminer leurs doutes, ou à débriefer des agents inquiets dans quelque maison sûre. Comment mettre au point une substance capable de provoquer une amnésie temporaire ? Rendre un individu plus sensible à l'hypnose ? Transformer un chef politique ennemi comme Nasser, par exemple, en radoteur au langage décousu, afin de l'humilier ou de le déshonorer en pleine manifestation ?

On avait effectué des études sur l'implantation d'électrodes dans des cerveaux animaux, sur l'effet d'un signal radio. Réagiraient-ils ? On avait localisé un « bouton bonheur » dans le cerveau du rat : sa stimulation déclenchait une sensation d'intense euphorie. Si on plaçait une électrode dans ce « bouton bonheur » afin qu'elle capte une minuscule charge électrique depuis un barreau placé au-dessus de sa cage, le rat ne mangeait plus, ne buvait plus, et n'avait même plus d'appétit sexuel. Il ne faisait que se taper la tête contre le barreau jusqu'à ce qu'il meure – un rat heureux, mais un rat mort.

On avait greffé une électrode dans le cerveau d'un pigeon avant de le guider par radio jusqu'à la fenêtre d'une maison sûre du KGB dans le XVIe arrondissement de Paris. Le pigeon avait planté sur le rebord un émetteur radio de la taille d'un dé. Pendant des mois, il avait retransmis les conversations qui se déroulaient dans la pièce jusqu'à un poste d'écoute situé non loin de là.

Leur plus joli succès avait été un âne dans le cerveau duquel on avait introduit une antenne, un récepteur et un amplificateur. Un signal minime de cinq microampères était transmis au cerveau de l'âne par l'intermédiaire de l'hypothalamus. Cela le rendait euphorique. Au Nouveau-Mexique, l'âne avait retrouvé son point de départ distant de 600 mètres par l'utilisation de la technique pavlovienne de la carotte et du bâton : un petit coup de bonheur quand il était sur la bonne route, le silence quand il s'écartait du chemin.

Plus tard, bien plus tard, quand Frank Church et son comité du Sénat s'étaient attaqués à la CIA, Bennington avait fait partie des boucs émissaires choisis par le QG de la CIA pour apaiser la crise de moralité à retardement de Church, causée par son désir obsessionnel de devenir président des États-Unis. Church en avait fait une sorte de Docteur Folamour à la suite des expériences de l'Agence sur le LSD, travaux qu'ils avaient en réalité effectués sur ordre de la Maison-Blanche. Par-dessus le marché, ces recherches ne représentaient même pas cinq pour cent de leurs études sur les moyens de modifier le comportement.

Bennington se regarda dans le miroir. Pas mal, se dit-il, après tant d'années passées à mettre cette vieille machine à contribution. Il s'inquiétait beaucoup de son apparence, ce qui, somme toute, était une bonne chose. Un peu de vanité était sûrement plus efficace que le lifting inabordable dont il ne voulait de toute façon pour rien au monde.

Il tâta ses poches pour s'assurer qu'il n'oubliait rien. Docteur Folamour, rumina-t-il, furieux. L'évocation de ces jours-là le fichait toujours en boule. En tout cas, ni le comité Church ni le comité du Congrès ne pouvaient lui ôter son titre de docteur, même s'il n'avait jamais exercé ni posé sa plaque. Il le regrettait à l'occasion, quand il voyait le neurochirurgien du coin descendre George Washington Parkway dans sa Mercedes gris métallisé tout en bavardant sur son téléphone avec ses hommes d'affaires et en réglant les problèmes liés à son appartement d'Aspen, dans les Rocheuses, et à sa villa à Lyford Cay, aux Caraïbes. La vie était une question de choix. Il avait fait le sien quand ils étaient venus le trouver au bout de ses deux ans de service à la CIA pour lui demander de renoncer à sa volonté de devenir un grand neurochirurgien.

En contrepartie, ils lui offraient la possibilité de passer sa vie en première ligne du secteur de recherche le plus stimulant et le plus important; d'avoir accès aux meilleurs cerveaux et aux meilleures techniques; de contrôler des ressources financières bien supérieures à celles dont rêveraient les meilleures fondations pour la recherche médicale.

Comme presque tout dans la vie, c'était un marché. Il ne mettrait peut-être jamais les pieds à Lyford Cay, mais il dirigeait la division des sciences du comportement de la direction S & T – Science et Technologie – de la CIA, avec trois cent cinquante employés sous ses ordres et un budget de 75 millions de dollars. Son métier consistait à étudier le plus mystérieux, le plus stimulant, la plus importante des questions: le comportement humain sous tous ses aspects. Bien sûr, il conduisait une Volvo de quinze ans que le juge, dans sa très haute bienveillance, avait bien voulu lui laisser après lui avoir pris sa maison; mais il était à la pointe du progrès, au cœur des développements scientifiques vitaux de son temps. Finalement, c'était pour cela qu'il était entré à la CIA, et qu'il y était resté, en dépit des tribulations des années soixante-dix. Et malgré le ras-le-bol qu'il ressentait à l'occasion, il appartenait toujours à la CIA en ce matin de printemps, et toujours avec la même satisfaction.

Il sortit de chez lui. Sur le point de refermer la porte, il s'arrêta, rentra à nouveau, prit son sac poubelle, le noua et revint sur ses pas. On pouvait être chef de la division des sciences du comportement de l'agence de renseignements la plus importante du monde et descendre les poubelles.

*

Un dossier bleu « top secret » rayé de diagonales rouge et noir à la main, l'officier de renseignement de la flotte sous-marine américaine de l'Atlantique avança jusqu'au bureau de l'amiral commandant la flotte à Norfolk, Virginie. L'amiral ne leva même pas les yeux du rapport qu'il étudiait.

– Qu'y a-t-il? demanda-t-il avec une impatience marquée.

– Les derniers rapports de l'opération COQUILLAGE viennent d'arriver, amiral, répondit l'officier, un capitaine de corvette.

L'amiral releva brusquement la tête. Bien qu'à contrecœur, toute son attention se reporta sur son officier.

– Alors?

– Très semblables à ceux que nous avons reçus dans le passé, amiral. Comme toujours, la CIA nous a transmis douze coordonnées. Onze n'ont rien donné. Mais la douzième a été un désastre. Le *Boston* a trouvé un November en train de filer l'*Ohio*.

– Quoi? s'exclama l'amiral dont les sourcils broussailleux se froncèrent. C'est impossible!

– Il y a pire, l'*Ohio* ne savait même pas qu'il était là.

L'amiral frappa du poing sur la table.

– D'où l'Agence tient-elle ces coordonnées, nom de Dieu?

– Je ne sais pas, amiral. L'Agence ne souffle mot. Mais je parierais volontiers qu'ils ont une nouvelle taupe au sein du Haut-Commandement de la marine soviétique et qu'ils tentent d'évaluer la teneur de ses informations.

– Combien de coordonnées nous ont-ils fournies?

– COQUILLAGE a commencé il y a sept semaines, amiral. Quatre-vingt-quatre coordonnées. C'est la troisième qui soit correcte.

– Bizarre. Comment leur espion peut-il se tromper aussi souvent et mettre brusquement dans le mille?

– Je ne saurais dire, amiral. C'est pour le moins surprenant.

L'amiral réfléchit un moment.

– Dites aux Opérations de ramener l'*Ohio* à Norfolk et de le programmer pour une nouvelle planque. Bon sang de bois, pourquoi n'a-t-il pas repéré ce November?

– Ce doit être un de ces navires équipés des nouvelles pales Toshiba.

– Foutus Japonais! Alertez tous les SNLE en mer qu'ils ont peut-être un sous-marin soviétique aux fesses.

– Bien, amiral.

– Et quand vous enverrez ces données à Langley, dites-leur de poursuivre le programme, pour l'amour du ciel!

*

En contemplant les deux colonnes de béton blanc qui s'élèvent comme une paire d'ailes de chaque côté de l'entrée principale de la CIA, Art Bennington ne put s'empêcher d'imaginer quelque grotesque oiseau préhistorique égaré en Virginie. Comme la moitié de ceux qui arrivaient à la CIA ce matin-là, d'ailleurs. Le déroulement de leur carrière s'accomplissait sous le regard vide du saint patron de bronze de la CIA, Nathan Hale, l'officier espion révolutionnaire, dont la statue, érigée sur ordre d'Allan Dulles, montait la garde à côté de l'entrée principale. Le nœud coulant drapé avec grâce autour de son cou, les lèvres de Hale semblaient figées sur cette phrase immortelle: « Mon seul regret est de n'avoir qu'une vie à donner pour mon pays. »

Noble sentiment, aimait à remarquer Bennington, qui eût été plus noble encore sans les multiples raisons historiques qui conduisaient à douter que Hale l'eût jamais prononcée. Une fois dans l'immense hall de marbre, Bennington se retrouva face à la deuxième trouvaille de l'Agence, qui ne cessait de le réjouir. C'était une inscription gravée au-dessus de l'entrée, extraite de saint Jean: « Et la vérité te rendra libre. »

Chaque fois qu'il la voyait, il pensait aux mots inscrits aux portes du ministère espagnol de l'Information sous le règne de Franco : « Notre mission est de transmettre la vérité au peuple espagnol. » Pour illustrer la façon idéale de propager la vérité, le pouvoir avait fait graver une fresque murale représentant l'Annonce faite à Marie par l'Ange Gabriel.

Pour Bennington, c'était un assez bon exemple de la considération que les agences de renseignement, CIA comprise, portaient à la vérité. Il sortit sa carte d'identité magnétique de son portefeuille et la glissa dans la fente d'un des tourniquets de l'entrée réservée aux employés. Sa principale caractéristique était de ne porter aucune mention de la CIA. Un visiteur pouvait croire qu'il s'agissait d'une carte de parking ou de crédit.

Quand le contact se fit avec la machine, un petit écran ordinateur s'alluma sur le devant du tourniquet. Bennington composa son code personnel – quatre chiffres et deux lettres – sur le clavier placé au-dessous. Le tourniquet s'ouvrit pour le laisser passer. Ce système était censé présenter le *nec plus ultra* en matière de sécurité. Il offrait aussi l'avantage, ainsi que l'idée en était venue à Bennington et à beaucoup d'autres, de fournir à Big Brother le détail précis des mouvements quotidiens d'un groupe d'hommes et de femmes qui aurait poussé un tollé d'indignation à la seule suggestion d'installer une pointeuse.

Le bureau de Bennington se situait dans l'aile C du cinquième étage, zone qui abritait les divisions clefs de la direction Science et Technologie. A l'instar de toute bureaucratie éléphantesque, l'Agence possédait ses distinctions subtiles et son ordre hiérarchique officieux. Les joyaux de la couronne – les officiers de renseignement que les directeurs aimaient sortir de temps à autre de leur écrin pour les envoyer faire des conférences en ville – occupaient la direction des Opérations, le coin « affaires clandestines » de la maison. Si vous en produisiez un à une réunion, les gens étaient tout de suite intéressés, les projets autorisés, les budgets acceptés. Les intellectuels, menés par un groupe de cadres qu'on appelait le Collège des cardinaux, sévissaient dans la division Recherche et Analyse, branche responsable des statistiques nationales et du résumé « Le Monde aujourd'hui », déposé chaque matin sur le bureau du président.

L'élite tendait à se rassembler dans la vieille division de James Jesus Angleton, celle du contre-espionnage. Sans avoir l'air menaçant· ni afficher la nature extravertie des clandestins, ils pensaient fermement que leur job était le plus important de l'Agence.

Les cinglés, les non-conformistes à l'esprit créatif appartenaient à la direction S & T de Bennington. Il en avait toujours été ainsi. Les bureaucraties gouvernementales, qu'il s'agisse du Pentagone ou du Bureau des affaires indiennes, récompensaient ceux qui apprenaient à garer leurs fesses, ne commettaient jamais d'erreurs et se montraient imperméables à toute notion de risque.

Cela n'avait jamais été l'attitude de l'Agence. Là, la haute direction était prête à envisager toute idée un peu nouvelle, même si elle paraissait saugrenue de prime abord. A Langley, l'on pouvait émettre une pensée originale sans devenir la risée de tous. L'Agence était fière d'être toujours prête à prendre des risques – encore que la direction ne fût pas toujours là pour vous soutenir en cas d'erreur. Bennington l'avait appris à ses dépens. Il régnait sur une division aussi peu orthodoxe que les autres; à l'instar de l'Église de Rome, la CIA avait le don de s'adapter et n'hésitait jamais à modifier la hiérarchie de ses valeurs en fonction des circonstances.

Lorsqu'il longeait les murs du bâtiment, il y avait toujours quelqu'un pour montrer Bennington du doigt après avoir poussé du coude un petit nouveau à l'Agence, et murmurer: « Regarde, c'est ce vieux Dr Bennington, le type qu'on a passé sur le gril du temps du comité Church à cause de cette histoire de LSD, tu te rappelles? » Ou alors, selon les convictions politiques: « Eh, regarde, c'est le fameux Bennington, l'homme qui a dit à Colby d'aller se faire foutre. »

Depuis longtemps, Bennington avait accepté son rôle de franc-tireur; il était le pécheur repenti que les vieux de la vieille aimaient désigner aux petits jeunes comme l'exemple de la bonne volonté de la CIA, laquelle n'hésitait pas à rappeler ses fils prodigues et à leur pardonner.

– Salut, trésor, dit-il en ouvrant la porte de la suite que formaient ses bureaux.

*« Comment diable a-t-elle réussi un chose pareille? »*

Il s'adressait à son assistante, une diplômée de Vassar, intelligente et dévouée, de presque quarante-cinq ans et pour laquelle l'Agence serait probablement le seul mari. A l'Agence, on ne parlait jamais de secrétaires, mais d'assistantes du renseignement, et c'était justice. Beaucoup avaient accès à bien des secrets ignorés par le directeur.

– Eh bien! On dirait que nous sommes de charmante humeur, ce matin! s'exclama-t-elle.

– Vous rigolez! répondit Bennington en jetant son *Washington Post* sur un classeur à dossiers. Je ne suis même pas capable de me rappeler la dernière fois que je suis arrivé de bonne humeur dans cette maison de fous.

Ann Stoddard, l'assistante de renseignement, le suivit dans son bureau, un parapheur à la main.

– Attendez, je m'en souviens, dit-elle en relevant le menton comme pour lire la réponse au plafond. Le jour où Bill Colby s'est fait virer.

Bennington émit un son qui aurait aussi bien pu passer pour un grognement que pour un rire, puis saisit le parapheur. Il contenait ses « priorités » : messages urgents ou câbles concernant ses projets ou nouvelles d'un développement surprenant dans les domaines qui relevaient de la Division des sciences du comportement. Elle avait pour mission de surveiller les domaines ayant trait à l'esprit humain : fonctionnement, méthodes d'approche, influence sur le comportement, modifications et contrôles possibles. C'était sans doute la zone d'intervention de l'Agence la plus truffée d'incertitudes, de mines et de pièges parfaitement légaux. Il arrivait que les équipes de Bennington travaillent et parlent directement avec les chercheurs impliqués. Plus souvent, ils traitaient indirectement avec eux, sous le couvert d'organismes conçus pour dissimuler l'intérêt que l'Agence portait à ce sujet.

Ils avaient travaillé avec des neurologues du Michigan qui utilisaient des fréquences radio qu'ils faisaient passer à travers le cerveau d'un individu pour les recapter à leur sortie. L'idée consistait à trouver le moyen de déchiffrer l'état émotionnel d'un homme à son insu. Un négociateur assis de l'autre côté de la table pouvait obtenir une indication de ce qu'éprouvait son rival, jouissant ainsi d'une immense marge de manœuvre. Dans un autre projet, sa division avait mis au point des écouteurs qui n'attendaient que d'être installés par exemple dans un 747 d'Iberia transportant Fidel Castro de La Havane à Madrid. Si le Cubain les mettait pour regarder le film, il les abandonnait en quittant l'avion où ils seraient récupérés par l'Agence. Bennington obtiendrait alors une représentation des fonctions cardio-vasculaires de Castro aussi parfaite que le meilleur des électrocardiogrammes.

L'équipe de Bennington avait également conçu un petit appareil qui se logeait dans un poste de télévision et pouvait enregistrer à distance, pendant que Castro regardait *Kojak,* sa pression artérielle, son rythme cadiaque, son pouls, tous les indicateurs potentiels de son état émotionnel. Et ce n'était pas tout. Supposons que Yasser Arafat ait décidé de venir aux Nations unies et qu'on ait dissimulé l'appareil dans le poste de télévision de sa chambre d'hôtel. Quand il revient dans sa chambre le soir et allume la télé pour voir le dernier journal télévisé, ce petit engin peut servir à enregistrer tous ses paramètres vitaux, mais aussi à lui envoyer une onde électromagnétique indécelable pour agir sur ses émotions en modifiant son rythme cardiaque : une accélération engendrerait une sensation de stress et d'angoisse; un ralentissement le plongerait dans un état léthargique.

Les subalternes de Bennington craignaient qu'un jour on soit capable de concevoir un appareil similaire au leur à des fins criminelles. Une micro-onde parfaitement calculée, de faible puissance mais de fréquence extrêmement précise, pourrait provoquer un arrêt du cœur. Rien ne permettrait de déceler la cause artificielle du décès de la victime.

Et puis il y avait cette femme, en Californie. Elle faisait des expériences sur les Extrêmement Basses Fréquences – EBF – électromagnétiques – similaires à celles qu'utilisait la marine pour communiquer avec les sous-marins – et sur leur capacité à influer sur les émotions.

– Donnez-moi trois mois, et suffisamment d'argent, avait-elle dit à l'un de ses subordonnés, et je modifierai le comportement de quatre-vingts pour cent des habitants de cette ville.

*« Comment diable a-t-elle réussi un chose pareille? »*

Elle faisait allusion à la petite ville où elle résidait, dans la région de la baie de San Francisco.

– Et ils ne le sauront même pas, poursuivit-elle. Je les rendrai heureux – tout du moins je leur ferai croire qu'ils le sont – ou agressifs.

Une injonction à laquelle l'Agence ne se serait pas pliée pour un empire, surtout pas depuis le comité Church. De plus, les idées de la femme apparaissaient à certains comme teintées de charlatanisme. Elle aimait par exemple évoquer la « Fréquence aphrodisiaque » qu'elle avait découverte en dessous de 9.41 hertz. Branchez un homme dessus, plaisantait-elle, il vous honorera la nuit entière. De telles suggestions conduisaient les savants à pousser de hauts cris à la seule mention de son nom. Mais Bennington leur rappelait volontiers que la femme en question était docteur en physique nucléaire; son diplôme californien était accroché au-dessus de son bureau. Et l'Institut technologique de Californie – Cal Tech – ne vous refilait pas ce genre de documents avec la note du blanchisseur. Sans compter que maints progrès scientifiques vitaux avaient été accomplis par des hommes et des femmes qui n'avaient pas hésité à défier la sagesse scientifique bien conventionnelle de leur époque. Rien, aimait à répéter Bennington, n'était plus hostile au progrès scientifique qu'un esprit obtus. D'ailleurs, il avait accroché dans son bureau ce qu'il considérait comme la parfaite illustration des dangers d'un esprit étroit. C'était une déclaration encadrée de l'amiral William Leahy, le conseiller naval du président Roosevelt pendant la Seconde Guerre mondiale.

« Le projet de bombe atomique est le plus stupide dans lequel notre pays se soit jamais lancé. Elle n'explosera jamais. Foi d'expert en explosifs. »

Comme l'indiquaient les éléments de ses « Priorités », on dérivait, songeait Bennington, vers un monde mystérieux, complexe, parfois terrifiant. Rien que dans l'étude du cerveau, on avait accompli des progrès avec une croissance quasi exponentielle au cours des années quatre-vingt. De nouvelles technologies ouvraient des possibilités d'exploration du cerveau auxquelles on n'aurait pas songé il y a dix ans, et inconcevables du temps de ses études de médecine. On soulevait désormais mille questions sur la façon dont il pourrait subir l'influence de champs magnétiques, d'ondes électromagnétiques, sur le processus électrochimique de son fonctionnement, sur la faculté d'agir de l'extérieur sur ce processus. Bennington plaisantait souvent à l'idée qu'une partie des travaux de sa division était tellement top secret que même le classement secret demeurait secret.

Il s'apprêtait à se consacrer à ses priorités quand son adjoint, Pete Bancroft, un homme de quarante-deux ans qui avait eu son doctorat à Carnegie, entra dans son bureau. Bancroft referma la porte et s'y appuya, les bras croisés sur la poitrine. Il semblait terriblement agité.

– Art, dit-il, tu ne croiras jamais ce que j'ai là.

– Pete, j'ai laissé mes croyances au parking. Ici, je ne crois pas, j'évalue.

– Elle a remis ça.

– Qui a remis quoi ?

– Cette femme, Ann Robins, la psi de New York. Les rapports de l'opération COQUILLAGE arrivent juste de Norforlk. Ils sont tout bonnement incroyables. Non seulement elle a encore donné avec exactitude l'emplacement du sous-marin, mais ce satané truc était au même endroit que l'*Ohio*, un de nos SNLE, et l'*Ohio* ne le savait même pas. Ils sont déchaînés, à la marine.

– Et les autres ?

– Rien. Absolument rien. Tiens, voilà le topo.

Il tendit un télex à Bennington.

– Tu parlais de tes croyances, Art, dit-il tandis que Bennington lisait rapidement le télex. Ça fait trois fois sur sept qu'elle repère l'emplacement d'un sous-marin, au milieu de ces milliers de kilomètres carrés d'océan, nom de Dieu. Tu sais ce qu'ils m'ont dit en bas, aux statistiques ? Sa probabilité de réussite était d'une chance sur vingt-sept millions.

L'adjoint était tellement incrédule qu'il détachait chaque syllabe.

– Comment diable a-t-elle réussi une chose pareille, Art ?

– Mon vieux, si on pouvait répondre à cette question, on aurait le prix Nobel – même si les Suédois avaient découvert qu'on travaille pour la CIA.

*« Comment diable a-t-elle réussi un chose pareille? »*

Bennington marcha jusqu'à la fenêtre. Il posa les yeux sur le champ fraîchement tondu qui descendait jusqu'au massif de bouleaux et de cornouillers en fleur dissimulant en partie la cicatrice que faisait la clôture électrique autour de l'Agence. L'opération COQUILLAGE. Ann Robbins. COQUILLAGE était une semi-priorité, un projet à petit budget, encore une preuve de l'intérêt que la CIA marquait depuis quarante ans pour la PES, la perception extrasensorielle. Ils avaient sélectionné douze psi, sept hommes et cinq femmes, réputés les meilleurs du pays, pour une étude sur dix semaines. Évidemment, aucun ne soupçonnait l'influence de la CIA. On leur avait fait croire qu'ils avaient été engagés pour un programme de recherche de la marine. Chaque semaine, on remettait à chacun d'eux les photographies d'un sous-marin soviétique et de son commandant. Puis on lui demandait de le situer dans l'immensité des océans.

Aux yeux de toute personne rationnelle, cela aurait semblé un exercice grotesque, l'exemple type de la façon dont le gouvernement jetait par la fenêtre l'argent des contribuables. A ceci près qu'un peu plus de dix ans auparavant, l'Agence avait découvert un individu qui jouissait de l'étrange pouvoir de faire exactement ce que ce programme demandait à ces douze psi. Depuis lors, ils recherchaient assidûment toute personne douée du même pouvoir. Enfin, grâce à COQUILLAGE, ils l'avaient apparemment trouvé.

– Il reste trois essais à faire, exact? demanda Bennington à son adjoint.

– Ouais.

– Bon, alors on continue comme prévu. S'il y a une chose que je veux éviter, c'est de faire des vagues. Assure-toi qu'ils ferment leur bec à Norfolk.

– Pas de problème. Ils sont persuadés qu'on a une nouvelle taupe au Kremlin.

– Tu imagines la tête du chef des opérations navales s'il découvrait d'où nous tenons ces renseignements? pouffa Bennington.

– Il faudra bien que tu lui dises un jour, toubib.

– Pas question.

– Comment cela?

Le visage de Bennington s'éclaira de ce qu'il appelait volontiers son sourire de chrétien indulgent.

– Pete, un garçon intelligent comme toi n'a tout de même pas pu penser un seul instant que ce petit projet était destiné à mettre au point un nouveau système de repérage des sous-marins soviétiques!

– Ça m'a effleuré comme une vague possibilité, si.

– C'est exclu. La marine américaine ne se fiera jamais, jamais, tu entends, au monde parapsychologique, même si ça lui permettait de localiser quatre-vingt-dix-neuf sous-marins sur cent. Et elle a parfaitement raison.

– Alors pourquoi se lancer dans cette série d'exercices?

– Pour nous. Pour mettre la main sur quelqu'un qui peut faire ce genre de choses. Trouver des sous-marins, ou n'importe quoi, avec un bon pourcentage de réussite.

– Alors on dirait que tu as dégotté cet énergumène, remarqua Bancroft dans un petit mouvement de tête qui lui donnait l'air de chasser des pensées qu'un diplômé de Carnegie n'aurait pas dû formuler. Mais il faut que je t'avoue une chose. Je me sens exactement comme le mec qui a dit: «Je ne croirai jamais un mot de cette histoire, même si elle est vraie.» Que vas-tu faire avec cette femme?

Bennington contempla son bureau un instant.

– Je vais la transformer en cobaye, si elle accepte. Je vais la mettre dans un laboratoire où on peut vraiment la contrôler de près.

Il se rassit dans son fauteuil, qui émit un profond soupir. Bennington ne s'asseyait jamais. Il se laissait tomber avec une telle brutalité que ses hôtes en pâlissaient et qu'il pouvait rendre cardiaque un antiquaire.

– Nous avons mis au point tant de nouvelles techniques, tant de nouvelles technologies qui nous permettent de fouiner dans le cerveau. Peut-être, je dis bien peut-être que l'une d'elles peut nous donner une vague idée de ce qui se passe dans le cerveau d'une personne dotée de telles facultés.

– Et tu crois qu'Ann Robbins sera dans le coup?

– Ah! Ann Robbins.

*« Comment diable a-t-elle réussi un chose pareille? »*

A ce seul nom, un sourire, un vrai sourire, illumina le visage buriné de Bennington. Quand ils avaient lancé l'opération COQUILLAGE, il avait décidé d'être lui-même son contrôleur scientifique. A l'époque, il ne l'avait jamais vue. C'était seulement le moyen de faire un petit séjour à Manhattan aux frais de la princesse. La première fois qu'il avait sonné à sa porte, il s'était attendu à tomber sur l'image classique qu'un profane se fait d'une médium : une vieille sorcière aux doigts crochus, à la voix aussi douce que celle d'une poissarde, bref, une gitane en pleine ville avec autant de sex-appeal qu'un journal périmé.

Il trouva une petite femme aux cheveux auburn. Elle avait à peine plus de quarante ans et le corps fin et musclé d'une gymnaste adolescente. Elle portait une robe droite noire en stretch qui soulignait la rondeur de ses fesses et la tendre courbe de ses cuisses. Chez Ann Robbins, la seule chose qui faisait penser à une gitane était ses yeux. Ils étaient noirs, toujours en mouvement et semblaient posséder l'étrange pouvoir d'obliger Bennington à les regarder. « Viens, noie-toi en moi », semblaient-ils dire.

– C'est simple. Quand nous en aurons terminé avec ces essais, dans trois semaines, il faudra que je mette tout à plat avec elle. Je lui dirai qui nous sommes et je verrai s'il y a moyen de la convaincre de venir travailler avec nous.

Ses visites à Ann Robbins, en tant que capitaine de la marine américaine répondant au pseudonyme de Eldon Tyler, étaient devenues les moments privilégiés de ces semaines de boulot.

– Je vais te dire une bonne chose, Pete, mon garçon. Emmener Mme Robbins dîner aux frais de la princesse afin de la persuader de venir bosser avec nous sera une des missions les plus agréables que nos employeurs m'aient confiées depuis longtemps.

*

Ann Robbins dessina un trait de rouge à lèvres rose sur ses lèvres charnues, puis les pressa l'une contre l'autre pour en parfaire l'application. Elle vérifia le résultat dans son miroir tandis que, de sa main libre, elle replaçait en arrière quelques mèches rebelles de sa coiffure à la Jeanne d'Arc. Cette coupe était peut-être démodée, mais elle convenait parfaitement à ses traits. Après tout, se dit-elle, il vient un moment où une femme doit savoir accepter de petits compromis, comme être un peu moins à la mode pour que l'ensemble soit plus satisfaisant. Elle se sourit dans la glace. Pas mal, songea-t-elle, pas mal du tout.

D'un pas assuré, elle alla dans le salon pour jeter un dernier coup d'œil. Avec son obsession coutumière, elle vérifia l'alignement des statues qui ornaient son étagère, sa Siva dansante, son Ganesa câlin, le dieu Éléphant, son Hanuman, le dieu Singe avec son petit nez coquin en plaqué or, le bouddha qu'un moine tibétain l'avait obligée à accepter à Darjeeling quand elle étudiait la méditation, il y a dix ans de cela. La plupart de ses visiteurs croyaient qu'elle avait choisi ses icônes orientales pour leur valeur artistique. C'était plutôt parce qu'Ann avait conscience que des gens les avaient vénérées pendant des générations, voire des siècles. Elle se sentait liée aux objets et à leurs adorateurs par une sorte de communion mystique.

Pendant quelques minutes, elle joua avec ses fleurs, un bouquet de chrysanthèmes mauves et une demi-douzaine de roses roses qu'elle avait achetés dans la rue, la veille, près de l'immeuble de la Gulf and Western. Elle regarda par la fenêtre les arbres de Central Park au-delà de la 71e Rue. Le ciel était d'un bleu cobalt. C'était un de ces jours bénis où le seul fait d'être vivant et à New York offrait une joie sans mélange.

Le capitaine Tyler serait là d'une minute à l'autre. La table, une table de bridge recouverte d'une nappe violette qu'elle utilisait pour recevoir ses clients, était prête pour lui. Juste à côté, sur l'étagère, était disposée une rangée de cristaux; un quartz rose et bleu, un onyx noir et une obsidienne, talismans de l'Âge Nouveau. En réalité, Ann n'en croyait rien. Elle y voyait des baguettes magiques héritées de cette nouvelle vague de charlatans occupés à duper des clients trop crédules.

Cela dit, elle était assez habile pour les exposer, car leur présence rassurait maints clients – et au vrai, c'était précisément le besoin d'être rassurés qui les poussait jusqu'à sa porte. Elle se sentait tout à la fois psychiatre, prêtresse et assistante sociale, même si sa carte de visite indiquait « Conseillère métapsychique. »

Ce n'était pas du tout le destin qu'elle s'était imaginé lorsqu'elle avait quitté son emploi de rédactrice d'annonces chez Benton & Bowles pour devenir médium. Elle pensait qu'elle deviendrait une espèce de joueuse de jeux paranormaux, utilisant ces dons étranges et terrifiants qu'elle s'était découverts vingt ans auparavant, lorsqu'elle avait commencé à les utiliser au service de la police.

Évidemment, les choses avaient tourné autrement. Au fur et à mesure que sa réputation s'affermissait, elle était devenue la coqueluche du beau monde, la médium « must » que ces dames en manteau de vison passaient voir avant de rentrer chez elles. Bien sûr, elles revenaient d'un déjeuner à la Grenouille ou à la Côte Basque. Elles n'étaient pas ouvertement à la recherche du bel étranger aux cheveux noirs qui poussait leurs sœurs moins chanceuses à se rendre dans les chambres minables de la 46e Rue où de prétendues gitanes tiraient les tarots pour 20 dollars; mais ce souci n'était jamais totalement absent de leur conversation.

En conséquence, Ann avait l'impression de s'être métamorphosée en une sorte de distributeur automatique de soutien moral pour les femmes qui, comme elle, glissaient vers les rives incertaines de l'âge mûr – à ceci près que ce distributeur fonctionnait avec des billets de 100 dollars. Curieusement, c'était ça le cœur du problème. Ann n'avait jamais essayé de comprendre la nature de ces étranges visions qui la submergeaient de temps à autre; d'ailleurs, elle n'avait pas envie de comprendre. Même s'il y avait une explication, elle n'était pas sûre de la supporter. Mais une chose était certaine, elle ne pouvait pas faire appel à ces phénomènes six ou sept fois par jour, ni ouvrir ou fermer le robinet au moindre billet de 100 dollars qui s'offrait. Pour cette raison, avec la plupart de sa clientèle de demi-célébrités, Ann faisait plutôt appel à son intuition et aux connaissances psychologiques qu'elle avait acquises en quinze ans de rendez-vous dans son salon. Elle guettait le tremblement d'un cil, la main qui triture une bague, les poings qui se serrent. Puis elle commençait à creuser le filon que son esprit en alerte avait repéré.

Et, de temps à autre, ça arrivait. Quelque chose jaillissait véritablement. Alors, la légende d'Ann Robbins se répandait à nouveau dans Eastside et une nouvelle flopée de clients déboulait de leurs gratte-ciel. Ann était la première à admettre que le flot régulier de billets de 100 dollars qu'ils apportaient – la plupart du temps non déclarés – payait son loyer. Malheureusement, ils avaient aussi tendance à l'emporter sur les missions beaucoup moins payées, comme son travail pour la police.

Ann savait mieux que quiconque que la police employait des médiums beaucoup plus souvent que le public ou la police elle-même n'étaient prêts à l'admettre. Bien sûr, leurs témoignages n'étaient pas reconnus des tribunaux. L'emploi des médiums risquait de nuire à la procédure de l'accusation, du moins la police le craignait-elle. Résultat, quand on faisait appel à elle, c'était en la suppliant d'être discrète, et avec un budget très limité. Dans les cas où des médiums tels qu'Ann donnaient des informations qui semblaient convaincantes, la tactique classique consistait à les utiliser au cours d'une confrontation avec un suspect. Cela conduisait parfois celui-ci à des aveux qui en faisaient un résident permanent du système pénal de l'État de New York – sans que le suspect ou son avocat connaisse jamais l'origine métapsychique de ces renseignements.

A l'instar d'une douzaine d'autres psi éparpillés dans le pays, le nom d'Ann figurait sur un fichier dans le bureau d'un membre du service du personnel au bâtiment Russell du Sénat, à Washington. Cet homme servait officieusement de liaison entre la communauté des parapsychologues et les agences gouvernementales qui souhaitaient faire appel à eux. Ann avait la certitude que le Pentagone, le FBI, les Services secrets et le Conseil national de sécurité avaient à un moment ou à un autre employé des médiums, avec un succès variable.

Elle-même avait été un des trois parasychologues que le Pentagone avait envoyés par avion en Italie sur ordre de Caspar Weinberger dans le but d'aider la police italienne à retrouver le général James Dozier, enlevé par les Brigades rouges. Son voyage avait parfaitement illustré les problèmes et les défauts soulevés par l'assistance métapsychique en matière criminelle. Un des collègues d'Ann avait affirmé que Dozier était détenu dans une chambre près d'une cuisine dans laquelle quelqu'un préparait des pâtes. Ce n'était pas d'un grand secours en Italie. A eux trois, ils avaient produit des éléments d'informations relativement sûrs : Dozier était au deuxième étage d'un immeuble; la porte de l'appartement était verte; il y avait une foule de gens au premier étage. L'un d'eux avait dessiné ce qu'il « voyait » sous la fenêtre de Dozier : une petite place avec une fontaine au milieu et des bancs tout autour.

Rien de tout cela n'était assez précis pour aider la police. Ils retrouvèrent Dozier par les moyens conventionnels. Mais ils découvrirent alors qu'il était effectivement dans un appartement dont la porte d'entrée était verte, au deuxième étage d'un immeuble, dans la Via Pin de Monte, au-dessus d'un supermarché jouxtant un petit square identique au dessin de l'associé d'Ann.

Ann savait que d'autres médiums avaient été utilisés avec succès par le Pentagone pour localiser, avant l'arrivée des Soviétiques, un bombardier Backfire TU95 perdu en Afrique, et un Intruder A-6 qui s'était écrasé dans un coin perdu des monts Shenandoah. Pendant la crise des otages, un de ses collègues, Keith Harary, avait été secrètement utilisé par le Conseil national de sécurité pour essayer d'avoir au moins une vague idée de l'endroit et de la façon dont les otages étaient détenus à l'intérieur de l'ambassade des États-Unis à Téhéran.

Ann était convaincue que le capitaine Tyler l'avait repérée grâce à ses contacts avec le Pentagone pour qui elle avait travaillé en Italie. Elle aimait les défis qu'il lui lançait régulièrement. Pour elle, c'était comme un jeu, un jeu d'enfants, et elle avait toujours l'impression qu'elle obtenait ses meilleurs résultats dans ces sortes de jeux métapsychiques hypersophistiqués.

Elle mettait de l'eau à bouillir pour le thé quand la sonnette tinta.

Comme à l'accoutumée, le capitaine était en civil. Il portait un blazer bleu marine, un pantalon de flanelle grise et une chemise bleue de chez Brooks Brothers dont le col rebiquait. Sa haute taille et ses larges épaules donnaient toujours l'impression que la porte était trop étroite pour lui.

Tout en accrochant son manteau, elle leva les yeux sur lui et éclata de rire. Ce qui l'amusait chez le capitaine, c'était l'espace entre ses dents de devant.

– Je vous ai pourtant dit de faire arranger ce trou entre vos dents. Je vois une armée de femmes dans votre vie dès que ce sera fait.

Bennington faillit lui faire un clin d'œil puis il se ravisa. Mon sourire fripon fera l'affaire, se dit-il. Cet espace entre ses dents, qui lui attirait immanquablement une réflexion de la part d'Ann Robbins, était comme une signature.

– Si je ne l'avais pas, je ne pourrais plus penser, aimait-il répéter. Je veux dire, où glisserais-je ma langue quand je mets la machine en route?

Il suivit ses mouvements avec un intérêt qui n'avait rien de professionnel alors qu'elle lui montrait le chemin jusqu'au salon. Elle portait une jupe portefeuille beige bien tendue sur la rondeur de ses fesses et un chemisier de satin blanc qui laissait deviner ce qu'il fallait de son soutien-gorge de dentelle blanche.

Elle le laissa s'affaler dans le canapé et étudier la pièce pendant qu'elle allait chercher le plateau du thé. Une chose l'avait toujours fasciné au cours de ses visites à Ann Robbins – en dehors d'Ann Robbins elle-même : son apparente obsession pour le rose et le violet.

– Eh bien, dit-il, on peut dire que vous aimez le rose et le violet.

– Ce n'est pas ça, répondit-elle en posant le plateau sur la table devant lui. Les couleurs ont une signification. Du moins pour les gens comme moi. Le rose est la couleur de l'amour universel. A la différence du rouge ou du pourpre, couleurs de la passion. Le violet est la couleur de la guérison. J'ai choisi de m'entourer des couleurs qui ont un sens pour moi.

– Pas de rouges passionnés?

– Il y a une autre pièce, dit Ann en riant.

– Ah!

Bennington leva un sourcil en accent circonflexe. C'est un truc qu'il avait appris quand il était gosse. Il était censé exprimer avec clarté l'intérêt que le capitaine Eldon Tyler, de la marine nationale américaine, pourrait montrer à explorer les lieux plus avant.

– Dites-moi, on m'a affirmé que les femmes médiums ressentaient leurs émotions avec beaucoup de force. C'est exact, à votre avis ?

Ann s'était assise en face de lui sur le canapé, les jambes sous les fesses. Sa jupe beige remontait au-dessus du genou. Elle avait envoyé promener ses chaussures, et Bennington avait bien du mal à s'empêcher de caresser sa cuisse.

– Oui, je crois que c'est vrai. Mais en même temps nous avons peur de nous impliquer affectivement.

Art remarqua que son parfum fleurait le musc et l'Orient. Du jasmin, probablement. Tandis qu'elle parlait, ses longs ongles écarlates se serraient contre sa paume.

– Oui, je comprends bien que vous ayez peur que vos clients deviennent émotionnellement dépendants de vous.

– C'est valable aussi pour les autres, dit Ann dans un sourire.

– Les hommes, par exemple ?

– Absolument. Beaucoup de femmes médiums de ma connaissance sont facilement attirées par des relations plutôt mystiques. Avez-vous entendu parler d'Eileen Garrett ?

– Bien sûr.

C'était la plus célèbre des médiums américains de son temps.

– Elle était comme ça. Toujours à la recherche de relations anonymes. Elle aimait les hommes qu'elle pouvait ramasser comme autant d'oiseaux blessés, réconforter pour un temps puis les relâcher afin qu'ils volent de leurs propres ailes.

Un terrain qui valait la peine d'être exploré, songea Bennington.

– Eh bien, voyons si je sais imiter le petit rouge-gorge qui s'est cassé l'aile.

Ces mots déclenchèrent une cascade de rires chez Ann Robbins.

– Mon cher capitaine, s'il y a bien une chose à laquelle vous ne ressemblez pas, c'est à un petit oiseau blessé.

L'étincelle d'inquiétude qui jaillit dans les yeux d'Ann Robbins l'assura agréablement que le genre oisillon blessé n'était pas sa tasse de thé. Attendez un peu que je me dépouille de mon déguisement, pensa-t-il.

Il se pencha pour ouvrir son attaché-case.

– Bon, je crois qu'on ferait bien de se mettre au boulot.

Il se leva et sortit de sa mallette une immense carte de l'Atlantique. Il la déploya avec soin sur la table puis revint à son attaché-case d'où il prit deux photos. La première représentait un sous-marin. C'était un des nouveaux modèles soviétiques, un SNLE (sous-marin nucléaire lance-engins) classe Typhon à la coque en titane et qui ressemblait à un requin-marteau. Sur sa tourelle, était peint un numéro : S92; c'est ainsi que l'appelaient ses ennemis de la marine américaine.

La seconde photo était celle d'un officier de marine soviétique. Il ne souriait pas et arborait deux rangées de rubans sur son uniforme bleu foncé. C'était le commandant Vladimir Bezsnovski, pacha du S92.

Quand il eut posé les deux photographies sur la table et qu'Ann se fut assise, Bennington posa le doigt sur Skagerrak, le mince détroit qui allait de Göteborg en Suède à la pointe de la péninsule du Jutland au Danemark. Sous ces eaux, il y avait une chaîne d'écoute sonar de l'OTAN, comme des perles enfilées sur un câble électrique.

– La dernière fois qu'on a repéré ce sous-marin, c'était il y a vingt-quatre jours, à 4 h 33 de l'après-midi, heure de New York.

Il retourna s'asseoir dans le canapé où il s'installa aussi discrètement et aussi calmement que possible. Cela faisait bien sûr plusieurs fois que ce petit cérémonial se déroulait, et il ne variait presque pas. Ann s'installait à sa table, les mains croisées sur la carte, regardant droit devant elle comme si elle entrait en méditation. Elle semblait oublier totalement la présence de Bennington. Elle tentait, avait-elle expliqué lors d'une précédente visite, de se déconnecter du monde objectif qui l'entourait et de ses propres images mentales de façon à permettre aux choses latentes de se produire.

Elle pouvait rester là une quarantaine de minutes et, soudain, comme si elle sortait d'une transe hypnotique, annoncer qu'il ne s'était rien passé. Parfois, en moins de cinq minutes, elle posait le doigt sur un point et affirmait avec une absolue certitude que là était tapi le sous-marin soviétique.

Au bout d'une bonne demi-heure, Bennington songea qu'aujourd'hui serait encore sans résultat. A dire vrai, il s'était déjà résigné quand Ann Robbins remua. Elle était plus pâle, et Bennington voyait la sueur perler sur son front et les ailes de son nez. Son doigt frappa un point de mer bleue au sud-est des Açores.

– Ici, annonça-t-elle.

Bennington se leva et nota soigneusement la latitude et la longitude de l'endroit qu'elle venait de désigner, puis encercla le point sur la carte.

Ann se leva et s'étira. Son visiteur remarqua qu'elle avait le souffle plus court et plus ténu qu'à l'accoutumée.

– J'aimerais beaucoup savoir si je réussis de temps à autre, remarqua-t-elle. Je crois que cela m'aiderait.

– Je sais, répondit Bennington. Mais vous devez bien comprendre que nous touchons là des zones sensibles. Je suis désolé, mais je ne puis vraiment rien dire. Et je vous en supplie, n'oubliez pas que vous ne devez mentionner mes visites à personne. Imaginez un peu le ramdam dans la presse si le bruit se répandait que la marine fait appel à des médiums pour chasser les sous-marins soviétiques. Sans compter, ajouta-t-il en guise d'avertissement, qu'on ne sait jamais. Certaines personnes pourraient vous reprocher de nous aider.

Il rassembla carte et photographies et les replaça dans son attaché-case. Puis il posa quatre billets de 100 dollars sur la table.

– Ça m'a plu – comme toujours – dit-il en lui prenant la main.

Et ça me plaira davantage encore de vous emmener dîner lorsque nous en aurons fini avec ces petites devinettes, songea-t-il. Elle serra sa main brièvement, mais sans laisser de doute. Peut-être lisait-elle dans les esprits aussi bien qu'elle repérait les sous-marins russes?...

Une fois dehors, Bennington s'arrêta dans la 71e Rue et regarda à droite et à gauche. Elle était déserte. Il observa les voitures garées le long du pâté de maisons. Pour autant qu'il pouvait voir, elles étaient vides. D'un pas nonchalant, il se dirigea vers Central Park pour retourner en ville. Il utilisa la technique classique pour semer un fileur. L'habitude! Une fois dans la 54e Rue, il héla un taxi et se rendit place des Nations-Unies, à la direction régionale de la CIA.

*

Pour Bennington, la 123 en direction de Tyson's Corner était aussi déprimante que familière. Quand il était arrivé à Washington, c'était une jolie route de campagne bordée de verdure et de cornouillers en fleur. Fermiers et éleveurs, dont certains descendaient des Allemands installés à Vienna après la Révolution, y faisaient autrefois pousser des légumes. Maintenant, ce n'était plus qu'un immense centre commercial ininterrompu, témoin aveuglant de la médiocrité de l'urbanisme américain en cette fin du XXe siècle. Conduire sur cette nationale revenait à se repasser au ralenti les spots publicitaires de la veille à la télé : Burger King, Big Mac, marques de voitures, lessives toutes plus blanches les unes que les autres, bonbons pour les gosses, sans oublier les inévitables couches-culottes. Un seul endroit lui donnait envie de rire : un cabinet médical, juste avant Tyson's Corner, où se regroupaient des médecins spécialisés dans le traitement des maux habituels aux habitants des quartiers chics : « Chirurgie faciale », « Psychiatrie », « Médecine sportive » pour celles qui s'étaient claqué un tendon en pratiquant l'aérobic de Jane Fonda sans entraînement, « Régimes associés et Cie », « Institut cardio-vasculaire », pour ceux qui n'avaient pas adhéré au précédent. Une simple hernie, et l'on vous expédiait sans doute au centre de Washington!

Ce matin, au lieu de se rendre directement au QG de la CIA à Langley, Bennington prit au sud, par Capital Beltway, puis remonta la 395 en direction d'Alexandria. Cela faisait quarante-huit heures qu'il était allé voir Ann Robbins à New York, mais il avait l'impression qu'un mois s'était écoulé. Il allait dans un immeuble de trois étages entouré de métal et entièrement recouvert de vitres teintées vertes. Situé au 2640 Huntington Avenue, il ressemblait à complexes de bureaux qui avaient poussé comme de la mauvaise herbe sur les pelouses entourant Washington, vingt ans auparavant. Ces bâtiments abritaient inévitablement cette sorte d'individus que les habitants de Washington avaient surnommée les escrocs du périph, passés maîtres dans l'art de se repaître dans la mangeoire du contribuable.

La suite 500 du deuxième étage, « Recherche électrobiologique Associés », avait tout pour abriter les représentants de cette catégorie. Sur la table basse de la salle d'attente, les brochures la présentaient comme une « entreprise virginienne fondée en 1966 », consacrée à « l'étude des effets des champs électromagnétiques sur les systèmes biologiques » et à la recherche des « applications pratiques pour l'amélioration de l'éducation, de la médecine, des traitements du cancer et des sciences du comportement ». Un observateur attentif aurait cependant remarqué l'épaisseur inhabituelle de la porte de la suite 500. Il aurait été également frappé par le fait que c'était l'unique entrée de la demi-douzaine de pièces qui composait la suite de bureaux de la société.

Recherche électrobiologique Associés était en fait un prête-nom de la CIA, un parmi la bonne douzaine de satellites de la division des sciences du comportement que dirigeait Bennington. Il avait un laboratoire sur les rives du Maryland qui étudiait ostensiblement les systèmes radar; il l'utilisait comme couverture pour certaines expérimentations sur les animaux. Il dirigeait des instituts similaires à celui-ci à Georgetown, de l'autre côté du Potomac; à Palo Alto, en Californie; à El Paso, au Texas; à Framingham, dans le Massachusetts – partout où florissaient les industries de pointe de la nation.

Pour ses gros projets, qui impliquaient un budget de plusieurs millions de dollars, Bennington pouvait faire appel à la recherche ultra-secrète des grands laboratoires nationaux, Lawrence Livermore en Californie, Sandia à Los Alamos au Nouveau-Mexique. Lorsqu'il s'agissait de projets délicats et à plus faible budget, il préférait agir sous le couvert d'organismes tels que Recherche électrobiologique Associés. Le moindre employé, de la réceptionniste en passant par les secrétaires jusqu'aux chercheurs de haut niveau, appartenait en réalité à la CIA. Cela conférait à ses opérations un haut degré de sécurité.

Il s'installa dans son bureau personnel et, après qu'une secrétaire lui eut apporté un café, il se dirigea vers le coffre électronique fixé au mur. Il en sortit le mémo d'une page qui, d'une certaine façon, déterminerait son programme de la matinée. La chemise portait l'habituel sceau de la CIA et une étiquette TOP SECRET. On y lisait :

OPÉRATION BELLE AU BOIS DORMANT

*But :* Étudier les possibilités théoriques de l'usage offensif d'extrêmement basses fréquences et de champs électromagnétiques créés artificiellement dans les domaines suivants :

*1. Prises d'otages :*

– Utilisation d'un champ pour créer une distorsion de la perception chez les preneurs d'otages, afin de diminuer leur seuil d'attention, de les rendre ainsi moins à même de se défendre, d'affaiblir leur faculté de réagir.

– Réduction temporaire à l'impuissance des preneurs d'otages afin d'expédier une équipe de secours.

*2. Situation terroriste :*

– Modifier / Interrompre le rythme cardiaque d'un terroriste à distance.

– Créer une distorsion de la perception comme en 1. Ou modifier / interrompre la capacité de transmettre les informations au cerveau du terroriste.

– Réduire le terroriste à l'impuissance, temporairement ou définitivement.

*3. Contrôle de foules hostiles :*

– Créer une distorsion en masse de la perception.

– Modifier / Interrompre les processus physiologiques de tout ou partie de la foule.

*« Comment diable a-t-elle réussi un chose pareille? »*

Bennington avait parfaitement conscience que c'était la porte ouverte au XXIe siècle. Dans l'avenir, en dépit de Ronald Reagan et de sa guerre des étoiles, les conflits ne seraient pas menés dans l'infinité de l'espace. Ils se dérouleraient ici, sur terre, avec des armes beaucoup plus dangereuses que le laser ou les stations spatiales. L'ingénierie génétique. Les émanations électromagnétiques et des armes semblables à celles qu'utilisait Buck Rogers dans les bandes dessinées des années trente. Voilà les vraies menaces. Et on ne les utiliserait pas dans l'espace sans frontière mais dans la dimension la plus infime connue de l'homme, le neurone.

Dieux du ciel, songea-t-il, si jamais il venait aux oreilles de la presse que la CIA étudiait des armes capables d'écrabouiller le processus de la pensée humaine ou de faire rôtir les cellules cérébrales à l'aide de radiations magnétiques, on leur réserverait un sort tel que les séances du comité Church auraient l'air d'un petit thé de vieilles dames. Cette fois, ils ne se contenteraient pas de lui arracher les couilles, ils en feraient de la chair à pâté.

Et pourtant, il savait qu'il existait peu de domaines de recherche auxquels les Russes auraient prêté plus d'intérêt au cours de ces dix dernières années. La secrétaire frappa à la porte, interrompant la méditation de Bennington.

– Le professeur est arrivé, annonça-t-elle. Tous attendent dans la salle de conférence.

Bennington traversa le couloir. Il salua trois jeunes chercheurs de la CIA qu'il employait ainsi que le professeur, Austin Kilbourn, un neurophysiologiste de l'Université de Calgary venu faire son rapport sur les recherches qu'il avait menées dans le cadre d'un contrat. C'était un homme au visage émacié et à la forte personnalité qui approchait la quarantaine. Son intelligence supérieure et capricieuse plaisait beaucoup à Bennington.

Quand ils en eurent fini du bavardage traditionnel autour d'un café, le professeur prit les choses en main. Il avait déjà allumé le magnétoscope et préparé deux schémas sur un chevalet, l'un du cerveau humain, l'autre du cerveau du rat.

– Bon, dit-il, les gars, votre défi était le suivant : « Est-il possible de créer une espèce d'arme électromagnétique bizarre qu'on puisse employer, par exemple, contre une foule déchaînée? L'usage en serait, en gros, de rendre cette foule moins emballée par l'idée d'un saccage. Ou de réduire à l'impuissance des terroristes, disons dans un cas de prise d'otages.

« Je suis remonté à certains travaux remarquables de José Delgado alors qu'il était professeur de physiologie à Yale. Delgado a étudié les chats, les singes, les chimpanzés. Plus tard, il s'est penché sur les taureaux de combat en Espagne. Il cherchait les zones du cerveau qui pouvaient augmenter ou diminuer l'agressivité chez une espèce. Il a anesthésié un taureau et lui a implanté des électrodes dans le cerveau. La pointe était fixée au crâne et reliée à des stimulateurs miniaturisés que Delgado pouvait déclencher par signal radio.

Kilbourn se frotta les mains avec satisfaction.

– On a lâché le taureau dans une arène avec un torero. Il s'est rué sur l'homme comme s'il allait le tuer. Alors, à dix mètres de là, Delgado a envoyé le signal stimulant la zone inhibitrice de l'agressivité. Et bang! Voilà notre taureau doux comme un agneau. Le torero pouvait le caresser, l'animal restait gentiment allongé.

« Delgado a coupé l'émission. Bang! Le taureau s'est retrouvé debout, de nouveau prêt à tuer.

Kilbourn se tut un moment avant de poursuivre.

– Les implications de cela sont extraordinaires. On a aussi inhibé l'agression chez l'homme par le truchement d'électrodes, mais à des fins de diagnostic.

Les trois jeunes savants de Bennington se redressèrent soudain sur leur siège comme si on venait de les aiguillonner.

– Mais ce n'est pas tout, reprit Kilbourn qui, à l'instar de presque tous les professeurs, aimait garder le meilleur pour la fin. Delgado était convaincu qu'on pouvait obtenir le même effet sans implanter d'électrode dans le cerveau de l'animal. Il affirmait qu'on pouvait le faire en lui envoyant un champ électromagnétique d'une extrême précision. Il a donc procédé de cette façon avec d'autres animaux. Il a réussi à empêcher des poissons bagarreurs de se battre en les exposant à un champ électromagnétique. Il a pris des singes qu'il a exposés à divers champs. L'un s'endormait, l'autre se mettait en colère, suivant la nature du signal qu'il leur transmettait.

Kilbourn se leva pour se placer à côté du chevalet. Il resta quelques instants à se tapoter la paume de la main avec une baguette.

– Bien, dit le professeur. Ce que nous avons là est un schéma du cerveau humain. Ici, dans le postrema, tout à fait à l'arrière du cerveau, où s'ouvre la moelle épinière, se trouvent nombre de nos cellules de Mast, qui contiennent de l'histamine. Vous avez tous, j'en suis sûr, poursuivit-il en regardant son auditoire, pris des antihistaminiques quand vous aviez un rhume. C'est parce que l'histamine a tendance à vous encombrer. Elle produit du mucus.

« Ce qui est particulièrement intéressant c'est que la zone qui entoure les cellules de Mast est également la zone de stimulation des nausées. Mettez une dose d'histamine là-dedans en manipulant les cellules de Mast, et vous êtes immédiatement malade à crever. En une minute, vous vomissez tripes et boyaux. Et je vous garantis qu'en moins de deux vous n'aurez plus la moindre envie d'être agressif. Nous posons donc la question suivante : existe-t-il un moyen de titiller à distance les cellules de Mast par un procédé électromagnétique ? De les exposer depuis l'extérieur de l'organisme à un champ électromagnétique qui donnerait l'ordre de libérer de l'histamine dans le corps ? Ce qui, bien sûr, vous rendrait immédiatement malade comme un chien.

Un des aides de Bennington émit un petit sifflement. Kilbourn se tourna vers lui et hocha lentement la tête.

– Certaines des implications sont à faire dresser les cheveux sur la tête.

Il revint à son chevalet.

– Aucun organe n'est mieux protégé des radiations électromagnétiques que le cerveau. Que ce soit à dessein ou par l'effet du hasard, la boîte crânienne constitue une barrière remarquablement efficace contre la plupart des émanations électromagnétiques auxquelles nous expose le monde moderne.

Le chercheur eut à nouveau un sourire amusé.

– Intéressant, n'est-ce pas, de songer que le crâne a évolué bien avant que l'homme ait la moindre notion de ce qu'était l'électricité.

« Quoi qu'il en soit, remarqua Kilbourn en revenant à son sujet, cela signifie que les champs électromagnétiques les plus aptes à franchir cette barrière crânienne sont les champs d'extrêmement basses fréquences parce qu'ils ont un immense pouvoir de pénétration. Nous savons, poursuivit-il en désignant le chevalet de sa baguette, que les cellules de Mast sont approximativement dans la même zone chez l'homme et chez le rat. Nous avons donc fait le raisonnement suivant : si nous réussissons à produire l'effet désiré en laboratoire chez le rat, nous pouvons supposer avec suffisamment de certitude que, l'expérience aidant, nous en ferons autant chez l'homme.

Kilbourn déclencha le magnétoscope. L'écran de télévision s'éclaira. Une cage pleine de rats apparut, environ douze petites créatures répugnantes qui grignotaient et remuaient à toute vitesse. En haut à droite de l'écran, une lumière rougeoyait.

– Nous venons de les exposer à un champ d'une intensité de 0,5-3 Tesla à un demi-hertz, précisa Kilbourn.

Pendant quelques minutes, rien ne se produisit. Puis, comme sur commande, les rats se mirent à tomber sur le plancher de leur cage. Certains gisaient, inertes; d'autres se tordaient de douleur. En quelques secondes, tous étaient visiblement devenus malades.

– Dieu du ciel! frémit Bennington.

Ses trois adjoints restèrent un long moment silencieux, trop ahuris pour parler.

– Et vous suggérez qu'il est possible de reproduire sur l'homme ce que nous venons de voir sur le rat, en utilisant la même technique? demanda Bennington.

Kilbourn s'appuya contre le mur, caressant à nouveau la paume de sa main avec sa baguette.

– Il y a évidemment un grand pas à franchir entre ce qu'on peut monter dans un labo et ce qu'on peut faire dans la vie réelle. Mais si vous voulez rechercher une arme électromagnétique utilisable contre une foule déchaînée ou en situation terroriste, c'est la seule chose à faire. La beauté de ce truc c'est qu'il est réversible. Ce n'est pas comme un impact de balle.

*« Comment diable a-t-elle réussi un chose pareille ? »*

– Soit, admit Bennington. Prenons une situation hypothétique : un 747 de la Pan Am est détourné par une demi-douzaine de Palestiniens complètement dingues. Il y a environ deux cents passagers à bord. L'avion est sur une piste de Kennedy Airport. Voyez-vous l'utilisation de cette technique dans un tel cas ?

– Oui. Il faudrait baigner le 747 dans un champ électromagnétique bien précis pour que tout le monde à bord – terroristes, otages, équipage – soit instantanément pris de violentes nausées. Les forces d'intervention n'auraient plus qu'à se pointer sans rencontrer la moindre résistance.

– Votre engin émetteur est gros comment ?

– L'intensité du signal est inversement proportionnelle au cube de la distance de la source émettrice. Si vous travaillez d'une pièce à l'autre, c'est donc relativement simple. Mais si vous agissez à une distance de deux ou trois cents mètres, c'est beaucoup moins évident. Il faudrait un appareil qu'on pourrait dissimuler dans un camion de ravitaillement et le cacher la nuit dans un endroit invisible pour les terroristes. Il n'y aurait plus qu'à le brancher au moment où la brigade antiterroriste passe à l'action.

– Et ce champ électromagnétique sera capable de percer le fuselage du 747 ?

– Absolument. Sans problème.

– Les terroristes ne remarqueront rien d'anormal quand on branchera le générateur ?

– Bien sûr que non. C'est un champ totalement indécelable aux sens humains ordinaires. On ne peut pas davantage repérer sa présence que celle des signaux radio ou télé qui flottent en ce moment dans notre salle de conférence.

– Supposons maintenant, dit Bennington, que dans l'avion se trouve une charmante vieille dame qui a des problèmes cardiovasculaires. Si elle est brusquement souffrante, elle ne risque pas de nous faire une crise cardiaque ?

– Si, répondit Kilbourn, il y a toujours un danger.

– Et les effets secondaires d'une exposition à un champ magnétique ? s'enquit Bennington. Savons-nous si cela peut agir sur l'équilibre hormonal, la structure des cellules, Dieu sait quoi encore ?

– Dans l'état actuel des connaissances, nous ne savons pas, reconnut Kilbourn. Si l'on considère l'intensité du champ et le temps pendant lequel les gens du 747 y seront soumis, je dirais que les effets secondaires seraient temporaires et négligeables. Mais là encore il faudrait multiplier les expériences pour répondre à ces questions.

– Sur l'homme ?

– Ce n'est pas en expérimentant sur les fourmis que vous obtiendrez des réponses à vos questions.

Kilbourn retourna à sa place, à la table de conférence, dans l'intention manifeste de conclure sa présentation.

– Écoutez, dit-il, si vous souhaitez poursuivre la recherche, je peux prévoir le jour où vous mettrez au point un générateur de champ électromagnétique que vous pourrez conserver dans les ambassades des pays potentiellement hostiles, par exemple. Imaginons qu'une foule en délire arrive droit sur notre ambassade de Téhéran. Les marines traînent ce truc à la fenêtre, le branchent et, suivant la topographie des lieux, vous aurez cinq mille Iraniens dégueulant sur la chaussée, au lieu de les avoir à l'intérieur de l'ambassade en train de prendre des otages.

– Ah, sourit Bennington, que voilà une vision sympathique.

Sur quoi il raccompagna Kilbourn, avant de revenir à ses collaborateurs.

– Alors ? Ce petit topo donne à réfléchir, n'est-ce pas ?

Le responsable de projet, un physicien diplômé du MIT, s'éclaircit la gorge.

– Ça fait déjà un certain temps qu'on entend des chercheurs affirmer que ces champs EBF peuvent modifier le système nerveux central et entraîner des changements de comportement, altérer les cellules, etc. La plupart de ces types travaillent hors du grand courant scientifique. La communauté classique tend à rejeter cela en bloc. Après tout, la théorie reconnue veut qu'un homme d'un mètre quatre-vingts ne puisse être une antenne recueillant une onde électromagnétique de milliers de kilomètres de long. Ces extrêmement basses fréquences ont des longueurs d'onde de cet ordre.

– Ouais, approuva Bennington. Mais je me souviens de la première fois où a été émise l'idée d'une arme à faisceau de particules: tous les chercheurs du gouvernement l'ont trouvée débile, il a fallu des excentriques de l'extérieur pour dire: «Eh, c'est complètement ahurissant, mais qui sait?» Et nous voilà avec un énorme programme guerre des étoiles sur les bras, alors que des gens affirment que ça fait des années que les Russes travaillent là-dessus. Cela pourrait-il être la même chose dans ce cas?

– C'est justement ce qui me tracasse, déclara un autre des jeunes chercheurs. Vous savez tous que nous avons de bonnes raisons de croire que les Russes ont opéré une brèche capitale dans ce domaine. C'est un terrain miné, soit, on l'a déjà dit, mais il est établi pour certain que les Russes poursuivent des recherches intensives et fondamentales en armement électromagnétique.

Insensé, se dit Bennington, on se croirait dans une machine à remonter le temps. Nous sommes de retour aux années cinquante, je suis un jeunot, et nous sommes morts de trouille à l'idée que les Russes cherchent un moyen d'utiliser le LSD comme modificateur du comportement.

– Messieurs, dit-il, vous oubliez une chose. Kilbourn parle de rats. Nous parlons d'êtres humains. Et nous ne pouvons passer des uns aux autres sans expérimenter sur l'homme. Ce qui attire toujours un non simple et définitif, le plus net jamais proféré par notre gouvernement.

– Vous voulez dire, demanda le jeune savant qui s'inquiétait des activités soviétiques, que nous n'essaierons pas d'aller de l'avant avec ce que nous a fourni Kilbourn?

– Je veux dire que je ne suis pas assez fou pour monter chez le directeur et lui dire: «Salut, Juge. On voudrait l'autorisation de recruter une cinquantaine de GI's à Fort Benning pour une petite expérience sur la façon dont les champs électromagnétiques affectent les gens. Si possible, nous aimerions, dans l'intérêt national, les rendre malades.

«Qu'est-ce que je réponds quand le Juge me demande: "Y aura-t-il des effets secondaires? – Euh, c'est une excellente question, en fait, c'est une des questions auxquelles nous voulons tenter de répondre."

– Bon, insista le jeune homme, alors qu'est-ce qu'on fait dans ce cas?

– On fait une petite estimation des risques et des profits. Nous sommes face à une technologie non vérifiée et sujette à caution qui pue les connotations éminemment négatives. Les risques impliqués par la poursuite de cette recherche en valent-ils la peine ?

– Je suppose, docteur, dit son assistant avec une voix trahissant le regret et le sarcasme, que vous pensez que non.

– Je pense, dit Bennington dans un soupir, que nous devons coller là-dessus une quelconque étiquette absolument inoffensive, l'enterrer sous une énorme pile de dossiers, la plus haute possible, et espérer qu'aucun enquêteur du Comité de vérification du Congrès ne tombera dessus.

Malgré l'apparente fermeté de sa décision, Bennington continuait de se torturer l'esprit : que faire des recherches de Kilbourn ? Il ne cessait de se poser la question sur le chemin du retour à Langley. Il semblait clair qu'il n'y avait aucun moyen de poursuivre un tel projet sans expérimenter sur l'homme, et la simple mention de ce mot vous faisait risquer gros pour votre carrière – surtout si vous vous appeliez Arthur Holt Bennington.

Il ruminait encore en entrant dans son bureau au cinquième étage du quartier général de l'Agence.

– Le bureau régional de New York vient d'appeler. Ils demandent que vous rappeliez. C'est urgent, annonça son assistante.

Il s'assit à son bureau et composa le numéro sur sa ligne directe.

– Bennington, annonça-t-il. Vous me cherchez ?

En entendant le message, il s'écroula dans son fauteuil comme s'il venait de recevoir un coup dans le plexus.

– Oh ! mon Dieu ! murmura-t-il. Il consulta sa montre. J'arrive par la navette de 2 heures.

Il racccrocha bruyamment.

– Ann ! hurla-t-il, il me faut immédiatement une voiture pour me conduire à l'aéroport. Et appelez le bureau de liaison du FBI. Dites-leur qu'ils m'envoient quelqu'un à mon arrivée à La Guardia.

*« Comment diable a-t-elle réussi un chose pareille ? »*

*

C'était la signature si particulière de la mort. Cette odeur qu'on n'oubliait jamais une fois qu'on l'avait respirée. Dix-neuf années dans la police dont treize pendant lesquelles il avait arboré la plaque d'inspecteur avaient blindé l'âme de Tim McQueen. Pourtant, une bouffée de cette odeur rance et douceâtre et tous les souvenirs sordides de vingt ans de police new-yorkaise lui revenaient en mémoire.

C'était le cas maintenant, alors qu'il s'appuyait contre le mur de l'appartement de la femme, les bras croisés sur la poitrine, étudiant le corps ramassé, délimité par la bande jaune qui entourait la scène du crime. Il semblait plongé dans cette contemplation avec une sorte de détachement clinique, à peu près aussi indifférent à l'objet de son étude qu'un mécanicien penché sur un carburateur défectueux. Mais ce n'était qu'une apparence. McQueen était un bon flic et, comme tous les bons flics, il laissait un peu de son âme à chaque silhouette sans vie qui constituait la matière brute du métier de flic à la criminelle.

McQueen évalua l'âge de la victime : une petite quarantaine. Elle gisait sur le plancher de son appartement, repliée dans la flaque noire de son sang séché. On aurait dit un pantin désarticulé, comme souvent dans les cas de mort violente. Elle portait une veste violette sur ce qui avait été un chemisier en soie rose avant que le gars commence à la taillader. Elle était également vêtue d'une étroite jupe violette. Elle ne portait aucun bijou ; sans doute avaient-ils disparu en même temps que son assassin.

A la vue de ses vêtements et de son appartement, McQueen se dit que c'était sûrement une ancienne bohème du Village ayant migré dans le West Side grâce à la fortune qui vient parfois avec l'âge. Sur le mur d'en face, une toile représentait une de ces pyramides égyptiennes avec un énorme œil au centre qui regardait McQueen. Sur l'étagère bourrée de livres sur l'un des murs, étaient disposées une demi-douzaine de statues de dieux et déesses hindous, le genre de truc avec des serpents en guise de cheveux et dont les bijoux de famille leur tombaient aux genoux.

Le gardien qui l'avait trouvée deux heures auparavant et appelé le commissariat du quartier assurait qu'elle était médium : une de ces diseuses de bonne aventure de haut vol qui regardaient dans une boule de cristal pour 100 dollars de l'heure et disaient aux épouses si leur mari baisait à droite et à gauche ou non. McQueen soupira. Comme d'habitude, les hommes de l'identité prenaient leur temps, notant des dimensions, filmant la scène du crime avec leur caméra vidéo. A l'époque où McQueen était entré dans la police, on disposait seulement de clichés noir et blanc. Désormais, tout était en couleur, et le dernier gadget c'était la VHS. Faites-vous refroidir à New York, songeait McQueen, et vous vous retrouvez sur un film qui se repasse à la télé.

McQueen feuilleta les notes qu'il avait prises sur son carnet. La victime s'appelait Ann Robbins. Un voisin s'était plaint de l'odeur et avait appelé le gardien. Celui-ci avait téléphoné au 20, le 20e district, qui avait envoyé la voiture avec le petit nouveau qui se tenait devant la porte, le teint blême, déglutissant avec peine, tout en essayant devant son premier cadavre découpé en rondelles d'avoir l'air de Kojak.

Les clefs de la femme pendaient encore à la serrure de la porte d'entrée, où le gardien affirmait les avoir trouvées à son arrivée. C'était un gros ourson, un Noir, qui n'avait pas l'air d'un fou du boulot, si bien que McQueen le croyait quand il affirmait n'être pas monté au quatrième de la semaine. Le type du dernier étage, celui qui avait alerté le gardien, avait soixante-treize ans, ce qui signifiait que ces clefs étaient peut-être là depuis huit jours. Qui pouvait dire?

Un indice permettait de répondre à cette question. A l'entrée de l'appartement, gisait un sac en papier kraft dont le contenu était répandu sur le sol. McQueen avait examiné les achats d'épicerie avec soin et noté le moindre détail : trois plats surgelés cuisine minceur, deux pamplemousses, un savon Camay et un litre de glace au caramel. Quand McQueen avait découvert cela, Ann Robbins était devenue vivante pour lui. Cette glace était sans doute un dernier accroc au régime alimentaire d'une jolie femme. Ce n'était plus désormais qu'une tache brune sur le plancher de la morte.

*« Comment diable a-t-elle réussi un chose pareille? »*

Au fond du sac, McQueen avait trouvé ce qu'il cherchait : un ticket de caisse de chez Paik, l'épicier au coin de Colombus Avenue, entre la 71e et la 72e Rue. On y lisait le jour et l'heure auxquels la caissière avait enregistré les achats. Ce morceau de papier confirmait ce que les narines de McQueen lui avaient suggéré en pénétrant dans l'appartement : cette femme était morte depuis environ quarante-huit heures.

Son portefeuille, arraché, se trouvait à terre près du corps. On pouvait parier qu'il n'avait pas contenu beaucoup d'argent. De nos jours, le femmes seules qui habitaient le West Side étaient raisonnables. Elles ne portaient jamais rien d'important dans leur sac. Quelques dollars, juste de quoi donner le change en cas d'attaque. Qu'ils les prennent et décampent en vitesse. Sauf que maintenant il y a des mecs qui ne décampent pas.

Et c'est précisément ce qui a dû se passer ici, songea McQueen. Un junkie qui veut s'acheter un sachet d'héroïne, se fait ouvrir la porte par l'interphone. Livraison. Entre en douce. L'immeuble, 22 West dans la 71e Rue, entre Central Part West et Colombus Avenue, est l'un de ces vieux bâtiments bruns, étroits, de cinq étages. Aucune sécurité. Il se tapit dans l'ombre et attend que quelqu'un rentre chez lui. Arrive Ann Robbins avec son sac d'épicerie. Il voit qu'elle monte au quatrième et, tandis qu'elle cherche sa clef, il grimpe par les escaliers dans ses Reeboks à 55 dollars. Boum, dès qu'elle ouvre la porte, il donne un coup d'épaule dedans, pousse la femme à l'intérieur et referme la porte du pied pour que le gardien n'ait pas le temps de crier ce qui, de toute façon, est peu probable car il regarde sans doute « La Roue de la Fortune » dans sa loge et il met toujours la télé à fond. Elle lui donne son porte-monnaie, mais il n'y a pas assez, alors il commence à la taillader pour qu'elle lui dise où elle planque son fric. Une putain d'affaire qui finira comme les autres avec « meurtrier inconnu » écrit en gros sur un dossier vite refermé.

– Ça y est, les gars, dit le sergent de l'identité en rangeant sa caméra. On a terminé. Elle est à vous.

Le médecin légiste se leva du canapé de la victime, enfila ses gants et s'agenouilla près du cadavre. Pendant quelques secondes, il étudia le corps de la femme à la manière dont un colonel d'infanterie étudierait un terrain ennemi. Obtenir l'heure exacte du décès serait vital dans cette affaire parce que si cela coïncidait avec le ticket de caisse que McQueen avait ramassé dans le sac de provisions, l'inspecteur aurait au moins une base solide sur laquelle appuyer son enquête.

Le médecin légiste tordit les mâchoires de la femme, puis tâta les muscles de son cou. Ils étaient durs comme du bois. Il fit jouer une petite lampe dans ses yeux embrumés, puis les toucha du bout des doigts. Il n'y avait plus aucune élasticité. On aurait dit de grosses billes.

– Ouais, grommela-t-il à l'adresse de McQueen. Quarante-huit heures sera sans doute à peu près juste. Je vais la retourner pour vérifier les lividités.

Le médecin légiste fit signe au petit nouveau qui avait été le premier policier à arriver sur place. Ils se préparaient à retourner le corps lorsqu'on sonna à la porte.

McQueen alla ouvrir.

– Sûrement un amateur de bonne aventure.

Devant lui, apparut la dernière personne qu'il se serait attendu à voir sonner à pareille porte, Kenny Cook, le directeur adjoint du FBI pour New York. Derrière, se tenait un homme que McQueen ne connaissait pas, un grand type, la cinquantaine, qui fumait la pipe et jouait des épaules comme un trois-quarts. Il portait des lunettes à montures d'écaille et une de ces inabordables vestes anglaises en tweed, avec du daim aux coudes, comme celles qu'aiment porter les professeurs d'histoire de l'université de Columbia. Comme toujours, Cook était une vraie gravure de mode, avec sa chemise bleue à col et poignets blancs, et son manteau en poil de chameau à martingale nonchalamment jeté sur les épaules. Sa façon de s'habiller était un peu une légende.

McQueen leur fit signe d'entrer.

– Pas possible, Kenny, tu as encore plus l'air d'un petit malin que tous les petits malins que je connais. Si J. Edgar te voyait, il se retournerait dans sa tombe.

– C'est que notre défunt chef n'a jamais su s'habiller, n'est-ce pas? répondit l'homme du FBI. Je crois qu'il achetait ce qui lui tombait sous la main dans n'importe quel grand magasin.

Je me rendais en ville en voiture en écoutant la deuxième fréquence radio des inspecteurs quand j'ai entendu ton code d'appel. J'ai su que tu te trouvais là. Mon ami, poursuivit-il en désignant l'homme derrière lui, est un criminologue de Washington en visite chez nous. Il dépense un demi-million de dollars de l'argent des contribuables sur une étude des nouvelles formes de la criminalité urbaine, cela pour le compte du FBI. Un de ces chefs-d'œuvre de trois cents pages qui font baver de plaisir les universitaires mais ne valent pas tripette pour ceux d'entre nous qui sont supposés faire quelque chose contre le crime. J'ai pensé que tu pourrais le mettre directement dans le bain.

– Sans problème, répondit McQueen, qui se moquait qu'on le regarde travailler. Seulement ne touchez à rien, fit-il au visiteur, sinon on sera obligés de prendre vos empreintes et de vous faire passer par la procédure d'élimination des empreintes.

– Winthrop, répondit Art Bennington en lui tendant la main. Stanley Winthrop.

– Alors ? s'enquit Cook. Qu'est-ce qu'il y a au menu, aujourd'hui ?

– Ce qu'il y a, répondit McQueen, c'est une vraie merde. Le coup classique du type qui a enfoncé la porte. Le genre d'affaire vite classée. Un quelconque bamboula camé...

Cook toussa. McQueen comprit l'avertissement. Les gens de Washington ne juraient que par le respect des droits civiques.

– Un drogué en quête de fric. Peut-être qu'il l'a suivie quand elle revenait de chez l'épicier, ou peut-être qu'il se planquait dans l'entrée à son retour. Il lui saute dessus, la pousse à l'intérieur et c'est la question à 1 000 francs. Peut-être qu'il est trop énervé et qu'il la tue sans le vouloir. Plus probablement, une fois qu'il a le fric, il se dit qu'elle peut le reconnaître au cours d'une séance d'identification, alors il décide de l'achever.

– Avez-vous l'impression qu'il manque quelque chose ?

Bennington éprouvait le besoin désespéré de dire ou de faire quelque chose. Rien que pour obliger son esprit et ses yeux à se détourner de l'horreur qu'il avait devant lui. Cette odeur fétide de chair en putréfaction, la vue des plaies béantes sur le corps souple qu'il avait rêvé d'étreindre, ces yeux, ces yeux brillants qui, quarante-huit heures auparavant, l'avaient ensorcelé et n'étaient plus que deux billes noires. Il aurait voulu vomir, ou pleurer. Ou les deux. Mais il devait rester impassible devant Cook et ce flic new-yorkais.

– Non, répondit McQueen en désignant l'étagère où trônaient une télévision, un magnétoscope et un lecteur de disques compacts. C'est du vite fait bien fait. C'est comme ça qu'ils opèrent, maintenant – bang, bang, je ne fais qu'entrer et sortir. Je prends l'oseille et je me tire. Ni vu ni connu. Mais sortez par la grande porte avec votre téléviseur sous le bras, et le voisin se pose des questions, si vous voyez ce que je veux dire.

Sur le plancher, le médecin légiste palpait les aisselles de la victime.

– Que fait-il? demanda Bennington.

– Il vérifie la température du corps, répondit McQueen.

– Comme ça? Avec ses doigts? Sans thermomètre?

– Eh! On n'est pas dans un épisode de *Deux flics à Miami*. Les thermomètres, c'est pour les flics de la télé.

Bennington avait par inadvertance touché un point qui faisait l'orgueil du médecin légiste en chef de New York. Dans cette ville, les médecins légistes enregistraient toujours la température d'un corps sur le lieu du crime par simple toucher.

Le médecin se releva.

– Il faut que j'obscurcisse la pièce, annonça-t-il. Je dois l'examiner aux ultraviolets.

– Il va chercher des traces de sperme, expliqua McQueen, pour voir si le gars l'a aussi violée.

– Oh! mon Dieu!

Cette fois, Bennington ne put contrôler son émotion. Peut-être mettront-ils ça sur le compte des réactions d'un néophyte nerveux, se dit-il.

– Vous voulez-dire qu'ils l'ont violée, en plus? reprit-il.

Il sentit ses muscles se contracter. S'il avait pu mettre le grappin sur l'héroïnomane qui avait fait ça, il aurait été capable de le tuer, de lui arracher les testicules de ses propres mains.

Bennington feignit de s'intéresser à l'étagère tandis que le médecin passait la lampe à ultraviolets sur les vêtements d'Ann Robbins puis soulevait sa jupe pour voir si la lampe trahirait la présence de sperme.

– Non, dit-il, je ne crois pas qu'il l'ait violée. Il l'a juste tailladée. Mais nous revérifierons tout ça demain, sur la table.

Il mit la lampe de côté et, tandis que l'homme de patrouille rouvrait les rideaux et rallumait les lumières, il saisit les mains d'Ann Robbins l'une après l'autre. Presque avec tendresse, il les retourna lentement dans les siennes et étudia les paumes. Bennington ne pouvait s'empêcher de regarder les ongles écarlates danser devant lui et repensait à quel point il avait rêvé que ces ongles lui effleurent la peau. Le médecin légiste approcha les mains de son visage afin d'en scruter les ongles, puis il déboutonna les manches du chemisier pour examiner les avant-bras et le pli des coudes.

– Aucune trace de défense, observa-t-il. Je ne sais pas quel est le salaud qui a fait le coup, mais en tout cas elle ne s'est pas défendue.

– Elle crevait sans doute de trouille, remarqua McQueen. Qu'est-ce que vous voulez qu'une femme puisse faire en face d'un junkie déchaîné un couteau à la main?

Tandis que McQueen parlait, le médecin glissa deux sacs plastique autour des mains d'Ann Robbins. Demain, à la morgue, ils examineraient ses ongles, cherchant la moindre trace de chair ou de cheveux qu'elle aurait pu arracher à son assassin avant de mourir.

– A votre avis, quelle est la cause probable du décès? lui demanda McQueen.

Le médecin soupira et porta à nouveau son regard sur le corps mutilé d'Ann Robbins.

– On n'a que l'embarras du choix, dit-il. J'ai compté neuf coupures. Chacune aurait pu être mortelle. Je vais inscrire « lacérations multiples » en attendant de la regarder de plus près demain.

– Excusez-moi, dit Bennington. Mais quelles sont vos chances de résoudre un crime comme celui-ci?

– Vous voulez une réponse honnête, monsieur Winthrop? répondit McQueen?

Bennington fit signe que oui.

– Presque nulles. J'ai ordonné qu'on quadrille le quartier cette nuit. On va frapper à toutes les portes. Quelqu'un a-t-il vu quelque chose? Un type qui sortait par la porte d'en bas et qui avait l'air sacrément pressé. N'importe quoi. On va demander à la crime de faire monter la température de la rue de quelques degrés. On va leur bouger le cul dans Colombus Avenue. Est-ce qu'un dealer a entendu quelque chose? Le gars s'est peut-être vanté de la façon dont il a refroidi une petite dame dans la 71e Rue.

– Vous voyez, Stanley, fit Cook, l'homme du FBI, dans ce genre de crime urbain qui vous intéresse tant, et dans un cas comme celui qui nous occupe aujourd'hui, si on obtient une condamnation, ce sera presque certainement le résultat d'un petit marchandage. D'ici à quelques mois, la brigade des stups ou la police de New York aura un petit dealer en détention préventive. Le type en prendra sans doute pour dix ou quinze ans. Il nous appellera et nous dira : « Écoutez, si vous me poursuivez seulement pour détention de drogue au lieu de trafic de drogue – ce qui constituerait un délit mineur –, je peux peut-être vous aider à trouver celui qui a refroidi la dame de la 71e Rue il y a six mois. » Et il balance. Si son information est bonne, nous échangeons un revendeur de drogue contre un assassin.

Bennington en avait assez vu. Les villes étaient vraiment des endroits pourris. Pourquoi avait-il fallu qu'un petit drogué complètement dingue s'en prenne à elle? N'aurait-il pu trouver une autre victime à sa violence irréfléchie et irrationnelle? Quel gâchis, quel putain de gâchis.

– Bien, fit Bennington en tendant la main, nous ne voulons pas être dans vos pattes plus longtemps. Vous avez mieux à faire qu'à nous parler, j'en ai conscience.

– Il n'y a aucun dérangement, monsieur Winthrop, répondit McQueen.

Puis il regarda le corps mutilé.

– Je vais vous dire une chose. Je me demande jusqu'où cette putain de ville va aller.

En bas, Cook et Bennington s'arrêtèrent un moment pour regarder au bout de la 71e Rue. C'était un endroit prétendument calme et tranquille. Le territoire de Marjorie Morningstar, l'héroïne d'Herman Wouk. Le terrain où fleurissaient les filles à papa juives entre les années trente et les années cinquante s'hispanisait aujourd'hui à vive allure. On en décelait les signes avant-coureurs au coin de Colombus Avenue: Victor's Café 71 – Cuisine cubaine; Los Ranchos; La Fortuna.

Bennington se tourna vers son escorte du FBI.

– Alors, qu'en pensez-vous?

– McQueen est un bon flic, répondit Cook. Je crois qu'il a à peu près pigé le topo. Cet endroit paraît assez calme, mais autour il y a des coins plutôt mauvais. Ça grouille de drogués entre Colombus et Amsterdam Avenue. Pareil autour de Broadway entre la 87e et la 88e Rue. Au fait, ajouta-t-il en souriant, ils ont eu vite fait de vous expédier ici.

– Dans notre bureau de la place des Nations-Unies, ils lisent les câbles de la police de New York. A propos, dit Bennington en regardant Cook pour souligner ses paroles, je tiens à ce que personne ne soit au courant de l'intérêt que porte mon organisation à cette affaire, mais j'apprécierais énormément si vous pouviez me tenir informé de la suite de l'enquête. Si on trouve quelque chose, j'aimerais le savoir. J'en fais une question un peu personnelle, vous comprenez?

Il prit une petite carte blanche dans sa poche et y inscrivit un numéro de téléphone.

– Vous pourrez me joindre à ce numéro dans la journée. Consultant sa montre, il ajouta: Bon, j'ai tout juste le temps d'attraper la prochaine navette. Dieu quelle histoire cruelle.

– Stanley, c'est une *ville* cruelle.

Dans l'appartement d'Ann Robbins, McQueen procédait aux dernières mesures officielles du strict protocole prévu en cas de meurtre à Manhattan: il attacha un formulaire d'identification UF95 au gros orteil gauche d'Ann Robbins et téléphona pour qu'un fourgon de la morgue porte la victime dans un des cent vingt-six compartiments réfrigérés de la morgue du bureau du médecin légiste en chef de New York.

*

Depuis maintenant deux mois, ces séances bi-hebdomadaires étaient devenues comme des ancres amarrées dans la routine de l'existence d'Art Bennington. Il en ressentait un immense bienfait. Elles étaient autant de bouées qui le tiraient vers les rives de la santé mentale qu'il avait bien failli perdre dans les remous sombres et amers qui l'engloutissaient depuis son divorce.

– Pas un jour de ta vie ne s'écoulera sans que tu y penses, l'avait averti un de ses amis, un des éclopés du cœur de la guerre des divorces.

Eh bien, son ami s'était trompé. Grâce à ces séances d'hypnothérapie, il atteignait véritablement le point où les souvenirs douloureux de ces mois se muaient en fantômes avec lesquels il pouvait cohabiter. D'une certaine façon, le seul fait d'avoir été attiré par cette pauvre médium assassinée, Ann Robbins, était à porter au crédit de ces séances. Il quitta le Leesbourg Pike pour tourner dans Chaucer Lane. Toutes les rues de ce nouveau quartier où l'hypnothérapeute avait son cabinet portaient des noms d'écrivains : Hemingway Drive, Poe Road, Chaucer Lane. C'était censé ajouter au charme des quartiers chics de Virginie.

Le cabinet de l'hypnothérapeute était naturellement situé dans une maison médicale où l'on pouvait s'attendre à trouver l'assortiment classique de chiropracteurs, ostéopathes, orthodontistes et autres dentistes de banlieue chic. Ajoutez-y deux consultants en informatique, une association de retraités des postes, une hypnothérapeute, et vous aurez une idée des lieux.

Le divorce, songeait Bennington en garant sa Volvo entre deux lignes blanches du parking « Visiteurs », constituait la grande contribution américaine aux trouvailles sociales de la seconde moitié du XX^e^ siècle. On a même réussi à industrialiser la destruction de la famille. Ces mêmes personnes qui vous ont apporté la chaîne de montage automatique vous conduisent maintenant à l'autel des divorces. Et chaque pas, sur ce parcours, est accompli presque sans effort grâce à une planification méticuleuse.

En tout cas, il riait presque en repensant à ce jour où il était rentré chez lui pour trouver ses vêtements, ses livres et un ballot de ses affaires empilés sur la pelouse devant la maison : une vente à l'encan pour un mariage en déroute. Un mot laconique de Terri et un référé du tribunal – obtenu par la Hyène – le mettant à la porte de chez lui avaient couronné en beauté cet étalage d'effets qui figuraient assez bien le drapeau d'un explorateur au sommet de l'Everest.

Les semaines suivantes avaient été un véritable cauchemar. Les nuits semblaient durer quarante-huit heures. D'abord, il y eut la pure angoisse physique; il avait mal aux tripes d'avoir perdu sa femme. Aucune forme d'annulation n'était plus atrocement douloureuse. Puis vint l'amertume qui croissait au fur et à mesure que la Hyène orchestrait avec une habileté diabolique sa crucifixion financière. Cette avocate de malheur avait réussi à faire de Terri une femme dont il ignorait tout. Il n'avait pas eu d'autre choix que de se mettre dare-dare en quête d'un avocat à la hauteur de la partie adverse. Le type lui avait demandé 250 dollars de l'heure – inimaginable! Le consultant le plus cher de la capitale, et tout ça pour un avocat spécialiste des divorces!

Toute cette affaire lui avait coûté 45 000 dollars et l'avait rejeté dans la semi-pauvreté de la petite bourgeoisie. Il avait déménagé dans un hôtel miteux de Pennsylvania Avenue qu'on aurait pu rebaptiser « centre de réadaptation pour hommes d'âge mûr jetés à la rue par leur épouse ». On l'appelait la Casbah, ce qui donne une idée des occupants. De là, il s'était installé dans un studio en sous-sol pompeusement nommé « appartement en rez-de-chaussée à l'anglaise » par l'agence immobilière qui le lui avait déniché. La seule chose anglaise, qui soit anglaise, c'était le froid et l'humidité des lieux. Les fenêtres offraient une vue imprenable sur les pieds des passants. Heureusement, comme cet appartement était situé à Georgetown, il y avait de temps à autre une jolie paire de pieds qui valait le coup d'œil.

Merveilleux de songer combien tout cela était maintenant derrière lui. Il était dorénavant capable en sortant de sa voiture de remarquer l'odeur d'herbe fraîchement coupée, ou d'apprécier l'éclat d'or et d'écarlate sur les ailes d'un loriot.

Il grimpa à pied les quatre étages qui menaient à la suite de Nina Wolfe. La salle d'attente était plutôt nue : trois fauteuils, une table ronde et des exemplaires cornés du *Reader's Digest*, de *US News and World Report*, et de *Maisons et Jardins*. Aucun diplôme parcheminé au mur; l'hypnose était un don qui ne s'enseignait ni dans des écoles ni dans des instituts. Cela se transmettait individuellement, de professeur à élève, de praticien à néophyte.

Sur ce sujet-là, Bennington était imbattable. A la fin des années cinquante et au début des années soixante, la CIA s'y était intéressée de façon exhaustive. Ils avaient joué avec la notion de suggestion post-hypnotique: programmer un homme pour qu'il assassine quelqu'un à un signal prédéterminé. Foutaises, pure fiction. Leur plus beau rêve était de trouver la parfaite technique d'interrogation, l'outil infaillible qui pouvait arracher au subconscient d'un prisonnier ses secrets les plus précieux sans son consentement. Ils avaient appris que l'hypnose ne pouvait pas obtenir cela. Arriver à ce qu'un individu révèle un secret sous hypnose était excessivement ardu.

– Bonjour.

Nina Wolfe quittait son bureau en compagnie de sa cliente précédente, une femme manifestement trop grosse. Les fumeurs et les boulimiques constituaient plus de la moitié de sa clientèle.

– Comment ça va, le pétrole? demanda-t-elle quand la femme fut partie.

Bennington lui avait dit qu'il s'appelait Art Booth et qu'il était consultant chez Exxon.

– Ça pourrait aller mieux. Le brut du Texas baisse à nouveau.

– Dommage – n'est-ce pas?

– Pas pour vous. L'essence sera moins chère.

Nina Wolfe approchait la quarantaine. Elle avait une abondante chevelure rousse, des taches de rousseur et de jolis yeux verts. Elle portait d'ordinaire des jupes avec des vestes assez masculines, comme l'ensemble rayé qu'elle avait mis ce matin-là. Il s'agissait sans doute de décourager toute dépendance émotionnelle.

– Utilisez-vous les cassettes que je vous ai données?

– Tous les soirs. C'est encore plus efficace que les berceuses irlandaises de ma mère.

– Et vous dormez bien?

– Mieux.

Ils pénétrèrent dans son bureau. Les rideaux étaient tirés. Bennington ôta sa veste qu'il accrocha au perroquet. Puis il desserra sa cravate, défit ses boutons de manchettes et s'étendit avec plaisir sur la chaise longue en cuir qu'elle réservait à ses patients.

L'hypnose classique, telle que la pratiquait Nina Wolfe, comprenait trois sortes de transes, chacune plus profonde que la précédente. La première, qu'elle utilisait pour ceux qui voulaient arrêter de fumer ou de trop manger, n'était pas véritablement une transe, mais un état de relaxation profonde. La deuxième amenait le patient à un stade auquel il avait encore des sensations mais sans éprouver, ou presque, de douleur. Il sentirait, par exemple, qu'on le pique avec une aiguille, mais ne cillerait pas. Ce stade se caractérisait par un sens accru de la mémoire et une acceptation de la suggestion post-hypnotique.

Le troisième stade produisait une transe si totale que les patients étaient complètement anesthésiés. Il s'agissait de personnes devant subir une opération mais mortellement allergiques aux anesthésiants conventionnels. On recourait à cette extrémité en cas de césariennes, d'implants de seins, de thyroïdectomies, voire d'amputations au cours de la Première Guerre mondiale.

Mais seulement une personne sur cinq pouvait être amenée à ce troisième stade. Art Bennington en faisait partie. C'était essentiel à sa thérapie parce que seul ce niveau permettait d'atteindre la régression. La régression était un voyage dans le passé du client – son mariage, dans le cas de Bennington. Il fallait jouer ce jeu-là, où l'hypnothérapeute assumait divers rôles, ami, mère, père, patron, pour aiguiser la mémoire du patient. Le but était de découvrir dans cette exploration du passé des explications aux problèmes du client, de découvrir des sentiments et des attitudes positifs sur lesquels ancrer une thérapie de suggestion post-hypnotique.

Nina Wolfe prit une lampe argentée montée sur une tige. On aurait dit un champignon lumineux.

– Regardez cette lampe, ordonna-t-elle. Vos yeux sont fatigués. Vos paupières deviennent lourdes.

Sa voix prit le rythme précis d'un métronome. Le subconscient de Bennington y était déjà conditionné : cette voix monocorde, il l'entendait tous les soirs sur les cassettes.

Imperceptiblement, elle abaissa l'ampoule afin que les paupières de Bennington s'abaissent pour la suivre, renforçant ainsi le processus de suggestion de ses paroles.

– Vos yeux sont lourds. Vous avez sommeil... Je vais maintenant compter de vingt à un. Quand je dirai un, vos yeux se fermeront complètement et vous vous endormirez... Dix-neuf... vos yeux se ferment... dix-huit...

A neuf, Bennington était en transe profonde.

Nina Wolfe le dévisagea un moment, sensible au rythme lent et régulier de sa respiration.

– Vous dormez, maintenant. Vous dormez profondément. Vous n'entendez que mes paroles.

Sa voix caressait le subconscient de Bennington comme des doigts soyeux. Elle prit une paire de pinces pointues et lui pinça le poignet. Il resta sans réaction. Il était parti.

– Maintenant ramenez-moi à une époque où vous étiez heureux. Ramenez-moi à votre troisième anniversaire de mariage. Vous y êtes. Maintenant, ordonna-t-elle.

– Terri était furax.

– Pourquoi ?

– J'étais allé en Europe pour le boulot. Elle est furax.

– Que faites-vous ? Que lui dites-vous ? Vous y êtes.

– Elle était... Je... marmonna-t-il un instant. Je suis dans l'entrée. J'ai le vase de porcelaine que je lui ai rapporté de Berlin.

Nina Wolfe sourit. Il s'exprimait maintenant au présent. C'était ça le signe. Il était en pleine régression. Elle pouvait chercher les souvenirs, les sentiments positifs qu'elle tenterait d'implanter dans son subconscient grâce à la suggestion posthypnotique.

La séance dura plus d'une heure. Quand il sorti de transe, Bennington se sentit en pleine forme. Il avait l'impression d'émerger d'une bonne sieste. Il s'étira et bâilla.

– Vous avancez bien, sourit Nina Wolfe tandis qu'il enfilait sa veste avant d'en sortir son portefeuille. Encore une ou deux séances et je crois que nous en aurons terminé.

*« Comment diable a-t-elle réussi un chose pareille ? »*

*

Aucune antenne des instances gouvernementales de New York ne semblait y échapper – toutes arboraient ces décalcomanies ornées d'un cœur rouge et proclamant « I love NY ». On en trouvait dans des endroits aussi inattendus que les postes de police ou les caisses protégées du bureau des contraventions. Mais nulle part elles ne paraissaient plus déplacées que sur les murs du bureau du médecin légiste en chef de la ville de New York. C'était un immeuble bas à la façade d'un bleu brillant, au coin de la Première Avenue et de la 30e Rue, situé de façon assez logique entre deux établissements hospitaliers de la ville, l'hôpital Bellevue et le Centre hospitalier universitaire de New York. Les compartiments réfrigérés des sous-sols de ce bâtiment abritaient chaque année à peu près deux mille victimes d'homicides; tous les suicides; tous ceux qui arrivaient déjà morts dans les hôpitaux de Manhattan; et tous les citoyens dont le décès n'avait pas été constaté par un médecin, qu'il s'agisse de Nelson Rockefeller, d'une clocharde qu'on trouvait raide morte sur une bouche d'aération de métro par une nuit de janvier, ou d'un cadavre non identifié repêché dans East River les pieds dans du ciment.

Cet immeuble était le terminus de la vie d'Ann Robbins. A 9 h 30 le lendemain de sa découverte, le Dr Mordechaï Herzog, ce jeune médecin légiste qui avait procédé à l'examen préliminaire de son corps, présenta le cas d'Ann Robbins à la réunion quotidienne du chef de service. Désormais, Ann Robbins était un numéro, le cas M89-1376, identification que porterait son dossier tout au long du parcours presque certainement inutile à travers le système judiciaire criminel new-yorkais, à la recherche de son assassin.

Comme à l'accoutumée, le médecin légiste en chef présidait la réunion. C'était un homme de petite taille, d'environ soixante-cinq ans, qui avait tout du gentil médecin de famille juif effectuant encore des visites à domicile à Brooklyn. En réalité, c'était un vieux routier dans son domaine, un dur à cuire qui en avait vu de toutes les couleurs.

Avec quelques paroles bien senties, il pouvait réduire la demi-douzaine d'assistants autour de la table en une petite flaque. Cela dit, il n'y avait pas grand-chose dans le dossier du cas M89-1376 qui puisse mettre à mal les connaissances du Dr Mordechaï Herzog, de son chef, ou d'un quelconque médecin légiste présent. On affecta le corps à l'autopsie de 11 heures sans la moindre discussion.

Par tradition, les autopsies se déroulaient à New York de 11 heures du matin au milieu de l'après-midi. Tous les jours sauf le dimanche. Cet emploi du temps, selon la légende, remontait à l'époque où les inspecteurs devaient obligatoirement assister à l'autopsie des victimes dont ils s'occupaient, ce qui leur ôtait généralement toute envie de déjeuner.

La salle d'autopsie se composait de dix tables métalliques, qu'on appelait paillasses. La tradition voulait que la première soit réservée au chef. Mais aujourd'hui, aucun cas ne revêtait suffisamment d'importance pour retenir son attention. Il fit donc les cent pas dans la salle d'autopsie, comme un professeur d'anatomie supervisant les dissections d'un groupe d'étudiants en médecine.

La première tâche d'Herzog, et la moins désagréable, consista à déshabiller le corps d'Ann Robbins. Il marqua chaque vêtement de ses initiales au fur et à mesure qu'il les ôtait, puis scella le tout dans une poche qui ferait partie de la chaîne des preuves dans l'hypothèse où quelqu'un serait jugé pour son meurtre.

Après quoi il retira les sacs de plastique dont il avait entouré les mains d'Ann Robbins la veille, en arracha les ongles un à un pour les placer chacun dans une boîte. Ils seraient examinés au microscope en laboratoire. Herzog ne demanda pas de radio. C'était d'ordinaire réservé aux homicides par balle. Au pied de sa table, il vérifia une rangée de flacons, rouge, vert, bleu, jaune, blanc et noir qui contiendraient bientôt des prélèvements du sang, de l'urine, de la bile, des intestins, du foie et des reins d'Ann Robbins. Le labo de toxicologie les examinerait pour y chercher toute trace de médicament ou de drogue.

Il actionna la pédale déclenchant le magnétophone Sony dont le micro pendait au-dessus de la table. Puis il commença à dicter le protocole d'autopsie, document qui servirait d'épitaphe à Ann Robbins dans les archives de la ville de New York : « Il s'agit du corps d'une femme blanche bien développée et bien nourrie, mesurant 1,65 mètre, pesant approximativement 55 kilos, et âgée de quarante ans. »

Il décrivit avec soin chaque blessure au couteau, en donnant avec autant de précision que possible emplacement, largeur, profondeur et citant les organes atteints. Puis il prit un bistouri et commença son autopsie avec la traditionnelle incision en Y qui allait d'une épaule à l'autre et de la poitrine jusqu'à l'os pubien.

Un procédé long et éprouvant. Comme toujours, Herzog était épuisé à la fin. A l'exception de l'absence d'hémorragie interne, il n'y avait rien qui distinguât cette autopsie des centaines qu'il avait pratiquées dans la même salle. En enlevant ses gants, il dicta le dernier paragraphe du protocole. « Cause du décès » : « Blessures multiples (9) au couteau, dans la poitrine, l'abdomen, le dos, atteignant les poumons et le foie. Homicide. »

Il se préparait à renvoyer le corps à son compartiment réfrigéré quand il sentit la présence de son chef derrière lui.

– Qu'est-ce que c'est que ça? lui demanda son chef.

Le corps d'Ann Robbins était sur le ventre, et le chef désignait une marque bleu-noir de la taille d'un petit bouton derrière le genou d'Ann Robbins, au-dessus du mollet. Sans attendre la réponse, il tâta l'endroit. La pression du doigt étira la peau, révélant du même coup un point noir au centre du cercle.

– Passez-moi une loupe.

A travers la loupe, il regarda attentivement la tache bleu-noir.

– On dirait la trace d'une aiguille, remarqua-t-il. Vous avez déjà, l'un ou l'autre, entendu parler d'un drogué qui se pique derrière le genou?

Deux autres assistants, qui en avaient terminé avec leur autopsie, avaient rejoint Herzog autour de la table. Tous secouèrent la tête en signe de dénégation.

– Cela dit, grommela le chef, dans cette ville on ne sait jamais. Vous avez les résultats de la toxico?

Herzog fit signe que non.

– Alors qu'attendez-vous?

Herzog alla téléphoner et revint quelques minutes plus tard. La toxicologie avait fait la recherche classique de tranquillisants, d'alcool et de drogues dures.

– Négatif, chef, dit Herzog.

– Aucune anomalie dans votre autopsie?

– Non. Si ce n'est, ajouta Herzog comme si ça lui revenait soudain, l'absence d'hémorragie interne.

– Allez me chercher les photographies prises après le meurtre – les photos dans l'appartement d'Ann Robbins.

Quand les clichés arrivèrent, il y avait une demi-douzaine d'assistants autour de la table, tous fascinés devant leur chef à l'œuvre. Il s'empara des photos et les examina une par une avec attention. Il cherchait ce que dans leur jargon on appelait des « éclaboussures en massue de gymnastique », ces traces bien particulières que faisait le sang qui jaillit d'une blessure au couteau. La plupart du temps, on en trouvait à la surface de la peau, autour de la blessure.

– Voyez-vous des éclaboussures en massue de gymnastique?

Herzog et ses collègues étudièrent tour à tour les clichés. Le chef tenait quelque chose. Aucune trace de cela, en effet, sur le corps d'Ann Robbins.

– Il y a quelque chose de bizarre, déclara-t-il. Scalpel. Je veux retrouver la trajectoire.

Avec la lame, il incisa sous la tache bleu-noir dans la chair, sous le bleu, à la recherche de la trajectoire caractéristique d'une aiguille hypodermique.

Il la trouva bel et bien. Elle était cependant un peu plus large que celle d'une aiguille classique et avait pénétré de plus quatre centimètres, plus profondément que pour une injection ordinaire d'héroïne.

Le médecin légiste en chef reposa le scalpel et resta pensif. Cette étrange trajectoire et l'absence d'éclaboussures. Il leva les yeux sur ses assistants qui, tous, attendaient le verdict de leur professeur.

– Bien, dit-il, et si elle était déjà morte quand on l'a tailladée?

*« Comment diable a-t-elle réussi un chose pareille? »*

L'accès à la salle à manger des cadres de la CIA était un des privilèges qui allaient de pair avec le rang de SIS d'Art Bennington. SIS : Senior Intelligence Service Four, cadre supérieur du renseignement. L'endroit ressemblait à un club orné avec goût et était situé dans l'atmosphère raréfiée du septième étage. La couleur dominante était le mauve, la lumière était tamisée et les murs décorés dans le pur style CIA : des toiles de peintres modernes américains de faible renom, dont le principal mérite artistique résidait dans le prix, fort raisonnable. Le nombre des adhérents était limité, idée inspirée de ces clubs londoniens comme White's and Buck's qui trouvaient grâce aux yeux des pères fondateurs de la CIA.

Cela constituait une nette amélioration par rapport aux selfs du rez-de-chaussée où Bennington avait pris ses repas au cours de presque toute sa carrière à l'Agence. En haut, vous aviez droit à une serveuse et vous commandiez après avoir consulté une carte souvent fort appétissante.

La serveuse connaissait les habitudes de Bennington. Elle lui apporta un Sprite avec le menu du jour. On ne servait pas d'alcool dans la salle à manger, ce qui expliquait pourquoi les quarante places étaient rarement occupées malgré la centaine d'officiers autorisés à venir. Bennington hésitait entre un hachis parmentier et une salade du chef quand la serveuse revint et se pencha à son oreille.

– Une communication pour vous, monsieur, murmura-t-elle. Ann Stoddard l'appelait du bureau.

– Un certain M. Cook du FBI aimerait vous parler de toute urgence.

Il fallut un court instant à Bennington pour retrouver dans sa mémoire le visage de Cook.

– D'accord, dit-il. Je descends le prendre en bas.

– Ah, Winthrop, fit Cook quand on lui passa Bennington, vous devez avoir une nouvelle secrétaire.

– Qu'est-ce qui vous fait dire ça?

– Elle m'a paru hésiter quand je lui ai donné votre nom. Bennington réprima un rire. Il tentait désespérément de trouver une réponse intelligente quand il comprit que Cook n'en demandait pas tant.

– Vous vous souvenez de cette médium, Ann Robbins, dont la mort vous avait amené chez nous? Celle qui avait été refroidie par un drogué d'origine ethnique inconnue?

– Bien sûr.

– Les plus grandes familles de la mafia ont chez nous une tradition. Placez un pic à glace dans l'oreille d'un ami, donnez un bon coup dessus. Votre ami est mort. Nettoyez le sang sur l'oreille, et je défie le plus perspicace des coroners de deviner ce qui s'est passé. La cause du décès sera inévitablement l'arrêt cardiaque.

Pourquoi diable me raconte-t-il tout ça? se demanda Bennington. Quand il était à New York, il avait compris que Cook était incapable d'aller droit au but. Dieu sait pourquoi, il parlait toujours par circonlocutions.

– C'est un peu ce qui se passe avec votre Miss Robbins.

– Comment ça?

– Il y a quarante-huit heures, le médecin légiste en chef, un gars très très malin, nous a envoyé un prélèvement de sang et nous a demandé de l'expédier au Centre des maladies transmissibles d'Atlanta pour un bilan immunologique. Il avait des doutes sur la cause du décès.

Bennington se redressa sur son siège.

– Son labo de toxicologie est seulement équipé pour la détection de drogues ou de trucs comme les sédatifs qu'on met dans les boissons. Ils n'ont pas les moyens de repérer des poisons sophistiqués. Pour cela, il faut pouvoir tester les anticorps. Trouver si le système immunitaire a réagi à une substance étrangère injectée dans le sang.

L'homme de la CIA sentit son cœur se serrer.

– Ouais, continuez, Cook, je connais tout ça. Allez-y.

– J'ai le rapport d'Atlanta devant les yeux. Vous vous rappelez ce Bulgare piqué derrière la jambe à Londres avec une fléchette contenant du poison au ricin? Il s'appelait Markov, si ma mémoire est bonne.

– Je m'en souviens comme si c'était hier, dit Bennington.

– Atlanta a trouvé des anticorps ricin dans le sang d'Ann Robbins. Elle n'a pas été bêtement tuée par un junkie, mon cher. Elle a été tuée par vos amis des pays de l'Est, puis tailladée après coup pour faire croire qu'un toxico l'avait zigouillée.

*« Comment diable a-t-elle réussi un chose pareille? »*

– Mon Dieu!

Bennington pâlit. Le ricin était la signature de la Ve Section du KGB, chargée des liquidations.

– Ce rapport a-t-il déjà été remis à la police de New York? demanda-t-il à Cook.

– Pas encore.

– Si on leur donne, cela revient à informer la presse, non? Et demain, le *Post* en fera la une de son édition: « Le KGB tue une médium en plein New York. »

– Oui, Stanley. Cela me paraît une supposition parfaitement logique.

– Écoutez, Cook, dit Bennington en essayant de prendre sa voix sévère de chef de département, j'aimerais, dans l'intérêt de la sécurité nationale, vous demander de mettre ce rapport sous le coude. Contentez-vous de dire à la police que les tests d'Atlanta sont tous négatifs.

A l'autre bout de la ligne, il y eut un long silence embarrassé.

– Soit, soupira enfin Cook. Je crois pouvoir vous satisfaire. Mais à la condition que j'aie deux choses pour me couvrir, Stanley.

– Lesquelles?

– J'aimerais bien savoir comment vous vous appelez vraiment et quelle est votre véritable fonction.

*Deuxième partie*

# « JE NE VEUX PAS LE SAVOIR. FAITES-LE. »

*Près d'Achkabad, République du Turkménistan, URSS*

Cela faisait plus d'une demi-heure que l'ingénieur Vladimir Soroubnov n'avait pas vu de véhicule sur cette partie isolée de la nationale qui traversait la partie sud du Karakoum, vaste région désertique de la taille de la Californie nichée dans la république la plus méridionale d'Union soviétique. Devant ses phares, la route semblait s'effacer en un horizon infiniment lointain. Elle était plate, droite, triste et sans vie; la lune ne s'était pas encore levée et la nuit chaude qui enveloppait sa voiture était aussi sombre que les « sables noirs » d'où le Karakoum tirait son nom.

L'ingénieur Soroubnov n'était pas né dans cette partie de l'Union soviétique. D'ailleurs, il la détestait. C'était un Biélorusse de Minsk, loin au nord-ouest. Son cœur était irrémédiablement lié à ces climats froids, et il passait plus de temps qu'il ne voulait bien l'admettre à élaborer des plans pour être de nouveau transféré à Minsk ou, mieux encore, à Moscou. Soroubnov et sa femme Elena s'étaient installés à Achkabad douze ans plus tôt, dès qu'il avait obtenu son diplôme d'ingénieur en hydroélectricité au Minsk Tcknikon. Leur déménagement faisait partie d'un programme soigneusement orchestré de déplacement de population des Républiques européennes d'URSS vers les Républiques asiatiques. Le but de l'opération était de contrebalancer la domination des populations asiates et musulmanes de ces républiques en y injectant des Russes de l'Ouest, plus instruits, plus travailleurs – et plus loyaux.

L'appât était toujours le même : meilleure situation, meilleur logement, meilleur salaire. En cela le Parti s'était montré honnête avec Soroubnov, sa femme et leurs deux fils. La voiture à bord de laquelle il inspectait le canal d'irrigation de Karakoum, long de huit cents kilomètres, en était la preuve. Ainsi que l'appartement de quatre pièces qu'on venait de lui attribuer dans la nouvelle résidence construite par la coopérative ouvrière d'Achkabad. Soroubnov ne supportait pas les Turkmènes et les musulmans au milieu desquels on l'obligeait à vivre. Il ne leur faisait aucune confiance et s'en méfiait. Il les trouvait effrayants, menaçants, voire dangereux. Ils préféraient parler leur propre langue. Ils avaient l'air différents, pensaient différemment, mangeaient différemment, et même, pour autant qu'il pouvait le savoir, faisaient l'amour différemment.

Et ils ne cachaient pas leur hostilité à l'égard des Russes européens. Les enfants de Soroubnov étaient sans arrêt molestés par des bandes d'enfants turkmènes quand ils rentraient de l'école. Au bout de douze ans, Soroubnov et sa femme ne comptaient pas un seul ami parmi la population locale. Leurs seuls relations étaient des Russes européens. Pour des raisons pratiques, ils vivaient dans un ghetto, entouré d'étrangers qui les considéraient comme des colonisateurs.

Perdu dans ses pensées et engourdi par la monotonie de la route, il lui fallut une seconde pour apercevoir la silhouette qui gesticulait avec frénésie derrière un arbre couché en travers de la route, un de ceux qu'avait fait planter la direction de l'hydroélectricité. Nom de nom ! s'exclama Soroubnov en freinant si brutalement que sa voiture dérapa. Il y avait encore eu une de ces tempêtes soudaines comme on en voyait tant dans le Karakoum.

L'homme se pencha par la vitre. La casquette tricotée et l'odeur d'ail indiquèrent immédiatement à Soroubnov qu'il s'agissait d'un indigène.

– *Gospodin*, dit ce dernier en employant une vieille formule prérévolutionnaire, la tempête a abattu cet arbre. Pourriez-vous m'aider à le déplacer ?

– Évidemment que ce satané arbre a été abattu, grommela

Soroubnov en descendant de voiture. Tu t'imaginais qu'il était tombé tout seul?

Il était si impatient de retrouver sa femme et ses enfants qu'il ne s'étonna pas de ne remarquer aucun véhicule alentour. Il ne fit pas attention non plus à la deuxième silhouette qui sortait de l'ombre derrière sa voiture et se dirigeait lentement vers lui. Il n'entendit ni le crissement de ses pas ni le bruissement de son large manteau ceinturé. En fait, il ne prit conscience de sa présence que lorsque l'homme le saisit vigoureusement par le cou et lui fit basculer la tête en arrière. Le bras de son assaillant le maintenait contre son épaule. Terrorisé, Soroubnov vit les étoiles scintiller au loin dans le ciel d'encre. Il essaya de crier, mais on lui ferma la bouche. C'est alors qu'il vit briller le couteau : un de ces grands poignards recourbés des guerriers afghans. La dague déchira l'air jusqu'à son cou. La douleur fut atroce au moment où la lame plongea dans sa gorge jusqu'à la garde pour la trancher d'un côté à l'autre.

L'assassin lâcha sa prise, qui s'écroula à terre. Soroubnov essaya à nouveau de crier, mais le couteau qui lui avait tranché la carotide avait aussi coupé ses cordes vocales. Il n'y eut qu'un gargouillis. Terrifié, effaré, Soroubnov tentait d'apercevoir ses tueurs.

Il sentit qu'on arrachait sa ceinture et qu'on baissait brutalement son pantalon jusqu'aux genoux. Ces salopards me dévalisent, se dit-il. Mais il sentit avec horreur que des doigts saisissaient vigoureusement ses organes sexuels. Cette fois, la douleur fut amplifiée par un indicible dégoût. Il était en train de perdre connaissance mais il eut le temps de comprendre. Des amis qui avaient fait la guerre en Afghanistan lui avaient raconté ce que les moudjahidin faisaient aux blessés de l'Armée rouge. Mais pourquoi à lui? Pourquoi?

Sa dernière vision, tandis que la vie l'abandonnait, fut celle de l'assassin tenant ses organes sexuels devant sa bouche maintenue ouverte, prêt à les y enfoncer. Derrière lui, l'homme qui avait arrêté la voiture de Soroubnov finissait d'étaler à la peinture verte sur le pare-brise de la Moskvitch le croissant islamique.

– Viens, murmura-t-il au tueur.

L'assassin essuya la lame de son couteau sur le veston de sa victime puis la remit dans son fourreau. Bondissant comme des chacals, ils s'enfoncèrent dans la nuit.

A des milliers de kilomètres du cadavre de Vladimir Soroubnov, à Alma-Ata, capitale de la République soviétique musulmane du Kazakhstan, deux hommes en blouson de cuir noir et jeans délavés, dont les cheveux cherchaient sans succès à imiter la coiffure des punks londoniens, descendaient furtivement l'allée de pins qui conduisait au monument de la place Brejnev. L'un d'eux portait un sac de toile comme ceux que de nombreux Russes utilisaient pour emporter leur déjeuner au travail. Mais, cette fois, ce n'était pas leur repas. Car il était 1 heure du matin.

Il y avait néanmoins quelques sandwiches sur le dessus du sac. Les deux garçons s'approchèrent du monument. Il s'agissait d'une énorme couronne encerclant une faucille et un marteau en bronze. Le tout était fixé à un mur de marbre poli. Ce monument symbolisait l'unité fraternelle des républiques d'URSS. L'homme qui portait le sac plongea sa main dedans, jeta les sandwiches par terre et en tira une bombe de peinture verte. Il tendit le sac à son partenaire et commença à couvrir le mur près du monument avec le croissant islamique vert.

Pendant ce temps, son partenaire prit cinq cents grammes de plastic dans le sac. Il les plaça à la base du monument juste au-dessus du rouleau de bronze où s'inscrivaient les lettres KCCP – République socialiste soviétique du Kazakhstan. Il prit une mèche toute prête, enclencha le compte à rebours et l'inséra dans le plastic.

– Prêt? mumura-t-il.

Son compagnon acquieça et ils s'éloignèrent d'un pas nonchalant.

*

Chaque fois que Art Bennington empruntait le couloir du septième étage, celui des cadres de la CIA, il pensait à ces hôpitaux psychiatriques de luxe en Nouvelle-Angleterre, où les riches envoyaient leurs alcooliques se mettre au vert et leurs malades mentaux se faire oublier dans un anonymat de bon ton. Les murs et le plafond de ce corridor étaient d'un blanc aseptisé et sans vie;

le sol était recouvert de ce linoléum vert typique des asiles, qui se révélait remarquablement résistant à tout effort pour le faire briller. Bennington s'attendait presque à percevoir le couinement des semelles de caoutchouc des infirmières et une voix de femme disant d'un ton pincé : « On a encore trouvé une bouteille de whisky dans la bouillotte du vieux M. Van Dyke, ce matin. »

Bennington entra en vitesse dans la salle de réception de son chef, le directeur adjoint des Sciences et Technologie.

– Il vous attend, dit son assistante, entrez.

John Sprague, le DA, avait dix ans de moins qu'Art, mais ils entretenaient des relations agréables et assez amicales.

– Nous avons un problème, attaqua Bennington en pénétrant dans la pièce. Un gros problème. Tu te rappelles cette médium new-yorkaise dont je t'ai parlé?

– Celle qui a été assassinée par un drogué?

– Tout juste – ou plutôt non, tout faux. Elle n'a pas été assassinée par un drogué, elle a été liquidée par le KGB.

– Merde!

Le DA faillit bel et bien tomber de son fauteuil. Le KGB tuait si rarement un citoyen américain en territoire américain que c'était impensable.

– Attends, dit-il en appuyant sur le bouton de son interphone. Envoyez-moi Frank immédiatement et je ne prends aucun appel, à l'exception du directeur, ordonna-t-il à son assistante.

Frank Pozner était l'officier de sécurité interne de S & T.

– Reprends du début, fit le DA quand Pozner les eut rejoints. Rappelle-moi quelles étaient exactement tes relations avec cette femme.

– Nous l'utilisions dans un truc baptisé projet COQUILLAGE. Tu te souviens?

– Vaguement.

Les sept divisions que coiffait la direction S & T travaillaient sur trois cents projets de recherche et Sprague ne pouvait manifestement pas les suivre tous de près.

– Cela fait partie de notre étude sur ce que nous appelons les phénomènes paranormaux, remarqua Bennington.

– Cette histoire de PES?

– Dans un sens, oui. Nous avons pris douze des meilleurs psi du pays, ceux qui ont fait les plus forts scores avec la police, le FBI et les services secrets.

– Vous voulez dire que ces types trempent dans ce genre de truc? s'étonna Pozner.

– Absolument. Cela dit, si vous leur posez la question en public, ils jureront sur la tête de leur premier-né qu'ils ne savent même pas que ce que c'est qu'un médium.

Bennington décrivit l'opération COQUILLAGE avec les psi qui tentaient de localiser les sous-marins soviétiques.

– Ahurissant.

Le ton de la voix de l'officier de sécurité était loin de refléter la moindre admiration pour le projet de Bennington. Il avait organisé la surveillance de COQUILLAGE, mais n'avait évidemment pas la moindre idée de sa finalité.

– Écoutez, la marine ne sait plus à quel saint se vouer à cause de ces nouvelles hélices que les Russes possèdent grâce à nos amis japonais. Ils sont prêts à tout essayer. Bref, la semaine dernière nous en étions à sept essais pour chaque psi. Onze sur les douze personnes n'ont rien donné, dit-il après une pause. Rien sur les sept essais. Ça faisait soixante-dix-sept. Ils n'étaient même pas vaguement proches. Miss Robbins, elle, nous a fourni trois fois sur les sept l'emplacement exact des sous-marins, à vingt milles nautiques près.

– Je ne le crois pas! s'exclama Pozner.

– Moi non plus, d'une certaine façon, mais c'est comme ça.

Bennington raconta alors tout ce qu'il savait sur le meurtre d'Ann Robbins.

Le DA l'écouta avec une grande attention.

– Pour l'instant, mets de côté les détails de son assassinat. Pourquoi maintenant? Y avait-il quelque chose de significatif dans cette date? Ont-ils prévu un important mouvement d'attaque qui les a contraints de l'éliminer tout de suite elle, et son pouvoir de repérer leurs sous-marins?

– Je me suis penché là-dessus, dit Bennington. La première chose que j'aie faite quand j'ai appris ça a été de descendre au Puits.

Le Puits était la salle des opérations de la CIA; elle se trouvait au sous-sol de l'immeuble et une équipe de techniciens y travaillaient vingt-quatre heures sur vingt-quatre.

– Là-bas, c'est aussi calme que le dimanche matin dans une église de l'Iowa. Les forces armées soviétiques sont en position d'alerte minimum. Nulle part dans le monde ils n'ont décelé de trafic d'intensité anormale entre leurs postes de commandement. La NASA a brisé toute une série de leurs codes d'alerte et pas un seul n'a été émis.

– Et les pays satellites? La Pologne?

– Rien. Nulle part. Au cours des huit derniers mois, l'ensemble de la politique étrangère soviétique a été non agressive.

– Ça pourrait changer.

– Et comment. Mais laisse-moi te dire une chose, John, j'ai la conviction que le motif de ce meurtre était scientifique et à long terme.

Le DA se caressa le menton.

– Pourquoi?

– Il y a quelque chose que vous devez savoir, l'un comme l'autre, soupira Bennington. Ça s'est passé avant que vous ne montiez à bord, Frank et toi, John, tu ne l'as probablement jamais su. C'est en relation directe avec la raison pour laquelle nous sommes à égalité dans cette opération COQUILLAGE.

« Au début des années soixante-dix, nous avons lancé un programme à l'Institut de recherche de Stanford. Sur place, les gros bonnets étaient aussi affolés de nous voir débarquer que des pucelles dans un bordel, alors nous avons gardé nos distances. Attention, ces types n'étaient pas des savants tous typiquement californiens, mais de remarquables chercheurs. Ils cherchaient quelque chose qu'ils appelaient « repérage à distance ». Certaines personnes ont-elles la capacité d'accéder, par quelque processus mental que nous ne comprenons pas, à des informations auxquelles elles ne pourraient avoir accès par les moyens sensoriels normaux?

– Ça ne vous ennuierait pas de traduire en clair? sourit Pozner.

– Sans problème. Ils prennent deux sujets. L'un reste dans la pièce, l'autre s'en va à deux kilomètres, puis on lui dit de se rendre dans un endroit précis. Disons le Kennedy Center. Une heure plus tard il est là et pense à ce qu'il voit, et l'autre type dans la pièce essaie de décrire.

– Magie noire.

– Si ça peut vous faire plaisir. Bien. Il y a eu beaucoup de déchet. Mais de temps à autre, ils tombaient sur des trucs assez remarquables. En particulier un type, Pat Price. Alors l'Agence m'a envoyé jeter un coup d'œil pour m'assurer de la validité de leurs techniques scientifiques.

« Nous avons passé un après-midi dans leur labo à faire des expériences. Certaines étaient impressionnantes mais je n'étais pas convaincu parce que je ne contrôlais pas la totalité des opérations. Alors j'ai dit : “ Écoutez, demain matin j'aimerais faire un petit test à moi. ”

« Les mecs de l'Institut de recherche de Stanford étaient inquiets, mais Price a dit : “ Bien sûr, pourquoi pas ? ” Il n'avait rien du gourou à cheveux longs. C'était un mormon de Salt Lake City. Il avait été pilote pendant la Seconde Guerre mondiale, chercheur d'or en Alaska, puis il avait dirigé une société de charbonnages avant de s'installer à Burbank, en Californie, où il avait été élu contrôleur de la police.

« Le lendemain matin, je suis passé les prendre et je les ai emmenés à un petit aéroport. J'avais déjà tout arrangé pour faire un tour en planeur, c'est un de mes passe-temps favoris. “ Bon, j'ai dit, je m'envole et dans exactement trente minutes j'écrirai quelque chose sur un bout de papier et vous verrez si vous pouvez vous faire une idée de ce que c'est. ” Une chose était certaine : Price n'avait absolument aucun moyen de voir le mouvement de mes mains pendant que j'écrivais.

« Je suis monté à environ deux mille pieds et à 10 h 30 j'ai pris mon calepin. Le planeur avait un altimètre qui comportait un numéro de série, sept ou huit chiffres si petits qu'on les discernait à peine. J'ai transcrit les trois derniers, 743. Puis, Dieu sait pourquoi, j'ai pensé à Winnie l'ourson. Alors j'ai dessiné un ours en peluche. Mais, au lieu de le faire sourire, je lui ai donné un air renfrogné. Puis j'ai plié le papier et l'ai remis dans ma poche.

« Quand je suis redescendu Price m'a tendu son carnet. Il avait noté trois chiffres : 374.

“ Je n'arrêtais pas de voir ces chiffres, mais ils n'étaient pas dans l'ordre. Après j'ai eu l'image d'un ours en peluche mais le plus dingue c'est qu'il pleurait. J'ai commencé à le dessiner – moi, je voyais le début du croquis sous les chiffres –, mais cette autre silhouette n'arrêtait pas de danser devant le visage de l'ours en peluche et j'ai commencé à avoir mal au cœur, alors j'ai dû arrêter. »

« " Une autre silhouette? "

« " Quelque chose comme ceci ", dit Price. Et il a repris son carnet et s'est mis à dessiner. Il faut vous préciser que je portais un pull bleu à col cheminée sous une chemise comme celle que j'ai en ce moment. Il dessine quelque chose. Je regarde et manque m'évanouir. Sous mon pull, je portais une amulette égyptienne, un cadeau de ma femme. Dessus, il y avait un dessin unique. Je savais pertinemment qu'à aucun moment ce matin-là Price n'avait pu voir cette amulette. Et pourtant, le croquis qu'il me tendait en était la reproduction parfaite.

« Je sais que cela n'a rien de très scientifique. N'empêche que cela m'a fait réfléchir. Nous avons décidé d'intégrer Price à l'Agence pour que les gens de Stanford ne sachent pas ce qu'il faisait et qu'il puisse travailler exclusivement pour nous. Il aimait travailler avec des coordonnées géographiques, si bien qu'un jour je lui ai donné les cotes d'un lieu de Virginie occidentale, où il n'avait jamais mis les pieds. Il s'agit de la NSA, la " grande oreille " qui coordonne les communications par satellite. C'est tellement secret que même une autorisation de la CIA ne permet pas d'y entrer.

« Price se tait deux minutes puis dit : " Virginie occidentale. Près d'un croisement avec une station d'essence de la Getty Oil. Il y a une porte métallique dans le flanc de la montagne, elle s'enroule vers le haut, et il y a un drapeau sur la droite. Un ascenseur qui va dans un puits d'une soixantaine de mètres. Maintenant, il y a une autre porte fermée à clef. Elle donne dans une pièce. " Il décrit la pièce. " Au mur, il y a un dessin de Picasso, comme une silhouette très mince de torero. Il y a un bureau, un autre drapeau, un meuble pour classer les dossiers. " Il lit même certaines des étiquettes sur les tiroirs du classeur. Puis il prend un carnet et dessine les environs.

« Après quoi je suis rentré et j'ai remis l'ensemble de mes notes au gars qui avait mis au point l'opération. Je lui ai aussi rendu sa carte. Il a expédié le tout à la NSA en leur demandant de vérifier l'ensemble. Le lendemain, j'avais trois types de la NSA dans mon bureau. Ils étaient fous de rage. La carte collait, la description collait, les étiquettes sur le classeur métallique collaient, et même ce putain de dessin de Picasso collait. Ils m'ont averti que si je leur jouais encore un tour de cet acabit ils me traîneraient jusqu'à la Maison-Blanche.

La DA regarda Bennington avec perplexité.

– As-tu noté tout cela dans ce que nous aimons appeler un rapport en bonne et due forme?

– Tout est classé dans les archives. Mais il y a un dernier point. Nous avons décidé de le tester sur les sous-marins russes, comme plus tard avec Ann Robbins. Un samedi matin, j'étais avec lui dans une chambre de l'Holiday Inn à Rosslyn. Je lui ai remis les éléments habituels, une photo de sous-marin et une du capitaine. Il s'est concentré un moment, n'aboutissant apparemment à rien. Finalement, il me regarde l'air étonné.

« " Eh, il se passe un truc bizarre. Certains des tubes de missiles de ce sous-marin sont vides. "

« " Bon, bon, mais où est-il? "

« Il retourne à son état méditatif, appelez ça comme vous voulez, et il me désigne enfin un point dans l'Atlantique à environ cent cinquante kilomètres au sud des Bermudes. Je suis rentré à Langley, et j'ai transmis ces cotes à mon contact du COMSUBLANT à Norfolk. Ce que j'ignorais, c'est que, au moment précis où je travaillais avec Price à l'Holiday Inn, un hélicoptère de la marine survolait le sous-marin qu'il était censé localiser. Ce SM naviguait à moins de cent mètres sous la surface et, à cette profondeur, un hélicoptère peut capter les rayons gamma émis par ses missiles et le suivre. J'avais noté l'heure à laquelle Price m'avait donné ses coordonnées; et l'hélico avait son carnet de bord. Price était exactement à cent kilomètres de la véritable position du sous-marin quand il m'a remis ses coordonnées. Pas si mal quand on songe à la grandeur de l'océan.

« Mais ce qui nous a bluffés, c'est que le détecteur de rayons gamma de l'hélico a montré que trois des tubes de missiles de sous-marin étaient vides.

Le DA émit un sifflement.

– Qu'est-il arrivé à votre M. Price? s'enquit Pozner.

– Il est mort, répondit Bennington. Nous nous étions aperçus que ce pauvre type était doté d'un piètre système cardio-vasculaire et nous avons tenté de le persuader de faire un pontage. Il n'a jamais voulu en entendre parler.

« Un jour, en 1976, il était à Las Vegas avec un ami. Ils voulaient savoir s'ils pouvaient utiliser Pat pour repérer les mines d'or abandonnées qui possédaient encore des réserves exploitables.

« Après le dîner, Pat se met au lit et s'assoit soudain comme un pantin. Arrêt cardiaque brutal. L'ami appelle la réception et demande une ambulance. Ils filent à l'hôpital, mais Price est déjà mort quand ils arrivent. Le jeune interne entame la procédure classique de massage cardiaque et tout le toutim quand un type que l'ami de Pat n'a jamais vu avant déboule avec le dossier médical de Pat.

« " Vous savez, mon ami était cardiaque, crie-t-il en donnant un dossier au médecin. "

« Un bref coup d'œil au dossier suffit à l'interne pour avoir les preuves de la cause du décès. Il signe donc le permis d'inhumer sans demander d'autopsie malgré le fait que, dans le Nevada, la loi oblige à y procéder chaque fois qu'un décès a lieu en l'absence d'un médecin. On expédie le corps par avion en Californie où la femme de Pat, respectant ses dernières volontés, le fait incinérer. C'était la seule personne à savoir qu'il travaillait pour la CIA et elle m'a appelé pour m'avertir de sa mort.

« Je prends le premier avion pour Los Angeles et j'arrive juste à temps pour la cérémonie. Nous attendons le moment d'entrer quand le gars qui était avec Pat au moment de sa mort me parle de cet étranger qui s'est pointé à l'hôpital avec son dossier. Que faire? Interrompre l'incinération et exiger une autopsie? Nous tenions avant tout à tenir secrets notre programme métapsychique et notre association avec Pat.

« J'étais au courant de ses problèmes cardio-vasculaires, j'ai donc décidé de ne pas bouger. Mais reste en suspens cette inquiétante question : qui était le type de l'hôpital?

– Sûr, dit Pozner. Mais ce pouvait être le gérant de l'hôtel qui, pour ne pas avoir d'ennuis, avait retrouvé dare-dare son dossier médical et cavalé à l'hôpital pour le remettre.

– C'est exactement comme ça que j'ai raisonné à l'époque, remarqua Bennington en passant nerveusement la main dans ses cheveux. Et je l'ai cru jusqu'à aujourd'hui. Vous savez, au cours de toutes les années pendant lesquelles j'ai examiné les phénomènes paranormaux pour le compte de l'Agence, je n'ai trouvé que deux personnes qui m'ont convaincu qu'elles avaient de réels dons dans ce domaine.

Il regarda Pozner et Sprague comme s'il espérait trouver chez eux les réponses qu'il ne possédait pas encore.

– Pat Price fut le premier. Il est mort. Ann Robbins fut la seconde. Elle est morte, elle aussi. Dieu seul sait si Pat Price est vraiment mort d'une crise cardiaque. Mais c'est bien le KGB qui a tué Ann Robbins. Pourquoi ? Et comment diable ont-ils appris que, parmi tous ceux qui travaillaient pour nous, elle était la seule à avoir trouvé des sous-marins ?

*

*Près d'Achkabad, République du Turkménistan, URSS*

Pendant trois quarts d'heure, les deux silhouettes avaient remonté à pas feutrés la rivière presque asséchée. Ils marchaient au milieu et un courant paresseux leur arrivait à mi-mollet. Au nord s'étendait l'immensité noire du Karakoum qu'ils venaient de quitter. Au sud, au-delà de trois lignes de crêtes parallèles, la frontière soviéto-afghane. Devant eux, la lune commençait de décliner.

L'homme de tête s'arrêta. Il portait un ample manteau de berger en toile grossière, dont les plis étaient retenus par un lien de cuir auquel était fixé le poignard courbe des guerriers afghans. Pendant un moment, il scruta la nuit qui l'entourait. Il avait des yeux de chasseur aux orbites enfoncées et les plissait constamment pour aiguiser sa vision. Au printemps, avec son autour blanc, il chassait dans les terres plus rudes du nord, lapins, renards, furets. Quand le froid s'installait, ses yeux suivaient l'envol des aigles à la recherche de loups. Il fouilla dans son manteau et tira un petit objet qu'il porta à ses lèvres. On entendit alors un petit cri aigu comparable à l'appel d'une cigale.

*« Je ne veux pas le savoir. Faites-le. »*

Un cri similaire jaillit de la nuit. Le chasseur remit le sifflet dans les plis de son manteau et s'avança en direction du bruit. Trois minutes plus tard, son compagnon et lui arrivaient à l'entrée d'une grotte taillée dans une petite colline surplombant la rivière. Un sous-bois épais en dissimulait l'entrée.

– El-Hamdou il'Allah – Loué soit Dieu, murmura une voix dans l'ombre.

– C'est fait, el-Hamdou il'Allah, répondit le chasseur.

Les deux hommes pénétrèrent dans la grotte. L'homme qui était à l'intérieur abaissa une toile grossière camouflée à l'aide de branchages et de brindilles. L'entrée était refermée. Alors, il alluma une chandelle. Les trois hommes formèrent un cercle, accroupis, les jambes repliées. Pendant un moment, ils demeurèrent ainsi, les nouveaux arrivants reprenant souffle après leur marche précipitée et pleine de tension. Quand ils se furent reposés, l'homme qui occupait la grotte étendit les mains, paumes vers le ciel, vers le centre du cercle. Il les éleva lentement en murmurant un chant quasi inaudible. Ses paumes furent bientôt à hauteur d'épaules puis il les tourna vers le plafond de la grotte. On aurait dit que l'homme lançait un pigeon dans le ciel. Tandis que son incantation diminuait, les deux autres étendirent les bras et commencèrent une invocation similaire.

Tous trois étaient membres de la société la plus ancienne, la plus disciplinée et la plus rigoureusement secrète du monde, la *tariqa* Qadiri, une des trois principales confréries soufi islamiques. Les gestes rituels qu'ils venaient d'accomplir remontaient à sept siècles et demi, à l'époque des califes de Bagdad, à l'âge d'or de la conquête et de la conversion.

L'homme de la grotte était un *mourshid*, un maître. Les deux hommes qui, quelques heures plus tôt, avaient tué Vladimir Soroubnov étaient des *mourids*, des adeptes, récemment admis dans la confrérie après une longue et stricte période d'endoctrinement, d'interrogatoire et d'examen. L'initiation mystique rituelle à laquelle ils avaient été soumis récemment les liait à la confrérie pour la vie.

Leur vie serait faite de discipline et d'obéissance à leur *mourshid*. Par-dessus tout, ils étaient unis par le lien sacré du secret, lien encore plus rigoureux et exigeant que l'*omerta*, le code sanglant du silence de la mafia. A travers les sept siècles et demi de son histoire, la confrérie avaient cherché à mener ses disciples sur le chemin – *tariqa* – qui conduisait à Allah, l'Unique, le Bienveillant, le Compatissant.

Mais elle avait aussi rempli une mission beaucoup plus temporelle. Avec la Naqshbandi, autre importante confrérie soufi d'Union soviétique, la Qadiri était depuis des siècles le fomenteur et le guide de la résistance islamique à la conquête russe, celle des tsars comme celle des commissaires. Elle agissait dans le Caucase, dans les régions de la moyenne Volga et dans les steppes d'Asie centrale. De l'imam Mansour au cheikh Uzun Hadji qui avait combattu l'Armée rouge dans les années vingt, l'admission au panthéon de leurs héros exigeait une vertu : la résistance à l'impie russe.

Quand ses deux disciples eurent accompli leur rite, le maître s'assit sur ses talons et sourit. C'était un Afghan, un ancien moudjahidin dans les rangs du parti islamique de Goulboudmin Hekmatyar.

Avant que l'invasion russe ait changé sa vie, le maître avait étudié l'histoire à l'université de Kaboul. Depuis lors, le terrorisme et l'antiterrorisme avaient été au cœur de ses préoccupations.

– Pourquoi cet homme, me demanderez-vous? Pourquoi lui plutôt qu'un autre?

– La mort de cet homme, cette nuit, va semer la peur parmi des dizaines de milliers de Russes. La prochaine mort les verra établir des plans pour quitter cette région et rentrer à Leningrad ou à Moscou. C'est comme ça que nos frères algériens ont combattu les Français. C'est aussi comme ça qu'il y a longtemps, les Mau Mau ont terrorisé les fermiers britanniques isolés.

– La répression sera sévère, avertit le chasseur.

– Parfait, dit le maître. C'est exactement ce que nous voulons. Qu'ils envoient donc leurs chars. Ils brutaliseront les gens. Et pour chaque personne qu'ils brutaliseront, nous aurons cent convertis prêts à combattre. C'est ainsi que les autres ont lutté en Indonésie, en Afrique et au Proche-Orient. Ce sont les derniers colonisateurs. Eux aussi tomberont à leur tour.

Au-dehors, les premières lueurs de l'aube éclairaient la cachette de la grotte. Le maître souffla la chandelle.

*« Je ne veux pas le savoir. Faites-le. »*

– Je pars, dit-il. Demain, je retourne près de nos frères d'Afghanistan. Dans deux semaines je serai avec vous. Et si Allah le veut, nous rèprendrons l'œuvre de Dieu.

Il se leva. Ses deux disciples s'inclinèrent selon le rite.

– Vous saurez que je suis ici grâce au signe habituel, dit-il.

Puis il disparut.

*

*Moscou*

Il était 8 heures passées de quelques minutes. Comme presque chaque matin, Ivan Serguéïevitch Feodorov se tenait debout devant les fenêtres de trois mètres de haut de son bureau, une tasse de thé brûlant à la main. Il contemplait le panorama qu'offrait la place qui s'étendait à ses pieds. De la sortie de métro Dzerjinskaïa, un flot gris d'hommes et de femmes se dirigeait vers les six entrées pour piétons de son quartier général de neuf étages. Pourtant, officiellement, ils ne commençaient leur journée de travail qu'une heure plus tard. Un tel zèle était rarissime en Union soviétique. Et Feodorov savait parfaitement qu'il n'était pas inspiré par une quelconque dévotion à l'organisation sur laquelle il régnait, mais par un des privilèges que conférait le service dans ses rangs. Tous les matins, l'immense cafétéria installée dans les sous-sols du bâtiment offrait aux employés de Feodorov un petit déjeuner composé de fruits frais, de lait, d'œufs, de bacon et de saucisses, véritable festin que le Moscovite moyen pouvait dans le meilleur des cas goûter deux ou trois fois l'an.

Sur la place, en face de lui, comme pour revendiquer l'allégeance de Feodorov à ce rituel matinal, se dressait la statue de bronze de l'homme qui avait fondé son organisation, Felix Dzerjinski, dit « l'homme de fer », avec vingt-trois employés et une secrétaire encore adolescente. La façade grise à motifs de laquelle Feodorov observait la place Dzerjinski était le « Centre » moscovite de la tradition et de la légende de l'espionnage, le quartier général du Komitet Gossoudarstvenoï Bezopasnosti, le KGB, Comité de sécurité de l'État.

– Nous symbolisons la terreur organisée, avait proclamé Felix Dzerjinski lorsqu'il avait fondé la Tchéka, institution dont était issu le KGB. Rarement dans l'histoire, institution avait comblé aussi pleinement le rêve de son fondateur. Une génération entière de mères russes avait terrifié ses enfants en les faisant obéir « sinon l'homme de fer viendra te chercher ». Même en ce jour de printemps, les Russes parlaient de « Tchékistes » quand ils faisaient allusion à des membres du KGB.

Des milliers de Russes étaient morts dans les sous-sols, sous les pieds de Feodorov, souvent d'une balle dans la nuque, souvent aussi après des heures de cruelle torture qui avaient anéanti leurs forces et leur courage. Ils symbolisaient les millions de victimes des purges, procès spectaculaires, collectivisations forcées et autres transferts de populations perpétrés par le KBG et ses prédécesseurs comme autant de sacrifices à l'autel du socialisme. Toutefois, la cruauté collective qu'ils incarnaient offrait peu de ressemblance avec le KGB que contrôlait aujourd'hui Ivan Serguéïevitch Feodorov. L'instrument de « terreur collective sans merci » créé par Dzerjinski sur ordre de Lénine avait évolué vers une organisation qui appliquait une terreur sélective, scientifique et raisonnée. On avait aiguisé la hache émoussée. Le KGB moderne était un scalpel : pointu, rapide et précis, il n'en était pas moins mortel.

Les thuriféraires aveugles de la révolution, les tueurs quasi illettrés de la légende tchékiste avaient disparu. Les hommes et les femmes du KGB de Feodorov, et particulièrement ceux qui le servaient hors de l'URSS étaient dévoués, intelligents et bardés de diplômes. Tout comme la CIA avait, dans les années cinquante et soixante, arpenté les campus de Yale, Harvard, Princeton, Georgetown et Stanford à la recherche de candidats prometteurs, le KGB avait, dans les années soixante-dix et quatre-vingt, sélectionné la crème, les meilleurs et les plus brillants éléments des grandes institutions académiques d'Union soviétique.

Plus subtile encore avait été l'évolution du rôle du KGB dans la structure soviétique du pouvoir. Sa fonction originelle, définie par la devise tchékiste, était d'être « l'épée et le bouclier du parti ». Il consistait en particulier à contrôler l'Armée rouge ou toute autre source potentielle de pouvoir risquant de défier la suprématie du parti.

Cependant, le KGB était souvent la garde prétorienne qui contrôlait César et ses cohortes, et le bouclier était pour le parti au moins autant une contrainte qu'une sauvegarde. Les Moscovites aimaient à plaisanter sur le fait que le Politburo du parti communiste d'URSS devrait être en réalité rebaptisé Politburo du KGB. Cinq de ses membres votants, dont Mikhaïl Gorbatchev et Edouard Chevardnadze, étaient soit des officiers du KGB, soit des protégés.

Le monde extérieur pouvait imaginer que le centre du pouvoir en Union soviétique se situait derrière les hauts murs du Kremlin à cent mètres du bureau de Feodorov. Lui pensait qu'il résidait bel et bien au cœur de cet immeuble menaçant, de cette « Maison Felix ». Feodorov faisait nonchalamment les cent pas sur les tapis de son bureau, des Boukhara et des Kachgar d'une valeur inestimable. Si le KGB de la légende était fort différent de celui qu'il présidait, lui-même était d'une étoffe différente des hommes gris et impassibles qui l'avaient précédé. Grand et souple, le haut de son corps était encore musclé comme l'athlète qu'il avait été dans sa jeunesse. Sa suite privée derrière son bureau s'ornait d'un appareil universel de musculation qu'il avait fait venir des États-Unis. Il l'utilisait presque quotidiennement, ainsi que le sauna qui le jouxtait.

Les cheveux noirs de Feodorov commençaient tout juste à se strier de blanc. Ils étaient toujours impeccablement coiffés et coupés. Son ascendance géorgienne, du côté de sa mère, lui avait donné un teint mat et des yeux noirs très vifs qui trahissaient une nature nerveuse et un intérêt marqué pour la gent féminine. Veuf – sa femme était morte d'un cancer dix ans auparavant –, il alimentait régulièrement de ses fredaines les commérages moscovites.

Ce matin, il portait un costume bleu marine à double boutonnage en laine mélangée spécialement fait pour lui par Brioni à Rome. Chaque année, l'Italien envoyait un tailleur à Moscou pour prendre ses mesures et lui présenter un choix de tissus parmi lesquels il sélectionnerait une demi-douzaine de complets qu'on lui livrerait par la valise diplomatique.

Sur son bureau l'attendaient pour lecture deux piles de résumés urgents du Renseignement, extraits des rapports du KGB du monde entier. Il en allait de même chaque matin. La première pile, dans une chemise de cuir rouge, concernait le monde au-delà des frontières de l'Union soviétique et de ses satellites. La seconde concernait toute action dissidente ou subversive potentielle à l'intérieur de l'URSS, car, contrairement aux organismes de renseignement aux États-Unis, en France ou en Grande-Bretagne, le KGB se préoccupait de toute menace possible, intérieure comme extérieure.

Feodorov étudia d'abord la chemise internationale. Elle comprenait deux exemplaires, un qu'il conserverait, l'autre qui, une fois approuvé de sa main, serait remis en personne par courrier spécial au bureau de Mikhaïl Gorbatchev. L'attitude incohérente et parfois surprenante du président des États-Unis ne laissait de rendre Feodorov et Gorbatchev perplexes. Le rapport indiquait que le président avait quitté un dîner officiel en l'honneur du président mexicain pendant près d'un quart d'heure sans aucune explication. Le résident du KGB à Washington précisait qu'aucune crise ne justifiait pareille absence.

Feodorov prit sa plume.

« Sec. Gén. du PC, écrivit-il, notre direction scientifique prépare en ce moment un portrait psychologique détaillé du président afin de nous fournir des indications sur ses faiblesses et vulnérabilités potentielles. Nous allons également nous pencher sérieusement sur sa santé. J'attends ce profil sous peu. »

Feodorov avait pleinement conscience que l'évolution du KGB était perceptible dans le paragraphe qu'il venait de rédiger. Il y a seulement vingt ans, personne ici n'avait entendu parler de portrait psychologique, et l'emploi d'un tel portrait comme un éventuel outil de la politique soviétique aurait été inimaginable. Si Feodorov pouvait aujourd'hui s'exprimer en ces termes aujourd'hui, c'était grâce à son patron d'il y avait vingt ans, l'architecte de la transformation du KGB, Youri Vladimirovitch Andropov.

Feodorov était fermement convaincu que personne n'avait autant influencé et changé l'URSS qu'Andropov. Vingt ans avant Gorbatchev, il avait compris une vérité encore indicible à l'époque : l'idéologie marxiste-léniniste était morte. Pour être clair, Youri Vladimirovitch avait autant d'usage de l'idéologie marxiste-léniniste qu'un athée en avait du droit canon. La seule idéologie qu'il comprenait, c'était celle du pouvoir : le pouvoir d'un homme sur un autre, d'une clique d'officiers sur une armée, d'une cabale de chefs sur la masse, d'une élite sur une nation, d'une nation sur un empire. Comment prendre le pouvoir, comment le conserver, comment s'en servir, comment manipuler les hommes et les événements, c'est dans cette étude-là que s'était plongé Andropov, pas dans celle du *Capital*.

Sur le plan international, il n'avait pas mis longtemps à comprendre pourquoi les sources d'espionnage du KGB s'étaient taries : l'époque était révolue des Kim Philby, George Blake, Klaus Fuchs, Rosenberg, et autres idéologues brûlant d'un feu missionnaire à l'idée de refaire le monde. Aujourd'hui, si le KGB voulait pénétrer à l'intérieur de la citadelle du pouvoir occidental, il devait, proclamait-il, s'en prendre au talon d'Achille du capitalisme : la cupidité. On ne recrutait plus les espions à coups de préceptes moraux mais d'argent. Il fallait leur donner de quoi s'offrir une Porsche, des maîtresses coûteuses et des voyages en classe de luxe. Dans les années quatre-vingt, le FBI et la CIA avaient découvert à quel point l'analyse d'Andropov avait été juste.

Les chemins de Feodorov et d'Andropov s'étaient croisés à Kiev en février 1968, moins d'un an après la reprise du KGB par Andropov. Avant Andropov, les visites du chef du KGB à ses avant-postes se déroulaient avec le cérémonial d'un cortège royal. Avec le nouveau président du KGB, les choses changèrent du tout au tout. Le soir, Andropov réservait un salon particulier dans un hôtel du coin. Là, autour d'une table de banquet couverte de bouteilles de vodka et de vins fins de Géorgie, il rassemblait les chefs d'antenne pour une réunion informelle.

Ce soir-là, Feodorov était l'adjoint du chef du KGB de Kiev. Chercheur diplômé de sociologie et de psychologie du comportement, il avait été recruté par le KGB après cinq ans passés comme informateur rémunéré, d'abord quand il était étudiant à l'université de Kiev, puis encore jeune membre de la faculté de psychologie. Il aimait se rappeler que sa prime d'engagement avait été la promesse de deux costumes neufs et d'une paire de chaussures par an.

Ils discutaient de la dissidence.

– La dissidence, déclara Andropov, est un feu de broussailles dans les steppes. Si vous le piétinez dès qu'il se déclare, vous l'éteindrez en quelques secondes. Mais si vous le laissez prendre le vent, il se transformera en un brasier qui brûlera pendant des jours et mobilisera un régiment de pompiers.

L'inévitable chœur d'approbation accueillit ses paroles.

– Malheureusement, notre système légal fait qu'il est difficile de lutter contre la dissidence aussi rapidement que nous le voudrions. Enquêtes, interrogatoires, procès avant d'envoyer les dissidents dans des camps de travail. Tout cela demande du temps, et le temps attire l'attention sur eux. Résultat? Encore plus de dissidents.

Les collègues de Feodorov virent alors avec horreur celui-ci briser le silence respectueux qui suivit. C'était montrer un tel mépris du protocole, plaisanta par la suite un de ses amis, qu'il aurait aussi bien pu se lever pour pisser dans le verre du président.

– Youri Vladimirovitch, dit-il, il y aurait peut-être un meilleur moyen.

– S'il y en a un, j'aimerais bien le connaître.

– Au lieu de traîner nos dissidents devant les tribunaux, pourquoi ne pas les remettre à un psychiatre? Il les examine, trouve que leur comportement est tout à fait symptomatique d'un déséquilibre mental et il les envoie dans un asile pour y être soignés. Pas de procès, pas d'appel, pas de publicité, pas de sentence. Le dissident est confiné aussi longtemps que nous le désirons. Au lieu d'en faire un martyr, nous en faisons un pensionnaire d'asile psychiatrique. Ces patients-là ne provoquent pas de révolution.

Quand Feodorov eut fini, personne ne parla. Le silence était si lourd qu'il était presque douloureux. Andropov était raide sur le siège d'où il présidait la table. Son seul mouvement était la lente ondulation de ses paupières derrière ses épaisses lunettes. Feodorov avait commencé à rougir de sa propre impétuosité et vu sa carrière compromise quand Andropov prit la bouteille de vodka devant lui. Il tendit le bras et remplit le verre de Feodorov avant de se servir.

– Connaissez-vous Moscou? demanda-t-il en levant son verre.

– Non, monsieur.

– Je crois que ça vous plaira. Je vous emmène au Centre avec moi pour y mettre votre suggestion à exécution.

Six mois plus tard, Feodorov avait assis sa position au Centre parmi les « jeunes hommes de fer » d'Andropov. Quand il reprit en main le programme psychiatrique, le KGB dirigeait deux asiles, tous deux consacrés à l'étude et au traitement des fous criminels. Quand il eut achevé sa tâche, on en comptait trente-trois répartis dans toute l'URSS, qui totalisaient des centaines d'employés et des milliers de pensionnaires. Ces institutions procuraient également à un corps d'élite de neurologues, de neurochirurgiens, de chercheurs et de psychiatres spécialisés dans l'étude du comportement les laboratoires nécessaires à la poursuite de leurs recherches. Les traitements médicamenteux, la chirurgie expérimentale du cerveau, l'étude de son fonctionnement, les nouvelles techniques permettant de mesurer ce fonctionnement, l'impact des champs électromagnétiques sur le comportement : aucun aspect de la recherche dans le domaine cérébral ne paraissait négligé dans ces trente-trois centres. Il est vrai que depuis l'époque de Pavlov et de ses expériences sur les animaux, la science russe s'était toujours intéressée de près à l'étude du comportement humain.

La fascination de Feodorov pour les choses de l'esprit prenait ses racines dans une autre tradition presque aussi vieille que les steppes russes : un attrait irrésistible pour les phénomènes psychiques et leurs possibilités.

Il élimina les cinglés et les charlatans, ainsi que les non-conformistes, pour attirer dans le giron du KGB tous ceux qui s'étaient consacrés sérieusement à ce domaine de recherche. Il ouvrit un grand centre dans la cité scientifique soviétique, Novosibirsk, afin que le sujet soit étudié de façon exhaustive. Après tout, si de tels phénomènes existaient vraiment, pensait-il, les implications pour le KGB seraient incalculables.

Curieusement, c'est sans doute parce que Feodorov était prêt à envisager la possibilité de l'existence de tels phénomènes qu'il se retrouva sur les rangs pour la présidence du KGB. Tandis que Léonide Brejnev, souffrant de multiples maux, gisait à l'article de la mort, il ne trouva pas de réconfort auprès des membres les plus prestigieux du corps médical soviétique mais chez un chaman, en l'occurrence une jeune femme à la chevelure noire nommée

Djouna Davitashvili, originaire de Tbilissi. Il semblait couler des doigts de la jeune femme quelque émanation de bioénergie car, à de nombreuses reprises, ses dons donnaient l'impression d'arracher le secrétaire général aux portes de la mort. A dire vrai, une véritable assemblée d'intellectuels, de savants et d'artistes soviétiques faisaient appel à ses services.

La prolongation du combat de Brejnev contre la mort n'était pas du goût d'Andropov. Son accession au trône était prête. Ce petit délai ne faisait que retarder le moment où il tiendrait entre ses mains le pouvoir suprême. C'est ainsi qu'un après-midi d'octobre 1982 il avait convoqué Feodorov dans ce même bureau du troisième étage du Centre.

D'ordinaire, Andropov était une sorte de Charles de Gaulle slave dans sa façon de traiter ses subordonnés; il se montrait distant et austère. Mais ce jour-là, il débordait de chaleur et de cordialité. Il était assis dans un somptueux fauteuil de brocart et fit signe à Feodorov de prendre place sur le canapé à côté de lui. La femme de chambre apporta du thé préparé dans la cuisine privée. Dès qu'elle fut hors de portée de voix, Andropov se tourna vers Feodorov.

– Cette jeune chaman qui veille sur le secrétaire général, demanda-t-il, vous la connaissez?

– Oui. Quand Léonide Ilitch a fait appel à elle la première fois, je l'ai convoquée. Je voulais qu'elle comprenne bien qu'elle devait garder la plus entière discrétion sur ses relations avec le secrétaire général.

L'air pensif, Andropov but une gorgée de thé.

– Croyez-vous vraiment qu'il y a quelque chose de vrai dans son pouvoir de guérison?

– Je ne puis répondre scientifiquement. Dans nos instituts, nous avons essayé de voir s'il existait une forme quelconque d'énergie mesurable – chaleur, courant électrique, ou autre – qui passe entre le guérisseur et son patient. Il existe une indication qu'il se produit quelque chose, mais nous n'avons jamais pu déterminer ce que c'était au juste.

– Je l'ai rencontrée, admit Andropov. Pour moi, c'est Raspoutine en jupons.

– Elle paraît avoir fait un bien fou au secrétaire général.

– Vous le pensez vraiment? Moi pas. Quoi qu'il en soit, cela ne fait aucun bien à l'Union soviétique. Elle est devenue dangereuse.

– Pourquoi dites-vous cela?

– Vous imaginez les conséquences, si la presse occidentale l'apprenait? Le secrétaire général du parti communiste soviétique se fait soigner par un chaman! Voilà un joli pied de nez à tout ce que le marxisme-léninisme représente dans le monde.

Feodorov s'abstint de toute remarque.

– Je veux que vous la rameniez à Tbilissi pour un temps. Faites-le sans que personne ne sache que ça vient de nous, ni pourquoi nous le faisons.

– Son absence pourrait se révéler un choc très douloureux pour le secrétaire général.

– Léonide Ilitch a consacré sa vie entière à servir le parti et la nation. Ce sera un dernier sacrifice auquel, j'en suis sûr, il consentira volontiers pour le bien commun.

Feodorov eut froid dans le dos. Il lui paraissait hautement improbable que Léonide Ilitch soit prêt à sacrifier sa guérisseuse pour le parti, l'État ou quoi que ce soit. Elle était devenue le cordon ombilical qui le retenait à la vie. L'en priver était signer son arrêt de mort. Le dauphin rouge l'invitait tout simplement au régicide socialiste.

– Je veillerai à ce que ce soit fait, répondit Feodorov.

Dans les heures qui suivirent, on avait réexpédié Djouna Davitashvili à Tbilissi. Ainsi que l'avait prévu Feodorov, son absence eut un effet désastreux sur Brejnev. Privé des traitements de sa guérisseuse, il était comme un enfant sans son nounours. Il s'étiola et mourut en moins d'un mois.

La rapidité avec laquelle Feodorov avait satisfait aux désirs d'Andropov avait, on s'en doute, scellé leurs liens. Deux ans plus tard, alors que Youri Vladimirovitch était mourant – d'une affection rénale compliquée de deux balles tirées par la femme d'un ministre de l'Intérieur qu'il avait fait arrêter pour corruption –, seulement deux chefs furent autorisés à son chevet, Feodorov et Victor Tchebrikov, son prédécesseur.

Leur présence les avait confirmés héritiers à la tête du KGB.

Aujourd'hui, plongé dans le second des résumés du Renseignement, celui qui traitait des affaires internes, Feodorov gardait à l'esprit les enseignements de son maître. Andropov était un étudiant en histoire, la vraie histoire, pas les vœux pieux de Marx. Rien n'était plus vital que la survie de l'État soviétique, avait-il toujours affirmé. Que la survie et le contrôle de tous ses peuples. Les Ukrainiens, Géorgiens, Tartares, musulmans, Turkmènes, Baltes, Ouzbeks, de tous ceux qui entouraient le cœur russe de leur humanité protectrice. L'Histoire enseignait que Moscou régnerait sur eux, ou bien qu'ils régneraient sur Moscou. Le premier impératif de l'État soviétique était donc de maintenir un contrôle ferme et centralisé sur les éléments disparates de cet empire. Et là, en première page, s'allumaient deux voyants rouges indiquant que le contrôle central de l'empire était menacé.

La nuit précédente, des bombes terroristes avaient explosé en plus de douze endroits dans des villes des républiques musulmanes soviétiques comme Alma-Ata, Tachkent, Douchanke et Samarkande. A chaque fois, les terroristes avaient laissé leur signature, un croissant islamique peint en vert sur un mur, une fenêtre ou un bâtiment. Ils avaient aussi bien visé les monuments que les quartiers généraux du parti communiste ou des komsomols, les bureaux de l'agence Tass, de la *Pravda* ou des *Izvestia*. Bref, tout ce qui symbolisait la loi de Moscou ou l'idéologie du Parti.

De surcroît, trois sujets soviétiques, tous des hommes, tous des citoyens de républiques russes qui vivaient maintenant dans des zones musulmanes d'URSS, avaient été sauvagement assassinés. Leurs assassins avaient eux aussi laissé l'empreinte du croissant vert et mutilé leurs victimes de la même façon effroyable que les moudjahidin afghans avec les soldats de l'Armée rouge qui avaient eu le malheur de tomber vivants entre leurs mains.

Trois meurtres et deux douzaines de bombes sur des centaines de kilomètres carrés de territoire soviétique : c'était à l'évidence une campagne terroriste rigoureusement orchestrée, un défi ouvert à la férule soviétique. Cela s'était déclaré sans avertissement, sans la moindre indication fournie par un quelconque indicateur du KGB en république musulmane. C'était le signe d'un grave manquement de la part du KGB, et les choses n'en resteraient pas là.

Feodorov repoussa son fauteuil et réfléchit quelques instants. La vraie menace résidait là et pas à Washington ou dans l'Alliance atlantique. En plein cœur, un cœur immense et vulnérable, de l'Empire soviétique qui s'étendait des rives de la mer Caspienne aux portes du Sin-k'iang. Dans cet arc de cercle, il y avait cinquante millions de musulmans, presque le quart de la population soviétique. Qui sait combien il y en aurait demain? Un Soviétique sur trois, avaient prédit les experts en population.

L'humiliant retrait de l'Armée rouge d'Afghanistan avait jeté de l'huile sur le feu. Chaque nuit, des radios clandestines d'Iran et d'Afghanistan déversaient leurs torrents de haine et de vitriol dans l'air, prêchant leurs dogmes de religion et de révolution. Des moudjahidin se glissaient de l'autre côté des frontières, prophètes itinérants du djihad.

Il s'écroula dans son fauteuil et ferma les yeux très fort, comme si cela pouvait l'aider à s'enfoncer les pensées dans le crâne et à se concentrer sur le problème auquel il était confronté.

Soudain le mémorandum de Xenia Petrovna lui revint à l'esprit, celui qui concernait cette médium de New York que la CIA avait utilisée pour localiser des sous-marins. Qu'avait-elle dit? Que ses études métapsychiques pour le compte du KGB l'avaient considérablement rapprochée d'une technique qu'on pourrait employer pour modifier à distance le comportement d'un individu – sans qu'il ait du tout conscience de ce qui lui arrivait.

Il se leva et alla une fois de plus à la fenêtre qui donnait sur la place Dzerjinski. L'idée qui avait commencé de germer dans son esprit aurait été digne du salopard merveilleusement sournois perché sur son piédestal de marbre. C'était subtil, dangereux, plein d'impondérables et de problèmes non résolus. Mais si ça pouvait marcher, sa symétrie serait encore plus raffinée qu'une parfaite formule algébrique. Les Américains, pas les camarades soviétiques, résoudraient en définitive le problème pour lui. Mettre la main sur le portrait psychologique du nouveau président revêtait maintenant un caractère d'urgence.

Pour le moment, il prit un stylo.

« Sec. Gén. du PC, écrivit-il, j'ai l'intention de convoquer une réunion des chefs de la Ve Section afin de passer en revue tous les aspects de la situation dans les républiques musulmanes. »

Cette direction avait été créée par Andropov en 1970 pour supprimer les intellectuels dissidents, mettre fin à la pratique religieuse et annihiler le nationalisme des républiques ethniques. « Je vous informerai des résultats. »

Feodorov consulta sa Rolex en or. Ses principaux subordonnés devaient maintenant être arrivés. Il se tourna vers un de ses plus récents joujoux occidentaux : une télévision Sony en circuit fermé multimoniteur qui le reliait à ses dix adjoints directs. La plupart étaient dans le complexe de bureaux modernes du KGB juste en dehors du périphérique. Il brancha le circuit sur la direction de la Ve Section, celle des assassinats. Sans qu'on le lui ait dit, l'adjoint savait pourquoi Feodorov l'appelait.

– Il est là, dit le visage sur l'écran fiché dans le mur. Il est arrivé de Paris par le vol Aeroflot d'hier soir.

– Parfait. Et il n'y a rien à New York qui puisse indiquer le moindre lien avec nous?

– Absolument rien. Seulement un petit article dans le *New York Times* qui accepte la thèse d'un meurtre de toxico.

– Rien non plus indiquant que la personne qui nous a fourni le renseignement soit soupçonnée?

– Rien. Il n'y a aucune raison. On n'a communiqué avec nous que deux fois, et chaque fois directement avec un transmetteur Spetosk. La première fois pour nous donner le nom de l'homme, ce qui nous a évidemment conduits au fichier central. Puis pour l'information à partir de laquelle vous avez décidé d'agir.

– Excellent. Veuillez féliciter votre homme et vous assurer qu'il soit récompensé comme il se doit.

Feodorov pouffa doucement en voyant la tête que faisait son adjoint.

– A vrai dire, reprit-il, son travail me rappelle un proverbe que j'entendais souvent dans cet immeuble, un vieux dicton tchékiste.

– Lequel, Ivan Serguéïevitch?

– Tout le monde peut commettre un meurtre; mais il faut un artiste pour commettre un suicide.

*

## *« Je ne veux pas le savoir. Faites-le. »*

*Washington*

Dans la pénombre de sa chambre, le président des États-Unis avait les yeux fixés au plafond. Sur sa table de chevet, le cadran lumineux de sa pendule indiquait 6 h 15. Il entendait le souffle régulier de sa femme qui, à ses côtés, jouissait d'un profond sommeil. Quant à lui, il était bien trop excité pour perdre son temps à dormir. Il attendait l'aube avec la même impatience que chaque matin depuis sa prise de pouvoir. Il avait hâte de relever le défi de ce nouveau jour. C'était la montée d'adrénaline, l'excitation, l'exultation qui allaient de pair avec les redoutables responsabilités que lui conférait la charge la plus puissante du monde. Désormais, il était éveillé et l'esprit en alerte dès qu'il ouvrait l'œil, prêt à jongler avec la myriade de problèmes que chaque journée lui apportait.

Qu'il soit allongé dans la chambre présidentielle était considéré par nombre d'amis et d'ennemis politiques comme un miracle en soi. Il avait passé le plus clair de sa vie en excellent subordonné et loyal second. Président du Comité national républicain au début des années soixante-dix, puis ambassadeur à l'OTAN, il avait été nommé secrétaire au Commerce au cours du premier mandat de son prédécesseur, et chef d'état-major de la Maison-Blanche au second mandat. Il avait en fait le parfait curriculum vitae pour un poste obtenu par nomination. Il ne s'était jamais présenté à aucune élection avant les primaires de l'Iowa.

Et pourtant, contre toute attente, en dépit des sondages et de la sagesse collective de la presse de Washington, il l'avait emporté. Il avait gagné en faisant montre de la détermination sans faille et assidue qui avait caractérisé presque chaque étape de sa vie. Son ambition était plus inculquée que naturelle, motivée autant par le sens du « noblesse oblige » que par appétit politique, et plus par le désir de maintenir la place de sa famille dans la société que par le goût du pouvoir. Sa marche lente et inexorable depuis son très mauvais score de juin jusqu'à l'immense triomphe électoral de novembre avait surpris tout le monde ou presque, le président excepté. Pourtant, ennemis et intimes auraient pu s'en douter. Personne ne s'enrichirait jamais en prenant des paris contre la détermination du chef nouvellement élu des États-Unis.

Elle lui venait de l'héritage et du fardeau transmis par son père. Lui était le stéréotype du patriarche austère de la Nouvelle-Angleterre qui pouvait faire remonter ses ancêtres jusqu'au *Mayflower*. Il était intransigeant, dominateur et ne souffrait nul désaccord de la part de ses enfants, nul écart de conduite par rapport aux stricts principes qu'il leur avait inculqués. Associé de la charge Knight, Ridgeway et Polk à Wall Street, son père avait exigé deux choses de sa fille et de ses quatre fils : service et loyauté. Sa conception du service était transmise depuis des générations par les grandes familles de la Nouvelle-Angleterre à leurs fils; libérés par la naissance du besoin inconvenant de faire de l'argent, ils pouvaient se consacrer à la nation, à la communauté et aux défavorisés.

Son éducation avait presque été idyllique : la ville et la campagne, la grande maison de Darien, l'appartement sur Park Avenue, les étés dans le Maine, Hotchkiss et Yale. En fait, il n'y avait qu'une ombre secrète au tableau. Son père était un buveur que la boisson rendait violent. La plupart du temps, ses colères tombaient sur sa fille aînée, l'âme sœur du président. Couvé, plutôt gâté et intimidé par ce père puissant, le président avait été tourmenté au-delà de toute mesure par son incapacité à arracher la sœur tant aimée aux coups de leur père. Le temps et l'Institute for Living à Hartford avaient fini par résoudre le problème du père. La famille se serrait les coudes et faisait comme si de rien n'était, s'assurant que le défaut du patriarche demeurait un secret de famille. Le président en gardait les cicatrices au fond de l'âme.

Il avait quitté Yale en première année pour s'engager dans la marine pendant la guerre de Corée. Il avait pris des leçons de pilotage, avait volé au cours de soixante-deux missions de porte-avions contre la Corée du Nord. Il avait été descendu et était revenu avec la Navy Cross. Une fois licencié en droit de Harvard, il avait sidéré son père en refusant d'entrer dans l'affaire familiale. Au lieu de cela, il était allé à Denver, Colorado, et emprunté sur sa rente pour acheter une franchise Coca-Cola et s'installer à son compte.

A trente-cinq ans, il avait amassé une petite fortune. Il vendit tout pour entrer dans la vie politique et assumer son fardeau de service imposé à la naissance en s'inscrivant au Comité d'État républicain. Guidé par deux préceptes, « fais ce qui est bien » et « sois un bon soldat », il s'était lancé sur la route qui le conduirait à la chambre à coucher présidentielle.

Il regarda sur sa droite vers les grandes baies vitrées qui donnaient sur l'Ellipse et le Washington Monument au-delà de Constitution Avenue. Des rais de lumière se glissaient avec la lenteur d'un glacier en mouvement sous les lourds rideaux de brocart qui encadraient la fenêtre. Il décida de se lever pour traverser sur la pointe des pieds le salon Ovale jusqu'au balcon Truman. Il voulait contempler quelques instants le soleil printanier caressant la capitale des fraîches couleurs de ce nouveau jour.

Cela arriva à l'instant précis de son levé. Le sol se mit à bouger comme lors d'un tremblement de terre. La fenêtre vacilla légèrement devant lui. Ses yeux la percevaient comme en une vision double, semblable aux images réfractées d'une toile cubiste. Il ferma les paupières, sa tête chavira et il fut pris d'une violente nausée. C'était exactement la même attaque qui l'avait saisi dans le bureau Ovale, au cours d'un déjeuner avec sa femme, et pendant le dîner officiel en l'honneur du président du Mexique. Mais celle-ci était pire que les autres. Il sentit qu'il allait tomber et s'affaissa sur les genoux. Ses mains agrippèrent le bord du lit comme un canot de sauvetage sur une mer démontée.

Lentement, la crise passa. Le président appuya son visage sur le côté du lit, s'efforçant au calme. Pour la première fois depuis qu'il avait été abattu à la fin de son temps, en Corée, il se disait qu'il pouvait mourir. C'était une tumeur cérébrale. Forcément. Tout ce qu'il avait lu depuis sa dernière attaque rendait la chose évidente. Il s'efforça de regagner le lit et s'allongea, les yeux à nouveau fixés au plafond. Comment Dieu pouvait-Il être aussi cruel ? Il lui avait permis d'atteindre le but vers lequel toute sa vie il avait tendu. Une quête qui relevait du pèlerinage. Et maintenant que son rêve se réalisait, Il allait le lui arracher. Il allait mourir. Ou, pis encore, finir sa vie à l'état de légume. Il trembla de peur. Il n'avait soufflé mot à quiconque de ses attaques, même à sa femme, mais il ne pouvait les dissimuler davantage. Il faudrait qu'il appelle l'amiral Peter White, chef de service en médecine générale à Bethesda, qui avait été nommé médecin du président.

Sa femme remua. Sa main ensommeillée chercha la poitrine de son mari. Il la prit, la porta à ses lèvres et, refoulant un sanglot, l'embrassa de désespoir et de tendresse.

*

*Langley, Virginie*

Un jeune homme approchant la trentaine, blazer bleu marine, pantalon de flanelle grise et cravate rayées en reps accueillit Art Bennington et ses deux compagnons à la porte du bureau du directeur de la CIA. Il semblait tout droit sorti d'une pub dans *Esquire* pour une ligne de vêtements universitaires, à deux exceptions près : sa carte d'identification plastifiée et la carte-clef suspendue à son cou par une chaîne de perles de métal. Bennington savait que la carte-clef était celle de l'ascenseur du directeur. Il reliait son bureau à un parking souterrain auquel on conduisait les visiteurs dont l'identité devait demeurer secrète, avant de les introduire directement dans la suite du directeur.

Un blazer bleu les fit entrer dans un petit salon. Bennington remarqua avec un sourire d'approbation qu'on voyait à peine le renflement causé par le P. 38 qu'il dissimulait. Un autre blazer apparut et leur proposa du café pour tromper l'attente. Bennington observa qu'un troisième blazer montait la garde devant l'entrée de l'ascenseur. Je me demande si Brooks Brothers fait des prix de gros au département de la sécurité interne de l'Agence, se dit Bennington.

Un blazer bleu marine l'interrompit dans sa rêverie.

– Messieurs, le directeur va vous recevoir.

Debout devant son grand bureau d'acajou, le directeur achevait une conversation téléphonique tandis que Bennington, John Sprague et Frank Pozner entraient. A gauche, sur le mur derrière lui, était suspendu un grand portrait sépia du père spirituel de la CIA, Wild Bill Donovan, dans son uniforme à col ouvert de général de brigade. Le mur du fond était tapissé des inévitables photos du directeur en compagnie de Jimmy Carter, Ronald Reagan et leur successeur. Le directeur reposa le combiné sur la console du téléphone, sorte de boîte ornée de bois et si complexe techniquement que chaque directeur prenant ses fonctions passait une demi-journée à en apprendre le fonctionnement.

Le directeur – le Juge comme l'appelaient ses subordonnés – les invita d'un geste à prendre place autour de la table de conférence ovale. Art se rappelait les réunions avec Allan Dulles qui commençaient invariablement par de petites phrases anodines du genre : « Comment ça se passe à Vassar, pour votre fille ? » Dick Helms, lui, aimait faire une petite plaisanterie. Quant à Casey, il avait une prédilection pour les derniers potins de Washington.

Pas le Juge. Tendu et concentré, il voulait toujours aller droit au but.

Dès qu'ils furent assis, John Sprague, directeur adjoint de S & T, prit la parole.

– Voici en gros quelle est la situation, dit-il avant de faire un bref résumé de la mort d'Ann Robbins et de l'implication du KGB. Art, fit-il quand il eut achevé, expliquez en quoi consiste ce projet et ce qu'à votre sens signifie tout cela.

Bennington passa en revue le travail de la médium, son taux ahurissant de réussite, brossa en détail les activités et la mort de Pat Price pour conclure avec le Puits qu'à son avis aucune indication d'hostilités imminentes de la part des Soviets ne semblait motiver ce meurtre.

– Avez-vous de bonnes raisons de croire qu'il s'agit du KGB, docteur ? demanda le directeur. Ne concluons-nous pas avec trop de hâte ?

– Juge, répondit Bennington, qui d'autre utilise le ricin ? Pas la mafia. Elle a été tuée avec une technique et un poison employés seulement à trois reprises à notre connaissance, et à chaque fois par le KGB ou quelqu'un commandité par le KGB.

– Soit. Comment allons-nous procéder pour l'enquête sur ce meurtre ? Souhaitons-nous informer le directeur adjoint du FBI à New York que nous sommes confrontés à un crime particulier et que nous aimerions qu'ils contrôlent l'enquête avec tout le doigté possible ?

– Pourquoi ? Nous savons déjà qui l'a tuée. Qu'est-ce que les flics de New York vont dégotter qui puisse nous servir ? Un blond de type slave a été observé en train de rôder autour de l'appartement ? Ces types du KGB ne laissent pas d'empreintes. Les tueurs sont déjà rentrés à Moscou et fêtent ça au caviar et à la vodka.

– La police est-elle au courant des résultats d'Atlanta concernant le ricin ?

– Non.

– Et en quel honneur ? Comptez-vous laisser la police newyorkaise patauger dans cette affaire alors que nous savons pertinemment qui a commis cet assassinat et pourquoi ?

Oh, oh, se dit Bennington. C'est parti pour un tour. Le Juge arrivait du monde de la justice. On plaisantait volontiers dans les couloirs sur le fait qu'à ses yeux tous les règlements fédéraux se valaient et qu'il mettait dans le même sac un stationnement interdit sur une propriété du gouvernement et un flagrant délit d'espionnage pour le compte d'une puissance étrangère. Habituer les nouveaux directeurs aux usages du Renseignement était l'éternel problème des vieux routiers de la CIA. Quelques-uns, comme l'amiral Turner, n'apprenaient jamais. On ne pouvait rien lui fourrer dans le crâne. Sur sa passerelle, il avait toujours l'air d'un archevêque en train de prêcher. Quant au Juge, Bennington réservait encore son verdict. Bon, se dit-il, je vais lui asséner le coup en pleine poire et on verra bien comment il réagit.

– Ce qui doit nous préoccuper ici, Juge, est de s'assurer que cette histoire ne tombe pas entre les mains de la presse. Nous ne voulons pas que ça fasse la une du *New York Post* trois jours de suite et que le monde entier sache que nous sommes impliqués. Après tout, le KGB sait qui l'a tuée. La seule chose qu'ils ignorent, c'est que nous savons qu'ils l'ont tuée. Pourquoi le leur dire ? Laissons tomber cette histoire d'enquête.

Le directeur posa ses yeux gris et froids sur Bennington avec à peu près autant de chaleur que le maire de Tel-Aviv obligé d'accueillir Yasser Arafat. Est-ce parce que je me montre aussi revêche et sarcastique que je peux l'être ? Ou bien parce qu'il a lu cette fameuse note « Personnel et confidentiel » rédigée par un ancien directeur afin que tous ses successeurs sachent quel putain de salopard je suis ?

– Vous comptez laisser la police de New York pédaler dans la semoule pendant des jours ? reprit le Juge.

– Écoutez, savez-vous combien de temps ces flics vont consacrer à cette affaire? Le temps qu'il faut pour écrire « Meutrier inconnu » sur son dossier et le classer avec la pile des crimes impunis.

– C'est bien possible, concéda le Juge à contrecœur. Encore que je tienne à vous dire que c'est le genre de court-circuitage des procédures légales dont l'Agence était coutumière sous mon prédécesseur et que je refuse quant à moi.

Le directeur laissa Bennington et ses deux autres subordonnés ruminer un moment là-dessus.

– Je comprends parfaitement votre point de vue, monsieur, dit Bennington qui pensait qu'un peu de fayotage réchaufferait sûrement l'atmosphère. Mais il faut savoir que ce type de recherche métapsychique implique pour l'Agence un énorme facteur d'humiliation. Au Congrès, dans l'Administration, ici même, beaucoup de gens pensent que ce dossier devrait être classé « top débile » et non « top secret ». Autant laisser Jack Anderson rédiger sa chronique des potins de Washington sur le thème suivant : la CIA fait appel à des médiums pour localiser les sous-marins soviétiques. Je vois déjà le sénateur Proxmire débouler dans les couloirs et distribuer les mérites de la connerie.

Et toi, mon coco, tu seras le premier à l'avoir, pensa Bennington à l'adresse du directeur.

– Monsieur le directeur, je suis bien obligé d'être d'accord avec Art, dit Pozner de la sécurité interne. Si nous laissons le public s'emparer de cette affaire, pour les raisons les plus nobles soient-elles, la situation, déjà préoccupante, ne fera qu'empirer. Il nous faut nous concentrer sur un point : comment diable le KGB a-t-il su qu'Art employait douze médiums et que, sur ces douze, cette femme de New York était la seule à donner de bons résultats? La meilleure des hypothèses est que nous sommes confrontés à une grave indiscrétion. La pire est que le KGB a une taupe à l'Agence.

– Bon. Alors que proposez-vous?

– Nous devons vérifier les dossiers, procéder à des contrôles internes et passer au polygraphe les membres de l'Agence impliqués dans ce programme depuis le premier jour.

– Soit, approuva le Juge, allez-y aussi fort et aussi vite que possible. Enquêtez à l'intérieur de l'Agence. Assurez-vous que vous vous adressez aux bonnes personnes à la NSA et au FBI. Bien, ajouta-t-il en s'appuyant au dossier de son fauteuil, examinons maintenant la question du mobile. C'est sacrément inhabituel.

– C'est vrai, approuva Bennington. On n'a pour ainsi dire jamais vu ça. Mais ils se sont tellement bien débrouillés qu'ils ont toutes les raisons de croire qu'on ne devinera jamais qu'ils sont dans le coup. Et c'est bien ce qui se serait passé si New York n'avait pas un médecin légiste en chef sacrément futé.

– Et pourquoi utiliser le ricin? s'enquit le juge. N'est-ce pas une signature?

Bennington haussa les épaules.

– C'est plus pratique, je suppose. Ils disposent de capsules enrobées d'un produit qui se dissout à température du corps. Elles sont d'une telle précision qu'ils peuvent fixer l'heure de la mort à une heure près. Je crois qu'il ne leur est pas venu à l'esprit que nous découvririons le pot aux roses. Il n'existe aucune procédure classique d'autopsie permettant de déceler ce produit. Il se décompose avec des protéines contenues dans le corps.

Le directeur réfléchit un moment puis sembla accepter le raisonnement de Bennington. Sa carte précisait « Dr » Bennington, ce qui ajoutait à sa crédibilité.

– N'empêche qu'ils devaient avoir une rudement bonne raison d'agir ainsi. Docteur Bennington?

Bennington se pencha en avant. Ses poings étaient lourds et menaçants et se prolongeaient par des mains de bûcheron, ce qui surprenait chez un homme qui avait rêvé devenir neurochirurgien.

– Il y a deux façons de voir les choses. La première est bien sûr la plus évidente. Ce sont parfois les explications les plus simples qui sont les meilleures. Nous avons une fâcheuse tendance, dans cette maison, à chercher midi à quatorze heures. Il se peut que les Soviets attachent suffisamment d'importance à ces nouveaux sous-marins à pales Toshiba rebelles à toute détection pour que, s'ils ont découvert qu'elle les repérait, ils l'aient tuée.

– Oui, acquiesça le Juge, il y a une certaine logique dans votre raisonnement. Après tout, s'ils ne l'ont pas tuée à cause des sous-marins, alors pourquoi?

– A dire vrai, je n'en sais rien, répondit Bennington. Je ne puis que deviner. Supposez qu'ils veuillent nous empêcher de poursuivre nos recherches métapsychiques ? Supposez qu'ils aient peur que nous tombions sur quelque chose qu'ils ont déjà découvert et qu'ils essaient de protéger ?

Tout en parlant, l'image s'imposait à lui du corps mutilé d'Ann Robbins et du médecin légiste qui examinait ses ongles écarlates.

– Supposez, reprit-il, qu'ils s'inquiètent de voir cette femme nous conduire en des zones qu'eux connaissent, mais que nous, nous ne savons même pas qu'elles existent ?

– Comme par exemple ?

Bennington se leva, s'étira une seconde sur la pointe des pieds puis commença à faire les cent pas autour de la table de conférence.

– Nous savons que l'Union soviétique est fortement engagée dans les divers secteurs de recherche concernant le cerveau, qu'il s'agisse de PES comme ce qui nous préoccupe aujourd'hui, ou des recherches strictement fondamentales. Leur but est de mettre au point le moyen de contrôler ou de modifier le comportement humain – d'affecter un homme ou un groupe à distance, cela sans qu'il ait conscience d'être manipulé.

Le Juge avala ces paroles avec l'hésitation d'un homme essayant un plat inconnu. Manifestement, les perspectives que lui ouvrait Bennington n'étaient pas de son goût.

– Vous croyez vraiment que ce soit possible ?

– Ce que je crois n'a aucune importance, mais je pense que c'est possible, oui. Ils essaient bel et bien de mettre au point ce genre de technique. Leurs efforts revêtent deux aspects. Ils se lancent à fond dans l'étude des armes FR, à fréquence radio : des armes antipersonnel contrôlées avec grande précision ; elles tirent des faisceaux d'énergie électromagnétique qui s'apparentent à un rayon laser. Leur cible serait le système nerveux et, en particulier, le cerveau. Nous savons qu'ils possèdent depuis 1985 une petite arme FR portative dont le rayon d'action est de un kilomètre. Ils cherchent également une « bombe cérébrale ». Nous aussi, soit dit en passant. L'idée est de produire une grande quantité de micro-ondes qui assommeraient tout cerveau humain se trouvant dans la zone d'impact de la bombe. Mais c'est du ressort du Pentagone.

Notre souci, à la CIA, concerne les méthodes qu'ils pourraient utiliser pour modifier le comportement d'un individu.

Bennington s'arrêta de marcher et se retourna pour faire face au Juge.

– Nous savons d'autre part qu'ils se concentrent sur la façon dont les champs électromagnétiques à extrêmement basse fréquence peuvent agir sur le comportement humain.

– Le peuvent-ils?

– Nos savants ont toujours affirmé que ces fréquences n'ont aucune incidence sur les êtres humains. Pour une raison bien simple: leurs ondes sont non thermiques et non ionisantes. Or, pas de chaleur, pas d'effet. Simple comme bonjour.

Le Juge hocha la tête. Bennington se demandait s'il comprenait vraiment ou s'il refusait d'en découdre avec un spécialiste.

– Sauf que ça n'est pas si simple. Quand la marine a voulu implanter ses forêts d'antennes dans le Wisconsin et le Nord Michigan afin d'améliorer les communications avec nos sous-marins dans le cadre de son projet SANGUINE/SEAFARER, les bonnes gens se sont inquiétés. Ils ont commencé à dire: « Eh, ces trucs-là ça pourrait bien nous donner le cancer ou quelque chose. »

Bennington éclata de rire.

– La marine a déballé son lot de savants bien dressés qui ont immédiatement balayé tous ces arguments. A les écouter, ces rayons étaient même bons pour la santé. En tout cas, cette histoire a aiguisé l'intérêt de chercheurs un peu plus rétifs. Et il se révèle qu'ils trouvent des choses très, très inquiétantes.

« Nous savons désormais que ces champs EBF peuvent affecter les cellules humaines dans une culture en tube à essai. Et croyez-moi, si on établit un jour une corrélation catégorique entre ces champs et le comportement humain, nous serons confrontés à quelque chose qui fera paraître la fission de l'atome comme de la rigolade.

– Je m'étonne de n'avoir rien vu de tout cela.

Le Juge remuait avec nervosité sur son fauteuil. Il n'y avait plus trace du ton inquisiteur avec lequel il avait entamé la réunion.

– Ce n'est pas quelque chose que le gouvernement a hâte de rendre public. Nous ne tenons pas à soulever un tollé qui menacerait nos possibilités de communiquer avec nos sous-marins.

Bennington se remit à faire les cent pas.

– Les Russes fondent leurs recherches en matière de phénomènes métapsychiques PES sur la théorie que l'explication de tout cela réside dans les ondes EBF.

– Pourquoi cela ?

– Pour trois raisons. Primo, ces ondes couvrent des distances incroyables. Secundo, elles peuvent à peu près tout traverser. Elles traversent l'eau à de grandes profondeurs, ce qui explique que nous les utilisions avec nos sous-marins. Elles traversent également la boîte crânienne. Tertio, et c'est là la raison la plus importante, nous savons que les fréquences dominantes sur lesquelles opère le cerveau humain se situent dans cette zone d'extrêmement basses fréquences. Il en va de même chez tous les animaux, poissons ou mammifères, que nous avons pu étudier. Les requins, les baleines, certains insectes peuvent communiquer entre eux à des distances et à des vitesses défiant tout moyen sensoriel classique. Nous ne savons pas grand-chose sur la façon dont ils s'y prennent. Se servent-ils de ces canaux EBF ? Est-il possible que l'homme ait un jour joui de cette même capacité avant de développer de meilleurs canaux sensoriels de communication ?

– Est-il possible que, de temps à autre, quelqu'un comme cette New-Yorkaise prenne conscience de ce pouvoir qui dort en elle et s'en serve ? demanda le Juge.

– C'est ça, la théorie.

Le Juge partit d'un grand rire et prit son menton entre le pouce et l'index, ce que Bennington estima être un tic de philosophe de bas étage.

– Docteur Bennington, nous, les vieux juristes de ce pays, avons un dicton. Ce sont les faits qui convainquent les jurés ; les théories ne font que les embrouiller.

– Hélas, Juge, je ne puis rien pour les jurés en cette affaire. Contrairement au droit, la science n'a souvent rien d'autre que des théories à se mettre sous la dent.

Le Juge se leva pour se placer devant une des immenses baies vitrées qui donnaient sur la grande entrée de son quartier général. L'air songeur, il regarda dehors un moment tandis que ses subalternes le contemplaient dans un silence respectueux.

– Trois fois sur sept, avez-vous dit ? demanda le directeur.

Dans les centaines de milliers de kilomètres d'océan? Il faut quand même que je vous dise que, fondamentalement, je n'en crois pas un mot. Il y a sûrement un truc. C'est tout bonnement incroyable.

– Je suis d'accord, fit Bennington. Moi aussi, je trouve cela incroyable. Tout comme j'ai trouvé incroyable ce qu'a fait Pat Price.

– Écoutez, docteur Bennington, c'est vous qui avez le plus d'expérience de toute l'Agence dans ce domaine. Dites-moi si en tant qu'homme, pas en tant qu'officier de la CIA, vous croyez vraiment à toute cette histoire de médiums?

Bennington tendit ses deltoïdes puis courba les épaules comme un boxeur attendant le gong du prochain round. Il y a vingt ans, pareille question de la part du directeur aurait inévitablement déclenché la sonnette d'alarme et son esprit aurait recherché activement le piège. Plus maintenant. Il avait perdu le goût de la dissimulation.

– Quand je me suis lancé là-dedans voici trente ans, j'étais sceptique. Et je le suis toujours. Mais j'en ai vu suffisamment au cours de toutes ces années pour garder l'esprit ouvert. Et je crois effectivement qu'il se passe quelque chose au-delà de notre pouvoir de compréhension ou d'explication.

En digérant ses paroles, le directeur sembla se ratatiner un tantinet, comme si ce n'était pas tout à fait ce qu'il espérait entendre d'un homme ayant la formation de Bennington. Il revint s'asseoir, mis ses pieds chaussés de mocassins noirs sur la table et gratifia Bennington de ce qu'on appelait à l'Agence son regard « extracteur de bons arguments ».

– Bon, alors comment expliquez-vous ce qu'elle a fait? Comment diable a-t-elle localisé ces sous-marins, à supposer, bien sûr, qu'elle l'ait réellement fait?

Ce fut au tour de Bennington de réfléchir un moment.

– Il n'y a qu'une réponse honnête à votre question, Juge. Nous n'en avons pas la moindre idée. Si vous voulez des théories, je peux vous en fournir. Mais des explications scientifiques en béton, ça fait quarante ans que l'Agence en cherche, et on n'en a pas trouvé la moindre.

Bennington leva les bras comme pour illustrer les frustrations de tant d'années de vaines recherches et poursuivit :

– Laissez-moi vous raconter une parabole. Imaginons que vous et moi emportions un poste de télévision au cœur de la forêt amazonienne et l'allumions pour le bénéfice d'Indiens primitifs jamais sortis de leur village. Bien. Dans leur monde, ils sont considérés comme un peuple très habile. Ils chassent, tuent et survivent dans des conditions naturelles extrêmement difficiles. Vous leur demandez d'expliquer le fonctionnement de la télévision. Ils vont réfléchir un bon moment et vous sortir qu'il y a des petits hommes pour faire tout ça. Ils sont à l'évidence incapables d'embrasser ni même d'imaginer l'idée que l'air qui les entoure est rempli d'émanations électromagnétiques silencieuses et invisibles, que ces émanations viennent d'effleurer le petit bouton métallique sur l'antenne et qu'attirées à l'intérieur de puces en silicone elles se sont transformées en image sur l'écran. Tout cela est beaucoup trop éloigné de tout ce à quoi leur environnement les a préparés.

– Si je comprends bien, nous sommes pareils à une tribu primitive amazonienne quand nous cherchons à comprendre les phénomènes métapsychiques ?

Si tu comprenais bien, songeait Bennington, tu en tirerais une petite leçon d'humilité. Mais ça, ce n'est pas précisément le fort des directeurs de la CIA.

– Eh bien, cette parabole tend à montrer, je pense, que ce n'est pas parce que nous ne pouvons pas comprendre ni même imaginer un phénomène que ce phénomène n'existe pas. Plus nous en apprenons sur le monde physique qui nous entoure, moins nous en savons, et l'ampleur de notre ignorance semble croître de jour en jour. Par exemple, nous savons que nous vivons dans un monde à quatre dimensions, le temps, la hauteur, la largeur et la longueur, d'accord ?

– C'est ce qu'on m'a appris.

– Eh bien, certains des esprits les plus brillants affirment maintenant que si vous vous limitez à ce point de vue vous êtes comme ceux qui croyaient que la Terre était plate. Ils disent que nous vivons dans un univers à six, huit, dix, Dieu sait combien de dimensions. Ou que nous avons une cinquième, une sixième force. Ou qu'Einstein s'est complètement planté en affirmant que rien ne voyageait plus vite que la lumière.

– J'en conclus que vous suggérez que, si la science moderne

spécule sur des sujets aussi insensés, elle trouvera bien une petite place pour votre dame qui repère les sous-marins.

– C'est à peu près ça.

– Qu'avons-nous appris exactement grâce à nos travaux en ce domaine?

– Nous avons apporté la preuve que de tels phénomènes se produisent bel et bien. Je crois qu'il n'y a plus de doute là-dessus. Ce qui nous rend dingues, c'est d'essayer de comprendre pourquoi. De trouver le moyen de reproduire ce phénomène à intervalles réguliers, fussent-ils lointains. Les meilleurs, comme cette femme, vont vous bluffer à mort une fois sur quinze ou vingt. Le reste c'est zéro. Mais si ça marche un jour, si jamais nous opérons une brèche, les implications pour le Renseignement sont colossales.

Le Juge se leva pour indiquer que la réunion était terminée.

– Franchement, je ne vois vraiment pas pourquoi nous perdons notre temps et notre argent avec tout ça. Je veux que vous fassiez le point sur tous les programmes que nous poursuivons dans ce domaine, dit-il en se tournant vers Sprague, de la direction S & T. Et vous avez intérêt à justifier sérieusement le moindre dollar dépensé sur l'argent des contribuables.

« Quant à vous, dit-il à l'adresse de Pozner, poursuivez votre enquête. Docteur, dit-il à Bennington l'air mauvais, essayez de trouver une meilleure explication au meurtre de cette femme.

– Sans problème, Juge, soupira Bennington en s'extirpant de son siège avec la raideur d'un athlète vieillissant, ne vous en faites pas. S'il y a quoi que ce soit de vrai dans mon explication tordue, nos amis du KGB nous le feront savoir bien assez tôt.

*

*Moscou*

– Vous aurez beau nourrir un loup, il regrettera toujours la forêt.

Pour les Russes, citer de vieux proverbes afin de consolider une argumentation était une tradition aussi fermement établie que de composer des haïkus pour un Japonais en proie à l'inquiétude ou à la tristesse. Cela montrait, entre autres, que vous étiez un *koultourni*, quelqu'un de bien élevé. Ivan Serguéïevitch Feodorov, président du KGB, mettait un point d'honneur à user de proverbes aussi fréquemment que possible. Non seulement il soulignait qu'il était cultivé – et il l'était –, mais cela le démarquait nettement des hommes qui l'avaient précédé à ce poste.

– Nous sommes aujourd'hui confrontés au problème suivant : comment empêcher le loup de retourner dans la forêt ?

Le loup du proverbe, c'étaient les populations musulmanes d'URSS; la forêt, l'Islam militant et fondamentaliste qui les attirait loin des frontières méridionales de la nation. Feodorov posait sa question aux huit hommes réunis autour de la table. Il arborait son sourire le plus désarmant. Tous avaient le rang de général du KGB. La plupart étaient plus âgés que Feodorov et représentaient la génération d'hommes ayant pris place dans les divers organes avant la révolution Andropov. Six d'entre eux étaient directeurs généraux du KGB dans les républiques musulmanes d'URSS : Azerbaïdjan, Turkménistan, Kazakhstan, Ouzbékistan, Kirghizistan et Tadjikistan. Les deux autres étaient le directeur et le directeur adjoint de la Ve Section du KGB, responsable de la répression de la dissidence et de l'écrasement du nationalisme et du loyalisme ethnique dans l'empire soviétique.

Feodorov les avait tous convoqués à Moscou pour étudier la crise dans les républiques islamiques annoncée par les actions terroristes mentionnées trois jours auparavant dans son rapport quotidien émanant des Renseignements.

– Il n'y a qu'à briser les putains de jambes de ce loup, grommela Vladimir Victorovitch Petkel, le chef du KGB au Tadjikistan. On est sûr qu'il se tiendra à l'écart de la forêt, comme ça.

Des éclats de rire accueillirent sa suggestion. Deux de ses collègues levèrent leur verre de vodka en direction de Petkel. Cette approbation était manifestement du goût de la plupart des hommes présents. Le président les invita à dîner dans sa sallc à manger privée afin que la discussion se déroule sans cérémonie. Il prit un cigare dans l'humidificateur qu'un des serveurs avait placé au milieu de l'amoncellement de plats.

– Pour briser les pattes de notre loup, Vladimir Victorovitch, il nous faudrait un Staline, déclara-t-il en allumant son cigare puis en repoussant le nuage de fumée. Notre secrétaire général est doté de nombreuses qualités. Mais quant à être un Staline, alors ça, non.

Un petit hennissement méprisant parcourut la salle à manger, signe évident du peu de considération que montraient la plupart des officiers pour Mikhaïl Gorbatchev et ses réformes.

A travers la fumée de son cigare, Feodorov sourit à ses subordonnés. En un sens ils résumaient on ne peut mieux le dilemme auquel était confrontée l'URSS dans ces six républiques. Tous étaient slaves. Aucun n'avait la moindre goutte de sang musulman dans les veines. Et pourtant, ils étaient les policiers, les dirigeants – les geôliers, auraient affirmé certains dont ils administraient l'existence – de la population musulmane d'URSS. Vous aviez autant de chances de trouver un non-Slave dans un bureau du KGB de ces républiques que vous en aviez de trouver un musulman en train de prier devant le mur des Lamentations, un yamulke sur la tête. La slavisation du KGB dans ces républiques était telle que même les *dejournaïa*, femmes de ménage et chiens de garde dans les hôtels du KGB, étaient non musulmanes.

L'unique rôle des musulmans dans l'appareil de sécurité de ces républiques était celui que seul un musulman pouvait remplir – celui d'informateur ou d'agent de pénétration chargé d'infiltrer les organisations dissidentes. Et Feodorov avait récemment eu l'occasion de constater qu'ils menaient cette tâche sans grand succès. Il n'y avait aucun musulman dans les forces du KGB qui patrouillaient le long de l'immense frontière séparant les musulmans d'Union soviétique de leurs frères en Iran, Afghanistan, Pakistan et Chine. Dans l'Armée rouge, un musulman ne pouvait dépasser le grade de colonel. Les conscrits musulmans se retrouvaient inévitablement à l'intendance ou dans l'infanterie, aussi loin que possible de l'armement moderne tout en étant quand même armés. La seule exception était les troupes spéciales du ministère de l'Intérieur employées au maintien de l'ordre public. Dans ces bataillons, les musulmans servaient dans la Baltique et dans les républiques russes. Après tout, on était sûr qu'ils auraient un immense plaisir à tirer sur des Russes.

Le directeur de la Ve section s'apprêta à prendre la parole.

C'était le doyen de l'assemblée, un homme qui avait passé quinze ans comme représentant en chef du KGB en Ouzbékistan, la plus peuplée des républiques musulmanes. Il avait largement passé les soixante-dix ans et représentait le type même de l'officier du KGB de la vieille école que Feodorov essayait d'éliminer progressivement de l'organisation. Il affectionnait encore ces vieux costumes croisés que portait Khrouchtchev, mal coupés, qui se soulevaient comme une tente par grand vent dès qu'on haussait les épaules. Longtemps auparavant, au cours de la répression des années trente, alors qu'il menait un interrogatoire, un prisonnier lui avait mordu l'index droit, le lui sectionnant à la jointure. Le prisonnier avait payé cela de sa vie et, depuis, on n'appelait jamais autrement cet homme que « Quatre Doigts ». Il tendit son moignon d'index et dit :

– Ivan Serguéïevitch, puis-je résumer globalement la situation comme nous la voyons à la V^e^ Section ?

Feodorov accueillit cette initiative d'un signe d'approbation.

– Nous sommes confrontés à un défi ouvert à notre autorité. Ces peuples ont laissé tomber le masque. Ils ne sont nullement fidèles à Moscou. Ils ne l'ont jamais été. Ni à Marx. Ils ne l'ont jamais été. Ils sont fidèles à Mahomet.

– Exactement, enchaîna son adjoint. Ils prétendent tous être athées. Chaque membre de notre parti, les plus haut placés du parti, même les membres de notre praesidium. Et vous savez où ils finissent ?

Son rire rauque étouffa un instant sa réponse.

– Dans un cimetière musulman !

– C'est un problème historique, reprit Quatre Doigts qui, s'il n'était pas ce qu'on appelle un intellectuel, connaissait les principes d'une bonne analyse socialiste. La population musulmane n'a jamais montré le moindre enthousiasme pour la révolution, le marxisme-léninisme ou notre expérience socialiste.

– Nous devons admettre, commenta Feodorov en ébauchant un sourire, que le zèle révolutionnaire est rarement inspiré par la pointe d'un sabre ou le canon d'un fusil. Notre révolution a été faite à Leningrad par des Russes européens, puis imposée aux musulmans par la force. Il n'y avait pas un musulman à mille kilomètres à la ronde du palais d'Hiver en 1917.

– Joseph Vissarionovitch, dit Pektel en employant le patronyme de Staline, détenait la bonne réponse dans les années trente.

Pektel faisait allusion à ce que les musulmans appelaient la décennie de la répression – de 1928 à 1939. A cette époque, ecclésiastiques, intellectuels, chefs de communautés, quiconque soupçonné de croyance religieuse ou d'opposition à Moscou était assassiné ou expédié en Sibérie. L'islam avait été aussi sévèrement réprimé que la foi orthodoxe au Nord. Le nombre des mosquées en activité dans la vaste zone musulmane était tombé de vingt-six mille à cinq cents à peine.

– Une des conséquences de cela, lança Feodorov qui prenait un malin plaisir à jouer l'avocat du diable, a été que des centaines de milliers de musulmans se sont empressés de rejoindre les fascistes quand Hitler a envahi la Russie en 1941, n'est-ce pas?

– Les ordures! tonna Quatre Doigts.

La trahison massive des musulmans soviétiques au profit d'Hitler demeurait un des points sensibles dans les relations entre Moscou et les républiques islamiques, entre les peuples russes du Nord et les diverses ethnies musulmanes du Sud. A la vérité, ce n'était que la plus récente manifestation des relations houleuses entre deux peuples fondamentalement différents. Avec l'Espagne et la Grèce, la Russie partageait la distinction historique d'avoir été une des trois grandes nations européennes à vivre sous la loi musulmane.

Feodorov jeta un coup d'œil à la carte qu'il avait fait dresser le long de la table. Après quarante ans de conflit israélo-arabe, on avait tendance à placer le centre de gravité du monde islamique dans la péninsule arabe. On avait tort. Il se situait en réalité à l'intérieur de l'Union soviétique, quelque part dans les grandes steppes asiates, entre l'Anatolie et les portes du Sin-k'iang. Les Ouzbeks ou les Turkmènes ne brûlaient pas d'indignation devant le sort des Palestiniens. Soit. Mais ils n'en étaient pas moins musulmans pour autant.

– La racine du problème est la glasnost de Mikhaïl Gorbatchev, déclara Arkadi Sokolokhov, représentant du KGB dans la république troublée du Turkménistan, à la frontière de l'Iran et de l'Afghanistan. Il y a un monde entre laisser les écrivains, artistes et autres intellectuels nous abreuver de leurs petits problèmes et lâcher la bride aux chefs nationalistes. Vous avez vu ce qui est arrivé en Estonie et en Lettonie. Et dans le haut Karabakh. Mais cela n'est rien, rien qu'une allumette dans la nuit, à côté de l'incendie que cette liberté de parole a déclenché avec ces musulmans.

– Me suggérez-vous d'aller trouver Mikhaïl Serguéïevitch et de lui dire : « Soyez gentil, laissez tomber cette histoire de glasnost ? » Souhaitez-vous que nous revenions à l'époque de Brejnev où l'on pouvait arrêter quelqu'un simplement parce qu'il avait regardé de travers le tombeau de Lénine ? demanda Feodorov.

Sokolokhov ouvrit les mains.

– Qui pisse contre le vent se fait mouiller, dit-il en riant. Nous ne voudrions pas qu'il vous arrive pareille mésaventure, Ivan Serguéïevitch.

Le président du KGB rit à son tour et fit semblant de balayer quelques gouttes de son costume de chez Brioni.

– Cela dit, vous avez raison. Cette histoire de glasnost est une terrible erreur. Sans parler de notre défaite en Afghanistan.

– Grâce à l'Afghanistan, reprit Sokolokhov, j'ai désormais sur le dos une véritable marée de venin, de haine, de propagande antisoviétique qui se déverse chaque nuit à travers mes frontières.

Il faisait référence aux radios clandestines qui émettaient désormais tout le long de la frontière soviéto-afghane. Émanant de divers groupes moudjahidin, elles déversaient chaque soir une incitation à la violence et à la rébellion, dans leurs propres langues et dialectes qu'ils partageaient avec leurs frères du Sud.

– Avant la guerre, le gouvernement afghan n'aurait jamais osé faire une chose pareille. Mais maintenant ces salopards opèrent en toute impunité parce qu'ils sont persuadés que nous ne leur renverrons jamais l'Armé rouge.

– Ne pouvez-vous les écraser ?

– Nous essayons bien, mais ils se déplacent sans arrêt.

– C'est devenu un véritable fléau, ajouta le directeur du KGB en Azerbaïdjan. Il y a dix-huit stations qui émettent d'Iran rien qu'en turkmène. Sans compter toutes les autres langues possibles et imaginables. Radio Tabriz, Radio Golden, Radio Ourouchi. Les stations de la CIA à Munich, c'est de la rigolade à côté.

– Ces émissions ne sont que le début du problème, dit Sokolokhov. C'est le système Khomeiny. Chaque émission est reproduite sur cassette. Ils se les passent dans les bazars comme si c'étaient des pistaches. Et cela dès le lendemain. C'est comparable à la plaie des sauterelles. Mais au lieu de manger le blé ils mangent le cerveau de notre peuple.

– Dans ma république, dit le chef d'Azerbaïdjan, les gens ne faisaient jamais attention aux fêtes musulmanes. Ils ne savaient pas ce qu'il fallait faire, quand et comment jeûner, comment égorger un mouton. Mais ce n'est plus le cas. Cette année, grâce à ces satanées radios, la moitié de la république – vous vous rendez compte, la moitié de la population! – a respecté le ramadan! Ils ont égorgé des millions de moutons pour Bairam exactement comme le leur avaient expliqué les radios.

– Cinquante pour cent de la population qui respecte le ramadan? s'étonna Feodorov qui n'avait jamais entendu cette statistique, probablement parce que personne n'avait osé la lui transmettre. Mais c'est quoi votre pays, maintenant, l'Arabie Saoudite?

Son subordonné fit une petite grimace et poursuivit :

– Ils sont très malins. Ils émettent surtout à l'attention des jeunes parce que, que cela nous plaise ou non, il y a parmi eux un énorme appétit pour ce genre d'informations. On est obligé de les traîner de force aux Jeunes Pionniers ou aux komsomols, quitte à employer le bâton, mais ils peuvent passer plusieurs heures par jour à gober des sornettes sur la gloire de l'islam, les grands guerriers musulmans et toutes les victoires qu'ils ont remportées au nom d'Allah. Ce qui est évidemment une autre façon de leur dire qu'ils peuvent mettre l'Armée rouge en déroute.

– Ivan Serguéïevitch, intervint Quatre Doigts que les exposés prudents mettaient à bout de nerfs. On s'en tape si les mollahs expliquent aux gens comment tuer les moutons. Ce que ces radios prêchent chaque soir, c'est la violence et le djihad. Les Russes sont des colonisateurs. Des colonisateurs occidentaux qui vous exploitent. Le marxisme et le léninisme sont des doctrines étrangères qu'ils essaient de vous imposer. Nous sommes tous frères du panislamisme. Jetez les Russes dehors par le feu et le sang. C'est ça que ces ordures prêchent – pas comment il faut faire sa prière avant de se coucher.

« Et ça n'est qu'un début, poursuivit-il au bord de l'explosion.

Car par notre faute les frontières avec l'Afghanistan et l'Iran sont devenues de véritables passoires. Et ça, c'est une sacrée catastrophe. Chaque nuit, des centaines de personnes les traversent dans un sens ou dans l'autre. Nous sommes inondés de pamphlets, de tracts, de corans et de cassettes. Nous savons qu'un tract émis à Kaboul est à Samarkand quinze jours après. Nous en avons la preuve.

– J'ai viré sept officiers supérieurs des forces de sécurité frontalières au cours des deux derniers mois, fulmina Feodorov. Avez-vous remarqué une amélioration depuis?

– Pas la moindre.

– Alors je vais en virer soixante-dix autres jusqu'à ce que quelqu'un contrôle enfin la situation.

– Ivan Serguéïevitch, déclara le résident d'Azerbaïdjan, le problème c'est que des deux côtés de la frontière ils ont maintenant décidé qu'ils étaient frères. Il y a des passeurs pour indiquer à ceux qui veulent traverser les frontières les endroits interdits où nos patrouilles sont réduites. Ils les cachent. Ils leur procurent de faux papiers. Sans compter qu'ils se ressemblent tous et parlent la même langue. Impossible de les distinguer. Si on veut une frontière étanche, il faut une clôture électrique, un champ de mines ou l'équivalent du mur de Berlin.

– Ben voyons! s'exclama Feodorov. Je vois déjà nos ennemis occidentaux fêter l'événement. Trois mille kilomètres de frontière électrifiée, un véritable piège pour célébrer la glasnost!

– C'est vrai que cette histoire de frontières et de radios constitue un véritable problème, grommela Quatre Doigts, mais elles ne sont pas au cœur de ce bordel, je veux parler des confréries soufi! Car ce sont elles qu'on trouve derrière les bombes et les tueries.

Un grondement parcourut la table.

– Ils prétendent suivre leur *tariqa*, leur voie, celle qui mène à Dieu, déclara Quatre Doigts avec mépris. Mais croyez-moi, ce chemin-là ne mène pas à Dieu, mais à la révolution. Ce sont des réactionnaires antisoviétiques et antisocialistes. Leur seul but est la destruction du système socialiste. Ils sont plus disciplinés que le parti. Plus secrets aussi.

« Combien d'entre vous avez, ne fût-ce qu'une fois, réussi à pénétrer une cellule soufi? Ou à former un informateur soufi? demanda Quatre Doigts aux généraux présents.

Il dévisagea intensément les six officiers du KGB tour à tour, et n'obtint pour toute réponse qu'un silence embarrassé.

– Il faut bien reconnaître, admit Sokolokhov, que ce sont eux qui nous pénètrent. Ils sont dans l'administration, la police, la hiérarchie du parti. Je les soupçonne même d'être présents dans les Organes.

– Quelle est votre estimation de leur nombre actuel? s'enquit Feodorov.

– Nous pouvons seulement deviner, répondit Sokolokhov. Personne ne rejoint les soufis. Le recrutement se fait de maître à disciple. On vient vous chercher. C'est une des raisons pour lesquelles il nous a été impossible de les infiltrer comme nous l'avons fait pour les juifs ou les dissidents. Je dirais qu'ils sont au bas mot vingt-cinq mille.

– C'est la qualité, le secret des confréries qui compte, Ivan Serguëïevitch, commenta Quatre Doigts. Ils se prennent pour de véritables révolutionnaires comparables aux bolcheviques. Ils sont partout et nulle part. Nous voyons leurs mains, mais jamais leurs visages. Si seulement nous avions une petite idée sur l'identité de leurs chefs, nous pourrions leur rendre une petite visite nocturne et leur offrir un séjour dans un climat froid. Ils ont entrepris de déstabiliser l'Asie centrale, et chaque jour les rapproche davantage de leur but. Aujourd'hui, avec cette campagne de terreur qu'ils ont entamée, ils agissent au grand jour. C'est une révolte contre notre autorité, rien de moins.

– Que proposez-vous donc que nous fassions? demanda Feodorov au chef de la Vᵉ Section.

– Organiser une provocation. Quelque part dans le Tadjikistan. La situation y est encore pire qu'ailleurs à cause de la proximité de la frontière afghane. Et ça nous servira d'excuse pour envoyer l'Armée rouge. Nous écraserons cette pestilence avec la seule chose que les musulmans comprennent – la force.

– Écraser qui? demanda Feodorov d'une voix douce et délibérément absente de toute provocation. Comment ? Vous venez de reconnaître que nous n'avions pas la moindre idée de leur identité.

Le chef de la Vᵉ Section ne souffla mot. La question de Feodorov impliquait un doigté dans l'usage de la force de répression auquel les directeurs généraux du KGB n'étaient pas habitués.

– La règle numéro un du terrorisme est de provoquer une réaction outrancière de la part de l'autorité visée, vous êtes bien d'accord? reprit Feodorov. Le but est d'engendrer la sympathie vis-à-vis des terroristes. D'offrir grâce à votre réaction excessive une justification à leurs actes.

Autour de la table, les huit officiers regardaient en silence leur président. Ce n'était pas qu'ils mettaient en cause l'axiome qu'il venait d'établir. Non. Seulement ils n'avaient jamais songé à l'appliquer à leurs propres problèmes.

– Avec cette fameuse glasnost de notre secrétaire-général, nous aurons autant de reporters de télévision que de troupes au Tadjikistan. Et tous iront de droite et de gauche pour demander aux gens si ça leur fait mal quand on leur tape sur la tête avec une matraque. Le monde nous comparera aux Sud-Africains et aux Israéliens, ce qui, à mon sens, ne plaira pas outre mesure à notre secrétaire-général.

– Alors il n'y a qu'à renvoyer l'Armée rouge en Afghanistan, aboya Quatre Doigts en frappant sur la table. Rasons les villages d'où partent les émissions. Ne laissons pas une pierre debout. Ça les fera taire.

– Depuis leur dernière visite en Afghanistan, mon ami, on a déjà un mal fou à convaincre nos généraux de l'Armée rouge d'organiser un défilé pour les musulmans à Tachkent ou à Alma-Ata. Alors vous imaginez ce que serait de les persuader de retourner dans un pays qu'ils ont hâte d'oublier. Je reconnais bien volontiers qu'il faut agir vite, ajouta Feodorov après avoir tiré sur son cigare pour se donner le temps de dévier la conversation. Toutefois, la solution exige quelque chose de nouveau, et de subtil. Idéalement, du jamais vu.

« Dites-moi, Youri Vassiliévitch, lança Feodorov en se tournant vers le chef du KGB au Kazakhstan. Que pense votre peuple des Américains?

– Les Américains! explosa Quatre Doigts. Mais qu'est-ce qu'ils viennent foutre dans ce bordel?

Feodorov ne prit pas garde à cette interruption et garda les yeux fixés sur le chef du Kazakhstan. L'homme haussa les épaules.

– Pour être honnête, les Kazakhs semblent éprouver quelque estime à leur égard. Quand nous avons eu ces émeutes à Alma-Ata en 1986, les communistes kazakhs pourchassaient les Russes dans la rue. Vous vous rendez compte? Des membres du parti tabassant les Russes aux cris de : « Les Russes dehors. Les Américains sont avec nous. »

– Exactement, commenta Feodorov. Les musulmans préfèrent le diable qu'ils ne connaissent pas à celui qu'ils connaissent. Et ils savent parfaitement à quel point les Américains ont aidé les moudjahidin en Afghanistan, n'est-ce pas?

Il y eut un murmure d'approbation.

– Mais quand la marine américaine a descendu un Airbus iranien dans le golfe?

Tout le monde remua autour de la table et trois hommes parlèrent en même temps.

– Ils étaient outrés, horrifiés, dit le chef du KGB au Kazakhstan.

– C'est ce que les Américains pouvaient faire de pire, dit Sokolokhov. Les gens ne voulaient pas croire qu'ils avaient pu faire une chose pareille.

Feodorov se versa un gobelet de vodka qu'il prit dans la bouteille fichée dans le seau à glace à côté de lui. Cette fois, il ne proposa pas de boire à la santé d'un de ses subordonnés. Il buvait à ses pensées, pas à la camaraderie.

– Vu de notre côté, c'était ce que les Américains pouvaient faire de mieux, non? Mais quand ils ont bombardé la Libye, tout le monde s'en foutait, vous êtes bien d'accord.

– Tout le monde, approuva Sokolokhov. Tripoli est loin de Tackhent. D'ailleurs, nos peuples musulmans méprisent les Arabes. Pour eux, leurs véritables frères sont les Turcs, les Iraniens, les Afghans, les Pakistanais et les musulmans chinois du Sin-k'iang.

– Bien. Si les Américains levaient la main sur l'un d'entre eux ou commettaient un acte de violence caractérisé contre une de ces nations, ils auraient vite fait de perdre leurs amis, c'est bien ça ? poursuivit Feodorov.

– Absolument, dit Sokolokhov. Ces peuples ont un grand sens de la solidarité musulmane. Si vous en attaquez un, vous les attaquez tous. Si vous en tuez un, vous vous faites une centaine d'ennemis.

L'assemblée exprima vivement son approbation.

– Supposons maintenant que les Américains commettent un acte si atroce que nous arrivions à les taxer de racisme à l'égard des musulmans? Si nous nous posions comme la seule superpuissance sur laquelle les musulmans puissent compter, nous, le seul champion de la cause musulmane? Vous vous rappelez comme nos musulmans étaient fiers en 1956 quand Khrouchtchev a menacé les Français et les Anglais de leur envoyer des missiles pendant la crise de Suez? Supposez que l'action des États-Unis nous permette de raviver ces sentiments? Cela étoufferait-il dans l'œuf la dissidence dans nos républiques islamiques?

– Je crois que cela dépendrait en grande partie de ce que serait l'action américaine, répondit Sokolokhov.

Les autres semblaient l'avoir d'instinct choisi pour porte-parole.

– Si c'était sérieux, je dirais que oui, ça marcherait. Ça ne modifierait pas leurs aspirations à long terme. Mais cela contribuerait sans conteste à faire évoluer la situation à laquelle nous sommes confrontés aujourd'hui.

– J'aimerais bien que vous nous disiez où vous allez avec cette histoire d'Américains, grommela Quatre Doigts. Par tous les diables, je ne vois pas du tout ce qu'ils viennent faire ici.

– J'essaie de trouver le moyen de faire faire aux Américains ce que l'Armée rouge ne veut – ou ne peut – pas faire. Sauver notre secrétaire général de quelques-unes des conséquences malheureuses de la glasnost.

– Eh bien, Ivan Serguéïevitch, fit le vieux tchékiste d'une voix rendue plus grave encore par une nuit de vodka et de tabac. Vous êtes un homme intelligent. Vous l'avez toujours été. Je suis incapable d'imaginer ce qui vous trotte dans la tête. Mais laissez-moi vous dire une chose, ça va péter, dans ces républiques. Peut-être demain. Peut-être après-demain. Peut-être après après-demain. Mais si vous ne faites pas quelque chose, et vite, ça va péter aussi sûrement qu'un taurillon plante son dardillon dans le premier trou qui passe. Un de mes proverbes préférés, Ivan Serguéïevitch, grimaça Quatre Doigts.

*

*Moscou*

L'aide de camp d'Ivan Sergueïevitch Feodorov, un commandant du KGB d'environ trente-cinq ans, déposa trois classeurs identiques dans leur chemise bleu pâle du KGB sur son bureau. Chacun portait l'étiquette « SOVERTCHENO SEKRETNO », « secret absolu », ainsi que « V'ROUKI LITCHNI I.S.F. », « A remettre en mains propres à I.S.F. ». Cela signifiait qu'une fois que ces trois textes, les seuls existants, auraient été signés par Feodorov et consignés aux archives centrales seule l'autorité personnelle du président du KGB aurait pouvoir de les en faire sortir. Ces dossiers contenaient les documents que Feodorov avait attendus tout l'après-midi avec impatience : le profil psychologique et l'évaluation de la personnalité du nouveau président des États-Unis.

– Le docteur est-il là ? s'enquit Feodorov.

– Oui, monsieur.

– Qu'il attende pendant que j'étudie ceci.

Feodorov s'empara du dossier. Il savait que les agences de renseignement occidentales étaient convaincues que le KGB faisait peu de cas des études psychologiques ou psychanalytiques, ce qu'elles attribuaient à tort à l'aversion des Russes pour la théorie psychanalytique freudienne. En vérité, c'était un aspect de l'ignorance occidentale qu'il avait bien l'intention d'encourager. C'est ce qui expliquait le caractère hautement confidentiel de ce dossier. Que les pays de l'Ouest continuent donc d'ignorer que le KGB avait introduit la psychologie dans son arsenal, se disait Feodorov.

Si tel était le cas, c'était évidemment en grande partie parce qu'il savait avec quelle efficacité la CIA avait utilisé les portraits psychologiques pour guider John F. Kennedy dans ses négociations avec Nikita Khrouchtchev dans l'affaire des missiles cubains puis, plus tard, pour manœuvrer un Charles de Gaulle aussi délicat qu'une plante sensitive. L'Agence les avait également utilisés avec un succès notoire pour cibler de potentiels transfuges à l'intérieur des rangs du KGB.

*« Je ne veux pas le savoir. Faites-le. »*

Andropov avait balayé les contraintes du dogme marxiste et ordonné au KGB de commencer à préparer le profil psychologique des personnalités clefs sur le plan mondial. L'Organe avait donc fourni des portraits de Jimmy Carter et de Ronald Reagan pour évaluer leur comportement probable en cas de crise. On avait ainsi prévu l'indécision dont Carter avait fait preuve lors de l'affaire des otages de l'ambassade d'Iran. Quant à Reagan, les psychologues avaient détecté, sous l'image publique du président, un homme qui se révélerait excessivement prudent dans l'utilisation de la force s'il n'était pas certain d'un succès immédiat et écrasant.

Et voici que l'étude concernant le nouveau président américain était enfin prête. La décision de préparer une étude des deux candidats avait été prise juste après les conventions républicaine et démocrate de l'été 1988. La résidence du KGB à Washington avait commencé par s'abonner à toutes les banques de données américaines, accumulant des tonnes de listings sur les deux hommes. Ces données comprenaient pour ainsi dire chaque mot écrit sur l'un ou l'autre candidat.

La moisson fut transmise à une batterie de psychologues à Moscou. Ils la disséquèrent, l'étudièrent, l'analysèrent, afin de concevoir une longue série de vérifications qu'ils envoyèrent à leur tour aux résidences de Washington et des Nations unies. Des douzaines d'agents du KGB eurent pour mission d'interroger ceux qui avaient connu les candidats : vieux professeurs, premières maîtresses, compagnons de chambrée, copains de fac, amis de fraternité, camarades d'enfance. Ils avaient utilisé diverses couvertures; mais la plus efficace, et de loin, avait noté Feodorov avec amusement, avait consisté à se faire passer pour un agent du FBI effectuant une enquête de sécurité. C'était ahurissant ce qu'un jeune officier du KGB, bien poli, avec un parfait accent anglais et une fausse plaque du FBI, pouvait tirer d'un Américain trop confiant.

Feodorov s'empara du document et entreprit de l'étudier. Cela faisait un peu plus de vingt pages avec des appendices et une annexe comprenant des éléments importants obtenus après la rédaction du rapport. Comme toujours avec des dossiers de cette importance, Feodorov lut lentement, revenant à deux ou trois reprises sur les passages critiques jusqu'à ce qu'il soit certain de les avoir parfaitement compris et assimilés.

Aujourd'hui, il apportait à sa lecture un soin particulier. S'il devait se lancer dans l'énorme pari qui se dessinait dans son esprit pour résoudre la menace d'une révolution dans les républiques musulmanes d'URSS, il ne pouvait le faire qu'en trouvant dans ces pages certaines faiblesses psychologiques du président qu'il pourrait utiliser contre lui.

Quand il eut achevé, il se redressa sur son fauteuil et se frotta les yeux. Il avait trouvé exactement ce que lui avaient laissé soupçonner ses recherches en matière de comportement. Il y avait dans le caractère de ce président-ci une intensité calme et rigoureusement contrôlée, particulièrement en ce qui concernait sa propension à la colère. Il n'était pas homme à taper du poing sur la table, crier ou claquer les portes. Mais il avait son caractère. Sa colère était froide, contrôlée, ciblée. Voilà qui était encourageant.

Plus loin, on trouvait cet adage de la psychologie du comportement selon lequel nul individu ne possède son identité. Il appartient à l'environnement qui l'a produit. Deux éléments dans l'environnement du président avaient sauté aux yeux de Feodorov. Il s'était douté du premier. Mais le second avait été une totale surprise.

Le premier élément concernait les relations du président avec son père. La mythologie populaire américaine voulait que le président ait adoré son père, patricien distingué, modèle type du pater familias de Nouvelle-Angleterre.

Erreur. Ce père avait été sévère, intraitable en matière de discipline, ne tolérant pas la moindre remise en question de son autorité paternelle. Les relations entre père et fils avaient été orageuses et souvent empreintes d'amertume. Le père était un homme costaud au corps endurci par des années de boxe amateur. Personne ne l'avait jamais impressionné physiquement, et il n'avait jamais hésité à utiliser la force pour obliger son fils, beaucoup plus frêle, à rentrer dans le rang.

Toutefois, c'est la seconde révélation qui attira l'attention de Feodorov. A l'âge mûr, son père était alcoolique. C'était le secret le mieux gardé de cette famille. Sous l'empire de l'alcool, il tournait inévitablement sa colère non pas sur sa femme ou sur ses fils, mais sur sa fille, aujourd'hui pianiste de concert, qui avait deux ans de plus que le président. Quand il était gosse, le président adorait sa sœur plus que tout être au monde. De six ans à la préadolescence, elle avait été sa grande amie, la détentrice de ses secrets les plus intimes et sa seule véritable conseillère.

Pourtant, jour après jour, cet enfant fragile avait dû regarder son père battre et maltraiter sa sœur bien-aimée tandis que, trop jeune et trop faible, il ne pouvait que crier sa rage et son impuissance. Il avait raconté à un ami de fac combien de fois il s'était endormi la nuit, pleurant d'amertume devant son incapacité à protéger sa sœur des rages incontrôlées de son père ivre. Il n'y avait pas besoin d'être docteur en psychologie du comportement, diplômé de l'université de Kiev pour pressentir le feu psychologique qui couvait chez un homme qui avait subi pareille épreuve.

Feodorov appuya sur l'intercom relié à son secrétariat.

– Faites entrer le docteur, ordonna-t-il.

Le docteur était le professeur Lev Timocheïev, auteur du rapport. C'était un juif, un des rares employés par le KGB, mais personne ne nourrissait le moindre doute quant à sa loyauté. C'était un communiste de la troisième génération. Son Temple de Jérusalem n'était qu'à huit cents mètres de la place Dzerjinski derrière les murs du Kremlin.

Tandis qu'il prenait place dans le fauteuil face au bureau, Feodorov le félicita pour son rapport.

– Bien, dit-il, j'aimerais passer en revue un certain nombre de points avec vous.

Le professeur inclina respectueusement la tête. C'était un homme émacié approchant la soixantaine. Il avait le teint pâle et ses cheveux qui s'éclaircissaient n'étaient plus que des mèches grises pointant dans toutes les directions.

– A votre avis, comment la colère de cet homme se manifesterait-elle en cas de crise? Ou sous l'effet d'une grande tension survenant brutalement?

Le professeur observa ses longs doigts décharnés.

– Nous avons affaire à un individu extrêmement égocentrique et ambitieux. Il s'est servi de son égocentrisme et de son ambition de façon constructive, et ça a payé. Il s'est battu avec une farouche détermination pour arriver à la Maison-Blanche. Si bien qu'il est homme à se fier à ses réactions et à son instinct. Il prendra soin de montrer qu'il consulte ses conseillers, mais il n'écoutera que sa voix intérieure.

Feodorov sourit, encourageant le professeur à poursuivre.

– Je dirais également qu'il pense avec logique et de façon compartimentée. Une fois qu'il a pris une décision, c'est sûrement du béton. Malgré l'image de fervent du pragmatisme qu'il a essayé de créer au cours de sa campagne, ce n'est pas un adepte du compromis.

Feodorov réfléchit à ces propos, puis feuilleta le rapport jusqu'à ce qu'il trouve le paragraphe qu'il cherchait.

– Cette histoire à propos de son père qui tabassait sa sœur quand il avait bu.

– C'est l'expérience clef de sa vie, commenta le professeur. Ça a causé chez lui des ravages considérables.

– Selon vous, comment cela l'affecte-t-il aujourd'hui?

– Cela l'influence considérablement. C'est de là que vient son côté strict et son goût de la vengeance. Il se voit comme le bras vengeur de Dieu. Cela apparaît nettement tout au long de sa carrière. Un de ses subordonnés commet un léger écart moral, il a une amende pour conduite en état d'ivresse, ou il emprunte 100 dollars à la petite caisse, il se fait virer. Pas de pitié. Quand il tombe sur quelqu'un dont il pense qu'il mérite d'être puni, il réagit avec excès. Toute son agressivité contenue déborde.

En fait, le portrait de l'homme qu'il lui fallait, songea Feodorov.

– Quand il était jeune garçon et que son père battait sa sœur, il voulait lutter contre son père, non? Mais il en était physiquement incapable. Il devait réprimer sa rage. Maintenant qu'il détient un pouvoir presque illimité qui lui permettrait de se laisser aller à la colère, serait-il susceptible de l'utiliser?

– Il pourrait. Il est manifestement homme à réprimer une propension à agir avec une agressivité outrée. Il a appris à sublimer efficacement ses pulsions agressives. Regardez comme il est toujours en train de faire du jogging ou de jouer au tennis. L'activité physique à outrance peut aider à sublimer l'agressivité. Eisenhower était un homme en colère. C'est pour ça qu'il était toujours sur un terrain de golf; il passait ses nerfs sur la balle. Vous pouvez supposer que cet homme réprime des tendances agressives. La question n'est pas de savoir s'il y a ou non agressivité. La question est : qu'est-ce qui va la précipiter?

Feodorov se leva et marcha jusqu'aux grandes fenêtres qui donnaient sur la place Dzerjinski. C'était bien ça la question.

Voilà. C'était clairement là que se trouvait l'occasion. Le portrait psychologique était aussi satisfaisant qu'il pouvait l'espérer. Il prit le rapport, feuilleta les appendices et l'annexe. Pendant un moment, il regarda fixement le professeur, l'air morose. Mais ce n'était pas l'homme émacié qu'il voyait devant lui. C'était le président des États-Unis, crâneur, plein de suffisance.

– Excellent travail, dit-il, meilleur encore, à mon sens, que vos études concernant Carter et Reagan. Je le remettrai personnellement au secrétaire général. Et je m'assurerai qu'il sache qui féliciter pour ce superbe rapport.

*

Peu après midi, le lendemain, la voiture d'Ivan Serguéïevitch Feodorov, une Zil noire, réplique virtuelle de ces longues Cadillac qui véhiculent les stars du rock à New York ou Beverly Hills, filait dant la contre-allée de la rue Oulianov à 150 kilomètres à l'heure. La voiture représentait ce qu'on faisait de mieux en URSS pour symboliser l'union du pouvoir et des privilèges. Il y en avait un peu plus de vingt dans toute l'Union soviétique. Chacune était faite à la main, à l'usage exclusif d'un membre du Politburo ou d'un officiel très haut placé.

Assis sur le siège de cuir à l'arrière de la voiture, le président du KGB regardait par les vitres pare-balles les hommes de la milice en uniforme gris qui saluaient son passage de leurs *pajalouïsta* – ces bâtons blancs étincelants qu'ils utilisaient pour faire la circulation. Non que ce fût une tâche pénible à Moscou. Les Russes remettaient rarement l'autorité en cause. Feodorov songeait qu'il y avait deux sortes de gens pour attendre patiemment au carrefour que le feu passe au rouge avant de s'aventurer à traverser la rue : les Russes et les Allemands.

Cet après-midi, la destination de Feodorov était une communauté à quelque quarante kilomètres du Kremlin. Elle portait le nom de Joukovski, héros de la victoire russe au cours de la Seconde Guerre mondiale. C'était l'une des multiples communautés satellites qui entouraient la capitale, assez proches du centre de Moscou, mais juste au-delà de la limite des quarante kilomètres dans laquelle étaient confinés les visiteurs étrangers. Elle abritait l'Institut des tests de vol, plusieurs instituts de l'armée et, depuis trois ans, l'institution créée par Feodorov et dont il était le plus fier avant d'avoir pris la tête du KGB : l'Institut pour l'étude de la neurophysiologie humaine. Il s'étendait sur 9,5 hectares et, sous une direction centrale unique, Feodorov y avait rassemblé tout ce que l'Union soviétique comptait d'équipements de recherche sur l'esprit et le cerveau. Cela comprenait les meilleurs savants de l'Institut du cerveau de Leningrad, de l'Institut Serbski de psychiatrie légale de Moscou où étaient confinés une génération de dissidents soviétiques, et des laboratoires de recherche parapsychologique de Novosibirsk. On trouvait également un centre psychiatrique de trois cents lits pour les droits communs aliénés. Ces pensionnaires constituaient autant de cobayes qu'il était nécessaire aux expériences des chercheurs de l'institut de Feodorov. Pour équiper cet institut, les planificateurs disposaient de fonds quasi illimités. En conséquence, on pouvait trouver ici presque toute technologie ou équipement médical ayant trait à l'étude du cerveau.

Toutefois, ce qui faisait la plus grande fierté de l'institut et en constituait l'élément le plus important n'était pas une merveille de technologie médicale. C'était un être humain, son directeur, en l'occurrence le colonel X.P. Simonov. Membre de la présidence de l'académie soviétique des sciences médicales, détenteur de l'ordre de Lénine, médaillé de l'étoile d'or du travail socialiste, le médecin-colonel X.P. Simonov était le plus éminent savant dans le domaine du cerveau de toute l'Union soviétique et, selon Feodorov, du monde entier.

Le plus surprenant était encore que le médecin-colonel était une femme. Quarante-deux ans, incroyablement attirante, elle s'appelait Xenia Petrovna. Feodorov se disait souvent que lorsqu'une femme russe se mêle d'être belle – et ses activités l'avaient amené à voyager dans presque tout le globe sous un déguisement ou un autre – personne ne peut l'égaler. Le médecin-colonel ne se contentait pas de tomber dans la catégorie des belles Russes, elle en était le plus précieux joyau.

Sa beauté n'était toutefois pas la conséquence d'un héritage ouvrier/paysan rehaussé des bienfaits du socialisme d'État, le médecin-colonel descendait d'une des branches les plus fières de l'aristocratie tsariste. Son grand-père était le deuxième fils du prince Nicolas Simonov, descendant d'une grande famille terrienne de Kiev. Pair et contemporain de Pavlov, c'était le neurologue le plus brillant de sa génération. Intellectuel, rebelle à l'existence privilégiée de sa famille comme à la société tsariste, il avait été un des premiers convertis à la révolution bolchevique, et un des plus enthousiastes. Tandis que le reste de sa famille s'était enfui en Turquie avec la grande-duchesse Tatiana, il était resté pour offrir ses talents à la nouvelle Russie. Sa récompense avait été un institut à Kiev où poursuivre ses travaux, un poste à la direction de l'académie des sciences médicales et des funérailles nationales auxquelles Staline avait envoyé un représentant personnel. Il était mort en 1929.

Le père du médecin-colonel avait poursuivi la tradition familiale en devenant neurochirurgien. De 1942 à 1945, il avait été neurochirurgien en chef de l'Armée rouge, et des milliers de soldats russes devaient la vie à ses doigts experts et à son dévouement sans faille. Épuisé par ces trois années, il était mort peu après la naissance de Xenia Petrovna. Cela ne l'avait pas empêchée de décider de suivre les traces de son père et de son grand-père. A dix-neuf ans, elle était diplômée de la faculté de médecine de Moscou, à vingt et un ans, elle achevait son internat et à trente ans, phénomène presque unique en URSS, dirigeait l'institut de son grand-père à Kiev.

Brillante. Intransigeante. Capricieuse. Telles étaient les trois caractéristiques les plus marquants du médecin-colonel dans l'esprit de Feodorov. Dans un domaine largement dominé par les hommes, son intelligence supérieure la mettait un cran au-dessus de ses collègues. Feodorov se prenait parfois à regretter que ses travaux, depuis dix ans à l'usage exclusif du KGB, l'empêchent d'être reconnue au niveau international, ce qu'elle méritait amplement.

Quant à son caractère, c'était une Slave dans l'âme. Ce goût marqué des Slaves pour les émotions fortes était attesté par trois maris et suffisamment d'amants pour remplir plusieurs pages des dossiers du KGB. Quitte à faire un mauvais jeu de mots, on pouvait dire que la vie avec le médecin-colonel ressemblait à des montagnes russes émotionnelles, une course folle où alternaient exaltation étourdissante et désespoir tourbillonnant. Feodorov était convaincu que Xenia Petrovna appartenait à cette race de femmes russes qui se lançaient à corps perdu dans une histoire d'amour autant pour sa triste fin que pour son exaltant début.

Toutefois, à cet instant, ce n'était pas la supériorité intellectuelle incontestable du médecin-colonel qui intéressait Feodorov. Pour peut-être la vingtième fois en soixante-douze heures, il s'empara du mémorandum qu'elle avait rédigé. Ces trois feuillets dactylographiés avaient constitué l'arrêt de mort de la médium new-yorkaise. Mais cela n'avait plus d'importance pour Feodorov. Ce qui l'excitait, maintenant, c'était la promesse que contenaient ces pages, le Graal que la science soviétique en matière cérébrale avait si longtemps cherché et qui avait échappé à tant de savants de grand talent : le moyen de modifier à distance le comportement humain.

Une fois encore, il revint au passage qui l'avait intrigué :

*Nos travaux avec des psi surpassent de loin, en quantité et en qualité, tout ce qu'ont pu accomplir les Américains. Nous avons établi avec certitude que les psi, aussi doués qu'ils puissent être, sont incapables d'accomplir des tâches telles que le repérage de sous-marins avec le degré d'exactitude suffisant pour justifier leur emploi dans l'armée ou le renseignement. Aucun psi n'a jamais apporté la preuve qu'il en était capable.*

*La chance que cette femme représente pour la CIA – et le danger pour nous – ne réside pas dans son travail sur les sous-marins mais dans l'utilisation que la CIA en ferait. Nous émettons l'hypothèse que si la CIA travaille avec elle c'est dans le même but que nous, dans nos recherches avec des psi : comprendre le comment et le pourquoi des phénomènes parapsychologiques. De tels travaux ne sont concevables qu'avec la coopération de psi excessivement doués, comme cela semble être le cas pour cette femme.*

*« Je ne veux pas le savoir. Faites-le. »*

*Vous le savez, nos recherches sur les phénomènes métapsychiques sont conduites avec l'hypothèse que les ondes électromagnétiques EBF (extrêmement basses fréquences) en sont le véhicule. Cette hypothèse sur laquelle nous travaillons depuis 1976 – et bien qu'elle aille à l'encontre d'une tradition scientifique fermement établie – tend à prouver que les ondes électromagnétiques EBF affectent l'organisme humain.*

*C'est l'aboutissement d'études sur des marins exposés à des radiations dans notre centre de communications sous-marines de Gomel, où le personnel soumis à ces ondes était sujet à une tension nerveuse accrue, se montrait irritable et manifestait divers troubles du système nerveux. Ces études ont établi que les ondes électromagnétiques EBF affectent l'organisme et le système nerveux central.*

*Nos chercheurs ont alors entrepris un vaste programme de recherche pour étudier la possibilité que ces champs expliquent les phénomènes parapsychiques. Pour l'instant, ils n'ont pu démontrer que le processus de la pensée peut agir directement sur ces ondes. Mais ces chercheurs ont toutefois découvert que l'inverse est vrai : les ondes électromagnétiques extrêmement basses fréquences peuvent influencer – et influencent véritablement – les mécanismes du cerveau humain. En utilisant une modulation EBF de signal radio haute fréquence, nos savants ont découvert qu'il était possible de contourner les mécanismes sensoriels normaux de certains organismes du cerveau et d'agir directement sur lui.*

*Les implications de tout cela sont stupéfiantes. Nous sommes désormais à portée de main du but que nous poursuivons depuis si longtemps : trouver le moyen d'influencer à distance le comportement humain.*

IL SERAIT CATASTROPHIQUE QUE, TRAVAILLANT AVEC CETTE PSI SUR CES MÊMES BASES, LA CIA EN VIENNE À RIVALISER AVEC NOUS.

Feodorov plia le rapport et regarda par la vitre teintée. Ils avaient laissé derrière eux les rues de Moscou et les faubourgs de la capitale avaient été vite traversés. Le passage de la ville à la campagne était aussi brutal qu'un coucher de soleil sous les tropiques. Chaque fois qu'il faisait ce voyage, Feodorov s'émerveillait devant l'immuabilité du paysage, s'étonnant de constater à quel point la campagne s'était révélée imperméable au changement socialiste. Les maisons de bois, les visages gris et las, les villages imprégnés de boue, tout cela sortait droit de pages de Tolstoï. Il adorait ça. C'est ce spectacle qui inspirait les excès d'émotion de son âme slave : les bosquets de gracieux bouleaux, les pins à la solitude majestueuse, le paysage ondulant qui s'étendait à l'infini dans l'immensité de sa mélancolie. En de tels instants, il n'existait qu'une réalité durable : la Russie, la *Rodina*, la patrie, et l'empire qui la servait et la protégeait. Et s'il roulait vers Joukovski cet après-midi, c'était pour trouver un moyen de sauver cet empire d'au moins une menace.

*

Le médecin-colonel Xenia Petrovna Simonov attendait devant l'entrée principale de l'institut, prête à l'accueillir. Elle pouvait porter le vêtement le plus banal qui soit, comme un blouse blanche de laboratoire, elle semblait arborer une création de haute couture parisienne. Ivan Serguéïevitch Feodorov suivit sa silhouette tandis qu'elle déambulait le long du couloir parfaitement brillant de son institut. Il la regardait avec l'attention qu'il réservait d'ordinaire à des sujets d'un autre genre.

Le léger bruissement des plis de sa blouse amidonnée, la façon à la fois désinvolte et suggestive avec laquelle ils révélaient ses hanches et ses cuisses, tout cela était terriblement provocateur.

Le médecin-colonel était beaucoup plus grand que la moyenne des femmes russes, attribut qu'elle soulignait par de hauts talons de cuir noir. Un coup d'œil avait suffi à Feodorov pour être sûr d'une chose : ces chaussures ne venaient pas d'URSS. C'était probablement un cadeau rapporté de l'Ouest par un amant. La silhouette qui évoluait devant lui était souple, harmonieuse et musclée à la fois; c'était le type de corps qu'on trouvait fréquemment chez les femmes occidentales de cet âge, mais rarement chez les Russes.

Ses yeux vert pâle s'ornaient d'une petite touche de jaune. Ils étaient légèrement et adorablement bridés vers le haut, comme si ses ancêtres avaient longtemps vécu en Orient et s'étaient montrés prolifiques. Ses pommettes hautes étaient aussi slaves que son tempérament mélancolique, ses lèvres délicatement sensuelles. Cet après-midi, ses cheveux étaient noués en chignon sur la nuque, concession à l'hygiène de l'institut. Il lui suffisait d'ôter quelques épingles, de donner un gracieux coup de tête pour voir cette somptueuse chevelure blonde onduler sur ses épaules.

Xenia Petrovna le précéda jusqu'à la principale salle de conférence de l'institut, pièce froide et stérile décorée et meublée par des stylistes finnois dont on admirait beaucoup les créations dans les milieux dirigeants soviétiques. Plus traditionnellement russes, des bouteilles d'eau minérale gazeuse attendaient sur la table devant chaque place, avec un assortiment de blocs et de crayons.

Feodorov alla rejoindre sa place en bout de table et lui fit signe de s'asseoir.

– *Soudarynia*, sourit-il à Xenia Petrovna qui lui faisait face à l'autre bout.

C'était une ancienne forme de salutation prérévolutionnaire actuellement fort prisée des cercles dirigeants soviétiques, ce qui était fort surprenant. On employait le mot *tovaritch* – camarade – à peu près aussi souvent au Kremlin qu'à la Maison-Blanche.

– Je crois comprendre que vous avez de bonnes nouvelles pour moi.

– Nous l'espérons.

Le médecin-colonel adressa un petit sourire à Feodorov. Il avait remarqué qu'elle avait cette tendance à distiller ses sourires comme le ferait un professeur cherchant à récompenser un bon élève.

– Comme je vous l'ai dit, cela concerne notre programme de mise au point d'un détecteur de mensonges infaillible.

– Vous comprenez, j'en suis sûr, l'immense avantage que constituerait pour nous un tel appareil.

Elle répondit par un sourire taquin.

– Je peux comprendre ça, oui. Bien, je dois vous avertir que nous ne possédons pas encore la machine parfaite que vous cherchez, encore que nous n'en soyons pas loin. Mais nous avons quelque chose d'infaillible sous certaines conditions. Nous avons pensé que vous deviez être mis au courant, car cela pourrait vous être utile.

– J'apprécie votre délicatesse.

Xenia Petrovna appuya sur un bouton du panneau de contrôle qui se trouvait près de son siège. La salle de conférence se trouva plongée dans la pénombre et, en même temps, quatre clichés d'un cerveau humain apparurent sur un écran.

– La technique permet maintenant d'étudier le cerveau humain et son fonctionnement de façon tout à fait nouvelle et révolutionnaire. Vous le savez peut-être, le cerveau est la machine la plus complexe de notre planète. Tout d'abord, ses cortex cérébraux comprennent quinze milliards de cellules nerveuses, les neurones, dit Xenia Petrovna en se levant pour se diriger vers le panneau de démonstration. Chaque cerveau humain comporte plus de cellules que notre planète ne contient d'habitants. Chaque cellule est un minilaboratoire complexe en fonctionnement quasi permanent.

– Ah oui, déclara Feodorov gaiement, comme un ordinateur.

Xenia Petrovna s'arrêta net.

– La comparaison entre le cerveau et un ordinateur est quelque chose qu'on entend souvent. Elle est totalement erronée.

Elle n'avait jamais apprécié les pensées imprécises.

Feodorov était estomaqué. Les personnes qui n'hésitaient pas à contredire publiquement le chef du KGB n'étaient pas précisément légion à Moscou, ce qui donnait la mesure de la confiance en soi de Xenia Petrovna. Et ce n'était pas pour lui déplaire, au contraire.

– Dans le cerveau, aucune donnée n'est traitée en plus d'un millième de seconde. Comparer cela au processus d'information des ordinateurs modernes revient à comparer la vitesse d'une Ferrari à celle d'un homme qui marche. On peut cependant peut-être comparer chaque neurone à une unité centrale d'ordinateur. La plupart des ordinateurs n'en possèdent qu'une. Certains en possèdent cinq ou six. Le cerveau, lui, en contient quinze milliards. Cela lui confère une capacité de traitement à laquelle jamais informaticien n'osa rêver.

– J'ai compris la leçon, *Soudarynia*, sourit Feodorov. J'éviterai à l'avenir toute comparaison approximative.

Cette fois, elle le regarda avec plus de chaleur.

– Bien, reprit-elle. Nous savons que tout ce qui arrive à un être humain, bonheur, agression, parole, mouvement, est relié à un canevas d'événements électriques et chimiques qui se déroulent dans le cerveau. Vous ne pouvez lever le petit doigt, émettre une pensée, éprouver un sentiment, écouter une note de musique ou sentir le froid sans qu'il se produise dans votre cerveau une action électrochimique.

Xenia Petrovna pressa un bouton sur le panneau. Une des photos de l'écran fut remplacée par celle d'un homme au crâne rasé relié à un entrelacs de fils, eux-mêmes reliés à un senseur fixé à son crâne.

– Pendant soixante-quinze ans, le seul outil à notre disposition pour étudier et mesurer les courants électriques associés à chaque action était l'EEG, l'électroencéphalographe. Nous utilisons sur cette photo un matériel avec trente-deux points sensibles, ce qui peut être considéré comme ce qu'on fait de mieux. Malgré cela, l'EEG est un outil fort peu satisfaisant.

Le médecin-colonel désigna de sa baguette le croquis du cerveau de profil.

– Il ne peut que déceler l'activité électrique de la surface du cerveau, sur quelques centimètres, reprit-elle. Cela signifie que toute cette zone, le système limbique d'où jaillissent nos émotions, est pour l'EEG une planète inconnue. L'électroencéphalographe ne peut pas capter l'impulsion électrique de ces cellules nerveuses tout simplement parce que, le temps que cette impulsion atteigne le crâne, elle est devenue si faible qu'elle ne passe plus à travers la boîte crânienne. Donc, pas de signal.

– Et quelles sont les conséquences ? demanda Feodorov.

– C'est dans cette zone, au centre du schéma, que se situent nos émotions les plus fondamentales – amour, haine, peur, faim, désir, agressivité. Essayer de comprendre le fonctionnement du cerveau sans pouvoir étudier comment fonctionne cette zone revient à tenter de comprendre le mécanisme d'un moteur de voiture sans soulever le capot.

– Autrement dit, nous sommes parfaitement aveugles pour tout ce qui importe vraiment dans le fonctionnement du cerveau ?

Feodorov dit cela en pensant : si nous sommes incapables de comprendre le cerveau, comment diable pouvons-nous l'influencer ?

– Pour l'instant, répondit Xenia Petrovna. Mais c'est sur le point de changer.

Feodorov se raidit.

– Selon la loi la plus fondamentale de la nature, chaque impulsion électrique dans le cerveau crée un champ électrique et un champ magnétique. Contrairement au champ électrique, le champ magnétique traverse la boîte crânienne sans rien perdre de sa force. Il sort intact du centre du cerveau, du système limbique que je viens de vous montrer. Il attend depuis l'origine de l'homme que nous trouvions le moyen de le mesurer.

– Alors pourquoi ne l'avons-nous pas fait ? demanda Feodorov. Il y a des années, au cours de mes études, j'ai appris que nous avions de multiples moyens de mesurer les champs magnétiques.

– Parce qu'il est incroyablement faible. Il représente le milliardième du champ magnétique terrestre, celui dans lequel nous sommes et qui permet à l'aiguille d'une boussole d'indiquer le nord. Essayer de le lire revenait à se tenir au milieu d'un stade olympique et essayer de comprendre ce que murmure une petite fille de trois ans à l'oreille de son père assis au dernier rang au moment même où cent mille spectateurs hurlent comme des fous parce que l'Armée rouge a marqué un but. Impossible.

Feodorov faillit émettre une pensée qui lui venait mais se retint. Manifestement, le colonel arrivait au moment critique de son exposé.

Elle marqua une pause pour assurer son effet, puis poursuivit :

– Aujourd'hui, au moins, nous commençons à percevoir ce que nous murmure l'enfant depuis les profondeurs du cerveau.

Elle alla se rasseoir, le claquement de ses talons soulignant ses propos.

– Voici l'appareil grâce auquel nous pouvons faire cela. C'est un magnéto-encéphalographe. Les Américains sont persuadés d'avoir de l'avance technologique sur nous. Ils se trompent.

Une fois encore elle alluma le panneau de contrôle. Feodorov avait maintenant devant les yeux une sorte de fauteuil moderne de dentiste en cuir noir. A l'évidence, il était conçu pour être utilisé avec le patient – si toutefois c'était le terme approprié – en position demi-allongée comme sur une couchette inclinée en première classe dans un avion de ligne occidentale. A la tête du fauteuil, un casque qui rappelait ce qu'on trouvait chez les coiffeurs pour les permanentes. Au-dessus, un cylindre métallique blanc légèrement plus grand qu'une bouteille d'oxygène de plongeur.

– Vous avez devant vous le dernier modèle de magnéto-encéphalographe. A l'intérieur du casque, régulièrement répartis sur soixante centimètres carrés, deux cent soixante-cinq anneaux de fil d'indium de la taille d'un bouton de chemise. Le tube auquel est relié le casque contient un réservoir d'hélium liquide qui refroidit l'indium afin de le rendre extrêmement conducteur. Cette machine nous permet d'étudier simultanément le cerveau dans son ensemble par la lecture des champs électromagnétiques qu'il émet. Au lieu d'une série de photos comme avec un scanner, nous obtenons un film en trois dimensions du cerveau en action. Voilà ce qui va ouvrir la porte de l'un des plus profonds mystères de l'esprit humain.

Elle appuya à nouveau sur son appareil. Le profil d'une tête apparut.

– Ceci est le portrait agrandi par ordinateur de ce qui se produit chez ce sujet pendant qu'il écoute *L'Oiseau de feu* de Stravinski.

Sous les yeux ahuris de Feodorov, une chaîne de minuscules points rouges commença à danser dans une partie du cerveau de l'homme pas plus grande qu'un kopek.

– Ces perles de lumière nous montrent quels groupes de cellules réagissent aux stimuli auditifs de la musique, où elles se situent et la séquence selon laquelle elles réagissent. Nous pouvons figer ces mouvements pour qu'ils correspondent à chaque note de la séquence.

Elle appuya à nouveau sur un bouton et poursuivit :

– Nous venons de dire à ce patient d'ouvrir et de fermer le poing droit.

Une nouvelle chaîne de lumière commença à passer à travers une zone nettement différente du cerveau. Xenia Petrovna appuya de nouveau sur sa commande à distance.

– Là, nous avons plongé sa main gauche dans de l'eau glacée.

Un autre schéma de lumière se dessina sur l'écran.

– Les implications de tout cela sont étonnantes. Je suis véritablement impressionné.

Xenia Petrovna posa sur Feodorov un de ses regards protecteurs.

– Une des choses les plus fascinantes que nous ayons découvertes au cours de nos travaux sur le magnéto-encéphalographe est que le cerveau anticipe toute réaction ou tout geste. Grâce à cela, nous voyons que vous allez lever le petit doigt une fraction de seconde avant que vous ne le fassiez. Bien. Si vos sens sont stimulés, si vous percevez un son familier, respirez une odeur familière, voyez un visage ou quelque chose que vous reconnaissez, le fait que vous l'avez reconnu est enregistré dans votre cerveau. Peu importe que vous le niiez. C'est imprimé dans votre cerveau, un point c'est tout. Et, avec cet appareil, nous sommes en mesure de repérer cet enregistrement.

Xenia Petrovna se leva et lissa les plis de sa blouse avec une exquise sensualité :

– J'ai préparé une petite démonstration exprès pour vous, annonça-t-elle. J'ai sélectionné deux pensionnaires qui manient le mensonge avec autant d'habileté que la danseuse étoile du Bolchoï manie l'entrechat. Ils vont jouer avec cette machine et essayer de lui mentir – et de nous mentir.

Elle laissa échapper un petit rire rauque et malicieux.

– Et je puis vous assurer que même si leur vie en dépendait ils ne pourraient pas gagner.

La tête rasée donnant à leur crâne un ton gris pâle, les traits figés, le regard morne, les deux volontaires choisis par Xenia Petrovna pour illustrer sa nouvelle technique devant le président du KGB ressemblaient à des recrues récalcitrantes de l'Armée rouge à qui on vient d'annoncer qu'on les expédiait en Sibérie dans un bataillon disciplinaire.

– Celui de gauche, murmura-t-elle à Ivan Serguéïvitch Feodorov, est un psychotique. Il est sujet à des crises de rage incontrôlées. Il y a six mois, à Kiev, il a tué quatre personnes sous l'empire de la boisson. Il a été condamné à mort, mais nous avons décidé de lui épargner la pendaison et de l'amener ici. Comme cela, il contribue à notre avance dans la cause de la médecine socialiste, ajouta-t-elle en offrant à Feodorov un petit sourire pincé.

L'autre homme était petit, le teint mat. On aurait dit un furet cherchant un trou où se cacher, songea Feodorov.

– Son compagnon, reprit-elle, est un Géorgien de Tbilissi. Il a passé plus de temps au tribunal que la plupart de nos juges.

– Sur quelles accusations ?

– A peu près tout ce qui se fait en matière de petite délinquance : vol, marché noir, recel, fraude.

– Et lui aussi a décidé de contribuer au progrès de notre science ?

– Parfaitement. Il a considéré que cette perspective était beaucoup plus attrayante que celle de passer le restant de ses jours en Sibérie, seul autre choix qui s'offrait à lui.

Le docteur et Feodorov laissèrent là les deux pensionnaires et elle le conduisit dans un pièce qui ressemblait étrangement à un sauna. Les murs, le plafond et le sol étaient lambrissés de bois blond. Au centre, le fauteuil de dentiste de cuir noir que le médecin-colonel avait montré à Feodorov sur une diapositive.

– Cette pièce est aussi totalement protégée des champs magnétiques extérieurs que possible. Nous devons nous assurer qu'ils ne portent pas de métal sur eux quand ils arrivent. Alors, ils n'ont qu'une chose à faire. S'asseoir dans ce fauteuil avec la tête dans le casque et se détendre, expliqua Xenia Petrovna. La technique fait le reste.

– C'est encore plus facile que d'aller chez le dentiste.

– Beaucoup plus. Sur cet écran, dit-elle en désignant la télévision, nous allons leur montrer trente photographies à dix secondes d'intervalle. Vingt-huit sont celles d'employés de Novosibirsk. Aucun de ces hommes ne les a jamais vus. Dans ce lot de trente photos, il y aura deux de ses victimes pour le tueur psychotique de Kiev, et deux de ses compagnons de marché noir pour notre Géorgien. Leurs instructions sont simples. Ils doivent identifier deux visages parmi les trente – mais ce ne doit pas être ceux qu'ils ont véritablement reconnus. Autrement dit, ils doivent mentir.

Xenia Petrovna escorta Feodorov jusqu'à la salle de contrôle et on introduisit le tueur de Kiev. Feodorov regardait sur l'écran de télévision l'homme s'installer dans le fauteuil de cuir noir. Il le vit sourire et se détendre.

– Ce n'est pas sa première fois, remarqua le médecin-colonel. Il sait que rien ne sera douloureux au cours de cette expérience.

– Contrairement à d'autres expériences auxquelles il a participé ?

– Le progrès scientifique doit payer son dû, Ivan Serguéïevitch.

– Ah oui, ainsi en va-t-il.

Devant Feodorov s'étalait une rangée d'écrans d'ordinateurs. Il nota que tout le matériel informatique était américain, Hewlett Packard. Il était incapable de se rappeler s'il avait été acheté légalement ou rapporté par ses propres services.

– Nous sommes prêts. Mettez les ordinateurs en marche, ordonna Xenia Petrovna.

Les écrans s'allumèrent, dessinant des toiles d'araignée de lumière verte.

– Faites le point sur son centre de reconnaissance audiovisuelle.

Elle expliqua à Feodorov qu'on pouvait utiliser ce matériel sur une zone aussi réduite qu'un millimètre carré. Il remarqua que tandis qu'elle lui parlait les dessins sur l'écran se modifiaient.

– Bien. Commencez à faire défiler les photos.

Elle se tourna vers Feodorov.

– Les clichés de ses deux victimes seront les nos 9 et 17.

Feodorov observait avec fascination l'homme qui regardait les photos qui s'affichaient sur l'écran devant lui. Dans son visage fermé, rien n'indiquait la moindre émotion, ni le plus petit signe de reconnaissance.

– Quand ses yeux verront les photos de ses victimes, il aura ce que nous appelons un P 300, autrement dit une onde cérébrale qui sera émise 300 millisecondes après le passage de la photo sur l'écran. C'est le signe que la mémoire de son cerveau a reconnu l'image visuelle que les yeux lui ont envoyée. Il peut mentir, se taire, jurer qu'il n'a jamais vu ce visage de sa vie. Cela n'a aucune importance. Le fait qu'il a reconnu le visage aura été enregistré par cette onde cérébrale sur le disque de notre ordinateur. Il ne peut rien faire pour empêcher ça.

– A moins de fermer les yeux, évidemment.

– Évidemment.

– Et si on maintient ses yeux ouverts de force?

– Alors l'onde cérébrale « rapporteuse » que nous cherchons sera bien là.

La dernière photo apparut sur l'écran devant le prisonnier. Puis l'écran fut tout noir.

– Montrez-moi le schéma de réaction enregristré après le passage de sa première victime, ordonna Xenia Petrovna. Voilà, indiqua-t-elle en montrant une sinusoïde. Voici le P 300 qui prouve qu'il l'a reconnue. Maintenant montrez-moi le résultat avec une autre photo. Regardez. Cette onde cérébrale que je viens de vous montrer n'apparaît pas parce qu'il n'a pas reconnu la personne sur ce cliché.

Feodorov étudia l'écran ordinateur. L'ondulation indiquant que le tueur avait reconnu sa victime était manifestement absente. Xenia Petrovna observa six autres photos, toutes d'étrangers. Aucune ne montrait cette onde cérébrale caractéristique de la reconnaissance d'un visage familier.

– Voici maintenant la réaction devant sa seconde victime, dit-elle.

Une fois encore, l'ondulation apparut, exactement au même endroit que la première fois.

Xenia Petrovna ordonna qu'on renvoie le tueur et envoya chercher le Géorgien. On procéda de la même façon et le schéma se reproduisit.

– Votre machine fait des miracles, reconnut Feodorov. Quant au mensonge lui-même, a-t-elle un moyen de le repérer afin que nous sachions quand on nous ment?

– Sans l'ombre d'un doute. Pour chaque geste mécanique du corps, il existe toujours un schéma spécial d'ondes cérébrales correspondant au temps de latence que notre technique est capable de saisir et d'identifier. Si ces ondes caractéristiques existent pour chacun de nos gestes, je suis convaincue qu'il en existe pour chacune de nos réactions émotionnelles. Quand nous les aurons trouvées, nous aurons votre détecteur de mensonges infaillible. Et nous trouverons. Mais pour l'instant, c'est ce que j'ai de mieux à vous offrir.

– Et c'est beaucoup. Je dois vous féliciter, vous et votre équipe, docteur. Et vous récompenser comme il convient.

Un sourire un peu plus amusé qu'il n'aurait fallu ourla les lèvres sensuelles du médecin-colonel.

– Notre plus grande récompense, dit-elle, est de servir la cause de notre grand État socialiste.

– J'en suis persuadé, Xenia Petrovna, dit Feodorov en prenant son attaché-case. Pourrais-je bénéficier de quelques minutes de votre précieux temps en privé avant mon départ? J'aimerais évoquer avec vous votre récente communication concernant cette médium de New York.

*

L'amiral Peter White, médecin personnel du président des États-Unis, se dirigea vers le garde de la porte ouest de la Maison-Blanche. Il était en civil pour se faire remarquer le moins possible. Le garde examina avec soin ses papiers, trouva son nom sur la liste des rendez-vous et appela le secrétaire présidentiel pour informer le bureau Ovale que White était arrivé. Quelques minutes plus tard, un jeune homme apparut. Il accompagna White.

Au lieu de le conduire dans les bureaux de l'exécutif, au rez-de-chaussée, il précéda White dans un escalier à l'arrière qui menait aux appartements présidentiels, situés au deuxième étage. Il le conduisit au bout du couloir et ouvrit la porte du cabinet particulier du président.

– Le président sera à vous dans un instant, annonça-t-il.

Un peu nerveux, White s'installa dans un des fauteuils Chippendale. Ce n'était que la deuxième fois qu'il rencontrait son prestigieux patient. Il avait vu le président la première fois quelques jours après son investiture à la suite d'une banale mais violente indigestion. White avait mis sa visite à profit pour prier instamment le président d'utiliser les extraordinaires installations de l'hôpital naval de Bethesda afin d'y subir un examen médical complet. Il avait souligné que ses conseillers médicaux posséderaient alors une sorte de banque de données qui leur serait utile en cas de problème ou d'urgence au cours de son mandat.

Le président avait rejeté cette idée avant même que White ait fini de l'exposer. Il n'était pas question qu'il perde une précieuse journée de travail à crapahuter dans Bethesda en pyjama bleu pour qu'on l'examine sur toutes les coutures. Ils n'avaient qu'à se débrouiller avec le dossier de son médecin de famille. White songeait qu'il était fort peu probable que le président l'ait convoqué parce qu'il avait changé d'avis. La voix du président avait trahi une certaine inquiétude, elle semblait crispée.

Son arrivée l'interrompit dans ses pensées.

White bondit sur ses pieds.

– Je vous en prie, docteur, restez assis.

Il s'installa dans le fauteuil face à celui de White, croisa les jambes et joignit les mains en clocher. Le bout de ses doigts effleurait son menton, ce geste était désormais familier à des millions de ses concitoyens.

– Docteur, ce que j'ai à vous dire est strictement confidentiel.

– Monsieur le président, répondit l'amiral White, malgré l'importance de vos fonctions, je suis votre médecin personnel. En tant que tel, je suis lié par le même serment de secret que celui de la confession.

– Parfait, docteur, merci. Je ne voudrais pour rien au monde que ce que je vais vous dire transpire dans la presse. Pas avant que ce ne soit nécessaire.

Le président décrivit alors en détail ses attaques de vertiges, ses soudaines pertes d'équilibre.

– J'ai beaucoup lu sur le sujet, conclut-il, et je dois dire que je suis extrêmement inquiet. Je présente tous les signes d'une tumeur cérébrale.

– Monsieur le président, dit l'amiral d'une voix douce et rassurante, la première chose qu'on vous enseigne en faculté de médecine c'est de ne pas succomber à l'autodiagnostic. Les symptômes que vous me décrivez peuvent effectivement indiquer une tumeur cérébrale. Mais ils peuvent aussi indiquer beaucoup d'autres choses.

Le président hocha gravement la tête. On ne le rassurait pas si facilement.

– J'aimerais que vous veniez à Bethesda pour un tour d'horizon, monsieur. Nous avons la plus moderne des techniques en matière de neurologie, un truc qu'on appelle magnéto-encéphalographe. Si vous avez une tumeur au cerveau, il la trouvera.

– Est-ce délicat ?

– Pas du tout. Il y en a pour trois quarts d'heure.

Le président réfléchit un moment aux paroles de White.

– Est-ce quelque chose qu'on pratique couramment?

– Couramment, non, monsieur. Il s'agit d'un appareil de 3 millions de dollars. Actuellement il en existe trois dans tout le pays. C'est donc manifestement réservé aux cas spéciaux.

– Ouais, c'est ça le hic. Il se trouvera bien une infirmière ou un aide-soignant pour bavarder. Il y aura des fuites dans la presse. Ça fera la une du *Washington Post*: « Le président a dû se rendre à Bethesda pour un check-up cérébral ultra-secret. » Vous imaginez les conséquences?

– Oui, monsieur, approuva White. Mais je crois avoir trouvé le moyen de l'éviter.

– Comment?

Maintenant, l'amiral était souriant.

– Faisons ce que je vous supplie de faire depuis des mois. Venez pour un bilan complet. Le magnéto-encéphalogramme sera une partie de votre check-up annuel. Comme ça nous pourrons faire avaler le tout à la presse.

*

Les bureaux des apparatchiks semblent tous sortir du même moule. Pas assez de lumière, pas assez de meubles, des coins plongés dans une pénombre menaçante, avec cette mélancolie si caractéristique du tempérament russe. Celui de Xenia Petrovna ne faisait pas exception. Il était lambrissé du sol au plafond de bois sombre parfaitement ciré. Même le plafond était de bois sombre et offrait une géométrie rigide semblable à celle d'un échiquier. Le sol était recouvert d'une succession de tapis du Turkestan dans les tons cramoisi, bleu et violet. Le bureau du médecin-colonel était une immense table noir et or copiée sur un dessin de Bartolomeo Rastrelli, l'architecte de la cour de l'impératrice Elisabeth Petrovna. Derrière, l'inévitable portrait de Lénine. Un jeu de lumières dans des niches adoucissaient les traits du vieil homme, qui ressemblait davantage à un grand-père légèrement éméché qu'au zélote émacié apparaissant sur la plupart des portraits officiels.

*« Je ne veux pas le savoir. Faites-le. »*

Comme il était étrange, songeait Feodorov, de voir une femme aussi attirante occuper un bureau d'une rigueur aussi masculine. La seule touche de féminité qui en atténuait la sévérité était une légère traînée de parfum. Feodorov se dit que c'était peut-être une manière pour le médecin-colonel d'affirmer son autorité sur le monde masculin à ses ordres. Elle avait ouvert un placard et y suspendait sa blouse blanche. Dessous, elle portait un chemisier de soie bleu pâle dont la coupe soulignait ses seins agressifs. Il n'était pas plus russe que ses escarpins noirs. Elle appuya sur un bouton. Une femme assez âgée apparut dans l'encadrement de la porte donnant sur une petite cuisine.

– Du thé, Ivan Serguéïevitch?, proposa Xenia Petrovna. Du café? Ou quelque chose de plus fort?

– Du thé sera parfait.

Le directeur du KGB s'installa dans le fauteuil près du bureau et offrit à Xenia Petrovna une Chesterfield de son étui à cigarettes Dunhill en or. L'obsession des Occidentaux pour les dangers du tabac n'avait pas encore atteint les Soviétiques; comme la plupart de ses concitoyens, Feodorov fumait autant que les Américains des années trente et quarante.

– Le problème de la médium new-yorkaise a été résolu, annonça-t-il au médecin. La CIA ne l'emploiera plus pour avancer ses travaux.

L'annonce à peine voilée de l'assassinat de la femme n'avait provoqué aucun signe d'émotion sur les charmants traits du médecin-colonel. Il ouvrit son attaché-case, en sortit le mémo, le lut à haute voix puis leva les yeux sur elle.

– Vos travaux pourraient avoir d'énormes conséquences dans un futur proche, cela pour une raison d'État très précise et très urgente.

– Puis-je vous demander laquelle?

– Non.

– Très bien.

Tout en parlant, elle ôtait les épingles de son chignon. Elle secoua la tête comme une jeune jument frétillante et ses cheveux roulèrent sur ses épaules, jouant dans la lumière des lampes qui éclairaient le portrait de Lénine.

– Vous le savez, j'ai toujours affirmé qu'une parfaite connaissance de l'interaction des courants électromagnétiques sur les cellules humaines nous conduirait à la compréhension du comportement.

Feodorov fut à nouveau frappé par la beauté de cette femme. Il trouvait fort incongru d'être assis là à admirer son physique tandis qu'elle évoquait un sujet aussi complexe et délicat que possible.

– Vous vous souvenez de mes travaux à Kiev, il y a dix ans, sur les stimulations électriques du cerveau?

– Bien entendu.

C'étaient ces travaux qui avaient pour la première fois attiré l'attention de Feodorov sur Xenia Petrovna. Elle avait étudié les fonctions du cerveau humain en appliquant les techniques que Delgado avait employées sur l'animal. En implantant des électrodes d'or en certains points déterminés avec soin du cortex cérébral et du système limbique, elle avait réussi à induire des émotions spécifiques chez son sujet – la colère, l'euphorie, la léthargie – rien qu'en faisant passer un courant électrique par ces électrodes. Puis elle les avait reliées à un ordinateur et exposé le sujet à certains stimuli : de l'eau chaude sur la main, une photo porno sur un écran de télévision, un geste de menace. Les électrodes faisaient repasser dans l'ordinateur le signal électrique très précis qui caractérisait la réaction du cerveau du sujet à chacun de ces stimuli. Elle avait découvert qu'elle pouvait alors reproduire ces réactions sans stimulus sensoriel, en renvoyant simplement le signal électrique précis dans le cerveau du sujet au moyen de ses électrodes.

– Il y avait et il y a toutes les raisons de croire, reprit Xenia Petrovna, que si on peut engendrer ces émotions dans le cerveau grâce à un courant électrique, on peut également les provoquer de l'extérieur avec un champ électromagnétique – à condition de connaître exactement le champ à utiliser. Et dans ce cas ce sera presque certainement un champ EBF, car tout organisme vivant sur cette planète dépend du domaine biologique de ces fréquences.

Son discours fut interrompu par l'apparition de la servante avec un plateau et un service à thé en argent. Elle posa le tout sur la table. Feodorov était fasciné par la façon dont Xenia Petrovna préparait la petite cérémonie du thé. Il est certaines choses qu'aucun dogme politique n'effacera jamais. L'hérédité en fait partie. Xenia Petrovna servit le thé avec la grâce condescendante d'une grande-duchesse accueillant à sa table un visiteur de marque en qui, hélas, ne coulait aucun sang royal.

Une fois qu'elle eut donné sa tasse à Feodorov, elle prit la sienne, enroulant la première gorgée sur sa langue avec le sérieux d'un goûteur professionnel.

– Bien, dit-elle, apparemment satisfaite. Comment pourrait-on utiliser ces champs pour modifier le comportement? La question à laquelle nous ne pouvions répondre était de savoir comment nos cellules agissent par rapport à ces champs EBF. Adey, un Australien vivant en Californie, a fourni la réponse. Les membranes des cellules sont recouvertes de fibres protéiques dont l'extrémité est faite d'ions de calcium. Chaque fibre est porteuse d'une charge électrique négative. Vous pouvez les comparer à des épis de maïs bercés par une brise d'été.

– Jolie image.

Xenia Petrovna offrit à son supérieur un de ses sourires condescendants.

– Tout à fait. Bien. Supposons maintenant que cette brise soit en fait un de ces champs extrêmement faibles. Adey et ses adjoints ont découvert que ces fibres de protéines peuvent jouer le rôle d'antennes délicieusement sensibles capables de capter notre brise électromagnétique. Les ions de calcium ont pour mission de permettre la transmission à l'intérieur de la cellule d'un message lui ordonnant de réagir en faisant ce que ladite cellule est supposée faire. On appelle ce phénomène la résonance. Si vous mettez de l'eau dans un verre en cristal et bombardez le verre à une fréquence bien précise, il commence à vibrer, n'est-ce pas?

– Oui, j'ai déjà vu ça se produire.

– Le verre peut même finir par se briser. C'est ça, la résonance. On peut également dire que l'effet est spécifique de la fréquence. C'est ce qui se produit dans le cas présent. Pour communiquer leur information, ces faibles champs électromagnétiques ne peuvent utiliser d'énergie car ils n'en ont pas. Ils opèrent à une fréquence excessivement précise qui fait vibrer les épis de maïs.

Xenia Petrovna s'appuya sur le haut dossier de son fauteuil pivotant et dévisagea Feodorov avec attention.

– Laissez-moi vous citer un autre exemple du fonctionnement

de la résonance qui risque de vous intéresser davantage encore. Imaginez que nous vous placions à 1,50 mètre d'un écran de télévision.

– A vrai dire, cela ne me tente pas, répondit Feodorov. Regarder notre télévision est pour moi une véritable torture.

– Si nous voulions que ce poste de télévision émette un signal qui produirait un changement physique dans votre corps, disons, réfléchit-elle tout haut avec un petit rire malicieux, provoquer chez vous une érection, il faudrait que cet écran dégage une quantité infinie d'énergie. Mais si nous allumions le poste et passions à l'écran l'image d'une femme particulièrement attirante, une jeune beauté du Bolchoï posant avec sensualité, l'énergie émise par l'écran serait si infime qu'on pourrait à peine la mesurer. Pourtant, avec un peu de chance nous obtiendrions l'érection recherchée.

– Je l'espère bien, mon cher colonel!

– Pourquoi? Parce que vos yeux auraient enregistré le stimulus visuel du corps superbe de la ballerine et l'auraient transmis à votre cerveau. Là, il aurait activé le système de commande et de contrôle de votre cerveau. La mémoire de votre cortex cervical aurait réagi à l'image en ordonnant à certaines cellules d'agir de telle ou telle manière. Et voilà. Une érection. C'est le phénomène de résonance dans toute sa splendeur.

Feodorov esquissa une révérence moqueuse à l'adresse de Xenia Petrovna. Il se demandait s'il ne pourrait pas l'inviter à l'un de ses déjeuners particuliers dans sa maison de chasse.

– Chère amie, on ne remerciera jamais assez la science de son aide et de ses explications.

– Si j'en crois ce qu'on dit à Moscou, les explications de la science peuvent vous être utiles, mais son aide ne semble pas vous être nécessaire. Bien, revenons-en à vos autres préoccupations. En Californie, Adey a démontré que les globules blancs, les cellules de l'épiderme et les cellules osseuses sont dotés du pouvoir de capter des informations de ces champs par résonance. Ce que nous avons démontré dans ce laboratoire le mois dernier est qu'un tel mécanisme existe également dans les cellules du cerveau.

– Expliquez-moi un peu ça.

– Votre cerveau a réagi au stimulus sensoriel, la photo de cette superbe danseuse, en une série de photons, autrement dit de l'énergie luminèuse électromagnétique transmise par l'œil. Il a reconnu cette image parce que l'héritage génétique et votre expérience le lui ont appris. Votre cerveau a réagi en émettant un courant de signaux électromagnétiques qui ont à leur tour déclenché une série de processus neurochimiques. Ils vous ont procuré une érection.

– Si bien que, fit Feodorov songeur, ces signaux sont bien la clef de tout le processus.

– Exactement. En fin de compte, chaque signal aura une définition électromagnétique précise. Et il sera fort probablement unique pour chaque fonction et chaque être humain, parce que les cellules de chaque individu sont uniques, ainsi que leurs fonctions. Mais admettons que nous puissions le découvrir, pourrions-nous alors le renvoyer dans le système nerveux? Pourrions-nous faire croire à un cerveau, le vôtre en l'occurrence, qu'il y a une jolie danseuse quand, en réalité, il n'y a rien si ce n'est un signal électromagnétique. Auriez-vous quand même une érection?

La sensualité espiègle que Feodorov avait observée chez le médecin-colonel avait complètement disparu. Elle était pleinement concentrée, savant et chercheur avant tout.

– La réponse à cette question est oui, presque indubitablement, répondit-elle pour lui.

– Comment espérez-vous découvrir le signal?

– A mon sens, la machine que vous avez vue fonctionner aujourd'hui pourrait bien être la réponse.

– Pourquoi?

– Elle sonde les profondeurs de l'esprit, et c'est là que sont transmis ces signaux.

Le président du KGB eut toutes les peines du monde à étouffer sa réaction aux paroles du médecin. Alors mon plan pourrait bien fonctionner, finalement, se dit-il.

– J'attends de vous une indication très exacte de l'état actuel de vos travaux dans ce domaine.

Xenia Petrovna dégustait son thé d'un air plutôt moqueur. Elle n'était pas femme à se laisser bousculer dans ses jugements.

– Si, par influence du comportement à distance, vous entendez que je vais trouver le moyen de vous faire lever de votre fauteuil, marcher jusqu'à mon étagère, prendre cette statue de porcelaine, dit-elle en désignant une sculpture moderne qui faisait office de serre-livres à ses ouvrages médicaux, puis vous inciter à m'écraser la cervelle avec, la réponse est que nous sommes à des années-lumière. D'ailleurs, je ne crois pas que ce soit jamais possible.

– Non, j'ai besoin de quelque chose de plus fondamental et de plus simple à la fois – comment manipuler les émotions primordiales d'une manière plus générale.

Les yeux de Feodorov brillaient avec une ferveur que Xenia Petrovna associa à un sadhu ou aux moines tibétains.

– Je veux que vous trouviez le moyen de stimuler les impulsions agressives de quelqu'un sans qu'il en ait conscience.

– Cela ne sera peut-être pas aussi simple qu'il y paraît.

– Je ne veux pas le savoir. Faites-le.

Xenia Petrovna était sur le point de dire quelque chose, mais l'avertissement de Feodorov l'en avait dissuadée.

– C'est la raison de votre présence ici, colonel. Et de l'existence de l'institut. C'est aussi pourquoi on ne vous a jamais refusé le moindre rouble ou le moindre équipement. Vous aurez tout ce que vous désirez, toutes les autorisations voulues, mais faites-le.

– Et c'est pour quand ?

– Pour hier.

*Troisième partie*

# « NOUS VENONS DE FAIRE L'HISTOIRE »

*Moscou*

Le super break Honda de trois ans représentait ce qu'on faisait de mieux comme moyen de transport américain en ville. Un vieil autocollant racorni « Bush président », sûrement le seul à Moscou, ornait le pare-chocs avant. Comment il avait survécu aux rigueurs de l'hiver moscovite demeurait un mystère pour Bill Witter. Les bosses et rayures des deux pare-chocs étaient un tribut, aimait affirmer Witter, à la détermination de sa femme à prouver que les Américains ne se laissaient pas intimider par les chauffeurs moscovites. En bas, à droite de la vitre arrière, une décalcomanie bleu et blanc de Yale lui rappelait l'absence de sa fille aînée, qui représentait la ponction la plus importante sur son traitement de fonctionnaire américain.

A l'entrée, l'homme de la milice fit un signe familier à Witter tandis qu'il s'éloignait de la façade jaune de l'ambassade des États-Unis pour se plonger dans la circulation de la rue Tchaïkovski. Comme presque tout dans la vie de Witter, le jogging à l'heure du déjeuner faisait partie d'un rituel immuable. Il jeta un œil dans le rétroviseur, guettant la trace d'une des Moskvitch vert foncé qu'on voyait souvent dans le sillage des diplomates en poste à Moscou, surtout des Américains. Rien aujourd'hui. Soit ses anges gardiens étaient partis déjeuner ou ils ne s'intéressaient pas au jogging quotidien d'un simple conseiller politique.

Witter conduisit avec rapidité et aisance sur l'avenue de Smolensk jusqu'à la Moskova. A son arrivée à Moscou, il avait découvert pour sa plus grande joie que les embouteillages ne faisaient pas partie des plaisirs socialistes. Il se rendait dans un de ses endroits préférés pour courir, le parc Gorki, dont l'imposante façade de pierre marquait l'entrée. L'immense parking était presque vide. Encore une raison de chanter les louanges de Marx et Lénine, se dit Witter. Il fit ses exercices d'échauffement, puis mit dans son walkman une cassette de Pavarotti. Il fixa le walkman sur son bandeau, mit ses écouteurs et entra dans le parc.

Il courait dans les allées familières d'un pas mesuré et bondissant, respirant à pleins poumons l'air frais et printanier. Une brise timide venant du sud jouait dans les branches des bouleaux comme pour sentir si la capitale soviétique était prête à accueillir les douceurs du printemps.

A l'abri des distractions bruyantes de la vie occidentale, les Moscovites avaient conservé le merveilleux pouvoir de jouir des joies simples, comme de marcher dans les parcs pour guetter le progrès des saisons. Witter avait noté cela tout de suite. Ils cheminaient drapés dans ce manteau de silence si typique des foules russes, seule manifestation extérieure de leur capacité d'endurer les épreuves. Aux yeux de Witter, c'était le symbole du courage stoïque qui avait permis à ce peuple de résister aux armées de Napoléon, aux panzers d'Hitler, et de souffrir les interminables privations qui allaient de pair avec l'édification du Nirvana socialiste.

La course de Witter l'entraîna devant le restaurant de Pilsen dont il huma en passant les odeurs de saucisses grillées, puis le long d'un des chemins que les responsables du parc noyaient en hiver pour le bénéfice des patineurs. Quand il eut parcouru quelques centaines de mètres dans cette allée, il vit ce qu'il cherchait, une boîte de Pepsi-Cola vide perchée au sommet d'un grand bac à ordures vert. C'était le signal convenu. Il obliqua à gauche de la poubelle, tout en ajustant le volume de son walkman. Puis il entendit le « clic » familier. Malgré tout son entraînement, Witter ne put réprimer un frisson d'excitation.

Il était en train d'accomplir la tâche la plus banale de tout espion – vider une boîte aux lettres morte. A ceci près que pour ce faire il utilisait ce que la CIA offrait de mieux en matière de technologie électronique. Quelque part à cent ou deux cents mètres devant lui – Witter ne savait pas où – était dissimulé un transmetteur à piles pas plus gros qu'une micro-cassette. Le petit coup sur le bouton de son walkman avait envoyé un signal au transmetteur qui avait activé la batterie. Le message de son agent, codé comme d'habitude par blocs de cinq lettres, pénétrait maintenant dans le walkman de Witter à raison de 2 000 caractères toutes les trente secondes. Lui, pendant ce temps, écoutait Pavarotti chanter « Che gelida manina ». Le message fut répété trois fois avant que Witter ne perçoive le second clic, marquant la fin de transmission.

La beauté du système résidait dans son anonymat. Witter n'avait pas besoin de repêcher un message dans quelque tronc d'arbre comme l'avaient fait en leur temps les agents de la CIA, s'arrangeant en même temps pour s'assurer d'un regard pardessus l'épaule qu'aucun homme du KGB n'allait leur sauter sur le paletot. Son agent ne revenait jamais sur le lieu où il avait déposé le petit transmetteur. C'était un matériel autodestructible qui, après usage, fondait grâce à sa batterie en un petit tas semblable à une crotte de chat. L'agent possédait un codeur/décodeur qui tenait dans un paquet de cigarettes Belomorkanal caché chez lui, ainsi qu'un stock de transmetteurs. Il lui suffisait de brancher un transmetteur dans l'appareil, de le programmer avec son message et il était prêt à l'emploi. En ce moment même, alors que Witter courait tranquillement dans l'allée, le transmetteur effaçait automatiquement le message avant de déclencher le programme d'autodestruction.

Witter transpirait un peu plus que d'ordinaire en retournant à sa voiture pour reprendre le chemin de l'ambassade. Là, il se rendit immédiatement dans ce qu'on appelait le donjon, une cellule sans fenêtres située au septième étage. Elle s'ouvrait grâce à une serrure informatique dont seuls trois employés de la CIA détenaient le code : le chef d'antenne, son adjoint et Witter lui-même. Enfermé, il sortit l'exemplaire de « décryptement à clé bloc une fois », ainsi qu'un petit appareil de lecture qui ressemblait à son walkman.

C'était également une invention de petits génies de la technique. Il glissa la cassette de Pavarotti dans l'appareil et se mit au travail. Une tête de lecture spéciale intégrée à son walkman avait gravé le message sur sa cassette dans l'espace infinitésimal séparant la première de la deuxième piste. Un agent du KGB qui aurait écouté la cassette sans l'appareil de lecture de la CIA n'aurait entendu que la merveilleuse voix de Pavarotti.

Conscient de sa lourde responsabilité, Witter œuvra avec une précision calme et méthodique. Depuis l'arrestation et l'exécution du colonel Oleg Penkovski voici plus de vingt ans, la CIA n'avait pas eu d'agent de pénétration aussi précieux – et de loin – que le colonel Victor Sbirounov. Les agents qui passaient à l'Ouest étaient comme les pièces qui actionnent les machines automatiques, autrement dit une monnaie de valeur, et rare; mais un agent sur place était un diamant bleu, inestimable, au sens littéral du terme.

Sbirounov avait été recruté quinze ans auparavant, alors qu'il était attaché militaire à Paris. Depuis lors, il s'était hissé au Secrétariat militaire du Comité central, dépositaire de la plupart des secrets militaires soviétiques. C'était un homme d'un équilibre et d'un courage remarquables et, pour autant que la CIA pouvait le savoir, il était motivé, à l'instar de Penkovski, par le rêve d'une vie opulente à l'Ouest, son existence d'espion achevée. Ce rêve serait bientôt réalité. A Genève, un compte numéroté à la banque de Lombardie contenait maintenant plus de trois millions de dollars. Ils attendaient Sbirounov le jour où il déciderait de quitter les grands froids moscovites pour jouir d'une récompense méritée après quinze années de service périlleux.

L'ironie voulait que Witter n'ait jamais échangé la moindre parole avec le colonel même si, bien sûr, il l'avait entrevu un bref instant lors de contacts physiques furtifs. Sans compter qu'il avait étudié sa photo pendant des heures si bien que ses traits lui étaient gravés dans l'esprit. L'agent traitant du colonel était celui qui l'avait recruté à Paris. Afin de maintenir cet élément de confiance primordial entre l'espion et son agent traitant, on expédiait ce dernier depuis Langley en avion chaque fois que le colonel venait à l'Ouest. Cela n'empêchait pas Witter d'éprouver pour cet homme de plusieurs années son aîné le souci d'une mère pour son fils quand il choisit un métier particulièrement dangereux : pilote de course ou trafiquant de drogue.

Voilà pourquoi arrivé au bout du message du colonel, Witter tremblait à la fois d'appréhension et d'excitation. Le colonel demandait un contact physique furtif. Il détenait à l'évidence des croquis ou des documents qu'il voulait passer à l'Agence et qu'il ne pouvait transmettre par le moyen habituel. La responsabilité de l'échange incombait à Witter. Un tel contact était la grande spécialité de l'art du renseignement, opération pour laquelle on entraînait des hommes comme Witter avec la même rigueur qu'on enseignait aux marines le maniement des armes. Correctement exécuté, il était presque indécelable. Cela dit, il mettait un bref instant l'espion et son contrôle en contact public. C'est pourquoi ces contacts faisaient partie des actions les plus délicates des agents de la CIA. Aucun d'entre eux, aussi expérimenté soit-il, n'envisageait un contact physique furtif dans les rues de Moscou sans un peu de peur au ventre.

*

Des réunions, toujours des réunions, grommela Art Bennington presque à haute voix en attendant que le feu pour piétons passe au vert au carrefour de F Street et de la 17e Rue. A la CIA, à partir d'un certain niveau, vous passiez plus de temps en réunions qu'un producteur d'Hollywood à fumer ses cigares. Celle qui déchaînait le torrent de pensées de ce matin avait lieu dans ce qu'on avait baptisé à l'Agence le « service de consultation externe », bâtiment situé sur F Street à quelques minutes de marche de l'immeuble des services exécutifs jouxtant la Maison-Blanche. Le sommet de la hiérarchie de la CIA l'utilisait comme abri prétendument discret pour ses réunions au centre de Washington ou les rencontres inter-agences. En fait, tout le monde montrait cet immeuble du doigt avec un sourire entendu, et c'était un lieu de rendez-vous aussi peu indiqué que le parking de l'ambassade d'Union soviétique.

Le sujet de la réunion de ce matin était la suite de l'enquête sur le meurtre d'Ann Robbins. Cette enquête avait abouti exactement là où l'avait prévu Bennington – nulle part. Il franchit l'inévitable barrage de sécurité en blazer bleu marine puis se présenta au cerbère de la tanière, une femme assise au bureau de réception. Elle lui indiqua le numéro de la salle de réunion.

La plupart des autres participants attendaient. Pozner, de la sécurité interne de S & T était là, bien sûr. Il y avait un officier de la NSA et un lieutenant-colonel de la DIA – Defense Intelligence Agency – que Bennington ne connaissait pas, et Mike Pettee du bureau de liaison FBI-CIA. C'était un mec costaud qui avait autrefois été sélectionné olympique en dos crawlé. Comme toujours, il arborait un nœud papillon jaune à plumetis, ornement vestimentaire que Bennington jugeait aussi déplacé à Washington qu'un chapeau tuyau de poêle ou des favoris. Pettee avait été à Notre-Dame, et il devait s'imaginer que ces nœuds papillons damaient le pion aux types de l'Ivy League de Langley.

Tous trois étaient engagés dans le genre de discussion acharnée à laquelle on pouvait s'attendre en cas de grave crise internationale – les chances de l'équipe de Washington pour la prochaine saison de football américain. Bennington se servit un café et prit place autour de la table. Il manquait encore Paul Mott, de la division du contre-espionnage de la CIA. Le directeur avait insisté pour que cette division prenne en charge l'enquête. Mott se trouvait donc *de facto* le président de leur petit comité.

Les mecs du contre-espionnage n'avaient jamais joui d'une immense popularité parmi leurs confrères de la CIA, raison pour laquelle le directeur leur avait sans doute assigné le rôle de leader. Le fondateur de cette division, James Jesus Angleton, « l'homme à l'orchidée », avait été considéré par ses pairs comme un type plutôt bizarre, et sa division avait du coup été indirectement taxée de bizarrerie. Le problème était qu'ils étaient comparables au département crédit d'une grosse affaire spécialisée dans les ventes. Les clandestins des antennes d'outre-mer étaient toujours à la recherche de marchés. Ils rentraient en hâte à Langley excités comme des puces à cause d'un nouveau client potentiel qu'ils venaient de dégotter. Là, le contre-espionnage descendait au rez-de-chaussée et disait : « Hem, hem! Ce type ne jouit pas d'une excellente cote auprès de sa banque. On expédiera la marchandise quand on aura le fric. »

Mott entra et s'assit en bout de table. Cet homme décharné

avait la pâleur d'un dyspeptique et suçait constamment des Maalox. Bennington avait la certitude que ce pauvre type passait le plus clair de son temps à se tracasser pour son ulcère à l'estomac, ce qui n'est évidemment pas le meilleur moyen de soigner ce genre de maladie. Il portait un vieux costume de coton gratté, un truc à rayures gris et blanc tout froissé qui ressemble à de la toile à matelas. On les trouvait à 29,95 dollars chez Brooks Brothers quand Bennington était entré à Princeton. Il était d'ailleurs persuadé que le costume datait de cette époque-là.

Mott fouilla dans les papiers de son attaché-case puis regarda l'homme de la NSA. Il ne respirait ni la chaleur ni la tendresse.

– Vous avez quelque chose pour nous, je crois.

Il s'autorisa une petite toux nerveuse en sortant de sa poche un porte-cartes de cuir noir sur lequel il avait gribouillé quelques notes.

– Oui, dit-il, euh, nous aurions peut-être pu transmettre ceci plus tôt mais il n'y avait aucune raison pour que cette information soit liée à notre enquête Nous avons enregistré deux émissions-éclairs Spetosk dans la région de Washington. La première vingt-deux jours avant le meurtre de la femme, la seconde dix jours avant.

Mott l'interrompit.

– Le Spetosk est ce que le KGB a de mieux en matière d'émission-éclair. Ils sont d'ailleurs réservés au grade nº 1, la crème des officiers du KGB. Au cours des six derniers mois, nous en avons repéré trois en Europe.

– Comment fonctionnent-ils? demanda Pettee, l'homme du FBI.

Mott regarda sur la table à la recherche d'un paquet de cigarettes. Personne ne fumait.

– C'est un peu plus petit qu'un paquet de cigarettes. On peut le dissimuler dans la paume de la main. L'agent le charge chez lui avec un codeur. Puis il va quelque part en plein air. Il lui suffit de connaître l'angle avec son satellite depuis un point géographique précis. Il pointe son Spetosk en direction du ciel, appuie sur un bouton, et pouf, le message s'envole en quelques secondes. Les engins émettent à cent kilobits/seconde. Quand le satellite passe au-dessus de Moscou, le Centre capte le message.

L'homme de la NSA appuya les propos de Mott d'un geste de la main.

– Il est pratiquement impossible de repérer quelqu'un qui utilise un Spetosk, commenta-t-il. Le gars regarde la statue de la Liberté pendant cinq secondes et le tour est joué. Cela dit, les signaux émis par cet appareil sont très caractéristiques et si particuliers qu'il est difficile de ne pas les remarquer. J'entends par là qu'on ne peut les confondre avec un bateau de pêche se renseignant sur la météo dans la baie de Chesapeake.

« Dans le premier cas, nous avons triangulé le lieu d'émission dans une station-service Exxon sur la nationale Dolly Madison. La seconde émission a été envoyée depuis une aire de repos sur la 270 juste au nord-ouest de Rockville dans le Maryland. Nous avons évidemment envoyé des équipes dans ces deux endroits, mais celui qui avait envoyé le message s'était tiré depuis longtemps. L'aire de repos n'a rien donné. A la station-service, nous nous sommes dit que le type avait dû s'isoler dans les toilettes pour émettre. Il n'aurait guère pu y attirer l'attention. Le pompiste s'est rappelé trois personnes qui avaient demandé la clef des toilettes ce matin-là : un routier qui conduisait un diesel, le bon vieux type des familles, une femme élégante aux cheveux roux et un homme d'affaires avec costume, cravate, lunettes, toute la panoplie.

– Rien sur les voitures ? demanda Pettee.

– La femme avait une voiture grise. Une Toyota.

– Numéro minéralogique ?

– Non.

– Parfait ! Il doit y avoir à peu près dix mille Toyota grises dans le coin.

– Une chance de briser le code ? s'enquit Bennington.

– Aucune. Ils utilisent un carnet, avec ce truc.

– Savez-vous si on a utilisé le même transmetteur dans le deux cas ?

A la façon dont l'homme de la NSA commença à se tortiller sur son siège en toussotant, on aurait pu croire qu'on l'interrogeait sur ses goûts sexuels particuliers, comme de se faire un âne ou d'apprécier spécialement les écolières habillées en empereur romain.

Ces types de la NSA avaient une telle fascination pour le secret qu'ils se montraient évasifs même quand on leur demandait l'heure.

– Eh bien, dit-il en essayant de ne plus tousser, je crois pouvoir dire que notre technique nous permet d'établir avec certitude que les deux émissions provenaient du même transmetteur, oui. Chaque message a été répété quatre fois.

– Avons-nous repéré d'autres transmissions de ce type de radio dans la même zone?

Une fois encore, l'homme de la NSA se trémoussa et toussota.

– Il y a un peu plus d'un an. Cela provenait également d'une aire de repos, près de la rive de Chesapeake, cette fois.

– Même émetteur?

– Non.

– Ce devait être un illégal, en conclut Mott.

– Êtes-vous certain qu'il ne puisse s'agir de quelqu'un de l'ambassade appartenant au KGB? demanda Bennington.

– C'est impossible. Les agents de la résidence utilisent tous des transmetteurs de l'ambassade. Ils savent que nous n'avons plus la moindre idée de leurs codes. Les illégaux, eux, font usage de circuits de communication comme celui-ci, complètement indépendants de l'ambassade. Le Centre tient justement à ce que les deux systèmes d'opération soient totalement séparés. Leur cloison est parfaitement étanche.

Mott fit jouer son Maalox sur ses dents de devant. Sa conclusion l'avait rendu aussi pâle que les rayures grises de son costume.

– Laissez-moi vous dire une chose. Je ne sais pas ce qui a motivé ceci, mais c'est important. Seul un illégal de première classe peut avoir accès à ces boîtes à musique de luxe. Les deuxième et troisième classes ne savent même pas que ça existe. Et ils n'exposeraient pas un illégal de première classe sans avoir une sacrément bonne raison.

Le programme des illégaux était la plus grande fierté du KGB. Toutes les autres organisations de renseignement, dans le monde entier, le craignait et l'enviait. A l'exception du Mossad, personne n'avait réussi à l'imiter un tant soit peu, et la réalisation du Mossad n'était qu'une bien pâle copie. L'idée remontait à l'époque de la Tchéka, service de sécurité d'État dont les descendants avaient fondé le KGB. Complètement paranoïaques, les chefs de la police de Staline avaient monté un service étranger parallèlement à leur propre organisation. Et ce, afin de contrôler l'allégeance des opérateurs vis-à-vis de la Tchéka. Ils accomplissaient fréquemment les tâches les plus sanglantes des Tchékistes, comme l'assassinat des chefs de l'opposition russe blanche dans l'Europe des années trente et quarante.

Dans les années cinquante, c'est l'Amérique qui avait été visée, et les bases du système étaient cette fois plus sophistiquées. Ils avaient installé une académie d'entraînement à Biokovo, cité industrielle à une heure de route de Moscou. Le KGB y avait créé la réplique d'une ville américaine. Les recrues passaient des années à apprendre comment devenir un parfait Américain (ou Américaine) et, plus tard, Français, Anglais ou Latino-américain. Elles apprenaient combien de fois les Celtics et les Lakers avaient remporté la finale de basket et quand; elles regardaient pendant d'interminables heures des cassettes vidéo de football américain professionnel jusqu'à en connaître les subtilités du jeu aussi bien qu'un étudiant pratiquant à fond la discipline. Elles pouvaient citer les gagnants de tous les Superbowls, le nombre de home-runs qu'avait fait Babe-Ruth, le plus célèbre joueur de base-ball, dans toute sa carrière, ou dire quand Hank Aaron avait battu son record. Ils avalaient les feuilletons jusqu'à ce qu'ils sachent combien d'amants avait eus Alexis Carrington dans *Dynastie*, qui voulait tuer J.R. dans *Dallas* et pourquoi. Ils apprenaient à garder les timbres verts, à faire les courses et la cuisine, à conduire et à aller à l'église comme les Américains.

– Pardonnez-moi, dit le lieutenant-colonel de la DIA, mais je ne suis pas dans le coup, moi, avec cette histoire de clandestins. A-t-on une idée du nombre de ceux qui opèrent dans cette zone?

– Je donnerais n'importe quoi pour le savoir, répondit Mott. C'est précisément une des choses qu'ils ont réussi à garder secrètes. Ils ont tant de façons de communiquer avec eux, une carte postale, toute une série de techniques inoffensives, qu'ils ne sont en rien impliqués dans les circuits KGB classiques que surveille le FBI.

– Ouais, enchaîna Pettee, les membres ordinaires du KGB n'ont pratiquement jamais affaire à eux. Nous en avons chopé deux il y a quelques années. Un coup de chance, l'un d'eux n'avait pas respecté cette règle. Ils s'appelaient Balch. Ils habitaient dans Connecticut Avenue, le même immeuble qu'Alger Hiss autrefois. Elle était esthéticienne, lui vaguement prof. Nous filions un agent et il a balancé une boîte de bière par la vitre et a brusquement accéléré comme si on lui avait dit de la jeter au septième poteau télégraphique. Du coup, la voiture qui le suivait a vérifié la boîte. Comme prévu, elle contenait un système miniature de communication. Nous avons mis le truc sous surveillance et nous nous sommes présentés à M. Balch quand il est venu le ramasser.

– Bref, reprit Mott, pour répondre à votre question, nous estimons qu'il sort douze à quinze diplômés de Biokovo par an. Les deux tiers sont destinés aux États-Unis. Certains restent deux ans, d'autres cinq, un nombre très restreint reste peut-être sept ans. D'après l'Agence, il y a en permanence un minimum de cinquante illégaux soviétiques sur le territoire américain. Et vous pouvez être sûr que bon nombre sont dans la région de Washington.

– Cinquante! s'écria l'officier de la DIA sous le choc. Cinquante espions soviétiques dans ce pays et nous n'avons pas la moindre idée sur leur identité et leur zone d'action? C'est atterrant! Mais, bon Dieu, qu'est-ce qu'ils fabriquent?

– Fondamentalement, pas grand-chose. C'est bien pour ça qu'ils sont si difficiles à attraper. Pour autant que nous le sachions, leur but est d'assurer un service de renseignement d'urgence pour le cas où les relations diplomatiques entre l'URSS et les États-Unis seraient rompues et que la taupe du KGB à l'ambassade soit fichue dehors. A part cela, ils ont une course à faire de temps en temps, c'est tout. « Allez voir ce type et dites-lui ceci et cela. » Ou bien ils surveillent d'autres illégaux pour s'assurer qu'ils se tiennent comme il faut. Ou encore, par-ci, par-là, on les utilise pour une chatouille.

– Une chatouille? s'étonna le lieutenant-colonel. Qu'est-ce que c'est, ce truc?

Mott sourit.

– Il y a environ dix ans, un colonel de l'Armée rouge servant en Allemagne de l'Est dans le cadre du pacte de Varsovie a traversé la rue et est passé chez nous. Nous l'avons débriefé pendant près de trois ans, puis nous lui avons donné une nouvelle garde-robe – ravalement de façade, nouvelle identité, mise au vert dans une fabrique de meubles en Caroline du Sud. Un jour, il reçoit la visite d'un type qui fournit des tissus. Le mec entre, bavarde un moment et lui laisse une petite boîte.

« " Un échantillon de notre travail, dit-il. Peut-être pourrions-nous travailler ensemble. "

« Notre colonel de l'Armée rouge ouvre la boîte après son départ. Dedans se trouve la pipe en écume qu'il avait laissée sur son bureau le jour où il était passé à l'Ouest. " Coucou. On sait où vous vous cachez. " C'est ça, une chatouille, un souvenir témoignant du contrôle d'un transfuge.

Évidemment, Bennington se fichait pas mal du fontionnement des illégaux aux États-Unis. Mais on l'avait fréquemment appelé pour étudier les aspects comportementaux du programme : comment les Soviétiques sélectionnaient les agents illégaux, comment ils les formaient, quelles pourraient être les faiblesses psychologiques susceptibles d'être exploitées par la CIA et le FBI.

– Ce qu'il y a d'insensé à propos de ces illégaux, dit Mott au petit groupe, c'est qu'ils ne passent jamais à l'Ouest. Jamais. Ils sont là, seuls, vivant dans le merveilleux monde capitaliste dont nous sommes si fiers. Ils sont peinards, libres de toute contrainte de la part du KGB. Rien qu'une petite surveillance de temps à autre. Ils sont libres de faire ce qu'ils veulent, de penser ce qu'ils veulent. Ils ne sont soumis à aucune propagande. Ils peuvent regarder Dan Rather aux CBS Evening News tous les soirs. On pourrait penser qu'ils feraient la queue devant l'immeuble du FBI, non ? Or combien avons-nous de transfuges ? – Deux.

– Deux, répéta Bennington. Dont un qui ne compte même pas parce qu'il ne sort pas de Biokovo. C'était l'opérateur radio d'Abel. Il s'est pris de passion pour la vodka. On lui avait confié 5 000 dollars pour qu'il les planque dans une boîte en fer-blanc dans un parc de New York et il s'est dit qu'il y avait mieux à faire avec l'argent. Le Centre l'a prié de rentrer pour s'expliquer si bien qu'il a décidé de nous rendre une petite visite sur le chemin de la Sibérie.

– Bon alors qu'est-ce qu'ils leur font ? demanda le lieutenant-colonel à Bennington. Un lavage de cerveau ?

Chaque fois qu'il était question de lavage de cerveau, on parlait de lui. En bien ou en mal, selon les gens.

– Dès qu'on tombe sur un type d'en face dont le comportement n'est pas conforme à ce qu'on attend, on décide qu'il a subi un lavage de cerveau, répondit Bennington. Le lavage de cerveau n'existe pas et n'a jamais existé. C'est pourtant simple. Ces illégaux sont de bons citoyens soviétiques, de vrais bourgeois. Et vous savez ce qui les motive? Les récompenses matérielles. Jamais entendu parler?

– Pas dans l'armée américaine, pouffa le colonel.

– Ces gens savent qu'ils appartiennent à une élite. De retour à Moscou, on leur donnera un grand appartement, une grosse voiture, une promotion et assez de médailles pour qu'ils aient du mal à se tenir droit au défilé du 1er mai.

– Je parie qu'on garde leur père, leur frère ou leur femme en otages pour être sûr qu'ils filent doux.

– Vous avez de l'argent à perdre. Cela fait aussi partie des choses qu'on préfère croire; c'est tellement plus simple. Je ne suis jamais tombé sur la moindre preuve de ce que vous avancez.

– J'aimerais bien savoir, dit Pozner, quelles sont les chances pour que cet illégal soit impliqué dans le meurtre de la femme.

– Comment voulez-vous qu'on le sache? dit l'homme du FBI. Tout ce que nous avons, c'est une coïncidence dans le temps. Ce n'est pas beaucoup.

– J'imagine que nous n'avons guère de chances de mettre la main dessus.

– Avec ce que nous savons, râla Pettee, aucune. Ce type peut fort bien ne plus jamais faire surface. Et s'il le fait, ce ne sera jamais dans le cadre d'un travail de routine qui nous permettrait de lui tendre un piège. Votre tuyau est trop petit et il arrive trop tard, dit l'homme du FBI en jetant un regard à son collègue de la NSA.

Mott se tourna vers Pozner.

– Où en êtes-vous de votre enquête interne?

– Elle est terminée. Tout le monde est passé au polygraphe et en est sorti blanc comme neige. Il ne manque aucun document. Rien non plus du côté des accès à l'ordinateur. Aucun drapeau rouge d'aucune sorte. Pas même un rose.

Mott réfléchit à tout cela en mâchouillant son Maalox puis tourna les yeux vers Mike Pettee.

– Et l'enquête du FBI sur la femme et son entourage new-yorkais?

Pettee posa les coudes sur la table et s'inclina vers le groupe comme un convive s'apprêtant à dévoiler un croustillant secret d'alcôve.

– Nous avons trouvé une piste possible. Le bureau de New York a passé en revue le fichier de sa clientèle avec tout le soin requis. Même chose pour ses amis et ses collègues. Nous avons repéré quelqu'un. Une femme avec qui elle partageait son appartement dans le Village il y a cinq ans. Cela a duré dix-huit mois. Elle travaillait pour une petite maison d'édition de gauche.

Pettee observa une pause, savourant manifestement la nouvelle qu'il était sur le point d'annoncer.

– Nous avons sur elle un dossier de vingt pages. Elle faisait partie des radicaux de Berkeley dans les années soixante. C'était une de ces charmantes jeunes filles qui balançaient de l'urine par les fenêtres sur la tête des flics et clamaient que c'étaient les flics les cochons. Elle a conservé ses liens avec les radicaux. Elle est maintenant à fond dans le mouvement de soutien à la cause sandiniste. Nous l'avons fait mettre sous surveillance et avons demandé au tribunal une autorisation pour brancher une écoute.

– Pourquoi ne pas la convoquer pour la questionner? demanda le lieutenant-colonel de la DIA.

– Pour quel motif? Parce qu'elle trouve que Daniel Ortega est un chic type?

– Y a-t-il le moindre indice qu'Ann Robbins ait également fait partie de ce genre de truc? demanda Bennington.

– Non. Rien sur elle. Mais elles sont restées bonnes amies. Elles se voyaient tout le temps. Elles ont même dîné ensemble dans le Village quinze jours avant le meurtre. Votre Miss Robbins a peut-être laissé échapper quelque chose sur le travail qu'elle faisait pour vous.

*

Depuis qu'il était à Moscou, Bill Witter réservait son samedi après-midi à sa femme et à Joey, son fils de onze ans. Il avait d'ailleurs la bénédiction de son patron, le chef d'antenne de la CIA à Moscou. Rien, à l'exception d'un FLASH de Langley, ne détournait le jeune officier de cette occupation familiale.

Ces activités tournaient invariablement autour de Joey. Joey mesurait les saisons non pas aux changements de feuilles, fleurs ou temps, mais aux nouvelles dimensions et formes des objets qui soulevaient sa passion : un ballon de foot, un palet de hockey sur glace et une batte de base-ball. Cet après-midi de printemps était marqué d'un événement tout particulier : l'ouverture de la saison de base-ball de l'école américaine située sur les monts Lénine. C'était là que Joey, comme tous les fils de diplomates et d'hommes d'affaires de Moscou, faisait sa scolarité. Le joueur de premier but des Boston de l'équipe junior des Red Sox était vautrée dans un fauteuil du salon, en une position qui soulignait la courbe de sa colonne vertébrale. Il attendait impatiemment que ses parents soient enfin prêts. Il était tellement concentré qu'il aurait fait honneur à une de ses idoles des vestiaires des vrais Red Sox à Boston.

Bill et Ginny s'étaient habillés pour cette sortie avec un soin particulier. Ils portaient une tenue de « désilhouettage », pour employer le jargon du métier. Pour Bill, c'était une veste de gabardine, pour Ginny un manteau beige de chez Woodward Lothrop à Washington. Chaque vêtement était réversible et avait été légèrement modifié, de façon que, boutonné jusqu'en haut, on ne puisse deviner que l'intérieur était de motif et de couleur différents.

A l'instar des joggings de Witter à l'heure du déjeuner, leur sortie de cet après-midi n'était pas entièrement innocente. Le premier souci d'un nouvel arrivé de la CIA à Moscou – ou dans n'importe quelle station importante – était d'établir une routine bien définie et facilement observable. Le but était bien sûr de bercer ses gardiens du KGB de l'illusion de sécurité conférée par des gestes répétés. Il était ainsi plus aisé d'échapper à leur surveillance les rares fois où cela se révélait nécessaire. On rabâchait à toutes les recrues de la CIA l'histoire de cet agent du KGB sous couverture diplomatique à Londres. Chaque jour, il quittait l'ambassade à la même heure pour acheter le *Times* au même kiosque à journaux et revenait par le même chemin. Il fit cela pendant soixante-sept jours. Ses suiveurs du MI-5 notèrent que rien ne varia dans la routine jusqu'au soixante-huitième jour. Là, il échappa aux yeux las de son surveillant pendant sept minutes, sept petites minutes qu'il avait préparées pendant deux mois. C'est sur de telles manœuvres patientes que se bâtit la pratique du renseignement.

On entendit alors klaxonner dans la cour des quartiers résidentiels de l'ambassade. Il était temps de partir. Assis à l'arrière de la voiture du conseiller économique de l'ambassade, Witter jeta un regard désinvolte derrière lui. Cette fois, la Moskvitch verte familière était là, trottant à la traîne comme un vieux chien que ses maîtres ont piégé dans une promenade trop rapide à son goût.

Les monts Lénine offraient de loin la plus belle vue sur Moscou. Les bolcheviques aimaient faire remarquer que c'est depuis ces hauteurs, alors plus bucoliquement baptisées monts des Moineaux, que leur artillerie avait tiré en 1917 les premiers boulets de canon sur les bulbes d'oignon de la place du Kremlin.

L'école et ses terrains de jeu s'étendaient sur quatre hectares juste au-dessous du sommet des collines. Ils étaient entourés d'un parc boisé parsemé de sentiers et d'allées. Une bonne centaine de parents et d'élèves allaient et venaient déjà sur le campus, bavardant, pique-niquant, liant connaissance, encourageant garçons et filles qui se préparaient pour les activités de l'après-midi. Les Witter se mêlèrent à la foule puis se séparèrent, allant d'un groupe à l'autre en bavardant. Juste avant 3 heures, chacun se rendit séparément dans le bâtiment principal où se trouvaient les toilettes. Ils en ressortirent dans leurs tenues de désilhouettage retournées.

Derrière le bâtiment principal, tout près de l'un des terrains de jeu, il y avait une cabane à outils dissimulée à l'entrée d'un chemin qui disparaissait dans le bois. A 3 h 5, Witter se glissa derrière la cabane et emprunta le chemin. Deux minutes plus tard, sa femme le rejoignit. Le chemin conduisit les Witter hors du bois jusqu'à une rue parallèle à la perspective Lénine. Ils longèrent le flanc des monts Lénine jusqu'à l'hôtel Droujba. Puis, se fondant dans la foule du samedi, ils entrèrent dans le métro boulevard Vernadski.

Ils se rendaient dans l'Arbat, au cœur de la ville. Des six lieux utilisés par Witter pour ses contacts furtifs avec le colonel, c'était celui où il se sentait le mieux et le plus en sécurité. Il plaisantait souvent sur le fait que c'était le premier centre commercial piétonnier socialiste du monde. Avant la révolution, cette rue était une des zones résidentielles préférées de l'aristocratie moscovite. Elle était encore ornée de demeures de style Empire aux tons pastel de lavande, vert amande ou bleu pâle, survivants miraculeux de la détermination de Staline à raser de la cité toute trace du passé bourgeois.

Le week-end, la foule offrait à Witter et au colonel un abri accueillant où se perdre. Les boutiques et les façades colorées de l'Arbat attiraient les touristes, si bien qu'un couple américain de plus y déambulant main dans la main avait peu de chances d'attirer l'attention. C'était d'ailleurs dans cette rue que Ronald Reagan avait choisi de prendre un bain de foule au cours du sommet de 1988.

Les Witter arrivèrent dans la rue à 3 h 50 précises. Ils marchèrent d'une boutique à l'autre pendant dix minutes, bavardant avec animation, avec la joyeuse complicité d'un couple qui a décidé de passer l'après-midi à faire des petites folies. En réalité, ils étaient étroitement observés dans cette rue, non par le KGB, mais par un autre agent de la CIA. Sa mission consistait à scruter la rue derrière les Witter à la recherche de la moindre trace de surveillance de la part du KGB : un cou qui se tend au-dessus de la foule en direction d'une silhouette quelques mètres plus loin, un signe furtif de la main d'un guetteur à l'autre. Au coin de la ruelle des Vieilles Écuries, l'agent, qui avait rapidement dépassé les Witter, s'arrêta pour jeter un coup d'œil à la vitrine d'un fourreur dont la boutique était gérée par l'État, puis entra.

En le voyant faire, l'estomac de Witter se noua. C'était le signal que la route était libre. Ses gardiens étaient toujours en train de faire les cent pas au-dessus de l'école américaine. Si cet agent avait continué son chemin dans la rue au lieu d'entrer dans le magasin, cela aurait indiqué à Witter qu'il était suivi. Il devait alors annuler le contact furtif.

Witter devait maintenant entamer la série de mouvements soigneusement orchestrés qui conduisaient au contact. Leur but était d'offrir le maximum de sécurité aux deux hommes pendant la dangereuse seconde du contact physique. Witter et sa femme entrèrent dans une boutique qui vendait des serviettes de table, nappes et napperons brodés à la main. Elle était située à l'angle de la ruelle des Argentiers. Avec un œil d'expert, Ginny choisit six serviettes ornées d'une guirlande de roses.

Un des premiers principes qu'on enseignait à un agent était de ne jamais opérer sans une histoire solidement ficelée. Les Witter portaient désormais un sac de papier brun, explication concrète de leur présence dans l'Arbat cet après-midi-là.

Tandis qu'ils quittaient le magasin pour poursuivre leur promenade, Witter aperçut le colonel vingt mètres devant, sur sa gauche. Il était en uniforme, ce qui était normal pour un officier du quartier général militaire de Moscou. Se promener en civil aurait attiré les soupçons et d'ailleurs, les hommes en uniforme constituaient une large part de la foule moscovite.

Evidemment, Witter ne jeta pas même un regard au colonel. Sa première fonction fut de rendre au Russe le service que l'agent de la CIA lui avait rendu : assurer la contre-filature du colonel. Une fois que Witter eut la certitude qu'il n'était pas suivi, sa femme et lui se dirigèrent vers une carriole où une Babouchka, une vieille femme coiffée d'un châle et dont le visage semblait avoir été taillé dans un vieux chêne, vendait des *morojenoïe*, ces glaces dont les Moscovites jurent qu'elles sont sans égal dans le monde. Ils achetèrent deux glaces à la vanille : le contact aurait lieu.

L'agent qui avait le plus de chances d'être filé – Witter, en l'occurrence – entamait la rencontre en tournant à un coin de rue. Le second agent devait, lui, se déplacer vers ce coin de rue, à quatre mètres maximum de l'intersection, au moment où le premier agent prenait le tournant. Et il devait se fondre dans la foule.

De cette façon, si le premier agent était réellement suivi, son fileur ne pouvait pas tourner assez vite pour voir le contact. Il lui aurait fallu le coller de trop près et trahir sa présence. Witter avait indiqué au colonel le coin de rue qu'il prendrait en passant son sac de papier brun de sa main droite à sa main gauche au moment où il se rendait à la charrette de glaces. C'était la ruelle des Pâtissiers, toujours bondée le samedi.

Quand il tourna à l'angle, Ginny se serra contre le mur. Il se tenait à son côté, lui prenant la main, engagé dans un grand discours, les yeux ostensiblement sur elle. En fait, un bref regard lui apprit deux choses : la rue était bondée et le colonel était à trois mètres, plongé dans l'observation d'une vitrine. Il s'avança vers le croisement au moment où Witter marchait vers lui. Tandis qu'ils avançaient l'un vers l'autre, Witter ne quittait pas sa femme des yeux, bavardant de plus belle. A moins d'un mètre du colonel, il laissa sa main pendre le long de son corps, la paume vers l'intérieur, et juste derrière la couture de son pantalon. Pas un instant le regard des deux hommes ne se croisa. Au moment précis où ils se rencontrèrent, Witter sentit le contour métallique d'un petit tube qu'on pressait dans sa paume. Un microfilm. Le colonel venait de risquer sa vie pour ce geste.

Les cauchemars des officiers de la CIA étaient pleins de ces petits tubes dans lesquels on insérait un film de 35 millimètres, rebondissant bruyamment sur le pavé aux pieds d'un agent après une rencontre ratée. Witter serra le tube aussi fort qu'il avait autrefois serré son premier dollar en argent, celui que la petite souris avait laissé sous son oreiller.

Après avoir fait le chemin inverse, dans l'Arbat, l'air désinvolte, Witter et sa femme retournèrent à l'ambassade. Il se rendit immédiatement au donjon pour mettre à l'abri le précieux rouleau. L'immense soulagement qu'il éprouva en revenant à son appartement se doubla de l'excitation que lui procurait toujours un contact physique furtif réussi à Moscou. Il venait de verser deux scotchs, un pour lui, un pour sa femme, quand on frappa violemment à la porte d'entrée. Il se figea sur place. Ginny fonça ouvrir.

– Ben vous alors! s'écria la voix furieuse de la première base de l'équipe des juniors. Où étiez-vous passés? Vous avez tout raté. On a gagné 32 à 27.

La Zil noire du président du KGB fonçait dans les rues noires de Moscou en direction de la place Dzerjinski. On avait beau être samedi soir, la capitale soviétique était étrangement sombre et sans vie. Pas d'enseignes lumineuses clignotantes, pas de néons tapageurs pour attirer les Moscovites dans les bars, night-clubs, restaurants ou dancings. Les points chauds se trouvaient dans les hôtels, dont la plupart étaient le domaine réservé des touristes ou des quelques Russes suffisamment privilégiés pour s'offrir une sortie qu'ils réglaient en devises étrangères. Les rares restaurants privés ouverts dans le cadre de la Perestroïka étaient inévitablement bourrés à craquer; et de toute façon ils étaient si peu nombreux que leur présence avait peu d'impact sur la vie nocturne moscovite. Les bars étaient réservés aux hommes; mal éclairés, déprimants à souhait, ils étaient consacrés à la consommation intensive et sans joie d'alcool.

Comme c'était le cas depuis des générations, les Russes préféraient encore passer leur soirée chez eux entourés d'un cercle d'amis choisis et dignes de confiance. Ils se réunissaient autour d'une table dans leur minuscule salon et se régalaient de leurs mets préférés : vodka, tomates, concombres, morceaux d'esturgeon, chou macéré dans du vinaigre et pain noir. C'est dans un tel environnement que les compatriotes de Feodorov renaissaient à la vie. Le côté chaleureux et sociable qui faisait leur réputation s'épanouissait, conférant à leurs petites réunions une humanité qui prenait d'autant plus de sens qu'elle contrastait vivement avec le caractère morne de leur existence.

Le colonel qui régnait sur la division de la sécurité régionale de Moscou venait justement d'arracher Feodorov à une de ces joyeuses soirées dans sa villa de Zavidovo, résidence forestière de l'élite dirigeante soviétique. Feodorov se disait que le colonel ferait bien d'avoir eu une bonne raison de lui lancer cet appel urgent.

La limousine se glissa dans le parking souterrain du quartier général du KGB. Un garde en uniforme kaki sortit de l'ombre au moment où la Zil s'arrêta devant un carré de lumière marquant la porte qui donnait sur l'ascenseur privé de Feodorov.

Le chef de la sécurité l'attendait dans l'antichambre. A ses côtés, un homme plus jeune en vêtements de travail que Feodorov ne reconnut pas.

– Suivez-moi, ordonna-t-il en passant devant les deux hommes pour entrer dans son bureau.

Il jeta son manteau sur un fauteuil puis s'assit à sa table. Il laissa ses deux subordonnés debout. C'était une façon de leur rappeler qu'on ne dérangeait pas le président du KGB à la légère un samedi soir.

– Ivan Serguéïevitch, commença le colonel, ce jeune homme appartient à la section de surveillance de l'ambassade des États-Unis. Lui et deux de ses collègues sont attachés à un officier de la CIA sous couverture diplomatique. Voici le dossier de l'homme en question.

Le colonel déposa un classeur sur le bureau de Feodorov. Sa couverture bleu-gris pâle frappée du sceau du KGB et des mots TSENTRALNAÏA REGUISTROVKA – SOVERTCHENO SEKRETNO (archives centrales – secret absolu) indiquait qu'il venait du trésor de l'organisation de Feodorov, un immense fichier central où étaient conservés les dossiers de plus de quinze millions de personnes. D'abord, chaque homme ou femme inscrit au parti communiste n'importe où dans le monde depuis 1925 était fiché. De même toute personne ayant demandé un visa pour l'Union soviétique, ayant appartenu à une organisation de masse; ainsi que les hommes d'affaires, techniciens, intellectuels, chercheurs qui pour une raison ou pour une autre avaient attiré l'attention du KGB. Au cœur de ces archives, dans une section consacrée à chaque agence de renseignement, il y avait un dossier sur chaque membre identifié de l'agence en question et sur quiconque était soupçonné lui appartenir.

Feodorov ouvrit le dossier. On y lisait : « Witter, William W. » Il y avait une photo de Witter prise voici dix ans avec un officier de l'armée de l'air syrienne au cours d'une réception à l'ambassade algérienne de Damas, une photo de Witter marchant dans Spring Meadow Road à Germantown, dans le Maryland, alors qu'il se rendait au tennis, et une photo du jeune officier de la CIA prise il y a trois mois " joggant " dans le parc Gorki. Le président du KGB passa rapidement le dossier en revue pour arriver à la première remarque : « Potentiel de recrutement – Nul ». Il leva les yeux sur le colonel.

– Eh bien?

Le colonel se tourna vers son jeune subordonné.

– Dites ce que vous savez, ordonna-t-il.

Le jeune officier rougit, joignit ses mains dans le dos puis commença.

– Monsieur, tous les samedis, notre cible se rend à l'école américaine sur les monts Lénine avec son fils. Comme il est peu aisé de le surveiller à cet endroit, nous nous sommes demandé s'il ne pourrait pas mettre à profit une de ces visites pour échapper à notre surveillance.

Il s'interrompit un moment pour ralentir le flot de ses paroles que la nervosité contenait mal.

– Cet après-midi, nous avons décidé de nous diviser pour permettre une meilleure couverture de cette zone. J'ai pris la rue adjacente à la perspective Lénine. A 3 h 15, j'ai vu la cible et son épouse sortir d'un petit bois. Tous deux avaient retourné leurs manteaux.

– Ah, sourit Feodorov, manifestement pour essayer de déjouer une surveillance attentive.

– Monsieur, fit l'officier en se raidissant, je l'ai suivi en ville jusqu'à l'Arbat.

– Avez-vous demandé de l'aide? coupa Feodorov.

La question embarrassa vivement l'officier. Il piqua un fard et bégaya.

– Oui... non, monsieur. Mon transmetteur n'a pas fonctionné.

– N'avez-vous donc pas vérifié qu'il marchait avant de quitter le garage?

– Si, monsieur.

Evidemment, se dit Feodorov, il n'allait pas dire le contraire. Il regarda fixement le colonel.

– Vous contrôlerez cette question. Poursuivez, ajouta-t-il à l'adresse du jeune homme.

– Il a entamé une série de procédures qui m'ont convaincu qu'il se préparait à rencontrer un agent.

– Il ne se serait bien entendu pas donné tout ce mal pour acheter un exemplaire des *Izvestia*, lança Feodorov.

– Non, monsieur. Il a tourné brusquement dans la ruelle des Pâtissiers, collé au mur, comme la CIA enseigne de faire à ses agents pour un contact physique furtif.

– A quelle distance étiez-vous?

– A sept ou huit mètres. Je ne voulais pas risquer de me faire repérer si la CIA avait placé un deuxième agent.

– Vous n'avez donc pas vu le moindre signe d'une rencontre?

– Non, monsieur. Mais ce que j'ai vu, en revanche, c'est un officier quitter la ruelle des Pâtissiers avec une serviette dans la main droite.

– Vous avez pu jeter un coup d'œil sur lui?

– Non, monsieur. Mais j'ai remarqué que c'était un colonel et qu'il portait les épaulettes écarlates des membres du quartier général militaire de Moscou.

– Vous ne l'avez pas suivi?

– Monsieur, j'avais ordre de ne pas lâcher l'officier de la CIA. Après cela, il est vite rentré à l'ambassade.

Feodorov se leva et alla à la fenêtre. Si l'homme de la CIA s'était donné tout ce mal, c'était à l'évidence pour dissimuler une rencontre. Sa cible aurait pu être n'importe qui parmi la foule. La présence de l'officier pouvait être pure coïncidence. Cela dit, si la CIA avait infiltré le quartier général militaire de Moscou, les conséquences seraient extrêmement graves.

– A votre avis, combien de colonels sont rattachés à ce quartier général? s'enquit Feodorov auprès du chef de la sécurité.

– J'ai vérifié, Ivan Serguéïevitch. Trente-sept.

Feodorov se tourna à nouveau vers la place déserte. S'il se trompait, les Américains ne manqueraient pas d'expulser un de ses hommes à Washington en représailles. Mais c'était néanmoins le prix à payer.

– Je veux une photographie bonne et récente de chacun de ces colonels sur mon bureau à 8 heures lundi matin, ordonna-t-il.

*

Le cerveau cache sa nature infiniment complexe sous un manteau de grisaille. Posé sur une table de dissection, c'est un objet triste et sans vie, qui suscite aussi peu l'inspiration qu'une tranche de lard. Rien, dans l'apparence du cerveau, ne laisse présager les trésors que cet organe recèle, son pouvoir de contrôler le processus de la pensée, de la parole, du mouvement, des sentiments, de la vie, en somme. Le cerveau, c'est 1,5 kilo de matière compacte, blanc rosâtre quand c'est vivant, jaune grisâtre, mort.

Le médecin-colonel Xenia Petrovna examina une rangée de cerveaux humains conservés dans du formol dans des cristallisoirs entassés comme des boîtes de détergent sur une étagère de son laboratoire. De toute la Russie centrale, les morgues lui en envoyaient régulièrement. Tous avaient appartenu à des hommes et femmes sains morts entre vingt et trente ans. D'un œil expert, elle choisit le cerveau dont la couleur indiquait qu'il avait passé le moins de temps sur l'étagère. Elle posa la boîte sur sa paillasse. Puis elle se tourna vers le groupe de quatre chercheurs qu'elle avait sélectionnés parmi le personnel de l'institut pour constituer sa petite équipe. Il y avait un neurophysiologiste spécialisé dans le comportement agressif, un chimiste, un ingénieur informaticien et un ingénieur en électronique.

– Messieurs, dit-elle en contemplant le cerveau devant elle comme la grande prêtresse d'une secte ancienne examinant les entrailles de la victime qu'elle vient de sacrifier, nous avons une tâche urgente. Elle nous a été confiée par les plus hautes autorités. C'est une question vitale pour la nation. Nous devons trouver le moyen d'induire un schéma de comportement agressif chez un individu, à distance, et sans qu'il ait la moindre conscience de ce qui lui arrive.

– Colonel, demanda le neurophysiologiste, serons-nous autorisés à expérimenter sur nos zeks ?

Les zeks étaient les prisonniers enfermés dans des asiles psychiatriques.

– Oui. Avec l'habituelle approbation du ministère de l'Intérieur, bien sûr, mais oui.

Xenia enfila une paire de gants de caoutchouc qui lui arrivaient au coude. Elle prit le cerveau dans son cristallisoir et le posa devant elle sur la paillasse. Elle saisit un long couteau effilé, et plaça la lame dans le sillon antéro-postérieur entre les deux hémisphères. D'un geste preste et vigoureux, elle coupa le corps calleux en deux avec autant de désinvolture que s'il s'était agi d'une boule de mozzarella.

– Bien, commença-t-elle. Nous savons que les champs électromagnétiques EBF affectent les neurones, les cellules du cerveau. Il est donc à peu près certain qu'on peut les utiliser pour modifier le comportement humain.

Elle regarda son équipe de ses yeux verts et glaciaux qui n'encourageaient pas les questions.

– Pour ceux d'entre vous qui ne sont pas neurophysiologistes, dit-elle en regardant les deux ingénieurs, je vais résumer nos connaissances dans le domaine de la réaction agressive. D'abord, elle est déclenchée par une série de substances chimiques – la noradrénaline, entre autres – qui sont déversées dans le sang par ordre d'un groupe de neurones situés dans une partie du cerveau appelée noyau amygdalien. D'autres substances, comme la sérotonine, sont alors simultanément inhibées. Cela ne signifie aucunement qu'on peut réduire une émotion telle que l'agression à une simple formule chimique. Cela veut dire qu'on ne peut pas ressentir une sensation de rage, de colère, sans qu'un événement électrochimique prenne d'abord place dans notre cerveau.

Elle reposa le couteau et s'empara d'une baguette de bois qui ressemblait à un abaisse-langue : l'outil standard d'un neurologue.

– Nous savons par nos travaux avec des électrodes implantées dans le cerveau que l'ordre essentiel d'envoyer ces substances chimiques dans notre sang est donné sous la forme d'une émission synchrone d'influx d'un groupe de neurones de cette structure appelée noyau amygdalien. Nous le savons parce que nous avons provoqué une réaction de colère chez des patients en implantant des électrodes dans une zone bien précise de leur noyau amygdalien et en y induisant un petit choc électrique.

– Que se passe-t-il exactement? demanda l'ingénieur informaticien.

Xenia Petrovna se mit à rire.

– Ils essaient de s'arracher à leur fauteuil et de vous mettre en pièces. C'est une colère bidon dans la mesure où seule la petite étincelle électrique déclenche leur rage et non le stimulus auditif ou visuel classique. Mais le résultat est bien réel, lui, vous pouvez me croire.

Elle se tourna à nouveau vers le cerveau sectionné.

– Voilà le noyau amygdalien, indiqua-t-elle en désignant de son abaisse-langue quelque chose de grisâtre à la base du cerveau. Chaque être humain en possède deux, un par hémisphère. Ils ont en gros la forme d'une amande – amygdale signifie d'ailleurs « amande » en grec. La zone plus blanche qui l'entoure est le lobe temporal, siège de la plupart des émotions qui commandent notre comportement. La partie grisâtre au-dessus est le cortex cérébral. On peut le comparer à une banque de données puisque c'est là que sont engrangés nos souvenirs. Ainsi d'ailleurs que les schémas d'apprentissage et les réactions de comportement qu'un individu développe à la suite des expériences vécues. Comment savons-nous tout cela? Grâce à un Canadien du nom de Penfield. Au cours d'interventions, il a placé des électrodes à ces endroits et a ramené chez ses patients des souvenirs étonnament détaillés d'événements qu'ils avaient totalement oubliés.

Xenia Petrovna déplaça sa baguette de bois le long d'une toile d'araignée semblable à un chapelet d'oueds asséchés en plein désert vus d'avion.

– Toutes ces lignes permettent aux informations d'aller et venir entre les structures du lobe temporal et la banque de données du cortex. La mémoire, les informations, les réactions que nous avons été conditionnés à avoir en fonction de stimuli spécifiques tels qu'une mesure musicale, un geste de menace, une image sensuelle, tout cela est accumulé dans notre cortex et n'est accessible que grâce à un code.

« Il semble établi que ces codes, à la fois excessivement complexes et spécifiques de chaque être humain, sont relayés vers le cortex cérébral par une autre structure du lobe temporal, l'hippocampe.

Elle montra, en même temps qu'elle parlait, une surface à peine visible adjacente au noyau amygdalien. Les premiers neurologues l'avaient baptisé ainsi à cause de sa forme.

– D'une certaine façon, reprit-elle, l'hippocampe joue le rôle du catalogue d'une immense bibliothèque; les informations stockées dans le cortex sont alors les livres proprement dits. Grâce à ce catalogue, vous trouvez presque instantanément le livre que vous cherchez. Sans lui, vous êtes irrémédiablement perdu.

Xenia Petrovna eut un sourire glacial.

– La réaction de colère commence par l'interprétation d'un stimulus extérieur comme une menace. Un signal fuse vers le noyau amygdalien, ici, ce qui déclenche un influx neuronal dans le centre de la colère. Et notre ami ici présent, dit-elle en riant et en désignant le cerveau sur la paillasse, pique une fureur noire.

Xenia posa sa baguette et se redressa. Elle resta un moment silencieuse, fixant de ses yeux verts les quatre hommes qui lui faisaient face.

– C'est dans ce signal que réside la clef de tous nos espoirs.

Elle observa une nouvelle pause, croisant les bras sur sa poitrine, ce qui ne faisait qu'ajouter à son autorité naturelle. Le timbre de sa voix tomba, soulignant l'importance de son propos.

– Ce signal est la détente dont dépend la colère d'un individu. Si nous pouvons trouver ce signal pour un homme, si nous pouvons trouver la combinaison de son code électromagnétique, alors nous le mettrons en boule sur commande. Une partie de son être, une partie vitale, nous appartiendra.

Elle se pencha en avant, et s'appuya sur la table, le regard plongé dans celui des quatre hommes assis devant elle.

– Nous devons découvrir le secret de ce signal, messieurs. Comment?

*

C'était la promenade favorite de Bill Witter à Moscou. Cette route le conduisait le long de la Moskova, depuis le pont de la Colline rouge, devant le palais des sports et le stade Lénine, jusqu'au pont Andréïevski et retour. Cela faisait un peu plus de six kilomètres. La journée était exceptionnellement chaude pour Moscou. De petits nuages filaient haut dans le dais de ciel bleu. Witter se sentait en parfaite harmonie avec le monde. Il écoutait une cassette de la Callas dans son walkman. Il se sentait si bien qu'il envisagea même de faire deux fois le circuit.

Il s'arrêta finalement près du mur de brique crénelé du nouveau couvent de la Vierge. C'est là que Boris Godounov avait été proclamé tsar de toutes les Russies en 1598. Witter ralentit peu à peu jusqu'au parking visiteurs. Il ouvrit la portière de sa Honda et venait de jeter son walkman sur le siège avant quand il sentit qu'on lui tapait sur l'épaule.

– Veuillez m'excuser, dit en anglais une voix douce avec un accent.

Witter pivota sur lui-même et se retrouva face à deux hommes dont l'un pointait sur son estomac le canon d'un Makarov 9 millimètres, pistolet classique au KGB.

Le deuxième homme ouvrit d'un geste preste un porte-cartes de plastique noir pour lui montrer une pièce d'identité officielle.

– KGB. Je crois inutile d'expliquer à un officier de la CIA qui nous sommes. Je me trompe?

L'homme sourit d'un air satisfait à sa propre plaisanterie. Witter était sûr qu'il l'avait répétée en l'attendant. Il avait une dent de devant en or, et son haleine était si épouvantable qu'on pouvait se demander s'il avait jamais vu une brosse à dents.

– Vous êtes en état d'arrestation.

Dès l'instant qu'il aperçut le Makarov, Witter comprit ce qui lui arrivait. Étrangement, sa première réaction fut un immense soulagement. Le KGB l'arrêtait après le mauvais jogging. Sa course de ce matin était parfaitement innocente. Dieu merci, il n'avait rien à cacher ni à détruire.

– Je suis membre de l'ambassade des États-Unis accrédité auprès du gouvernement soviétique et protégé par l'immunité diplomatique selon les termes du traité de Vienne, déclara Witter.

– Vous dites cela de façon charmante, répondit Dent d'or l'air approbateur. Nous savons tout cela, évidemment. Veuillez nous suivre, s'il vous plaît.

– J'exige la présence d'un conseiller de l'ambassade des États-Unis.

– Je vous en prie.

L'homme au pistolet passa derrière Witter et appuya son arme contre ses reins avec une fermeté qui ne laissait pas place au doute. Witter savait parfaitement que toute résistance était à la fois futile et inutile en pareille circonstance. Il était pris. Un point c'est tout. Le ballet silencieux que dansaient le KGB et la CIA avait ses règles. Elles étaient peut-être tacites, mais non moins respectées pour autant, et par les deux parties. Ils boxaient à vide, perfectionnaient leur jeu de jambe, échangeaient des coups de poing pour rire sur un ring où personne ne cherchait à tuer l'autre. Si cela se produisait, c'était presque inévitablement l'œuvre d'un défecteur, d'un dissident géorgien, d'un rebelle musulman chiite ou d'une poignée de terroristes uruguayens.

Witter savait aussi que des moments difficiles l'attendaient : des heures d'interrogatoires intensifs, de privations, sans compter le manque de sommeil. Il serait finalement dénoncé publiquement et expulsé. Mais il ne serait pas torturé, ni même maltraité. C'était contre les règles. Il était malheureusement conscient du fait que sa carrière d'agent à l'étranger était finie. Il était désormais condamné à vingt ans de travaux forcés derrière un bureau à Langley. Et ce n'était pas du tout pour ça qu'il était entré à la CIA.

Les deux officiers du KGB l'escortèrent jusqu'à une Volga noire. Deux autres attendaient à l'avant en fumant. On plaça Witter sur le siège arrière entre les deux hommes qui l'avaient arrêté. Dès la fermeture de la porte, Dent d'or lui passa les menottes.

– En route, ordonna-t-il au chauffeur.

Witter s'appuya comme il put sur la banquette et essaya de se détendre. Nom, grade et numéro matricule, se dit-il, c'est tout ce que ces salauds obtiendront de moi.

La voiture descendit lentement la ruelle des Pâtissiers le long de la contre-allée verte. Il ignorait leur destination, mais ils ne semblaient pas pressés d'arriver. M'emmènent-ils dans une cellule de la Loubianka, se demanda Witter, ou au nouveau quartier général du KGB? Ou encore à Lefortovo?

Juste avant qu'ils arrivent place Zoubovskaïa, l'officier assis à côté du chauffeur se tourna et lança quelque chose sur les genoux de Dent d'or. C'était un bandeau.

– S'il vous plaît, dit Dent d'or en le plaçant autour de la tête de Witter. Puis il vérifia qu'il était correctement mis. Après quoi, Witter sentit la voiture tourner brusquement sur la droite et accélérer. Oh mon Dieu, songea-t-il, les choses tournent mal, très mal. Ce n'est pas du tout comme ça que ça devrait se passer.

*

## *Joukovski, URSS*

Le premier des quatre hommes à réagir à l'impérieux défi lancé par Xenia Petrovna fut le Dr Alexandre Borissovitch Tchouyev.

– Ma chère Xenia Petrovna, dit le neurophysiologiste, son âge lui autorisant une familiarité interdite à ses collègues, j'imagine que nous avons à l'institut des zeks dotés d'une personnalité naturellement agressive, qui deviennent fous furieux à la plus légère provocation.

– Plus qu'il ne nous en faut, répondit le médecin-colonel. Je dirais que nous en avons au moins une cinquantaine, des hommes pour la plupart.

– Et vous savez quels stimuli déclenchent leur colère?

– Très souvent, fit Xenia Petrovna en partant d'un de ses rires à faire frémir. Nous en avons un qui décolle dès qu'on lui montre une photo de sa belle-mère.

– Parfait. Parfait.

Alexandre Borissovitch hocha la tête avec l'enthousiasme d'un gamin à qui on propose de reprendre du dessert. C'était un petit homme rondouillard à l'air angélique dont le crâne s'ornait de quelques touffes de cheveux blancs qui ressemblaient à des nuages de fumée.

– Moi, j'adorais ma belle-mère. C'est sa fille qui me gênait. Quoi qu'il en soit, dit-il en agitant sa main potelée, votre magnifique nouveau magnéto-encéphalographe, celui doté de 265 senseurs et dont vous avez fait la démonstration il y a peu pour le président...

Il sourit à Xenia Petrovna avec le petit air satisfait d'un enfant qui vient de découvrir un des secrets les mieux gardés de sa mère.

– Eh bien?

– Pouvez-vous le centrer sur le noyau amygdalien et suivre les signaux électromagnétiques qu'il émet d'un de vos zeks en pleine crise? Pendant qu'il devient dingue en contemplant la photo de sa belle-mère?

– Certainement, lança Xenia Petrovna en riant de plus belle. Évidemment, il faudrait l'arrimer solidement au fauteuil.

– Mais le résultat vous fournirait un profil de chaque signal électromagnétique dans la zone de son noyau amygdalien depuis le moment où il est tranquillement assis jusqu'à l'instant où il se déchaîne. C'est bien ça?

– Tout à fait, répondit-elle en regardant le neurophysiologiste avec la tolérance bienveillante d'une maîtresse d'école. Mais vous ne semblez pas comprendre, Alexandre Borissovitch, que nous aurons des milliers de signaux sur le magnéto-encéphalogramme pendant ce laps de temps. Comment saurons-nous quel est celui que nous cherchons?

– Il n'empêche que l'un d'eux serait cette détente magique que nous cherchons, non?

– Certainement.

– Permettez-moi de suggérer une possibilité de capter ce signal. Vous êtes un de nos neurochirurgiens les plus éminents, si je ne m'abuse.

Xenia Petrovna le regarda avec étonnement.

– Et comme nous tous, ce zek est bien doté de deux noyaux amygdaliens?

– Évidemment.

– Pourriez-vous faire l'ablation chirurgicale d'un des deux?

– Oui. C'est une intervention que nous pratiquons à l'occasion, comme un dernier recours en cas d'épilepsie impossible à traiter par les médicaments. En général, nous enlevons les deux noyaux et l'hippocampe.

– Ah, soupira le médecin, je crains que notre zek ne doive sacrifier un de ses noyaux amygdaliens pour raison d'État et non pour raison de santé.

Il se tourna vers son collègue chimiste qu'il regarda avec un sourire plein de gaieté.

– Combien de temps l'organe de notre ami resterait-il en vie et continuerait de réagir sans le cerveau, à votre avis?

– Au moins douze heures. Probablement davantage s'il est traité comme il convient.

– Parfait. Parfait. Bon, reprit-il en se tournant cette fois vers l'ingénieur en électronique. Êtes-vous en mesure de repérer l'émission lâchée dans l'amygdale par ces neurones, quand, ou si, elle se produit? Celle qui obéirait au signal déclencheur magique et indiquerait qu'il va réagir par la violence.

– Absolument. Je commencerais par diriger un laser très sensible sur cet organe. Je le couvrirais également de senseurs électromagnétiques hypersensibles, répondit l'ingénieur.

– Et ils vous diraient précisément quand les neurones produisent l'émission associée à la réaction de colère?

– Sans aucun doute.

– Excellent, excellent, vraiment, s'exclama Alexandre Borissovitch qui rayonnait d'autosatisfaction. Quant à vous, mon ami, ajouta-t-il en se tournant vers l'ingénieur informaticien, vous pourriez bien sûr appliquer la formule de Fourier aux milliers de signaux électromagnétiques produits par notre magnéto-encéphalographe au moment où notre zek regarde sa belle-mère ? Les classer en fréquences, amplitudes, etc., spécifiques ? Cela réduirait le nombre de signaux sur lesquels nous aurions à travailler, n'est-ce pas ?

– Oui.

– A l'aide de cette information, vous pourriez alors programmer un de nos ordinateurs pour qu'il ordonne à un générateur électromagnétique de viser, une par une, ces fréquences, dans l'amygdale prélevée sur le zek par le médecin-colonel. Disons, une par seconde.

– Oui. Peut-être pas tout à fait aussi vite.

– N'empêche. En douze heures, nous pourrions soumettre l'amygdale à près de 20 000 combinaisons de fréquences différentes, exact ?

– Exact.

– Et si l'une d'elles correspond à ce signal magique que nous cherchons, votre rayon laser et vos senseurs vous diront instantanément que nous l'avons trouvé, exact ? dit-il à l'adresse de l'ingénieur en électronique.

– C'est une idée géniale ! s'exclama Xenia Petrovna avant que l'ingénieur ait pu répondre. Et ça pourrait bien marcher.

Alexandre Borissovitch rayonnait de plaisir, comme un gosse à qui sa maîtresse vient de faire un grand compliment.

– Et une fois que nous pensons avoir repéré notre signal, nous pouvons le tester sur notre zek pendant qu'il se remet de son opération en lisant la *Pravda* sur son lit d'hôpital. S'il devient fou furieux nous saurons que nous avons stimulé le noyau amygdalien qui lui reste et cela nous confirmera que nous avons trouvé le bon signal.

Xenia Petrovna fit le tour de la table et s'approcha du fauteuil d'Alexandre Borissovitch. Comme Blanche-Neige récompensant un des sept nains, elle se pencha sur son crâne chauve et y déposa un baiser.

– Génial, mon cher ami, absolument génial.

Tout heureux du baiser qu'il avait reçu, Alexandre Borissovitch s'appuya sur son dossier.

– Au fait, quelles seront pour le zek les conséquences de l'ablation d'une de ses amygdales?

– Ah, fit Xenia Petrovna en regagnant sa place, ce ne sera pas un problème. A condition que l'opération soit conduite avec soin et qu'on ne touche pas au centre du langage situé dans le cortex, il survivra merveilleusement bien.

Elle hésita un moment, songeuse.

– Nous allons certainement atténuer sa personnalité. A l'avenir, il n'aura pas autant de mal à contenir sa rage. Il arrive, dans de telles circonstances, que nous constations un besoin de stimulation orale, le besoin de sucer, de têter, de mâchouiller un crayon.

Elle s'empara à nouveau de la baguette de bois et fourragea dans le noyau amygdalien comme pour se remémorer les différentes phases de l'opération qu'elle allait pratiquer.

– Il peut aussi arriver que ces individus deviennent hypersexuels. Ils développent une tendance à la masturbation chronique. Cela devrait avoir un effet utilement lénifiant sur notre zek, je crois, ajouta-t-elle avec un petit sourire sadique.

Elle fut interrompue par un coup frappé à la porte du laboratoire.

– Colonel, fit un de ses assistants. Le Centre vient d'appeler. Ils sont en route.

*

La Volga noire du KGB qui avait arraché Bill Witter au Nouveau couvent de la Vierge à midi le déposa à l'entrée principale de l'ambassade des États-Unis rue de Kharkov peu après 10 heures du soir. Presque au même instant, l'ambassadeur des États-Unis était reçu par le ministre des Affaires étrangères au ministère, tour massive de l'ère stalinienne au coin de l'Arbat où Witter avait opéré son contact furtif avec le colonel.

Le ministre tendit à l'ambassadeur une note d'un paragraphe.

Elle ordonnait l'expulsion de Witter le lendemain matin par le vol de la Pan Am de 8 h 25 pour New York. Le motif en était ses activités contraires aux intérêts de la sécurité de la nation et son appartenance à la CIA. L'ambassadeur protesta selon le rite qu'exigeait le protocole en de telles circonstances, puis se retira. C'était un diplomate de carrière qui montrait peu d'estime à l'égard de la CIA et considérait toute cette affaire avec un profond dégoût.

Le colonel Victor Sbirounov avait été arrêté peu après 4 heures de l'après-midi alors qu'il s'apprêtait à quitter le secrétariat militaire du Comité central à l'intérieur des murs du Kremlin. En voyant les quatre officiers du KGB en civil pénétrer dans son bureau, Sbirounov pâlit. Il ne dit rien aux hommes venus l'arrêter, se contentant de hocher la tête lorsqu'ils lui annoncèrent qu'il était en état d'arrestation.

On conduisit Sbirounov dans les vieux sous-sols tchékistes du quartier général du KGB place Dzerjinski, la célèbre prison de la Loubianka dont on réservait désormais les cellules aux prisonniers de marque. On le déshabilla avant de le remettre à une équipe d'interrogateurs.

Environ six heures plus tard, alors que Witter finissait ses valises, Sbirounov craqua et fit des aveux complets. Au cours des heures qui suivirent, il fit à ceux qui l'avaient arrêté un récit détaillé de la façon dont il avait été recruté par la CIA, et dont il avait opéré – pour autant qu'il s'en souvenait – avant d'énumérer toutes les informations qu'il avait transmises à ses agents traitants américains. Quand il eut fini, on l'autorisa à se rhabiller et on lui donna à manger. Vers midi le lendemain, trois officiers de la Justice militaire pénétrèrent dans sa cellule. Compte tenu de sa confession, la cour martiale qui suivit ne fut que pure formalité.

Une heure plus tard, un quatrième officier, un colonel, apparut dans la cellule de Sbirounov.

– Citoyen Sbirounov, Victor Petrovitch, dit-il, je suis autorisé par ordre du praesidium du Soviet suprême à vous informer que vous avez été déclaré par le Tribunal militaire de l'Armée rouge coupable de trahison et qu'en conséquence vous êtes dégradé, privé de vos décorations et que tous vos biens sont confisqués.

Le colonel observa une pause pour reprendre son souffle.

– Je dois également vous déclarer que vous avez été condamné à mort en tant que traître à la nation. La sentence a été confirmée par le praesidium.

La sentence fut exécutée peu après 6 heures du soir dans les caves de la Loubianka. Sur ordre personnel d'Ivan Serguéïevitch Feodorov, Sbirounov fut exécuté selon le vieux mode tchékiste. On le fit agenouiller dos à ceux qui l'avaient arrêté. On lui attacha les mains dans le dos et on l'abattit d'une balle de Makarov 9 millimètres dans la nuque.

Un communiqué d'une phrase publié par l'agence Tass annonça qu'il avait été condamné pour « espionnage au profit d'une puissance étrangère ». Au cours de sa conférence de la mi-journée, le porte-parole du Département d'État protesta vigoureusement contre l'expulsion de Witter et qualifia de « sans fondement » les accusations portées contre lui. Un porte-parole de la CIA informa les journalistes que, conformément à la longue tradition politique de l'Agence, la CIA ne ferait aucun commentaire sur les accusations portées par Moscou.

A la douane de l'aéroport Kennedy, deux officiers de l'antenne new-yorkaise attendaient Witter. Il était 3 heures de l'après-midi. Afin d'éviter la presse, ils le conduisirent par un couloir spécial jusqu'à une voiture de l'Agence qui les mena au Marine Air Terminal où les attendait un avion de la CIA qui devait les emmener à Dulles Airport à Washington. Dès qu'ils furent dans la voiture, un des agents lui tendit un exemplaire du *New York Post*. En page trois, on lisait le récit de l'exécution de Sbirounov.

Witter lâcha le journal. Un bref instant, il eut envie de vomir. Livide, il se tourna tour à tour vers l'un et l'autre agent.

– Mais je ne leur ai rien dit! protesta-t-il. Je le jure! Je ne leur ai rien dit, absolument rien!

Le premier agent haussa les épaules.

– Sûr, dit-il.

L'autre ne souffla mot.

Peu après midi le même jour, un homme d'âge moyen apparut dans les bureaux de la banque de Lombardie, à Genève. Il portait un document signé du détenteur du compte nº C97164 donnant instruction à la banque de remettre au porteur de la note la totalité du compte sous forme de chèque certifié.

Comme toujours dans les comptes numérotés en Suisse, le nom du propriétaire n'apparaissait nulle part sur le document. En lieu et place, il avait inscrit à la main la lettre et les chiffres identifiant son compte.

Un fondé de pouvoirs vérifia soigneusement l'écriture sur l'ordre de transfert avec la fiche qu'il détenait. Il n'y avait pas de doute possible. Un chèque fut donc émis qui soldait le compte nº C97164. Le montant s'élevait à 3 727 104,62 dollars. Quelques heures plus tard, cette somme était déposée à la banque Voslov, banque étrangère officielle du trésor d'Union soviétique à Zurich.

*

L'amphithéâtre où opérait Xenia Petrovna à l'Institut pour l'étude de la neurophysiologie humaine était l'un des plus modernes d'URSS, véritable temple dédié à la neurochirurgie sous ses formes les plus sophistiquées. Des lampes halogènes dispensaient une lumière à la fois fraîche et intense. D'une simple pression de pédale, la table d'opération s'inclinait ou se relevait exactement comme le souhaitait le chirurgien. A la tête de la table, une douzaine de moniteurs de télévision. Ces écrans contrôlaient toute une série de signes vitaux du patient au cours de l'opération : électrocardioscope, débit cardiaque, tension artérielle, température. Au centre, trois écrans fourniraient un portrait constant, agrandi par ordinateur, de l'intérieur du cerveau vu de trois angles, haut, bas et profil.

Grâce à eux, Xenia Petrovna serait en mesure de suivre dans le moindre détail et en couleur chaque mouvement de son scalpel. Celui qu'elle utiliserait avait à peu près autant de ressemblance avec un scalpel traditionnel qu'une charrette à foin avec un chasseur à réaction. Actionné mécaniquement, il réduisait au millième le geste du chirurgien : l'art délicat de la neurochirurgie l'exigeait.

Déjà revêtue de ses vêtements verts stériles, Xenia Petrovna scrutait le bloc opératoire et ses assistants avec l'intensité d'un capitaine de vaisseau inspectant sa salle de radar, à l'affût du moindre écart aux énormes exigences qu'elle montrait à l'égard de ses subordonnés.

– Bien, annonça-t-elle, satisfaite de ce qu'elle avait vu, amenez le patient.

Le patient était cet homme de Kiev qui avait tué quatre personnes sous l'empire de l'alcool, le zek que Xenia Petrovna avait utilisé pour faire la démonstration du magnéto-encéphalographe. Deux infirmiers le portèrent du chariot sur la table d'opération. Ils le sanglèrent solidement aux bras et aux jambes pour qu'aucune convulsion ne vienne gêner le délicat processus qui allait suivre.

Il ouvrit les paupières et regarda intensément Xenia Petrovna. Ses yeux trahissaient la terreur et son regard était suppliant. Comme c'est étrange, songea-t-elle. Voilà un homme capable d'assassiner quatre personnes de sang-froid, sans la moindre pensée pour eux, et maintenant, allongé sur la table d'opération, il ressemble à petit animal effarouché.

– Qu'est-ce que vous allez me faire? murmura-t-il.

Elle esquissa un sourire.

– Quelqu'un de plus sympathique, répondit-elle. Après, tu seras plus facile à vivre.

Elle fit signe à ses assistants d'ôter le linge vert stérile qui recouvrait la tête du zek et se pencha pour lui inspecter le crâne. Des marques rouges indiquaient les points d'incision.

– Reliez les fils aux moniteurs, ordonna-t-elle.

Ses assistants commencèrent à fixer les électrodes de contrôle des différentes parties du corps du patient, les mettant en place avec un système de ventouse préalablement trempée dans une pâte électrolytique afin de faciliter la transmission des courants électriques du corps dans les systèmes de lecture.

Pendant que ses assistants achevaient leur travail, Xenia Petrovna se dirigea vers un laboratoire adjacent au bloc où une autre équipe attendait de recevoir le noyau amygdalien du tueur de Kiev. Alexandre Borissovitch était là ainsi que l'ingénieur électronicien, l'expert en informatique, le chimiste et trois laborantins.

– Tout est en ordre?

– Oui, colonel, répondit l'ingénieur en électronique.

Il désigna un cristallisoir sur la paillasse.

– Une fois le noyau amygdalien dans ce réceptacle, nous dirigerons ce rayon laser très précis et à forte intensité sur la zone où se situent les neurones associés à la manifestation de la colère. Dans le même temps, nous couvrirons cette zone d'un équipement multi-canaux de silicone gravé afin de détecter la plus infime variation dans son champ électromagnétique.

– Vous êtes certain que cet instrument est suffisamment sensible pour faire les lectures dont nous avons besoin?

– Colonel, il y a des milliards de neurones par millimètre cube, des milliers par millimètre. Le signal électromagnétique émis par un neurone isolé est minuscule, mais vous pouvez être certaine que nos récepteurs détecteront l'activité simultanée de cent mille neurones.

– Et vous? dit Xenia Petrovna à l'adresse de l'ingénieur informaticien.

Le tueur de Kiev avait obéi comme un chien de Pavlov aux stimuli de colère qu'on lui avait présentés au cours de l'étude sur le magnéto-encéphalogramme.

– Nous sommes prêts.

– Combien de signaux aurons-nous à traiter?

– Colonel, je dois vous prévenir qu'il s'agit d'un chiffre considérable.

– Combien?

– Des dizaines de milliers.

– Autant que ça! explosa Xenia Petrovna. Nous n'arriverons jamais à exposer cette structure à tant de signaux en si peu de temps.

– Non, c'est exact. Mais nous pourrons passer les premiers dix ou vingt pour cent des signaux que nous avons enregistrés. Et il est de pure logique que la détente que nous cherchons se situe dans les premières phases de sa réaction.

L'expert en informatique lui désigna son Hewlett Packard.

– Nous l'avons programmé pour nourrir notre générateur de signaux avec chacun de ces signaux un par un. Il copiera exactement chaque signal, son intensité, son amplitude, et sa fréquence – avec une résolution d'un centième de cycle/seconde.

Le médecin-colonel fit demi-tour sans un mot et pénétra dans le bloc opératoire.

– Nous sommes prêts ? demanda-t-elle.

Son premier assistant fit signe que oui. Xenia Petrovna prit place à la tête de la table. Elle balaya du regard tous les écrans. Puis elle étudia l'image agrandie du cerveau, et particulièrement le contour de son objectif, le noyau amygdalien gauche. Le patient était immobile et respirait profondément et régulièrement. Comme le cerveau, destiné à recevoir les signaux avertisseurs de douleur, était lui-même incapable de sensation, l'opération n'exigeait qu'une faible anesthésie. C'était peut-être le seul aspect un peu risqué de l'opération.

Xenia Petrovna regarda l'anesthésiste.

– Commençons. Aiguille.

Au mur, une horloge digitale commença à cliqueter. Elle enregistrait le temps de l'opération. Une caméra en circuit fermé se déclencha, filmant chaque geste de l'équipe. L'anesthésiste inséra son aiguille dans l'espace entre deux cervicales.

– Pénétration, dit-il. Combien de liquide ?

– Vingt-cinq cc.

Un des écrans afficha « OPÉRATION EN COURS ».

– Anesthésie locale dans les points d'incision, ordonna Xenia Petrovna.

Son anesthésiste injecta un liquide dans les quatre points marqués de rouge. Il fallut trente secondes pour que le produit agisse.

– Écartez la peau.

Un des assistants repoussa la peau, mettant à nu la zone dans laquelle Xenia Petrovna allait opérer. On voyait maintenant l'os pâle du crâne.

– Scie.

Un assistant plaça dans sa main une scie électrique dont la lame était une petite roue. La scie émit un très faible ronronnement. Xenia Petrovna la plaça doucement sur l'os dénudé. Se rendant compte qu'à chaque infime mouvement elle pourrait changer l'histoire de la médecine, Xenia Petrovna entama sa quête : conquérir l'une des émotions les plus essentielles de l'homme.

*

En bonne agence de renseignements, la CIA fonctionne sur l'application stricte de ce qu'on appelle en jargon de métier « Besoin d'en connaître ». Autrement dit, la rigoureuse isolation des connaissances en compartiments protégés les uns des autres aussi sévèrement que des spécimens contaminés dans un laboratoire médical. Mais c'est aussi une institution humaine. Et quand survient une catastrophe de l'ampleur de la perte du colonel Sbirounov, le principe du « Besoin d'en connaître » entre inévitablement en conflit avec l'autre principe, le « Désir d'en connaître ».

Art Bennington faisait partie des agents qui adoraient les ragots et il ne lui fallut pas longtemps pour rassembler un tas de petits renseignements qui avaient filtré du septième étage. On racontait que le colonel était le meilleur espion que les États-Unis avaient depuis des années, un homme qui, entre autres, était la véritable raison de l'accord sur l'armement signé entre Reagan et Gorbatchev. On disait qu'il avait fourni à la CIA un topo détaillé des tactiques, positions et points faibles des Soviétiques concernant ces négociations.

Mais cette histoire avait beau passionner Bennington, il savait bien qu'il y avait peu de chances pour qu'elle ait la moindre conséquence pour lui ou sa division. Il n'imaginait donc pas pour quelle raison Ann Stoddard, son assistante, entra dans son bureau deux jours après le retour de Witter et lui annonça :

– Le directeur vous demande – immédiatement.

Cette fois, il n'y eut aucune valse des blazers bleus. On l'introduisit sans attendre. Le Juge était assis à la même place que lors de la précédente réunion. Paul Mott, le directeur adjoint du contre-espionnage qui supervisait l'enquête sur le meurtre d'Ann Robbins, était là, ainsi que Bob Arnold, le chef de la RS, division Russie soviétique du directorat des opérations. La RS était le saint des saints des opérations clandestines. Bennington se dit qu'on avait peut-être trouvé quelque chose sur le meurtre d'Ann Robbins.

– Asseyez-vous, docteur Bennington, ordonna le Juge. Nous

avons un problème sur les bras et nous espérons que vous pouvez nous éclairer.

Il s'arrêta et prit une expression que Bennington espérait être un léger sourire.

– Et veuillez, je vous prie, nous épargner votre couplet sur les psi.

– Pas de problème, patron, dit Bennington avec son sourire de chrétien bienveillant, à vos ordres.

– Notre agent, Witter, qui s'est fait virer de Moscou nous raconte une drôle d'histoire et très franchement nous ne savons pas sur quel pied danser.

– Il est passé au polygraphe? demanda Bennington.

– A trois reprises et il en est sorti blanc comme neige à chaque fois.

– Cela ne veut rien dire, lança Mott. Tout bon agent capable de se mettre dans un état de totale désinvolture peut battre le polygraphe. Tout le monde sait ça.

– Soit, approuva Bennington. Alors, c'est quoi, cette histoire?

– Quand le KGB lui a mis la main dessus, répondit Arnold de la RS, ils l'ont emmené apparemment à l'extérieur de Moscou. La route a duré une quarantaine de minutes et c'était presque toujours tout droit. On lui avait bandé les yeux si bien qu'il n'a aucune idée de sa destination, d'accord?

Bennington hocha la tête.

– Il dit qu'ils l'ont conduit dans un endroit qui ressemblait à un sauna, l'ont attaché à une espèce de fauteuil de dentiste avec un casque dessus. Ils lui ont dit : « Bon, nous savons que vous contrôlez un agent à Moscou, un colonel, et que vous avez eu un contact physique furtif avec lui dans l'Arbat samedi après-midi. »

– Ce qu'il avait fait, je présume.

– Exact. Et voilà qu'il jure ses grands dieux qu'il les a envoyés se faire foutre. Il n'a prononcé qu'une phrase : « J'exige la présence d'un conseiller de l'ambassade. »

– Nul doute qu'ils ont eu hâte de le satisfaire.

– Ben voyons. Bon, toujours d'après Witter, ils ont dit : « Nous allons maintenant vous montrer des photos d'officiers de l'armée et vous allez identifier votre ami. »

– Et il reste muet.

– En tout cas c'est ce qu'il affirme. Bref, ils lui passent une quarantaine de photos.

– Y compris, je suppose, celle de l'officier qu'ils viennent d'exécuter? Qui, je suppose encore, était le type qu'ils recherchaient. Celui du contact.

– Exact. Ils passent une fois toutes les photos puis, raconte-t-il, ils en repassent une dizaine, dont celle de notre homme.

– Et durant tout ce temps, il n'ouvre pas la bouche.

– Il le jure.

– On ne l'a pas torturé, ou maltraité?

– Rien. De vrais petits gentlemen. La glasnost dans toute sa splendeur.

Bennington pianota sur la table, réfléchissant aux propos d'Arnold.

– Il faut préciser que Witter était parfait jusqu'alors, poursuivit Arnold. Je le considérais comme un des officiers les plus compétents de ma division.

– Je suppose que votre meilleure explication, dit Mott, du contre-espionnage, est qu'il s'est trahi d'une façon ou d'une autre. Un tic, une expression sur son visage, Dieu sait quoi.

– Est-ce qu'ils dirigeaient sur lui quelque chose, une caméra, par exemple, qui aurait filmé ses yeux? s'enquit Bennington.

– Rien. Seulement les photos sur un écran de télévision. Et ce casque à cheveux au-dessus de la tête, répondit Arnold.

– Il touchait sa tête? Il avait des électrodes sur le crâne?

– Négatif. Il raconte qu'il était à moitié allongé et regardait défiler les photographies. Sanglé au fauteuil, mais c'est tout.

– Lui ont-ils donné quelque chose à manger, à boire?

– Un verre d'eau, c'est tout. Et c'est lui a qui l'a demandé, dit-il.

– Bon, bon, docteur, coupa le directeur avec impatience, qu'en pensez-vous? Ont-ils pu lui administrer quelque chose? Du LSD? L'ont-ils sonné avant de le faire parler? C'est vous, l'expert.

Et comment, se dit Bennington, et si un de tes prédécesseurs avait pu agir à son idée, je serais chez moi à tailler mes rosiers au lieu d'essayer de répondre à tes questions.

– Du LSD ? répondit-il. C'est exclu. Le LSD est parfaitement inutile dans un interrogatoire.

– Et un sérum de vérité ou autre chose de ce genre ?

– Je n'en connais aucun. Dans le meilleur des cas ces substances ne donnent pas grand-chose. Je veux dire que si un type affirme qu'il ne parle pas un mot de chinois, il existe des trucs, par exemple une giclée d'un certain produit, et il commence à conjuguer les verbes irréguliers chinois. Ça vous donnera une indication. Mais demandez-lui combien de carburateurs ils fabriquent à Novosibirsk ou quel est l'âge du capitaine, et ce genre de drogue ne vous aidera pas beaucoup.

– Alors, bon sang, que se passe-t-il dans cette histoire ? Ils ont trouvé un moyen de lire dans le cerveau des agents, ou quoi ?

– Possible. Ça fait quarante ans qu'ils cherchent le moyen de faire parler, tout comme nous – sans avoir à apprendre aux matons à nourrir un prisonnier de rats crevés ou à relier ses couilles à un groupe électrogène. Nous savons qu'ils sont à fond dans l'étude des effets des champs magnétiques et électromagnétiques sur l'homme. A mon avis, c'est là qu'il faut chercher.

– Oh non, soupira le directeur, je sens que vous voilà repartis avec vos histoires de médiums.

– Ça rentre dans le tableau, Juge. Essayer de comprendre le fonctionnement du cerveau humain. Comprendre la physiologie de la pensée. Depuis vingt-cinq ans je finance des gens pour qu'ils trouvent le moyen de mesurer les ondes cérébrales et mettent au point le parfait détecteur de mensonges. Nous avons creusé l'idée qu'on peut détecter le champ électromagnétique ou le signal associé à un geste, peut-être même à une pensée, avant que vous ayez fait ce geste ou eu cette pensée. Ils y sont peut-être arrivés les premiers.

– Ils disposeraient d'une sorte de machine qui lit dans l'esprit humain ? Et pas nous ? Impossible. Je ne peux croire une chose pareille.

– Eh bien, Juge, dit Bennington avec un sourire qui frisait la condescendance, voilà une déclaration de foi sur laquelle il vous faudra revenir. Dans ce bâtiment, nous sous-estimons toujours les capacités scientifiques des Soviétiques. Rappelez-vous comment au tout début nous affirmions : « Impossible qu'ils aient la bombe A avant la fin des années cinquante. »

– Ils avaient des espions.

– Et de bons chercheurs. Tout comme ils avaient de bons chercheurs pour les spoutniks et leur programme spatial. Le cerveau a toujours joui d'une attention particulière chez les Russes, en tout cas depuis le siècle dernier. Leur technologie est parfois à la traîne, mais permettez-moi de vous dire que pour ce qui concerne leur pensée, tout va très bien.

– Et vous croyez que leurs travaux pourraient les conduire à quelque chose de ce genre? insista le directeur.

– Ç'est tout à fait possible, répondit Bennington avant de plonger dans un silence pensif. J'aimerais avoir une conversation avec Witter. Je tomberai peut-être sur quelque chose qui rendra cette histoire cohérente.

Art Bennington feuilleta rapidement le dossier de Bill Witter – ou du moins la partie que la division Russie soviétique était prête à lui confier avant leur entrevue. Une immense tristesse envahit Bennington à sa lecture. Ce type était irréprochable. Il avait tout bon. C'était un agent consciencieux, bosseur, avec une jolie carrière devant lui. Son père était colonel dans l'armée de l'air et avait été tué au Viêt-nam en plein combat. Witter s'était probablement engagé dans la CIA pour reprendre le boulot là où son père l'avait laissé. Le gosse s'était engagé en 1972 dès sa sortie de l'université d'Hamilton dans le nord de l'État de New York. A cette époque, il fallait du cran pour entrer à l'Agence. Le patriotisme était plutôt passé de mode. Il avait fait partie de l'élite destinée aux opérations clandestines.

Bennington jeta un coup d'œil à quelques-uns des rapports de l'inspecteur de la « ferme », lieu d'entraînement de 400 hectares appartenant à la CIA à Camp Peary, non loin de Williamsburg.

« Witter n'est pas un être particulièrement sociable. Il n'a pas besoin d'échanges réguliers ou de contacts avec les autres pour maintenir son équilibre émotionnel ou son état d'esprit relativement stable. Il est essentiellement solitaire, avec une force psychologique qui lui permet de supporter, et même d'apprécier l'isolement. »

Bennington rit. Il avait l'impression de lire dans ces commentaires louangeurs le portrait qu'on faisait de lui quand il était jeune. C'était une des qualités maîtresses recherchées par la CIA chez ses agents. Pour ce qui est de la solitude, songea Bennington, ce pauvre type allait être servi. Quel que soit le jugement qu'on porterait sur le rôle que Witter avait eu – ou non – dans la capture de Sbirounov, sa carrière à l'Agence était derrière lui.

Bennington se leva et alla regarder par la fenêtre de son bureau. Ce qu'on pouvait faire de mieux pour un type comme lui était peut-être de l'emmener à l'Auberge prendre un verre ou deux et lui dire : « Allez, petit, laisse tomber. » Mais de quoi vivra-t-il? Il a une femme, deux gosses à élever. Il se retrouve sur le marché du travail avec un trou de dix-sept ans sur son CV qu'on peut remplir par cette seule mention : « Au service du gouvernement ». Que sait-il faire? Vider une boîte aux lettres. Éviter la surveillance – et encore pas si bien que ça, en l'occurrence. Opérer un contact physique furtif. Qu'est ce qu'on fait avec ça à Wall Street?

Qui suis-je pour donner un avis? se demanda-t-il l'air morne en contemplant le paysage virginien. Je croyais entrer ici pour deux ans, le temps de mon service militaire. Au lieu de quoi, j'y aurai passé ma vie.

La cause de la préoccupation de Bennington frappa à la porte. Witter entra, portrait vivant de la désolation. Il avait à peu près autant de vigueur et de tonus qu'un ballon de foot dégonflé. Le pauvre type en a sacrément bavé ces jours-ci, songea Bennington. Il avait un œil au beurre noir et une pommette amochée.

– Je croyais que nos amis ne vous avaient pas tabassé, remarqua Bennington.

– C'est exact.

– Vous vous êtes payé un réverbère?

– L'agent traitant de Sbirounov a essayé de me casser la figure. Il m'a accusé d'avoir balancé son gars.

– Ben voyons. C'était prévisible, soupira Bennington.

Une des caractéristiques de l'espionnage était le syndrome espion/agent traitant, ce lien émotionnel intense qui se développe souvent entre l'espion en place et l'agent qui le contrôle. L'agent traitant de Penkovski avait quitté la CIA fou de rage parce que, malgré ses protestations amères, on avait renvoyé Penkovski à Moscou pour un dernier voyage – aux yeux de l'agent traitant, on l'avait compromis.

– Écoutez, docteur Bennington, je ne comprends pas ce que vous faites ni ce que vous êtes censé me faire. Tout ce que je peux vous dire, je ne cesse de le répéter depuis mon retour. Je n'ai rien révélé aux Russes concernant Sbirounov. Pas une syllabe.

– Bien sûr, petit. Mais ici, répéter quelque chose à quelqu'un n'a rien à voir avec arriver à les convaincre.

– Alors que dois-je faire ? Me couper la main et la jeter sur le bureau du directeur ? Comme pendant l'Inquisition – si on meurt, on est innocent.

– Eh, on a dû vous dire qu'on ne rentrait pas ici pour une partie de plaisir, non ?

– Évidemment.

– On a eu raison.

Allez, se dit Bennington, ne joue pas les vieux paternalistes. Tu veux aider ce gosse, oui ou non ?

– Écoutez, je veux que vous recommenciez toute votre histoire, de A à Z. Depuis la seconde où ils vous ont piqué. N'omettez aucun détail. Même si cela vous paraît sans importance.

Bennington prit un trombone et se cura les ongles tout en écoutant Witter. Rien ne le frappa dans le récit du jeune homme jusqu'à ce qu'il décrive les instants qui avaient précédé son introduction dans la pièce qui ressemblait à un sauna.

– Ils m'ont déshabillé.

– Déshabillé. On ne me l'avait pas dit.

– Seulement pour une ou deux minutes. Ils ont ôté ma montre et vidé mes poches. Puis ils m'ont rendu mon jogging et m'ont dit de me rhabiller.

– Qu'aviez-vous dans vos poches ?

– Rien. Seulement mes clefs et ma carte de diplomate.

– Ils vous les ont rendus.

– Plus tard. Quand ils m'ont reconduit à l'ambassade.

– Rien d'autre ?

– Ils m'ont demandé si j'avais un pacemaker. Les idiots. Est-ce que je ferais du jogging si j'avais un pacemaker ?

Witter reprit le cours de son récit. A quelques détails près, il ne variait pas de ce qu'avait entendu Bennington dans le bureau du directeur.

– Voilà, je vous ai tout raconté, conclut-il.

Il avait l'air renfrogné et provocant, mais Bennington lut dans ses yeux qu'il le suppliait de le croire. Bennington resta silencieux un moment.

– Qu'en pensez-vous? demanda Witter.

– Je pense que vous leur avez dit ce qu'ils voulaient savoir. Seulement vous ignoriez que vous le faisiez.

– Mais, bon Dieu, qu'est-ce que cela signifie?

– Ils ont pris votre montre et vos clefs. Ils vous ont demandé si vous aviez un pacemaker. Ce sauna était de toute évidence une pièce démagnétisée. Nous savons qu'il existe dans le cerveau des signaux liés à la connaissance, à la reconnaissance de quelque chose – le visage de votre colonel, par exemple.

Bennington se concentra sur son trombone comme s'il espérait y découvrir quelque code secret.

– Il y a des gens pour penser qu'on peut les lire avec un magnéto-encéphalographe. Il mesure les champs électromagnétiques du cerveau quand il est en action.

Le visage de Witter s'éclaira comme si on venait de lui tendre une bouée de sauvetage au moment où il allait se noyer.

– Et vous croyez que c'est ce qui m'est arrivé?

– Possible. Mais cela ne veut pas dire que je vais réussir à en convaincre vos copains de la RS. Mes paroles n'atteignent pas les mecs du septième étage avec la force de l'Épître de saint Paul aux Corinthiens.

C'était une vision familière à des millions de téléspectateurs américains depuis le mandat présidentiel de Ronald Reagan. Marine Corps One, l'hélicoptère présidentiel, voleta au-dessus de la tour de dix-neuf étages qui marquait le centre médical naval de Bethesda jusqu'à l'aire d'atterrissage aménagée sur la butte de l'autre côté de l'entrée principale. Sur Rockville Pike, une demi-douzaine de voitures de police avec leurs gyrophrares barraient l'avenue pour permettre l'atterrissage. Une vingtaine de conducteurs étaient sortis de voiture et regardaient bouche bée le président arriver à l'hôpital pour son bilan annuel.

Le président descendit de l'hélicoptère et serra la main de l'amiral, d'un air cérémonieux.

Cette fois, il était en uniforme.

Comme sous le règne de Reagan, la limousine présidentielle attendait au pied de l'hélicoptère pour faire les deux cents mètres jusqu'à l'entrée. Le président n'y jeta même pas un regard et partit à pied. L'amiral White et le chef d'état-major de la Maison-Blanche avaient du mal à suivre sa vive allure.

Deux douzaines de membres du bureau de presse de la Maison-Blanche l'attendaient, caméras de télévision prêtes à tourner, à l'entrée de l'hôpital.

– Monsieur le président, cria l'un d'eux, y a-t-il une raison particulière à ce que vous ayez décidé de venir aujourd'hui pour votre check-up?

– Aucunement.

Le président proféra ce mensonge avec un immense sourire. Et enfoncez-vous bien ça dans le crâne, mes petits salopards, se dit-il.

– Je suis venu ce matin sur la suggestion de l'amiral White afin de créer un précédent. J'entends venir chaque année durant mon mandat et j'espère montrer l'exemple à mes successeurs. Ce magnifique institut dédié à la santé des hommes et des femmes de nos services armés possède ce que la nation fait de mieux en matière de technologie médicale. Je vais profiter aujourd'hui de cette technologie pour avoir le bilan médical le plus complet possible. On dit que la médecine préventive est le meilleur remède. Un check-up annuel devrait faire partie de la vie de chacun de nos concitoyens. Et j'aimerais que ma présence ici soit un modèle pour tous.

Avec ça ils devraient fermer leur gueule, se dit-il en souriant aux caméras.

– Monsieur le président!

C'était Britt Hume, d'ABC.

– Je vous trouve un peu pâle, Britt. Il y a longtemps qu'on vous a fait un bon check-up?

La presse, à l'exception remarquable de Hume, partit d'un grand rire à la plaisanterie du président.

– Le Sénat devrait voter sa recommandation d'augmenter les impôts, vers midi.

Le président s'efforça de dissimuler l'expression de vive colère qu'il sentait apparaître sur son visage. Les démocrates du Sénat voulaient augmenter de quinze pour cent les impôts des deux tranches supérieures. Dans le but de réduire le déficit budgétaire, mais en réalité pour lui faire avaler des couleuvres et l'empêcher de tenir sa promesse de ne pas augmenter les impôts.

– Il semblerait, poursuivit Hume, que l'opposition ait assez de voix pour. Avez-vous un commentaire à ce sujet?

Le président serra la mâchoire pour maîtriser sa colère. Il avait beau arborer un grand calme, ce qu'il détestait le plus au monde, c'était perdre.

– Les démocrates en prennent à leur aise avec l'économie du pays, et tout ça pour des raisons politiques.

Il observa une pause puis se tourna vers son chef d'état-major.

– Mes conseillers me tiendront au courant de l'évolution des débats minute par minute si nécessaire.

Sur quoi il fit un signe de la main en direction des caméras et entra dans l'hôpital. L'amiral White l'accompagna jusqu'à la suite présidentielle au troisième étage du bâtiment 10. Bethesda était le produit de la dévotion que Franklin Roosevelt portait à la marine américaine. Il avait choisi lui-même le site au cours d'une promenade en voiture un dimanche d'automne 1941 et, affirmait la légende, il avait dessiné la tour caractéristique de dix-neuf étages sur une enveloppe pendant le chemin du retour à la Maison-Blanche.

Kennedy, Nixon, Johnson et Carter avaient tous été officiers de la marine et Bethesda avait progressivement atteint le statut dont il était aujourd'hui si fier, celui d'hôpital des présidents. La suite présidentielle était vingt-quatre heures sur vingt-quatre prête pour une urgence. Elle contenait des réserves de sang du groupe sanguin du président, un matériel d'urgence, un placard avec des pyjamas, une robe de chambre au chiffre du président et une paire de chaussons.

White guida le président dans sa chambre qui, hormis le lit d'hôpital, ressemblait à une élégante chambre d'hôtel. Elle était encadrée d'une chambre pour la première dame des États-Unis et d'une chambre pour le personnel avec trois lignes reliées directement à la Maison-Blanche qu'on avait installées à l'aube. Le médecin se tourna vers le chef d'état-major.

– Si vous voulez bien nous excuser, dit-il, j'aimerais dire un mot en particulier à mon patient. Monsieur le président, ajouta-t-il quelques instants plus tard en sortant un bloc de sa poche, j'ai préparé pour vous le meilleur examen médical que la science puisse offrir. Quand nous aurons les résultats, j'ai l'assurance que nous déterminerons exactement la cause de vos troubles.

– Je suppose, lança le président chez qui toute trace de jovialité avait disparu, que je ferais aussi bien de me convaincre que ce seront de bonnes nouvelles.

– Espérons que toutes les nouvelles seront de bonnes nouvelles. Bien. Nous allons commencer par une série d'échantillons de sang. Nous allons donc vous faire une douzaine d'analyses. Puis une radio des poumons, un électrocardiogramme, un test d'effort. Vous connaissez bien, n'est-ce pas?

– Intimement, répondit le président. J'ai été obligé d'arrêter de fumer après le dernier qu'on m'a fait.

– Puis nous vous ferons une sigmoïdoscopie...

– Une quoi?

White toussota, l'air embarrassé.

– C'est un examen très important chez un homme de votre âge, monsieur. Nous utilisons un tube à fibre optique pour examiner votre côlon inférieur et nous assurer qu'il ne présente pas de polypes, ces excroissances dont souffrait Ronald Reagan.

Le président comprit et grommela en pensant à ce qui l'attendait.

– Ces excroissances sont malheureusement fréquentes chez les hommes de plus de cinquante ans, monsieur.

– Et cet engin magique qui doit étudier mon cerveau? Bon sang c'est quand même pour ça que je suis là!

– J'y arrive, monsieur. Mais comme vous l'avez suggéré, j'ai organisé tout ça pour que personne ici ne puisse soupçonner autre chose qu'un banal check-up.

– Soit.

– Nous allons vous faire deux types de scanner. Pour le premier, il s'agit d'une machine qui ressemble à un gros beignet. Nous vous passons au centre très lentement et nous obtenons un remarquable portrait de votre corps. Il est spécialement conçu pour repérer les tumeurs qui sont des tissus mous et les tumeurs malignes qui sont souvent plus chaudes que les tissus normaux. Cela prend environ une demi-heure.

– D'accord.

– Puis nous vous ferons le scanner du cerveau dont je vous ai parlé, le magnéto-encéphalogramme.

– Et vous êtes sûr de trouver si j'ai une tumeur au cerveau?

– Monsieur le président, on n'a encore rien inventé de mieux pour diagnostiquer un cancer, voilà tout. S'il y a une tumeur, nous la trouverons.

– Combien de temps cela va-t-il durer?

– Environ trois quarts d'heure. Tout devrait être fini entre 14 et 15 heures.

– Bon. Mon chef d'état-major est là, et je veux qu'il me tienne au courant au fur et à mesure des débats du Sénat, où que je sois, quoi que je fasse.

– Certainement, monsieur.

*

Le médecin-colonel Xenia Petrovna Simonov but une petite gorgée du thé brûlant que son assistant avait placé devant elle, et commença à feuilleter le compte rendu opératoire placé sur son bureau. Ces notes lui serviraient à rédiger un protocole décrivant l'ablation du noyau amygdalien gauche du cerveau. Cela avait été long et extrêmement délicat. Comme toujours, la tension de ces heures difficiles en salle d'op avait fait place à un profond et agréable sentiment de lassitude. Étonnamment, cela ressemblait à ce qu'elle éprouvait après une nuit d'amour frénétique.

L'opération avait été un remarquable succès. Le zek était maintenant en salle de réveil. Il retrouverait bientôt son lit d'hôpital et serait désormais beaucoup moins menaçant pour la société. Le noyau amygdalien qu'il avait sans le savoir abandonné au progrès de la science soviétique était entre les mains des assistants dans le laboratoire contigu au bloc opératoire. Ils étaient en quête de ce qu'elle cherchait si désespérément, ce petit signal électromagnétique précis qui déclencherait une décharge synchrone dans le petit morceau de matière blanc rosâtre de la taille d'une moule qu'elle venait de prélever dans un cerveau humain.

Elle jeta un coup d'œil à sa montre. Cela faisait plus de deux heures qu'ils travaillaient. Cela pourrait durer encore des heures. Et aboutir à l'échec et à la frustration. Le temps de survie de l'organe hors de son milieu naturel fixait une limite au nombre de signaux que le programme ordinateur pouvait lui envoyer.

Il était également possible qu'elle se soit fourvoyée dans l'élaboration de la théorie sur la façon dont les émotions naissait dans le cerveau. Après tout, le cerveau était une machine d'une infinie complexité. Avoir seulement l'idée d'en cerner les mécanismes était d'une vanité indicible. Comme tous ceux de sa génération, Xenia Petrovna avait été élevée dans l'athéisme. C'était une philosophie avec laquelle elle vivait confortablement – la plupart du temps. Des moments de doute survenaient inévitablement dans cet institut fondé par le KGB pour dominer les merveilles de l'esprit au service de la science matérialiste. De temps à autre, luttant avec les infinies complexités du cerveau, elle sentait la présence de quelque force inexplicable survolant les profondeurs qu'elle cherchait à comprendre. Supposons, supposons seulement qu'au bout de cette route de recherche elle trouve une force suprême jouant à cache-cache avec elle dans les recoins de l'esprit? Comment la science soviétique s'en tirerait-elle avec ça?

A l'époque de son père, du vivant de Staline, la réponse aurait été simple. Ceux qui auraient vu quelque chose bouger dans ces recoins se seraient retrouvés en Sibérie ou avec une balle dans la nuque. Aujourd'hui, les chefs étaient plus pragmatiques. Cela les mettrait quand même dans un embarras épouvantable.

La sonnerie du téléphone l'interrompit dans sa rêverie.

– Xenia Petrovna, venez vite!

C'était Alexandre Borissovitch. Sa voix haut perchée trahissait une grande excitation.

Elle enfila sa blouse blanche et quitta en hâte son bureau. Elle traversa en courant la pelouse vert tendre en ce jour d'été. Dans le laboratoire, l'éclairage était ténu. Les trois écrans de télévision muraux étaient allumés mais aucun ne fonctionnait : une ligne droite verte sectionnait chaque écran en son milieu. Le noyau amygdalien prélevé sur le zek baignait dans du liquide physiologique au centre de la pièce, rose sous la lumière du plafonnier. Dès qu'elle entra, elle perçut l'excitation des hommes qui l'attendaient.

– Xenia Petrovna, annonça Alexandre Borissovitch, on a trouvé!

Son petit neurophysiologiste se passait nerveusement la main sur le crâne.

– On a le signal! s'écria-t-il.

– Merveilleux! dit Xenia Petrovna avec un soupir de soulagement et de triomphe à la fois. Montrez-moi.

L'ingénieur en électronique sortit de l'ombre. Il se dirigea vers le clavier de l'ordinateur et tapa quelques ordres.

– Je vais lancer trois signaux différents à l'amygdale. Regardez. Numéro un.

Xenia Petrovna ne quittait pas des yeux les trois écrans devant elle. Rien ne se produisait.

– Numéro deux... numéro trois.

L'écho du dernier mot de l'ingénieur résonnait encore quand les trois écrans s'animèrent en une toile d'araignée de lignes et de dessins. Xenia Petrovna était incapable d'en déchiffrer le sens, mais elle savait ce qu'ils signifiaient. Ils avaient réussi. Il y a des années, dans un autre laboratoire, elle avait inséré une électrode dans un cerveau et remplacé le stimulus visuel essentiel au processus de la colère par un minuscule courant électrique. Aujourd'hui, ils avaient remplacé à la fois le stimulus visuel et l'électrode. Ils avaient trompé l'amygdale; ils avaient floué un cerveau humain et déclenché une réaction de colère dans un organe, non pas au moyen d'un stimulus mais d'un signal électromagnétique. Les implications de cette expérience étaient renversantes.

– Xenia Petrovna, dit Alexandre Borissovitch qui ne se tenait plus d'excitation. Nous venons de faire l'Histoire.

La poitrine du petit neurophysiologiste se souleva avec satisfaction.

– Cela vaut le prix Nobel.

Xenia Petrovna se mit à rire.

– Un laboratoire du KGB a autant de chance d'obtenir le prix Nobel qu'un chat de voir ses oreilles. Quoi qu'il en soit, c'est un progrès de la science dont ils n'entendront certainement pas parler. Parlez-moi du signal proprement dit, ajouta-t-elle à l'adresse de l'ingénieur.

Il pianota sur le clavier de l'ordinateur et un schéma de lignes tordues apparut sur l'un des écrans.

– Le voici. Il est encore plus complexe que je ne le pensais. Il est composé de trois fréquences. Celle-ci, dit-il en désignant ce qui ressemblait à un ressort serré, est un composant à haute fréquence de 2,651 kilohertz imbriqué dans deux porteuses d'extrêmement basses fréquences. Celle-ci, expliqua-t-il en indiquant une ligne qui montait et descendait comme un chapeau de Napoléon, est de 9,417 hertz avec une forte amplitude, enfin celle-ci – cette fois il montrait une ligne ondulant doucement sur l'écran – est de 6,623 hertz à faible amplitude.

Il tapa à nouveau sur le clavier et un autre dessin apparut. Il faisait des hauts et des bas comme des U et des V à l'envers.

– Ceci est le profil d'une impulsion du signal. Le plus léger changement dans sa forme fait disparaître l'effet. Le signal et les neurones ne sont plus en résonance. Même si ces fréquences et ces amplitudes restent invariables. Et si ces fréquences sont modifiées ne fût-ce que d'un centième de hertz, l'effet disparaît également.

Il éteignit l'écran.

– Il s'agit d'un signal excessivement précis et complexe.

– Pourquoi ne le serait-il pas? commenta Xenia Petrovna. Le cerveau est un organe excessivement complexe.

Xenia Petrovna croisa les bras, prenant son air d'institutrice.

– Avant de nous féliciter, nous devons essayer ce signal sur notre zek quand il sera suffisamment remis pour réagir.

– Bien sûr, ma chère Xenia Petrovna, gloussa Alexandre Borissovitch, ce sera la preuve par excellence. Mais vous pouvez fêter ça dès maintenant parce que ça va marcher.

Sans réfléchir à ce qu'il faisait, il l'embrassa trois fois sur les joues.

– Vous avez changé le monde Xenia Petrovna, dit-il. Il faut fêter ça.

*

– Considérez ceci comme votre dessert, monsieur le président, dit l'amiral en désignant les canons métalliques blancs du magnéto-encéphalographe de trois millions de dollars. Après certains des tests que vous avez subis, ceci va être du gâteau.

Le président le dévisagea en dissimulant à peine sa fureur. C'était vraiment typique des médecins, se dit-il. Ce type est sur le point de découvrir que j'ai une tumeur au cerveau et il compare ça à une poire Belle-Hélène.

– Les cylindres contiennent de l'hélium liquide à moins 273 degrés, expliqua White avec une fierté manifeste. Il est délicieusement sensible aux champs magnétiques. Avant de l'avoir, nous nous fiions à la résonance magnétique nucléaire pour trouver les tumeurs cérébrales. Mais cette technique est fondée sur les contrastes, la composition d'une tumeur différant de celle des tissus qui l'entourent. Avec une petite tumeur toute récente, il arrive que la différence soit trop infime pour qu'on puisse la repérer. Pas avec ce petit bijou, cependant.

Le président respira profondément. Il était tendu et nerveux car il savait parfaitement que son avenir, sa vie, dépendaient d'un appareil pour lequel son médecin manifestait l'affection d'un adolescent pour son Oldsmobile 1950 au moteur gonflé.

– Il vous suffit de vous allonger confortablement sur cette table, monsieur. Détendez-vous, fermez les yeux si vous voulez. Restez parfaitement immobile et la technique fera le reste.

Le président grimpa sur la mince table chirurgicale sous les senseurs cylindriques. Son corps nu était ceint d'une blouse blanche portant l'inscription « Le président » brodée en bleu sur la poche de poitrine gauche.

– Nous sommes dans un lieu démagnétisé, expliqua White en faisant allusion à la pièce dans laquelle le magnéto-encéphalographe était installé. Nous serons dans la pièce d'à côté avec l'ordinateur qui transcrit toutes les informations tirées de l'appareil, mais nous pouvons parler avec vous par l'intercom.

White et le technicien vérifièrent une dernière fois l'installation.

– N'oubliez pas, avertit White en refermant la porte, demeurez parfaitement immobile quoi qu'il arrive.

Trois techniciens veillaient sur le Hewlett Packard qui enregistrait les informations reçues par les senseurs. D'une certaine façon, ils enregistreraient un film de l'action du cerveau du président pendant quarante-cinq minutes. Le premier technicien, qui avait un doctorat de Cal Tech, mit le système en marche. Un profil de tête apparut sur le premier écran. Cela servait à s'assurer que les senseurs étaient correctement alignés.

– Bien, dit-il, on y va.

L'ordinateur se mit à ronronner. Les trois écrans s'animèrent. On y voyait des lignes qui ressemblaient à des notations d'altitude sur une carte. Elles indiquaient que le magnéto-encéphalographe fonctionnait convenablement. L'étude des résultats, tâche longue et pénible, serait l'œuvre d'un neurologue, plus tard dans la journée.

Ils en étaient à vingt-cinq minutes quand le chef d'état-major entra.

– Il faut que je lui parle, dit-il, nous venons d'avoir les résultats du vote.

– Bon sang! fit l'amiral. Ça ne peut pas attendre? On vient de commencer. S'il bouge on n'a plus qu'à tout recommencer.

– C'est le président. Il nous a donné ordre de lui transmettre immédiatement le résultat.

White soupira. Le président allait sauter de joie ou être fou de rage. Il appuya sur l'intercom.

– Monsieur le président, annonça-t-il, le chef d'état-major aimerait vous parler. N'oubliez pas de rester immobile. Si vous bougez nous devons tout recommencer et je sais combien vous détestez perdre votre temps.

Le chef d'état-major se pencha sur le micro.

– Monsieur, nous avons perdu, d'une voix. Ce salopard de Caroline du Sud a voté contre nous à la dernière minute.

On pouvait presque entendre le président grincer des dents.

– Merde, murmura-t-il, merde, merde, merde. Quand est-ce que cette ordure se représente?

– A l'automne prochain.

– J'aurai sa peau. Je jure que je l'aurai.

Le chef technicien glousa doucement.

– Ben mon vieux, il est vraiment fou de rage. Vous devriez regarder sa tension artérielle systolique et voir comment se comporte son cœur, ajouta-t-il en riant à l'adresse de White.

White se tourna vers le chef d'état-major.

– OK? dit-il en coupant l'intercom.

Le chef d'état-major acquiesça. Pendant quelques instants, il regarda les techniciens travailler.

– Impressionnant, cette machine, observa-t-il poliment sans rien comprendre à son fonctionnement.

– La meilleure au monde, répondit fièrement le diplomé de Cal Tech. Avec un truc comme ça, on saura bientôt avant vous, ce que vous avez dans la tête.

– Ouaouh! s'exclama le chef d'état-major qui, cette fois, était véritablement impressionné. C'est incroyable. Et les Russes, ils en ont un?

– Non, ils sont loin derrière nous.

L'autre jour, dans son bureau, le gosse avait parlé d'Inquisition et il n'était pas loin de la vérité, se dit Bennington. Cette petite réunion dans le bureau du directeur, sans doute pour résoudre le cas de ce jeune officier, prenait l'allure d'une convocation chez le Grand Inquisiteur. C'est tout juste si on ne voyait pas Mott, du contre-espionnage, préparer la corde qu'il espérait bien passer autour du cou de Witter. Arnold, le patron de Witter à la RS, essayait encore de lire dans le marc de café, mais il était assez futé pour savoir qu'on égorgerait son cochon s'il ne voyait pas les choses comme il fallait. Le directeur jouait au juge, ce qui lui allait fort bien, mais Bennington percevait déjà qu'il était hostile à Witter. Le seul rôle qu'il lui restait était celui d'avocat de la défense.

Malheureusement, la situation était des plus simples. Au cours des années, on avait coincé beaucoup plus d'espions russes que d'autres nationalités. Ce n'est pas qu'ils étaient plus bêtes. Seulement plus nombreux. La CIA en avait quelques-uns, rares et précieux, et la perte d'un type comme Sbirounov était une véritable catastrophe. Quelqu'un – Witter en l'occurrence – devait payer.

Le directeur posa le rapport que Bennington avait rédigé après sa conversation avec Witter et divers contacts. Mott et Arnold l'imitèrent.

– En tout cas, déclara le directeur en regardant Bennington, cette affaire n'a rien à voir avec les psi qui repèrent les sous-marins soviétiques.

Bennington faillit faire un petit signe dédaigneux de la main, mais se ravisa. Bien l'en prit.

– Du moins pas tout à fait, ajouta le directeur.

Arnold, qui pouvait lire dans la pensée du patron aussi vite que quiconque dans cet immeuble, savait maintenant comment les choses allaient tourner.

– Art, intervint-il, je vous suis, pour ma part, très reconnaissant pour le temps que vous avez bien voulu consacrer à Witter et pour le mal que vous vous êtes donné. Mais si on veut regarder les choses en face, c'est un vrai sac d'embrouilles, non?

– Non, répondit Bennington. C'est plus simple : on va sacrifier un de vos gars pour une faute qu'il n'a pas commise.

– Rien ne le prouve dans votre rapport.

– Ce que je dis dans ce rapport, c'est qu'il y a quatre-vingt-dix-neuf chances sur cent pour qu'on lui ait fait subir un magnéto-encéphalogramme. Il leur a bel et bien dit ce qu'ils voulaient savoir, mais sans s'en rendre compte.

– Simplement à cause de cette histoire de clefs et de pacemaker? demanda Mott.

– Mais, bon sang, pourquoi auraient-ils fait ça sinon pour le placer dans une pièce démagnétisée?

– Procédé classique. Pour voir s'il a vidé une boîte aux lettres ou opéré un contact.

– Et le pacemaker, Paul? Ils croyaient qu'il en avait un pendant le contact furtif? Non, on ne fait pas comme ça, d'habitude. Ils le préparaient pour cette pièce démagnétisée.

– Et ils ont réussi à lire dans ses pensées grâce à leur machine miracle?

– C'est la conclusion à laquelle je suis parvenu. Nous avons la preuve formelle qu'il existe dans le cerveau des signaux qui précèdent chacune de nos pensées, chacun de nos gestes. Et nous avons également la preuve que le magnéto-encéphalographe peut détecter les champs magnétiques caractéristiques de ces signaux.

– Mais personne ne l'a encore fait, n'est-ce pas? s'enquit Arnold.

– Pas nous. Mais comment savoir pour les Russes? Le Pentagone finance en cachette une étude de cette technique à Los Alamos. Ils cherchent des gens qui ont des réactions ultra-rapides, comme ceux qui font de bons pilotes d'avions à réaction. Ou ceux dotés d'une capacité supérieure à la moyenne de résister au stress auquel sont soumis les officiers au cours d'un combat.

– Bon, bon, dit Mott, mais on n'est pas dans *Top Gun*. Ce qui nous préoccupe aujourd'hui c'est un officier qui, selon toute probabilité, a révélé au KGB l'identité de l'agent qu'il contrôlait. Peut-être sous la contrainte. Mais il l'a bel et bien balancé.

– Écoutez, si on peut obtenir le type d'information que veut le Pentagone en étudiant les signaux émis par le cerveau humain, pourquoi pensez-vous qu'on ne peut pas lire le signal indiquant qu'il a reconnu la photo de quelqu'un?

– Je vais vous dire pourquoi je n'y crois pas : parce que nous ne l'avons pas fait. Et si nous ne l'avons pas fait, que Dieu me damne si les Russes y sont parvenus.

Bennington aimait bien Mott. Ils étaient entrés à l'Agence en même temps et, dans les jours sombres du comité Church, Mott n'avait pas hésité à lui témoigner son amitié. Néanmoins, comme la plupart des officiers du contre-espionnage, il tenait à ses idées comme si sa vie en dépendait.

– Tout cela est bien joli, docteur Bennington, remarqua le Juge, mais qu'est-ce que cela signifie? Ce ne sont que conjectures.

– Cela signifie qu'on a le premier indice et que la clef de l'énigme va bientôt apparaître. Nous devrions nous pencher sérieusement sur la question au lieu de perdre notre temps à briser la carrière d'un agent innocent.

– Art, c'est de la théorie, le directeur a raison, dit Arnold. Je ne peux tout de même pas diriger la section russe de cette Agence avec des suppositions. J'ai sur les bras un homme qui, même si c'est en dépit de sa volonté, a balancé un agent au KGB. Rien que pour le moral des troupes, cet acte mérite sanction.

– Que proposez-vous, monsieur Arnold? demanda le directeur.

– Witter sera assigné à la section historique. Pour ce qui me concerne, il peut rester là à rédiger de vieilles histoires jusqu'à ce que l'enfer se transforme en glacier.

– Parfait, Bob, excellent, grommela Bennington. Puissant, le raisonnement, vraiment. Réduire en cendres un officier complètement innocent parce que vous refusez de voir la réalité en face. Vous avez raison, ça va faire merveille sur le moral des troupes.

Ann Stoddard attendait fidèlement le retour de Bennington dans son bureau. La télévision était allumée, sans le son, sur CNN, la chaîne des actualités non-stop. C'était devenu une habitude dans toutes les tours de contrôle du gouvernement, le centre de commandement militaire national, la salle des opérations du Conseil national de sécurité, le Puits, les bureaux des cadres de la CIA et des officiels du Département d'État. Sur l'écran, le président montait à bord de son hélicoptère et souriait gaiement aux caméras.

Art monta le volume en arrivant.

«... plus tôt, le président avait achevé son check-up annuel au centre médical naval de Bethesda. Ses médecins ont qualifié sa santé d'“excellente”.» La caméra coupa et on se retrouva dans le studio. «Le président, déclara le présentateur, a subi les tests les plus modernes de la technique médicale: un bilan complet, un scanner, un magnétomet...» poursuivit-il en s'empêtrant dans ce mot dont il ignorait manifestement le sens et en s'excusant d'un sourire auprès de la coprésentatrice avant de regarder son texte. «Magnéto-encéphalogramme», conclut-il en détachant soigneusement chaque syllabe.

Bennington coupa la télévision. Ils devraient peut-être utiliser le procédé comme détecteur de mensonges pour les hommes politiques. Ça foutrait la démocratie par terre en une nuit.

– Mon petit trésor, dit-il à son assistante, je crois que j'ai suffisamment contribué à la sécurité de la nation pour aujourd'hui. A demain.

Le hasard voulut que Witter croise Art dans l'ascenseur. Il lança à Bennington un regard chargé d'espoir. Au QG de la CIA, les ascenseurs n'étaient pas précisément le dernier salon où l'on cause. Sur le chemin du parking, il s'avança vers le jeune officier et lui posa la main sur l'épaule.

– J'ai fait tout ce que je pouvais pour vous là-haut, petit, mais ça n'a pas suffi. Je suis désolé.

Nul besoin d'être docteur en psychologie pour lire la tristesse dans le regard de Witter.

– Putain de maison de fous, râla Bennington. A quoi ça sert, de toute façon? Allez à New York et devenez agent de change. Pensez aux tonnes de fric que vous amasserez.

Des larmes brillaient dans les yeux du jeune homme, qui trahissaient sa déception et le peu d'intérêt qu'offrait pour lui la suggestion de Bennington.

– Merci quand même, murmura-t-il. C'est bon de savoir qu'il existe au moins une personne pour me croire.

Sur quoi il se tourna et marcha jusqu'à sa voiture. Il avait l'air malheureux et abandonné.

Bennington le regarda s'éloigner. Un après-midi comme ça exige un bon scotch à l'Auberge, se dit-il.

Le Potomac Inn était à peine à dix minutes du QG de la CIA, juste après l'énorme centre commercial de Tyson's Corner. Il n'avait pas cinquante ans, et pourtant son porche colonial et la véranda semblaient curieusement déplacés dans la jungle d'asphalte qui l'entourait. On aurait dit une sorte de vestige rappelant le passé rural et moins prospère du quartier. Il y a quelques années, le propriétaire avait rebaptisé son bar « Tap-Room ». Il avait commencé à servir la bière dans des chopes d'étain et avait affublé les serveuses de bonnets blancs, de jupes et de corsets. On lui avait affirmé que c'était le meilleur moyen d'attirer les yuppies qui, depuis peu, abondaient. Il ne réussit en fait qu'à décourager les habitués. Par égard pour eux et défiance envers les yuppies, le Tap-Room avait recouvré son statut de bar et les serveuses avaient retrouvé leurs mini-jupes et leurs chewing-gums.

Depuis qu'il appartenait à la CIA, Art Bennington venait assez souvent, le soir, prendre un verre. La clientèle se composait d'un curieux mélange de types de l'Agence en costume trois-pièces et de gens du cru qui passaient après le bowling, le mardi soir, transpirant encore dans leurs chemises en dacron vert, jaune et bleu fluo.

Bennington jeta un rapide coup d'œil au bar en s'installant sur un tabouret. Quelques visages familiers, mais aucun de sympathique, ce qui, vu son humeur massacrante, valait aussi bien. Peu de femmes. Quand le bar avait ouvert, à la fin des années cinquante, puis au cours des années soixante, elles étaient rares. Aujourd'hui, elles constituaient une minorité tolérée : agents de la CIA, experts comptables, conseillères fiscales, juristes ou chiropracteurs possédant un cabinet à Tyson's Corner.

Bennington commanda un Johnny Walker étiquette noire avec des glaçons et un zeste de citron. Il songeait à Witter et se demandait comment ce gosse réagirait le lendemain matin en apprenant qu'on lui avait retiré son habilitation. Car supprimer l'habilitation d'un agent de la CIA revenait à défroquer un prêtre ou castrer un étalon. Après cela, l'officier pouvait s'attendre à une vie aussi excitante que celle d'un étalon devenu hongre. Bennington éprouvait une réelle sympathie pour Witter. Après tout, il était passé par là, lui aussi.

Il sirota tranquillement son scotch en appréciant la chaleur au fond de sa gorge. La stéréo du Potomac Inn passait une chanson de cette fille dont tous les gosses étaient fous. C'était quoi, son nom, déjà ? Vega, Suzanne Vega. Sa voix douce et plaintive s'harmonisait parfaitement avec la pénombre des lieux. Et avec son état d'esprit.

L'amertume que lui avait laissée la trahison de la CIA à son égard s'était atténuée avec le temps. Mais la disgrâce de Witter ravivait la blessure. Bennington se remémorait le milieu des années soixante-dix, quand il avait témoigné pour le comité Church. Il détestait jusqu'au souvenir de l'honorable sénateur de l'Idaho. Quant à Bill Colby... L'administration Ford voulait que Colby noie le poisson, qu'il envoie Church et son comité se faire foutre en leur disant que le fonctionnement de la CIA n'était pas leurs oignons. C'était l'affaire de l'Exécutif. Mais non, le directeur de la CIA avait son idée sur la façon de résoudre le problème. Il était persuadé que le meilleur moyen de les faire lâcher prise était de leur lancer un os à ronger.

Comme cette histoire de LSD n'avait abouti à rien, on pouvait lâcher le morceau sans nuire à la CIA. Et les complots d'assassinats politiques... Il y avait longtemps qu'ils étaient enterrés, en 1976, mais c'était exactement ce qu'il fallait pour satisfaire l'appétit du Congrès et des médias et réussir à ce qu'ils lâchent les baskets de la CIA.

Colby obéissait au grand principe de la bureaucratie fédérale :

le sommet de la hiérarchie garait ses fesses et laissait les sous-fifres prendre le bouillon. Personne ne voulait ternir la mémoire du héros du Jour J avec des histoires de drogue ou celle de Kennedy, le héros déchu, avec des complots d'assassinats politiques. C'est ainsi que Bennington, du jour au lendemain, était devenu le point de mire de toute la capitale. Au cours de sa vie professionnelle, on lui avait appris à être sans visage, anonyme. Et voilà qu'il était ébloui par les flashes, que des cameramen de télévision lui collaient des micros dans les gencives et lui criaient des questions qu'il ne comprenait même pas. Son patron, l'homme qui l'avait recruté, jouissait depuis longtemps d'une retraite paisible, au milieu de ses terrains de golf et de ses marinas. Deux des autres hommes qui appartenaient à la Branche quand il était entré étaient également partis, si bien que Bennington restait seul responsable du programme LSD.

Puis, peu après la fin des audiences, il avait été convoqué dans le bureau de Colby. Le vieil « Œil de chouette » l'attendait, clignant les paupières derrière ses lunettes à monture de plastique, tout sourire et amabilité forcée. Il l'avait appelé pour une petite conversation sans fard « entre vieux potes ».

– Vous savez comme moi ce qui se passe ici, avait-il confié à Bennington. J'ai consulté votre dossier, Art. Vous seriez surpris de constater ce que vous avez accumulé comme droits à la retraite. Vous êtes encore jeune. Et brillant neurologue, de surcroît! C'est vrai, vous pourriez poser votre plaque sur Park Avenue et vous faire en un rien de temps plus d'argent que le président.

Sa voix prit un ton naturel.

– A cause de votre présence ici, les médias nous tirent dessus à boulet rouge. Très franchement, ça commence à nous poser des problèmes. De vrais sauvages, ces journalistes. Art, pour votre bien et pour celui de l'Agence, je crois que vous devriez songer à la retraite. Je m'assurerai personnellement que tous vos droits seront respectés.

C'était donc ça, exactement ce qu'il avait soupçonné dès qu'il était entré chez le directeur.

Même après toutes ces années, dégustant son whisky, Bennington souffrait encore intérieurement de ce qui s'était passé après : au lieu de régler cette histoire de LSD en douce comme on était censé agir à la CIA, Colby l'avait offert en pâture au public. Et maintenant, il voulait s'en débarrasser pour s'attirer les bonnes grâces des médias et du Congrès.

Bennington se contint quelques instants, essayant de ravaler sa colère.

– Ben ça alors, Bill, avait-il enfin répondu d'un ton faussement reconnaissant, on peut dire que c'est rudement gentil de penser à ce que je vais devenir.

– J'étais sûr que nous verrions les choses de la même façon, dit Colby, rayonnant.

– Il n'y a qu'un ennui.

– Lequel?

– Je reste.

Ce fut un régal de voir l'air ahuri du directeur.

– Comment ça, vous restez. Si je décide de vous saquer, ça ne va pas traîner.

– Sur quel motif, Bill?

– Quel motif? Parce que vous vous imaginez qu'il faut un motif après ces auditions?

– Si on parlait de ce qu'on a caché?

– Bon sang! Que voulez-vous dire?

– J'ai au moins cinquante centimètres d'épaisseur d'autorisations écrites pour tout ce qu'on a fait. De vraies bénédictions papales. Celle d'Allan Dulles. De McCone. De Dick Helms. Je crois même qu'en cherchant bien je trouverais vos initiales, Bill.

– Essayez-vous de me menacer? Alors que je tente de vous tirer du guêpier dans lequel vous vous êtes fourré et que je vous laisse partir tranquillement avec le montant intégral de votre retraite?

– Non, non. Je dis juste que je ne me laisserai pas rouler dans la farine. Ni pour vous, ni pour personne. Vous voulez ma démission? Envoyez-moi une lettre à quatre-vingt-dix jours.

Ces lettres constituaient une forme de réprimande, à la CIA. Elles relevaient les manquements d'un agent et le sommaient de justifier sa conduite ou d'être prêt à être « terminé ».

– Je ferai appel à un conseil extérieur, je prendrai ces papiers et j'en ferai un feu de joie.

– Vous ne feriez pas une chose pareille.

– C'est ce qu'on va voir.

La tête du directeur était ce que Bennington avait connu de plus réjouissant depuis qu'il avait garé sa voiture à Capitol Hill pour aller témoigner au comité Church. Il était livide de fureur.

– Parfait, Bennington, éructa Colby. Je vous change d'affectation. A compter de cet instant, vous êtes aux archives. Et dès que vous aurez franchi cette porte, vous ne serez plus habilité. Vous aurez le droit d'en savoir autant que les gars qui sortent les poubelles.

Bennington haussa les épaules.

– C'est votre droit. Mais qu'avez-vous l'intention de faire de ma section et des projets en cours?

– Je les enterre.

– Pas tant que je serai à l'Agence.

– Vous? Pendant les dix années à venir, vous serez au sous-sol à vérifier les comptes de l'antenne des Philippines.

– C'est vous, le court terme, Bill, pas moi. Quand vous avez pris ce poste, on vous a rayé de la liste, vous vous rappelez?

Bennington faisait allusion au fait qu'en acceptant la direction de la CIA, Colby avait abandonné la bureaucratie pour dépendre du politique.

– Quand Ford quittera la Maison-Blanche, vous partirez avec lui. Mais moi, je serai toujours là. L'Agence aussi. Elle pourrait même survivre à tout ce que vous lui faites subir. Vous voulez m'enterrer un temps aux archives, bien, faites-le donc. Mais ne fermez ni ma boutique ni mes projets.

– Votre département est à votre image, Bennington. Une gêne et une humiliation pour la CIA. Je vais le raser.

– Oh que non!

– Encore des menaces?

Bennington essaya de répondre avec calme.

– Ce serait inutile, Bill. Vous savez aussi bien que moi que cette histoire de LSD qui passionne Church ne constitue qu'une infime partie de nos recherches. Et nous avons abandonné ce projet il y a dix ans, nom d'un chien. Mais nous suivons en bas des dossiers qui, à long terme, sont vitaux pour ce pays.

– Votre truc sur le comportement? Le fonctionnement du cerveau? Ces types de Stanford qui cherchent à regarder dans un silo à missiles à des milliers de kilomètres?

– Cela en fait partie.

– C'est précisément ce que j'ai l'intention de faire cesser.

Art était maintenant si remonté qu'il ne tenait plus en place. Il jaillit de son fauteuil comme un diable de sa boîte.

– C'est vrai, je pourrais m'installer dans Park Avenue comme vous me le suggérez et me faire deux cent mille dollars par an, lança-t-il. Et vous savez pourquoi je ne le ferai pas?

A l'air de Colby, on voyait qu'il n'attendait pas désespérément la réponse à cette question. Mais Art la lui donna quand même.

– Parce que c'est la révolution, la plus grande révolution scientifique de notre temps, et que j'en suis. Elle concerne le cerveau, son fonctionnement, ce qui l'influence et comment on peut l'influencer. Les neurologues d'aujourd'hui sont les Fermi, Szilard et Bohr de 1939. Mais ce qu'ils vont trouver fera passer la fission de l'atome pour un jeu d'enfant. Nous sommes déjà demain, Bill. Et ceci est la science du XXIe siècle. Et ce qui en sortira changera la face du monde.

Art dut s'interrompre un moment pour contrôler son émotion.

– Mon département contrôle les travaux des chercheurs. Fermez-le et vous enverrez ce pays marcher dans l'avenir les yeux bandés.

– Bennington, dit Colby dont le regard était glacial, vous êtes un fauteur de troubles. Votre domaine de recherche est précisément ce que je veux interrompre. Vous avez suffisamment contaminé l'Agence comme ça.

– Bon, bon, dit Bennington en appuyant ses bras sur le bureau du directeur et en abaissant les yeux dans un sourire. Je ne voulais pas terminer sur une menace, mais puisque vous m'y obligez... Il y a quelques sénateurs qui s'intéressent énormément à ce que nous faisons. Ils suivent cela de très près. Et ils trouvent eux aussi que c'est d'un intérêt vital pour la nation. Je suis sûr que vous ne verrez aucun inconvénient à ce que je les informe de votre intention de couper court à ces projets.

Ainsi s'était clos leur entretien. Bennington avait passé deux ans en punition aux archives. Il y avait eu quelques réformes fondamentales, interdiction formelle de pratiquer l'assassinat politique ou d'expérimenter sur l'homme sans son accord. Mais les projets de la division d'Art avaient survécu, à peu près intacts. Le septième étage avait laissé entendre que Bennington était un franc-tireur et que ses anciens collèges feraient aussi bien de se tenir à carreau et de maintenir une distance respectable entre eux et lui. Certains l'avaient fait, d'autres pas. Pendant un temps, ceux qui s'étaient fait démolir par Church avaient été rebaptisés « criminels de guerre ». Puis, comme Bennington l'avait prédit, Colby était parti et sa réhabilitation avait commencé.

La méditation de Bennington fut interrompue par l'apparition d'une silhouette familière qui contournait le bar en forme de fer à cheval. Près d'un mois s'était écoulé depuis sa dernière séance chez Nina Wolfe, l'hypnothérapeute qui lui avait fait tant de bien. Elle se dirigeait vers lui tout en fouillant dans son sac pour trouver son blush ou son rouge à lèvres.

Trois amateurs de bowling l'avaient eux aussi remarquée. Ce soir, Nina Wolfe ne portait pas de tailleur strict, qu'elle réservait à son cabinet, mais une jupe droite de cuir noir avec une large ceinture de tissu dont la boucle faisait penser à un bijou navajo en argent serti de turquoise. Elle portait un chemisier de soie blanche et un boléro brodé. Le murmure d'approbation qui monta de ses voisins prouvait, si besoin était, que Nina Wolfe était encore plus attirante hors de son bureau. Art fit pivoter son tabouret vers elle.

– J'espère que vous n'êtes pas à la recherche d'une cigarette, dit-il alors qu'elle s'approchait.

Elle leva les yeux. Un bref instant, il remarqua une expression étrangement troublée sur son visage. Avait-il interrompu quelque pensée préoccupante? Était-elle surprise de le trouver là? Ou ne l'avait-elle pas reconnu, auquel cas elle le prenait pour un pilier de bar lui faisant du gringue? Elle sourit, d'un sourire beaucoup plus accueillant que celui qu'elle lui réservait d'ordinaire.

– Oh, salut, dit-elle en regardant dans son sac ouvert. Je ne suis pas comme ce médecin qui affiche dans son cabinet « Faites ce que je dis, pas ce que je fais ». Il y a des années que j'ai cessé de fumer.

Elle le menaça du doigt et reprit.

– Je croyais avoir réussi à vous débarrasser de votre habitude de fréquenter les bars.

– Ça prouve l'efficacité de votre thérapie. Je viens ici avec l'assurance d'un joueur de poker qui a les quatre rois en main.

Art sourit lui aussi. Les cheveux roux de Nina Wolfe faisaient un halo autour de son visage. Comme la plupart des rousses, elle avait le teint pâle. Aucune importance. Cette année, le bronzage n'était pas à la mode. Ses yeux bleus ensorceleurs ressemblaient à deux petits œufs de rouge-gorge.

– Puis-je vous offrir un verre?

Une expression de trouble passa fugitivement sur son visage. Elle pensait sans doute qu'il était inopportun de fréquenter ses clients, passés ou présents.

– Il faut que je passe un coup de fil. Je veux appeler à distance mon répondeur automatique. Mais après, avec grand plaisir.

Art la regarda s'éloigner, les yeux fixés sur le cuir noir tendu sur ses fesses parfaitement musclées. Derrière lui, un type qui ressemblait à Sylvester Stallone éructa un grognement envieux.

Bennington désigna d'un geste grandiloquent les néons qui éclairaient Chain Bridge Park comme un parc d'attractions.

– Regardez-moi ça, déclara-t-il, Anita's Mexican Food, Harry's Sushi Bar, Le Canard, The House of Hsuei, Roy Roger's. Il y a au moins une demi-douzaine de nations représentées; ces restaurants ne sont pas à plus de cinquante mètres les uns des autres. Et tout a le même goût.

Il émit un petit rire. Son humeur sombre s'était évanouie grâce à la présence de Nina Wolfe. Au Potomac Inn, elle s'était contentée d'un Perrier, mais après que Bennington eut insisté un peu, elle avait accepté de dîner avec lui. Il ne lui restait plus qu'à ne pas oublier qu'il s'appelait Art Booth et travaillait pour Exxon.

– Avez-vous faim? demanda-t-il.

– Atrocement faim.

– Moi aussi. C'est dégueulasse, ici. On va traverser le fleuve et faire un vrai repas.

Il accéléra et la regarda brièvement. Elle croisait les bras, ce qui soulignait la courbe de ses seins sous la blouse de soie. Son parfum délicat faisait comme une légère brume entre eux. Son visage était dans la pénombre mais, quand ils passaient sous un lampadaire, sa chevelure s'illuminait de reflets cuivrés. C'est curieux, songea Bennington, je l'ai toujours vue dans la pénombre : son bureau, le bar, et maintenant la voiture.

– Où allons-nous? s'enquit-elle.

– Chez Jean-Pierre – vous connaissez?

– Non.

– C'est un restaurant français dirigé par un coureur automobile.

– Je ne savais pas que les coureurs automobiles maniaient les casseroles aussi bien que les volants.

– Celui-la, si.

Ils roulèrent en silence tandis qu'il se dirigeait vers l'avenue du George Washington Memorial et glissait le long du Potomac vers la capitale.

– Comment se porte le monde du pétrole?

– Il pue.

– Comment ça?

– Trop de pétrole, pas assez de clients.

– Ça m'a tout l'air du dilemme classique de la libre entreprise tel qu'on vous l'enseigne à la fac.

– Pas du tout.

– Pourquoi?

– Parce que l'OPEP ne sait pas ce qu'est la libre entreprise.

Nina Wolfe pouffa de rire.

– Vous n'étiez pas aussi laconique au cours de vos régressions.

Ce fut à son tour de rire.

– Soyez patiente. Avant la fin de la soirée vous vous demanderez comment me faire taire. Étais-je donc si facile à manier sous hypnose?

– Merveilleusement facile. Contrairement à la plupart des gens, vous n'aviez pas peur. J'ai été étonnée de vos connaissances sur le sujet pour quelqu'un qui voulait seulement arrêter de fumer. Vous en savez beaucoup plus qu'un homme de votre métier ne le devrait.

Art lâcha le volant et fit un grand geste, caractéristique de bonne humeur chez lui.

– Il faut dire que l'esprit m'a toujours fasciné. Les phénomènes paranormaux, les psi, la PES....

– Vous y croyez?

Il resta un moment silencieux, se concentrant à la fois sur la question et la circulation sur le pont Theodore Roosevelt. De l'autre côté du fleuve, le Washington Monument attirait dans la capitale les navigateurs de la nuit comme autrefois le Pain de Sucre à Rio.

– Oui, dit-il enfin. Je crois que ça existe. En fait, je sais que ça existe. Mais du diable si je sais pourquoi.

– Alors j'imagine que vous devez être croyant. En Dieu ou quoi ?

Bennington eut un petit rire rauque.

– Nina, je suis comme tout le monde, ou presque. Je ne crois pas en Dieu. Sauf de temps à autre, quand j'en ai vraiment besoin.

Il se tourna vers elle. Son rouge à lèvres était très rouge, comme celui que mettaient les filles de Vassar dans les années cinquante. Et il se mariait à merveille avec sa somptueuse chevelure rousse et sa peau blanche.

– Et vous ?

– Mes parents étaient hongrois. Ils sont arrivés ici après la révolution de 1956. J'avais trois mois. L'athéisme est à peu près la seule chose qu'ils aient conservée de là-bas. Ils me l'ont transmis.

– Ah, dit Bennington songeur. Je me disais bien que vous aviez une pointe d'accent.

– Sans doute. Ni mon père ni ma mère n'ont appris correctement l'anglais. Comme tous les gosses d'immigrants, je détestais leur accent. Mais j'ai quand même dû l'attraper en partie.

Ils se garèrent dans le parking à côté de chez Jean-Pierre dont le restaurant arborait une enseigne prune dans K Street. L'eau à la bouche, Art grimpa les marches.

– Tiens, Art, s'exclama, ravi, Jean-Michel, le propriétaire, quelle bonne surprise !

C'était sa façon de dire : « Et pour changer, vous débarquez sans avoir réservé. »

Pourquoi un restaurant baptisé Jean-Pierre appartenait à un Jean-Michel était un des petits mystères de Washington qu'Art n'allait pas chercher à résoudre avec Nina Wolfe.

Jean-Michel les accompagna jusqu'à une table au calme dans la salle de devant. C'était un des endroits favoris des agents de la CIA. La table en face de la leur avait été surnommée la « salle à manger de travail » de Dick Helms.

– Un apéritif ? demanda Jean-Michel.

– Vous laisserez-vous faire, cette fois? demanda Bennington à Nina Wolfe.

– Mon Dieu, c'est si gentiment demandé, dit-elle en riant. Puis, se tournant vers Jean-Michel : Une Stolnichaya sur de la glace, s'il vous plaît.

Quand le serveur apporta les boissons, Nina leva son verre. Elle dévisageait Bennington de ses yeux bleus.

– A votre bonne santé. Qu'elle dure toujours.

– Tchin tchin.

Il but une grande gorgée puis reposa son verre.

– Vous a-t-on déjà dit que vos yeux bleus étaient d'une étonnannte beauté?

– Jamais.

– Pas étonnant. Les hommes ne voient rien.

– Si vous voulez me convaincre que vous n'êtes pas un macho, c'est inutile, sourit-elle. Je sais à quoi m'en tenir, ne l'oubliez pas.

– Vous connaissez tous mes secrets avant que j'aie eu le temps d'ouvrir la bouche, grommela-t-il.

– Pas tous. Je suis sûre que je pourrais en découvrir quelques-uns.

Le serveur s'approcha de leur table et commença à psalmodier les spécialités du jour avec l'enthousiasme d'un enfant de chœur. Bennington posa quelques questions au jeune homme et ils se lancèrent dans la composition de leur menu.

– Faites-vous toujours attention à ce que vous mangez? demanda Nina tandis qu'il hésitait entre le carré d'agneau et le magret de canard.

– Toujours. C'est un de mes côtés les plus exaspérants.

Ils se décidèrent finalement pour un cocktail de crabe et du saumon poché froid pour elle, des coquilles Saint-Jacques à la provençale et une daurade sauce moutarde à la crème pour lui. Art s'empara de la carte des vins. Au grand dam du serveur, il opta pour un Chardonnay californien, dédaignant les blancs français.

– Vous savez, dit-il en reprenant son verre de scotch, je vous dois beaucoup. Sans vous, je serais devenu misogyne.

Instinctivement, il afficha son sourire de petit garçon.

– Quand je suis venu vous trouver, je ne voulais plus jamais avoir d'aventure sérieuse avec une femme. C'est vrai, j'étais si amer que je ne me voyais pas commencer quelque chose.

– Et ça va mieux?

– Beaucoup mieux.

– Cela signifie-t-il que vous avez trouvé une femme à votre goût? Avez-vous commencé quelque chose?

– Non. Enfin, dans un sens oui, presque. J'ai rencontré une femme à New York, que j'ai trouvée très attirante.

– Que s'est-il passé?

Comment vais-je m'en tirer? se demanda Bennington.

– Rien, malheureusement. La société pour qui elle travaille l'a envoyée en Californie avant que nous ayons vraiment eu le temps de nous connaître. Mais sa présence m'a aidé à comprendre quelque chose de très important – je ne suis pas un cas aussi désespéré que je le croyais.

– Vous ne l'avez jamais été. C'était seulement une question de temps – et d'un peu d'aide de la part de votre sympathique hypnothérapeute.

– Je dirais plutôt beaucoup d'aide.

Sur quoi il fit un petit geste avec son verre dans sa direction afin de lui exprimer son admiration et sa gratitude.

– Vous avez beaucoup de cas comme le mien?

– A vrai dire, non. Ici, les gens font plutôt appel aux psychanalystes. Nous nous contentons des fumeurs et des boulimiques. C'est dommage parce que je suis convaincue que notre technique est beaucoup plus efficace que celle des psychanalystes.

Art plissa le nez de rire.

– En tout cas, votre technique a fait des merveilles sur moi. Je puis maintenant entendre les trompettes de la passion dans le lointain. Qui sait? Peut-être un jour tomberai-je à nouveau amoureux...

Nina leva les sourcils, l'air coquin.

– Ah, l'amour. La passion. Tout cela dépasse les talents d'une hypnothérapeute, hélas! Et c'est sans doute aussi bien.

– Pourquoi?

– La passion... dit-elle d'une voix sensuelle. La passion est souvent un merveilleux moyen d'avoir des ennuis, vous ne trouvez pas?

– Si, mais n'oubliez pas ce que disait la pub du *France* – « Y aller est déjà la moitié du plaisir ».

– Oh, je ne dis pas qu'il n'y a pas de plaisir. Seulement, ceux qui cèdent à leurs passions se retrouvent sur le canapé de leur psychanalyste à peu près aussi vite que ceux qui cèdent à leur appétit se retrouvent sur le mien.

– Et l'amour, alors? Qu'en pensez-vous?

– Et vous?

– Vous devriez déjà connaître la réponse. Vous ne l'avez pas trouvée quand j'étais sous votre charme?

Elle porta son verre de vodka à ses lèvres et regarda intensément Bennington.

– Ah, mais vous et moi essayions de résoudre le problème d'un amour qui avait mal tourné. Un amour qui a vécu, pas un amour en plein épanouissement.

– Bon. Alors je vais vous dire ce que je pense. Je crois que l'amour est un accident. Un accident heureux, soit, mais un accident qui vous arrive quand vous vous y attendez le moins, peut-être deux, trois ou quatre fois dans votre vie...

– Il n'y a guère de place pour le déterminisme scientifique dans votre philosophie.

– Aucune. Et dans la vôtre?

– J'ai une idée plutôt pessimiste des bienfaits de l'amour. Le pessimisme devient hélas une seconde nature chez ceux dont le métier consiste à écouter les problèmes des autres.

– Autrement dit, psychanalystes et hypnothérapeutes font des amants peu enthousiastes.

Son visage s'éclaira.

– Oh, je ne dirais pas cela, non. Peut-être, ajouta-t-elle d'un air de défi, sont-ils au contraire les meilleurs amants parce qu'ils sont réalistes. Ils savent comment l'histoire se termine avant qu'elle ne commence. Un peu comme ces gens qui commencent par lire la dernière page d'un roman.

L'humeur maussade de Bennington s'était maintenant tout à fait dissipée. Le dîner avait été un délice, et Nina Wolfe se révélait une compagne charmante. Comment n'ai-je pas remarqué plus tôt à quel point elle est attirante? se demanda Bennington. Lorsque le serveur apporta les cafés, Art demanda un cigare.

– Ceux de Jean-Michel, précisa-t-il.

– Naturellement, monsieur Bennington.

Le serveur apporta un petit humidificateur contenant une douzaine de cigares sans étiquette. Art en choisit un et l'alluma.

– Votre cigare a un merveilleux parfum, remarqua Nina. Il ne vient sûrement pas de la Jamaïque.

– Exact, sourit Art.

Bien qu'il n'y ait pas d'étiquette, son odeur en trahissait l'origine.

– Vous n'avez pas honte? pouffa-t-elle. Un bon citoyen américain qui fume un havane passé en fraude?

– Je ne mélange jamais l'idéologie et le plaisir.

Tandis qu'ils repassaient le Potomac en direction de Tyson's Corner où Nina avait laissé sa voiture, Art commença à faire rapidement l'inventaire de son bar. Il ne pouvait pas la prier de boire un café Maxwell. Il n'avait presque plus de cognac. Il se rappela soudain un vieux calva de vingt ans d'âge qu'il avait rapporté de son dernier voyage à Paris.

– Où habitez-vous, Nina?

– A Falls Church, près de Gallows Road.

– Nous sommes presque voisins, alors, dit-il d'un ton qui se voulait détaché, mais qui ne l'était guère. J'habite les appartements de Park Terrace, à cent mètres à l'est de 123, à Vienna.

– Je vois très bien.

– Pourquoi ne pas prendre un dernier verre chez moi? Il y a une quinzaine de jours je suis allé à Paris pour affaires et j'ai rapporté un excellent calvados. J'attendais l'occasion pour l'ouvrir.

– Vous voulez me montrer vos estampes japonaises? demanda-t-elle en riant.

– C'est ma femme qui les a. Mais on pourrait regarder sur CNN comment se porte le monde. Autant vous avertir tout de suite, mon appartement n'a rien à voir avec un duplex de playboy.

Elle rit de nouveau.

– Art, j'ai le regret de vous dire que ce n'est pas le genre de vie que je vous imagine.

Elle se tut un instant. Bon sang, se dit Bennington, je supportais mal qu'on me dise non quand j'avais vingt ans. Je me demande comment je vais réagir à mon âge.

– Vous savez, je ne suis pas sûre que ce soit raisonnable

d'accepter votre invitation, et pourtant cela me tente. Je veux dire raisonnable pour l'un comme pour l'autre.

– Moi, les choses raisonnables, je laisse ça aux jésuites, Nina. Heureusement qu'il n'y a rien de raisonnable dans mon idée. Rien que de l'espièglerie, du mystère et de l'espoir.

Il sentait qu'elle l'épiait. Bon, on en est où, au juste ? se demanda-t-il. Il faut combien de non pour faire un non ?

– Qu'est-ce qu'un bon petit calva entre une hypnothérapeute et son client ? supplia-t-il en plaisantant.

– Oui, sourit-elle. C'est un problème, non ?

Toujours la même rengaine, pensa-t-il. « Ne laissez pas s'établir une dépendance émotionnelle entre eux et vous. »

– Si cela vous pose un problème d'éthique, promit-il, je ne dirai rien à la Société nationale d'hypnothérapie.

– Ça n'existe pas. Nous sommes tous terriblement indépendants.

Ils arrivaient au centre commercial où elle avait garé sa voiture.

– Mais pas ce soir, reprit-elle. Ne m'en veuillez pas. Peut-être une autre fois, qui sait ? ajouta-t-elle en lui effleurant le bras. Je suis garée là, sur la gauche, la Toyota grise.

Il fit marche arrière et s'arrêta. Nina se rapprocha de lui. Avant qu'il ait eu le temps de réagir, elle s'était presque enroulée autour de lui. Elle lui donna un long baiser, plein de mystère et de promesse sensuelle. Puis, aussi vite qu'elle s'était glissée entre ses bras, elle se dégagea, la main déjà sur la poignée de la portière.

– Vous êtes sûre de ne pas changer d'avis ? demanda-t-il.

– Sûre. Pas ce soir.

Il voyait son sourire taquin dans la pénombre.

– Vous avez toujours mes cassettes, n'est-ce pas ?

– Bien sûr.

– Écoutez-les, dit-elle en riant. Vous avez le meilleur de moi-même.

Elle était déjà partie. Il la regarda se pencher pour insérer sa clef dans la serrure. Sa jupe était tendue sur ses hanches attirantes. Ses yeux suivirent les feux arrière qui s'éloignaient déjà. Il se sentit seul quand ils disparurent dans la nuit.

En roulant dans Leesburg Pike en direction de Falls Church, Nina était distraite et mélancolique. A Washington, on se couchait tôt. La route était déserte. Comme moi, se dit Nina, vide et stérile. Pourquoi ne suis-je pas montée avec lui? Qui le saura jamais?

Évidemment, ce ne serait guère convenable. Mais depuis combien de temps n'avait-elle pas éprouvé le doux plaisir de sentir son corps serré entre les bras d'un homme? A quand remontait sa dernière nuit d'amour fou, épuisant? Une nuit où seuls comptaient le plaisir qu'on donne et celui qu'on reçoit. Était-elle un fruit trop mûr condamné à se friper sur la vigne? Pourquoi ne ferait-elle pas demi-tour?

Elle ne le fit pas, bien sûr. Elle s'arrêta à un feu au-delà du toboggan de la 495. Songeuse, elle avait les yeux rivés sur les petites boîtes blanches des habitations de banlieue, toutes plongées dans l'obscurité et peuplées de gens qu'elle imaginait enlacés, réconfortés, réconfortants.

Le feu passa au vert et, dans un soupir, elle accéléra. Je suis vraiment une imbécile, se dit-elle, parce que personne n'aurait jamais rien su.

Art Bennington s'apprêtait à passer une nouvelle nuit en solitaire, reculant le moment où il allait se retrouver dans sa chambre, avec pour seule caresse celle, trompeuse, du sommeil. Il ôta sa veste, l'accrocha, défit sa cravate et alluma CNN. Il tenta tant bien que mal de s'intéresser au dernier développement du processus de paix au Proche-Orient et aux résultats de base-ball. Mais en vain.

Il alla dans la cuisine où il contempla son placard à alcools. Je devrais peut-être ouvrir ce calvados pour un petit dernier, se dit-il. Mais l'idée de boire seul était trop pénible. Il le garderait. Il y aurait peut-être une autre fois. Elle avait dit « pas ce soir », et non « jamais ». Penser à elle, à sa fine silhouette dans le parking, raviva la douleur de la séparation, la promesse contenue dans sa brève étreinte. Il aurait du mal à s'endormir.

Il alla prendre un verre de lait dans le réfrigérateur. Il avait la main sur la poignée quand il entendit sonner. Merde, se dit-il, l'analyste-programmateur d'en face s'est encore fait foutre à la porte par sa femme. Il ouvrit la porte avec l'intercom et retournait dans la cuisine quand il entendit des pas et la sonnerie de la porte d'entrée. Il ouvrit brusquement tant il était agacé. Nina Wolfe était appuyée contre le chambranle, les bras croisés sur la poitrine, levant les yeux sur lui avec ce sourire qu'il avait remarqué au dîner, mi-moqueur, mi-énigmatique.

– J'ai le droit de changer d'avis?

Beaucoup plus tard, Nina repartie, Art était allongé sur son lit, observant les doigts gris de l'aube effleurer sa chambre. Le parfum de Nina flottait dans les draps, et sa féminité s'attardait sur son corps. Il était triste et épuisé. C'était toujours comme ça. Toute passion bue, restait la mélancolie.

Il sourit dans l'obscurité et roula dans les draps comme pour étreindre une fois encore la souple Nina. Bizarre comme certaines fois cela tournait mal, la recherche du plaisir étant contrariée par la mésentente muette et les petits ratages. Et comme parfois, deux étrangers prenaient la même vague passionnée comme un surfeur sur le plus beau rouleau. Comme cette nuit. Ils s'étaient aimés en silence, dans l'harmonie instinctive de leur désir. Deux solitaires embarqués pour une heure sur un fabuleux bateau.

Art ferma les yeux. Il dormirait bien. Quand la reverrait-il? Y avait-il quelqu'un dans sa vie? Il avait senti à une ou deux reprises une ombre planer au-dessus d'elle. Il verrait bien. Au cours du dîner, il avait proclamé avec son emphase habituelle que l'amour était un accident sur la route de la vie. Qui sait, songea-t-il en souriant, peut-être ce soir me suis-je fait renverser par une voiture?

Évidemment, il était en retard pour se rendre à Langley. Il ouvrit sa boîte aux lettres en courant vers la porte, extirpant l'habituelle poignée de factures et de prospectus. Il refermait la porte derrière lui lorsqu'une pensée le saisit: comment avait-elle su quel appartement il occupait si elle ne savait pas son vrai nom? Il n'y avait pas d'Art Booth ici.

A cette idée, il ralentit. Puis il comprit ce qui s'était passé. C'était le garçon chez Jean-Pierre. Il l'avait appelé M. Bennington en lui apportant un cigare. Elle l'avait retenu. La moitié de ses clients, honteux d'aller voir une hypnothérapeute, devaient donner de faux noms. Il reprit sa marche jusqu'à la Volvo, à nouveau plein de gaieté.

*Quatrième partie*

# « UN SIGNAL AUSSI INVISIBLE QUE LE VENT DU SOIR »

*Washington*

Pour la deuxième fois en moins d'un mois, l'amiral Peter White se retrouva dans le couloir du deuxième étage de la Maison-Blanche en compagnie d'un représentant du service secret. Il serrait dans sa main un attaché-case noir, raison de sa visite, qui contenait tous les résultats des examens, les rapports de laboratoire, et le compte rendu détaillé de ses deux scanners pratiqués à l'hôpital de Bethesda.

Cette fois encore, l'agent du service secret guida White jusqu'au bureau privé du président. Mais White eut à peine le temps de s'installer dans son fauteuil que la porte s'ouvrit. Le président fit un geste qui, étrangement, donnait l'impression qu'il voulait s'assurer que le couloir était vide, comme un client d'hôtel essayant de se glisser discrètement dans la chambre d'une femme.

– Alors? dit-il à White au moment où il se levait.

– J'ai apporté l'ensemble de vos résultats, monsieur.

– Je le sais, nom de Dieu. Alors, cette tumeur au cerveau?

– Il n'y a pas de tumeur, monsieur le président. Il n'y a dans votre corps pas la moindre trace de tumeur, bénigne ou maligne.

– Oh mon Dieu! souffla le président, vous êtes sûr? Vous êtes sûr?

Étonnant, songea White. Le président se révélait particulièrement émotif, alors qu'il avait passé sa vie à contrôler, dissimuler, réprimer ses sentiments.

– Absolument sûr, répondit White.

– Alors, bon sang, qu'est-ce que j'ai?

– Vous avez ce qu'on appelle des vertiges de Ménière.

– Ça a l'air épouvantable.

– Du tout. Une maladie rare. Un trouble de l'oreille interne.

– Causé par quoi?

– A vrai dire nous en avons une vague idée. Le résultat révèle une accumulation de liquide dans les canaux de l'oreille interne qui provoque vertiges et nausées, accompagnés de maux de tête et de troubles de l'audition.

– Bon. Ça se soigne comment?

– En général, la chose se règle d'elle-même. Dans votre cas, compte tenu de votre position, je vous propose un traitement léger, qui atténuera les effets des crises. En fait, cela devrait les stopper jusqu'à ce que la nature opère.

Le président fit signe à White de s'asseoir et prit place en face de lui.

– Vous ne pouvez imaginer à quel point je suis soulagé.

– Détrompez-vous, dit le médecin en ouvrant son attaché-case pour en sortir une liasse de papiers. Vous avez beaucoup de chance, monsieur le président. Vous êtes en excellente condition physique.

Il commenta les résultats d'analyses, cholestérol, triglycérides, vitesse de sédimentation, urines, albumine, témoins du bien le plus précieux et le plus fragile d'un individu, sa santé. Pour se conformer à l'usage du temps, on lui avait fait le test de séropositivité au SIDA. Personne ne s'étonna qu'il soit négatif. White étala le schéma du scanner du président et les tourbillons incompréhensibles de son magnéto-encéphalogramme.

– Fascinant et gratifiant, dit le président. Si vous n'y voyez pas d'inconvénient, j'aimerais demander à mon porte-parole d'organiser une conférence de presse pour que chacun soit informé de mon état de santé. Comme vous le savez, j'aime que tout soit proclamé haut et clair.

– Certainement, monsieur le président.

Le président fixa alors son médecin dans les yeux:

– Mais je crois que nous pouvons oublier cette petite histoire d'oreille interne et le fait que je suive un traitement, non?

White essaya en vain de dissimuler son malaise.

– Comme vous voulez, monsieur le président. Je suppose que cela tombe sous le sceau du secret professionnel.

– Exactement, sourit le président.

*

*Joukovski, URSS*

Les six pièces de l'institut du médecin-colonel Xenia Petrovna Simonov étaient équipées de miroirs sans tain afin que les docteurs puissent étudier les patients à leur insu. L'un d'eux exerçait une véritable fascination sur Xenia Petrovna et ses collègues. C'était le zek de Kiev, sur qui le médecin-colonel avait pratiqué l'ablation d'un noyau amygdalien.

Derrière Xenia Petrovna, impérieuse dans sa blouse blanche, un ingénieur électronicien opérait une série d'ajustements de dernière minute sur une sorte de spire magnétique posée sur une table au milieu de la salle d'observation. La machine était un générateur de signal électromagnétique programmé pour émettre le signal très précis et très complexe découvert par l'équipe de Xenia Petrovna et qui provoquait une émission neuronale massive caractéristique de la colère.

Ils allaient maintenant procéder à l'expérience cruciale. Quand la machine commencerait à émettre, l'amygdale restante capterait-elle le signal? Le cerveau du prisonnier lui ordonnerait-il de se mettre en colère à simple réception du signal?

Ignorant qu'il était observé et qu'il allait peut-être apporter une contribution sans précédent à l'histoire de la médecine, le zek jouait aux échecs avec son camarade de chambre. Il semblait calme et détendu, malgré l'importante opération qu'il avait subie trois semaines auparavant.

Xenia Petrovna se tourna vers l'ingénieur en électronique :

– Prêt?

– Presque.

– Quand vous déclencherez l'impulsion, s'en rendra-t-il compte? Entendra-t-il quelque chose?

– Absolument rien. L'énergie émise sera silencieuse. On ne pourra discerner aucun signe de sa présence. Si vous prenez un transistor radio et que vous tirez l'antenne dans cette pièce, vous captez une douzaine de signaux dans l'air, n'est-ce pas?

– Je le suppose, oui.

– Mais vous n'aurez aucune conscience de leur présence tant que vous n'aurez pas tourné le bouton. C'est exactement la même chose. Un signal dans l'air parmi tant d'autres.

– Et comparable?

– Non, plus complexe. Tout est essentiel : la forme de l'onde, sa polarité, son intensité. C'est un signal modulé en amplitude, ce qui signifie qu'il varie en force et en amplitude.

– Et vous êtes certain qu'il traversera les murs et tout ce qu'il y a entre lui et nous?

L'ingénieur électronicien avait un peu plus de quarante ans. C'était un docteur de l'Université de Moscou recruté par les Organes après de longues années passées au ministère de la Défense. Il était beaucoup plus à l'aise avec les applications laser dans l'immensité de l'espace qu'avec la microbiologie et les minuscules dimensions qui défiaient la compréhension.

– Traverser ces murs? Il s'agit d'un signal EBF. Il traverse l'eau. Le plomb. Presque tout.

– Avec une si petite machine?

Xenia Petrovna désigna les spirales du générateur. On aurait dit une boîte de conserve.

– Elle émettra seulement à une courte distance. J'ai mesuré. Il y a sept mètres d'ici à la chambre.

Xenia Petrovna n'avait aucune idée de l'usage exact qu'Ivan Serguéïevitch Feodorov entendait faire de la technique révolutionnaire qu'elle essayait de mettre au point. Mais elle doutait qu'une machine capable de manipuler les émotions humaines à sept mètres soit d'une quelconque utilité au KGB.

– Et si on voulait émettre à plus de sept mètres?

– Pas de problème. Il suffirait d'un générateur plus gros. Tout cela obéit aux lois classiques de l'électromagnétisme. La restitution de la puissance est inversement proportionnelle au cube de la distance. Pour atteindre le zek à 1 500 mètres, il faudrait sans doute un générateur de la taille d'un baril. Avec un générateur suffisamment puissant, on peut sûrement envoyer un signal à l'autre bout du monde.

– C'est vraiment possible?

– Possible? Nous l'avons fait. Vous connaissez notre générateur de Sary Shagan?

– Celui qui a émis ce signal que les Américains appelaient le pivert russe?

– C'est cela. Avec un truc pareil on peut envoyer un signal jusqu'au centre de la terre et le faire ressortir de l'autre côté. Avec l'angle correct, il rebondira dans l'espace entre la terre et l'ionosphère inférieure. Avec un mouvement perpétuel, on pourrait en couvrir la planète entière.

– Seigneur Dieu! s'exclama Xenia Petrovna qui venait de comprendre l'énormité des implications de leur travail. Si ça marche, vous pourriez mettre notre zek en colère depuis Buenos Aires?

– A condition que le générateur soit assez puissant.

Xenia Petrovna regarda de l'autre côté du miroir sans tain. Le zek contemplait calmement l'échiquier, réfléchissant manifestement à son prochain coup. Son adversaire le considérait avec ce qu'elle perçut comme une lueur de satisfaction.

– Allons-y, ordonna-t-elle.

L'ingénieur électronicien se pencha sur le générateur. Il manipula un bouton noir.

– Le courant est branché, annonça-t-il. Le signal est en train de passer.

Rien ne se produisit.

On n'entendait pas le moindre bruit dans la salle d'observation, pas même un ronronnement indiquant que le générateur était en marche. Dans sa chambre, le zek continuait à réfléchir dans un calme parfait. Cela ne marche pas, songea Xenia Petrovna. Sa théorie était erronée. Pendant une fraction de seconde, elle hésita entre le soulagement et la déception.

Puis le zek leva les yeux et fixa son adversaire du regard. Il observa à nouveau l'échiquier. Un instant plus tard, il releva brusquement la tête. Son visage était rouge. Il cria quelque chose à son adversaire. L'homme eut l'air abasourdi. Le zek donna un vigoureux coup de poing sur l'échiquier qui fut réduit en miettes. Les pièces volèrent en éclats. Il se retrouva debout. Il criait et gesticulait sauvagement. Puis il fondit sur son adversaire, le saisit à la gorge, le jeta à terre, et se mit à lui taper furieusement la tête contre le carrelage.

– Gardes! Vite! hurla Xenia Petrovna. Il va le tuer! Coupez ce satané truc! ordonna-t-elle à l'ingénieur.

Deux gardes de l'hôpital se ruèrent dans la chambre. Ils arrachèrent le zek, toujours hurlant de rage, à son compagnon de chambre. Le pauvre homme gisait inconscient, une traînée de sang s'échappant de la base de son crâne.

– Mon Dieu! souffla Xenia Petrovna, qu'ai-je fait?

Même Alexandre Borissovitch semblait sous le choc.

– Vous voilà héritière du grand Pavlov et de tous nos maîtres en neurologie, murmura-t-il. Rendez-vous compte! Vous avez leurré le cerveau de cet homme, vous lui avez ordonné quelque chose qu'il n'avait aucune raison d'accomplir. Avec le signal que vous lui avez envoyé. Quand vous l'avez voulu. Un signal que personne ne peut ni voir ni entendre. Un signal aussi invisible que le vent du soir!

*

*Washington*

L'amiral Peter White vivait un moment de gloire sans précédent. En grand uniforme, trois rangées de rubans scintillant sur son plastron blanc, il s'adressait à la presse dans la salle de conférence qu'utilisait le porte-parole dans ses confrontations quotidiennes avec reporters et journalistes. Au fond de la pièce, une batterie de caméras, y compris celles de CNN et de PBS, enregistraient chaque mot de l'amiral. En face de lui, une vingtaine de journalistes notaient scrupuleusement ses propos.

Ce n'est que plus tard, devant son écran de télévision, sirotant un bourbon à l'eau, que l'amiral comprit qu'il n'avait pas la moindre chance de voir ne serait-ce qu'un petit extrait de sa prestation sur une chaîne de télévision. Les reporters s'étaient en effet ennuyés à mourir au cours de ce petit exercice organisé pour eux. Il consistait en une présentation du magnéto-encéphalogramme du président.

– Ce que nous avons là, avait lancé le type du *Los Angeles Times* au dernier rang d'une voix que trahissait l'ennui, est le parangon de la perfection physique. Je veux vous entendre dire que le président est l'exemple vivant de l'excellente santé.

White était rayonnant.

– Il est en excellente condition pour un homme de son âge. De n'importe quel âge, en fait.

White avait fort à propos oublié le petit problème des vertiges de Ménière.

– Mais il n'a rien qui cloche, comme chez tout un chacun? s'était plaint le journaliste du *New York Times*. Il n'a même pas mal au dos, comme moi? Il n'a jamais la moindre brûlure d'estomac comme tout bon citoyen américain en a un jour sur deux si l'on en croit la pub à la télé?

L'amiral était redevenu sérieux. Après tout, le *New York Times* était le *New York Times*.

– Bien sûr, le président peut souffrir de quelque léger trouble comme nous tous. Mais sa santé est fondamentalement excellente.

Tout en disant cela, quelque chose lui était venu à l'esprit. Les anecdotes, la presse adorait ça. Cela faisait partie des consignes de la bureaucratie fédérale – bourrez la presse d'anecdotes comme vous bourrez un éléphant de cacahuètes.

– Il s'est produit une chose intéressante au cours de son examen. Vous vous souvenez qu'on lui a fait son check-up le jour où le Sénat a recommandé une augmentation des impôts. Eh bien on venait de commencer son magnéto-encéphalogramme quand la nouvelle est parvenue. Or c'est un examen au cours duquel il est impératif de rester parfaitement immobile. Il s'est comporté en vrai soldat. Il n'a pas bougé un cil quand je le lui ai annoncé. Mais nom d'une pipe, il était furibard.

– Comment le saviez-vous s'il ne pouvait ni parler ni bouger? demanda quelqu'un.

– Sa tension systolique a démarré comme une fusée. Ce qui nous a fourni un exemple inattendu de l'excellent état de son sytème cardiovasculaire.

Ainsi s'acheva l'heure de gloire de White. Sa conférence fit l'objet d'une phrase sur les trois chaînes de nouvelles. Le *New York Times* et le *Washington Post* lui consacrèrent quatre paragraphes dans les pages intérieures le lendemain matin. A l'exception d'AP et d'UPI, personne ne fit la moindre allusion à l'incident du magnéto-encéphalogramme. Les deux agences en parlèrent dans une note brève parmi les nouvelles diffusées dans le monde entier au cours de la nuit.

*

## *Joukovski, URSS*

Une bouteille à moitié vide de champagne géorgien, la deuxième, était posée sur le bureau noir style Rastrelli de Xenia Petrovna. Elle côtoyait un samovar bouillonnant et un plateau de canapés au caviar et à l'esturgeon. Autour du bureau du médecin-colonel étaient assemblés les membres de son équipe d'élite, le Dr Alexandre Borissovitch Tchouyev, l'ingénieur en électronique et le crack en informatique. Ils passaient en revue ce qu'ils avaient vécu plus tôt dans l'après-midi avec l'excitation et l'épuisement d'un entraîneur discutant d'une victoire remportée de justesse ou d'un couple évoquant, après le départ du dernier convive, une soirée particulièrement réussie.

– Seigneur! dit l'ingénieur électronicien. Je n'arrivais pas à le croire. Comme il a bondi de sa chaise quand nous avons branché le signal!

– Comment va son compagnon de cellule? s'enquit l'informaticien.

– Ça ira, le rassura Xenia Petrovna. D'après l'hôpital, il a une légère fracture du crâne, rien de plus.

L'ingénieur secouait toujours la tête.

– Écouter toutes vos théories était une chose. Mais les voir arriver... Voir un homme fou de rage parce que son cerveau a capté un signal radio qui aurait pu venir de l'autre bout du monde!

– Ah, ma chère Xenia Petrovna, c'est à des moments comme

celui-ci qu'on regrette d'être au service de tels employeurs, soupira Alexandre Borissovitch. Les implications de ce que nous avons vu aujourd'hui dans le domaine médical ont de quoi vous ébranler, n'est-ce pas?

Xenia Petrovna hocha la tête avec lenteur. Déclencher un événement dans le cerveau avec un signal extérieur signifiait des implications extraordinaires. Si on pouvait faire ça, pouvait-on, par exemple, augmenter les taux de dopamine dans le cortex frontal pour soulager les symptômes de la schizophrénie? Ou inciter le pancréas à sécréter de l'insuline et guérir ainsi le diabète? Et si on faisait traverser un nerf sectionné de la colonne vertébrale par des signaux liés au mouvement, pourrait-on arracher le paralysé à son fauteuil roulant?

Elle hocha la tête. Ces possibilités étaient séduisantes mais loin des préoccupations de sa petite équipe. Le temps de la jubilation était passé; il fallait maintenant reconcentrer son groupe sur la mission que lui avait assignée Ivan Serguéïevitch.

– Il est vrai, déclara-t-elle, que nous avons aujourd'hui réussi à prouver la théorie selon laquelle un signal précis peut déclencher une réaction de colère chez un individu.

Tous hochèrent la tête en signe d'approbation.

– Mais, reprit-elle, le signal que nous avons trouvé est absolument spécifique à l'homme de Kiev, c'est bien ça? Aucun autre être humain n'y répondra?

– Tout à fait exact, ma chère, sourit Alexandre Borissovitch. Qu'est-ce qui a réagi à notre signal? Les cellules de son noyau amygdalien. Les cellules humaines sont particulières à chaque individu. Elles sont en quelque sorte nos empreintes digitales génétiques.

– Pratiquement, que peut tirer le KGB de ce que nous venons de découvrir? demanda-t-elle.

– Provoquer la colère permanente chez un individu, pouffa l'ingénieur en électronique.

– Précisément, dit Xenia Petrovna en se penchant en avant. Vous savez, j'en suis convaincue, qui nous a confié cette tâche?

– Fort probablement le président Feodorov.

– Exact. Et je ne pense vraiment pas qu'il s'intéresse à cette technique parce qu'il cherche le remède à la maladie de Parkinson.

– Et pourquoi pas? fit l'ingénieur dont les yeux brillaient d'humour. Quand on songe à l'âge de certains de ceux qui nous gouvernent...

Xenia Petrovna rit avec les autres puis poursuivit :

– Comment le KGB pourrait-il utiliser notre zek de Kiev? Je suppose qu'il pourrait l'expédier quelque part, le mettre face à face avec un ennemi quelconque et faire déclencher notre signal par un homme du KGB. On peut penser qu'il ferait un sort à l'homme en question.

– Il n'y a aucun moyen de le déterminer, avertit Alexandre Borissovitch. Cette technique peut causer une émotion, mais pas donner un ordre, sans compter que chaque réaction de colère est hautement imprévisible. On ne peut être sûr que d'une chose : il sera bel et bien fou de rage. Il peut vouloir tuer quelqu'un si cela correspond à son schéma mental. Mais peut-être pas. Ou peut-être se trompera-t-il de personne.

– Colonel, on se croirait en train de lire un mauvais polar comme on en écrit à l'Ouest, observa l'ingénieur en électronique.

– Tout à fait, approuva Xenia Petrovna. Nous pouvons supposer que notre président dispose de moyens beaucoup plus sûrs pour résoudre de tels problèmes.

Elle songea qu'elle avait la preuve de ce qu'elle venait d'avancer avec l'histoire de la psi new-yorkaise.

– Il nous faut donc supposer, reprit-elle, que ce qu'il a en tête concernant l'utilisation de cette technique requiert un niveau de sophistication bien supérieur à celui auquel nous sommes parvenus. C'est ça, notre véritable défi. Comment passer du particulier au général? Comment allons-nous procéder pour trouver le signal qui déclenchera la colère chez vous, Alexandre Borissovitch? Ou chez vous, dit-elle à l'adresse de l'ingénieur électronicien. Ou chez moi? Et alors, que Dieu vous protège tous. Par ailleurs, est-il possible de trouver ce signal sans être obligé de pratiquer l'ablation d'un noyau amygdalien?

– Docteur?

C'était le surdoué de l'informatique. Trente-huit ans, enfant de la révolution informatique, sa vie s'arrêtait aux frontières d'un écran de terminal. Xenia Petrovna l'avait recruté à l'institut neurologique Bekhtereva de Leningrad. Il s'était spécialisé dans la programmation d'ordinateurs pour l'enregistrement de certains signaux spécifiques émis par le cerveau par l'intermédiaire d'électrodes. Ces signaux étaient alors renvoyés au cerveau par ces mêmes électrodes afin d'examiner si la réaction produite était similaire à la première.

– Je crois que j'ai une idée qui pourrait au moins éviter l'opération chirurgicale pour obtenir le signal recherché.

– Je vous en prie.

Le crack en informatique était bossu. Ses lunettes étaient de véritables loupes tant son astigmatisme était fort et il paraissait quinze ans de plus que son âge. Mais Xenia Petrovna respectait profondément ses capacités.

– J'ai passé en revue la sortie ordinateur du magnéto-encéphalogramme de notre zek pratiqué avant l'opération. J'y ai localisé son signal déclencheur. Je suis désormais en mesure de repérer ce signal de façon extrêmement précise par référence à une série de données sur le listing, l'endroit du cerveau d'où il vient, les paramètres-temps relatifs à toute une série d'autres signaux, etc.

– Une aiguille dans une meule de foin, n'est-ce pas? lança Xenia Petrovna.

– Peut-être. Mais supposons que nous acquérions des bases de données. Que nous procédions comme nous venons de le faire avec une demi-douzaine de zeks. Nous les sanglons au magnéto-encéphalographe et pendant ce temps nous provoquons chez eux la colère. Puis nous les opérons, comme précédemment, et exposons leur amygdale prélevée à nos instruments pour repérer leur signal déclencheur. Après quoi nous étudions où il se situe sur le tirage de l'imprimante.

– Dans quel but?

– Si je repense aux travaux que nous menions à Leningrad, j'ai dans l'idée que ces signaux se produiront toujours exactement au même endroit sur le listing. Si cela nous permet de savoir exactement où les chercher sur ce listing, si nous parvenons à mettre au point des données précises pour repérer l'endroit où apparaîtra le signal d'un individu, nous aurons alors le moyen de trouver à chaque fois l'aiguille dans la meule de foin.

« Ainsi, conclut l'expert en informatique, nous serons en mesure d'identifier sans opérer le signal déclencheur de la colère. Il nous suffira d'être en possession de son magnéto-encéphalogramme au moment où il est fou furieux.

Xenia Petrovna gratifia le petit informaticien de son sourire le plus irrésistible.

– Ça vaut la peine d'essayer.

Xenia Petrovna conduisait sa DS 21 le long d'une grand-route déserte et toute droite à 120 kilomètres au nord-est de Moscou. Elle roulait à près de 160 kilomètres à l' heure. Pour elle, conduire sa Citroën à toute allure sur les routes vides hors de la capitale était un véritable plaisir sensuel. Cela d'autant plus qu'elle savait qu'aucun représentant de la milice ne lui collerait de contravention – pas avec le laissez-passer du KGB qu'elle avait toujours sur elle.

Sa voiture était un présent du gouvernement français au défunt Secrétaire général du parti communiste, Léonid Brejnev. Brejnev avait une passion pour les voitures étrangères. Chaque fois qu'il se rendait en visite officielle, son ambassadeur rappelait à ses hôtes la marotte du secrétaire général.

Le résultat était une collection admirablement entretenue de plus de vingt voitures dans le garage privé de Brejnev. Il s'y rendait régulièrement, choisissait une Ferrari ou une Mercedes et allait se promener dans la campagne moscovite à 160 à l'heure. A la mort de Brejnev, Andropov avait saisi cette collection et l'avait redistribuée aux instituts particulièrement méritants de la capitale. Théoriquement, la Citroën de Xenia Petrovna appartenait à l'institut. Mais avec le temps, c'était devenu sa voiture personnelle. Elle était ce qu'on appelait dans la société soviétique une « personne privilégiée ».

Elle jeta un coup d'œil à sa montre. Une heure moins sept. Elle serait pile à l'heure, attention qu'exigeait le président, même des jolies femmes. Elle arriva devant une grille au bord d'une forêt de bouleaux et de conifères. Deux jeunes gens arborant des épaulettes vert pâle et le regard à la fois vide et arrogant des membres du KGB s'avancèrent jusqu'à la voiture. Un officier suivit. Il demanda poliment à Xenia Petrovna de lui montrer ses papiers.

– Ah oui, dit-il en les comparant à une liste, le président vous attend, colonel.

Il retourna à son poste et passa un coup de fil pour avertir les autres gardes de son arrivée. Il lui rendit ses papiers et la salua avec élégance.

– La troisième à gauche, colonel. Je vous souhaite un excellent après-midi.

Xenia Petrovna remercia d'un sourire et pénétra dans ce qui, après l'intérieur du Kremlin, était l'endroit le plus sélect d'URSS. Zavidovo était la réserve de chasse privée du Politburo. Elle faisait 400 kilomètres carrés. D'une certaine façon, c'était l'illustration parfaite de la règle d'or du marxisme-léninisme selon laquelle le privilège est la récompense du pouvoir. Seuls les membres du Politburo et leurs invités personnels – et bien entendu la petite armée de gardes-forestiers, gardes-chasse, et rabatteurs nécessaires à la bonne tenue de la réserve – y étaient autorisés. Aménagée du temps de Brejnev, elle accueillait chaque membre du Politburo qui y disposait d'un relais de chasse niché dans des sapins et des bouleaux bordant un grand lac à une des extrémités de la réserve.

Zavidovo offrait deux caractéristiques de l'élite soviétique au pouvoir : c'était un monde exclusivement masculin et tous ses membres partageaient la passion de la chasse. Chacun possédait plus de fusils Purdey par tête de pipe au Politburo que les membres de la famille royale d'Angleterre.

Alerté par le crissement des pneus sur le gravier, Feodorov ouvrit lui-même la porte de sa maison et sortit pour accueillir sa visiteuse. Il portait un jean délavé. Xenia Petrovna était sûre qu'il venait de chez un couturier de New York ou de Los Angeles et non de la valise d'un touriste, source classique d'approvisionnement en jeans. Il portait également la traditionnelle tunique du moujik, encore qu'elle fût en soie sauvage, tissu qu'on associait rarement à la paysannerie du tsar.

– Chère amie, quel plaisir de vous voir ici aujourd'hui.

Il l'aida à sortir de voiture et l'accompagna chez lui. Sa maison ressemblait à un chalet à deux étages. A dire vrai, Feodorov avait fourni aux architectes un jeu de photographies de chalets de Gstaadt afin qu'ils y puisent leur inspiration. Ils étaient allés jusqu'à mettre des jardinières de géraniums rouges au balcon du second étage et à foncer les bords du chalet à la torche.

– J'ai invité Pavel Orlovski et sa femme Tania pour le déjeuner. J'ai pensé que vous aimeriez faire leur connaissance.

– L'auteur dramatique?

– Oui. Fascinant personnage.

– Je n'en doute pas.

Quel homme étonnant, se dit Xenia Petrovna. Orlov était un intellectuel dissident fort célèbre qui avait passé trois ans dans un camp du KGB. Sa dernière pièce, *Les Heures sombres,* une dénonciation violente de la terreur stalinienne, faisait sensation à Moscou. Qu'est-ce qu'un tel homme faisait dans le relais de chasse du président du KGB un dimanche à l'heure du déjeuner?

– Nous oublierons le travail jusqu'à leur départ, si vous voulez bien, poursuivit Feodorov.

– Naturellement.

La grande pièce du relais de Feodorov était lambrissée de chêne; de vieilles poutres se détachaient sur le plâtre blanc du plafond. Au fond, une immense cheminée dans laquelle on pouvait tenir debout était entourée de pierres brutes. De chaque côté du manteau et au-dessus, les murs étaient ornés de trophées de chasse : élan, renne, ours, sanglier, et même un léopard blanc des neiges. Xenia Petrovna savait que certains milliardaires occidentaux payaient chaque année des fortunes au gouvernement soviétique pour chasser cet animal rare et exotique. Dans un coin de la pièce, une télévision Sony grand écran avec magnétoscope. A côté, un petit meuble rempli de cassettes. Xenia Petrovna regarda tout cela avec envie. Depuis longtemps, elle réfléchissait au moyen de trouver quelqu'un qui lui en rapporterait un de l'Ouest.

Feodorov lui présenta l'auteur dissident et sa femme. Il avait l'air de ce qu'il était. Une masse de boucles blanches jaillissaient de sa tête dans toutes les directions. Il portait d'épaisses lunettes d'écaille qui semblaient condamnées à glisser sur son nez et un T-shirt du concert de Prince à Copenhague en 1988 dont Xenia Petrovna espérait qu'il illustrait ses opinions plus que ses goûts musicaux. Un estomac étonnamment rebondi en tendait l'étoffe; à l'évidence, il avait eu le temps de se rattraper des privations du camp. Sa femme ressemblait à une petite souris toute calme, manifestement intimidée d'être là. Le genre d'épouse qui avait passé trois ans à faire signer des pétitions inutiles pour la libération de son mari – et qui endurait sans doute maintenant, avec la même patience, ses innombrables infidélités.

Feodorov les guida jusqu'à une longue table basse couverte de mets russes, de bouteilles de vodka et de champagne géorgien. Xenia Petrovna repéra aussi avec plaisir deux bouteilles de château Talbot. Tout cela était certainement l'œuvre des domestiques de Feodorov, mais aucun n'était visible pour l'instant. Le président du KGB se montrait un hôte à la fois charmant et attentif.

Il offrit à boire à chaque convive – elle prit du bordeaux – puis leva son verre.

– Aux bons amis, aux jolies femmes et à la santé qui permet de jouir des uns et des autres, dit-il.

Xenia Petrovna rougit légèrement et but une gorgée de vin. Elle considéra froidement Feodorov de ses yeux verts. Il était terriblement séduisant. C'était un homme très puissant et, comme beaucoup de femmes, elle trouvait que le pouvoir était le meilleur des stimulants sexuels. Sans compter la réputation qu'il avait à Moscou. Xenia Petrovna aimait ça. Les hommes bénéficiant d'une telle réputation représentaient un défi, et elle adorait les défis.

En face d'elle, l'auteur dramatique levait un gobelet d'argent rempli de vodka.

– *Mir i Droujba* – paix et amitié.

Il prononça d'un rire moqueur ce toast de l'ère Brejnev puis but d'un trait.

Sur le mur, une peinture à l'huile attira l'attention de Xenia Petrovna. C'était un portrait de Felix Dzerjinski. Bizarre, se dit-elle. Était-ce l'icône obligatoire dans une résidence de président du KGB ? Ou Feodorov s'était-il découvert quelque affinité avec cet homme étrange et cruel ?

Il s'aperçut qu'elle contemplait la toile et la regarda à son tour.

– Curieux personnage, lança-t-il. Saviez-vous qu'il pleurait souvent en signant l'arrêt de mort de ses victimes ?

– Non, répondit Xenia Petrovna.

Elle eut envie d'ajouter : « Et vous, ça vous arrive ? » Mais elle se contenta de ce commentaire.

– Ses larmes ne semblent guère avoir ralenti le mouvement de sa plume, dirait-on.

Feodorov éclata de rire.

– Elles l'ont peut-être accéléré. C'était un modèle de contradictions. Vous savez, ajouta-t-il à l'adresse de l'écrivain, Staline et lui partageaient la même ambition, dans leur jeunesse. Tous deux voulaient devenir prêtres.

– A votre avis, qu'est-ce qui les attirait vers la prêtrise? demanda Xenia Petrovna.

– Probablement ce qui les a attirés vers le marxisme: l'amour de l'autorité, de l'ordre et de la stricte hiérarchie.

L'auteur dramatique fit une petite grimace.

– Rien n'est plus satisfaisant que la stricte hiérarchie – à condition d'être au sommet.

Feodorov rit de nouveau. Il désigna d'un geste un autre portrait sur le mur derrière lui, de Lénine, cette fois.

– Lui, en tout cas, on ne l'aurait jamais trouvé devant la porte d'un séminaire – sauf s'il avait voulu la faire sauter, évidemment.

Cette fois, tout le monde rit avec lui.

– Heureusement que c'était un juriste, soupira Feodorov. Vous savez pourquoi?

– Parce que les juristes sont des pragmatiques, contrairement aux prêtres qui sont des dogmatiques? proposa le dramaturge.

– Non, dit Feodorov. Parce que comme la plupart des hommes de loi, il a laissé des tonnes de papiers derrière lui. Ses écrits sont comparables à la Bible – on y trouve toujours de quoi tout justifier. Je suis sûr qu'en se donnant un peu de mal on y trouverait même une justification de l'inceste.

Feodorov tomba dans un long silence, souriant à ses convives par-dessus son verre. Les gens comblent d'instinct le silence. Or la règle d'or d'un policier est: « Si tu veux informer, parle; si tu veux apprendre, écoute. » Enfin, il fit un geste avec son verre.

– Que ferait notre pauvre secrétaire général sans les écrits de Vladimir Ilitch? C'est comme un nounours pour lui. Chaque fois qu'il veut jeter une idée de Lénine au panier, il est obligé de fouiller dans ses écrits à la recherche d'une citation qui justifie son action, non?

Est-ce ce qu'il le pense vraiment? se demanda Xenia Petrovna. Ou prêche-t-il le faux pour savoir le vrai? Elle ne répondit pas. L'écrivain ne s'embarrassa pas tant.

– Peut-être y trouvera-t-il une citation sur la sérénité que procure le fait de rester dans le rang. Après tout, c'est bien ce que tout bon socialiste passe sa vie à faire, n'est-ce pas?

– Hélas, dit Feodorov en haussant les épaules, tout ce qu'on a gagné avec la perestroïka, c'est du bla-bla.

– Et du cynisme, ajouta l'auteur dramatique. Communisme et idéalisme ne faisaient qu'un autrefois, vous vous rappelez? dit-il en riant drôlement – en souvenir du goulag, pensa Xenia Petrovna. De nos jours, essayer de convaincre quelqu'un que ses grands-parents étaient devenus communistes par idéalisme est à peu près aussi facile que de convaincre un Palestinien de Gaza que le soldat israélien qui le tabasse se trouve en Israël parce que ses grands-parents étaient des sionistes idéalistes.

– Eh oui, sourit Feodorov, le pouvoir corrompt. Laissons-nous corrompre un moment.

Il lança un regard malicieux et plein de défi à Xenia Petrovna.

– Alors, ma chère, de quoi allons-nous nourrir votre magnifique silhouette? D'esturgeon? D'un peu de caviar?

Pendant tout le repas, il demeura un hôte charmant et plein d'attentions, ouvert et astucieux dans la conversation, entourant Xenia de prévenances. Ils achevèrent le déjeuner avec du thé et des merises, un alcool arménien et, pour l'écrivain, un cigare Cohiba, les préférés de Fidel Castro. Une fois le cigare fumé, Feodorov se leva.

– Voulez-vous nous excuser un instant, chère amie?

Et il accompagna l'auteur dramatique et sa femme jusqu'à une voiture du KGB qui les attendait.

Les adieux prirent quelque temps. Xenia Petrovna vérifia son apparence dans le miroir. Elle aussi portait un jeans, en fuseau, de Calvin Klein, fiché dans des bottes italiennes en daim. L'ensemble ne lui allait pas tout à fait aussi bien qu'aux filles qu'elle avait vues sur les pubs des magazines occidentaux, mais, pour son âge, elle demeurait très attirante. Elle avait revêtu un chemisier bleu pâle sous lequel on devinait un soutien-gorge blanc de chez Dior. Elle adorait la caresse de la soie sur ses seins. La lingerie occidentale était un luxe pour lequel une bonne socialiste serait capable de tuer, songea-t-elle en souriant.

En se détournant du miroir, elle aperçut Feodorov pénétrant dans les bois avec l'écrivain. A l'évidence, la petite souris attendait dans la voiture. Elle comprit tout. Le rire étrange de l'auteur dramatique n'était pas dû aux durs souvenirs du goulag. C'était celui du mépris de soi. Cet homme était un informateur du KGB. C'était l'œil et l'oreille de Feodorov dans la communauté intellectuelle moscovite. Ses membres étaient les défenseurs les plus ardents de Mikhaïl Serguéïevitch. Si jamais le temps venait de faire machine arrière par rapport à la glasnost, Feodorov saurait exactement où frapper, grâce à l'écrivain.

Quand il revint, elle contemplait sa collection de cassettes vidéo.

– On peut en regarder une tout à l'heure, si cela vous dit, proposa-t-il en se glissant derrière elle. Allons faire un tour jusqu'au lac pendant qu'ils débarrassent.

Le chemin qui conduisait au bord de l'eau traversait une épaisse pinède. Les rayons du soleil tombaient du sommet des arbres à leurs pieds en une cascade irrégulière, tachetant le sol comme le pelage d'un daim. La demeure disparaissait presque quand Feodorov se tourna vers elle, le visage éclairé d'un sourire impatient.

– Nous pouvons enfin parler. Où en êtes-vous? Ça avance? Dites-moi tout. Vous ne pouvez imaginer à quel point c'est important pour moi.

Oh si, je peux, et comment! pensa-t-elle. Il n'y a qu'à vous regarder. Elle croisa les bras sur sa poitrine et fit quelques pas avant de répondre. C'était l'instant qu'elle avait redouté toute la journée.

– Ça n'avance pas autant que je l'espérais, hélas, Ivan Serguéïevitch.

– Quoi!

Toute trace de sourire avait disparu. Elle voyait sa mâchoire se contracter de colère.

– Je ne comprends pas, reprit-il. Votre premier rapport était si encourageant. Que s'est-il passé?

Xenia Petrovna lui avait adressé un compte rendu détaillé de la première opération. Elle lui avait expliqué comment ils avaient réussi à trouver le signal déclencheur et comment ils l'avaient renvoyé dans le cerveau du zek depuis la pièce voisine. Maintenant, tandis qu'elle foulait les aiguilles de pin qui jonchaient le sol, elle avait conscience de sa vive déconvenue. Et décevoir le président du KGB n'était pas une chose à faire.

– Il me faut cette technique, Xenia Petrovna.

– Il y a un autre moyen, dit-elle après un soupir. On peut placer une mèche d'oxyde d'étain dans un tube de plastique couleur chair de la taille d'un cheveu et l'implanter dans le cerveau. Personne ne saurait qu'elle s'y trouve, pas même la personne à qui on l'aurait mise. Ce serait invisible aux rayons X. On s'en servirait comme antenne radio. Il ne resterait qu'à envoyer un signal micro-onde pour rendre l'individu fou de rage, ou débile, ou plein de désir sexuel, suivant l'endroit où l'on aurait implanté la mèche.

– Et comment on l'implante, cette mèche?

– Par la chirurgie. Rapide et très simple. Pendant qu'on lui dévitalise une dent, par exemple. Il ressentirait un très léger coup sur la tête pendant une seconde.

Feodorov avançait d'un pas rageur.

– Ça ne va pas. Ça ne pourra pas marcher. Il faudrait avoir le bonhomme sous la main.

De son poing droit, il frappa la paume de sa main gauche.

– Nous devons y arriver sans contact direct. C'est primordial. Comme vous l'avez suggéré de prime abord.

Xenia Petrovna fut surprise devant la fureur de Feodorov. Il avait en effet la réputation d'un homme très calme, qui excerçait son autorité avec détachement. Pour quelle obscure raison se mettait-il dans cet état? Que pouvait-elle suggérer pour le calmer, ou tout du moins détourner sa colère d'elle-même et de son institut?

– Ivan Serguéïevitch, déclara-t-elle, nous avons appris une chose depuis notre dernier rapport. Ce n'est pas un grand pas, mais c'est un progrès.

– De quoi s'agit-il?

– Nous avons pratiqué cinq autres ablations du noyau amygdalien sur des détenus de l'institut. Nous avons suivi exactement la même procédure que la première fois. Nous avons comparé les magnéto-encéphalogrammes établis sur chacun lorsque nous l'avons mis en colère avant l'opération.

– Quel intérêt cela peut-il avoir?

– Nous avons découvert qu'il existait un point extrêmement précis sur chaque listing où se produit toujours le signal d'agressivité. Nous avons toujours réussi à le localiser et à l'identifier correctement.

– Désolé, mais je ne vois pas la signification de tout cela.

– Cela signifie que si nous possédions le magnéto-encéphalogramme d'un homme au moment où il est brusquement en colère, nous pourrions déterminer sa détente agressive – et sans opérer.

Feodorov s'arrêta. Il essayait de se souvenir... mais bien sûr! Les deux paragraphes dans les télex des agences de presse qui étaient passés sur son bureau : c'était un supplément au profil psychologique du président et cela concernait son check-up annuel.

– Vous en êtes sûre? Absolument sûre?

– Bien entendu, Ivan Serguéïevitch.

– Autrement dit, si je trouvais le moyen de vous procurer la sortie ordinateur du cerveau d'un individu dans un accès de colère, vous seriez en mesure d'y repérer le signal déclencheur?

– Sur la base de ce que nous avons fait, certainement.

– Et vous pourriez alors trouver le moyen de reproduire ce signal? De le lui envoyer et de le mettre en colère sur commande?

– Je pense que oui.

– Que vous le pensiez ne me suffit pas.

– Ça a marché sur les six individus avec lesquels nous avons essayé jusque-là.

Feodorov reprit sa marche sans un mot. Xenia Petrovna le suivait à un pas. Il avait un air songeur qui n'invitait guère à la conversation. Ce n'est qu'au bout de quelque temps, quand ils eurent atteint la rive, qu'il se tourna vers elle.

– C'est ce que vous m'avez montré, n'est-ce pas? Cette machine que nous avons utilisée pour obliger l'officier de la CIA à identifier l'espion qu'il contrôlait?

– C'est cela même.

– Pour autant que je me souvienne, vous utilisiez un ordinateur Hewlett Packard pour stocker les informations que vous lisiez dans le cerveau avec votre machine, n'est-ce pas?

– Vous l'avez obtenu par l'intermédiaire de la Suède. Ce qu'ils ont de plus récent, un Precision Spectrum.

– Quand ils examinent un cerveau avec ça, à l'Ouest, comment stockent-ils les informations recueillies, à votre avis?

– Comme nous, j'imagine. Sur le disque dur de l'ordinateur.

– Et le disque est conservé combien de temps?

– Des mois, des années. C'est un disque 900 Mega, 5 pouces. Il peut contenir des milliers d'enregistrements.

– Et chaque patient y serait identifié? Par son nom?

– Oh non, pas à l'Ouest. Je crois savoir qu'il en va autrement. Chaque patient aurait un numéro de code connu que de son neurologue. On lui donnerait une disquette du scanner de son patient, c'est tout. On ne pourrait identifier un patient à partir du disque principal à cause du code. On ne disposerait que de la date, du code et de l'heure du début et de fin du scanner.

La date et l'heure, songea Feodorov. Ce serait relativement facile à établir. Évidemment, il y avait toujours une chance qu'ils aient enregistré le scanner du président sur un disque à part. Ou qu'ils l'aient effacé. Mais peut-être pas. Les Américains se montraient plutôt laxistes quant à la sécurité dans ce domaine. Selon toute probabilité, ils avaient la certitude que le code leur offrait une protection suffisante.

Ils étaient maintenant au bord du lac. Feodorov se pencha, prit une pierre plate et l'envoya ricocher sur l'eau. Il compta trois, quatre, cinq rebonds. Son record était de sept. Peut-être était-ce un bon présage. Il se tourna vers Xenia Petrovna. Le sourire plein de malice qu'il arborait au cours du déjeuner éclairait à nouveau ses traits.

– Vous sous-estimez votre réussite, dit-il.

*

*Washington*

La nouvelle ambassade d'URSS à Washington s'étend sur Tunlaw Road, dans le quartier de Cathedral Heights. Ce n'est certainement pas un hasard si elle est située sur la partie la plus élevée du District de Columbia, en face de l'observatoire naval américain de Wisconsin Avenue. Que cet endroit fût idéal pour contrôler les communications micro-ondes de la capitale américaine était une pensée qui n'avait malheureusement effleuré le Département d'État qu'après que les Soviétiques eurent acheté ce terrain pour leur ambassade et donné le premier coup de pioche.

Théoriquement, la chancellerie de marbre blanc n'était pas

censée accueillir les diplomates de l'ambassade avant le règlement de la controverse sur les micros placés dans la nouvelle ambassade des États-Unis à Moscou. Toutefois, pour le colonel Victor Andréïevitch Gorokhov, ce n'était qu'une théorie. Répertorié officiellement comme troisième secrétaire de la section économique de l'ambassade, il disposait, pour la forme, d'un bureau en ville, dans la vieille ambassade, mais c'était là que se trouvait son véritable QG.

Comme tous les matins, il arriva à 7 heures précises. L'officier de nuit avait placé à son intention une tasse de café et la revue de presse. Elle ne contenait rien de passionnant et Gorokhov sonna pour demander la liste de toutes les communications que la forêt d'antennes plantée sur le toit du bâtiment de huit étages avait captées au cours de la nuit. Le KGB entretenait son propre réseau de communications stratégiques, avec son propre satellite, ses voies terrestres et ses chaînes de radio. Il fonctionnait indépendamment des réseaux de communication du ministère des Armées et du ministère des Affaires étrangères et était supposé fournir à la direction du parti un canal de communication « à l'abri » des militaires et des technocrates – ce qui était le cas, du moins dans la mesure du bon vouloir du KGB.

En haut de la liste, une note en rouge indiquait SOVERCHENNO SEKRETNO – REZIDENT – résident – ultra-secret – message émanant du Centre parvenu au cours de la nuit. Gorokhov ouvrit son coffre-fort, sortit son bloc de décryptement à clé, se rendit aux archives. Il pianota un code sur le clavier près de la lourde porte métallique et un judas s'ouvrit. Un garde armé du KGB le dévisagea puis actionna le mécanisme de la porte. A l'intérieur, le garde nota son arrivée sur son registre et Gorokhov entra dans une sorte de guichet de banque cerné de vitres pare-balles et demanda à l'officier des communications de lui remettre son message. Il dut signer un registre après réception. Puis il s'installa à un bureau pour le décoder.

Cela venait du président. Comme tous les messages de Feodorov, celui-ci était succinct et précis. Mais, se demanda Gorokhov, pourquoi ce soudain intérêt du président pour l'hôpital naval de Bethesda ?

De retour à son bureau, il convoqua son adjoint et lui expliqua la requête du président.

– Mettez trois hommes là-dessus, ordonna-t-il. Que l'un d'eux passe en revue toutes nos banques de données. Voyez la banque de données du *New York Times*. Envoyez quelqu'un à la section des périodiques de la bibliothèque du Congrès. Vérifiez aux archives si nous avons quelque chose. Je veux les réponses ce soir.

– Ce soir? demanda l'adjoint comme s'il espérait obtenir un délai supplémentaire.

– Ce soir, répéta Gorokhov sèchement. C'est pour le président.

Ils firent ce qu'on leur avait dit. A la nuit tombée, toutes les informations étaient sur le bureau de Gorokhov. Le KGB n'avait jamais eu personne à l'hôpital, hormis un couple de médecins bavards, aujourd'hui à la retraite. Gorokhov était cependant étonné en se préparant à coder sa réponse pour transmission à Moscou. Comme tant d'institutions américaines dans les années quatre-vingt, l'hôpital naval de Bethesda avait été frappé du virus de la vénalité. Quatre marins étaient passés en Cour martiale en 1980 pour avoir volé des marchandises à l'économat et à l'entrepôt de l'hôpital. Trois civils avaient été arrêtés en 1984 pour avoir appartenu à une bande qui volait des ordinateurs sur les bureaux des médecins et des administrateurs de l'hôpital. Ils étaient passés en jugement à la Cour fédérale pour vol de propriété du gouvernement. La sentence avait été une amende, le renvoi et six mois de prison avec sursis. L'un d'eux était toujours dans les parages et travaillait comme vendeur au Radio Shack de Silver Spring, dans le Maryland. Gorokhov n'en croyait pas ses yeux. Avec un coup pareil, se dit-il, on se retrouvait en Sibérie, où l'on attrapait des cheveux blancs avant d'avoir vu la dernière neige.

Rien ne distingue Biokovo des centaines de lugubres cités industrielles soviétiques. Les mêmes alignements de cheminées y vomissent leur ration quotidienne de pollution dans le ciel, les mêmes immeubles ouvriers défilent en uniforme gris sur la ligne d'horizon, les mêmes panneaux où des travailleurs à la mâchoire carrée et des travailleuses à la lourde poitrine exhortent leurs camarades citoyens à respecter les normes de production. On y trouve l'inévitable parc du peuple envahi de mauvaise herbe et, sur la pelouse en face du secrétariat local du parti, la non moins inévitable statue de bronze de la Mère Russie pleurant ses fils perdus à la grande guerre patriotique. Sans oublier, bien sûr, les files d'attente qui serpentent dans les rues de la ville dans l'éternelle quête de la nourriture quotidienne.

Toutefois, au nord-ouest de la ville, à l'abri d'un écran de peupliers et de conifères – renforcé par une triple rangée de barbelés et de champs de mines –, se trouvait l'institut qui rendait Biokovo unique. La CIA aurait payé avec plaisir la rançon du roi pour qu'un de ses agents franchisse la barrière qui venait de s'ouvrir pour la limousine du président du KGB. De l'autre côté, se trouvait la possession dont l'organisation de Feodorov était le plus fière, la direction des opérations illégales.

A l'Ouest, les agences de renseignement avaient baptisé le centre d'entraînement de Biokovo le « campus ». Grossière erreur. Feodorov l'avait fait un jour remarquer : cet institut, conçu pour former des hommes et des femmes aux rôles les plus exigeants qui soient, n'avait strictement rien de commun avec une école ou « une fabrique de saucisses ». Les procédures de sécurité y étaient si rigoureuses que les trente-cinq agents formés là n'étaient jamais autorisés à se rencontrer. Ainsi, ils étaient dans l'incapacité de donner l'identité d'un de leurs camarades si un service de sécurité occidental leur mettait la main dessus une fois infiltrés en pays étranger, ni même de connaître le rôle réel – contact ou contrôleur ? – de ceux qu'ils croisaient sur leur chemin.

La limousine de Feodorov roula lentement jusqu'au bâtiment administratif, structure en ciment de trois étages dépourvue de toute originalité à l'exception du profil de bronze de l'homme de fer au-dessus de l'entrée principale, portrait qu'on pouvait à la rigueur qualifier d'original. Le président adjoint responsable de cette direction, alerté par les gardes de sécurité de l'arrivée de Feodorov, attendait ce dernier avec une poignée de membres du personnel.

– Votre présence est un honneur, Ivan Serguéïevitch, déclama-t-il tandis que Feodorov descendait de voiture.

En réalité, c'était plus un souci qu'un honneur. Rares étaient les visites du président du KGB à Biokovo. Plus rares encore celles dont l'adjoint ignorait le but.

Le président adjoint introduisit Feodorov dans le salon qui jouxtait son bureau. Au centre, une table sur laquelle on avait disposé un service à thé avec des pyramides d'oranges et des petits plateaux d'argent remplis de biscuits. Tsaristes ou socialistes, les Russes accordaient beaucoup d'importance à l'hospitalité. Du pain et du sel qu'on offrait à l'étranger aux toasts qui accompagnaient traditionnellement les repas, ces marques de courtoisie, de civilité et de respect étaient profondément ancrées dans la vie soviétique.

Au milieu des conversations, Feodorov songeait que ces valeurs conservaient tout leur sens même au KGB. Elles soulignaient l'importance du respect et de la patience, se dit-il, et la patience était tout compte fait la principale vertu du KGB. Ses rivaux de la CIA évaluaient toujours leurs opérations en termes capitalistes de rapport coût / bénéfice. Si un agent était improductif, on le secouait au risque de le mettre à découvert, ou on le congédiait.

Pas au KGB. Les Organes savaient attendre, laisser dormir un agent pendant des années jusqu'à ce que se présente l'occasion de l'utiliser. Et la plus belle démonstration en était cette remarquable opération illégale. D'un battement de cils, il indiqua au président adjoint que l'heure était maintenant au travail. Il se leva après lui, dit au revoir à l'équipe et le suivit dans son bureau.

– La raison de ma visite est double, cher ami, commença-t-il en s'installant dans un fauteuil. D'abord, il est possible que nous entreprenions à brève échéance une opération à Washington. Il est de la plus haute importance que l'ambassade, notre organisation, en fait la *Rodina*, n'y soient aucunement associés en cas de problème.

– Je comprends.

Il comprenait surtout que la nature de l'opération mentionnée par Feodorov était si secrète qu'elle ne le regardait pas.

– Pour la mettre à exécution, nous devrons donc activer un ou deux illégaux à Washington. J'aimerais passer en revue les dossiers de nos gens sur place pour me faire une idée des candidats les plus prometteurs.

– Nous en avons vingt-neuf assignés dans la zone du District de Columbia. D'après les indications, chacun fonctionne de façon satisfaisante.

Il ne faisait aucun doute que l'homme annonçait cela avec fierté. C'était, il fallait bien le reconnaître, une superbe réussite.

Plus de deux douzaines d'agents soviétiques résidaient patiemment à Washington, à l'insu des Américains, pas le moins du monde tentés de passer à l'Ouest.

Feodorov hocha la tête.

– J'aimerais également parler au jeune officier qui a récemment dirigé l'opération de la Ve section à New York.

– Le capitaine Toboulko. Comme vous le savez, il est instructeur ici. Je le fais immédiatement appeler.

– S'il vous plaît. Mais j'aimerais étudier son dossier avant de le voir.

– Naturellement.

L'adjoint aboya un ordre à son secrétariat. Les opérations de la direction des illégaux étaient divisées en deux. La première partie impliquait l'implantation à l'Ouest d'illégaux à long terme. La seconde, beaucoup moins connue, concernait les *zonstarks* – les sondes. Les hommes et femmes qu'on y affectait constituaient une élite et étaient les membres de ce qui était peut-être la société la plus exclusive du monde. Tous avaient opéré avec succès un tour à l'Ouest en tant qu'illégaux. On les utilisait pour des opérations éclair dans les pays qu'ils connaissaient bien et dans lesquels ils évoluaient avec aisance. Vérifier la nouvelle procédure d'immigration à la frontière mexicaine des États-Unis; s'emparer d'une copie de tous les documents nécessaires pour obtenir un poste dans une usine de recyclage du plutonium en France – permis de travail, papiers de Sécurité sociale, formulaires à remplir pour franchir l'enquête de sécurité; livrer un colis ou ramasser quelque chose que le KGB ne voulait pas faire passer par la valise diplomatique. Et, occasionnellement, l'élite de l'élite était employée par la Ve section, chargée des liquidations décidées par le KGB.

Un jeune officier déposa le dossier personnel de Toboulko devant Feodorov. Ce dernier l'étudia méthodiquement, page après page. Valentin Toboulko possédait toutes les qualités que le KGB exigeait d'un illégal. Ce n'était pas un idéologue trop zélé. Les chefs de komsomols, les boy-scouts qui ne manquaient jamais une réunion de cellule des jeunes communistes au cours de leurs études universitaires étaient rarement recrutés pour Biokovo. Ces zélateurs passaient trop souvent d'une idéologie à l'autre.

Le grand-père de Toboulko était un moujik suffisamment astucieux pour déchiffrer les écrits sur les murs et rejoindre le programme de collectivisation à ses débuts. Son père était colonel dans l'Armée rouge, couvert de médailles. Il était mort en 1962 des suites de blessures reçues à Sébastopol pendant la guerre. Grâce à l'intervention d'un des vieux compagnons de son père et à ses dons pour les langues, Toboulko avait été admis à l'Université de Moscou. Au cours de son service militaire, il avait attiré l'attention du GRU, service de renseignement de l'Armée rouge rival du KGB, mais il avait repoussé ses offres car il ne voulait pas faire une carrière militaire. Au vrai, il rêvait d'être acteur.

C'est à l'Académie d'art dramatique que le KGB l'avait d'abord repéré. Le don des langues, l'aisance avec laquelle on jouait un rôle constituaient d'excellentes recommandations pour le recrutement d'un illégal. Le prestige, les énormes avantages matériels – énormes selon les critères soviétiques – avaient eu raison du goût de Toboulko pour le théâtre. Sans compter qu'une année d'études à l'académie avait suffi au jeune homme pour comprendre que ses talents de comédien étaient limités. Il passa trois ans à Biokovo, puis cinq comme illégal. Il avait, remarqua Feodorov avec intérêt, servi à Bethesda, dans le Maryland, où il s'occupait d'un petit magasin d'équipement photographique. Il connaissait donc bien Washington. Son dossier était parfait encore que, à l'instar de la plupart des illégaux, il n'avait eu à accomplir que des tâches mineures. A son retour, on l'avait envoyé à l'antenne de contre-espionnage de Kaboul. Cette mission l'avait exposé de façon brutale aux aspects les moins plaisants de la vie dans les Organes.

Il n'avait pas pipé. Il avait supervisé des interrogatoires « lourds », euphémisme pour désigner les séances de torture, il avait aidé des loyalistes afghans à tendre un piège au cours duquel trois chefs moudjahidin avaient été assassinés de sang-froid, il avait en toute connaissance de cause envoyé sa cargaison d'agents mourir derrière les lignes des guérilleros afghans musulmans. Si bien qu'on l'avait recommandé pour l'entraînement spécial dans « l'école des tueurs » de la Ve section. On lui devait l'assassinat de la psi new-yorkaise employée par la CIA.

Feodorov fit signe qu'il était prêt à recevoir le jeune officier. Son adjoint fit entrer Toboulko, puis se retira discrètement. Feodorov désigna un fauteuil avec suffisamment de désinvolture pour le mettre à l'aise. Toboulko frisait la quarantaine. Il était de taille moyenne avec des yeux bleu-gris pâles, des cheveux blonds coupés en brosse, des pommettes saillantes et une mâchoire légèrement proéminente. Feodorov nota avec plaisir qu'il n'y avait toutefois rien de remarquable dans son allure. C'était un visage qu'on oubliait facilement.

Le président percevait le nœud des muscles de ses épaules et le mouvement de ses biceps sous la veste de costume brun. Son dossier précisait qu'il courait six kilomètres chaque jour, pratiquait l'haltérophilie, le tai chi chuan et le plus mortel des arts martiaux enseignés à Biokovo.

– Laissez-moi vous féliciter pour votre récent succès, major, commença Feodorov.

– Capitaine, camarade président, corrigea Toboulko.

– Major, insista Feodorov dans un sourire. Ainsi en a-t-il été décidé.

L'homme ne parut guère ému par cette nouvelle. Le plaisir, au KGB, ne s'affiche pas.

– A l'évidence vous avez accompli votre mission en véritable professionnel. Il n'y a pas la moindre indication que la police new-yorkaise soupçonne autre chose que prévu.

– Je suis heureux de l'entendre, camarade président.

Ces paroles ne reflétaient pas la moindre trace de vantardise, observa Feodorov avec satisfaction, mais plutôt l'assurance d'un homme de l'art qui n'a jamais douté de la qualité de son travail. Parfait.

– Avec quoi avez-vous envoyé la capsule?

– Les services techniques m'ont fourni un stylo à bille truqué qui s'actionne en appuyant avec le pouce sur le clip qui le fixe à la poche.

– Ah. Et comment l'avez-vous injecté sans qu'elle s'en rende compte?

– J'étais juste derrière elle à la caisse de l'épicerie qui fait le coin de sa rue. Et j'ai fait semblant de me baisser pour ramasser quelque chose.

– Elle n'a rien remarqué?

– Oh si. Elle s'est immédiatement retournée mais j'avais les bras chargés et le stylo était caché derrière mes emplettes. Elle s'est frotté derrière le genou en murmurant quelque chose à propos du nombre incroyable d'insectes qu'il y avait à New York.

– J'imagine qu'il n'a pas été des plus plaisants de pénétrer dans son appartement et de la lacérer.

– Fort peu agréable, admit Toboulko. Mais bien sûr, elle était déjà morte. Cela arrangeait bien les choses.

Feodorov étudia le visage de Toboulko tandis qu'il racontait, cherchant une trace de regret ou de dégoût. Ceux qui accomplissaient les missions mortelles pour la Ve section et s'en tiraient psychologiquement indemnes étaient une denrée rare. Le premier colonel du KGB passé à l'Ouest était un illégal qui n'avait pu se résoudre à tuer un chef russe blanc exilé en RFA.

– N'empêche, tuer quelqu'un, quelle que soit la raison, est une rude mission.

– Je suis sûr qu'il y avait à cela d'excellentes raisons, répondit Toboulko, et que la procédure a été suivie correctement pour cette tâche.

– J'aimerais vous confier une autre mission. Heureusement, elle ne comprend pas de telles extrémités. Il s'agit de se procurer quelque chose à Washington. Je crois que cela peut se faire sans que vous soyez directement impliqué.

– Ce serait un honneur, camarade président.

Feodorov jeta un coup d'œil à sa montre.

– Pourriez-vous revenir au Centre avec moi à 15 heures? Je vous expliquerai la mission dans la voiture. Nous aurons à préparer vos papiers avec soin et j'aimerais que vous soyez en route le plus tôt possible.

Trois portes métalliques différentes, chacune actionnée électroniquement, chacune précédée d'une vérification de sécurité, conduisaient au saint des saints de la Direction des illégaux. Ce sous-sol comprenait une douzaine de bureaux, un pour chaque pays où résidaient des illégaux, ainsi que des salles de communications et de codage. Les communications avec des illégaux étaient rigoureusement limitées afin de réduire au minimum les risques de les mettre à découvert. Toutes partaient de là. Les rares informations émises par radio étaient cryptées dans ces caves, puis relayées par voie terrestre au centre de Moscou où elles étaient envoyées au satellite qui les transmettait finalement en Amérique du Nord ou en Europe occidentale. De la même manière, les messages réponses des illégaux étaient captés au passage des satellites et envoyés, toujours codés, à Biokovo. Toutefois, la plupart des communications s'effectuaient par des canaux discrets : une carte postale, la lettre d'un parent, un coup de téléphone contenant une phrase banale qui lancerait un illégal sur une mission spécifique : rendez-vous en un lieu où l'attendrait un message ou un autre illégal porteur d'instructions de Biokovo. Cela faisait partie de l'exercice complexe visant à tenir la direction des illégaux parfaitement à l'écart des autres branches du KGB.

L'adjoint de Feodorov le guida jusqu'au centre de contrôle nord-américain. Ce n'était en fait rien de plus qu'un grand bureau surveillé vingt-quatre heures sur vingt-quatre par un officier de garde. Il y avait un mur couvert d'une carte du Canada, des États-Unis et du Mexique. Étonnamment, cela ressemblait à ces plans des maisons des stars que les agences de tourisme vendent à Beverly Hills. Chaque illégal aux États-Unis y était repéré et identifié par un numéro de code. Des cercles entouraient les endroits qui seraient d'un intérêt vital pour l'URSS en cas de crise : Hingam, Massachusetts, Cape Cod pour le Phased Array Early Warning Radar System, le FPS85; près des monts Cheyenne, dans le Colorado, pour couvrir le NORAD, Commandement de défense de l'espace aérien d'Amérique du Nord, près du plus important site d'ICBM américain et de Minuteman Fields.

Autour de la pièce, des meubles de rangement contenait le dossier complet de chaque illégal : son passé, les comptes rendus de recrutement et de formation de base; sa famille en URSS, les rapports... Tous les détails de sa légende, ou couverture, et comment elle avait été élaborée, son évaluation depuis qu'il était aux États-Unis, certaines à son insu, d'autres non; et, bien évidemment, une copie de chaque communication échangée entre Biokovo et les illégaux.

L'officier de service apporta les dossiers des vingt-neuf illégaux basés à Washington. Tandis que Feodorov les consultait avec sa minutie coutumière, l'adjoint faisait nerveusement les cent pas.

– Vous semblez aussi impatient qu'une mère maquerelle pendant qu'un client jette un coup d'œil aux filles de son bordel, pouffa Feodorov.

On retrouvait certaines caractéristiques chez tous les illégaux et Feodorov les connaissait bien. La plupart possédaient un petit commerce indépendant, réparation de postes radio, vente d'alcools, location de cassettes vidéo. Le KGB exigeait d'eux une relative disponibilité et l'anonymat le plus total. Un illégal ne pouvait être ni médecin ni dentiste : trop d'études, pas assez de mobilité.

Feodorov finit par retenir trois candidats possibles. Le premier, matricule 3892, offrait un énorme avantage. Il avait reçu une formation d'ingénieur en électronique en URSS avant d'être recruté par le KGB. Mais cela ne faisait que trois mois qu'il résidait aux États-Unis. Feodorov se demanda s'il était assez familiarisé avec le pays et s'il aurait suffisamment confiance en sa couverture pour opérer avec efficacité. Le deuxième, le 4106, travaillait dans un parc à huîtres sur la côte du Maryland. Ses références étaient excellentes, mais bien qu'il fût sur place depuis six ans, il n'avait pas été sérieusement contrôlé depuis deux ans. Était-il encore aussi fiable que son dossier le laissait entendre ?

Le troisième, le 2641, était une femme. Six mois plus tôt, on l'avait rapatriée en URSS pour un contrôle de routine. La technique utilisée par le KGB était simple : l'agent passait des vacances en Europe, et visitait le Danemark ou la Suède. Là, on le glissait en douce sur un navire de croisière soviétique pour une visite de trois ou quatre jours à la *Rodina*. Il n'y avait jamais de problème pour passer sous le nez des Danois ou des Suédois. C'était l'agent qui avait fourni les renseignements sur la médium de New York. Cette information sur la psi new-yorkaise apportait la preuve de sa vivacité et de sa fiabilité. Feodorov songea aussi que les femmes attiraient moins l'attention que les hommes.

*

Soixante-douze heures après sa rencontre avec le président du KGB, le capitaine Valentin Toboulko était à Berlin-Est. Il portait un costume bleu foncé de chez Brooks Brothers, une chemise blanche en oxford et une cravate rayée bleu et rouge. Tout cela venait de l'« entrepôt » du KGB à Moscou, sorte de grand magasin rempli de vêtements provenant de plus de vingt pays à l'usage des agents soviétiques. Toboulko sentait les regards à la fois envieux et curieux que lui lançaient les badauds rassemblés devant le mémorial de la RDA situé entre le bas de Unter den Linden et l'Alexanderplatz. Ils le prenaient manifestement pour un homme d'affaires américain. Et c'était précisément l'effet recherché.

Toboulko avait quinze minutes d'avance pour son *tref*. Le monument dédié au « triomphe sur le fascisme et le militarisme » semblait l'endroit idéal pour passer le temps. Aux yeux de Toboulko, cet édifice ressemblait à ce qu'aurait pu concevoir un architecte prussien du XIXe siècle inspiré par le forum romain. L'intérieur était austère. Une flamme perpétuelle vacillait derrière un bloc de cristal qui réfractait la lumière à travers une série de prismes triangulaires. Derrière, on trouvait la tombe d'un soldat inconnu.

Toboulko ne put réprimer un sourire. Quel uniforme portait-il au juste quand on l'a tué? se demanda-t-il. Quand il sortit du bâtiment une équipe de gardes appartenant à l'équipe affectée au monument quittait son baraquement. Ils portaient des manteaux vert olive qui leur arrivaient aux genoux, des bottes noires étincelantes et leurs gants blancs tenaient des AK 47 au repos. A vingt mètres du monument, ils s'arrêtèrent et mirent l'arme à l'épaule. Sur un ordre, ils reprirent leur marche. Cette fois, leurs bottes claquaient sur le trottoir au pas de l'oie avec l'enthousiasme d'un escadron SS en route pour un grand rassemblement à Nuremberg. A la gauche de Toboulko se tenait une demi-douzaine de ses compatriotes, de la génération de son père, avec leurs lourdes poitrines et leurs visages bouffis, et une petite rangée de médailles épinglées à leur veston. Il interrogea leurs yeux slaves – à la recherche de quelque trace d'émotion que cette petite démonstration aurait pu éveiller en eux. Mais il ne vit rien.

Il était temps. Toboulko remonta Unter den Linden. Il remarqua que les vitrines des magasins étaient remplies de vivres : vins algériens, olives bulgares, saucisses hongroises, jambons polonais.

Sans l'ombre d'un doute, le centre de Berlin-Est était la vitrine du socialisme. Ses nouvelles constructions de verre et d'acier se dressaient au milieu de bâtiments prussiens traditionnels qui avaient survécu à la guerre : édifices brun-gris, très dignes, construits pour refléter la rectitude implacable des bourgeois allemands qu'ils hébergeaient autrefois.

Il s'arrêta devant la vitrine de l'Industrie textile allemande, presque en face de l'ambassade soviétique. Toboulko regarda avec satisfaction de l'autre côté de la rue le buste de Lénine haut de deux étages sur la pelouse devant l'ambassade. Les yeux de la statue, dirigés sur Unter den Linden, rappelaient aux habitants qui était désormais le prophète régnant.

En se retournant pour examiner la vitrine, Toboulko vit un jeune homme s'approcher de lui, un sac bleu de la Malev, la compagnie aérienne hongroise, à l'épaule.

– Le costume brun irait parfaitement pour l'opéra de Budapest, dit-il.

– Oui, approuva Toboulko, surtout si vous aviez une jolie cravate verte pour aller avec.

Le jeune homme fit un signe de tête et murmura :

– Suivez-moi. J'ai une voiture.

Ils marchèrent environ deux cents mètres jusqu'à une Wartburg grise d'Allemagne de l'Est, puis roulèrent en silence jusqu'à la gare de Friedrichstrasse. Après un signe discret en direction d'un garde armé, le jeune homme les conduisit sans encombres dans un parking souterrain, jusqu'à une porte.

– Attendez, ordonna-t-il.

Il disparut alors derrière la porte. Au bout de quelques minutes, il était de retour.

– Venez.

Nos cousins des services de sécurité d'Allemagne de l'Est doivent apprendre à économiser leurs paroles, songea Toboulko en le suivant.

Son guide le mena jusqu'à un long escalier qui donnait sur une autre porte. Là, il appuya sur le bouton d'un panneau qui envoyait un message au colonel des gardes du corps *Grentztruppen* dont le box de contrôle dominait le poste frontière distant d'une cinquantaine de mètres. Là, de longues files d'Allemands de l'Ouest et d'étrangers étaient filtrées en dix points de contrôle; chaque couloir, semblable à un tunnel, était gardé par un *Grentztruppen* derrière une cabine isolée. Après un examen méticuleux des papiers, le garde actionnait un interrupteur qui ouvrait une porte battante permettant au visiteur de quitter Berlin-Est par un passage conduisant aux quais du métro de Friedrichstrasse qui allait à Berlin-Ouest.

Pour l'instant, sur ordre du colonel, les portes restaient closes. Le passage se vidait. Quand il n'y eut plus personne, le guide ouvrit la porte et lui fit signe d'entrer dans le passage. Même le commandant des gardes de la frontière n'avait aucune idée de ce à quoi il ressemblait bien qu'il sache qu'on était en train d'infiltrer un agent à Berlin-Ouest. En fait, à l'exception de l'homme des services de sécurité d'État, personne n'avait la moindre notion de son identité et de sa véritable fonction depuis qu'il avait quitté les quartiers du KGB près de Schönefeld, l'aéroport de Berlin-Est.

De Friedrichstrasse, deux S-Bahn conduisent à Berlin-Ouest. L'un se dirige au nord jusqu'à Wedding et Tegel dans le secteur français, ou au sud vers Mariendorf dans le secteur américain. L'autre va à l'ouest vers le zoo et le Kurfürstendamm. Toboulko grimpa prestement les marches menant au quai de la station du zoo et se mêla à la foule. Le train pénétrait déjà lentement dans la station. Il monta dans un wagon et, cinq minutes plus tard, aperçut l'énorme pylône surmonté du logo de Mercedes-Benz, sorte de phare capitaliste marquant la frontière entre les deux Berlin.

Il n'y eut aucun contrôle quand il descendit à la station du zoo pour se promener dans les rues de Berlin-Ouest. La raison en était simple. Les alliés occidentaux refusent de reconnaître la division de Berlin. Créer des postes frontières serait reconnaître *de facto* la division établie par les communistes. Pendant trois quarts d'heure, Toboulko erra dans la zone du Ku'damm, utilisant les techniques enseignées à Biokovo pour s'assurer qu'il n'était pas suivi. Quand il en fut convaincu, il prit un taxi pour l'aéroport de Tegel.

Là, il acheta un billet sur le prochain vol à destination de Francfort. Une fois encore, il n'y eut aucun contrôle. A Francfort, il héla un taxi qui le conduisit à la gare où il monta dans le premier train pour Bâle et Zurich.

Quelques minutes avant son arrivée à Bâle, des douaniers suisses et allemands vérifièrent ses papiers. Il leur présenta un passeport américain. C'était un passeport authentique. Il avait été établi au nom de Roy Banwell, de Minneapolis, Minnesota, cadre chez Cargill, courtier en grains. Six mois auparavant, Banwell avait passé un week-end en charmante compagnie – il ne s'agissait pas de sa femme – au palace-hôtel Ledra de Nicosie. Tandis que le couple prenait un bain de soleil près de la piscine le samedi après-midi, un cambrioleur, avec la complicité d'un ami valet de chambre, était entré dans leur suite et s'était emparé du portefeuille et du passeport de Banwell ainsi que des bijoux de sa maîtresse. Il avait gardé l'argent et fait quelques achats avec les cartes de crédit avant de les détruire. Cette nuit-là, il avait donné les bijoux à sa petite amie, strip-teaseuse dans un cabaret de Limassol et en avait profité pour vendre le passeport au barman libanais pour une centaine de dollars.

Plus tard dans la nuit, le barman l'avait recédé à un contact palestinien pour 200 dollars. Ce Palestinien appartenait à l'organisation arabe 15 mai, faction Abou Ibrahim, soutenue par les Syriens. Il avait transmis le passeport à Damas. Là, son supérieur n'en avait pas l'usage immédiat mais il savait que le KGB était toujours friand de passeports US. Il le vendit donc à son contact du KGB pour 400 dollars. C'est ainsi que le passeport se retrouva au département documents du Centre.

Le passeport indiquait que Banwell avait trente-sept ans, âge de Toboulko. Quand Feodorov ordonna que le major passe à l'Ouest, on le lui remit. La photo de Banwell fut remplacée par celle de Toboulko. Le Centre disposait d'un large éventail de tampons récents des Affaires étrangères. Pour plus de vraisemblance, on tamponna aussi le passeport de plusieurs visas. Et Toboulko devint Roy Banwell.

Évidemment, ce passeport n'aurait jamais franchi la douane d'un grand aéroport américain. Une succession de lignes, invisibles à l'œil nu, coupaient la photo de son détenteur ainsi que la page sur laquelle elle était fixée. Quand on traficotait une photo, les officiers de la douane s'en apercevaient immédiatement en glissant le passeport sous une lampe à ultraviolets spéciale : les lignes ne correspondaient plus.

Mais Toboulko n'avait pas l'intention d'entrer aux États-Unis avec. Cela dit, ce passeport était parfait pour ses déplacements en Europe. Les douaniers allemand et suisse l'examinèrent minutieusement puis le lui rendirent. Toboulko se replongea en souriant dans la lecture du *Time Magazine* qu'il avait acheté à Francfort. En moins de douze heures, il avait franchi avec la plus grande facilité deux frontières occidentales.

*

Les petits dîners du mardi étaient aussi rituels pour le résident du KGB à Damas que les prières du vendredi soir à la mosquée d'Umayyad pour son invité, le colonel Abdul Hamid Hatem, chef du Havarat, le service de renseignements syrien. Pendant la saison froide, ils se retrouvaient au cœur de Damas, au Sheraton, entourés de danseuses, d'hommes d'affaires syriens et de comploteurs palestiniens de tous bords. Pendant la saison chaude, par de belles soirées comme celle-ci, ils sortaient dîner dans un des restaurants en plein air au milieu des jardins aux abords du fleuve Surati, dont l'eau fraîche coulait sur les rives de ce que les Syriens appelaient le Djebel Cheik et les Russes, à l'instar de la plupart des Occidentaux, le mont Herman.

Le résident feignait l'admiration et l'amitié à l'égard de Hatem. En réalité, il le méprisait. Il ne voyait en Hatem qu'un lèche-bottes membre de la secte des Alawites – et donc d'une loyauté inconditionnelle envers le dictateur de la Syrie, Hafez el-Assad. Comme le service qu'il dirigeait, Hatem était une créature du KGB et, comme le fils trop gâté d'un riche homme d'affaires, il était devenu quelque peu paternaliste avec le vieux précepteur plein de sagesse que son père lui avait désigné.

Après le dîner, les deux hommes choisirent un havane et firent quelques pas le long du rivage. Hatem tenta d'expliquer les subtilités de la politique du Moyen-Orient à un homme qui les maîtrisait déjà alors que le Syrien n'était pas encore né. Toutefois, le résident écouta avec respect. Le KGB savait que Hatem était un des intimes d'Assad, autrement dit un intermédiaire idéal pour arriver discrètement au dictateur. Murmurer un secret à l'oreille de Hatem revenait à informer Assad dans l'heure. De surcroît, Moscou savait que Assad était un Occidental au fond de l'âme, en dépit du fait qu'il proclamait haut et fort son amitié indéfectible pour les Russes. Le travail du résident consistait donc à surveiller des hommes tels que Hatem, qui reflétaient la pensée de Assad; il y cherchait les premiers signes d'une trahison possible, inhérente, selon Moscou, au tempérament arabe.

Ils atteignirent enfin la voiture de Hatem et les deux Land Rover abritant ses gardes du corps. Les deux hommes se tapèrent dans le dos, à l'arabe. La barbe dure de Hatem grattait la joue du résident comme des ronces, à son vif déplaisir. Il regarda s'éloigner les voitures en faisant un signe d'adieu qui se voulait respectueux.

Puis il entreprit la tâche principale de cette soirée.

Le résident n'ignorait pas que le Havarat le surveillait. Ça n'avait pas été difficile à repérer. Après tout, le KGB avait enseigné aux Syriens tout ce qu'ils connaissaient de l'art de la filature. Le résident avait également remarqué que nul ne le suivait lors des soirées où il dînait avec Hatem. Du coup, les petits discours pompeux de Hatem valaient la peine d'être écoutés. La présence d'Hatem couvrait ses véritables rencontres secrètes, ses *trefs*, avec une poignée de gens dont il ne voulait à aucun prix que les Syriens apprennent l'existence.

Le contact de ce soir-là l'attendait avec son chauffeur-garde du corps dans l'ombre, près de sa voiture, dans le parking derrière le restaurant. Ils se serrèrent chaleureusement la main et montèrent à l'arrière. Le chauffeur roula vers le nord le long de la route Aleppo; le Russe se doutait que la police syrienne ne placerait aucun barrage dans cette zone ce jour-là.

– J'ai à vous transmettre les vives salutations d'Ivan Serguéïevitch, dit le résident à son invité.

– Veuillez lui adresser mon meilleur souvenir, répondit son interlocuteur.

– Pour tout dire, reprit le résident, c'est à sa demande que notre rencontre a lieu ce soir.

A côté de lui, l'homme ne soufflait mot. Comme lui, c'était un officier du KGB, qui avait passé presque dix ans à servir les Organes avec dévotion et efficacité. C'était aussi un Palestinien né dans un camp de réfugiés. Ses parents avaient fui Jaffa en 1948, au début du conflit israélo-arabe. Cela en faisait quelqu'un de rare. Alors que le KGB s'employait activement à entraîner des terroristes palestiniens, à les ravitailler, à les manipuler et à les utiliser comme agents, seuls trois hommes avaient suffisamment gagné la confiance des Soviétiques pour être enrôlés dans le KGB. Abou Said Dajani était le premier des trois.

– Il prévoit, ou plus exactement il envisage une opération pour laquelle il a besoin de votre aide.

– Il l'aura. Inch'Allah.

– Pour le moment, il faut que vous choisissiez quatre hommes.

Dajani acquiesça.

– Au moins deux d'entre eux doivent parler allemand, et tous doivent pouvoir opérer en Europe parfaitement à l'aise. Il serait préférable qu'ils y aient déjà accompli des missions.

– Cela demandera-t-il un entraînement particulier? Ou des dons spéciaux?

– Il leur faudra être parfaitement familiarisés avec les explosifs. Ils n'auront pas à se préoccuper du reste.

Le résident prit une Camel dans sa veste et en offrit une à Dajani. Le Palestinien l'alluma avec une allumette qu'il dissimula instinctivement dans le creux de sa main : il avait l'habitude d'allumer sa cigarette face au vent.

– Voici le plus important : je veux que tous appartiennent au Hezbollah.

Dajani haussa les épaules. C'était un *hamullah*, un parent d'Abou Nidal. Cette parenté lui avait valu sa première introduction dans l'OLP comme Jeune Tigre à l'âge de douze ans, dans son camp de réfugié. Cela avait aussi contribué à son ascension dans les rangs du terrorisme arabe jusqu'à sa position actuelle de numéro trois auprès d'Abou Nidal et d'officier de liaison avec le Hezbollah sous la houlette des Iraniens de la Bekaa. Bien entendu, son parent et ses comparses ignoraient tout de ses liens avec le KGB.

– Ça ne pose aucun problème.

Et pour la compensation?

– Échelle Kadhafi.

L'« échelle Kadhafi » était une liste de paiement graduelle pour les actes de terrorisme établie par les Libyens en 1984 et fréquemment utilisée depuis lors par les terroristes du Moyen-Orient. Les sommes, en livres anglaises, allaient de 5 000 livres pour une livraison d'explosifs à 115 000 versés à la famille pour un « martyr » disparu au cours d'un attentat suicide.

– Dois-je parler de la cible?

Le résident réfléchit un instant.

– Seulement qu'elle sera américaine et en Allemagne de l'Ouest. J'imagine, poursuivit-il, que l'Artiste continue ses affaires à Beyrouth.

– Naturellement.

– Une fois que vous aurez sélectionné les membres de votre équipe, remettez-lui les photographies de vos hommes et demandez-lui quatre 798. Ce sont les identités qu'il doit leur affecter.

Le résident passa à Dajani un morceau de papier que le Palestinien glissa sans l'ouvrir dans sa poche.

– Connaissez-vous l'Artiste personnellement?

– Non.

– Parfait. Lorsque vous commanderez les passeports, débrouillez-vous pour mentionner que vous êtes du Hezbollah.

– Auront-ils besoin de visas?

– Non. Le moment venu, nous les expédierons par Interflug depuis Nicosie ou Téhéran jusqu'à Berlin.

– Dois-je donner une raison à cette opération?

A nouveau, le résident réfléchit aux instructions limitées qu'il avait reçues du Centre.

– Suggérez-leur qu'il s'agit d'une vengeance pour l'Airbus descendu par les Américains. Croyez-moi, si ça marche comme prévu, il y aura assez de sang versé pour venger toute une escadrille.

*

Vingt-quatre heures après son discret passage à l'Ouest, le capitaine Valentin Toboulko déambulait dans la Bahnhoffstrasse de Zurich avec le calme et l'assurance d'un homme d'affaires américain rompu au travail et aux déplacements en Europe. Il balançait dans sa main droite un attaché-case Vuitton. Exactement ce qu'on s'attendait à trouver chez ce type d'homme. Il l'avait retiré quelques minutes auparavant à la consigne de la gare.

Sifflotant, il s'arrêta au 249, immeuble de pierre brune dont les occupants étaient identifiés par une succession de discrètes plaques de bronze à côté de la porte. Il s'assura que la société qu'il cherchait s'y trouvait bien puis grimpa au troisième étage. La pièce de réception aurait pu être la salle d'attente d'un médecin ; une demi-douzaine de fauteuils, une table ronde étincelante constituaient le mobilier; au mur, trois huiles assez banales de paysages alpins. Cependant, les journaux sur la table, le *Financial Times*, le *Wall Street Journal, l'Economist, Business Week*, indiquaient à l'évidence qu'on ne venait pas ici pour consulter un médecin. C'était le siège social de la Privat Kredit Bank, autrement dit une petite banque privée exclusivement suisse.

Dans un grand sourire, Toboulko salua le réceptionniste.

– J'aimerais me porter acquéreur d'une créance, si cela était possible, dit-il.

– Mais certainement, répondit la jeune femme. De quel montant ?

– Cent mille dollars.

– Si vous voulez bien vous asseoir. Un de nos fondés de pouvoir va vous recevoir.

Quelques instants plus tard, un jeune homme plutôt pâle avec des lunettes d'écaille salua Toboulko, drapé dans cette allure roide que cultivent les banquiers suisses. Il le conduisit dans une autre pièce, vide de tout meuble à l'exception d'une lourde table et de deux chaises. Il fit signe à Toboulko d'en prendre une et s'assit en face de lui.

– En quoi puis-je vous aider ? demanda-t-il.

Toboulko réitéra sa demande.

– La souhaitez-vous au porteur ou à un nom en particulier ?

Toboulko fouilla dans sa poche et tendit au banquier le passeport de Banwell.

– J'aimerais qu'on l'établisse à mon nom, si vous voulez bien.

– Parfait, approuva le banquier. Pour ce type de transaction, nous prenons une commission d'un demi pour cent.

Toboulko posa son attaché-case sur la table et en ouvrit la serrure à combinaison. Il contenait des liasses de billets de cent, mille et dix mille dollars. Un employé de la banque Voslov, la banque suisse des Russes, les y avait placés vingt-quatre heures plus tôt, avant de porter l'attaché-case à la gare de Zurich. Ensuite, un autre employé de banque avait déposé le ticket de consigne dans une enveloppe cachetée au nom de Banwel à l'hôtel Baur, près du lac. Si l'heure était l'affaire des Suisses, la sécurité était celle du KGB; Toboulko compta dix liasses qu'il remit au banquier. Avec précision, celui-ci les recompta. Puis il prit le passeport et les billets.

Il revint quelques minutes plus tard avec un sourire obséquieux, le passeport et une traite de 100 000 dollars.

L'étape suivante de Toboulko était une autre banque. Il s'agissait cette fois de l'immense siège social du Crédit suisse, où il demanda à ouvrir un compte. Le jeune homme à qui on le présenta, tout aussi aseptisé que le précédent, observa avec respect l'alignement des zéros sur la créance que Toboulko venait de lui remettre. Rien de tel pour accaparer l'attention d'un banquier, songea Toboulko. Il expliqua qu'au cours des semaines à venir il allait parcourir l'Europe et que, s'il avait toute confiance en la Privat Kredit Bank, sa banque habituelle, elle ne pouvait lui offrir au cours de son voyage autant de facilités que le Crédit suisse.

Le jeune homme écoutait, rayonnant, ce déploiement de sagesse. Il s'empara du passeport et aida Toboulko à remplir les formulaires nécessaires à l'ouverture d'un compte.

– Dois-je vous demander des eurochèques et une carte de crédit ? s'enquit-il.

– Oui. Et je crois qu'une carte Visa se révélerait fort utile. Débitez directement mon compte pour les frais.

– Certainement. Quel montant limite souhaitez-vous établir? Dix mille dollars?

– Ce sera amplement suffisant, sourit Toboulko.

Le jeune homme s'affaira, fouilla dans d'autres documents, puis accueillit officiellement Toboulko dans la grande famille mondiale des clients du Crédit suisse d'une franche poignée de main. Son chéquier et ses cartes seraient à sa disposition sous quarante-huit heures.

Tandis que Toboulko sortait par la porte à double battant de la banque, l'esquisse d'un sourire apparut sur son visage. Les trafiquants de drogue d'Amérique du Sud n'étaient pas les seuls à blanchir l'argent avec habileté. Il aurait désormais accès au seul équipement indispensable quand on voyage aux États-Unis, une carte de crédit. Et personne ne remonterait jusqu'à son véritable propriétaire, le KGB.

*

*Beyrouth*

Café Fayçal. Il suffisait à Abou Said Dajani de passer devant le petit café minable au bout de la rue Bliss, non loin des portes de l'université de Beyrouth, pour qu'il éprouve toute la nostalgie dont son âme était capable. Comme à l'époque où il était un étudiant palestinien pauvre, dont les études étaient payées par l'OLP, les vitres du café se réduisaient à un ramassis d'affiches, de notices, de pubs, de dessins et de caricatures. Elles appelaient les étudiants à toutes les distractions possibles, depuis les cours de karaté jusqu'à une douzaine de manifestations contre les maux, réels ou imaginaires, dont souffrait le monde arabe. Une fraction de seconde, il eut envie d'entrer, de demander une tasse de masbout, ce café turc adouci, et un mauvais sandwich, et de se laisser engloutir par ses passions estudiantines inassouvies.

Mais il lui faudrait attendre. La nostalgie, ce serait pour plus tard. Il avait plus important en tête. Il poursuivit son chemin dans la rue Bliss jusqu'à la rue Sadate. Là, il tourna à gauche, maudissant les Libanais de n'avoir pas rayé de la liste des noms de rues celui du traître égyptien. A mi-hauteur de la rue, il trouva ce qu'il cherchait, un magasin d'appareils photo si miteux que Dajani se demanda si son propriétaire avait vendu un appareil photo depuis le début des troubles, dix ans plus tôt. Quand on pensait à la véritable occupation de cet homme, cette question était d'ailleurs sans importance.

Une petite cloche tinta lorsque Dajani ouvrit la porte de la boutique. Une forte odeur d'urine de chat le saisit. Elle semblait flotter dans l'air avec l'humidité et la ténacité d'un brouillard matinal. Un chat s'éloigna prestement des étagères vides; un autre protesta depuis un coin sombre. Dajani entendit enfin un cliquetis de perles de bois. La tête drapée dans un foulard, sa forte stature enveloppée dans un drap noir, une femme s'avança. Sur sa joue gauche, il reconnut le tatouage bleu de la tribu des bédouins Howeitat. Elle ne prononça pas la moindre parole de bienvenue. Au contraire, elle le dévisagea avec sévérité et hostilité.

– Je suis venu pour voir Abou Daoud, dit Dajani.

– Qui est Abou Daoud ? Qui êtes-vous ?

– Un ami.

– Nous n'avons pas d'amis.

– Je suis venu de Baalbeck.

– Vous pourriez tout aussi bien venir de la lune.

– De la part d'Imam Fadallah. C'est mon ami. Il envoie ses salutations respectueuses à Abou Daoud.

Le nom de l'Imam fit effet sur les traits revêches de la femme. C'était un imam chiite, entraîné au camp terroriste de l'ayatollah Hussein Ali Montazeri à Qom, en Iran, puis envoyé au Liban dans la Bekaa pour organiser et diriger le Hezbollah, organisation chiite fanatique qui avait laissé des empreintes sanglantes dans bien des actes terroristes, dont des prises d'otages.

Dajani prit dans sa poche une petite carte, la carte de visite personnelle de l'imam. Dajani lui servait de liaison avec Abou Nidal et Fadallah lui avait confié sa carte comme une sorte de sauf-conduit pour les communautés promptes à la violence autour de Baalbeck, dans la Bekaa. Il la tendit à la femme.

– Je ne sais pas lire.

– Abou Daoud sait, lui.

La femme réfléchit un moment. Elle lança enfin un regard furieux à Dajani.

– Attendez, ronchonna-t-elle.

Elle quitta la pièce dans un nouveau cliquetis de perles. Elle était maintenant dans l'arrière-boutique.

Au bout de quelques minutes, Dajani perçut le glissement d'une paire de mules de velours. Une main passa à travers le rideau de perles et alluma une lampe. Puis un homme émergea, vieux, ratatiné, environ soixante-dix ans. A une heure de l'après-midi, il était encore en pyjama et portait une robe de chambre nouée par une corde. Sur sa tête, un symbole arabe depuis longtemps disparu, un tarbouch rouge. Il dévisagea Dajani à travers des lunettes cerclées, plates, parfaitement rondes, comme on en voyait sur le nez des diplomates dans les années trente.

Dajani sourit. La petite silhouette fripée qui se tenait devant lui était une légende vivante, Abou Daoud Sinho, l'Artiste. Il n'existait pour ainsi dire aucun document au monde qu'il n'eût un jour reproduit. Des permis de conduire de Hong-Kong, des passeports suisses, des cartes vertes américaines, des permis de chasse kenyans, des permis de séjour français, des carnets de passage allemands de Gastarbeiter. D'un document rare et précieux, il était pratiquement certain qu'à un moment ou un autre, l'Artiste avait fait un faux.

Dajani fit un demi salaam devant la frêle silhouette de l'Artiste.

– J'ai à vous transmettre les chaleureuses salutations de l'Imam, dit-il avec la solennité d'un muezzin.

L'Artiste serra la carte de visite entre ses doigts longs, osseux, couleur vieux parchemin à cause des milliers de cigarettes qu'il avait fumées au cours de sa vie.

« Veuillez accorder toutes facilités à notre ami Abou Said Dajani », avait inscrit l'Imam. L'Artiste étudia les mots à la dérobée. Il était d'un caractère soupçonneux. Il finit par rendre la carte à Dajani.

– Café ? demanda-t-il.

Dajani fit signe que oui.

L'Artiste frappa dans ses mains.

– *Et'nain masbout*, deux cafés, aboya-t-il à l'adresse de la femme en noir.

Il désigna un tabouret et en prit un pour lui.

Après avoir bu leur café et devisé sans conviction, l'Artiste leva les yeux sur le Palestinien.

– *Shou* – alors ?

– Je... nous avons besoin de quatre 798, dit-il en sortant une enveloppe dans sa poche et en déposant quatre photos d'identité sur la table incrustée de nacre qui les séparait. Pour ces hommes. Voici leurs identités, ajouta-t-il en remettant le papier que lui avait donné le résident.

– Les 798 sont difficiles à réaliser.

– Je comprends.

Les 798 étaient les passeports marocains. Ils faisaient partie d'un lot de passeports vierges volés aux Affaires étrangères marocaines à Rabat. On les appelait des 798 à cause du numéro de série du premier, qui commençait par ce nombre. Personne ne savait exactement combien le paquet volé contenait de passeports ni comment ils avaient atterri chez l'Artiste. Il les lâchait avec la parcimonie d'un avare donnant ses derniers écus d'or. Comme ils étaient authentiques et munis du sceau royal, il était virtuellement impossible de les repérer. Cela les rendait inestimables aux myriades d'organisations terroristes que l'Artiste obligeait avec une merveilleuse impartialité.

– Ce sera 30 000 livres libanaises chaque.

– D'accord.

– La moitié maintenant. La moitié à la livraison.

– D'accord.

Dajani chercha dans la poche intérieure de son blouson de cuir noir et en sortit une enveloppe kraft de la taille d'un livre. Lentement, il entreprit de compter l'argent sur la petite table nacrée. Quand il eut achevé, l'Artiste saisit les billets, les remit rapidement dans l'enveloppe et la fourra dans sa robe de chambre comme si c'était une bouillotte.

– Dans dix jours. Inch'Allah, dit-il.

*

– Mesdames et messieurs, le commandant Graham vient d'allumer le signal d'interdiction de fumer indiquant que nous entamons la descente sur l'aéroport international de Toronto. Veuillez attacher vos ceintures et...

Toboulko fit tout son possible pour ne pas entendre le discours lassant de l'hôtesse et se concentrer sur les moments à venir. Le jeune officier du KGB avait parfaitement confiance en ses papiers, son entraînement et la facilité avec laquelle on pouvait entrer au Canada avec un passeport américain volé. Il est vrai qu'il l'avait fait à peine trois mois plus tôt en se rendant à New York.

Mais c'était le premier instant critique de sa mission et, malgré ses efforts pour se calmer, il sentait la tension l'étreindre. Après l'atterrissage, il dut passer par le bureau d'un inspecteur de l'immigration. Il déposa le passeport de Banwell sur le comptoir. Le Canadien l'étudia avec attention et compara la photo avec le visage de Toboulko. Puis il le posa bien à plat sur le bord du comptoir et prit un classeur épais. La panique s'empara de lui. Existait-il quelque procédure récente ignorée par le KGB ? Le Département d'État avait-il commencé à communiquer aux Canadiens les numéros de série de leurs passeports volés ?

Toboulko aurait pu s'épargner toute inquiétude. Le classeur contenait une liste des citoyens américains recherchés par les autorités canadiennes. Le nom de Banwell n'y figurait pas. L'inspecteur lui rendit son passeport d'un geste indifférent.

Le Russe récupéra la valise qu'il avait achetée à Zurich pour se donner l'air d'un touriste qui rentre chez lui. Il la laissa dans la salle de vérification des bagages. Pour l'étape suivante de son voyage, l'attaché-case suffirait à constituer une excellente couverture. Puis il prit un taxi jusqu'au centre ville et trouva une papeterie où il fit l'acquisition d'une enveloppe kraft matelassée. Il y glissa le passeport de Banwell, l'adressa à Roy Banwell, poste restante, Florida Avenue, Washington DC, et entreprit de trouver une poste d'où l'expédier. Pas question de se faire piquer en entrant aux États-Unis avec un passeport volé.

Une heure plus tard, il était dans un train pour Windsor, dans l'Ontario, en face du fleuve Detroit, dans le Michigan. Il loua une voiture chez Hertz. Il expliqua à l'employé qu'il avait eu un accrochage avec la sienne. Il allait la faire réparer côté Canada et irait la reprendre dans quelques jours.

Il présenta sa carte Visa du Crédit suisse et un permis de conduire du Michigan au nom de Banwell. C'était un faux préparé par le département de documentation du Centre. Mais il était tellement réussi qu'il n'y avait qu'un moyen de découvrir la fraude : transmettre le numéro du permis à l'ordinateur du département des véhicules du Michigan, à Lansing. Les résultats auraient révélé que le numéro 0915161821 avait en réalité été émis au profit d'une veuve de soixante-deux ans dénommée Schulte, à Grand Rapids.

Toboulko étala un exemplaire du *Wall Street Journal* et du *New York Times* sur le siège de la voiture. Il songea qu'aucun officier d'immigration n'associerait ce genre de lecture à un agent du KGB. Puis il se dirigea vers l'Ambassador Bridge pour passer aux États-Unis.

Comme il s'y attendait, la voiture de location attira l'attention à la frontière. Il montra son permis de conduire du Michigan puis, lorsque le douanier lui demanda pourquoi il conduisait une voiture de louage canadienne, lui servit sa petite histoire d'accrochage. Il fit bonne mesure en lançant une remarque acerbe sur cette imbécile de bonne femme qui l'avait heurté. Une scène qu'il avait jouée des dizaines de fois avec les instructeurs de Biokovo. « Soyez naturel et détendu. » Tels étaient les mots clefs.

Le douanier jeta un coup d'œil aux journaux sur la banquette puis lui rendit son permis.

– J'aimerais jeter un coup d'œil à votre coffre, monsieur.

Toboulko descendit de voiture et l'ouvrit. C'était prévu. Il savait que le souci principal des douaniers était le trafic de drogue.

Quelques minutes plus tard, il roulait vers le Metropolitan Airport. Il abandonna la voiture Hertz et trouva un vol de la North West Airline à destination de l'aéroport La Guardia de New York. Là, il prit la navette de 20 heures pour Washington. Il loua une voiture au National Airport et traversa le Potomac jusqu'à la ville.

Peu après 22 heures, il était installé au bar du Hilton devant un martini-vodka bien frappé. Malgré le décalage horaire qui commençait à l'affecter, il se sentait surexcité. Il était dans la capitale des États-Unis; sa présence et le but de sa visite demeuraient ignorés de tous, même du résident du KGB à l'ambassade soviétique. Pendant un moment, il crut réaliser un rêve d'enfant. Il était l'homme invisible, déambulant entre ces gens qui l'entouraient, écoutant leurs conversations, observant leurs mouvements et leurs actes. Il était une ombre qui se déplaçait à l'insu de ce petit monde.

*Beyrouth*

Aucun job proposé par la CIA ne comportait plus de dangers que celui qu'exerçait le chef d'antenne de Beyrouth, Ray Reid. Au mur de son bureau, il y avait une photo de son prédécesseur, William Buckley, enlevé par des extrémistes chiites, sauvagement torturé puis assassiné. Reid la gardait pour ne jamais oublier, au cas où il eût été tenté de relâcher les procédures de sécurité qui gouvernaient sa vie, à quel point sa mission était périlleuse. Il avait pour couverture le statut de deuxième conseiller politique de l'ambassade. Une couverture aussi transparente que le cellophane protégeant un panier de fraises au supermarché du coin. Il ne restait qu'une demi-douzaine de diplomates à l'ambassade américaine, autrefois gigantesque, et trouver celui d'entre eux qui appartenait à la CIA demandait à peu près autant d'habileté qu'il en fallait pour acheter son journal.

Reid disait souvent en riant que faire son boulot sans exposer son équipe, ou lui-même, à des risques inconsidérés, équivalait à faire l'amour dans une vitrine de la 5e Avenue en pleine période de Noël sans que personne s'en aperçoive. Les forces chrétiennes « amies » avaient mis sa ligne sur écoute et ouvraient son courrier. Hors de question de s'aventurer à l'ouest de Beyrouth, le quartier musulman avec ses bandes de fanatiques chiites. Chaque fois qu'il se déplaçait dans le quartier Est, côté chrétien, Reid estimait être surveillé par trois organisations différentes : le Deuxième bureau libanais et deux milices chrétiennes rivales. En tout état de cause, il ne pouvait quitter l'ambassade sans une escorte armée, deux Libanais chrétiens. Qui pouvait dire à qui ils rendaient des comptes ?

Et pourtant, l'ironie de la situation voulait que la CIA disposât d'un solide réseau d'agents et d'informateurs fiables dans la capitale libanaise. Beyrouth avait toujours été le centre d'espionnage du tiers monde, un lieu où les agents de renseignement prospéraient, comme à Lisbonne ou à Istanbul pendant la guerre. Le problème était de communiquer avec eux. A cette fin, Reid avait été contraint d'en revenir aux tactiques mises au point par la résistance antinazie, à l'époque où avaient été rédigées les règles des opérations clandestines.

C'est précisément ce qu'il faisait maintenant, tandis qu'il descendait en voiture la principale rue commerçante du quartier chrétien, ses gardes du corps assis à l'avant, le conseiller économique discutant de base-ball à ses côtés. Tandis que leur voiture avançait avec lenteur au milieu de la circulation intense de midi, les yeux de Reid se portaient de temps à autre sur les boutiques et les passants. A une centaine de mètres de l'église orthodoxe des Saints Martyrs, il repéra l'étal d'un marchand de fleurs ambulant. Incroyable, songeait Reid, de constater qu'après dix années d'horreur, les Libanais puissent encore s'acheter des fleurs. Au pied du tréteau, un peu à part, un vase vert s'ornait de trois glaïeuls rouge vif. C'était le signal. Un message l'attendait dans la boîte aux lettres qu'utilisait l'un des agents les plus précieux et les plus secrets de la ville.

Plus tard dans l'après-midi, sur le chemin du retour à l'ambassade, après un rendez-vous chez l'ambassadeur à Yarze, il décida de s'arrêter dans une petite échoppe qu'il fréquentait à l'occasion à Furn el-Shebak. Autrefois, quand Beyrouth était encore un paradis sur terre, son propriétaire possédait une galerie de souvenirs au tournant d'une corniche au-dessus de l'hôtel Saint-Georges. Aujourd'hui, il arrondissait ses fins de mois en vendant des ustensiles de cuivre faits main : plateaux, cafetières, vases, urnes, ainsi que des boîtes en cèdre incrustées de nacre. On en trouvait de toutes sortes, backgammon, damiers, échiquiers, boîtes de cartes à jouer, coffrets à bijoux, boîtes à boutons et vide-poches. A Noël et à Pâques, un habitant de Beyrouth en envoyait de temps à autre à un parent vivant à l'autre bout du globe, souvenir de la terre torturée qu'il avait dû abandonner. De rares amateurs comme Reid en faisaient collection.

Il avait laissé un garde près de sa voiture et en avait posté un autre à l'entrée de la boutique. Quelques brefs instants, il bavarda avec le propriétaire, évoquant les jours heureux, puis il entreprit d'examiner la marchandise avec intérêt.

Il lui fallut vingt minutes pour trouver ce qu'il cherchait. Il s'agissait d'une boîte à cigarettes en cèdre du Liban ornée de triangles de nacre. Un des trente triangles était inversé. Il prit la boîte, s'empara d'une autre au hasard et les donna au propriétaire. Puis ce fut l'inévitable rituel du marchandage. Après quoi, Reid paya l'homme, empocha ses achats et retourna à sa voiture.

*

– Harry, cria le directeur du Radio Shack de Silver Spring, il y a un mec qui veut te parler.

Harry leva des yeux furibards du Tandy II avec lequel il s'amusait dans le coin des PC. Dans trois minutes, ce serait sa pose déjeuner. Il n'avait pas la moindre envie d'entamer une conversation avec un client qui n'achèterait même pas une pile pour sa calculatrice de poche. Il regarda l'homme qui avançait vers lui, un blond coiffé en brosse, en costume Département d'État. Jamais vu de ma vie, se dit-il, comment se fait-il qu'il m'ait demandé?

– Banwell, fit l'homme en lui offrant son plus beau sourire et une poignée de main. Roy Banwell. J'ai cru comprendre que vous étiez un crack de l'informatique.

Harry haussa les épaules, montrant en cela qu'il était un vendeur parfaitement indifférent. Banwell sembla ne rien remarquer. Il se lança avec enthousiasme dans une série de questions tordues sur le dessin de graphiques par ordinateur. Au bout d'un moment, comme il avait faim, Harry l'interrompit.

– Écoutez, monsieur, ça ne pourrait pas attendre un peu? C'est l'heure de déjeuner.

– Oh! fit Banwell d'un air à la fois surpris et navré. Je vais vous proposer quelque chose, ajouta-t-il en consultant sa montre. Il y a un chinois en bas de la rue, l'Impératrice de Chine, c'est remarquable, vous connaissez? Je vous invite et on parle ordinateurs.

Il ne fallut à Harry qu'une seconde pour accepter. C'est vrai qu'il connaissait ce restaurant, mais seulement de l'extérieur. Il n'y avait pas de doute, ça le changerait de son Big Mac quotidien.

Étonnamment, la conversation à table tourna à peine autour des ordinateurs. C'est seulement après que la ravissante petite serveuse chinoise leur eut apporté du thé au jasmin que Harry eut la sensation qu'on allait en venir à l'objet de l'entrevue.

– Vous savez, observa Banwell, je suis un lecteur vorace de journaux.

– C'est le cas de beaucoup de gens.

– Je fouillais dans de vieux numéros du *Post*, l'autre jour. Le 11 mai 1985, ajouta-t-il après un silence.

Harry eut froid dans le dos. C'était le jour où on l'avait condamné à six mois avec sursis pour vol de propriété gouvernementale. Comment ce salopard était-il au courant ? Qu'est-ce que c'était que cette histoire ? Du chantage ?

Il gratifia Banwell d'un regard qui ne reflétait pas précisément la reconnaissance.

– Ben mon vieux, reprit Banwell, on peut dire qu'ils vous ont baisé, dans la marine, hein ? Je veux dire, c'est vrai, il faut voir comme ils vous ont traité. Ils vous virent, ils vous collent de la tôle avec sursis, alors que vous leur aviez proposé de leur rendre leurs ordinateurs minables. Des salauds de première.

Harry émit un bruit qui était autant un grondement qu'une approbation. Banwell étendit la main qu'il posa un instant sur le poignet de Harry.

– Harry, je tiens à être parfaitement honnête avec vous. A jouer cartes sur table.

Toboulko avait travaillé les expressions idiomatiques à Biokovo et constatait non sans plaisir qu'il les maniait fort bien.

– Je travaille pour une société de matériel médical à Saint Louis, reprit-il. American Medical. Jamais entendu parler ?

Harry fit signe que non.

– Aucune importance. Nous sommes à la pointe de la technologie médicale. Exactement là où tout se passe. J'ai besoin de vous.

– De moi ? s'exclama Harry.

Il n'aurait pas été plus surpris si Banwell lui avait suggéré de passer à la Maison-Blanche pour prendre un café avec le président.

– Exact. Une des choses sur lesquelles nous travaillons est une nouvelle machine pour l'étude du cerveau. Il n'y a pas mieux. Nous avons un gros concurrent et pour l'instant ils ont installé leur machine à Bethesda, service radiologie et diagnostic.

– Eh, une minute. Si vous voulez que j'aille fouiner à Bethesda, oubliez ça tout de suite. La sirène d'alarme va se déclencher dès que j'apparaîtrai sur le seuil.

– Il n'est pas question de ça, Harry. Écoutez-moi jusqu'au

bout. Cette machine qu'ils ont là-bas s'appelle un magnéto-encéphalographe. Construite par des types bien à San Diego. Ils l'ont branché sur un ordinateur Precision Spectrum de chez Hewlett Packard. Ce qu'il me faut c'est une copie des données des quatre derniers mois sur la disquette principale. Comme ça nous pourrons nous assurer que la machine de ces types ne fait pas quelque chose que la nôtre ne sait pas faire. Recherche sur le développement d'un produit, vous voyez ce que je veux dire?

– Et comment, monsieur. Mais comme je vous l'ai dit, pas question que j'entre à Bethesda par la grande porte. Même à demi-mort sur un brancard, je ne serais pas admis en salle d'urgences.

– Les ordures! Vous avez travaillé combien de temps là-bas?

– Sept ans.

– Sept. Bon. Vous aviez bien des amis?

– Vous voulez dire quoi?

– Voici ce que je propose, Harry. Il me faut quelqu'un qui puisse entrer et copier les quatre derniers mois sur ce disque. Ça prend deux minutes maximum. Pas de danger. Ça devrait rentrer à l'aise sur une disquette à double densité. Vous réfléchissez aux gens que vous avez connus sur place. Peut-être un qui a volé des ordinateurs avec vous et qui ne s'est pas fait piquer. Vous me l'amenez, il est d'accord, et vous touchez cinq mille billets verts, cash, de la main à la main. Ni vu, ni connu.

– Et le mec?

– Il obtient cinq mille exactement comme vous, quand il me remet le disque. Et à Saint-Louis, c'est transmis à la recherche.

Harry digéra ces paroles quelques minutes. Cinq mille dollars... Et qu'est-ce qu'il faisait d'illégal, dans tout ça? Rien, en y réfléchissant. Il commençait déjà à songer aux copains qu'il avait à Bethesda.

– Laissez-moi réfléchir, dit-il tandis que la serveuse apportait la note et deux gâteaux chinois enrobant un message de bonne aventure.

– Sans problème.

Banwell régla la note et ouvrit son sablé. Il en sortit un petit ruban blanc, le lut et, pouffant de rire, le passa à Harry.

– Eh, dit-il, je crois que c'est le vôtre.

Harry le déroula.

« Écoute la parole du sage, et la fortune te sourira. »

*

La nuit était déjà tombée sur les collines de pins d'Awkah qui dominaient la Méditerranée au nord de Beyrouth. Dans le bâtiment qui tenait lieu d'ambassade provisoire dans le Liban déchiré, seuls étaient présents, en bas, les gardes de la marine. Ray Reid ouvrit son coffre et sortit la boîte de cèdre qu'il avait achetée dans la journée.

Il fit sauter le couvercle et prit un couteau dans son bureau. Il découpa avec soin le bois autour du triangle de nacre inversé. Puis, à l'aide d'une lame de rasoir, il l'ôta de son réceptacle.

Il retourna le morceau de bois au-dessus de la table et le tapota au-dessus du bureau. Deux morceaux de microfilm, pas plus grands que des ongles d'enfant, en tombèrent.

Reid plaça le film dans un agrandisseur et orienta la lumière sur une feuille de papier blanc sur son bureau. Un sourire triomphant illumina son visage. Le vieux brigand avait une fois de plus mérité son argent. Sous ses yeux, il y avait quatre photographies, les numéros de série de quatre passeports marocains 798, quatre jeux d'identités, certainement fausses, et un mot : « Hezbollah ».

*

Dans quelques minutes, il serait minuit. L'hôpital naval de Bethesda était envahi de ce silence bien particulier qui règne la nuit dans les hôpitaux, à l'heure où l'on prend conscience de la lutte entre la vie et la mort que livrent les patients. L'homme de service à la réception ne leva même pas les yeux de son livre quand le lieutenant pharmacien Eddie Ruggerio poussa le tambour. Comme l'indiquait son badge, Ruggerio était un des plus anciens employés du laboratoire de l'hôpital.

Il traversa la réception déserte et se dirigea vers le passage qui menait au bâtiment 9 abritant le centre de diagnostic. Le marin de service, perché au-dessus d'une pancarte affichant « SIDA! L'amour sans danger – connaissez-vous votre partenaire? » lui jeta un bref coup d'œil.

– Eh, mec, dit-il, je ne savais pas que vous étiez de garde ce soir?

– Non, répondit Ruggerio. Je voudrais juste vérifier une ou deux cultures.

Il pénétra dans le bâtiment 9 puis longea les portes violettes du service de radiologie. Comme il s'y attendait, la porte principale s'ornait d'une pancarte similaire à celle des hôtels. « Ne pas déranger. Responsable de service dans la Grotte. »

Ruggerio longea le corridor jusqu'à la Grotte, une cafétéria non-stop pour le personnel situé au milieu du bâtiment 9. Une douzaine de personnes buvaient du café. Il repéra le type de service en radiologie, en pleine conversation avec une jolie infirmière noire des urgences. De la fumée s'échappait de leurs cafés. Ils étaient encore là pour un bon moment.

Rassuré, il fit le chemin inverse, essayant de ralentir son pas impatient. A vingt mètres de la porte du service radio, ses nerfs commencèrent à craquer.

Mais qu'est-ce que je fous ici? Je suis en train de risquer seize ans de marine. Qu'est-ce qu'on me fera si je suis pris? Je finirai peut-être à fond de cale à Portsmouth avec ces ordures de têtes de nœud de gardes qui vous tabassent si vous les regardez de travers.

Il regarda par-dessus son épaule. Le couloir était vide et sans bruit. Personne pour le voir se glisser par la porte violette. Cinq mille dollars. Cinq mille dollars cash pour un petit disque dur, c'est ce que lui avait promis le copain de Harry, le type de Saint Louis. Comme un automate, il leva la main jusqu'à la poignée et ouvrit. La porte n'était pas fermée à clef. Il s'en doutait. Il entra.

Il s'appuya contre la porte. Il avait le souffle rendu court par la peur. Bon Dieu, qu'est-ce qu'il pourrait bien raconter s'il était surpris? O'Rourke – il cherchait Charley O'Rourke, pour voir s'il était de garde, si ça lui disait de faire un tour à la Grotte et de se prendre un petit café. Il lui fallut un terrible effort de volonté pour s'arracher à la porte et emprunter le passage qui menait aux unités de traitement.

« Êtes-vous enceinte? lui hurlaient deux panneaux en anglais et en espagnol. Si oui, prévenez le manipulateur. »

Putain de merde, est-ce que je suis *enceinte*? fulminait-il. En tout cas, j'ai une telle boule à l'estomac qu'on pourrait facilement le croire.

L'installation du magnéto-encéphalographe était située au bout du couloir après les autres appareils. Il y avait un petit salon pour le cas où un patient aurait à attendre. Derrière, l'installation proprement dite, la machine dans la pièce démagnétisée qui ressemblait à un sauna, et la salle de contrôle juste en face. Au centre, l'ordinateur Hewlett Packard dont il était venu violer le secret. Il eut peur rien qu'à le regarder.

Il allait bien falloir allumer. Ça scintillerait comme un arbre de Noël. Il faudrait appeler le menu. Repérer les données sur le disque. Puis copier les magnéto-encéphalogrammes sur la disquette qu'il avait apportée. Demander de copier la disquette principale. Nom d'un chien, le tout prendrait cinq minutes. Et si quelqu'un entrait avec ce truc en train de ronronner comme une machine à coudre? Que dirait-il? « Vous voyez pas que je cherche l'adresse de Charley O'Rourke? »

Cinq mille dollars, murmura-t-il pour se calmer. D'une main tremblante, il sortit de son veston le disque vierge qu'il avait apporté. Alors qu'il cherchait à allumer l'ordinateur, ses yeux tombèrent sur une étagère derrière le panneau de contrôle. Elle contenait une série de disques. Une étiquette indiquait « Disques vierges », une autre « Magnéto-encéphalogrammes ». Il jeta un coup d'œil aux disquettes. C'était bien la copie des enregistrements de l'appareil, une disquette pour trois mois. « Et merde, je ne vais pas me casser. » Il s'empara des deux disques les plus récents et les glissa dans son veston. En l'espace d'une seconde, il était de retour à la porte violette. Sauvé.

Les voitures roulaient pare-chocs contre pare-chocs dans L Street en direction de la 14e Rue. Valentin Toboulko souriait avec étonnement au spectacle qui se déroulait sur le trottoir. Ils étaient à peine à trois cents mètres de la Maison-Blanche et à qui le trottoir appartenait-il à 2 heures du matin? Aux putains, pas aux politiciens. Il n'en perdait pas une miette. Les filles étaient presque toutes des Noires. Elles portaient des minijupes de satin qui moulaient comme du stretch leurs fesses hautes et musclées. Leurs jambes interminables étaient chaussées de talons hauts qui martelaient sensuellement le pavé d'où elles hélaient les voitures. Il sentit avec plaisir un raidissement entre ses jambes. Oserait-il claquer l'argent du KGB avec une ou deux de ces filles avant de rentrer à Moscou? Personne ne le saurait jamais. Mais il y avait le SIDA. On disait que toutes les putains américaines avaient le SIDA. Surtout les Noires. A l'instar de tant de ses compatriotes, Toboulko était raciste dans l'âme. Pourtant, ces Noires fières et provocatrices dégageaient du mystère, une forte sensualité dont le défi lui faisait plus d'effet que quiconque à Moscou.

Il tourna au coin de Vermont. Deux filles se dandinèrent jusqu'à la voiture en riant et en se trémoussant de la poitrine. L'une d'elles passa la tête par la portière. Des boucles blondes cascadaient de sa perruque et un nuage de parfum bon marché sembla dériver dans la voiture comme une brume arrivant de la mer.

– Alors, beau blond, on monte?

C'est alors qu'il vit le marin en civil sortir de l'ombre et avancer sur la voiture.

– Désolé, dit Toboulko, c'est avec lui que je monte.

La prostituée se tourna vers Ruggerio.

– Beurk! siffla la fille à la perruque. Le SIDA, c'est ça!

Ruggerio se glissa sur le siège du passager. L'agent du KGB dirigea à nouveau sa voiture au milieu de la circulation.

– Vous l'avez?

Ruggerio tapota son veston.

– C'est là. Mon petit Banwell, j'ai encore mieux. J'ai les disquettes des huit derniers mois.

Toboulko siffla doucement.

– Voyons ça.

Ruggerio sortit les disquettes de sa poche intérieure. Aidé des lumières de la ville, Toboulko vit le cachet de la marine américaine ainsi que les mots « Centre médical naval de Bethesda » sur l'étiquette.

– Et moi? s'enquit le marin.

Toboulko tira une enveloppe de sa poche et la tendit à Ruggerio.

– Comptez.

Avec avidité et lenteur, le marin plongea la main dans l'enveloppe. Il était aux anges. Il sortit les billets d'un coup. Il tirait déjà des plans sur la comète. D'abord une petite visite à Harvard Street, acheter de la petite poudre à un vendeur sur le trottoir. Puis retour au Whirlind Bar pour y retrouver Régine, une danseuse exotique avec des tétons gros comme des couilles d'éléphant. Pas de doute, elle le verrait d'un autre œil une fois qu'il lui aurait fait sniffer de la colombienne.

Plein de dédain, Toboulko observait Ruggerio recomptant ses billets. Lui aussi songeait à ses plans futurs. Fini la tentation de passer la nuit avec une ou deux prostituées de L Street. Demain, il reprendrait le passeport à la poste restante située près de son hôtel, il irait à New York et prendrait l'avion pour Londres. Quitter les États-Unis avec un passeport volé ne posait aucun problème. Puis il prendrait un avion pour Stockholm et s'embarquerait sur le ferry de Leningrad.

– Le compte est bon, dit Ruggerio. C'est un plaisir de traiter avec vous, monsieur Banwell.

Toboulko se gara le long du trottoir. Il tendit la main au marin.

– Merci de votre aide, déclara-t-il. Vous ne le savez peut-être pas, mais vous venez de contribuer aux progrès de la médecine.

*

Art Bennington raccrocha violemment le téléphone. Encore le répondeur automatique. Elle mettait toujours son foutu répondeur. Il s'empara d'un trombone et le tordit en forme de bretzel avant de le jeter dans la corbeille à papier. Elle était peut-être partie. Elle n'interrogeait pas son répondeur. Furieux, il claqua le tiroir du milieu de son bureau. Tout cela était ridicule. Bon sang, il était adulte. Pourquoi se mettait-il dans des états pareils? On aurait dit un lycéen en train de bander. Il ferma le tiroir à clef et se leva. Il avait vraiment envie de la revoir. Sans compter ce soupçon qui le taraudait : était-ce bien chez Jean-Pierre qu'elle avait appris son nom? Détail mineur, sans doute, mais qu'il ne fallait pas négliger.

Il soupira. Une autre réjouissance l'attendait maintenant. Il devait monter déjeuner avec le directeur. Rien qu'un déjeuner privé, avait expliqué la secrétaire en appelant pour prendre rendez-vous; le Juge avait envie de bavarder avec lui. Ces paroles l'avaient glacé. Cette petite conversation se révélerait-elle aussi amicale que celle qu'il avait eue avec Colby?

Un blazer bleu l'introduisit dans la salle à manger particulière du directeur, attenante à son bureau. Ce serait bien un déjeuner privé. Il y avait deux couverts. Le blazer bleu informa Bennington que le directeur arrivait de l'autre côté du fleuve. Il aurait quelques minutes de retard. A 1 h 10, il entra en trombe.

– Désolé, Art, vraiment, dit-il. J'étais sur la Colline. Comité de surveillance. Ces types sont incapables de s'arrêter de parler.

Il s'adressa ensuite au serveur.

– Un Bloody Mary. Ça vous tente, Art?

Sur cette invitation suffisante pour Art, il en commanda un aussi. Le directeur indiqua la table.

– Passons à table. Je crève de faim.

Sur chaque assiette était posée une carte rédigée à la main. Ils firent leur choix tandis que Fernando, le serveur, leur versait les cocktails.

– A vous, Art, dit le directeur. J'ai été un peu dur avec vous lors de notre dernière réunion. Je suis désolé. J'étais furieux d'avoir perdu cet agent. D'ailleurs, je le suis toujours.

Pourquoi suis-je ici? se demanda Bennington. Serait-ce le premier directeur de la CIA à avoir des remords? Ou est-il en train de me passer une pommade anesthésiante dans le dos pour que je ne sente pas le couteau qu'il va m'y planter?

– Ne soyez pas désolé, monsieur. La dureté va de pair avec votre fonction.

– Vous savez, reprit le directeur, je repensais à cette dernière réunion. Nous avons parlé de cette psi assassinée à New York, vous vous souvenez?

– Et comment! Malheureusement, nous n'avons pas réussi à établir qui avait pu la désigner au KGB. A l'exception de cette vieille copine de gauche sur qui le FBI enquête.

– Vous vous êtes sans doute aperçu que j'étais alors complètement sceptique sur les phénomènes paranormaux dont vous vous occupez.

– Oui, on peut le dire. Mais vous êtes en bonne compagnie.

– Vraiment? s'étonna le directeur. Je n'en suis pas si sûr, ajouta-t-il après avoir hoché plusieurs fois la tête d'un air perplexe.

Bennington se raidit. Voilà quelque chose qu'il ne s'attendait pas à entendre de la bouche du directeur.

– Il m'est arrivé quelque chose il y a environ une semaine. Ça m'a plutôt secoué, pour être honnête. C'est la raison pour laquelle je vous ai invité à déjeuner. Je veux vous raconter ce qui s'est passé – à titre strictement confidentiel, cela va de soi. Avec votre formation médicale et scientifique, vous en savez plus là-dessus que quiconque dans ce bâtiment.

Le directeur but un long trait de Bloody Mary et n'avala pas tout de suite, comme pour mettre de l'ordre dans ses pensées.

– Ça s'est passé jeudi. Ma femme s'est réveillée au milieu de la nuit en hurlant. Un cauchemar. Elle m'a dit qu'elle avait rêvé que sa sœur se noyait et appelait au secours. Dans son rêve, elles étaient encore enfants et nageaient dans un lac où elles allaient souvent, dans les monts Ozarks. Il faut vous préciser que nous avons un réveil à cadran lumineux et j'ai donc vu l'heure qu'il était. Exactement 4 h 32. J'ai calmé ma femme. Kelly et Eldon, sa sœur et son beau-frère, voyageaient en France en voiture. Un de ces séjours gastronomiques où le guide Michelin tient lieu de carte routière.

– Je connais, dit Bennington en riant. « Laisse tomber les musées et les cathédrales, contente-toi de m'emmener dans les restaurants trois étoiles. »

– Exactement. Bref, on en est resté là. Du moins le croyais-je. Le mardi, en arrivant ici, j'ai reçu un appel de notre ambassadeur à Paris. La voiture de Kelly et Eldon avait été emportée dans une inondation soudaine causée par des pluies torentielles dans les gorges du Tarn. Ils s'étaient noyés.

Le directeur but une autre gorgée. Il avait l'air secoué.

– Voici le plus difficile pour moi, Art. Quand l'eau a atteint la voiture, tous les circuits électriques se sont interrompus.

Bennington sentit les mêmes frémissements sur la joue qu'il éprouvait quand il travaillait avec Pat Price ou Ann Robbins et qu'il flairait d'étranges résultats. C'était le signe d'une visite de l'autre côté des frontières de l'esprit.

– La pendule du tableau de bord indiquait 10 h 32 quand ils ont trouvé la voiture. Avec les six heures de décalage horaire, ça fait exactement 4 h 32 à Washington.

« Ma femme et moi ne pensons qu'à ça, poursuivit le directeur. Je n'en ai parlé à personne parce que, pour être tout à fait franc, j'ai peur de passer pour un imbécile. Mais, avec cette histoire, mes convictions en ont pris un sacré coup.

– Ne croyez pas être un cas bizarre, monsieur. Cela fait quatre mille ans que ce genre de choses arrive. Évidemment, si vous racontez ça à une bande de savants bornés, il vous diront : “ Oui, oui, bien sûr. Comme c'est intéressant ! ” Et ils oublieront tout dès que vous aurez repassé la porte. Ils adorent faire remarquer que des millions de gens font toutes les nuits des rêves prémonitoires qui ne se réalisent jamais.

– Mais c'est à moi que c'est arrivé, Art. Ou plutôt à ma femme. C'est un fait établi, je le sais. J'ai vu le réveil de mes propres yeux.

– Monsieur le directeur, je n'en doute pas une seconde. Pas plus que je ne doute de certaines choses que j'ai vues au cours des trente années passées à travailler sur ce sujet pour le compte de la CIA. Mais tant que nous n'aurons pas trouvé le moyen de caser ça dans un cadre scientifique, c'est du folklore.

– Mais comment expliquez-vous ça ? Comment cela a-t-il pu se produire ?

– Je ne peux pas l'expliquer. Personne ne le peut. Nous sommes seulement en mesure d'émettre des hypothèses.

– Que voulez-vous dire ?

– Eh bien, il est admis dans notre culture occidentale que notre conscience, la vôtre, la mienne, n'a pas d'étendue dans l'espace et dans le temps.

Art tapota son verre de Bloody Mary puis désigna celui du directeur.

– Des objets distincts, comme ces verres, en ont une, reprit-il. Chacun est localisé dans le temps et l'espace. Supposez que cette thèse soit erronée ? Supposez que la conscience jouisse d'une dualité ? Supposez qu'elle ait une nature ondulatoire comme elle a une nature incorporelle ?

– Cela paraît physiquement impossible.

Art haussa les épaules.

– La lumière possède ce caractère de dualité. Quand les physiciens parviennent aux micro-limites de la réalité, ils trouvent des particules sub-atomiques comme les *rho prime* qui, apparemment, l'ont aussi. Alors, pourquoi pas notre conscience? Cela lui donnerait accès à des plages du temps et de l'espace qui autrement seraient inaccessibles.

Le serveur arriva discrètement avec les assiettes qu'il posa sur la table.

– Thé? Café?

– De l'eau glacée, dit Art.

– Du thé, comme d'habitude, ordonna le directeur. Bien. Je trouve cela fascinant, étonnant et, je dois l'avouer, inquiétant.

– Et dangereux, avertit Art. Cela implique de gros risques. Risques politiques. Risques concernant l'opinion publique. Et il y en a qui deviennent dingos quand ils se trouvent un peu trop impliqués. On a eu un type, un jour, qui voulait faire appel à un médium pour entrer en contact avec Penkovski après son exécution par les Russes. Il voulait s'assurer qu'il n'avait pas oublié de nous dire quelque chose.

Le directeur éclata de rire.

– On pourrait peut-être rappeler ce gars pour qu'il arrange une petite conversation avec notre agent perdu.

Art avala une bouchée de sole grillée et sourit au directeur. Il avait oublié ses appréhensions.

– On voit de drôles de choses dans ce domaine. Le vieux McDonnell, de McDonnell-Douglas, était dedans jusqu'au cou. Il trouvait merveilleux que les Russes s'intéressent autant aux phénomènes paranormaux parce qu'il était convaincu qu'ils rencontreraient Dieu au bout de la route et jetteraient le marxisme au feu une bonne fois pour toutes.

– Avec un peu de chance, l'intervention de Dieu ne sera pas nécessaire, pouffa le directeur. Nous avons Gorbatchev. Ce satané rêve a complètement changé ma façon de voir votre travail, ajouta-t-il après avoir fini son verre.

– Ça fait un sacré bout de temps que c'est dans l'air, monsieur. A bien y réfléchir, la Bible est une sorte de catalogue des phénomènes parapsychiques. Aristote, rationaliste s'il en fut, était fasciné par les rêves prémonitoires semblables à celui de votre femme.

Francis Bacon, qui a quand même fondé la méthode scientifique, voulait faire des recherches sur la guérison par la méthode médiumnique.

– Joli tableau.

– Et la radiesthésie? Cela fait quatre mille ans que les gens cherchent l'eau avec de petites baguettes fourchues. Et ils continuent, malgré les progrès de la science.

Le directeur s'appuya sur le dossier de sa chaise, et, rejetant la tête en arrière, sourit à Art.

– Bon, Art, après toutes ces années, vous devez bien avoir trouvé une petite explication rationnelle à la portée d'un béotien comme moi. Comment faites-vous quand vous n'arrivez pas à dormir?

– Je pense à ma feuille de paye.

– Sérieusement, Art. En tant que médecin, qu'en pensez-vous?

– Mon explication favorite fait référence à ce qu'on appelle les « résonances de Schumann ». Elles rebondissent entre les ceintures de Van Allen dans l'ionosphère et le champ magnétique de la surface de la terre. Ça dure depuis des siècles.

– Et comment en arrive-t-on au rêve de ma femme?

– Essentiellement avec un ou deux efforts de l'imagination, dit Bennington en souriant. Un grand nombre de fréquences dans les résonances de Schumann sont inférieures à dix hertz. Quand la vie – les hommes, les animaux et les plantes – a émergé sur terre, elle a constamment été exposée à un océan électro-magnétique dans ce spectre des dix hertz. On pourrait supposer que les formes de vie qui en ont résulté conserveraient une sensibilité particulière à ces fréquences de dix hertz, d'accord?

– Oui, approuva le directeur. Pourquoi pas.

Il avait laissé la moitié de sa salade.

– Et c'est le cas. Quand vous vous sentez bien, les ondes alpha de votre cerveau ont une période de dix hertz. Même chose quand vous gonflez vos biceps. C'est un spectre de fréquences que nous trouvons constamment chez les insectes et autres animaux, dans leurs mécanismes sensitifs.

Bennington lisait sur le visage du directeur davantage d'intérêt qu'au début de leur conversation.

– Si bien que ces fréquences pourraient expliquer le cauchemar de ma femme?

– C'est une théorie. Qui en vaut bien d'autres. On a pu établir avec une quasi-certitude que les cellules humaines peuvent capter ces signaux et les interpréter. Mais nous ne pouvons expliquer comment une cellule peut émettre un message. Où est la source d'énergie ? Il n'y en a aucune.

– En d'autres termes, vous pouvez expliquer comment ma femme a reçu le message mais pas comment sa sœur le lui a envoyé.

– Théoriquement, oui. Ce qui me ramène au point que j'ai soulevé lors de la réunion sur notre médium assassinée. Pour le moment, dans la rue EBF, la circulation semble s'effectuer à sens unique – en direction des cellules. Pour autant que nous puissions le constater, rien n'en sort. Mais c'est déjà assez dangereux comme ça. Cela pourrait ouvrir la voie à des récupérations abusives.

Bennington sentit que le directeur allait devoir couper court à leur conversation. Il but son eau glacée à long trait.

– Vous vous rappelez ce type du Département d'État qui disait après la Première Guerre mondiale : « Un gentleman ne lit pas le courrier des autres » ?

– Ce crétin qui a failli nous faire perdre la Seconde Guerre en voulant supprimer le service de décryptage ?

– Précisément. Eh bien, un gentleman ne fouille pas non plus le cerveau des autres. Et pourtant, j'ai bien peur qu'on ne soit bientôt à même de le faire.

*

C'était une procédure de routine, la dernière phase du train-train hebdomadaire, le dernier geste qu'Arlene Doxie devait accomplir avant ses deux jours de liberté du week-end. On ne dupliquait qu'une fois par semaine la disquette du trimestre en cours. Chaque fois qu'on utilisait le magnéto-encéphalographe de Bethesda, on faisait immédiatement deux copies, l'une pour le disque principal stocké dans les archives fermées à clef ; l'autre que l'on remettait soit au neurologue du patient, soit aux chercheurs spécialisés dans l'étude du cerveau, à l'Institut national de la santé.

Ce vendredi après-midi, alors qu'elle allait consulter le répertoire des copies, Arlene Doxie constata avec surprise qu'il manquait les disques du trimestre en cours et du précédent. Bizarre, se dit-elle. Peut-être les avait-elle mélangés avec les réserves. Elle vérifia mais ne trouva rien. Dieu sait pourtant qu'elle était méticuleuse dans son travail, ce qui n'avait rien d'étonnant pour quelqu'un qui possédait une maîtrise d'informatique de l'USC. Évidemment, les recopier serait facile, toutes les informations manquantes figurant sur le disque dur. Les originaux avaient sans doute été adressés par erreur à un neurologue de la capitale avec des résultats d'examen. Il faudrait qu'elle vérifie lundi. Je me demande si je ne devrais pas en toucher un mot aux services administratifs, songea-t-elle. Ou je laisse tomber?

Quoi qu'il en soit, ça pouvait attendre. Elle se vaporisa un nuage d'Arpège et s'apprêta à sortir. Elle avait beaucoup mieux à penser.

*

La nuit était tombée quand Xenia Petrovna arriva à la barrière de sécurité. A Moscou, l'automne n'était qu'un bref interlude, le temps d'un soupir nostalgique pour l'été perdu, avant que ne commence l'interminable hiver. Serait-ce une allégorie de sa liaison avec Ivan Serguéïevitch? Désormais, les gardes du KGB étaient familiarisés avec sa Citroën. Il est vrai que c'était la quatrième fois qu'elle venait dans la résidence du président depuis que leur histoire avait commencé ce fameux dimanche après-midi. Cela n'empêcha pas le jeune capitaine de garde de procéder avec une lenteur exaspérante à toutes les vérifications réglementaires, comme s'il prenait un plaisir pervers à retarder le moment où elle se retrouverait dans le lit du patron.

Feodorov entendit la voiture et sortit l'accueillir. Il y aurait sûrement une grande flambée dans l'immense cheminée. La couverture de fourrure soyeuse serait étendue devant l'âtre. Lors de sa dernière visite, ils avaient fait l'amour dessus, devant les braises mourantes. A ce souvenir, elle se sentit excitée jusqu'au bout des ongles. Malgré son désir croissant, elle descendit de voiture avec une assurance calculée et s'avança vers Feodorov d'un pas tranquille. Son instinct et son désir la poussaient à se comporter en véritable tentatrice.

Il arrivait tout juste de la place Dzerjinski. Quand Xenia Petrovna fut tout près de lui, elle fit jouer ses longs cheveux blonds et lui offrit un sourire à la fois moqueur et engageant. Sans un mot, elle se glissa dans ses bras. Leur étreinte fut longue et sensuelle. Tandis qu'ils s'embrassaient, elle pressa ses hanches et ses cuisses contre lui, ravie de la raideur qu'elle provoquait.

Elle s'écarta lentement et leva les yeux sur lui.

– Alors, comment va mon despote géorgien, ce soir ? Tu as l'air préoccupé.

– Plus maintenant. Plus maintenant que je t'ai.

– Vanioucha, Vanioucha, crois-tu vraiment que tes femmes avalent pareils mensonges ?

– Les avaler ? Non. Il me suffit qu'elles les acceptent.

Il prit son bras et, hanche contre hanche, ils se dirigèrent vers la maison de chasse. Pour la première fois depuis le début de l'automne, elle vit son souffle argenté dans la nuit. Encore un signe que l'hiver était proche.

– Je vais me changer, annonça Ivan Serguéïevitch en entrant.

Ses doigts glissèrent le long de la colonne vertébrale de Xenia Petrovna, s'attardant à chaque vertèbre.

Comme toujours en de telles occasions, Xenia Petrovna avait choisi ses vêtements avec soin. Tout venait de l'Ouest, ses sous-vêtements français de soie, son pantalon de cuir moulant de Francfort, son pull en cachemire de chez Harrod's. Ils produisaient exactement l'effet qu'elle souhaitait.

Quand il revint en jeans et gros pull, son visage arborait une expression qu'elle lui avait souvent vue ici, un regard inattendu chez un homme aussi puissant. On aurait dit un petit garçon qui voulait – sans trop oser – suggérer à son copain un jeu interdit.

– Faisons quelque chose de différent, ce soir, proposa-t-il.

– Pas trop différent, mon ange, jusque-là, c'était parfait.

– Viens, ordonna-t-il.

Il pressa un certain nombre d'interrupteurs sur un panneau de contrôle situé près de la porte d'entrée, puis l'accompagna dehors. Des lanternes marquaient le chemin qui menait au bord de l'eau.

– Nager sera différent, c'est vrai, *daragoï* – chéri, dit-elle à son amant, mais je crains de trouver ça aussi excitant que de manger des lentilles à l'eau.

– Pour une neurologue de ta classe, tu as une fâcheuse tendance à tomber à côté de la plaque.

Au bord du lac, il la fit tourner à gauche le long de la berge. A une centaine de mètres, elle vit de la lumière sortir de l'ombre et se noyer dans l'eau. Il marcha dans cette direction.

– Qu'est-ce que c'est?

– Une surprise.

La surprise était une cabane de rondins de plain-pied, réplique des traditionnelles isbas. Il ouvrit la porte. A l'intérieur, on trouvait la version grand luxe d'une institution inhérente à la vie quotidienne en Russie depuis huit siècles, une *banya,* une maison de bains. Il y avait une petite pièce pour les vêtements, une pièce pour se laver, la *parilnya,* le hammam, avec ses banquettes de bois, et une piscine d'eau froide. Enfin, il y avait la salle de repos, récompense des baigneurs après leurs libations traditionnelles. Dans un coin, une glacière. Des bouteilles de vodka, de bière, d'eau minérale et de champagne émergeaient d'une couche de glace. Leur visite à la maison de bains n'était pas entièrement spontanée.

Feodorov ferma à clef derrière eux.

– J'adore prendre un bain après une dure journée.

Les longues soirées de détente dans les bains publics faisaient partie des traditions de l'élite soviétique. Pas la sorte de bain que le président avait en tête, toutefois. Il prit la veste de Xenia Petrovna et l'accrocha à un portemanteau. Alors qu'elle commençait à ôter son pull-over, elle sentit les doigts d'Ivan Serguéïevitch l'effleurer sous la poitrine. Avidement, ils caressaient maintenant la peau lisse du ventre. Puis, impérieusement, ils trouvèrent leur chemin sous la ceinture du pantalon, sur la petite culotte de soie. Il l'attira contre lui et elle sentit à nouveau comme il était dur. Mais cette fois, il était contre ses fesses. Il la tint ainsi un moment. Leurs corps se balançaient doucement. Puis elle se libéra.

– Chaque chose en son temps, pouffa-t-elle.

Ils achevèrent de se dévêtir et se rendirent dans la salle de bains. Xenia remarqua avec une satisfaction amusée qu'Ivan Serguéïevitch était plus qu'en forme. Elle prit un morceau de savon de la taille d'une petite brique et le jeta dans un seau d'eau chaude. Puis elle entreprit de le faire glisser sur le corps de Feodorov en une succession de longues caresses exaspérantes. Il eut bientôt l'air d'une statue ruisselante de pluie, une pellicule d'eau savonneuse mêlée de guirlandes de bulles parsemant sa poitrine, son dos et ses jambes. Elle s'empara d'un gant de crin.

– Fini de s'amuser, annonça-t-elle en le posant sur sa peau.

D'une main ferme, elle le frictionna de la tête aux pieds, avec la vigueur d'une mère décrassant son enfant récalcitrant pour la semaine.

– Tu m'as écorché vif, murmura-t-il quand elle eut fini. Je suis sûr que tu n'as pas oublié le moindre pore.

– Je l'espère bien, *moï sladki* – mon petit pigeon. Maintenant, à ton tour de me frotter, ajouta-t-elle en lui donnant un petit baiser. Doucement, s'il te plaît.

Quand tous deux furent aussi luisants que des lutteurs grecs, ils tombèrent dans les bras l'un de l'autre en riant, leurs corps glissant dans une sensualité incertaine.

Feodorov la conduisit aux douches puis au cœur de la *banya,* la *parilnya.* Le four ouvert était empli de pierres brûlantes dont certaines rougeoyaient.

Feodorov s'empara d'un seau d'eau qu'il jeta sur le brasier. Un nuage de fumée monta en sifflant jusqu'au plafond. Il répéta l'opération plusieurs fois, jusqu'à ce qu'ils soient entourés d'une buée qui se mêlait à leur sueur.

Dans un coin de la pièce, une douzaine de *veniki,* petits fagots de branches de bouleau. C'était un instrument indispensable au rite de purification quasi mystique que représentait le bain.

– Allonge-toi, Vanioucha, ordonna Xenia Petrovna.

Le président du KGB s'étendit sur le ventre, le long d'une des banquettes de bois entourant le bain. Xenia Petrovna saisit un des petits fagots et, dans un sifflement, l'appliqua vigoureusement sur la peau humide de Feodorov qui rougit sous le coup. Elle lui fouetta le dos, plus fort, cette fois. Il se tortilla sans un mot. Se fouetter avec ces branchages était excellent pour la circulation et les bons Russes étaient censés endurer l'épreuve avec stoïcisme. Voyons à quel point tu es un bon Russe, se dit Xenia Petrovna en riant pour elle-même. Sur quoi elle leva bien haut le petit fagot.

Quand ils ne purent supporter davantage la chaleur suffocante, ils se précipitèrent dans la pièce d'à côté pour plonger dans l'eau glacée. Ce fut un interlude lénifiant avant la récompense de la salle de repos. Feodorov l'avait conçue comme un lit de la taille d'une pièce. Ils se séchèrent mutuellement et s'écroulèrent sur l'énorme matelas double qui occupait presque toute la surface. Feodorov rampa jusqu'au lecteur de cassettes et sélectionna les *Tableaux d'une exposition* de Moussorgski. Puis il remplit deux gobelets de vodka bien frappée. Il fit tinter les verres.

– A quoi allons-nous boire?

Elle réfléchit.

– Tu sais à quoi trinquent les juifs?

– Non.

– Ils disent *le Chaïm* – à la vie. Ça me plaît. La vie me semble merveilleuse en de pareils moments. *Le Chaïm,* ajouta-t-elle en faisant tinter son verre.

Lui avala sa vodka d'un trait, elle en une succession de petites gorgées. Momentanément éprouvés par la chaleur exaspérante, ils se rallongèrent sur le matelas, corps entremêlés, se laissant envahir par les bienfaits de la musique et de l'alcool. Le contraste de la vapeur et de l'eau froide avait tempéré l'ardeur de Feodorov. Mais pas pour longtemps. Les doigts effilés de Xenia Petrovna y veillaient. Il roula bientôt sur elle en grognant de plaisir. Elle était prête pour lui. Il la pénétra adroitement et si pleinement qu'elle sentait contre elle l'os de son pubis. Ils remuèrent ainsi ensemble, accélérant à peine le rythme de leurs gestes, jusqu'à ce que Feodorov sente monter l'orgasme. Son plaisir allait venir. Sa respiration se faisait plus courte.

A cet instant, Xenia Petrovna s'arrêta. Elle posa ses mains sur les hanches d'Ivan Serguéïevitch et le repoussa en riant.

– Oh non. C'est beaucoup trop tôt, *moï sladki,* murmura-t-elle.

Il émit un grognement de protestation. Elle le fit rouler et il se retrouva sur le dos. Elle s'agenouilla sur lui et, assise bien droite, elle le fit à nouveau glisser en elle. Elle se rejeta légèrement en arrière, appuyant la paume de ses mains sur le matelas. Puis elle reprit ses mouvements circulaires. Cloué entre ses jambes, il l'imita bientôt.

– Ne bouge pas! ordonna-t-elle.

Lentement, très lentement, refusant d'accélérer pour répondre à son souffle qui se précipitait, son va-et-vient magique opérait, accordé à la montée de son seul plaisir.

Le corps de Feodorov se mit à trembler.

– *Da, da, da,* gronda-t-il. Maintenant!

Elle éclata de rire.

– Pas encore, mon petit Ivan. Je veux que tu exploses.

Sur quoi elle reprit son mouvement, avec plus de lenteur encore, se penchant légèrement en arrière. Le plaisir de Feodorov était prisonnier du sien. Il transpirait, soufflait, suppliait, mais elle refusait toujours d'accélérer. Elle le rendait fou et jouissait de l'étau au-dedans d'elle.

– Maintenant, Vanioucha! s'écria-t-elle alors que son propre plaisir l'envahissait. Maintenant! Jouis pour moi! Rien que pour moi!

Dans un dernier geste impérieux, elle le força à l'orgasme.

– *Gospodi! Gospodi!* Mon Dieu! Mon Dieu! hurla-t-il. *Ya oumirayou* – je vais mourir.

Il explosa littéralement, puis retomba sur le matelas. Elle demeura sur lui quelques instants, goûtant les spasmes de son plaisir qui s'apaisait peu à peu. Incroyable, se dit-elle. Cet homme exerce sur les autres un pouvoir incommensurable et, pourtant, il est en ce moment sous ma totale domination.

Riant sous cape, elle s'écarta de lui et s'allongea pour le regarder. Elle lui chatouilla la lèvre supérieure de son ongle écarlate.

– Mon petit Ivan chéri, murmura-t-elle avec un petit rire rauque, ne crois-tu pas qu'un homme de ta position devrait invoquer une autre sorte de dieu quand il fait l'amour? Tu devrais peut-être essayer Vladimir, ou Karl, pour voir si ça te fait le même effet.

Quand ils revinrent au pavillon de chasse, elle mourait de faim. Le feu ronronnait, la table était comme à l'accoutumée recouverte de plateaux de mets fins. Ils satisfirent leur appétit dans le silence paresseux qui suit l'amour puis, quand ils eurent fini, il mit une cassette vidéo de James Bond. Xenia Petrovna savait qu'il trouvait les films de James Bond follement amusants. Il commençait tout juste quand le téléphone sonna. Quelques secondes plus tard, ce fut la sonnerie du téléphone intérieur.

– C'est un appel que je dois prendre, expliqua-t-il en se dirigeant vers le récepteur. *Da,* aboya-t-il.

Silence.

– Formidable! s'écria-t-il.

Nouveau silence.

– Formidable! répéta-t-il. Mettez-le dans une voiture et ramenez-le ici aussi vite que possible.

– Bonne nouvelle? s'enquit-elle tandis qu'il se rasseyait sur le tapis devant la télévision.

– Excellente.

Et il appuya sur la télécommande pour reprendre le cours du film.

Quelques minutes avant les dernières péripéties de James Bond, Xenia Petrovna entendit des pneus crisser sur les graviers.

– J'ai déjà vu la fin, dit Feodorov, regarde, toi, je reviens dans quelques minutes.

– Je file, Vanioucha, j'ai un travail fou.

– Non. Tu restes. J'ai besoin de toi.

Il revint peu après la fin du film avec une enveloppe kraft à la main.

– Je suis navré, mais il nous faut revenir à des considérations terre à terre, dit-il en désignant l'enveloppe. Cela contient les disques de l'une de tes machines magiques.

– Un magnéto-encéphalographe?

– Absolument. Tu devrais y trouver les examens pratiqués le 17 août.

Elle hocha la tête.

– Ce qui nous intéresse, c'est un des examens de cette journée-là. C'était forcément après 12 h 15 et il était fini à 14 h 30.

– Ça ne doit pas être bien sorcier à repérer. Un bilan complet prend trois quarts d'heure.

– Nous avons de bonnes raisons de croire que le patient a piqué une sacrée colère pendant l'examen.

Il sortit deux disques de l'enveloppe et les tapota nerveusement.

– Tu m'as dit que, si tu disposais du magnéto-encéphalogramme d'un homme au moment où il se met en colère, tu serais en mesure de trouver le signal électromagnétique qui l'a provoquée.

Xenia fut soudain tendue à craquer. Bien sûr que je t'ai dit ça, songea-t-elle. Je peux trouver ce signal sur un disque de mon magnéto-encéphalographe au cours d'un examen mené dans mon laboratoire. Pas sur un disque fait par Dieu sait qui, Dieu sait quand, Dieu sait où. Cependant elle ne broncha pas et prit les deux disques.

– Trouve-moi le signal de cet homme, Xenia. Il me le faut.

Elle posa les yeux sur les disques puis regarda à nouveau Feodorov.

– Hôpital naval de Bethesda? Aux États-Unis? Qui peut bien t'intéresser là-bas?

Il lui lança un de ces regards qui avaient terrorisé une génération entière de dissidents. Il n'avait pas besoin de lui préciser de ne répéter à personne ce qu'il allait lui confier. La lueur dans ses yeux était suffisamment éloquente.

– Le président des États-Unis.

*

L'amiral jeta un coup d'œil à sa montre avec une impatience marquée. En tant que chef du département médical de Bethesda, le médecin personnel du président devait assister à ces réunions de service hebdomadaires. L'un après l'autre, tous les chefs de service relataient leurs petits triomphes de la semaine écoulée. A l'occasion, suivait l'aveu de quelque péché véniel dont la bénignité calculée ne pouvait ébranler le calme du directeur. Les grandes réussites étaient vantées ailleurs; quant aux péchés mortels, on les glissait sous le tapis. Bref, White trouvait que ses réunions se situaient à zéro sur l'échelle de Richter.

Ce n'était pas la médecine qui le préoccupait pour l'instant, mais sa partie de golf au Country Club de Chevy Chase. On l'attendait au premier trou dans trois quarts d'heure et il allait être en retard si le directeur administratif du service de radiodiagnostic n'accélérait pas le débit.

Ce dernier parlait des ordinateurs, rappelant la série d'ennuis que le Centre avait connus il y a quelques années avec les voleurs de matériel. Eh bien, ils avaient remarqué la semaine dernière que deux des disques durs les plus récents de leur magnéto-encéphalographe avaient disparu. On les avait sans doute volés pour les utiliser sur un PC. Ils avaient entamé un passage en revue des procédures de sécurité en vigueur concernant la sauvegarde du matériel; les autres services seraient bien avisés de les imiter.

Ce n'est qu'une demi-heure plus tard, en arrivant au parking du club, qu'il vint à l'esprit de White que le magnéto-encéphalogramme du président devaient figurer sur l'un des disques. Ce qui lui causa une vive appréhension. Il se calma en songeant qu'il n'avait que dix minutes de retard. White se rappela que l'identité du président était codée. Et de toute façon, qui pouvait s'intéresser à des informations aussi parfaitement inutiles?

*

– Tout est là!

Gennadi « Quatre Doigts » Petrov, chef de la Ve section du KGB, chargée de la répression des troubles ethniques dans les quinze républiques, désigna le rapport qu'il venait de déposer devant le président du KGB.

– Tout ce que nous en avons tiré au cours de leurs interrogatoires, plus un inventaire exhaustif de ce que nous avons trouvé dans cette grotte.

Feodorov jeta un coup d'œil au rapport de son subalterne. Quatre Doigts avait l'air de quelqu'un qui vient de respirer une odeur particulièrement nauséabonde, une crotte de chien, par exemple, et qui est sur le point de donner ordre qu'on nettoie. Feodorov se dit que la comparaison n'était pas si mal trouvée. Ce rapport était bel et bien un tas de merde, et Quatre Doigts s'attendait certainement à ce qu'il prenne des mesures drastiques pour nettoyer tout ça. Feodorov en connaissait déjà les grandes lignes. Deux gosses qui jouaient au bord d'un ruisseau dans le Tadjikistan étaient tombés sur une grotte bourrée d'armes. Le KGB l'avait placée sous surveillance et surpris deux jeunes hommes livrant des armes dans une cache. L'un d'eux était un ancien guérillero afghan, l'autre un Tadjiki, un Pamiri des montagnes du Tadjikistan. Ils parlaient le farsi et avaient passé trois ans en Iran à étudier clandestinement.

– Ont-ils dit à quel usage ils destinaient tout ça ? demanda-t-il à Quatre Doigts.

– A quel usage ? Il y avait dans cette grotte suffisamment d'armes pour équiper un bataillon d'infanterie, Ivan Serguéïevitch. Des AK 47, des M-11 américains, trois types de mortiers, des pistolets-mitrailleurs, et même deux missiles antichars TOW. Et vous demandez leur usage ? Vous en connaissez qui chassent l'ours avec des TOW ? Ils vont commencer une putain de révolution, oui, voilà l'usage qu'ils vont en faire !

La rougeur du visage de Quatre Doigts était à la mesure de sa colère et de son exaspération. C'était l'exemple parfait de l'officier du KGB de la vieille génération, tout de rage et de brutalité, dont le geste le plus subtil est une claque dans la figure. Feodorov soupira.

– Camarade, je me doute bien qu'ils n'avaient pas l'intention de les remettre comme récompense au premier prix d'élocution à la fête du Travail. Je veux savoir si vous avez appris quand ils comptaient commencer à les utiliser, et comment ? Existait-il un plan d'attaque concerté ?

– Ils ont dit qu'ils avaient ordre de les dissimuler pour ce qu'ils appellent la Résurrection des martyrs. Ils n'ont pas la moindre idée de la date de l'insurrection. Probablement quand ils auront réuni suffisamment d'armes.

– Connaissaient-ils d'autres cachettes ?

– Pas précisément. Ils ont affirmé que c'était le seul endroit où ils en avaient apporté. Mais l'Afghan a admis avoir entendu qu'il existait tout un réseau de dépôts d'armes au Tadjikistan et même dans le Kazakhstan.

Feodorov ourla les lèvres comme s'il allait émettre un sifflement, mais n'en fit rien.

– Auraient-ils pu se vanter?

– Vu la façon dont on les a questionnés, non.

C'était d'une logique irréfutable, se dit le président du KGB. Il n'y avait aucun moyen d'échapper aux conséquences de tout cela. Il existait sans l'ombre d'un doute un véritable réseau de caches d'armes. Combien? Où? Si ces ordures de musulmans avaient été capables de passer la frontière sans se faire prendre avec ce qu'ils avaient trouvé, ça se montait à combien en tout? L'explication était simple: il y avait là-dessous une organisation, qui savait exactement où et quand utiliser ces armes.

– J'imagine que c'étaient des soufis?

– Évidemment. Les salopards!

– Ont-ils donné des noms?

– Aucun. Leur seul contact est leur *mourshid.* C'est toujours lui qui les prévenait. Ils trouvaient leurs armes en Afghanistan, toutefois, dans de vieilles réserves moudjahidin. Puis ils les passaient en fraude.

– Ils sont encore vivants?

– A peine. Mais nous n'en tirerons rien d'autre. Nous les avons pressés à fond.

Feodorov se leva. Il n'avait pas pris la peine de prier Quatre Doigts de s'asseoir, geste de dédain marqué à l'égard du vieux tchékiste. Mais il lui passa un bras amical autour de l'épaule.

– Excellent travail, camarade. Excellent et rapide.

Il se mit à faire les cent pas sur le tapis, mains dans le dos. L'affaire était allée plus vite et plus loin qu'il ne le pensait.

– Nous allons nous retrouver avec une guerre coloniale sur les bras, Gennadi Petrov. Comme les Français en Algérie ou les Anglais au Kenya. Ou encore Somoza et les Sandinistes ou Castro contre Batista. Si ce n'est que cette fois, nous serons les colonialistes. Pouvez-vous imaginer pareille chose? Nous, les héritiers de Marx et de Lénine? Nous qui avons toujours apporté notre soutien aux luttes pour la libération? Et c'est après nous que le monde en aura! Nous serons ces putains d'oppresseurs impérialistes!

Feodorov était fou de rage devant l'ironie amère d'une telle situation.

– Ces salopards retourneront contre nous toutes les ruses que nous leur avons apprises. La moindre tactique que nous avons enseignée à ces bandes de voyous, l'OLP, l'IRA, les Brigades rouges. Nous allons passer pour des parias aux yeux du monde entier. Cinquante années de travail détruit.

Il s'interrompit et pointa un doigt accusateur sur son adjoint comme si ce dernier était sur le point de fomenter une insurrection.

– Je vais vous dire ce qu'ils vont faire. Je vais vous le dire exactement. Au cours d'une nuit comme l'anniversaire du prophète ou de Dieu sait quelle bataille islamique, comme ils en ont tant, ils s'empareront de leurs armes et attaqueront tout ce qu'il y a de rouge : nos bureaux, les quartiers généraux de la police, du parti, et même les casernes. Dans des centaines d'endroits différents.

« Et nous réagirons avec la finesse d'un troupeau d'éléphants. Ce qui est précisément leur désir. Que nous ayons une réaction excessive. Nous enverrons le KGB. Nous enverrons les troupes du ministère de l'Intérieur avec leurs gros sabots et ils tireront sur tout ce qui bouge. Nous enverrons des chars et l'Armée rouge. Et quand nous en aurons fini avec cette réaction outrée, il n'y aura plus un marxiste-léniniste dans nos républiques islamiques. Nous allons organiser la plus grande conversion collective que le monde ait jamais vue. Bordel!

Cet éclat inhabituel avait calmé la colère de Quatre Doigts.

– Alors qu'allez-vous faire, Ivan Serguéïevitch?

– Je vais présenter votre rapport au Secrétaire général à la prochaine réunion du Politburo.

– Quoi? explosa Quatre Doigts. Et qu'est-ce que ça changera? C'est lui qui nous a mis dans le pétrin! Avec sa glasnost, n'importe qui dans ce pays a le droit de se plaindre s'il n'est pas satisfait de la façon dont le soleil se lève. Il est là à lécher les bottes des Baltes, et à laisser impunis les meurtres commis par les Arméniens.

– Camarade, c'est le Secrétaire général du parti, murmura Feodorov d'un ton de reproche.

– Pas du mien. Pas du parti de Marx, de Lénine et de Staline dans lequel on m'a appris à croire. Son parti, c'est le parti des cinq cents intellectuels de Moscou.

Le vieux tchékiste cracha le mot d'intellectuel comme un fruit amer.

– Et de la majorité du Comité central.

Feodorov rit en prononçant ces mots, mais sa voix était à peu près aussi gaie que s'il avait prononcé une oraison funèbre.

– Si vous lui montrez ce rapport, ce sera aussi efficace que si vous plantez la bite d'un moustique dans le cul d'un éléphant, éructa Quatre Doigts.

Cette fois, le président rit pour de bon. Au même instant, une sonnerie l'avertit qu'il avait un coup de fil urgent.

– *Da!* fit-il en s'emparant du téléphone.

– Le médecin-colonel Simonov vous demande, annonça son secrétaire.

– Passez-la-moi, dit-il d'une voix plus douce.

– Ivan Serguéïevitch. Je suis avec mes trois assistants. Nous avons trouvé l'examen sur la disquette. Il a commencé à 12 h 10, cinq minutes avant l'heure que vous nous aviez donnée. Il s'est achevé à 13 heures.

– Alors?

– A 12 h 27, le patient est devenu fou de rage.

– Vous en êtes sûre?

– La zone d'image s'est allumée comme un phare. Nous avons fait une analyse au spectromètre graphique pour obtenir le signal que vous souhaitez. C'est clair comme de l'eau de roche.

Feodorov, qui était debout, se retrouva assis dans son fauteuil sous le choc.

– Il n'y a pas le moindre doute que ce soit le signal désiré?

– Pas le moindre. Sur le listing, il correspond aux autres signaux de réaction de colère que nous avions étudiés auparavant. Et les trois composantes de sa fréquence se situent dans le spectre où nous les attendions.

– Je vous rappelle.

Feodorov raccrocha. Il resta un moment à contempler sans un mot son bureau. Alors ça y était. C'était possible. Il ne lui fallait plus que le courage de le faire. S'il réussissait, il épargnerait à la *Rodina*, la mère patrie, l'épreuve que ce rapport annonçait avec autant de certitude que la neige annonce l'hiver.

S'il échouait, le prix de son échec ne faisait pas de doute. Avant son temps, toute une génération de bolcheviques s'était montrée prête à mourir pour ce en quoi elle croyait. Et lui? Il leva les yeux sur son subordonné.

– C'est tout, camarade. Rentrez chez vous. Je m'occupe de cette affaire.

*

Quarante-huit heures après sa conversation téléphonique avec Xenia Petrovna, le président du KGB était debout à l'orée d'une forêt de pins, un Purdey à deux canons au creux du coude. A vingt mètres à gauche, il voyait la silhouette d'un de ses collègues du Politburo, Igor Ligatchev, se profiler contre les arbres. Quelque part sur sa droite, hors de vue, dans un buisson voisin, se tenait le troisième membre de leur petite partie de chasse, Victor Tchebrikov, le prédécesseur de Feodorov. Un terrain ouvert parsemé d'épaisses broussailles s'étendait jusqu'à une seconde ligne d'arbres, distante de cinq cents mètres. Là, les rabatteurs venaient d'entamer leur approche, se déplaçant en demi-cercle. Ils tapaient sur les troncs d'arbre avec de longs morceaux de bois et leur chant guttural montait comme un cri de guerre zoulou.

Les trois hommes les observaient, apercevant les volatiles se faufiler entre les taillis, se précipitant inexorablement vers la clairière et la mort. A une centaine de mètres de Feodorov, les premiers faisans apparurent, courant avec frénésie vers le havre illusoire du ciel. Il épaula son Purdey et suivit la courbe ascendante de l'oiseau, lui offrant une dernière chance de salut. Visant le sommet de son ascension, il tira.

C'était un coup magnifique. Pendant un instant crucial, le faisan demeura suspendu dans le ciel. Ses ailes luttaient contre la force de la gravitation. Puis il tomba comme une pierre. Ce spectacle rappela à Feodorov la découverte d'un de ses chercheurs, la « lumière de mort », l'éclair de radiation émis par une cellule à l'instant où la vie la quitte. Venait-il d'y assister?

Les derniers faisans abattus, les rabatteurs ramassèrent le gibier mort tandis que les trois membres du Politburo rentraient d'un pas tranquille au relais de Feodorov. Un feu et une nourriture abondante les attendaient. Ainsi que force boissons. Pendant un quart d'heure, ils mangèrent et burent autour du feu, riant, racontant des histoires salées, échangeant les derniers potins du Kremlin. Les deux convives représentaient la tête du noyau dur des marxistes du Politburo, les ennemis pleins d'amertume de la glasnost, de la perestroïka, de tout ce que ces réformes symbolisaient et représentaient. Finalement, le silence s'installa. Ils savaient que le président du KGB ne les avait pas seulement invités pour chasser le faisan. Celui-ci prit deux rapports dans son attaché-case : celui de Quatre Doigts et un résumé de la situation – catastrophique – dans les républiques islamiques.

– Lisez ceci, camarades.

Tchebrikov acheva le premier.

– On devait en arriver là, n'est-ce pas ? A quoi d'autre pouvait-on s'attendre avec cette glasnost ? Tôt ou tard on aurait à faire face à un soulèvement : les Géorgiens, les Ukrainiens, les Arméniens. Mais les musulmans ! Rien ne pourrait être pire !

Ligatchev, vieux socialiste pragmatique, lança le document à Feodorov d'un geste furieux.

– Alors, qu'est-ce qu'on fait ?

Feodorov attendait cette question.

– Nous pouvons faire trois choses. Opérer un grand mouvement dès maintenant. Boucler la frontière par un déploiement de l'Armée rouge. Ordonner l'arrestation préventive de ceux que nous soupçonnons être impliqués, les expédier en Sibérie. Imposer la loi martiale, le couvre-feu du crépuscule à l'aube, passer le pays au peigne fin et rechercher tous les dépôts d'armes. Évidemment ça nous obligera à casser quelques œufs, mais nous trouverons ces satanées armes avant la fin. Exécuter quiconque est pris avec une arme ou dans une de ces planques.

– Voilà, exulta Tchebrikov. C'est exactement comme ça qu'il faut résoudre ce genre de problèmes.

Ligatchev calma son expression enthousiaste d'un air de mépris songeur.

– Victor Alexandrovitch, vous avez raison, bien sûr. C'est ce que n'importe quel chef raisonnable ferait. Mais il y a un petit problème.

– Lequel?

– Notre chef n'est pas raisonnable. Avant de faire ça, notre Secrétaire général aura donné la Sibérie aux Américains. Quelle est votre deuxième option? demanda-t-il à Feodorov.

– Ne rien faire à part alerter les nôtres. Attendre que les musulmans fassent les premiers pas et sortent de l'ombre. Puis les écraser en une seule contre-attaque rapide.

– Ce n'est pas une solution, dit Ligatchev. C'est un mode de suicide. Ceux qui laissent leurs ennemis frapper les premiers ne sont plus là pour voir le résultat.

– Il y a une troisième solution.

Il dit cela d'un tel ton que ses deux interlocuteurs surent immédiatement que c'était la raison de leur invitation à la chasse en cet après-midi d'automne. Lentement, avec un éprouvant souci du détail, il leur exposa son plan. A chaque étape, il en présenta les avantages et les dangers. Ils étaient fascinés par l'idée et affolés par le danger. Ligatchev, qui avait passé trente ans à intriguer au Kremlin, était frappé également par autre chose. Il est sacrément intelligent, ce salaud de Feodorov, se disait-il. Pas étonnant qu'il soit à la tête des Organes. Il nous dévoile les détails de son plan pour nous mettre dans le bain.

Tchebrikov repassait le plan dans sa tête avec l'esprit d'un policier; il cherchait la faille.

– Pourquoi la Maison-Blanche ne capterait-elle pas les signaux électromagnétiques que vous allez émettre? Après ce que nous avons fait à leur ambassade à Moscou avec nos bombardements de micro-ondes, ils sont obsédés par les signaux électro-magnétiques.

– La Maison-Blanche dispose du système de dépistage électro-magnétique le plus sensible du monde, dit-il, souriant déjà triomphalement à ce qu'il allait dire ensuite. Mais il a un défaut majeur. Il commence son repérage à cent hertz. Or notre signal sera inférieur à quinze hertz. Il se glisse sous leur barrière protectrice.

– Comment peuvent-ils être aussi stupides?

– Ils ne sont pas stupides. Nos systèmes de sécurité ne les captent pas non plus.

– Et pourquoi ça?

– Parce que ces signaux ne peuvent rien déclencher, aucun système caché, et sont dans l'incapacité de transmettre des messages. Alors pourquoi les repérer?

Tchebrikov, sembla-t-il à son ancien adjoint, était en train de pointer mentalement une liste qu'il avait dressée.

– Et le président? Comment pouvez-vous être sûr qu'il va réagir comme vous le voulez?

– Je ne peux pas.

Tchebrikov fut sur le point de hurler quelque chose mais Feodorov le retint d'un geste de la main.

– Je peux seulement être sûr d'une chose, reprit-il, c'est que périodiquement, au cours de cette crise, il se mettra violemment en colère. Quand on est fou de rage, quand on perd son contrôle, on a tendance à faire des choses irrationnelles. C'est particulièrement vrai des gens qui ont son profil psychologique.

Ligatchev s'était levé et se tenait devant le feu, un bras appuyé sur le lourd manteau de pierre, le regard sur les flammes. A quoi pense-t-il? se demandait Feodorov. C'était lui la clef. Sans son soutien, il n'oserait aller plus avant. Il serait complètement à découvert si ça tournait à l'aigre.

– Il y a autre chose, dit-il.

Il s'adressait à Tchebrikov mais parlait en réalité pour Ligatchev qui réfléchissait au coin du feu.

– En cas de crise, poursuivit-il, le président des États-Unis est beaucoup plus puissant que notre Secrétaire général. Il est commandant en chef des forces armées. Il jouit même de la seule autorité pour appuyer sur ce qu'on appelle le bouton rouge. Dans notre système, aucun individu n'a ce pouvoir.

Ligatchev se retourna.

– C'est un plan dangereux, Ivan Sergueïevitch. Très dangereux.

– J'en ai conscience.

– Si à l'Ouest, on apprend que nous sommes derrière tout ça, Dieu nous vienne en aide, Ivan Sergueïevitch, parce qu'il ne faudra pas compter sur moi pour ça.

– Qu'il en soit ainsi, camarade. Je suis prêt à accepter la responsabilité d'un échec.

– En fait, je devrai probablement demander moi-même votre tête au Politburo.

Feodorov inclina la tête en signe de soumission à cette idée. Oui, songeait-il, dès que j'aurai passé l'enregistrement de cette conversation devant le Politburo, tu pourras réclamer ma tête.

– Si nous devions y être mêlés en quoi que ce soit ce serait une catastrophe.

Sur quoi il prit cet air renfrogné qui semblait imprimé à jamais sur son visage. Feodorov ne put s'empêcher de penser qu'on devait donner à chaque membre du Politburo un air renfrogné permanent en même temps qu'un laissez-passer du Kremlin.

– Il n'y a aucune raison. Les Américains regarderont droit où ils sont censés le faire.

– Ivan Serguéïevitch.

Ligatchev prononça le prénom du président du KGB comme un juge celui d'un prisonnier avant de lui annoncer qu'il est condamné à mort.

– Je ne vois dans votre plan que des risques, des risques terribles.

Feodorov se rendait compte que Ligatchev était déchiré par des contradictions qu'il lui fallait concilier.

– Et, reprit-il, nous n'aimons pas que le risque ait un rôle à jouer lorsque nous avons une décision à prendre. Mais, ajouta-t-il après un silence, il existe un risque plus grand que tous vos risques combinés : celui d'un soulèvement musulman contre notre autorité. Si nous laissons éclater ne serait-ce qu'un soulèvement nationaliste, nous aurons dix nationalités qui réclameront leur indépendance à cor et à cri.

Il soupira bruyamment, comme s'il regrettait l'URSS d'autrefois qui disparaissait à grands pas et dont il était le dernier porte-parole.

– Ces Occidentaux ! Ils sont persuadés que notre empire c'est la Hongrie, la Pologne et la Tchécoslovaquie. Les abrutis ! Notre empire c'est ici, chez nous. Mais ils sont incapables de comprendre ça !

Il retourna lentement s'asseoir et se versa un gobelet de vodka. Ce n'était pas le moment de le déranger dans ses pensées, comprit Feodorov. Ligatchev contempla son verre avec rage et but cul sec.

– Si un de ces mouvements ethniques réussit son coup, la Russie éclatera. Notre terre sera composée de cinq, six nations au lieu d'une seule. Une superpuissance! dit-il en riant amèrement. Nous deviendrons une puissance de troisième zone, comme l'Inde ou l'Argentine qui mendient des miettes à la table des Occidentaux.

– Vous pensez que nous devrions essayer mon plan? demanda Feodorov.

Ligatchev balança son verre dans le feu. Il explosa contre les pierres dans un tintement de colère.

– On nous pendra peut-être tous pour ça. Mais c'est bien à ça que sert le KGB, non?

*Cinquième partie*

# « UN ÉCLAT MORTEL DE LUMIÈRE BLANCHE »

*Joukovski*

– ... En dehors de la colère, bien sûr, le président ne ressentira qu'une légère pression au niveau des tempes et comme un violent mal de tête.

A côté du major Valentin Toboulko, le président du KGB rejeta sa tête en arrière tout en regardant le médecin-colonel qui dirigeait l'Institut de neurophysiologie.

– Combien de temps va durer la crise de colère du président?

– Une dizaine de minutes. Une fois que notre signal aura déclenché l'émission des substances chimiques, il restera dans cet état le temps que ces substances traversent son organisme.

– Exactement comme en temps normal?

– Non, sa colère risque d'être un peu plus violente. Elle peut également durer un peu plus longtemps.

– Une fois disparus les effets de la crise, que pensera-t-il des décisions qu'il aura pu prendre?

– Mon cher Ivan Serguéïevitch, la réponse à votre question est d'ordre psychologique, pas neurologique.

– Vous avez bien étudié le portrait psychologique de l'homme, n'est-ce pas?

– Absolument. Il est manifeste que le président déteste passer pour incohérent. Pendant la campagne, on l'a accusé de faiblesse et d'indécision, et ça l'a beaucoup affecté. Une chose est certaine. Il ne voudra pour rien au monde affaiblir sa position, ni l'autorité présidentielle, en prenant une décision ferme pour revenir ensuite dessus. S'il l'a prise sous l'effet de la colère, il inventera toutes sortes de bonnes raisons pour la justifier *a posteriori*. De tels hommes ne disent jamais : « Excusez-moi, je me suis trompé. Je me suis laissé emporter. »

Une quatrième personne assistait à cet entretien, un homme d'une quarantaine d'années, légèrement chauve, que Feodorov avait présenté comme le crack en électronique du médecin-colonel. Le président pointait maintenant sur lui un doigt impératif.

– Nous sommes prêts.

Puis il se tourna vers Toboulko.

– Nous allons maintenant nous pencher sur votre rôle dans cette opération, major.

Un supérieur moins confiant aurait donné ordre à Toboulko d'écouter avec la plus vive attention les propos de l'ingénieur. Pas Feodorov. Ses yeux parlaient pour lui.

L'ingénieur posa sur la table quelque chose qui ressemblait à une boîte à ordures métallique de taille moyenne.

– Ceci est la machine qui créera et émettra notre signal. Ainsi que vous l'avez suggéré, camarade président, elle est conçue pour fonctionner dans un cercle de trois kilomètres de diamètre dont le centre est la Maison-Blanche. Pour tout dire, nous avons même pris une marge de sécurité. Elle restitue une puissance de quinze kilowatts. Comme la puissance obéit aux lois de l'électromagnétisme, selon lesquelles elle est au cube de la distance, vous aurez une marge de distance pour opérer, si cela vous amuse.

L'ingénieur se pencha derrière la table sur laquelle il avait placé le générateur et sortit un agrandissement du plan de Washington. C'était un cercle de trois kilomètres de diamètre avec la Maison-Blanche en son centre. L'arc de cercle balayait Kennedy Center, le Watergate et le Potomac à l'ouest; dépassait Dupont Circle pour atteindre New Hampshire Avenue et R Street au nord; et s'étendait au-delà de Massachusetts Avenue et de la Sixième Avenue, presque jusqu'au Capitole à l'est. Au sud, il englobait une immense pelouse, en partie autour du Reflecting Pool, du Tidal Basin et du Mall.

– Après avoir étudié le problème, dit l'ingénieur, nous sommes parvenus à la conclusion que la meilleure solution consistait à utiliser deux générateurs : un fixe, dans un appartement, une chambre d'hôtel ou un garage, et un mobile, camionnette ou Estafette. L'idée est que leurs champs se croisent à la Maison-Blanche. Si l'on admet que le générateur fixe est à midi sur le cadran, le générateur mobile peut émettre de n'importe quel point entre 3 heures et 9 heures. Cela lui donne un grand rayon d'action, et les Américains auront d'énormes difficultés à le repérer.

– Combien de temps les générateurs émettront-ils chaque fois ? s'enquit Toboulko.

– Quarante-cinq secondes.

– C'est tout ?

– Oui.

– Peut-on émettre quand la fourgonnette roule ?

– Non. Il faut être à l'arrêt pour ajuster les mécanismes à l'angle exact. Mais tout cela ne prend qu'une minute et demie. Après, vous pouvez repartir et rester hors de la zone jusqu'à l'émission suivante.

– Et lorsque nous ne transmettons pas, rien ne peut conduire les Américains à la camionnette ?

– Absolument rien.

– Donc leur système de détection sera incapable de nous repérer, c'est bien ça ?

Depuis cinq minutes, Toboulko commençait à croire que l'opération était jouable.

– Incapable, non. Mais ça leur donnera du fil à retordre. Et encore faudrait-il qu'ils remarquent les signaux. Or nous avons toutes les raisons de penser que ça n'arrivera pas.

– Et la NSA et son nouveau système d'écoute ? Ils ne vont rien capter ?

Feodorov contempla son jeune colonel avec estime.

– A dix kilomètres de la Maison-Blanche, répondit l'ingénieur en électronique, le signal se sera évanoui sans laisser de traces. Les stations d'interception de la NSA sont trop loin, en dehors du District de Columbia. Sans compter qu'ici nous allons utiliser quelque chose d'encore plus pointu, ajouta-t-il en se détournant du plan. Nous voulons avoir la certitude que nos deux signaux sont identiques, qu'ils atteignent la Maison-Blanche exactement au même instant. Nous allons donc les mettre en phase. Autrement dit, il vous faudra louer une fourgonnette équipée d'un téléphone à module ou en installer un. Le président nous a assuré que c'était chose aisée aux États-Unis.

– Parfaitement.

Toboulko était entré clandestinement aux États-Unis une demi-douzaine de fois et il connaissait assez le pays pour n'avoir pas le moindre doute à ce sujet.

– Bon, alors vous achèterez un téléphone à module dans un magasin qui vend des ordinateurs et vous ferez un branchement entre le téléphone de la fourgonnette et celui du lieu fixe. Cela vous permettra de synchroniser les transmissions.

– Et nous disposerons de suffisamment de puissance électrique dans la camionnette et, mettons, dans la chambre d'hôtel pour faire marcher votre engin?

Feodorov se félicita une fois de plus d'avoir choisi Toboulko. Ils avaient bien évidemment étudié le problème qu'il venait de soulever, mais le fait d'y penser montrait l'étendue de ses capacités.

– Votre fourgonnette sera équipée d'un moteur de trois cents chevaux. Cela suffira amplement, surtout que vous ne roulerez pas. Quant à l'appartement, vous avez besoin de la même puissance que pour un appareil à air conditionné, pas plus.

– Est-ce que ce système devra être relié à une antenne quelconque pour que le signal soit transmis au-dehors?

– Non. Vous n'aurez qu'une chose à faire : trouver l'angle exact pour émettre en direction de la Maison-Blanche. Le signal traversera tout – briques, mortier, ciment, béton, bois, acier – sauf une barrière d'hélium liquide. Et je puis vous assurer que ça ne fait pas partie de l'équipement de protection électromagnétique de la Maison-Blanche.

Toboulko éclata de rire.

– Comment faisons-nous passer l'équipement aux États-Unis? Par la valise diplomatique?

– Non, répondit Feodorov, qui prit le relais : avec son équipe, ils avaient longuement réfléchi à la question. Je tiens à réduire au minimum vos contacts avec la résidence. En réalité, ces deux systèmes ne sont rien de plus que du fil de cuivre numéro quinze autour d'une bobine métallique qui fait plusieurs milliers de tours. Vous pourrez vous en procurer n'importe où sur place.

– Voici l'élément clef, dit l'ingénieur en désignant une plaque recouverte de la toile d'araignée argentée des circuits de micropuces. Le circuit électronique que nous avons construit ici définit le signal, ses fréquences précises, l'amplitude exacte pour obtenir le signal voulu, sa forme et sa période. Ce doit être excessivement précis parce que tout changement, aussi infime soit-il, affectera sa capacité d'action sur les cellules du cerveau du président. Vous les relierez aux deux générateurs, et ils donneront l'émission du signal.

– Vous devrez rapporter ces plaques, déclara Feodorov. Notre ami ici présent va vous apprendre à les fixer aux générateurs. Quand il en aura fini avec vous, vous serez capable de le faire en dormant.

*

Abou Said Dajani se tenait au bord de la route, immobile, enveloppé dans un burnous. Dans l'obscurité, il ressemblait à une petite pyramide de pierre, ou à quelque stèle jalonnant le chemin des caravanes médiévales. Derrière lui, un vent glacé soufflait des sommets du djebel Lubnan, chaîne montagneuse appuyée sur le Liban. Face à lui, une route se dessinait au sud-ouest en direction de la vallée jusqu'au village de Saydnaya, à six kilomètres de là. Sa jeep était dissimulée non loin dans un défilé. Plus tôt, il avait traversé la chaîne de montagnes, roulant sur les pistes sinueuses tracées dans la colline ravinée par dix siècles de contrebande.

Il achevait sa troisième Camel quand des phares balayèrent l'horizon. Il y eut trois signaux. Il se leva pour marcher en direction de la route. De là, il guida la voiture du résident de Damas sur un petit chemin grimpant, prenant garde à ce que, dans le cas improbable où un véhicule se présenterait pendant leur *tref,* celle du chef du KGB ne soit pas repérée.

Il entra dans le véhicule et, sans un mot, serra la main de son supérieur. Ni Dajani ni le résident n'étaient enclins à des excès de bavardage.

– *Shou* – alors? demanda Dajani.

– C'est décidé.

– Je suis prêt.

– Parfait. Envoyez vos gens à Berlin-Est par Interflug.

C'était la compagnie aérienne est-allemande.

– Faites-en partir un de Beyrouth, reprit-il, deux de Damas et un de Bagdad. Comme ça personne ne les verra ensemble et ne pourra faire le rapprochement. Encore que j'imagine mal Interflug communiquer ses listes de passagers.

– Quand?

– Qu'ils se mettent en route lundi.

– Ce sera fait.

– Ivan Serguéïevitch veut que vous soyez à Berlin pour assurer la coordination. Si vous partez avant eux, êtes-vous certain qu'ils se rendront à Berlin-Est selon vos instructions?

– Tout à fait certain, monsieur.

– Parfait. Alors prenez un vol Interflug depuis Beyrouth. Vous vous rappelez où se trouvent les locaux?

Le quartier général du KGB à Berlin-Est se composait d'une demi-douzaine de petites maisons entourées d'un mur dans le quartier de Treptow, à une centaine de mètres de la Spree, bien à l'écart du centre ville.

– Sans problème.

– Quelqu'un du Centre vous y attendra avec des instructions.

Un silence chargé de menace s'établit entre eux. Pour Dajani, il était clair que le résident connaissait au moins une partie des détails de l'opération. Il était également clair qu'il n'avait pas la moindre intention de lui en faire part. Quant au Palestinien, il était assez malin pour s'abstenir de poser des questions.

– C'est tout?

– Presque. Une chose encore. Et plutôt désagréable, je dois dire. Ivan Serguéïevitch tient à ce que vous supervisiez ceci personnellement.

– Ah?

– L'Artiste.

– L'Artiste?

– Oui. Il est désormais inutile.

Abou Said Dajani s'appuya contre le dossier dur de la Lada. Pour un proche d'Abou Nidal, ôter la vie d'un homme ne soulevait guère de scrupules moraux. Cela n'empêchait pas de poser le problème et d'évaluer les risques avec soin.

Il n'y avait pas âme qui vive à dix lieues à la ronde, mais le résident se pencha pour murmurer à l'oreille de Dajani, comme si on pouvait l'entendre.

– Ivan Serguéïevitch demande que vous vous arrangiez pour que les autorités libanaises mettent ça sur le compte du Hezbollah.

– Mon cher colonel, j'aimerais que vous lisiez ce dossier puis que vous me donniez votre avis.

Feodorov aimait demander l'avis de ses subalternes sur des questions secondaires. Cela leur conférait un sentiment d'importance et l'illusion de partager ses pensées secrètes ce qui, bien entendu, n'était pas le cas.

– En l'occurrence, il aurait été inopportun que vous consultiez la liste des illégaux de Washington. Je l'ai donc fait pour vous afin de sélectionner celui qu'on allait activer pour vous assister.

Il transmit à Valentin Toboulko le dossier du capitaine du KGB Doulia Vaninya.

– Si vous trouvez quoi que ce soit de gênant, une lacune sur laquelle je serais passé et qui rendrait le travail difficile avec elle, parlez-m'en, je trouverai quelqu'un d'autre.

Toboulko s'empara du dossier. Une chose est sûre, se dit-il, le président tient à cette affaire. A l'exception du médecin-colonel et de son expert en électronique à Joukovki, toutes ses instructions lui venaient directement de Feodorov. Personne, pas même les premiers adjoints du président, n'avait assisté à la moindre entrevue.

– Je suis sûr que votre choix est excellent, camarade président.

Feodorov observait Toboulko tandis qu'il parlait. Le visage du colonel reflétait une absence remarquable d'expression. On aurait dit une feuille blanche sur laquelle les joies et les peines n'avaient pas encore laissé leurs marques. Et pourtant, cet agent avait déjà tué au nom de la nation. Manifestement, il n'était pas homme à se laisser troubler par les émotions. Excellent. Les émotions engendrent le doute et le doute n'a pas sa place dans ce type d'opération.

– Elle dispose d'un émetteur éclair Spetosk, un des rares à

Washington. C'est une raison supplémentaire de la choisir, dit Feodorov en faisant les cent pas dans son bureau. Ce qui nous amène aux deux points que nous devons passer en revue avant votre départ, le contrôle et la communication.

Partout dans le monde, les agences de renseignement et les militaires obéissent aux mêmes impératifs. Et si la terminologie diffère d'un service à l'autre, les concepts, eux, restent les mêmes. Ordres, contrôle, couverture, communication, renseignement : toute opération d'espionnage tient à ces cinq éléments. Celle de Feodorov ne faisait pas exception.

– Pour vos communications classiques avec le Centre, vous utiliserez son Spetosk et son bloc. Elle a le planning des passages du satellite et l'angle de transmission requis à chaque fois. Nos techniciens vont placer dans l'armature de votre attaché-case un bloc que vous utiliserez en cas d'urgence et une copie des éléments concernant le satellite.

Feodorov parlait de cette voix que, depuis l'époque de *L'homme de fer*, on avait appris aux officiers à utiliser avec les agents qui allaient partir en mission : il était patient, précis, rassurant. Sa voix reflétait la promesse faite à tout agent soviétique envoyé à l'étranger : le Centre s'occupe de vous. S'il arrive quoi que ce soit, nous remuerons ciel et terre pour vous rapatrier.

– Bien, reprit-il. Les communications d'urgence. J'insiste sur le fait que vous ne devrez prendre contact avec la résidence qu'en cas d'absolue nécessité. Personne, pas même le résident, n'est au courant – ni pour vous, ni pour l'opération. Nous vous donnerons une phrase code pour vous identifier auprès de lui. Quand il entendra ces mots, il saura qu'il doit me transmettre immédiatement dans son code personnel tout message que vous lui remettrez.

– Et la réponse?

– Elle arrivera par satellite. Nous utiliserons le bloc de la femme pour coder ou celui de votre attaché-case en cas de besoin.

Feodorov revint à son bureau et s'assit avec lenteur.

– Ce qui nous conduit à la partie la plus difficile et la plus délicate de votre mission – décider du moment précis où vous utiliserez votre matériel. Pour cela, nous allons devoir compter essentiellement sur vous.

– Il n'existe aucun moyen direct de communication?

– Si, un que je vous expliquerai dans un instant. Bien. Nous savons comment le gouvernement américain va réagir à la crise que nous suscitons. Ils vont réunir un comité permanent spécial qui siégera dans la salle des opérations du Conseil national de sécurité à la Maison-Blanche pour traiter cette affaire. Toutes les informations seront centralisées dans cette pièce. Le président se joindra à eux de temps en temps ; parfois, il vaquera à ses occupations habituelles. Vous regarderez CNN, la chaîne qui ne diffuse que des informations. Ils en diront beaucoup sur ce qui se passe et donneront l'emploi du temps du président. Vous pouvez être sûr que dans le quart d'heure qui suivra toute annonce importante le président sera averti et y réagira.

– Et c'est sans doute à ce moment que vous souhaitez que nous agissions.

– Oui. Sauf si le président remplit une fonction officielle, dîner de représentation, réception dans la roseraie, discours devant une quelconque assemblée.

Feodorov saisit une sorte de vieux stylo-plume.

– Nous serons également en mesure de contrôler la diffusion de certaines informations sur la crise, et nous devons disposer d'un moyen rapide de vous donner l'ordre d'utiliser votre matériel. Ceci est l'instrument de communication indirecte auquel j'ai fait allusion. C'est un transmetteur très directionnel, très pénétrant, mais à très courte distance. Il suffit qu'un de nos gens roule aux abords de l'hôtel, de l'appartement ou de la maison où vous serez, qu'il pointe ceci dans sa direction et appuie sur le capuchon. Cela enverra un message à un récepteur spécial dont vous disposerez. Comme c'est à très courte distance, c'est indécelable.

– Mais ça nous oblige à mettre le résident du KGB dans le coup.

Feodorov soupira.

– C'est malheureusement inévitable. L'officier saura qu'il envoie un message. Mais il ne saura ni à qui ni pourquoi. Sans compter que le message sera codé, cela va de soi.

– Et s'il est suivi par le FBI ?

– Aucune importance. Ils n'auront aucun moyen de s'apercevoir qu'il est en train de transmettre car il ne s'arrêtera pas. Il se contentera de passer en voiture, d'orienter le transmetteur et le message sera lancé.

– Et comment aurai-je le récepteur?

– J'y ai beaucoup réfléchi. Je ne veux pas qu'il soit dans votre attaché-case. Dans le cas où on vous ferait ouvrir vos bagages, vous pourriez facilement expliquer la présence des microcircuits en disant que ce sont des pièces détachées d'ordinateur ou de télévision. Mais l'écouteur pourrait exciter la curiosité d'un douanier. Supposez qu'on demande à un de nos agents sur place de louer une fourgonnette pour vous et de la laisser à un endroit où vous la prendrez. Avec le récepteur à l'intérieur. Cela vous donnerait une plus grande marge de sécurité. Vous pourriez surveiller la livraison de la camionnette et vous assurer que tout est en ordre.

– Avec quoi louera-t-il la fourgonnette? Un permis de conduire? Une carte de crédit? Il ne faut pas qu'on puisse remonter jusqu'à l'ambassade.

– Le service de documentation spécialisé peut s'occuper de ça.

– Mais si la police m'arrête parce que j'ai un feu défectueux? Mon permis de conduire ne va pas correspondre avec le nom figurant sur les papiers de location.

– Si, dit Feodorov qui ne put réprimer un sourire triomphant, car c'est justement la question qu'il espérait entendre. La Documentation nous a fourni un Banwell. Nous allons leur en demander un autre.

Nina Wolfe ouvrit sa boîte aux lettres à l'entrée de l'immeuble où elle avait son cabinet. Elle contenait comme d'habitude des pubs pour les soldes de K Mart et Sears & Roebuck, des offres spéciales pour un lecteur de disques compacts dernier cri, une offre de crédit gratuit pour une cuisine aménagée, etc. Elle méprisait au plus haut point ces propositions d'une société obsédée par le confort matériel.

Elle arrivait au bout de la pile quand elle s'arrêta. Ses doigts tremblèrent imperceptiblement. C'était une carte postale représentant un marché à Aix-en-Provence. Elle remarqua que le cachet datait de huit jours. Elle lut.

« Chère Nina. Voyage idéal. Donald a loué une estafette à l'aéroport de Nice puis nous avons longé la côte jusqu'à Saint-

Tropez avant d'arriver ici. Hier soir, nous sommes allés dans un restaurant chinois qui ressemble beaucoup au Chinese Paradise que tu aimes tant. Nous nous envolons de Marseille pour Londres à 18 h 30 le 23 et de là nous reprenons le chemin de notre bonne vieille Amérique. »

La signature était illisible. Elle s'éventa un instant avec la carte puis la mit dans son agenda. Elle jeta les prospectus dans une corbeille à papiers et gravit lentement les escaliers jusqu'à son bureau pour tenter de calmer son excitation. Elle apercevait enfin l'aboutissement de toutes ces années passées à s'entraîner et à attendre patiemment.

*

*Beyrouth*

A Beyrouth, la mort violente est d'une atroce banalité. Pour les deux policiers libanais et l'officier de la Sûreté, le cadavre qui gisait sur le plancher de la petite boutique d'appareils photo de la rue Sadate, non loin de l'université américaine, n'offrait guère plus d'intérêt qu'une voiture garée en double file pour un agent de police parisien ou new-yorkais. Seule une bédouine vêtue de noir et poussant les cris de deuil rituels savait ce que coûtait à Beyrouth la perte d'une vie humaine : elle en mesurait le prix à l'aune de sa douleur.

– Dites-lui de la boucler, ordonna sèchement l'officier de la Sûreté en se penchant sur le cadavre.

– Ferme-la, vieille femme, lança l'un des flics.

La femme regarda le policier, bouche bée tant elle était outrée. Un court instant, elle garda le silence. Puis elle prit une profonde inspiration et hurla une nouvelle lamentation d'une voix si aiguë qu'elle aurait pu briser du verre. D'un coin de l'échoppe, des chats se joignirent à ses cris. Le flic haussa les épaules et se tourna vers le corps.

Par terre, derrière lui, il aperçut un tarbouch rouge foncé. Il le ramassa. Il avait un oncle à Zahle qui adorait en porter. Il remarqua un objet qui faisait penser à un gros verre de terre. Il le regarda avec curiosité.

– *Sayed* – monsieur, dit-il en le désignant à l'officier de la Sûreté.

Ce dernier le ramassa avant de le relâcher, dégoûté. C'était une langue.

Il ouvrit la mâchoire du mort : c'était bien là l'origine de cette langue avant qu'on tranche la gorge de la victime. Manifestement, elle avait été trop bien pendue. L'officier chercha autour de lui d'autres indices. Il trouva le croissant de l'Islam esquissé au crayon vert à côté d'un calendrier illustré d'une photo de la mosquée d'al-Aqsa à Jérusalem. Il referma son calepin et se redressa. Il y avait beau temps que les enquêtes criminelles n'étaient plus de mise à Beyrouth. Et les rares officiers de police encore sur place n'étaient pas fascinés à l'idée d'enquêter sur une tuerie perpétrée par les fanatiques chiites.

– Remplissez les papiers, ordonna-t-il aux deux policiers, et dites-lui de préparer son mari pour le cimetière. Ça la fera peut-être taire.

*

*Berlin-Est*

Sous les ailes de son avion TU5 de l'Interflug, Abou Said Dajani voyait serpenter le mur de Berlin, cicatrice blanche déchirant le cœur de la ville. Puis, alors que le pilote du vol 104 se préparait à l'atterrissage sur la piste de l'aéroport Schönefeld de Berlin-Est, Dajani aperçut le secteur Mariendorf de Berlin-Ouest.

Les deux Berlin étaient si différents. Le socialisme se présentait sous des formes géométriques précises, tout en lignes droites, en rangées, en angles arrondis. A Berlin-Est, il n'y avait pas de place pour les boucles rebelles à l'idéologie, ni pour le style impur. La nature a horreur du vide, dit-on. Il semblait que le socialisme eût horreur de l'absence de plan.

La nature et les goûts de Dajani le portaient vers l'esthétique moins rigide de l'ouest. Après tout, il était arabe. Sa conversion au marxisme-léninisme n'avait pas pour origine le désir brûlant de refaire le monde, mais le massacre de Chatila en 1982. Il avait alors compris que la force gouvernait le monde. Or, une seule puissance se dédiait sans équivoque à la cause de son peuple. Dajani s'était voué à son service, sans équivoque non plus.

Dajani supporta comme les autres le processus interminable de la douane et de l'immigration. Puisqu'il agissait sous couverture, son statut de colonel du KGB ne lui était d'aucune aide. Il s'empara de sa valise et se dirigea vers la file d'attente des taxis. Par miracle, il y en avait un. Il donna au chauffeur une adresse à cent cinquante mètres de sa destination véritable et s'adossa au siège arrière. L'odeur qu'il associait immanquablement à Berlin-Est lui emplit les narines. C'était l'odeur vaguement sulfureuse de fumée du charbon, combustible de base des industries est-allemandes.

Le Palestinien connaissait bien Berlin-Est; même si Berlin-Ouest, qu'il préférait de beaucoup, lui était plus familier. Il s'était rendu en Allemagne de l'Ouest à la fin des années soixante pour repérer et recruter au profit d'Abou Nidal des talents parmi les nombreux étudiants palestiniens. Sa moisson avait été prodigieuse – presque cinquante candidats aux camps d'entraînement secrets de l'OLP en Algérie. Combien étaient encore en vie ? se demanda Dajani. Dix ? Moins ?

Il laissa le taxi disparaître avant de se rendre à pied jusqu'aux bâtiments du KGB dans Treptow. C'était un territoire exclusivement russe. A l'intérieur des murs, il n'y avait pas le moindre Allemand de l'Est, pas même une femme de ménage. A la porte, le garde du KGB en civil gratifia Dajani d'un regard hostile et méprisant. Dajani se demanda s'il était raciste ou si cela faisait partie de l'entraînement des chiens de garde que de prendre systématiquement l'air revêche.

Quoi qu'il en soit, tout changea dès que Dajani déclina son identité.

– Nous vous attendions, monsieur, dit le garde en actionnant l'ouverture de la grille et en prévenant le quartier général.

Un colonel du KGB sortit précipitamment pour l'accueillir. Il donna à Dajani trois quarts d'heure pour faire un brin de toilette et se reposer du voyage; après quoi il revint dans la pièce qu'on lui avait assignée.

– Ivan Serguéïevitch m'a prié de vous transmettre son meilleur souvenir, déclara-t-il. Il souhaiterait que vous rentriez chez vous *via* le Centre afin de vous saluer lui-même.

– Ce sera un honneur, soyez-en sûr.

Le colonel sortit une enveloppe de sa poche et la tendit à Dajani.

– Voici vos directives.

Après un coup d'œil d'ensemble, Dajani leva les yeux sur le colonel.

– Ce serait la fin de la détente entre les Américains et les Soviétiques si...

Le colonel l'interrompit pour finir à sa place.

... si la plus infime preuve de notre intervention transpirait. C'est la raison pour laquelle Ivan Serguéïevitch attache la plus haute importance aux questions de sécurité. Quelles que soient les circonstances, les Américains ne doivent jamais avoir le moindre soupçon. En dehors du fait, bien sûr, ajouta le colonel dans un sourire engageant, que la CIA est tellement paranoïaque qu'elle nous voit derrière le moindre pétard qui explose dans le monde.

Cette fois, songea Dajani en reprenant la lecture de ses directives, ça va être un pétard de taille.

– Ces renseignements sont excellents, observa-t-il.

– La FAR – Fraction de l'Armée rouge, expliqua le colonel.

– Je ne savais pas qu'ils travaillaient avec nous.

– Vous avez raison. Ils sont persuadés d'œuvrer pour leurs frères du tiers monde.

– Et vous êtes sûr qu'on peut se fier à leurs informations?

– Absolument. Ce sont de vrais teutons. Ils ont un dossier sur chaque base militaire américaine en Allemagne de l'Ouest: les entrées, les sorties, les procédures de sécurité, le nombre de sentinelles de garde, les heures de relève, l'identité de ceux qui ont tendance à se relâcher. Tout. Ils ont des exemplaires des papiers utilisés par les Américains, GI's, civils, et leur famille. Ainsi que des plans de toutes les bases.

– Comment obtiennent-ils tout ça?

– Ils exploitent les domestiques, les Turcs, les Pakistanais, ceux qui ramassent les ordures ou tiennent leur maison. Et ils disposent de tout un réseau de barmaids qui travaillent autour des bases.

Le colonel secoua la tête lentement. Ces GI's, quels naïfs! Deux ou trois bières, un peu de dope, les doigts d'une fräulein sur la braguette et ils lâchent des renseignements qui pourraient les réduire en bouillie, eux et leur base. Heureusement, l'Armée rouge n'avait pas ce genre de problèmes en Europe de l'Est. Ses recrues sortaient rarement de la caserne.

– Nous avons un contact de la FAR à Berlin-Ouest. Ils brieferont votre commando peu avant l'attentat.

– Et cette manifestation au cours de laquelle nous allons frapper?

Dajani ne connaissait pratiquement rien des us et coutumes américains en dehors de ce qu'il avait retenu des quelques épisodes de *Dallas* et de *Dynastie* qu'il avait regardés à la télévision.

– C'est une de leurs trois grandes fêtes annuelles.

– Leur sécurité ne sera pas en alerte?

– La FAR surveille l'endroit depuis un an. On y entre comme dans un moulin.

– Cela semble incroyable.

– Je le reconnais. Mais c'est comme ça. Nous avons vérifié nous-mêmes. Ils ne font des contrôles que lorsqu'ils ont eu vent de la présence d'un commando de terroristes dans le coin. Comme le vôtre quittera Berlin le matin de l'attentat, ils ne devraient pas être prévenus. A l'évidence, vos gars devront entrer avec des allures de GI's.

– Faudra-t-il leur mettre des uniformes de l'armée américaine?

– Peut-être. Nous y avons pensé. Encore que les Américains soient en civil le samedi soir quand ils ne sont de pas garde. Et ce ne sera pas le cas là où on envoie votre commando.

Dajani esquissa le geste de continuer la lecture de ses directives, mais le colonel l'interrompit.

– J'aimerais souligner l'importance du timing. Il est conçu pour donner à votre commando le temps de substituer la voiture piégée à la voiture nécessaire à la fuite, de se rendre à l'aéroport de Francfort, de prendre le dernier avion pour Berlin et de quitter l'aéroport de Tegel avant que les Américains puissent réagir.

– S'ils ratent l'avion ?

– Ils roulent jusqu'en France. Ils doivent fuir l'Allemagne au plus vite. Mais pas question de le rater.

Le colonel martelait chaque syllabe pour en souligner l'importance.

– C'est la garantie qu'ils retournent dans un endroit où nous sommes certains qu'ils ne parleront jamais.

– Qu'est-ce qu'on aura comme explosifs ?

– Du semtex.

C'était un plastic extrêmement efficace fabriqué en Tchécoslovaquie et que l'URSS fournissait en grande quantité à la Libye, à la Syrie et aux groupes terroristes du Liban. L'explosif préféré des terroristes arabes et iraniens en Europe occidentale. Il avait servi pour l'attentat contre le Boeing de la Pan Am en Écosse.

– Il y en a un stock suffisant disponible à Berlin-Ouest ?

– Non. C'est vous qui leur apporterez.

– Moi ? s'étonna Dajani d'une voix qui monta brusquement d'un octave, alors qu'elle était d'ordinaire si douce, presque plaintive. Vous croyez vraiment que je vais passer à Berlin-Ouest avec une valise de plastic sous chaque bras ?

Le rire du colonel trahit une pointe de mépris.

– Bien sûr que non. Encore que je puisse vous assurer que personne ne vous arrêterait si l'envie vous en prenait. Nous avons un moyen absolument sûr. Il est vital que l'un de vos hommes soit pleinement qualifié pour manipuler le plastic. Il devra bourrer la voiture et régler les minuteurs lui-même. Vous avez quelqu'un qui peut faire ça ?

– On m'a demandé quelqu'un, colonel, et je l'ai.

– Eh bien, j'espère qu'il est bon. Les Syriens ont créé une belle pagaille à deux reprises, ces derniers temps. Une fois ils se sont montrés incapables de placer une bombe toute simple dans une valise et ils ont dû la renvoyer ici deux fois de suite depuis Berlin-Ouest pour qu'on les aide. Puis ils ont attaché six de nos obus de mortier M82 dans le coffre d'une voiture qui devait exploser à l'aéroport militaire américain de Tempelhof. Ils étaient reliés à une commande à distance si primitive que leur bombe a été déclenchée par quelqu'un qui ouvrait la porte de son garage avec un truc électronique au moment où ils passaient devant sa maison sur le chemin de l'aéroport.

La réponse de Dajani fut glaciale et presque dénuée de respect. Il n'aimait pas qu'on le prenne de haut et n'appréciait pas l'allusion voilée à ce que les milieux du renseignement appelaient le « Facteur Abdoul », autrement dit la conviction que les Arabes faisaient capoter toute opération.

– Mon homme pourrait trafiquer une Dinky Toys et faire sauter la moitié de ces bâtiments, répondit-il. Il a préparé le camion qui a fait un sort à l'ambassade américaine de Beyrouth. Il a préparé seize voitures piégées. Il n'existe personne, russe, israélien, ou allemand, d'aussi doué que lui. Croyez-moi, il vous offrira un spectacle de son et lumières que ni vous ni les Américains n'êtes prêts d'oublier.

*

*Beyrouth*

Quarante-huit heures après la découverte dans sa boutique du corps d'Abou Daoud Sinho, dit l'Artiste, un exemplaire du bref rapport de police sur les circonstances de sa mort attendait le chef d'antenne de la CIA, Ray Reid, dans son ambassade temporaire à l'est de Beyrouth. Évidemment, il y avait longtemps que la Sûreté était au courant des activités de l'Artiste. Étant donné la nature de ses amis et alliés dans la ville, les responsables avaient toutefois jugé inopportun d'interrompre son travail. C'est par pure routine que l'un d'eux transmit le rapport à Reid. Et, aussi, pour justifier la gratification mensuelle que l'Agence lui remettait.

Reid était sérieusement embêté. Il n'avait jamais rencontré l'homme et ne l'avait même jamais vu. L'Artiste était un agent qu'il avait hérité de son prédécesseur, et leurs contacts s'étaient toujours effectués par l'intermédiaire de coupe-circuit comme le propriétaire de la boutique de souvenirs. Néanmoins, il s'était révélé une extraordinaire source de renseignements. Ils avaient pu faire capoter au moins cinq opérations contre les Américains ou les Israéliens en Europe grâce aux informations que l'Artiste avait transmises à la CIA. Le remplacer allait être difficile, voire impossible.

Reid câbla immédiatement la nouvelle au directeur adjoint des opérations, responsable des antennes à l'étranger. Ce dernier envisagea d'informer la section 40 du Mossad, l'unité de renseignement israélienne qui s'occupait du terrorisme, mais finalement, il y renonça. Chaque fois que c'était possible, il préférait ne pas ébruiter les problèmes. Concernant la perte de l'Artiste, cependant, il adressa une communication au Groupe permanent antiterroriste qui réunissait des représentants de la CIA, du MI-5, du BND allemand, de la Section 40 et de la DGSE. Sa note soulignait l'importance de la dernière information que l'Artiste avait donnée à la CIA – l'identité et les numéros de passeport de quatre membres du Hezbollah à qui il avait fourni les 798 marocains.

Le rendez-vous de Said Dajani avec le colonel avait lieu en haut d'Unter den Linden, au sud de la porte de Brandebourg. L'endroit était pratique : il n'était qu'à deux minutes à pied de l'ambassade d'URSS où le colonel devait prendre les passeports marocains pour le commando de Dajani. Le Palestinien tint à être en avance de dix minutes. Il n'avait pas l'intention d'offrir au colonel le moindre prétexte de faire une allusion, aussi voilée fût-elle, au facteur Abdoul.

Dajani n'était pas étudiant en histoire, mais cela ne l'empêchait pas d'être sensible à la signification toute particulière du sol qu'il foulait en attendant le colonel. Devant lui se dressaient les arcs héroïques de la porte de Brandebourg, dont l'accès était interdit par des barbelés comme si les nouveaux maîtres de l'Allemagne de l'Est craignaient qu'une quelconque émanation évocatrice du passé militaire de l'Allemagne ne filtre à travers les pierres mortes. Juste à sa droite, à cent mètres de terrain vague – de l'herbe rase, des pierres et des bouts de mortier provenant de quelque excavation abandonnée. Pourtant, c'était à cet endroit précis que se dressait autrefois la chancellerie du IIIe Reich, sous laquelle on avait aménagé le bunker d'Hitler. Rien, nul signe, nulle ruine, nulle inscription presque effacée ne rappelait aux passants la tyrannie sanglante qui s'était exercée depuis ces cent mètres carrés de terrain.

Il marcha le long de Wilhemstrasse au-dessus de l'ambassade soviétique, à la recherche du colonel. Seule une poignée de voitures traversaient le « T » qui marquait le croisement entre Wilhemstrasse et Unter den Linden. J'imagine, se dit Dajani, que la circulation était plus dense au printemps 1939 qu'aujourd'hui. Combien existait-il d'endroits du monde dont on pouvait dire la même chose ?

Il aperçut le colonel tourner au coin de Wilhemstrasse, tête baissée, cigarette aux lèvres, aussi concentré sur le trottoir qu'un mathématicien sur une formule algébrique hermétique. Il leva les yeux, vit Dajani et lui emboîta le pas. Le Libanais sentit qu'on lui mettait un petit paquet dans la main.

– Tous comportent des visas d'étudiants de Berlin-Est en page quatre, dit-il. Si on les arrête, ils n'ont qu'à les montrer. Ils sont juste venus passer la journée.

Cette ville divisée n'était qu'un tissu d'anomalies, songeait Dajani, comme celle qui permettait à tout Arabe, ou à tout étranger quel qu'il soit, étudiant à Berlin-Est, de déambuler en Allemagne de l'Ouest sans qu'on vérifie ses papiers ou son identité. Avec leur refus catégorique de reconnaître la séparation de Berlin, les Alliés et les Allemands de l'Ouest en avaient fait un véritable paradis pour les opérateurs clandestins.

– Quand les envoyez-vous ?

– Dès que je leur aurai rendu leurs passeports. Je les ai divisés en deux équipes. L'une se planquera à Kreuzberg, l'autre à Wedding. L'une achètera la voiture pour la fuite, l'autre la voiture que nous piégerons.

– Parfait, dit le colonel.

– Je leur ai dit de prendre une des voitures pour se promener dans Francfort et se familiariser avec les lieux.

– Excellent. Nous leur remettrons le plastic sur le chemin du retour. A propos, parlent-ils allemand ?

– Un dans chaque équipe. Suffisamment pour se débrouiller.

– Ne vous rendez pas là-bas avant que ce ne soit nécessaire, avertit le colonel. Demeurez à distance respectable. Rien ne doit permettre de remonter jusqu'à nous, ne l'oubliez pas.

– Je comprends.

Certains officiers du KGB, comme le résident de Damas, pouvaient donner l'équivalent d'une demi-heure d'informations en trois phrases sibyllines. D'autres, comme son ami le colonel, se croyaient obligés de répéter au moins trois fois tout ce qui leur passait par la tête. Ou était-ce par égard pour sa pauvre petite cervelle palestinienne?

Le colonel hocha la tête et se tourna pour remonter Wilhemstrasse. Dajani descendit Unter den Linden jusqu'à Alexanderplatz et prit le S-Bahn qui menait à la place Rosa-Luxemburg.

Au fur et à mesure de l'arrivée des membres du commando, Dajani les prenait à l'aéroport pour les conduire dans l'appartement sûr que le KGB leur avait fourni près de la place. Tous l'attendaient maintenant dans une *Gaststätte,* petit café au rez-de-chaussée. L'endroit était presque aussi morne et déprimant que l'appartement, la lumière glauque; l'ameublement consistait en chaises et tables de bois sommaires, l'atmosphère était tellement enfumée qu'on aurait pu la couper au couteau. Le serveur vint prendre la commande. Encore une anomalie berlinoise. Dans ce café communiste minable tous les clients, en pull ou en manches de chemise, contrastaient avec le serveur en veste de smoking et nœud papillon.

Dajani but une gorgée de bière puis glissa les passeports sous la table. Il avait passé en revue avec eux l'opération dans ses moindres détails. Tous étaient plutôt fiables encore que loin d'être les modèles de discipline qu'il avait décrits au colonel. Ali Nasreddin, l'expert en explosif, était un véritable fanatique, un individu froid et sans âme qui vivait pour faire sauter les gens avec l'efficacité d'un robot. Ali Kazemi et Sayed Hakim étaient souvent venus en Europe occidentale à l'époque où ils étaient de petits trafiquants de drogue, avant de devenir tueurs pour le compte du Hezbollah. Comme les terroristes, les trafiquants de drogue devaient apprendre à vivre en marge de la société. Ils savaient se déplacer sans papiers et sans laisser d'empreintes. Le quatrième membre du commando, Hussein Ansari, recrue la plus jeune et la moins expérimentée, était là parce qu'il avait été étudiant à l'université libre de Berlin-Ouest et parlait un excellent allemand. Dajani l'avait associé à l'un des dealers et mis le plastiqueur avec l'autre. Il valait mieux séparer les deux trafiquants de drogue.

Il fit un signe de tête à l'adresse de Kazemi.

– Partez les premiers, dit-il. Les autres suivront dans une demi-heure. Vengeance, ajouta-t-il en levant son verre.

Vengeance était le nom qu'il avait donné à leur commando. Dans la plaine de la Bekaa, tout devait avoir un nom.

Les quatre hommes levèrent leur verre. Suivant les principes de leur religion, deux buvaient de la limonade.

– Vengeance, dirent-ils.

*

*Washington*

Il y a des types qui passent leur samedi matin à briquer leur voiture, à pousser un caddy dans un supermarché ou encore à emmener leur gosse faire du sport. Les petits veinards, se dit Chick O'Neill. Depuis quatre ans, lui et son collègue Denny Strong travaillaient le samedi. Et leur boulot, ennuyeux et routinier, consistait à coller aux basques des agents du KGB à Washington pour l'unité de contre-surveillance du FBI. En ce moment, ils étaient engagés dans une activité qui consistait, presque tous les samedis, à attendre sans rien faire.

Leur Plymouth fournie par le gouvernement était garée à gauche de White Haven Parkway, là où il fait une courbe jusque dans Wisconsin Avenue; si bien que la silhouette de la voiture était protégée du champ de vision des véhicules se dirigeant vers Wisconsin Avenue par la construction massive de l'église de la Divine Science. Ils pouvaient surveiller le trafic en direction de Georgetown alors qu'il était presque impossible de les repérer.

La cible qu'on leur avait assignée était Dimitri « Zébulon » Yashvili, un officier du KGB attaché culturel de l'ambassade. Presque tous les samedis, Yashvili aimait à baguenauder pendant l'heure du déjeuner dans Q Street et Connecticut Avenue. O'Neill l'avait surnommé Zébulon parce qu'il ne tenait pas en place. Il passait son temps à entrer et sortir des magasins du coin, Melody Record Shop, Kramer Books, le Foreign Press Center, farfouillant dans les rayons, achetant à l'occasion un disque ou un journal français. Ils l'avaient même surpris à deux reprises en train de pénétrer dans le Lambda Rising Homosexual Bookstore, ce qui leur faisait dire qu'il était peut-être homosexuel; et à leurs yeux, c'était aussi rédhibitoire que d'être communiste. Pour l'instant, toutefois, le poste de surveillance permanente en face de l'entrée principale de l'ambassade, au 2645 Tunlaw Road, n'avait repéré aucun signe de la Honda bleu ciel de Zébulon. O'Neill et Strong s'affalèrent sur le siège avant, essayant de ne pas fumer, trompant leur ennui avec le passe-temps favori des flics en planque, la conversation.

– Je ne t'ai jamais parlé de ce Tchèque qu'on suivait au champ de courses du Bowie tous les dimanches et qui pariait sans grand succès? demanda O'Neill à son partenaire.

– Non.

– Il était numéro deux du renseignement tchèque. Et je peux te dire que, comme joueur, il était nul. Un jour, on a trouvé quelque chose de mignon tout plein sur lui. Il baisait la femme de son patron, dit O'Neill en riant aux souvenirs que cela lui inspirait. Alors on lui a envoyé une lettre à l'ambassade. Carrément. A son avis, qu'est-ce qu'il allait penser, son patron, quand on lui dirait qu'il tringlait sa bonne femme? Ça l'aiderait à grimper dans la hiérarchie du Renseignement? Évidemment, il y avait un moyen de résoudre le problème, qu'on disait.

O'Neill commença à pouffer de rire en songeant au dilemme du Tchèque.

– Je suis bien content que tes histoires te fassent rire, grommela Strong.

– Non seulement le gars se ramène, mais la nuit où il rapplique il va dans leur salle de codes, prend un sac, le bourre de livres de codes, de messages, de Dieu sait quoi d'autre et il saute par la fenêtre du premier étage comme le Père Noël descendant dans la cheminée.

– La morale de cette histoire, mon petit Chickie, c'est qu'il ne faut jamais baiser la femme de son patron. En tout cas, nos gars n'ont jamais eu ce problème avec le vieux J. Edgar, pas vrai?

Avant qu'O'Neill ait eu le temps de répondre, la radio grésilla. De son poste d'observation à la fenêtre du septième étage de l'appartement de Tunlaw en face de la grosse grille noire coulissante à commande électrique, l'agent de service venait de repérer la Honda bleue de Yashvili s'approchant de la grille. Depuis la fenêtre entourée de pots de fleurs et d'ours en peluche, il l'observa avec des jumelles très grossissantes. La présence de ces objets se justifiait pour convaincre les Russes que le FBI n'était pas là.

– Bonnet bleu trois-trente-neuf, murmura l'agent dans sa radio tandis que la voiture de Yashvili passait le contrôle avant de se diriger sur la 39e Rue.

A cent mètres de l'ambassade, une première voiture suiveuse commença à remonter Davis Place en direction de Tunlaw. Alors que la Honda filait à travers le « T » à leur rencontre, les deux agents accélérèrent vers le coin pour prendre la surveillance initiale. Yashvili tourna dans la 39e puis prit Wisconsin Avenue vers Georgetown.

– *Ameche,* annonça le chauffeur de la première voiture.

Cela indiqua à O'Neill et Strong que Yashvili arrivait dans leur direction. Ils remarquèrent le véhicule qui descendait Wisconsin Avenue et s'infiltrèrent dans la circulation deux voitures derrière la voiture de surveillance avec un doigté que seul un espion très doué aurait pu repérer. Dans P Street, Yashvili tourna à droite. La première voiture passa le relais à O'Neill et Strong. Le Russe traversa les bords supérieurs de Georgetown vers Connecticut Avenue.

– Le voilà reparti voir les yuppies, notre Zébulon, remarqua O'Neill. Ils le suivirent jusqu'à ce qu'il trouve un parcmètre sur la 19e Rue.

– Suis-le, ordonna O'Neill. Je vais me garer.

Zébulon portait un jeans et un gros pull de laine blanc avec des zigzags bruns et noirs. A la main, il avait un fourre-tout blanc et vert Benetton. Un type qui se promène avec un pull pareil, on peut le suivre dans une foule à cinq cents mètres de distance, songea Strong en le pistant sur les trottoirs bondés du week-end.

Pendant une heure, le Russe observa son rite du samedi, regardant ici, fouinant là, achetant la presse étrangère dans la boutique au coin du Connecticut Avenue et Q Street. Les deux agents se relayaient, communiquant grâce à des micros boutons fixés à leur col de manteau. Finalement, Zébulon entra chez Kramer Books, son endroit de prédilection. La librairie avait une entrée dans deux rues. Une sur Connecticut Avenue, côté rayons, l'autre sur la 19e Rue par un petit restaurant, Afterwords, qui faisait partie de la librairie. Ces deux entrées rendaient cet endroit difficile sur le plan de la sécurité.

O'Neill se plaça en face de Connecticut juste après le Janus Theater. On voyait clairement le pull de Zébulon à travers les vitres de la librairie. Yashvili fouillait dans les rayons avec une lenteur désespérante. Au bout d'une demi-heure, il prit enfin un livre et alla à la caisse.

– Il arrive de ton côté, Denny, annonça O'Neill.

Cinq minutes s'écoulèrent. Zébulon n'apparut à aucune des sorties.

– Mais où est-il, bordel? murmura O'Neill dans son micro.

– Il est peut-être allé aux gogues, suggéra Strong.

– Tant pis, j'entre, annonça O'Neill.

– Attends, nom de Dieu. Il va te repérer, à tous les coups.

Strong avait à peine fini sa phrase qu'il vit leur cible slalommer entre les tables bondées pour le repas du midi, côté 19e Rue.

– Le voilà, murmura-t-il avec un immense soulagement, on l'a retrouvé.

Zébulon sortit et jeta un coup d'œil à la terrasse d'Afterwords. Il n'y avait pas une table de libre. Il parut hésiter un moment, se demandant peut-être s'il irait au café mexicain Reale. Il déjeunait souvent à l'un ou l'autre endroit.

– Qu'est-ce qu'il va choisir? grommela Strong, la bonne vieille cuisine américaine ou le mélange Texas-Mexique?

Un client fit signe au garçon, un billet de 20 dollars à la main. Le Russe n'eut donc pas à se décider et s'assit à la table près de la rue sous un parasol rouge vif. Il prit la place du client précédent. Il posa le sac de chez Kramer Books à ses pieds, prit un des livres et commença à lire dans la chaleur de l'été indien.

– J'espère que tu n'as pas faim, murmura Strong, il est là pour une bonne heure.

Trois quarts d'heure plus tard, passionné par sa lecture, Zébulon acheva enfin sa salade d'avocat et fit signe au serveur.

– Tiens-toi prêt, Chickie, avertit Strong, je crois qu'il demande l'addition.

Deux minutes après, Strong vit le serveur reparaître.

– Putain, râla Strong en voyant ce qu'il apportait. Incroyable. Ce type va s'enfiler une tarte au chocolat et aux noix.

– Il devrait avoir honte, répondit O'Neill depuis son poste dans Connecticut Avenue.

Cela faisait maintenant une heure que son estomac criait famine.

– Il ne sait pas combien il y a de calories dans un truc pareil? reprit-il.

Zébulon mit une bonne dizaine de minutes à venir à bout de son dessert. Puis il appela le garçon. Cette fois, ce dernier revint avec un café. Zébulon lui dit quelques mots puis posa son livre bien à plat sur la table et se leva.

A travers la vitre du café, Strong suivait parfaitement les déplacements du Russe à travers les tables, vers les toilettes, juste hors de sa ligne de mire, près des cuisines.

– Il retourne aux gogues, murmura-t-il.

Aux aguets, O'Neill tourna son attention vers l'entrée de Connecticut Avenue. Au bout de cinq minutes, il n'y avait toujours aucun signe de Zébulon.

– Putain mais où il est passé encore? fit Strong. Rien de ton côté?

– Deux filles et un gars en imperméable avec un feutre. Il a peut-être des ennuis de prostate, plaisanta O'Neill.

Après cinq autres minutes sans signe d'Antsy, le ton n'était plus à la plaisanterie.

– Je vais jeter un œil, Denny, dit O'Neill.

– OK, on se retrouve à l'entrée de la 19e.

Moins d'une minute plus tard, les deux agents se faisaient face près de la table d'Yashvili dont la tasse de café encore pleine était posée à côté du dernier roman de Tom Clancy.

– Il s'est fait la malle, le salaud, siffla O'Neill d'une voix haineuse.

– T'es sûr?

O'Neill sortit un fourre-tout vert et blanc de chez Benetton.

– Il ne l'a pas lâché de la matinée, d'accord? Mais il ne l'avait plus quand il s'est installé pour déjeuner. Je l'ai retrouvé dans la poubelle des toilettes. Le fumier, il l'a planqué quand il y est allé la première fois. C'est là-dedans qu'il avait ses vêtements de rechange. C'était lui, le type en imperméable et en feutre.

Kazemi et Ansari, l'ancien étudiant, furent les premiers du commando de Said Dajani à passer à Berlin-Ouest. Ansari franchit d'abord le contrôle est-allemand jusqu'au quai de chemin de fer de Friedrichstrasse. A un mètre du bord, il y avait une bande blanche peinte sur le sol. Alors que le train entrait lentement depuis la gare de triage de Berlin-Est, des gardes-frontière est-allemands en uniforme, pistolet-mitrailleur au poing, étaient postés tous les cent mètres le long de la ligne blanche pour retenir les quelque cinquante passagers, tous de Berlin-Ouest, qui voulaient une bonne place dans le train. Sous le regard dédaigneux des Berlinois de l'Ouest, les gardes cherchaient ceux qui tentaient de passer en fraude. Des équipes munies d'échelles ouvraient les toilettes pour regarder à l'intérieur tandis que d'autres, équipés de miroirs, scrutaient sous les wagons, s'assurant que ne s'y cachait personne d'assez fou pour vouloir fuir le paradis des travailleurs. Un sifflet annonça que tout était en ordre, et les deux Libanais montèrent.

Les trains qui quittaient la gare de Friedrichstrasse traversaient Berlin-Ouest, puis l'Allemagne de l'Est et poursuivaient leur route vers Paris, Zurich, Amsterdam et Bruxelles. Ils s'arrêtaient deux fois à Berlin-Ouest, pour prendre des passagers, expliqua Ansari à son compagnon, à la station du zoo et à Wannersee. Toutefois, personne à Berlin-Ouest ne se souciait de faire la moindre vérification avant que le train ne quitte Wannersee pour traverser l'Allemagne de l'Est.

Quelques minutes après qu'ils se furent installés, le train arrivait au zoo. Les deux terroristes descendirent les escaliers et prirent le métro pour leur destination finale, Kreuzberg, quartier ouvrier d'avant-guerre qui abritait aujourd'hui la plupart des ouvriers immigrés : Turcs, Iraniens et Arabes.

Quand ils arrivèrent à Kreuzberg, leurs camarades franchissaient le contrôle de frontière de Friedrichstrasse. Comme pour la première équipe, ils n'eurent aucun problème avec les gardes est-allemands. Les *Grentztruppen* ne s'intéressaient en effet qu'à leurs compatriotes. Ils pénétrèrent au cœur de la gare jusqu'au quai du métro que Valentin Toboulko avait emprunté pour se rendre à l'Ouest. Mais là, ils prirent la branche nord en direction de Wedding et du secteur français. Sous Berlin-Est, les vieilles stations de métro étaient toutes fermées, grises, sans vie, véritables antres couverts de poussière et de crasse. Les couloirs étaient hantés par les *Grentztruppen* armés qui patrouillaient pour le cas où un transfuge tenterait de sauter dans le métro en marche. L'arrivée dans la première station éclairée et animée de Berlin-Ouest pouvait se comparer à la sortie d'un cinéma dans la pleine lumière de l'après-midi.

Dajani leur avait donné ordre de se rendre à Wedding, « Wedding la Rouge » des années vingt, puis bastion du national-socialisme. Presque totalement épargné par les bombardements alliés, c'était le quartier des classes laborieuses. Mais Sayed, l'ancien trafiquant de drogue, avait une meilleure idée. Il avait une adresse dans la Residenzstrasse d'une zone plus prospère, juste au sud de Wedding.

Il cherchait le 50, la Pizzeria Capri. Les deux Libanais entrèrent et commandèrent un café au bar. La pizzeria était petite et proprette. Au mur, deux carcasses de homards, un filet de pêche qui pendait du plafond et, ornement principal, des cartes postales envoyées au propriétaire depuis des cieux plus cléments, épinglées un peu partout.

– Vous êtes Giuseppe ? s'enquit Sayed.

Le barman acquiesça d'un signe de tête.

– Mon frère, Abou Khalifa, vous transmet son bonjour.

Cette nouvelle ne parut pas exciter Giuseppe outre mesure. Il grogna et continua de polir sa machine à café déjà rutilante.

– Nous cherchons une piaule pour un moment, poursuivit Sayed. Vous connaissez quelque chose dans le coin ?

Giuseppe continua de caresser sa machine avec l'affection d'une vieille dame pour son chat. Enfin, il désigna un immeuble de quatre étages en brique et en stuc de l'autre côté de la rue.

– Demandez au gardien, dit-il. Précisez que c'est de ma part.

Les deux hommes achevèrent leur expresso et payèrent.

– *Ciao*, dit Sayed.

– *Maaq'Salaam* – au revoir. Dites bonjour à Abou Khalifa, répondit Giuseppe avec un parfait accent arabe.

Ils traversèrent la rue à quatre voies. Sayed remarqua avec intérêt au coin de la rue le « Sauna Clair de lune – Massages thaïlandais ». A côté, un parc de voitures d'occasion. On trouvait vraiment tout ce qu'on voulait, ici.

Il pénétra au 97/98, dont l'entrée était suffisamment vaste pour une calèche à quatre chevaux. Le gardien les conduisit à un escalier à l'arrière de l'immeuble et leur montra un appartement au troisième étage qui comprenait un salon, deux chambres, une cuisine et une salle de bains rudimentaires mais propres.

– 500 marks par mois, annonça le gardien. On paie d'avance deux mois de loyer plus un de caution.

Sayed se tourna vers son partenaire. Ils échangèrent quelques mots en arabe.

– Ce sera parfait, annonça-t-il.

Puis il lui remit quinze billets de cent marks.

Quelques minutes plus tard, le gardien revint avec un formulaire officiel.

– Il faut remplir ça et le remettre à la police pour le *Landes Einwohner Amt*, expliqua-t-il. C'est la loi.

Sayed hocha gravement la tête. Il promit au gardien qu'ils s'en occuperaient de toute urgence. Dès qu'il fut parti, Sayed suggéra à son compagnon une petite visite à côté. Les voitures étaient à ciel ouvert. Ils les inspectèrent une à une pour s'arrêter enfin sur une Opel. Elle était de 1987, avait 47 000 kilomètres au compteur et coûtait 9 500 marks. Le TUV, plaque de contrôle technique, indiquait qu'elle pouvait encore rouler quatre mois.

Sayed fit baisser le prix à 9 250 marks et conclut l'affaire. Le vendeur prit son passeport et remplit l'ordre d'achat. Puis il empocha les 9 250 marks plus 180 pour un permis et une assurance de deux mois en attendant qu'ils fassent immatriculer la voiture eux-mêmes.

Tout s'était déroulé pour le mieux aujourd'hui, se dit Sayed. Dajani leur avait confié 15 000 marks pour la voiture et 5 000 pour l'appartement. Ils faisaient donc un bénéfice de 10 000 marks. Pourquoi les rendre? Pourquoi les partager avec son camarade le poseur de bombes? Une seule chose l'intéressait, faire sauter les gens. Sayed, lui, savait comment faire usage d'une telle manne. Il dit bonsoir au plastiqueur et se dirigea vers le sauna pour se récompenser de sa journée de travail.

De l'autre côté de Berlin-Ouest, à Kreuzberg, la journée avait elle aussi été satisfaisante. Kreuzberg signifait « mont de la croix », ironie que peu d'habitants musulmans comprenaient ou appréciaient. Les graffiti sur les murs des demeures fin XIXe « OLP » et « Yankees Aus Raus » faisaient que les deux terroristes se sentaient chez eux. Eux aussi demandèrent dans un café où ils pouvaient trouver à se loger. Il se révéla que le propriétaire du Samsun Donner Kebab sur Oranienstrasse avait un cousin qui possédait un immeuble non loin, au 82 Adalbertstrasse. Deux heures après, Kazemi et Ansari étaient installés dans un appartement au rez-de-chaussée. Personne ne fit mention de papiers à remplir pour enregistrer officiellement leur présence. A Kreuzberg, qui jouissait entre autres distinctions du plus fort taux de criminalité de Berlin, on n'appréciait guère les formalités bureaucratiques. Pour trouver une voiture, Ansari emmena son complice dans un drive-in qu'il avait découvert lorsqu'il était étudiant. Le jour, il se transformait en marché aux puces de l'automobile. Une demi-douzaine de vendeurs étaient alignés devant leurs véhicules dont le prix était indiqué sur le pare-brise. Ils étudièrent les offres et, après le marchandage d'usage, se décidèrent pour une Ford Granada de 1986 qu'ils payèrent 8 700 marks. Le contrôle technique était encore valable trois mois. Le propriétaire compta les billets sur le capot, signa l'acte de vente qu'il remit à Kazemi et leur donna les clefs. C'était aussi simple que ça. La voiture était à eux.

De retour à l'appartement, Kazemi décida qu'ils devaient se détendre un peu. Il sortit et, grâce à son flair habituel, trouva ce qu'il cherchait en moins de vingt minutes : une boule de hasch népalais de première qualité.

*

*Washington*

N'allez jamais à un rendez-vous fixé par un autre sans avoir soigneusement étudié les lieux auparavant. Les cimetières étaient remplis d'agents secrets qui avaient oublié cette règle. Pour le premier *tref* de sa carrière, le capitaine Doulia Vaninya avait l'intention de suivre rigoureusement la procédure du KGB. Elle arriva au parking en face du restaurant China Paradise dans Tyson's Corner une heure avant les 18 h 30 indiqués par la carte d'Aix-en-Provence.

Elle gara sa Toyota grise à l'angle requis, en face d'une laverie automatique, à environ cinquante mètres de l'auvent bleu et blanc du restaurant. Un sac de linge sale à la main, elle entra dans la laverie, trouva une machine libre, et tandis que le lave-linge tournait, elle s'assit sur un des sièges près de la vitre et s'absorba dans la lecture de *Cosmopolitan*. L'article qui semblait la captiver s'intitulait : « A qui d'offrir la capote ? A vous ou à lui ? ». C'était le genre de problème qu'à son grand regret elle n'avait guère eu l'occasion de se poser depuis trois ans et demi qu'elle était illégale aux États-Unis. Mais son attention était en réalité concentrée sur les alentours du China Paradise. De son poste, elle voyait parfaitement le parking et pouvait vérifier si elle était suivie sans pour autant se faire repérer.

Son observation dura cinquante minutes, au cours desquelles elle rechargea le lave-linge quand nécessaire. Trois ans et demi, songeait-elle. Pendant trois ans et demi elle avait vécu dans le cocon de la personnalité de Nina Wolfe, celle qu'elle avait créée. Les six premiers mois avaient été paniquants et angoissants. Mais, depuis trois ans, elle se sentait bien à l'abri de toute menace. Et voici que dans quelques instants elle allait ouvrir la porte d'une camionnette, entrer et filer. Ce serait la fin de sa couverture. Cet acte briserait le cocon qui l'abritait.

Ça suffit, s'ordonna-t-elle. Observe. Étudie. Vérifie. Peu après 18 h 15, elle vit une fourgonnette beige entrer dans le petit parking. Elle remarqua l'hésitation du chauffeur qui cherchait une place de stationnement. Il dépassa lentement le China Paradise, plus une place de libre. Elle regardait le parking, cherchant à découvrir si on le suivait.

Il fit une fois le tour, revint, et se gara juste après l'auvent bleu et blanc du restaurant. Sans avoir l'air d'étudier les environs, il sortit, ôta son imperméable et son chapeau, les jeta dans la fourgonnette, puis s'éloigna. Tandis qu'il disparaissait, le capitaine Vaninya suivit des yeux son pull-over blanc, brun et noir. Elle ne vit personne le suivre.

Elle attendit encore dix minutes, le temps que son linge soit sec, puis retourna à sa Toyota. Elle fit le tour du pâté de maisons et se gara. Respirer avec lenteur pour se détendre. Ouvrir la portière. Retourner au coin à pied. N'avoir l'air de rien. Le FBI surveillait-il depuis une fenêtre? Si c'est le cas, n'y pense pas.

Elle était devant la fourgonnette. Elle tendit la main, ouvrit la portière et se glissa à l'intérieur. La panique la saisit comme un coup violent. Pas de clef. Où était la clef de contact? C'était un piège. Attends, du calme, se dit-elle. Sous le siège? Elle tâta le tapis de caoutchouc. Oui, elle y était.

Elle jeta un coup d'œil sur le siège arrière où le messager avait jeté son imper. Elle devina les contours d'une valise. Avec soin, consciente que ce n'était pas le moment d'érafler une aile ou de brûler un stop, elle se mit en route.

Depuis que leur type du KGB s'était fait la malle, Chick O'Neill et Denny Strong avaient fait la seule chose raisonnable: surveiller sa voiture et attendre son retour. Strong avait placé sous le pare-chocs un transmetteur de la taille d'un bouton qui émettait un signal radio continu. Ce serait encore plus facile de suivre Zébulon quand il reviendrait de Dieu sait où. De toute façon, comme l'avait remarqué O'Neill, il retournerait directement à l'ambassade et le suivre jusque-là ne poserait pas un problème insurmontable!

– Il arrive, murmura Strong depuis son poste d'observation dans la 19e Rue, peu après 18 h 30. Il vient de quitter Dupont Circle. Il est à nouveau en pull-over. Il a sans doute jeté ses vêtements de rechange.

Il s'interrompit un moment et reprit.

– Ouais, il se dirige droit sur sa voiture. Nom de Dieu, Chickie, si tu voyais ce sourire sur sa putain de gueule. Aussi large que le trou du cul d'un éléphant.

– Forcément. Ça fait des semaines qu'il nous a repérés. Tu peux être sûr qu'il prépare son coup depuis longtemps.

Nina Wolfe prit gentiment l'épaule de l'adolescente trop grosse en la reconduisant à la porte.

– Bon, surtout n'oublie pas d'écouter tes cassettes avant de t'endormir et aussitôt que tu te réveilles. Cela aidera considérablement la suggestion post-hypnotique que j'ai essayé de faire pénétrer dans ton subsconscient pour la prochaine fois que tu voudras t'offrir un milk-shake ou une pêche Melba.

La fille gratifia Nina du regard reconnaissant d'un épagneul devant un os.

– Oh merci, docteur, c'est super. J'espère bien que ça va marcher. Mon petit ami déteste les grosses, vous comprenez.

– Ne m'appelle pas docteur, répondit Nina d'une voix ferme en ouvrant la porte du palier, je ne suis qu'un conseiller amical.

La fille disparut. Au même moment, un homme sortit de l'ombre de la cage d'escalier. Il était grand, les cheveux blonds coupés en brosse, des yeux bleus délavés et le sourire vide d'un mannequin faisant de la pub pour une lotion après-rasage. Un agent du FBI, se dit-elle. Ils l'avaient surveillée. Ils m'ont suivie jusqu'ici derrière la fourgonnette.

– Miss Wolfe?

– Oui.

Reste calme, se dit-elle. Ne te trahis pas en ayant l'air affolée.

– Puis-je entrer un moment?

– Vous serait-il possible de revenir demain? J'allais fermer.

– C'est urgent. Il faut que j'arrête de fumer. Ordre de la Faculté. C'est le cœur.

Autant lui parler, pensa-t-elle. Si c'est un agent, refuser ne fera qu'aggraver les choses. Elle introduisit l'homme dans son bureau, le fit asseoir dans un fauteuil à oreillettes, prit place à son bureau et sortit le questionnaire qu'elle remplissait pour chaque client voulant arrêter de fumer.

– Bien, commença-t-elle. Combien fumez-vous par jour?

– Je ne fume pas.

Il releva vivement la tête et la regarda, effrayée et étonnée à la fois.

– Trois fois les nouvelles pommes ont mûri.

Elle eut la tête vide. Pendant une ou deux secondes, elle resta assise là à fixer l'homme du regard, lèvres entrouvertes. Depuis qu'elle avait reçu la carte postale, les mots n'avaient cessé de lui revenir à l'esprit. Maintenant qu'elle en avait besoin, ils étaient tombés dans le trou noir de son esprit, comme cela arrive pour le nom d'un ami proche qu'on croise de façon inattendue au coin de la rue.

– On a ramassé trois récoltes dans les champs.

Elle lâcha cette citation de Vadim Streltchenko extraite de *La Terre natale* avec un tel soulagement que son visiteur sourit.

– Major Valentin Toboulko, dit-il. Mes félicitations pour l'efficacité avec laquelle vous avez examiné le lieu du rendez-vous, capitaine. Vous n'avez rien oublié de ce qu'on vous a appris à Biokovo.

– Merci, major. Puis-je vous offrir quelque chose?

– Attendez-vous quelqu'un d'autre?

– Non. C'était vraiment ma dernière cliente.

– Parfait. Pendant les dix prochains jours, nous allons travailler ensemble sur une mission d'une extrême importance.

Le capitaine Doulia Vaninya se redressa sur son fauteuil.

– Je suis à vos ordres, major.

L'homme sortit de sa poche un plan de Washington qu'il étala sur la table.

– D'abord, dit-il, j'aimerais que vous louiez dans ce coin un petit appartement meublé pour notre usage à tous les deux.

Son index décrivit un cercle depuis Connecticut Avenue, par New Hampshire jusqu'à la 13e Rue.

– Il faut qu'il y ait le téléphone, reprit-il. Payez en liquide. Prenez-le pour deux ou trois mois. Dites que nous sommes ensemble et que nous travaillons chez IBM. Nous sommes là pour un quelconque stage de perfectionnement. J'imagine que vous avez suffisamment d'argent?

– Oui, colonel.

– Emménagez dès que vous aurez trouvé. Emportez le minimum de choses avec vous. Il ne faut pas qu'on puisse penser que vous déménagez. Quant à vos clients, ils croiront que vous vous êtes absentée quelques jours.

– Ma voiture?

– Laissez-la. La police pourrait remonter jusqu'à vous à cause d'elle. Quand vous aurez l'appartement, laissez une lettre pour moi, Roy Banwell, à la poste restante à l'angle de Florida Avenue et de T Street. En attendant mon arrivée, quittez l'appartement le moins possible. Quand vous partirez, emportez votre Spetosk et vos livres de codes. Y a-t-il quoi que ce soit ici ou chez vous qui puisse indiquer vos liens avec les Organes?

– Non, rien.

– Vérifiez de toute façon avant de partir. Si vous trouvez quoi que ce soit, détruisez-le.

– Rendez-vous de rattrapage?

– La laverie automatique à côté du restaurant chinois, mercredi à 14 h 30 et les jours suivants une heure plus tard.

Le colonel tendit la main.

– Il me faut les clefs de la fourgonnette.

Elle fouilla dans son sac.

– Et la valise qu'il y avait sur la banquette arrière. Essayez à tout prix d'être installée lundi au plus tard, dit-il en se levant.

– Cela ne me laisse pas beaucoup de temps.

Il haussa les épaules et se dirigea vers la porte.

– Dites-moi, vous arrivez vraiment à faire arrêter les gens de fumer?

Dans la nuit du lundi 25 octobre, Said Dajani ordonna à ses quatre hommes de se rendre à Wiesbaden dans l'une de leurs voitures récemment acquises. Il y avait à cela trois raisons : il voulait qu'ils reconnaissent leur cible et qu'ils se familiarisent avec le trajet qu'ils auraient à suivre dans cinq jours; il souhaitait qu'ils soient pleinement rassurés sur la facilité avec laquelle ils franchiraient la frontière; et enfin, plus important encore, il devait leur remettre les soixante kilos de Semtex qu'ils utiliseraient dans la voiture piégée quand ils rentreraient à Berlin par l'Allemagne de l'Est.

Ils partirent le lendemain, au lever du jour. Ainsi qu'on le leur avait dit, ils quittèrent Berlin-Ouest sans le moindre contrôle. Quand ils arrivèrent en Allemagne de l'Est, la police des frontières est-allemande les arrêta, prit leurs passeports puis les leur rendit avec des permis de transit notifiant l'heure et le lieu de leur entrée. Le règlement était simple. Ils devaient rester sur l'autoroute qui servait de couloir de transit. Ils avaient le droit de s'arrêter pour prendre de l'essence, manger, aller aux toilettes. Un point c'est tout. La raison d'un tel règlement était évidente. Cette autoroute servait aussi au trafic normal. Les voitures est-allemandes l'empruntaient par les bretelles normales. Ces bretelles n'étaient surveillées qu'occasionnellement par la police est-allemande. Ils ne voulaient pas que les Occidentaux les utilisent pour fouiner dans leur pays, et une des vérifications efficaces était le temps que mettait un voyageur pour ce trajet. S'il dépassait le temps moyen, il avait intérêt à fournir une bonne explication.

Le voyage à travers l'Allemagne de l'Est fut lent et fastidieux. Malgré le peu de circulation, ils roulaient à quatre-vingt-dix kilomètres/heure. Dajani les avait prévenus que rien ne réjouissait tant la police que de dresser des contraventions pour excès de vitesse : elles étaient payables immédiatement et en devises. Ils repassèrent en Allemagne de l'Ouest juste après Eisenach. A la frontière, le garde est-allemand contrôla avec soin laissez-passer et passeports afin de s'assurer que les identités collaient avec les visages. Il ne montra toutefois pas la moindre intention de fouiller la voiture. Deux cents mètres plus loin, alors qu'ils pénétraient en Allemagne de l'Ouest, le garde-frontière ne leva même pas les yeux.

Ils arrivèrent peu avant midi à Wiesbaden, qui s'étendait sur les collines de la rive nord du Rhin. Suivant les instructions, ils sortirent de l'autoroute à Wiesbaden-Erbenheim et prirent la nationale 455 en direction de Königstein. Leur but se trouvait de l'autre côté d'une exploitation de pommes de terre, là où la colline atteignait son sommet avant de redescendre sur le Rhin. C'était la cité-cadre d'Hainerberg. Sa forme triangulaire comprenait un commissariat, un PX – l'économat –, trois écoles et quatre-vingt-un bâtiments d'avant-guerre de trois étages ayant appartenu à la Luftwaffe, convertis par l'armée américaine en résidence pour les familles des militaires. Cela faisait plus de cinq mille habitants. A deux cents mètres à l'ouest, deux autres quartiers abritaient les officiers et les sous-officiers ainsi que leurs familles.

Quand ils aperçurent leur cible, les quatre terroristes tombèrent dans un silence lourd de peur. Ils longèrent le côté nord du triangle, laissant le champ de pommes de terre sur leur droite et la cité sur leur gauche. Les immeubles étaient dans le style des architectes de Guillaume Ier, ramassés, costauds, avec des toits très pentus. Ils étaient peints en brun, tilleul, jaune pâle et chacun était marqué à la base de quatre chiffres noirs. L'ensemble était entouré d'une barrière métallique de deux mètres cinquante de haut surmontée de barbelés. Deux minutes plus tard, ils passaient devant l'entrée principale de Washingtonstrasse. La voiture devant eux quittait la 455 et entrait dans la résidence.

– Je n'en reviens pas, murmura Ansari.

– C'est incroyable, approuva l'un de ses compagnons.

Il n'y avait pas la moindre sécurité à l'entrée : pas de poste de garde, pas de vérification, pas de MP pour contrôler la circulation. Rien.

– C'est plus facile que les bâtiments de la marine ou de l'ambassade américaine, déclara le fabricant des bombes qui avaient réduit l'ambassade en miettes.

Ils firent trois fois le tour de la zone, lentement, le long de la 455 vers New York Avenue, la pointe du triangle, puis en remontant Lincoln Avenue jusqu'à la 455. A chaque fois, leur confiance et leur étonnement augmentaient.

– Ça a l'air si facile qu'on pourrait penser à un piège, déclara Kazemi.

– Mais ce n'est pas le cas. Ils sont fous, ces Américains. Complètement fous, répondit Ansari.

Ils se demandèrent un moment s'ils ne devaient pas entrer afin de repérer l'endroit précis où ils placeraient la voiture piégée le samedi soir. Le risque leur parut inutile. Ils décidèrent donc de s'abstenir et firent route sur l'autoroute 66 qui conduisait à l'aéroport de Francfort. A faible allure, il leur fallut exactement trente-trois minutes. Ansari, qui avait l'air le moins arabe de tous, pénétra dans l'aéroport et prit quatre billets pour Berlin sur le Pan Am 660 pour le samedi soir à 21 h 55. Il donna quatre faux noms qu'il avait trouvés dans la page des sports de l'*International Herald Tribune*. A 15 heures, ils reprenaient le chemin de Berlin.

*

*Washington*

Le capitaine Doulia Vaninya jeta ses clefs de voiture dans le tiroir central de son bureau. Elle inspecta la pièce, passant méthodiquement en revue la liste qu'elle s'était faite. Elle avait 7 600 dollars en poche, dont la plupart provenait de son compte chèque à la Riggs National Bank. Elle avait repoussé les rendez-vous des dix prochains jours. Elle avait enregistré un message sur ses deux répondeurs et dit à sa femme de ménage mexicaine qu'elle partait en Europe. Sûre de n'avoir rien oublié, elle sortit, ferma sa porte à clef et accrocha à la poignée la pancarte qu'elle avait préparée.

Avec son sac à main pour tout bagage, elle remonta Tyson's Corner pour attraper le bus qui menait dans le District, de l'autre côté du fleuve. Nina Wolfe, hypnothérapeute, avait disparu de la surface de la terre. Pour l'instant du moins.

– Vous êtes sûr qu'ils ne vont pas rater l'aire de repos?

– Sûr et certain, colonel.

Abou Said Dajani fit de son mieux pour dissimuler son exaspération à la question de son supérieur. Ils faisaient les cent pas sur une aire de repos de l'autoroute, à deux kilomètres au nord de l'endroit où elle rejoignait la nationale 246, à près de trente kilomètres de la frontière entre l'Allemagne de l'Est et Berlin-Ouest.

– J'aimerais avoir votre assurance. Avec ces gens...

Le colonel écrasa sa cigarette sous son pied sans achever sa phrase.

– Je comprends pourquoi les Allemands de l'Ouest ne vérifient jamais les voitures qui quittent l'autoroute, remarqua Dajani qui préférait changer de sujet, mais je ne saisis pas pourquoi ceux de l'Est ne le font jamais.

– Parce que nos imbéciles de diplomates ont commis une erreur en 1971. Nous avons signé un accord stipulant que les trois autoroutes d'accès à Berlin-Ouest étaient une commodité pour le trafic civil et qu'il ne fallait pas interférer. C'est la raison pour laquelle on ne fouille pas les voitures.

– Allons donc, colonel!

– Nous respectons nos engagements, vous devriez le savoir.

Malgré l'obscurité, Dajani devinait que le colonel le regardait.

– Ça doit vous coûter cher.

Le colonel alluma une cigarette et réfléchit un moment avant de répondre.

– Et comment. Vous vous souvenez de cette taupe que les Anglais avaient au KGB ?

– Qui travaillait depuis tant d'années pour le MI-6 ? En Scandinavie ?

– Oui. C'est comme ça qu'ils l'ont sauvée. Ils l'ont envoyée à Berlin-Est, mise dans le coffre d'une voiture de soldats britanniques et lui ont fait passer Checkpoint Charlie comme une lettre à la poste. Ils savent que nous ne fouillons jamais les véhicules des soldats alliés.

Dajani émit un petit sifflement.

– Nous savons qu'il existe à Berlin-Ouest une organisation qui fait passer des gens à l'Ouest. Le passeur arrive en voiture et s'arrête sur une aire de repos semblable à celle-ci. L'Allemand de l'Est l'attend. Il grimpe dans le coffre et le tour est joué. Ils prennent 50 000 francs suisses.

– Qui peut s'offrir ce luxe en Allemagne de l'Est ?

– Personne. Ce sont des amis ou des parents de l'autre côté.

Le crissement des pneus sur les graviers interrompit leur conversation. Le colonel s'éclipsa dans l'ombre. Dajani reconnut ses hommes.

– Ce sera un jeu d'enfant, dit Kazemi.

Dajani alla à sa voiture et en sortit deux valises.

– Ouvrez le coffre, ordonna-t-il.

Il mit les valises dedans puis se pencha sur la portière.

– Tout ce que vous avez demandé y est, dit-il à Nasreddin, l'expert en explosifs. Appelez-moi s'il vous faut autre chose. Je vous l'apporterai.

Il claqua le coffre comme on claque la croupe d'un cheval. La voiture s'éloigna.

– Eh bien, colonel, fit-il en retournant à sa voiture, les Arabes comprennent les ordres, finalement.

Une demi-heure plus tard, le commando et sa charge mortelle retournaient sans encombre à Berlin-Ouest.

*

*Washington*

Étrangement, le quartier que le capitaine Doulia Vaninya avait choisi pour se cacher rappelait à Taboulko l'endroit où il vivait à Moscou, non loin de la rue Gorki, lorsqu'il prenait des cours d'art dramatique. Comme là-bas, Church Street était plantée d'arbres, des érables, dont le feuillage faisait à la belle saison comme un auvent dans la rue étroite. Les immeubles dataient sûrement d'avant la guerre de 1914. Il y avait des coupoles et des corniches au bord des toits, des fenêtres en avancée comme des ampoules gonflant les façades et, à l'instar de tant de vieilles constructions moscovites, ils étaient peints en tilleul, rose, violet, beige et bleu pâle. Et, surtout, ils étaient calmes. Tout comme à l'époque son quartier était une machine à explorer le temps qui préservait le Moscou d'avant la Révolution, ce coin-là semblait chérir la mémoire d'une autre Washington, capitale endormie d'une nation adolescente.

Il emprunta la rue en direction du numéro qu'elle lui avait donné et passa devant un panneau fixé à un lampadaire par un fil de fer. « Dans ce quartier, on rapporte à la police locale toute activité suspecte », y lisait-on. Pas toutes, j'espère, se dit-il en réprimant un éclat de rire.

La maison qu'il cherchait, au 1750, était beige avec des ornements de bois brun foncé. Il s'arrêta, descendit le demi-étage qui conduisait à l'appartement en sous-sol, emprunta un couloir et sonna à la porte. Elle répondit tout de suite.

– Excellent choix, assura-t-il, félicitations.

– *Spassibo* – merci, colonel, dit-elle.

– Il vous faudra oublier mon nom, désormais, Nina Wolfe. Je suis Roy Banwell, votre amant. Et nous ne prononcerons plus le moindre mot de russe tant que nous n'aurons pas posé le pied sur le sol de la *Rodina*. Je reviens tout de suite.

Dix minutes plus tard, il était de retour avec l'Estafette. Il apportait deux grosses caisses de la taille d'une poubelle et les déballa. Quand il eut fini, il prit deux panneaux de circuits micropuces dans son attaché-case et entreprit de les connecter au matériel qu'il avait extrait des caisses.

– Puis-je vous demander ce que c'est? s'enquit-elle.

– Des générateurs conçus pour émettre un signal très précis et très complexe. Je dois les assembler, les tester, puis informer Moscou qu'ils sont prêts à fonctionner. Quand ils nous donneront l'ordre d'accomplir la mission, s'ils le donnent, je vous dirai ce que nous en ferons.

En une heure il avait terminé.

– Leur fonctionnement est très simple, ajouta-t-il en prenant le fil électrique qu'il fixa à l'un des générateurs. Il suffit de brancher ceci dans une prise murale, et de mettre sur « *on* » pour que l'émission du signal commence expliqua-t-il en désignant le bouton en haut du générateur.

Pour les tester, il positionna les générateurs de façon que leur faisceau s'oriente au nord, loin de la Maison-Blanche.

– Vous ne verrez, n'entendrez ou ne ressentirez quoi que ce soit. En fait, seul ce témoin lumineux vous indiquera que l'émission a lieu, ajouta-t-il en lui montrant une ampoule rouge en haut du générateur. Est-ce clair?

Elle fit signe que oui.

– Nous allons procéder aux tests maintenant. Je vais prendre la fourgonnette et aller dans un autre endroit. Une fois sur place, je vous appellerai. Vous allumerez alors le premier générateur, puis le second.

– Cela paraît assez simple.

Toboulko était en train d'enfiler son veston. A ces mots, il se figea sur place pendant une fraction de seconde, le bras dans la manche. Elle sentit qu'il voulait ajouter quelque chose, l'avertir, peut-être, que ce n'était pas si simple que cela. Mais, il ne souffla mot, contraint au silence par les principes du métier.

Toboulko avait choisi le lieu du test avec un soin considérable. Il avait opté pour l'intersection de Lanier Place et d'Ontario Avenue, à une cinquantaine de mètres de Columbia Avenue. Le coin était à environ huit cents mètres du 1750 Church Street, ce qui correspondait à peu près à la distance qui les séparait de la Maison-Blanche. L'appartement était la source du faisceau, à la pointe du « V » que dessinaient les signaux émis par les générateurs. Il avait décidé de se placer non loin de la bissectrice de ce « V » et de réduire le faisceau à quelques degrés pour le test. Si, à huit cents mètres de sa source, avec cet arc étroit, le signal atteignait l'Estafette, alors il ne ferait aucun doute qu'à 180 degrés il toucherait la Maison-Blanche.

Il se gara près du carrefour et sortit de la boîte à gants quelque chose qui ressemblait à un détecteur de radar. En vérité, cela fonctionnait selon le même principe si ce n'est qu'il captait les signaux au bas du spectre électromagnétique, à des fréquences s'échelonnant entre 0 et 30 hertz.

Il l'alluma. Un écran digital gros comme quatre timbres-poste s'éclaira. Les chiffres y restaient inscrits pendant une ou deux secondes ou s'allumaient et s'éteignaient comme sur la sélection FM d'un autoradio. Ce système captait le bruit de fond EBF autour de la fourgonnette, les radiations électromagnétiques Extrêmement Basses Fréquences, dont la plupart émanaient probablement de quelque engin électrique situé près de Columbia Avenue.

Il appela l'appartement sur son téléphone à module.

– Allumez le premier, dit-il.

Il entendit les hauts talons cliqueter sur les dalles.

Soudain, quatre chiffres, les quatre qu'il voulait, brillèrent d'un éclat rouge vif. Ils ne clignotaient pas et restaient figés sur l'écran comme autant de rubis sur le velours noir d'un présentoir de joaillerie. Ça se passait exactement comme ils l'avaient prédit à Moscou. Le signal en provenance du générateur à huit cents mètres de distance envahissait la fourgonnette avec une force telle qu'elle effaçait toute autre trace de bruit électromagnétique dans cette zone.

– Éteignez et allumez le second, ordonna-t-il.

Il se produisit exactement le même phénomène. Le signal demeura fixe comme sur une pendule digitale à un instant précis. Il était avec lui dans la camionnette, dans l'air qu'il respirait, dans l'espace qu'effleuraient ses doigts, derrière lui, au-dessus, à côté, influx invisible que seule pouvait détecter la boîte noire dans sa main. Dans quelques jours, sur son ordre, les fantômes électromagnétiques contenus autour de lui dans l'Estafette seraient lâchés sur la Maison-Blanche. Aucun couloir, placard, réduit, aucune salle de conférence ne résisterait à cette présence impalpable. Même cette citadelle imprenable, le cerveau d'un homme, du président des États-Unis, tomberait sous sa coupe.

Valentin Toboulko, plein de doutes et d'inquiétude se mit en route pour ces tests. Il rentrait à Church Street avec la sérénité d'un moine tibétain en pleine méditation. Par-dessus tout, il était atterré devant la science du système socialiste dont, en cet instant précis, il était un fier représentant de la garde prétorienne.

Trois heures plus tard, il se trouvait sur une petite colline nue, à deux pas de Indian Head Highway, dans le Maryland, derrière Fort Foote Village. A le voir, on aurait dit un ornithologue suivant de son bras tendu le tracé aérien de quelque oiseau exotique le long de l'horizon. Il suivait en fait le vol d'un satellite de communications soviétique à qui il transmit la nouvelle de son succès, grâce à l'émetteur de Nina Wolfe.

Précédé par le bruit de mastication d'une pastille de Maalox contre ses dents, Paul Mott, du contre-espionnage, entra dans le bureau d'Art Bennington. Sa veste de tweed et son pantalon de flanelle grise étaient si froissés qu'on aurait pu penser qu'il dormait avec depuis quinze jours, songea Bennington.

– Alors, cet estomac, comment ça va, Paul ? demanda Bennington en désignant un fauteuil.

– Je n'ai plus d'estomac, Art, soupira-t-il. Après vingt ans dans cette boîte, j'ai une cuve d'acide sous les côtes.

Cette réflexion les entraîna dans une discussion sur la dure vie qu'on menait à la CIA. Puis, Mott dit :

– Il vient de se produire un incident minime, mais qui devrait vous intéresser. En fait, si on va au fond des choses, ça n'est rien du tout, mais l'émetteur Spetosk dont on avait parlé a encore frappé hier, dans le Maryland.

– Celui capté par la NSA avant le meurtre de la psi ?

– C'est ce que dit la NSA.

Art resta un instant songeur.

– Ça n'est pas tout, poursuivit Mott. Un de nos amis de l'ambassade a semé ses baby-sitters, samedi. C'était si bien mené que la préméditation ne fait pas de doute. Il devait rencontrer quelqu'un. Le propriétaire du Spetosk ?

– Oui, approuva Art. C'est une éventualité à ne pas écarter, n'est-ce pas ?

– Soit le type vidait une boîte aux lettres, soit il avait rendez-vous avec un agent qu'il contrôlait. En tout cas, ça donne à réfléchir.

C'est exactement ce que fit Bennington quand Mott l'eut quitté. Réfléchir, immobile dans son fauteuil, les yeux rivés sur le mur de son bureau où le visage de Nina Wolfe semblait apparaître de temps à autre comme une image subliminale qui prend forme. Il saisit le téléphone pour lever le doute qui lui trottait dans la tête. Ça ne pouvait pas attendre. Furieux, il raccrocha violemment. Le répondeur, ce putain de répondeur. Elle était dans sa pièce, plongée dans une demi-obscurité, à essayer d'empêcher une fille trop grosse de se gaver de chocolat. Elle ne le rappelait jamais – en tout cas pas le soir. Bon sang, il ne pouvait même pas lui laisser son numéro au bureau.

Bon, il fallait qu'il y aille. Il savait que son dernier rendez-vous était à 19 heures. L'emmener au Potomac Inn et lui demander aussi délicatement que possible : « Au fait, chère amie, comment se fait-il au juste que vous connaissiez mon nom ? » Et espérer qu'elle lui donnerait la bonne réponse.

– Mon trésor, lança-t-il à l'adresse d'Ann Stoddard, encore une journée héroïque au service de la nation qui s'achève.

Ali Nasreddin put choisir la voiture qu'il allait piéger. Il opta pour la Ford parce qu'elle était plus spacieuse. Le lendemain, il la conduisit aux bords du lac Wannsee dans un bois perdu où il pourrait travailler sans être ni dérangé ni observé.

Son Semtex était emballé en douze pains de cinq kilos. Avec des détonateurs adéquats, cela représentait une force explosive presque aussi mortelle que celle utilisée contre l'ambassade américaine à Beyrouth, dont l'attentat avait fait soixante-trois morts.

Le problème était de s'assurer que chaque pain explose avec le maximum d'efficacité. Pour ce faire, chacun devait être équipé d'un détonateur, mais il fallait quand même que tous explosent en même temps. Nasreddin comptait déclencher sa charge en une série de chaînes parallèles. D'abord, il posa quatre pains de plastic sur le plancher du coffre de la Ford. Par la suite, il les dissimulerait sous une couverture. Puis il sortit le siège arrière, ôta les ressorts pour faire de la place et logea quatre autres pains. La dernière tâche, la plus difficile, consistait à en fixer deux sous chaque banquette avant. Comme la plupart des plastics, le Semtex était un matériau malléable, et Nasreddin devait pétrir les pains et les aplatir pour les ajuster sous les sièges.

Quand ils furent tous en place, il inséra les détonateurs dans chacun d'eux. Puis il les relia en quatre chaînes de trois pains; une dans le coffre, une sous le siège arrière et une sous le siège avant. Les quatre fils étaient eux-mêmes connectés à une douille centrale branchée sur le système de mise à feu. D'ordinaire, Nasreddin avait un faible pour la bombe à bouton, déclenchée à distance par un système radio opérant sur la bande VHF de deux à six mètres. On pouvait le faire soi-même avec des commandes d'avions téléguidés pour enfants. Mais dans le cas présent, ils seraient à des centaines de kilomètres du lieu de l'explosion; il lui fallait donc utiliser un minuteur réglé pour 23 heures. L'objet ressemblait à un réveil ordinaire. C'était d'ailleurs le cas, à ceci près que, lorsque la grande aiguille atteindrait 23 heures, elle refermerait un circuit électrique qui lâcherait une décharge de courant électrique simultanément dans les quatre chaînes d'explosif.

Tout cela était fort simple. La partie délicate pour Nasreddin resterait à accomplir une fois que la voiture piégée serait sur le lieu de l'attentat. La batterie de la voiture lui fournirait l'énergie. Par conséquent, il allait devoir dériver les plombs d'allumage sur le minuteur de sorte que la charge de douze volts de la batterie passe dans les chaînes lorsqu'il marquerait 23 heures.

Il n'y avait rien là qui outrepassât les compétences de Nasreddin. Enchanté de son travail, il se recula pour admirer son œuvre. Tous les fils étaient dissimulés sous les tapis de caoutchouc de la voiture. Le minuteur était fixé à la base de la colonne de direction, hors de vue. Rien ne trahissait dans cette Ford Granada l'instrument le plus mortel que ses mains pouvaient construire.

– C'est très simple, déclara Wolfgang, le terroriste de la fraction de l'Armée rouge, en donnant les dernières instructions à Sayed Hakim. Vous entrez dans Washingtonstrasse, vous suivez le virage sur la droite et vous prenez la deuxième rue à votre gauche. Floridastrasse. Ce qui vous intéresse est le dernier bâtiment important sur la gauche. Impossible de se tromper. Il porte le numéro 7777. Le parking est à droite quand on le regarde.

– Vous êtes sûr qu'il n'y a aucune mesure de sécurité? s'enquit Sayed pour la deuxième fois.

Wolfgang eut un sourire narquois. A son côté, Ulla, sa petite amie, ricana. Elle était pâle et ses cheveux blonds étaient si emmêlés, si sales qu'on aurait pu la penser allergique au shampooing.

– A moins que vous ne les avertissiez de votre arrivée, répondit Wolfgang.

Ulla pouffa d'admiration.

– Le match de foot se terminera vers 4 heures de l'après-midi. De six à sept, l'endroit sera presque désert. Vous entrez avec la voiture prévue pour votre fuite et vous la laissez dans le parking, le plus près possible du bâtiment. Comme ça vous réservez une place pour la voiture piégée que vous amènerez à 9 heures du soir.

– C'est idiot d'y aller deux fois, remarqua Sayed suppliant comme un enfant qui a peur d'aller chercher quelque chose dans le noir.

Le mépris ne quittait plus le visage de Wolfgang. Ces Arabes, rien dans le pantalon.

– Si vous ne le faites pas, vous ne trouverez pas une place libre le moment venu et vous serez obligé de mettre la voiture où vous pourrez. Résultat, votre jolie bombe n'abîmera que quelques autos.

– Bon, on y va, conclut Wolfgang. Soyez gentil d'attendre cinq minutes avant de partir.

Les deux Allemands se levèrent et quittèrent le café, laissant derrière eux un Sayed terriblement inquiet.

Abou Said Dajani écoutait attentivement ses quatre hommes passer en revue leur plan.

– Remettez vos propres vêtements en retournant à l'aéroport, ordonna-t-il. Débarrassez-vous des uniformes. Ne les laissez pas dans la voiture.

Puis il sortit pour inspecter la Ford.

– Tâchez de dormir cette nuit, dit-il ensuite, demain vous devrez avoir les idées claires.

Sur quoi il étreignit ses hommes tour à tour.

– Vengeance, murmura-t-il.

Puis il s'éloigna.

Il alla à pied jusqu'à la station de métro Kottbusen Tor, au centre de Kreuzberg, et prit la ligne que les Berlinois appelaient l'Orient-Express. Il lui restait une chose à accomplir avant de rentrer à Berlin-Est ; les instructions du colonel étaient très précises. Il descendit du métro à Kochstrasse et monta les escaliers jusque dans la rue. Devant lui, des voitures quittaient Berlin-Est à Checkpoint Charlie. Il traversa la rue en face du 60 Kochstrasse. Là, devant un magasin de literie, il trouva les trois cabines téléphoniques alignées comme l'avait décrit le colonel. Il entra dans l'une d'elles et sortit une pile de pièces de 5 deutsche Mark, les inséra dans la fente et composa le numéro que le colonel lui avait donné : 00 98 34 2716.

– *Bah key kaar dareed ?* répondit l'homme en farsi. A qui voulez-vous parler ?

– Dites au patron que le colis est prêt et qu'il sera livré demain, répondit Dajani en arabe.

Et il raccrocha.

Alors que la foule criait de plaisir, les flammes du feu de joie léchaient la nuit de leurs doigts roses. Quelque part, le son du canon claqua en signe de salut. Une demi-douzaine de majorettes en minijupes et maillots blancs couraient autour du feu aux cris des hip hip hip hurrah. La cérémonie de bienvenue à l'intention des anciens élèves venus assister au match de football américain du lycée général H.H. Arnold à Wiesbaden avait officiellement commencé.

A l'instar de la plupart des écoles américaines à l'étranger qui dépendent du département de la Défense, ce lycée se voulait aussi américain que les écoles du pays. Sous les bravos de la foule, l'entraîneur des Warriors du lycée présenta son équipe. Tous portaient leurs maillots imprimés et leurs vestes de survêtement et, les yeux brillants de fierté et d'émotion, se donnaient des bourrades comme s'ils se préparaient à jouer pour le Super Bowl.

Plus de deux mille personnes étaient rassemblées autour du feu : la quasi-totalité du lycée et ses neuf cents élèves, leurs parents, des dizaines de jeunes recrues de Hainerberg, des GI's et des aviateurs, jouissant d'un spectacle en tout point semblable à ceux qu'ils avaient connus adolescents.

Comme la réunion tirait à sa fin, une majorette noire s'avança jusqu'au micro, souple comme une liane. Joan Mallory était la vice-présidente du conseil des étudiants et le capitaine des majorettes. Elle avait une belle voix d'alto, d'excellentes notes d'entrée à l'université, une moyenne générale de 3,8 sur 4 et une ambition qui faisait la joie de son père, sergent-chef à la section maintenance de la base d'hélicoptère toute proche de l'armée américaine. Elle avait aussi obtenu une bourse d'études à Harvard. Elle rappela les activités du week-end – un match de foot contre le lycée américain de Francfort à 14 h 30, le bal de Halloween dont elle était la vice-présidente, à 20 heures au gymnase. Puis elle entonna l'hymne de combat du lycée.

– Allez, les warriors! hurla-t-elle enfin, sautant devant le feu avec toute l'exubérance de son éclatante jeunesse.

Art Bennington grimpa les trois étages conduisant au bureau de Nina Wolfe avec autant de gaieté et d'enthousiasme qu'un condamné à mort vers l'échafaud. Il ne voyait pas comment leur relation – comment baptiser cette merveilleuse nuit où ils avaient si magnifiquement fait l'amour? – survivrait à la confrontation qui allait avoir lieu. Comment dire : « Écoute, chérie, il y a quand même une chose qui me tracasse, vois-tu, je me demande si tu ne serais pas... un agent du KGB, une espionne, quoi »? J'aurais dû écrire au courrier du cœur pour leur demander comment glisser ça dans la conversation, pensa-t-il en arrivant sur le palier.

A cet instant, il aperçut la pancarte blanche sur la porte. Il s'en empara et la lut avec impatience. Elle était en vacances à Santa Fe. Elle serait de retour dans quelques jours. En bas, cette phrase exaspérante qui semblait désormais faire partie des expressions de politesse comme bonjour et au revoir : « Laissez un message sur mon répondeur et je vous rappellerai dès que possible. »

Bennington était si soulagé, si heureux, qu'il dévala les escaliers quatre à quatre. Si elle était à Santa Fe, elle n'avait pu envoyer de message à Moscou depuis les collines du Maryland. Elle avait sans doute prévu ces vacances depuis longtemps. Peut-être était-elle partie avec un type qu'elle avait connu avant lui. Peut-être même, à cet instant précis, s'apprêtait-elle à laisser tomber ce mec en douceur.

Il traversa le parking en sifflotant. Dans le crépuscule, il vit la voiture de Nina dans la zone réservée aux locataires. La Toyota grise s'était garée devant le panneau de bois blanc ou était inscrit son nom. Cette vision lui procura un chaleureux réconfort, semblable à ce qu'un homme peut éprouver en respirant dans une pièce le parfum de la femme avec qui il vient de faire l'amour, ou en tombant sur un objet familier, briquet ou épingle à chignon, laissé après un rendez-vous.

A deux pas de sa propre voiture, une pensée le frappa avec la force d'un coup de poing dans le ventre. Il se rappelait les paroles de Pettee, du FBI, au cours de leur réunion sur l'enquête concernant la mort d'Ann Robbins : « Une femme élégante, avec des cheveux roux... conduisant une Toyota grise. » C'en était fini de la joie éprouvée à la lecture de la pancarte. Le cancer du soupçon reprenait son cours malin. Était-elle vraiment à Santa Fe ? Que faire ? Aller trouver Mott le lendemain matin et lui avouer qu'il subissait un traitement par hypnose sans autorisation de ses supérieurs ? Sa carrière résisterait-elle à pareille bévue ? Je deviens complètement parano, se dit-il. Il y a une chance sur combien qu'elle ne soit pas ce qu'elle dit ? Cent ? Mille ? Dix mille ? Devait-il risquer sa carrière pour ça ?

Il monta dans sa voiture et s'affala sur son siège. Il eut terriblement envie d'une cigarette. Bizarre. C'était justement les cigarettes qui l'avaient conduit chez Nina Wolfe. Il tourna la clef de contact. Il faut que je réfléchisse, décida-t-il. La nuit porte conseil.

Le commando de quatre hommes, dans deux voitures cette fois, quitta Berlin le samedi matin 30 octobre à 11 heures. A 18 heures, ils étaient au rendez-vous choisi au cours de leur premier voyage, une aire de repos rarement fréquentée sur l'autoroute E5, au nord de sa jonction avec la A66. Plaisantant pour masquer la tension qui s'insinuait, ils enfilèrent les tenues de camouflage de l'armée américaine fournies par la FAR.

Ali Kazemi et Hussein Ansari se mirent en route dans l'Opel qui servirait à la fuite. Nasreddin et Hakim suivirent dans la Ford piégée. Kazemi et Ansari pénétrèrent dans l'enceinte suivant les instructions et trouvèrent le gymnase; c'était un bâtiment carré en face de l'église, au bout de Floridastrasse. Leurs alliés de la

FAR ne s'étaient pas trompés : le parking contigu au gymnase était vide. Le match était terminé depuis près de deux heures; joueurs et spectateurs avaient quitté les lieux. Les candidats au bal d'Halloween n'étaient pas encore arrivés. Les deux hommes purent donc se garer sur l'emplacement le plus proche du gymnase, à quelque vingt mètres des vestiaires. Ils s'éloignèrent sans fermer la voiture à clef. En cas de soupçon, une équipe de la police militaire pouvait ainsi l'inspecter et constater qu'il s'agissait d'une banale voiture en stationnement.

Halloween : la nuit des lutins et des sorcières, des feux follets, des fantômes et des blagues qu'on vous faisait si vous refusiez de donner de la menue monnaie ou des bonbons. C'était le thème que Joan Mallory et sa coprésidente du comité avaient choisi pour ce soir. Le terrain de basket était entouré de banderoles orange et noir. Au-dessus des têtes, des sorcières coiffées de grands chapeaux noirs et pointus chevauchaient leur balais. Un peu partout étaient suspendus d'horribles masques éclairés d'ampoules.

Pour entrer, les étudiants franchissaient la porte du vestiaire. Le couloir qui menait au gymnase avait été transformé en tunnel de l'horreur. Chaque fois qu'un couple passait, un squelette de carton fluorescent lui tombait devant les yeux. Les gosses adoraient ça et saisissaient évidemment l'occasion pour s'agripper l'un à l'autre.

A 21 heures, la fête battait son plein. Un groupe de disco allemand spécialisé dans l'animation de bals avait placé son système de contrôle au-dessus du terrain de basket, dans la tribune de presse. Suivant les instructions de Joan Mallory, les Allemands équilibraient la musique entre le rap et le rock, afin de concilier les deux factions rivales du lycée.

Dehors, le parking était bourré de voitures, mais il n'y avait presque personne sous la lumière de la pleine lune. Nul ne prêta la moindre attention au GI en tenue de camouflage qui pénétra dans l'Opel stationnée tout près du gymnase et démarra aussitôt. Ni à la Ford Granada qui se gara à sa place quelques minutes plus tard. A vrai dire, une seule personne vit l'échange. C'était Walt Clemens, le quarter-back des Warriors. Et Clemens avait en tête des choses autrement importantes. Sa petite amie, assise à son côté dans la Chevrolet de son père, venait de lui annoncer, au bout de six semaines, qu'elle rompait. Cherchant désespérément une réponse à cette incroyable nouvelle, Clemens suivit des yeux le GI qui s'éloignait en passant devant sa voiture. Quel connard! se dit-il. Sa tenue n'est même pas réglementaire. Il a gardé ses Adidas.

Cinq minutes après que Nasreddin eut livré la voiture piégée, les quatre terroristes se dirigeaient vers l'aéroport de Francfort. Ils avaient emprunté la A66, complètement exaltés. Ils se débarrassèrent de leurs uniformes et les fourrèrent dans le coffre. A 21 h 35, ils avaient garé leur voiture dans l'immense parking de l'aéroport et se dirigeaient vers la porte 41 d'où partait le vol de la Pan Am pour Berlin.

L'avion atterrit à Tegel avec cinq minutes d'avance. Il était 22 h 50. Comme ils n'avaient pas de bagages, ils se rendirent directement à la station de taxi. Hakim monta devant, les deux autres à l'arrière.

– A la station du zoo, dit Hakim au chauffeur.

– On a réussi, exulta en arabe Ansari, le plus jeune. Incroyable. Tout a marché comme sur des roulettes.

– Ferme-la, crétin de mes deux, siffla Hakim. Pendant que tu y es, tu ne veux pas dire au chauffeur que nous sommes arabes?

Le reste du chemin se fit en silence.

A peu près au moment où leur avion arrivait à Tegel, Walt Clemens était revenu au parking avec sa petite amie pour une autre séance d'explications sur le siège arrière de la Chevrolet paternelle. Il remarqua les plaques d'immatriculation de la voiture garée près du gymnase. Ce n'étaient pas des plaques de l'armée américaine, mais des plaques allemandes de Berlin. Elle doit appartenir au disc-jockey, se dit-il. Puis il s'arrêta. Le gars qu'il avait vu sortir était un GI – et sa tenue n'était pas réglementaire.

– Merde! s'exclama-t-il en saisissant la fille par le bras. Il faut trouver M. Swensen.

Sans se préoccuper des protestations de la fille, il retourna au gymnase en courant et trouva M. Swensen, proviseur adjoint et entraîneur d'athlétisme. Swensen pensa que le garçon avait tort de s'inquiéter mais, consciencieux, il suivit Clemens jusqu'au parking. Ils tentèrent d'ouvrir les portières. Elles étaient fermées à clef.

– Il y a une lampe de poche dans la voiture de mon père, proposa Clemens.

– Va la chercher.

Swensen la prit et éclaira l'intérieur de la voiture. Elle était vide, ce qui était rassurant. Il ne trouva rien d'anormal jusqu'à ce que le faisceau éclaire la colonne de direction. Il y avait une sorte de paquet fixé à la base. On aurait dit que des fils y étaient réliés. Il réfléchit un moment.

– Walt, retourne au gymnase et fais évacuer les lieux – par l'entrée de devant. Je vais essayer de forcer la serrure.

La décision de Swensen sauva d'innombrables vies mais lui coûta la sienne. Il tentait encore d'ouvrir la vitre quand la bombe de Nasreddin explosa. Il y eut une lumière très vive et la déflagration fit trembler les vitres de l'autre côté du Rhin, à cinq kilomètres de là.

*Sixième partie*

# « RELEVEZ LE PRÉSIDENT DE SES FONCTIONS »

A travers le miroir sans tain, Abou Said Dajani et le colonel observaient la foule se pressant au poste frontière de Friedrichstrasse. Des centaines de personnes attendaient de passer à Berlin-Ouest. Le visa de visiteur à cinq deutsche Mark émis par les *Grentztruppen* expirait à minuit. Après ce délai, on passait la nuit dans les prisons est-berlinoises. Comme fort peu de gens se rendaient à l'Est, il était facile aux deux hommes de scruter chaque visage. Derrière lui, Dajani entendit la sonnerie du téléphone et remarqua l'officier de garde qui s'avançait obséquieusement vers le colonel, un combiné noir à la main.

– *Da,* dit le colonel en le lui arrachant des mains.

Il écouta un moment, ajouta «*spassibo*», puis rendit l'appareil. Quand l'homme se fut retiré dans l'ombre, le colonel se pencha sur Dajani.

– Ça y est, murmura-t-il. La radio des forces armées américaines vient d'interrompre son programme pour l'annoncer.

Dajani enregistra la nouvelle avec un haussement d'épaules. Il n'avait jamais douté que son commando réussirait. A peine trente secondes plus tard, il donna un coup de coude au colonel. Nasreddin s'avançait devant un des deux *Grentztruppen* vérifiant les papiers de ceux qui passaient à l'Est.

Les trois autres suivirent Nasreddin au poste de contrôle.

– Bravo, murmura le colonel. Vraiment.

Il se leva.

– J'ai prévu une petite réception de bienvenue dans leur appartement. Allez faire ce que vous avez à faire puis revenez vous joindre à nous.

Dajani emprunta les escaliers intérieurs jusqu'à la porte d'accès direct au métro. Il prit la première rame en direction du secteur américain et descendit à Kochstrasse, la station suivante. Comme la nuit précédente, il traversa la rue jusqu'aux trois cabines téléphoniques jaunes, entra dans l'une d'elles et composa le même numéro que la veille.

– Votre colis a été livré, annonça-t-il dès qu'on lui répondit. Les messagers sont revenus à bon port.

Il raccrocha et reprit le chemin du métro.

Ce genre de scène fait merveille dans les téléfilms : les gyrophares bleus ou rouges des voitures de police, les pompiers allant et venant en cirés jaunes, les rayons de lumière blanc et bleu fouillant les décombres, et, en guise de fond musical, le son déchiré des sirènes, les cris d'angoisse des blessés. Mais, cette fois, c'était la réalité.

Le colonel commandant la base aérienne Rhin-Main avait placé son poste de commandement mobile près du bâtiment principal du lycée et pris en charge l'opération de sauvetage. Les camions d'incendie jaunes des militaires et orange des civils allemands entouraient les ruines. Une sorte de gare de triage et d'évacuation avait été installée dans les couloirs du bâtiment principal en face de la grande entrée.

Des brancards provenant des douze ambulances arrivées sur place couvraient le sol. Pleurant doucement ou fixant le plafond dans un silence apeuré, les blessés attendaient qu'on les soigne, allongés sous les photos des exploits sportifs des Warriors. Une douzaine de médecins et d'infirmiers appliquaient la technique mise au point en Corée et au Viêt-nam : stopper les hémorragies, permettre aux blessés de respirer, traiter les traumatismes.

Un médecin-major décidait des priorités et des destinations, évacuant les blessés les plus graves par les hélicoptères CH60 Blackhawk arrivés de Darmstadt. Les six élèves sérieusement brûlés furent expédiés au Landstuhl, près de la base aérienne de Ramstein, centre de traitement militaire européen des brûlés. Les premiers soins étaient inutiles. Les blessés à la tête étaient envoyés à l'hôpital militaire 97 à Francfort. Les victimes aux poumons écrasés ou transpercés, et ils étaient nombreux, allaient à Wiesbaden.

L'équipe de secours de Rhin-Main, ingénieurs et ouvriers de maintenance, travaillaient, guidés par les gémissements des blessés et des mourants dans les décombres. Des grues, des crics et des ballons gonflables soulevaient et déplaçaient les débris. Ce type de ballon, conçu pour dégager des carcasses d'avion brisées, était remarquablement efficace. On pouvait le glisser sous un minuscule interstice derrière une dalle. Gonflé au compresseur, il soulevait des tonnes de décombres et libérait un espace par lequel un sauveteur pouvait s'insinuer.

Les camions de la police militaire de Lee Camp, près de Mayence, formaient un cordon de sécurité autour du lieu de la catastrophe. A l'extérieur, la police allemande bouclait le triangle d'Hainerberg, laissant seulement Washingtonstrasse ouverte à la circulation.

Si Hainerberg était une installation américaine, elle reposait en sol allemand et la responsabilité finale de l'enquête revenait aux Allemands. Or le bureau d'enquêtes fédérales pour les attentats terroristes importants se situait à Wiesbaden. Il abritait « Big Brother », l'ordinateur Siemens dont la banque de données concernant le terrorisme faisait pâlir d'envie toutes les polices du monde. Dès qu'il fut patent que l'attentat du gymnase était très grave, on réveilla le directeur du bureau, Horst Wegener.

Trois quarts d'heure plus tard, il était sur les lieux pour commencer l'enquête avec deux adjoints. Un lieutenant-colonel de l'armée américaine appartenant au contre-espionnage fut désigné pour l'assister, tandis que l'expert antiterroriste de l'ambassade et le chef d'antenne de la CIA arrivaient de Bad Godesberg.

Wegener ordonna de ceinturer une zone de cinquante mètres autour des restes de la voiture piégée. Seule l'équipe de recherche en explosifs serait autorisée à y pénétrer. Ils avanceraient à quatre pattes, ramassant le moindre morceau de métal, cherchant des indices qui leur permettraient d'identifier la nature de l'explosif utilisé, ainsi que la marque et l'immatriculation du véhicule.

Au moment où ils allumaient leurs lampes-torches pour se mettre au travail, un major accourut.

– Monsieur, dit-il à Wegener d'une voix précipitée, ils sont en train de libérer des décombres le gosse qui a vu la voiture.

– Comment va-t-il?

– Mal.

Wegener et son assistant américain coururent vers les décombres. L'équipe de secours de Rhin-Main avait gonflé un ballon sous l'énorme pan de toit qui s'était écroulé sur le corps de Walt Clemens, dégageant une brèche d'environ trente centimètres. Au péril de leur vie, deux infirmiers s'y étaient glissés pour extraire Clemens des décombres.

– Il est vivant? murmura Wegener au médecin qui supervisait l'opération.

– A peine.

– Quelles sont ses chances?

Le docteur secoua la tête avec tristesse.

Tandis que les infirmiers sortaient le haut du corps de Clemens, Wegener s'agenouilla pour lui parler doucement à l'oreille.

– Courage, fils, on va te tirer de là. Tu seras dans l'hélico en moins de deux. Encore un peu de patience.

Les lèvres gonglées et bleuies de Clemens s'entrouvrirent.

– Ouais, souffla-t-il.

– Fils, reprit Wegener, la voiture piégée. Tu te rappelles quelque chose?

Les lèvres du footballeur bougèrent à nouveau. Pendant une seconde éprouvante, il essaya de former les mots qui flottaient dans son cerveau mourant. Puis il y parvint.

– Berlin, murmura-t-il, une Ford de Berlin.

Le colonel avait arrangé le lugubre appartement du commando avec le soin d'une mère décorant sa maison pour le sixième anniversaire de son rejeton. La table était recouverte d'une nappe de brocart, d'argenterie et de porcelaine délicate de Meissen. On y avait dressé de grands plats chargés de caviar, de saumon fumé, de foie gras, de viandes et de fruits.

Au centre de la table, une carafe remplie de jus d'orange fraîchement pressé. Plus discrètement, sur un dressoir, des bouteilles de vodka, du whisky et une boîte de havanes.

Le colonel ouvrit fièrement la porte à ses convives.

– Bienvenue, s'écria-t-il, et félicitations. La radio américaine vient de confirmer le succès de votre mission.

Il s'avança et donna l'accolade à chacun tout en se présentant.

– Notre ami Abou Said Dajani va se joindre à nous dans quelques minutes.

– Venez, mes amis, les pressa-t-il en leur désignant la table. Vous l'avez bien mérité.

Il prit la carafe et versa du jus d'orange à chacun. Puis il se remplit un gobelet de vodka.

– J'apprécie la tradition islamique qui vous interdit l'alcool, dit-il en riant. C'est une des lacunes de notre Russie.

Sayed toussota, laissant entendre que tous les membres du commando ne se sentaient pas obligés de suivre à la lettre les préceptes du Coran.

Le colonel comprit.

– Bien sûr, dit-il en souriant.

Et il servit de généreuses rasades de vodka aux deux trafiquants de drogue. Puis il dit avec solennité :

– Je lève mon verre aux courageux membres du commando Vengeance. Vous avez porté un coup inoubliable à nos ennemis. A vous la vengeance. A vous le succès!

Il leva son verre. Il le tint en l'air un instant comme un prêtre consacrant le vin du calice. Puis, le portant à ses lèvres, il laissa le liquide couler d'un trait dans sa gorge. Stupéfiés, les autres terroristes en firent autant.

Le nouveau président avait apporté à la Maison-Blanche un air de simplicité qui n'existait pas du temps de son prédécesseur. Il avait passé son samedi entre le jogging et le tennis, ce qui reflétait son obsession de la forme physique. Le soir, il avait invité deux de ses fils, ses belles-filles et quatre de ses petits-enfants.

Après un barbecue, il les avait conduits en bas pour une séance de cinéma. Ils étaient partis à 22 h 15 et il s'apprêtait à se coucher de bonne heure quand l'officier de service au Conseil national de sécurité l'interrompit dans son bureau du deuxième étage. Il brandissait les premiers rapports partiels de l'attentat de Wiesbaden. Ils arrivaient de Stuttgart, quartier général des forces armées américaines en Allemagne de l'Ouest.

Le président fronça les sourcils en lisant la note que lui avait tendue l'officier. Il avait la certitude que cette histoire pouvait tourner très mal.

– Appelez le général Trowbridge, ordonna-t-il. C'était son conseiller du CNS. Dites-lui de se tenir informé. Si c'est nécessaire, qu'il réunisse le comité exécutif pour demain matin.

Ses principaux conseillers n'allaient pas apprécier qu'on leur fiche leur dimanche en l'air, mais les dimanches gâchés étaient malheureusement le prix à payer pour de tels postes.

Quand Abou Said Dajani repassa à Berlin-Est, les environs de Friedrichstrasse étaient déserts. Les vendeurs itinérants proposant des souvenirs et des produits artisanaux grossiers avaient disparu. Seuls quelques vendeurs de devises au marché noir déambulaient sous les câbles du trolley. Quand Dajani croisa l'un deux, il siffla.

– Dollars ? Deutsche Mark ? Bon prix.

Je me demande, se dit Dajani, la tête qu'il ferait s'il apprenait qu'il vient de faire une offre à un major du KGB.

Évidemment, il n'y avait pas de taxis à la station. Il se dirigea à pied vers la place Rosa-Luxemburg. Les vingt minutes de marche plus les trois étages à grimper lui laissèrent le souffle court. Il s'arrêta un instant devant la porte et chercha ses clefs. Il ne fallait pas que son commando réveille le quartier en célébrant sa victoire, se dit-il. Il ouvrit brusquement la porte pour trouver la table de la salle à manger chargée de victuailles et le colonel assis à côté, fumant un cigare dans le seul fauteuil de l'appartement.

– Mais où sont les autres ? s'enquit-il.

Le colonel pointa son cigare en direction de la porte entrouverte donnant sur une des chambres. Deux des hommes étaient affalés sur les lits. Un autre gisait face contre terre. Sayed, le quatrième, était de guingois dans un coin de la pièce, la tête rejetée en arrière, la bouche ouverte.

– Qu'est-ce qu'ils ont ? demanda Dajani avec force. Ils ont trop bu ?

– Non, répondit le colonel dont le visage était glacial comme la neige de Sibérie. Ils sont morts.

– Morts ? s'exclama Dajani, chancelant.

– Les Arabes parlent toujours trop. Ceux-là ne parleront plus.

– Espèce de fumier! Espèce de salopard d'assassin! hurla Dajani.

– Ce sont les ordres.

Le colonel était toujours assis dans son fauteuil, son havane dans la main gauche, aussi calme qu'un banquier dévisageant une personne venue lui demander un prêt.

– Espèce d'ordure, attendez qu'Ivan Serguéïevitch...

– C'est Ivan Serguéïevitch qui a donné cet ordre, coupa le colonel en se penchant légèrement en avant. Et ce n'est pas tout, ajouta-t-il.

Sa main droite se glissa à l'intérieur de sa veste. Le Makarov 9 millimètres avait quitté son holster et s'était braqué sur Dajani si vite que le Palestinien n'eut le temps ni de bouger, ni de se cacher, ni de plonger dans la pièce, ni de foncer sur le colonel.

– Vous aussi, vous parlez trop, Dajani, dit ce dernier.

Le Palestinien vit le cylindre du silencieux au moment précis où il entendit les trois « pop ». C'est alors qu'il sentit trois coups lui marteler le ventre. La force de l'impact le fit basculer en arrière. En tombant, il voulut crier le nom de son protecteur, Ivan Serguéïevitch Feodorov, mais ses poumons n'émirent qu'un gargouillis et un dernier jet de sang rouge.

Horst Wegener, chargé de l'enquête, faisait les cent pas à l'extérieur du cercle éclairé, à la recherche de débris d'explosifs et du véhicule. Il portait un de ces manteaux de cuir noir qu'affectionnait encore la police allemande, malgré l'inévitable association d'esprit avec une époque moins heureuse de l'Histoire. Les informations du gosse étaient maigres, hélas. Wegener se demanda combien il y avait de Ford immatriculées à Berlin. Vingt, trente mille?

Il fut interrompu dans ses pensées par le cri d'un de ses hommes qui s'avança vers lui, mains tendues. Il tenait un morceau de métal rouge. Le policier allemand le contempla comme si c'était un rubis. A vrai dire, en cet instant précis, ça avait autant de prix. C'était un TUV : fixé sur la plaque d'immatriculation, il indiquait la date limite de circulation de tout véhicule d'occasion. Comme il n'y avait probablement qu'un véhicule non identifié dans la zone de l'attentat, la voiture piégée, la police berlinoise en aurait dix fois moins à vérifier.

La sonnerie du téléphone réveilla Louis Doria. Le Français s'ébroua et, d'un geste automatique, tendit la main vers le combiné. Doria représentait la sécurité française à Berlin. Flic de métier et corse de naissance, il aimait affirmer à ses collègues de la PJ que c'était un mariage rendu plus efficace par le nombre de ses « cousins » de l'autre bord.

– Monsieur, dit l'officier de garde du quartier Napoléon, juste à l'extérieur de Wedding, il y a eu un attentat à la bombe contre les Américains à Wiesbaden. Ça a l'air sérieux.

Doria émit un grognement et s'extirpa du lit. L'aéroport de Tegel se trouvait dans le secteur français de Berlin, et Doria y était responsable des mesures de sécurité. En dix minutes, il était à son bureau où il exigea de son collègue allemand une vérification d'identité sur tous les vols d'arrivée jusqu'à nouvel ordre. Puis il descendit aux bureaux de la Pan Am et demanda la liste des passagers du dernier vol en provenance de Francfort. Il n'y en avait que trente-deux. C'est vrai qu'on était samedi soir. Aucun des noms n'avait une consonance arabe, mais Doria savait que ça ne voulait rien dire.

– Appelez-moi les hôtesses, voulez-vous? demanda-t-il à l'employé de la Pan Am.

Les deux filles dormaient profondément à l'hôtel Intercontinental. Plutôt furieuses, elles informèrent Doria qu'il y avait effectivement quatre passagers à l'allure turque ou arabe. Ils étaient montés en dernier à Francfort. Non, elles ne leur avaient pas parlé. Non, elles ne les avaient pas entendus s'adresser la parole en langue étrangère. Ils avaient la trentaine, voyageaient manifestement ensemble et semblaient plutôt éteints pour un samedi soir.

Maigre récolte : Berlin grouillait de Turcs. Mais Doria se flattait d'être un bon flic et les bons flics se servaient de leur nez autant que de leur cervelle. Il se tourna vers son homologue allemand et suggéra d'envoyer un inspecteur à la station de taxis pour demander à chaque chauffeur arrivant dans les prochaines vingt-quatre heures si l'un d'entre eux avait chargé quatre Arabes cette nuit vers 23 heures. C'était à tenter car à Berlin, comme dans beaucoup de grandes villes, un certain nombre de chauffeurs de taxi aimaient travailler dans les aéroports. On avait peut-être des chances.

Doria rappela le quartier Napoléon pour raconter à l'officier de service ce qu'il avait fait.

– *Merde*, dit-il à son collègue allemand en raccrochant. Ils viennent de découvrir que la voiture piégée était immatriculée à Berlin. Adieu beau dimanche!

La porte de la chambre du président s'ouvrit et Pablo, le majordome, entra, arborant son blazer bleu au chiffre présidentiel. Il apportait la petite gâterie dominicale du président : deux œufs brouillés, cinq tranches de bacon maigre et un *apple Danish*. Le président remua quand Pablo alluma la lampe de chevet.

– Quelle heure peut-il bien être? grommela-t-il.

– 6 h 30, monsieur.

– Mais c'est dimanche, bon sang!

Une silhouette apparut derrière le majordome. C'était le général Kent Trowbridge; et il était en uniforme. Ça ne pouvait signifier qu'une chose. De gros ennuis.

– Secouez-moi, réveillez-moi, c'est ce que vous avez dit, monsieur le président. Nous avons un problème.

Le président s'assit sur son lit, s'empara de ses lunettes sur la table de chevet, les chaussa et cligna les yeux plusieurs fois pour chasser le sommeil.

– Vous vous rappelez la nouvelle d'hier soir? La voiture piégée près du gymnase du lycée des forces armées à Wiesbaden?

– Évidemment.

– C'est l'action terroriste la plus meurtrière depuis le Boeing de la Pan Am.

Le terrorisme. Cauchemar de tout nouveau président. Il s'affala sur ses oreillers.

– Bon. C'est grave à ce point?

– Épouvantable. Nous aurons peut-être plus de cent morts ou blessés sur le dos. La plupart sont d'innocents gamins massacrés pendant un bal d'Halloween.

– Selon vous, qui est derrière tout ça?

– Je l'ignore. Tout le monde est sur le coup, la CIA, la NSA et les Allemands.

Trowbridge s'avança et laissa tomber le *Washington Post* et le *New York Times* sur le lit du président.

– Ça fait la une des journaux. Et les chaînes de télévision se sont jetées dessus aussi.

– Les salauds! gronda le président. Cette fois, on les aura.

– J'ai convoqué une réunion du comité exécutif pour midi dans la salle de conférence de la Sécurité nationale.

– Parfait. Je la présiderai. J'exige de tous les dernières informations. Et je veux que les chefs d'état-major examinent les options possibles. J'ai bien dit options. Je ne veux pas entendre parler de sanctions. Et dites au porte-parole d'annoncer la réunion. Je veux être sûr que les médias et l'opinion publique comprennent que nous dominons la situation.

– Bien, monsieur, dit le général.

Il quitta la pièce, abondonnant le président à ses pensées et à un petit déjeuner qui ne lui disait plus rien.

Art Bennington se leva de bonne heure ce dimanche matin. Il avait mal dormi, obsédé par les doutes que lui inspiraient Nina Wolfe et sa Toyota grise. Il fit sa gymnastique avec moins d'énergie que d'ordinaire, prit une douche puis, nu-pieds, se rendit dans sa cuisine. D'un geste automatique, il tendit la main vers un paquet d'All-Bran sur l'étagère. Et puis zut, grommela-t-il avant que ses doigts se referment sur l'horrible mixture, c'est dimanche, après tout. Et il ouvrit son congélateur pour prendre un muffin. Ça, plus du beurre, quelques tranches de bacon, voilà comment il fallait commencer la journée, se dit-il en enfournant le muffin dans le micro-ondes. C'est alors que le téléphone sonna.

– Tu as vu les journaux, ce matin? demanda John Sprague, son patron, le directeur adjoint de la direction Sciences et Technologie.

– Non.

– Alors allume CNN. Il y a eu un terrible attentat dans un lycée américain en Allemagne. Le directeur veut qu'un comité de coordination interdépartementale se penche sur la question. Tu connais l'Allemagne. Et tu en connais un rayon sur les explosifs, non?

– Plus ou moins.

– Alors tu représenteras S & T. Ramène tes fesses à Langley le plus vite possible.

Dès qu'il eut raccroché, Bennington mit la télévision. On passait un enregistrement du correspondant à Bonn, debout dans la lumière des projecteurs, face aux décombres fumants du gymnase du lycée général Arnold. Horrifié, il écouta un moment puis alla s'habiller. Pour le moment, du moins, il ne pensait plus à Nina Wolfe.

De l'autre côté du Potomac, dans l'appartement en demi-sous-sol, d'autres yeux étaient rivés à un récepteur de télévision. Le major Valentin Toboulko était debout depuis 5 heures du matin, cloué devant CNN. Le bureau des infos passa de Bonn à la salle de presse de la Maison-Blanche. Le porte-parole annonçait que le président avait réuni d'urgence le comité exécutif du Conseil national de sécurité à midi à la Maison-Blanche.

Toboulko coupa la télévision et fit un signe à Nina Wolfe qui suivait les nouvelles derrière lui dans un grand fauteuil.

– C'est là que nous ferons notre première transmission, annonça-t-il. A 12 h 30. Ils seront au cœur de la discussion.

Le praesidium de la police de Berlin est un immeuble massif de quatre étages, couleur kaki, parmi d'autres qui entourent les piliers de béton du monument du Pont aérien de 1948. Il ressemble au QG de toutes les polices du monde. Un sol en linoléum au gris triste et sans âme. Des murs peints de ce vert écœurant choisi par tous les postes de police depuis qu'on a inventé les sergents de garde. Et au mur, pour toute décoration, des photos de jeunes Allemands patibulaires au cheveu en bataille, survivants de la bande à Baader et de la FAR, réunis sous l'étiquette « *Terroristen* ».

Au quatrième étage, salle 4415, se trouvait le bureau de Manfred Schmidt, chef de la Staatschutz berlinoise, la Sécurité. Cet homme remplissait le rôle peu enviable de contrôler les terroristes dans une ville qui semblait avoir été conçue pour leur faciliter la tâche. Le dimanche 31 octobre, Schmidt se tenait dans son bureau depuis 5 h 30 du matin. Il s'occupait des liens possibles de Berlin avec l'attentat de Wiesbaden. Quand ses trois collègues alliés entrèrent, il en était à son sixième café et son paquet de Marlboro était déjà vide. Comme toute chose à Berlin, les enquêtes policières étaient empêtrées dans la toile d'araignée d'une structure politique complexe. Les problèmes internes étaient sous la responsabilité du Sénat et de policiers tels que Schmidt, qui dépendait du Sénat, lequel relevait des trois Alliés.

En fait, la police berlinoise menait ses affaires en évitant au maximum les contacts avec les Alliés. Dans des cas comme celui-ci, où les Alliés étaient partie prenante, Schmidt et eux coopéraient autant que possible, mais on savait qui était le patron. Les officiels français, américain et britannique qui arrivaient dans le bureau de Schmidt ne pouvaient commander qu'une chose : la choucroute fournie par la brasserie Schultheiss toute proche. Pour le reste, ils donnaient des suggestions; Schmidt, lui, intimait des ordres.

Les trois hommes approchèrent des chaises devant son bureau. Louis Doria, le Français, partageait avec Schmidt l'amour du métier de flic. Terry Breslaw, l'Américain, et Alex Campbell, le Britannique, étaient des officiers du Renseignement en service détaché. Tant que la crise durerait, les quatre hommes se verraient périodiquement pour faire le point de leur enquête.

– Bon, dit Breslaw, où en êtes-vous, Manny?

Schmidt soupira. Certains policiers incarnent la Loi avec plus de force que d'autres. Schmidt était quasi invisible, une sorte d'ombre grise traversant les ombres. C'était un petit homme taciturne dont les soucis étaient aussi visibles que la croix pectorale d'un évêque pendant la grand-messe.

– Putain de merde, dit-il avec le parfait accent de la maison. On a la marque de la voiture piégée, la date de son TUV, et deux chiffres de la plaque d'immatriculation de Berlin. Les ordinateurs du KVA recherchent en ce moment toutes les voitures qui tombent dans cette catégorie.

Le KVA désignait les archives automobiles de Berlin-Ouest.

– Nous allons commencer à nous pencher sur les propriétaires dès que l'ordinateur aura craché ses réponses, mais si la voiture vient d'ici, il y a de fortes chances que le coup ait été préparé ici aussi.

Doria leur donna alors les informations qu'il tenait des hôtesses de la Pan Am.

– Ouais, grommela Breslaw. Combien vous pariez qu'ils sont allés tout droit à la station du zoo? Si ces quatre types sont bien les nôtres, je veux dire.

Il ouvrit son attaché-case.

– J'ai moi aussi ma petite contribution à apporter.

Il transmit à Schmidt les photos, identités et numéros de passeports marocains fournis par l'Artiste avant son assassinat.

– Il y a des raisons de croire que tout ou partie de ces gars sont dans le coup.

Schmidt étudia les documents.

– J'imagine que vous ne nous direz pas d'où vous tenez ça.

– Non, sourit Breslaw. J'imagine que non.

– Je vais donner ça tout de suite aux hommes qui travaillent sur la voiture et nous demanderons aux filles de la Pan Am d'y jeter un coup d'œil.

– Manny, dit Doria, pourquoi ne pas les filer à vos types des Narcotiques? Les montrer aux revendeurs de drogue? Aux putains et aux barmaids? Les Arabes aiment bien s'éclater avant de tout faire sauter. Ils balancent leur fric à tout va. Peut-être quelqu'un les reconnaîtra-t-il?

– Ouais, on cuisine déjà nos informateurs dans le milieu de la drogue, approuva l'Allemand. Et on titille nos amis arabes à Kreuzberg. Avec eux, on ne sait jamais ce qui peut en sortir.

Récemment, le bureau de Schmidt avait épinglé un des pirates de l'*Achille Lauro*; il avait été reconnu par un membre de sa famille.

– Les filles sont plus dures.

Doria prit un air affligé. En bon policier français, il était constamment frappé par l'incapacité de la police allemande à pénétrer le monde des barmaids et des prostituées. Si on supprimait les indics que la PJ avait parmi les maquereaux et les putains, les arrestations chuteraient de moitié.

– Vous vous souvenez du dernier problème que nous avons eu à Wiesbaden? demanda-t-il à Schmidt. Ce GI qui avait ramassé une fille dans une boîte? Ils sont partis faire un tour en voiture pour qu'elle lui taille une pipe. Plutôt d'un genre spécial, la pipe. C'était un Magnum P37. Et le lendemain sa voiture se pointe sur une base américaine parée pour un son et lumière. Je vous le dis ce milieu est toujours impliqué dans des coups pareils.

– Je sais, je sais, grommela Schmidt. Mais vous connaissez notre façon d'opérer. Je vais transmettre ces noms au LEA.

Le LEA, *Landes Einwohner Amt*, était le nom des archives centrales où tous les habitants de Berlin devaient être enregistrés.

– Ça donnera peut-être quelque chose, ajouta-t-il.

Alex Campbell, le Britannique, éclata de rire.

– Je n'y compterais pas trop, à votre place, Manny.

– Rassurez-vous, je n'y crois pas non plus.

L'Allemagne d'après-guerre était bâtie sur un système de vérifications et de contrôles parfaitement conçu. Toutefois, il reposait sur le fait que les Allemands sont méthodiques, disciplinés et respectueux de la loi – et sur la peur du gendarme; ils font ce qu'ils sont censés faire et se font enregistrer où il faut. Glissez quelques grains de sable étranger dans les rouages de gens qui, Dieu soit loué, ne réagissent pas en bons Allemands, et ils deviennent invisibles, perdus dans une machine au demeurant parfaite.

– Manny, dit Doria. Si les quatre types de la Pan Am sont bien les nôtres, ils ont dû arriver par l'aéroport de Francfort, vous êtes d'accord? Probablement dans une voiture prévue pour leur fuite. Qu'ils ont sans doute larguée dans le parking de l'aéroport. Il y a des chances que, s'ils se sont procuré ici leur voiture piégée, ce soit pareil pour l'autre. On pourrait peut-être demander à la police de Francfort de vérifier les voitures immatriculées à Berlin stationnant dans les parkings de l'aéroport.

Schmidt sourit à son collègue.

– Voilà une suggestion intéressante.

Il était 12 h 2 quand le téléphone sonna dans le bureau particulier du président au deuxième étage de la Maison-Blanche.

– Monsieur le président, annonça Kent Trowbridge, votre comité exécutif est réuni dans la salle des opérations.

D'un pas rapide, le président se dirigea vers l'ascenseur qui le conduisit au sous-sol. Un garde du corps l'attendait, tenant ouverte la porte de chêne sombre. Lorsque sa longue silhouette légèrement inclinée apparut dans l'encadrement, les six hommes se levèrent. Tous étaient depuis longtemps des amis politiques du président. Deux étaient de plus des amis personnels. Pourtant, le président bénéficiait d'une telle autorité que même dans ce lieu, en comité restreint, ils se levèrent spontanément. Hommage, sans doute, à ses écrasantes responsabilités, mais aussi, plus subtilement, témoignage de respect envers une fonction auréolée de plus de majesté, de prestige, qu'en aucun autre État du globe. Qu'un seul homme concentrât tant de puissance sur ses épaules inspirait la crainte et la considération. Il n'était pas facile de dire non au président.

Ce dernier s'assit en silence dans son fauteuil brun-roux à la tête du bureau ovale en tek qui occupait presque toute la pièce. A sa droite, le général Trowbridge et, à sa gauche, son chef d'état-major et allié politique de longue date, Bill Brennan, ancien gouverneur de l'Oklahoma. Étaient également présents les secrétaires d'État et de la Défense, le général Arnold Schumacher, le président du comité des chefs d'état-major et le directeur de la CIA. Manquait le vice-président. Il était parti tout le week-end pour jouer au golf à Del Ray, en Floride.

Le président se tourna vers Trowbridge. Il était accoutumé à la procédure de telles réunions pour y avoir participé à l'époque où il était lui-même chef d'état-major de la Maison-Blanche.

– Bien. Kent, je veux le récit complet de cette agression. Le point de ce que nous savons pour l'instant. Et des recommandations utiles sur ce qu'il convient de faire.

Trowbridge se tourna à son tour vers le secrétaire à la Défense. Ce dernier prit un papier sur la table et le désigna du bout des doigts.

– Pertes, dit-il. Le dernier rapport indique quatre-vingt-sept morts, soixante-douze blessés dont quarante-six dans un état désespéré. Trois des morts sont allemands. Les autres sont américains.

Le secrétaire reposa la feuille sur la table avec un petit soupir en songeant aux jeunes vies disparues dans l'explosion.

– Comme ça s'est produit en territoire allemand, la police allemande dirige l'enquête; la CIA, le BND, le Renseignement de l'armée et des forces aériennes l'assistent. On a pu établir jusqu'à présent que la voiture piégée était immatriculée à Berlin. L'explosif utilisé était le Semtex.

– Aucune indication de sa provenance? s'enquit le président.

– Non, impossible de le savoir.

– Monsieur le président, intervint le directeur de la CIA, nous savons en revanche que les groupes terroristes comme la FAR ne semblent pas avoir accès à ce type d'explosif ces derniers temps. Ils en sont réduits au manuel du parfait terroriste. Plantes vénéneuses sur du sucre, etc. La seule exception est l'IRA. Kadhafi leur en fournit mais ils ne le partagent avec personne. En fait, cet explosif est plus ou moins la marque de fabrique des terroristes du Proche-Orient. Vous savez qu'il a servi pour le Boeing de la Pan Am. Tous les attentats de 1986 à Paris étaient au Semtex.

– Bon, dit Trowbridge. Quoi d'autre, Juge ?

– D'abord l'inévitable appel anonyme à l'Associated Press de Beyrouth. L'attentat est revendiqué par un prétendu commando Vengeance.

– Avez-vous quelque chose sur eux ? demanda le président.

– Non, mais ça ne veut rien dire. Qu'il s'agisse des Palestiniens ou du Hezbollah, ces types créent un groupe *ad hoc*, lui donnent un nom et l'envoient pour une mission spécifique.

– Avez-vous pu infiltrer ces groupes terroristes du Proche-Orient ? Avez-vous le moyen de savoir qui se cache derrière tout ça ?

– Nous avons sondé nos agents, monsieur le président, répondit le Juge. Nous sommes en contact avec les Israéliens et les Saoudiens ; ils sont bien implantés et nous donneront tout ce que leurs sources auront craché. Sans compter un renseignement en notre possession qui pourrait être lié à cette affaire.

Il relata l'histoire de l'Artiste, son assassinat et les informations qu'il avait données concernant les quatre passeports marocains qu'il avait livrés.

– Si ces types sont impliqués, reprit-il, nous aurons une certitude qu'il s'agit du Hezbollah de Beyrouth-Ouest ou de la Bekaa. Ce genre de passeport a déjà été utilisé pour des attentats similaires. Il y a deux ans, deux Arabes ont acheté une voiture sur la place du marché de Gravenbruck, aux abords de Francfort. Après quoi, ils l'ont piégée et placée au PX de Francfort. Ils s'étaient servis de ces passeports pour acheter la voiture. Même chose pour les pirates de l'*Achille Lauro*.

– Savons-nous quelque chose sur les détenteurs des passeports ?

– Nous avons passé ça à l'ordinateur. Deux noms sont sortis. Deux chiites de Beyrouth qui ont passé un an dans le camp d'entraînement terroriste d'Ali Montazeri, à Qom. Celui qui revêt toutes les allures d'une institution religieuse. Un des deux hommes a joué un rôle capital dans l'attentat contre les baraquements des marines.

Trowbridge hésita un instant avant de parler. Il voulait être certain que le président n'avait plus de questions. Puis il s'adressa au président de l'état-major général, le général Schumacher.

– Hal ?

– Avant de savoir qui est véritablement derrière tout ça, il est difficile de proposer des options pour les représailles. Nous avons le choix, bien sûr, mais il est inutile d'étudier les différentes hypothèses avant de savoir contre qui diriger notre action.

– Quelle est votre position de défense ? s'enquit Trowbridge.

– Nous sommes passés en DEFCON 4.

Cela représentait les « unités action » des forces armées. Un cran au-dessus du minimum.

– Nous en restons là. Ça ne rime à rien de faire grincer les Russes des dents puisqu'ils ne semblent pas être dans le coup, reprit-il.

– Et les forces Delta ? demanda le président. Les avez-vous mises en état d'alerte ?

– Non, monsieur.

Le général était un homme taciturne qui se rasait de si près que ses joues brillaient. De rares mèches de cheveux noirs tombaient sur son crâne comme des bandes d'adhésif. Il tenait comme s'il s'agissait d'une relique un classeur de plastique bleu où s'inscrivait, ostentatoire, le cachet « TOP SECRET ».

– Sans informations, il est difficile d'affirmer le rôle qu'elles pourraient jouer dans des représailles. Sans compter, monsieur le président, que les forces Delta ne peuvent intervenir sans que la presse en parle. Si on les met en état d'alerte, ce sera aux infos de ce soir.

Le président pencha la tête, comme pour mieux voir Schumacher.

– Ce n'est peut-être pas une mauvaise idée de mettre la presse dans le coup. Il faut que l'opinion sache qu'on a la situation bien en main.

Schumacher était un soldat parmi les soldats. Les exercices de relations publiques ne l'intéressaient pas outre mesure. Lui seul savait aussi dire non au président.

– Monsieur, répondit-il. Si cela ne vous dérange pas, j'aimerais autant que mes hommes soient tenus en dehors du coup tant qu'ils n'ont pas à intervenir, s'ils doivent le faire.

Cela dérangeait le président, justement, mais ce dernier s'abstint de tout commentaire. Trowbridge se tourna vers Jack Taylor, le secrétaire d'État. Depuis des années, c'était le meilleur allié du président.

– Monsieur le secrétaire?

– Nous avons reçu les habituels témoignages de sympathie et de soutien des Alliés. Je dois ajouter que tous les messages contenaient la prière implicite : « Par pitié, allez-y doucement, les gars. Le bombardement en Libye nous a largement suffi. »

Ces mots provoquèrent un murmure d'amusement. Ils ne surprenaient personne. En fait, ils exprimaient ce qu'ils avaient l'habitude d'entendre en de telles circonstances.

– Qui voyez-vous derrière? demanda Trowbridge.

– La Libye, la Syrie, l'Iran. Un joker de la Bekaa. Vous avez le choix. Personnellement, j'éliminerais volontiers Kadhafi. Depuis que Reagan lui a fait sa fête, il reste à l'écart du terrorisme. Il donne maintenant dans les armes chimiques et les roquettes longue portée, mais c'est pour s'en servir contre Israël, pas pour le terrorisme.

– La Syrie?

Au moment où le secrétaire d'État commençait son analyse des relations de la Syrie avec le terrorisme international, l'estafette Econoline beige longeait Constitution Avenue, passait devant la 15e Rue entre l'Ellipse et le Washington Monument. Comme c'était dimanche, il y avait peu de circulation. Toboulko se gara le long du trottoir. A l'aide de son compas, il ajusta rapidement l'angle de son générateur. Puis il appela à l'appartement.

– Dans cinq secondes, ordonna-t-il à Doulia Vaninga.

Il posa le téléphone dans le réceptacle du modem. Cinq secondes plus tard exactement, la lumière rouge du générateur s'alluma. Au bout de quarante-cinq secondes, elle s'éteignit et Toboulko se glissa dans les files de voitures de Constitution Avenue.

– Nawaf Hawatameh, Abou Nidal, le groupe du 15 mai d'Abou Ibrahim, tous sont capables d'un tel acte, dit le secrétaire d'État.

A ce moment, l'attention du directeur de la CIA fut attirée par quelque chose d'étrange.

C'étaient les mains du président. Il ouvrait et fermait les poings de plus en plus violemment; ses jointures étaient blanches. Le Juge lui jeta un rapide coup d'œil. Les mâchoires du président se serraient comme s'il tentait de réprimer un cri de douleur. Ses tempes luisaient de sueur, et ses yeux, derrière leurs lunettes à monture de plastique, semblaient vouloir sortir de leurs orbites. Il est fou de rage et il essaie de se contenir, pensa le Juge.

– Je pencherais pour les gens d'Abou Nidal, poursuivit le secrétaire d'État. Ce sont des terroristes extrêmement sophistiqués. Ils ont à leur actif vingt-deux attentats à la bombe en Europe, plus deux tentatives ratées contre El Al. Hawatameh est...

– Nom de Dieu!

Le président avait éructé ce juron comme un instructeur.

– Tout ça c'est de la merde diplomatique, Jack! Des gosses américains ont été tués! Je veux savoir ce que vous comptez faire, c'est clair? Je veux savoir comment nous allons réduire ces salauds en bouillie! Ce sont ces types qui ont descendu le Boeing, et attaqué nos marines. Ces ordures qui ont pris des Américains en otages. Ils vont me le payer cette fois, nom de Dieu! Général?

– Oui, monsieur.

– Je veux savoir comment nous pouvons les atteindre. Et leur faire très, très mal. Au point que plus jamais ils n'oseront porter la main sur un Américain.

Le général Schumacher toussota et caressa du doigt son classeur bleu. Il est vrai que le président du comité des chefs d'état-major traitait d'ordinaire des questions plus spécifiques que celle posée par le président.

– La sixième flotte stationne en Méditerranée orientale, monsieur. Ses porte-avions ont d'immenses possibilités de raids aériens. On peut les adapter...

– Des raids aériens! tonna le président. Ça fait dix ans que les Israéliens font des raids sur les camps de l'OLP. Et pour quel résultat? Encore plus de terroristes. Je viens de vous dire que je voulais leur faire très mal, répéta le président en frappant du poing sur la table. En 1983 nous avons utilisé contre eux les canons du *Missouri*. Ça ne les a pas arrêtés non plus.

– Vous n'êtes pas en train de suggérer une nouvelle intervention des marines au Liban, n'est-ce pas, monsieur?

– Non. Ça ne ferait qu'accroître les pertes américaines. Je veux frapper. Une fois. Et fort.

Le président serra à nouveau les mâchoires. Il plissa les yeux une fraction de seconde pour les rouvrir davantage encore.

– Ces nouveaux missiles de croisière Tomahawk. On en n'a pas, là-bas?

– Si, monsieur. Ils sont en Méditerranée sur le *Ticonderoga* et sur le *Valley Forge*, près du golfe Persique.

– Ils sont équipés de têtes à puissance variable, si je ne m'abuse.

Appelée W60, la tête à puissance variable était une invention récente des forces armées américaines. En manipulant le système de détonation de certaines têtes nucléaires ou en limitant l'arrivée du combustible, on pouvait régler l'importance de la charge avec une précision de une kilotonne à une mégatonne.

– Oui, monsieur, répondit le général dont la voix se teintait de réprobation. Il est exact que nous avons ce type d'engin dans cette région.

– Alors, qu'est-ce qu'on attend pour en régler un avec trois ou quatre kilotonnes et le leur envoyer, à ces fumiers? On expédie ça en plein sur la Bekaa. C'est une véritable pépinière de terroristes, nom de Dieu!

Un silence ahuri accueillit ces propos.

– Monsieur le président, nous n'avons pas la moindre certitude que les terroristes viennent de la Bekaa. Nous ne savons pas d'où ils viennent ni de qui ils tiennent leurs ordres.

Cette réponse du général Schumacher calma un instant la colère du président. Le Juge sentait qu'il avait le souffle court et rapide.

– Eh bien, tâchez de le savoir, bordel! Et vite!

– Vous êtes plutôt futé pour un flic français, Louis.

Manfred Schmidt n'avait même pas pris la peine de dire bonjour en décrochant le téléphone. Depuis trois ans qu'il travaillait avec Louis Doria à Berlin, il avait pris l'habitude de parler en style télégraphique.

– La police de Francfort a trouvé sept voitures immatriculées à Berlin dans le parking de l'aéroport, poursuivit-il. On a opéré des vérifications par téléphone sur tous les propriétaires. Six sont blancs comme neige. Devinez ce qui s'est passé avec le septième?

– Je crois que je n'ai pas tellement envie de le savoir, dit Doria.

– Le propriétaire a cédé son véhicule à un vendeur de voitures dans Rezidenzstrasse il y a trois semaines.

– Qui l'a lui-même cédé à un type du Proche-Orient.

– Exact. Ils étaient deux, en fait. Un de nos hommes se rend sur place avec les photos que nous a données Breslaw.

– Je pars l'y rejoindre.

Ce n'était pas son rôle, mais Rezidenzstrasse se situait dans le secteur français. De plus, Doria entretenait avec Schmidt d'excellentes relations, ce qui n'était guère le cas avec les deux Anglo-Saxons.

– Il y a autre chose qu'il vous faut savoir, dit Schmidt. Ils ont trouvé des uniformes américains dans le coffre.

Nous y voilà, se dit Doria. Le facteur Abdoul dans toute sa splendeur. Il s'agissait sûrement de la voiture de leur fuite. Typique de leur négligence, ces uniformes oubliés dans un coffre. Dix minutes plus tard, il était avec l'inspecteur allemand dans la cabane de tôle ondulée qui servait de bureau au vendeur. Ce dernier leur montra le double de l'acte de vente que Sayed avait rempli. Le numéro du passeport y était porté : 7983429.

– Dans le mille! murmura Doria en lisant le numéro.

L'inspecteur allemand montra alors les quatre photos.

– C'est lui, dit sans hésitation le vendeur en désignant celle de Sayed.

Il continua d'étudier les trois autres.

– Celui-là, ajouta-t-il. Il était avec l'autre.

C'était Nasreddin, l'expert en explosifs.

Bien sûr, le nom que le vendeur avait noté sur le passeport de Sayed n'était pas le vrai, mais une des identités que le résident avait remises à Dajani à Damas. L'adresse indiquait l'Université libre de Berlin. Cela fit rire Doria.

Quand ils eurent fini, Doria sortit et observa les voitures qui circulaient dans Rezidenzstrasse. Il étudia les environs. La nuit commençait à tomber. En face, un panneau attira son attention, la Pizzeria Capri. Si cela ne signifiait rien pour l'inspecteur, il en allait autrement pour Doria. Ce restaurant figurait sur une liste d'Interpol regroupant les établissements berlinois impliqués dans le trafic de drogue avec le Moyen-Orient. La drogue et le terrorisme allaient ensemble, comme la bière et la choucroute.

– Voyons si quelqu'un reconnaît ces photos, suggéra-t-il.

Quand ils entrèrent, Giuseppe, qui avait accueilli Sayed et Nasreddin, se trouvait au bar. Doria demeura à l'écart pour l'observer tandis que l'inspecteur allemand lui désignait les deux portraits. Le barman prit les photos l'une après l'autre, les regarda attentivement, puis les reposa sur le comptoir.

– Ces Arabes, dit-il, ils se ressemblent tous. Je n'ai jamais vu ces deux-là. Mais ils sont peut-être venus tard le soir, quand mon collègue tenait le bar. Qui peut dire?

– Il mentait, affirma Doria quand ils furent de nouveau dans la rue.

– Comment le savez-vous? s'enquit l'inspecteur.

Doria se caressa le nez.

– Avec ça. En France, mon vieux, on appelle ça le pif.

Il désigna les néons du sauna Clair de Lune juste en face. Le petit Français avait la ferme conviction qu'il était aussi difficile pour un criminel de passer devant un bordel sans y entrer que pour un Irlandais de refuser un verre gratis.

– Allons jeter un œil, proposa-t-il.

De mauvaise grâce, l'Allemand le suivit. Quatre jeunes femmes accueillirent leur arrivée avec une courtoisie toute commerciale. Les choses changèrent instantanément sur présentation de la plaque de police de l'Allemand. La patronne sortit comme une fusée de la pièce du fond.

– C'est un endroit propre, ici, monsieur. Pas de drogue. Mes filles vont chez le docteur toutes les semaines. Deux fois la semaine, même. Pas de SIDA, ici, hurla-t-elle d'une voix stridente. Pas de sexe non plus. Jamais. Juste un bon massage pour se remettre en forme. Je le jure sur la tête de mon fils. Pas de sexe.

– Mais bien sûr, Fräulein, fit Doria en faisant appel à tout le charme français. Ce qui se passe derrière ces portes ne nous concerne pas. Nous sommes ici pour vous demander votre aide.

Avec la bénédiction de la patronne brusquement soulagée, ils montrèrent les photos aux filles. Elle assura Doria que si ces hommes avaient fait quelque chose de répréhensible, elle serait heureuse d'aider la police.

Une des filles, une blonde aux longs cheveux crépus qui portait un déshabillé rose défraîchi sur des sous-vêtements de soie noire, reconnut Sayed et pouffa de rire.

– Il est venu trois fois. Gros pourboires. Gros zob.

– Quand?

– Il y a trois ou quatre jours.

– Qu'est-ce qu'il a fait? s'enquit l'Allemand.

– Ce qu'il a fait! s'exclama la fille ahurie par la question. Voyons, monsieur. Qu'est-ce que vous croyez qu'on fait, ici? Qu'on écoute de l'opéra? Je lui ai massé le zob.

– Vous a-t-il paru nerveux, tendu, inquiet? demanda Doria.

– Pas après m'être occupée de lui, pouffa la fille.

– Avez-vous une idée de l'endroit où il vivait?

– Je dirais quelque part dans le coin. Il a oublié son pull la deuxième fois. Et il n'a pas mis longtemps à repasser le prendre.

– Il s'en est peut-être aperçu dès qu'il a été dehors.

– Possible. Mais il avait aussi une veste de cuir noir. A mon avis, il n'a remarqué son oubli qu'en retirant sa veste.

Les deux hommes échangèrent un regard. Ils en savaient assez. Ils retournèrent en hâte à la voiture de l'inspecteur et appelèrent Schmidt. Un quart d'heure plus tard, Schmidt et une vingtaine d'hommes en civil quadrillaient le quartier à la recherche d'un indice sur la résidence des terroristes.

Dans le bureau du directeur de la CIA, la plupart des hommes ne dormaient que trois ou quatre heures par nuit et rechargeaient leurs batteries avec du café, carburant habituel à Washington en cas de crise. Le Juge jeta un regard à sa montre. On l'attendait à la Maison-Blanche dans trois quarts d'heure pour la réunion quotidienne du comité exécutif. Il avait ingurgité les informations récentes réunies par ses subordonnés sur l'attentat de Wiesbaden. C'était hélas très mince.

– Il faut jouer le grand jeu, rappela-t-il aux membres de son comité interdépartemental. Ça fait dix ans que je connais le président, et je dois avouer que je ne l'ai jamais vu dans un tel état de fureur. Jamais. Hier, il était véritablement hors de lui. Malheur à qui ne s'exécutera pas.

Il commença à rassembler les papiers qu'il voulait emporter.

– Je veux que l'un de vous m'accompagne.

Il était d'usage que chaque responsable autour de la table de conférence du CNS vienne accompagné d'un adjoint direct. Il passait les appels de son supérieur et lui transmettait les informations.

– Art, dit-il, je crois que je vous emmène. Quant à vous, ajouta-t-il en s'adressant aux représentants des Opérations et du Contre-Espionnage, vous serez plus utiles ici.

Les filles du sauna Clair de Lune étaient fascinées par l'activité de la police qui avait soudain envahi les locaux. Manfred Schmidt avait décidé d'en faire son QG pour le ratissage du quartier. Sur le sol du salon s'étendait un immense plan. Dès qu'une maison était vérifiée, on la barrait d'une croix.

Le téléphone ne cessait de sonner. Le Polizei Praesidium interrogeait les ordinateurs de la compagnie d'électricité afin de relever les noms des abonnés qui réglaient leurs notes en liquide. Les terroristes n'utilisaient jamais de chèques, contrairement aux citoyens ordinaires. Chaque fois que l'ordinateur sortait un paiement de ce type, l'information était transmise au sauna.

Au bout de trois heures, un des inspecteurs entra en trombe.

– On les a.

Le gardien qui avait loué l'appartement à Sayed et à Nasreddin attendait sous le porche du 97-98 Rezidenzstrasse, plein de l'importance que lui conféraient les circonstances.

– Ils sont là? demanda Schmidt.

– Je n'en sais rien. Ça fait bien vingt-quatre heures que je ne les ai pas vus. Mais c'est bien eux. Je n'oublie jamais un visage. Jamais. Ma mère disait...

– Allez chercher votre passe, coupa Schmidt qui se moquait éperdument de l'opinion de sa mère.

Doria, Schmidt et deux inspecteurs grimpèrent les escaliers, arme au poing. Ils frappèrent sans obtenir de réponse.

– Ouvrez, ordonna Schmidt.

Le gardien tremblait tellement qu'il s'y reprit à trois fois pour insérer la clef dans la serrure.

Les policiers se ruèrent dans l'appartement. Il était vide. Les formulaires d'enregistrement étaient encore sur la table.

– A votre avis, quelles sont les chances pour qu'ils reviennent? demanda Doria.

– Nulles. Mais nous allons quand même installer une planque. Appelez le labo, dit-il à l'un de ses adjoints. Qu'ils passent l'appartement au peigne fin. Et qu'ils viennent avec les chiens. On trouvera peut-être trace d'explosifs.

Il replaça son Mauser dans son holster puis émit un petit sourire à l'adresse du Français.

– Vous avez d'autres bonnes idées?

Le correspondant de CNN auprès de la Maison Blanche avait fait si souvent le pied de grue sur la pelouse devant les grilles qu'il commençait à faire partie du paysage. En ce milieu de matinée du lundi, il donnait les dernières nouvelles des conséquences de l'attentat de Wiesbaden, passant en revue les informations transmises par le porte-parole de la Maison-Blanche.

Le comité exécutif du CNS, précisa-t-il, reprendrait sa session en fin de matinée. Le président était régulièrement tenu au courant de leur travail et se joignait parfois à leurs délibérations. Il déjeunait en privé à la Maison-Blanche afin de suivre de près l'enquête sur l'attentat. A 13 h 30, il discuterait du déficit budgétaire avec la majorité du Congrès.

A huit cents mètres de la Maison-Blanche, Valentin Toboulko écoutait l'émission avec intérêt et étonnement. Ivan Serguéïevitch lui avait donné ordre d'utiliser la machine avec parcimonie, aux moments qui lui semblaient critiques. Comment pouvait-il les déterminer à partir d'un flash d'information aussi elliptique? Il n'apprenait qu'une chose: quand ne pas utiliser l'appareil, lorsque le président déjeunait ou parlait du déficit budgétaire.

Après quelques hésitations, il avertit Nina Wolfe qu'il allait tourner autour de la Maison-Blanche avec la camionnette dans un rayon où le générateur était efficace. Elle devait rester à l'appartement et regarder CNN. Chaque fois que la chaîne diffuserait un nouveau développement de l'affaire, elle devrait l'appeler sur le téléphone à module et lui décrire ce qu'on disait et montrait. Ils décideraient alors d'agir ou non.

Pour un poste de commandement suprême, la salle de conférence du CNS, située dans les sous-sols de l'aile ouest de la Maison-Blanche, était singulièrement peu avenante. Mais il ne fallait pas s'y fier. Trois des murs de la pièce étaient recouverts de panneaux de bois sombre qu'on pouvait écarter d'une simple pression sur un bouton. Derrière ces panneaux se dissimulait le matériel de gestion de crise, béquille technique indispensable à toute prise de décision. On trouvait des terminaux où s'affichaient les données des réseaux informatiques les plus sûrs et les plus secrets de la nation, une console de télécommunication, des disques laser et un immense écran caché derrière un rideau sur le quatrième mur. Dans la pièce adjacente se situait le centre de communication, où fonctionnait le CROWN, cryptophonie réglée sur la voix du président. Autour de la table de conférence, chaque siège était muni d'un téléphone rouge grâce auquel tout membre du comité exécutif pouvait communiquer avec le monde entier.

Art Bennington prit place derrière le directeur de la CIA. La pièce était si petite que son dossier touchait le mur. C'était la première fois qu'Art assistait à une réunion au plus haut niveau en période de crise; il était pétrifié à la vue de cette table pleine de gros bonnets. Depuis dimanche, le groupe s'était agrandi. S'y étaient joints des membres de la NSA, le chef du FBI et le ministre de la Justice. Le président du comité des chefs d'état-major était venu avec trois adjoints: un contre-amiral et deux généraux majors, l'un de l'armée de terre, l'autre de l'armée de l'air.

Cela faisait quelque temps qu'ils étaient en session quasi permanente, et Art fut frappé d'emblée par la confusion régnante. Il y avait toujours deux ou trois téléphones rouges qui sonnaient en même temps. Le secrétaire d'État se montrait incapable de baisser le ton quand il avait en ligne Jérusalem, Paris ou Bonn. Au fond de la pièce, le secrétaire à la Défense, le président du comité des chefs d'état-major, le général Schumacher et leurs assistants constituaient une cellule dans la cellule, chuchotant avec frénésie, tapant sur leurs terminaux, gribouillant avec furie sur leurs blocsnotes de cuir. Le chef du FBI et le ministre de la Justice paraissaient tenir une conférence permanente sur les possibilités légales de sortir les terroristes d'Allemagne dans l'éventualité où on les attraperait.

Bennington observait la façon dont s'y prenait le gouvernement américain pour résoudre une crise grave. Il aurait pu s'agir d'un détournement d'avion ou d'un Armageddon nucléaire, songea-t-il. Même un novice en étude du comportement aurait vite compris que le système était plein de trous. Kent Trowbridge apparaissait incapable d'imposer la moindre discipline ou d'établir des priorités. Cela tenait en partie à ce qu'il était le plus jeune et le plus bas dans la hiérarchie; pourtant, la tâche de contrôler l'ensemble lui revenait.

Les membres du cabinet affichaient des egos démesurés. Quoi de plus naturel? Ils passaient leur temps à dévier la question sur un problème mineur de leur ressort. L'un d'eux, remarqua Bennington, ne cessait de se tourner vers le conseiller de la Sécurité nationale.

– Monsieur, je viens d'apprendre... commençait-il.

Les secrétaires entraient et sortaient dans un incessant va-et-vient de notes urgentes qui ne l'étaient pas tant que cela.

Mais, plus encore, Art fut saisi par l'incroyable rapidité avec laquelle tout changeait dès l'instant que le président arrivait, comme cela s'était déjà présenté à deux reprises. Sa silhouette surgissant dans l'encadrement de la porte suffisait à mettre de l'ordre. Chacun se taisait, même le secrétaire d'État. Les esprits se calmaient, tous s'en remettaient au président.

Art savait que le cabinet américain, contrairement aux Britanniques ou au Politburo, ne portait pas les questions aux voix. S'il le souhaitait, le président écoutait ce que ses conseillers avaient à lui dire. Mais il prenait seul ses décisions. Bennington songeait que nul dans cette pièce n'était autorisé à contrecarrer un ordre présidentiel : à l'exception des militaires dont il était le commandant en chef, toutes les personnes présentes avaient été nommées par le président, servant l'État grâce au bon plaisir de l'homme qu'elles étaient chargées de conseiller. Il pouvait les licencier dans la seconde. Seul le vice-président pouvait annuler un ordre présidentiel parce que lui aussi avait été élu.

Encore aurait-il fallu l'arracher à son golf. Mais une chose était sûre : que celui-ci ou tout autre vice-président prît une telle décision, il lui faudrait prononcer les mots suivants : « Nous allons relever le président de ses fonctions parce qu'il est devenu fou. » Pas d'autre justification possible pour un tel acte.

A cet instant, Trowbridge l'interrompit dans ses pensées.

– Messieurs, le président arrive.

Deux minutes plus tard, il entrait. Il avait l'air résolu, et froid et calme.

– Bien, dit-il en s'asseyant. Une ou deux choses avant de commencer. J'ai parlé aux représentants des deux partis au Congrès et leur ai assuré que nous portions toute notre attention à cette affaire. Démocrates et républicains s'accordent à penser qu'on ne peut laisser la chose impunie. De plus, j'ai été informé que le standard a sauté sous le nombre d'appels de citoyens en colère exigeant qu'on répare cet affront. Il n'y a pas de doute, ça chauffe. Parfait, Kent, à vous le flambeau.

Le conseiller du CNS fit le dernier point des morts et des blessés, puis déclara :

– La CIA a arrangé un contact direct et sûr avec l'agent de l'antenne berlinoise qui contrôle l'enquête, monsieur le président. Vous aurez ainsi régulièrement des nouvelles fraîches.

– Allez-y.

La voix de Terry Breslaw envahit la pièce. On l'entendait aussi clairement que s'il était assis à la table de conférence. Il rapporta d'abord ce qu'avait appris la police allemande, et le fait que deux des terroristes étaient bien détenteurs de deux des quatre passeports marocains fabriqués à Beyrouth.

– La police, poursuivit-il, vient de repérer le propriétaire du véhicule utilisé. Il l'a vendu à deux hommes la semaine dernière. Il les a par ailleurs identifiés comme détendeurs des deux autres passeports marocains. Voici à peu près deux heures, un trafiquant de drogue de Kreuzberg a reconnu l'un des deux hommes : il lui a acheté de la dope la semaine dernière. La police quadrille en ce moment le quartier où il travaille pour retrouver leur planque. Mais en tout cas, nous savons de façon certaine qui sont les quatre terroristes impliqués.

– Quelles chances pour qu'ils soient encore à Berlin-Ouest?

demanda le président d'une voix à la fois calme et lourde de menace.

– Si j'en crois mon expérience, monsieur, je dirais qu'elles sont infimes.

– Autrement dit, ils se planquent à Berlin-Est.

– C'est possible, monsieur, mais ils pourraient aussi avoir filé depuis longtemps. Il y a des vols Interflug qui quittent Berlin-Est pour Beyrouth, Damas et Bagdad tous les jours. Ils se sont probablement envolés dès dimanche matin.

Le président fit signe au général Trowbridge. Il en savait assez.

– Dites-moi tout ce qu'on sait exactement sur ces quatre terroristes.

– On sait ce que nous en a dit la CIA. Il appartiennent au Hezbollah. Deux ont passé un an au camp d'entraînement d'Ali Montazeri à Qom. Et je crois pouvoir supposer qu'ils viennent de Beyrouth-Ouest ou de la plaine de la Bekaa.

– Et l'Iran dirige le Hezbollah, n'est-ce pas?

– Oui et non, monsieur le président.

C'était le secrétaire d'État.

– Seigneur, soupira le président, quand le secrétaire d'État a-t-il fait une réponse claire et nette pour la dernière fois?

– Quand Yasser Arafat a demandé un visa à George Schultz, répondit Taylor en riant. Il ne fait pas de doute que les gens du Hezbollah se sentent liés à Téhéran. Mais dans l'affaire des otages, nous avons eu l'occasion de constater qu'ils ne réagissent pas toujours comme Téhéran le voudrait.

– Et Assad et la Syrie? demanda Bill Brennan, le chef d'état-major.

– Assad a appelé l'ambassadeur à minuit hier soir et a passé une demi-heure à lui exprimer ses condoléances. Il a par ailleurs affirmé qu'il n'était pour rien dans tout cela.

– Baratin, lança Brennan. C'est lui qui est derrière et maintenant il craint qu'on lui flanque une dérouillée.

– Je ne suis pas d'accord, intervint le secrétaire d'État. Après avoir lu le rapport de l'ambassadeur, j'ai la conviction qu'Assad est sincère.

– Vous éliminez Kadhafi? s'enquit le président.

– Les quatre utilisateurs des passeports étaient probablement des chiites libanais. Kadhafi et les chiites se détestent parce que les Libanais sont convaincus que Kadhafi a assassiné un de leurs chefs religieux. Bref, il est peu probable qu'ils s'associent jamais.

– Il nous reste donc l'Iran ? Vous avez bien dit que deux d'entre eux avaient subi un entraînement à Qom ?

– La main qui bouge n'a pas encore écrit, monsieur le président, avertit le secrétaire d'État. Nous n'avons encore aucune preuve formelle à ce sujet. Mais je pense aussi que le doigt pointe en direction de Téhéran. Ou peut-être de Beyrouth-Ouest.

– Bien, dit le président en se levant. Je monte déjeuner et écouter les nouvelles. Après quoi je file à la réunion sur le budget. Général, ajouta-t-il à l'adresse de Schumacher, à mon retour je veux une liste de tous les moyens de représailles contre l'Iran ou Beyrouth. Et je parle de vraies solutions, pas d'élucubrations.

Au grand soulagement du général, le président ne fit pas la moindre allusion aux missiles de croisière. Il semblait avoir oublié cette option, pour l'instant du moins.

La fourgonnette Econoline de Valentin Toboulko était garée dans le parking de la Riggs National Bank, sur la 8e Rue, près de H Street, à un peu moins de huit cents mètres de la Maison-Blanche. Cet endroit en valait un autre. Le major du KGB avait réglé sa radio sur la station qui ne diffusait que des informations. A 13 heures, il appela l'appartement de Church Street.

– Dites-moi ce que passe CNN concernant Wiesbaden, ordonna-t-il à Nina Wolfe.

Pendant qu'elle parlait, il se remémora le contenu de l'une des pages du rapport sur le président qu'Ivan Serguéïevitch lui avait donné à lire. Elle faisait allusion à sa sœur, à leur connivence au temps de leur adolescence, à la douleur qu'il ressentait quand son père la battait sous l'emprise de l'alcool.

– Nina, on émet maintenant.

Le président déjeunait sur un plateau dans son salon au deuxième étage. Les quatre écrans de télévision étaient allumés mais seul le son de CNN était audible. A peine eut-il fini son avocat aux crevettes qu'il s'interrompit, trop horrifié par ce qui se déroulait sous ses yeux. Le correspondant à Bonn était à l'hôpital de Wiesbaden, passant d'un lit à l'autre pour s'adresser aux victimes de l'attentat. Il s'était arrêté au chevet d'une jolie adolescente aux cheveux blonds qui faisaient comme une auréole sur son oreiller. Des éclats de verre l'avaient rendue aveugle. La caméra s'attarda sur les yeux bandés. La jeune fille sanglotait doucement, pleurant le monde perdu à jamais.

Le reporter se déplaça jusqu'à un autre lit. Il était occupé par une fille un peu plus âgée dont le visage était tuméfié, comme si on l'avait rouée de coups. Le président sentit ses tempes se serrer et la rage le submerger. Il se leva en grognant, renversant son plateau.

L'instant d'après, il avait regagné la salle de conférences. Une chose frappa immédiatement Art Bennington. Il tenait encore sa serviette de table dans la main gauche. Il la serrait si fort qu'on aurait cru qu'il y cachait quelque animal.

– Vous avez vu sur CNN ? aboya-t-il.

Nul ne savait de quoi il parlait.

– Moi, oui. Ces pauvres gosses déchiquetés, une ravissante adolescente aveuglée! C'est un coup des Iraniens! J'aurai leur peau. Ils ont envahi notre ambassade, tué nos marines, pris nos citoyens en otage et fait exploser le Boeing. Cette fois, ils vont me le payer.

Le président leva les poings et les écrasa sur la table. La serviette de table flottait derrière sa main gauche comme une plume. Bennington balaya la salle du regard. Tous étaient ahuris de l'éclat du président. Mais aussi fascinés par l'homme.

– Général!

Le président de l'état-major général se tourna respectueusement vers son commandant en chef.

– Monsieur.

– Quel plan avez-vous dans l'éventualité d'une attaque de représailles contre l'Iran ?

– Un raid aérien depuis un porte-avions sur l'usine pétrochimique et la raffinerie de l'île de Kharg. Nous l'avons conçu au moment de la crise du Golfe. Cela endommagerait gravement leur industrie pétrolière et réduirait leur économie à néant.

– Le pétrole ? hurla le président. Ces types ont tué d'innocents étudiants américains et vous me parlez de pétrole ? Nom de Dieu! Qu'est-ce que vous voulez ? Qu'une poignée d'Iraniens soient privés de dessert ?

– Qu'aviez-vous en tête, monsieur?

Bennington remarqua que Schumacher était respectueux, mais pas le moins du monde obséquieux.

– Avons-nous un plan pour atteindre Qom?

Schumacher se tourna vers le commandant en chef de l'Air Force qui se tenait derrière lui.

– Non, monsieur, répondit ce dernier.

– Et Téhéran?

L'officier tapota à nouveau le clavier de son ordinateur.

– Non, monsieur.

– Incroyable! éructa le président. Vous prétendez qu'après dix ans de relations pourries avec ces sauvages à la Khomeiny, nous ne disposons d'aucun plan pour nous emparer de Téhéran? Nos relations avec eux sont cent fois pires qu'elles ne l'ont jamais été avec les Russes, et vous êtes tranquillement assis là à me dire qu'aucune offensive n'est prévue?

La serviette avait disparu dans sa poche. La sueur coulait sur ses tempes et il ne cessait de serrer la mâchoire.

– Et les missiles de croisière Tomahawk sur le *Valley Forge* et le *Ticonderoga* dont nous avons parlé hier? Pourquoi n'en envoie-t-on pas un sur Téhéran? Tout de suite?

– Monsieur le président! s'exclama le général Trowbridge, horrifié. On ne peut pas faire une chose pareille. Téhéran grouille d'ambassades. Toutes les nations réclameraient notre peau si on commettait pareille atrocité.

– Bon, alors Qom. Qu'en dites-vous, général? aboya le président.

– Il faut du temps pour établir un plan, monsieur, répondit Schumacher.

– Et pourquoi ça, je vous prie?

– Les missiles de croisière sont extrêmement précis, mais ils nécessitent un plan de vol préprogrammé. Pour faire fonctionner leur système de guidage TURCOM, il faut une cartographie très précise, fournie par nos satellites, du parcours vers la cible, une image nette de cette cible et une série de points de référence de navigation le long du trajet. Nous devons rassembler les signatures radar que le missile va rencontrer. Tout cela prend du temps. Ce n'est pas une mince affaire.

– Et, bien sûr, nous n'avons pas ces renseignements sur Téhéran?

– Non, monsieur.

– Bon, combien de temps faut-il pour les obtenir?

– Vingt-quatre heures. Il faut que le satellite fasse son travail et renvoie les images. Que les renseignements passent par le JSTPG, l'état-major de planifications interarmées des objectifs stratégiques puis arrivent à la base aérienne d'Omaha. Qu'ils soient digitalisés puis envoyés au navire. Puis que le commandant du navire réalise une bande magnétique avec toutes les données et programme le trajet.

– Alors faisons-le. Tout de suite.

Bennington s'aperçut que le président respirait par à-coups, signe que sa tension montait.

– C'est comme ça qu'il faut frapper. La dernière fois que nous avons attaqué Kadhafi, ça nous a coûté deux hommes et un avion. Nous avons dû obtenir du monde entier des autorisations de franchir leur espace aérien. Ceci élimine cela.

– Ouais, grommela son chef d'état-major, sacrément juste.

– Sans compter que nous n'aurons ni morts ni blessés. Préparez ce programme, général, ordonna le président. Je veux qu'on puisse agir dans ce sens. Et autre chose. Je veux une tête réglée à quatre kilotonnes prête à se pointer là-bas.

Le visage empreint de colère, il martela la table en poursuivant :

– Nous serons débarrassés de ces terroristes une bonne fois pour toutes.

– Monsieur le président, je ne connais aucun plan de tir nucléaire qui ait pour cible une ville ou des populations civiles.

– Eh bien, maintenant vous en connaissez un!

Le ton était cinglant. Bennington regarda Schumacher. Arrivait-il souvent à un général quatre étoiles de s'entendre traiter de la sorte? Sinon par sa femme? Il balaya la salle du regard. Quelques visages trahissaient l'effarement. Mais nul ne bronchait.

– Monsieur le président, quel niveau de destruction vous satisferait?

La voix du général était légèrement teintée d'exaspération. Il poursuivit :

– L'armement conventionnel pourrait suffire.

– C'est exact, monsieur.

C'était le secrétaire à la Défense. Enfin! songea Bennington.

– On peut causer des dégâts considérables avec des missiles à tête classique. Cela soulèverait moins d'indignation que le nucléaire.

– Bien sûr que vous pouvez, rétorqua le président. Si vous atteignez ces putains de cibles. Nous n'avons jamais fait de tirs réels, n'est-ce pas? Qui peut savoir où ils frapperont? Dans un champ de vaches, pour que nous soyons la risée de l'Iran? Si on y met quatre kilotonnes, peu importe où ça tombera. Nous allons viser l'école de Montazeri et ses terroristes. C'est ça que je veux.

– Monsieur le président, nous tuerons aussi des centaines de femmes et d'enfants innocents à Qom.

– Des femmes et des enfants innocents à Qom? Et les gosses de Wiesbaden? Et les passagers de la Pan Am? Ils n'étaient pas innocents, peut-être? Qu'est-ce que c'est que cette histoire? Il y a des degrés dans l'innocence, maintenant? Les Américains sont moins innocents que les autres?

Tandis que le président parlait, Bennington ne pouvait détacher les yeux de ses mains. Il était à la fois fasciné et horrifié. Le président ouvrait et fermait les poings à en blanchir les jointures. Parfois, il les joignait comme pour prier, mais il les serrait de nouveau avec force. Y aurait-il une pointe de déraison dans la colère de cet homme? se demanda-t-il.

Il dévisagea les membres du cabinet réunis autour de la table. Des hommes qui le connaissaient bien, qui, pour certains d'entre eux, le voyaient chaque jour. Il ne percevait aucune détresse. Ils suivaient un débat, écoutaient une discussion, pas le moins du monde concernés par le comportement de leur chef. Peut-être est-ce moi qui déraille, songea-t-il.

– Vous avez vu ces Iraniens réclamant du sang à la télévision, n'est-ce pas, éructait le président. Ils acclamaient Khomeiny et ses mollahs, hurlaient leur approbation à chacune de leurs déclarations sauvages. Exactement comme les Allemands d'Hitler dans les années trente. Les Allemands ont dû payer pour ça, n'est-ce pas? Eh bien, les Iraniens aussi vont payer. Ils ont perdu leur innocence en donnant le pouvoir à ces fanatiques.

– Monsieur le président.

C'était Jack Taylor, le secrétaire d'État. Eh bien, ça n'est pas trop tôt, pensa Bennington.

– Je ne peux croire que vous envisagez sérieusement d'utiliser une arme nucléaire contre Qom.

– Ah non, vous ne pouvez pas? Je veux toutes les solutions possibles, fit le président d'un ton sarcastique.

– Une telle réaction serait disproportionnée. Tout le monde islamique se retournerait contre nous. Il n'y aurait pas un musulman, des Philippines à la côte atlantique du Maroc, qui ne nous haïrait pas, après cela. Nous avons lâché deux bombes nucléaires sur le Japon après une guerre longue et sanglante, et cet acte est aujourd'hui encore l'objet de controverses. Cela nous détruirait aux yeux du tiers monde. Arabes et musulmans se jetteraient dans les bras des Soviétiques.

– Ecoutez, Jack. Vous savez à quel point les musulmans sunnites détestent les chiites. Regardez ce qui s'est passé quand Reagan a dégommé Kadhafi. La moitié des chefs arabes sont allés le trouver pour lui murmurer : « Bien fait pour ta pomme! »

– Moi, je vais vous dire une chose, intervint Bill Brennan, le chef d'état-major. C'en est fini de la présidence si on laisse passer l'affront. Voilà trop longtemps que nous sommes malmenés de tous côtés par ces fanatiques. Il est temps d'agir de façon définitive.

– Bill, au nom du ciel. Il faut agir, c'est d'accord. Mais pas comme ça. Ce serait une véritable catastrophe. Les Allemands seraient fous de rage. Ils sont déjà complètement hystériques dès qu'on prononce le mot « nucléaire ». Et ça tuerait l'OTAN. La ruine de quarante années d'efforts, pour quoi?

– Pour que le monde sache que c'en est fini du terrorisme, nom de Dieu! explosa Brennan. Pour que ces types du Proche-Orient sachent une bonne fois que le temps où ils pouvaient tuer et mutiler des Américains innocents est révolu. Voilà pourquoi!

Le secrétaire d'État détestait cordialement le chef d'état-major. Ils étaient courtisans rivaux du même amant, le président.

– Vous pouvez penser que vous avez maintenant l'opinion publique avec vous...

– L'opinion publique? Vous plaisantez? Le sondage CBS de

cette nuit dernière donne quatre-vingt-douze pour cent de personnes favorables à une action immédiate.

A l'instar de presque tous les hommes politiques, Brennan croyait que la vérité suprême était inscrite sur les tables de pierre des sondages.

– Si vous faites ça, il y aura des manifestations contre le gouvernement dans tout le pays.

– Certains parmi vous, intervint le ministre de la Justice qui avait décidé d'entrer dans la discussion, voient dans le nucléaire quelque chose de sacré. Ils ont tort. Les armes nucléaires ne sont que de grosses armes conventionnelles, mais personne ne veut le reconnaître. Général, dit-il à l'adresse de Schumacher, une tête à faible charge, de faible irradiation sur Qom ne produirait même pas le dixième des radiations de Tchernobyl. C'est bien ça, n'est-ce pas?

La question sembla gêner Schumacher.

– Oui, monsieur. C'est à peu près ça, reconnut-il presque à contrecœur.

– Réglez ce truc pour exploser au sol, ou laissez-le s'enterrer un peu et vous obtiendrez un immense grondement et la fin de ces fauteurs de troubles, dit le ministre de la Justice. Nous nous sommes laissés envahir par la peur à l'idée d'utiliser ces engins. L'armée voulait s'en servir à Diên Biên Phu en 1954. Ike a refusé. Et pourtant le bordel vietnamien aurait cessé et on aurait sauvé des milliers de vies humaines. Vous trouvez que le Viêt-nam se porte mieux aujourd'hui parce que Eisenhower n'a pas eu le cran de se servir du nucléaire?

– Et voilà, siffla le président. J'étais pour l'utilisation du nucléaire au Viêt-nam si cela avait été militairement opportun.

Bennington ne quittait pas le président des yeux. Il était à demi vautré dans son fauteuil, visiblement plus pâle qu'en arrivant. Ses mains reposaient à plat sur la table et tremblaient légèrement. Il fut évident pour lui que cet homme était tout à l'heure au paroxysme de la rage et se calmait au fur et à mesure que les substances chimiques se dissipaient. Le chef de l'exécutif gigota sur son siège.

– Il faut que je file à cette réunion budgétaire. Général! Je veux que vous programmiez cette solution.

– C'est tout à fait possible, monsieur, mais je persiste à penser que ce n'est pas une bonne décision. Rien que la programmer, prête à foncer, constitue un risque en soi.

– Programmez-la, ordonna le président.

Il se dirigeait déjà vers la porte. Nous sommes sur une pente savonneuse, se dit Bennington, très savonneuse.

Un quart d'heure plus tard, le mécanisme qui allait programmer un missile de croisière Tomahawk à tête nucléaire sur Qom était en route. A quarante mille kilomètres au-dessus de l'océan Indien, un des satellites américains KH IV les plus modernes conçus pour fournir une reconnaissance photo en temps réel était programmé pour cette action.

Placé en orbite géosynchrone, ce satellite mesurait sept mètres de long. Il était équipé de télescopes à infrarouges Schmidt munis de senseurs de chaleur au sulfate de plomb capable de repérer l'énergie dégagée par un lancement de fusée soviétique, ainsi que d'appareils photo si puissants qu'ils pouvaient photographier un homme dans une rue. Conçu à l'origine pour surveiller les confins méridionaux de l'Union soviétique avec l'Iran, l'Afghanistan, le Pakistan et l'Inde, le satellite renvoyait maintenant une série de milliers d'images du terrain que le missile aurait à parcourir depuis sa plateforme du *Valley Forge* à deux cents kilomètres des côtes iraniennes dans le golfe d'Oman jusqu'à Qom, à cent kilomètres au sud de Téhéran. Le missile arriverait en vue des terres juste au sud de Minab, en face d'Oman, puis filerait au nord-ouest, zig-zaguant entre les vallées du Kun-i-rud et les monts Zagros jusqu'à Ispahan, où il virerait au nord vers sa proie.

Les images renvoyées de l'espace révéleraient de façon étonnamment détaillée la topographie des lieux, et ses senseurs intégrés permettraient même aux cartographes de l'Air Force de jauger la profondeur des poches à la surface de la terre, la hauteur et la configuration des sommets ou des affleurements rocheux sur son chemin. Un missile de croisière calcule sa trajectoire en accrochant son radar sur de tels traits saillants. Sélectionnés par les hommes qui établissent le plan de vol, ils constituent les jalons successifs vers la cible.

Le premier point terrestre recueillant ce flot d'informations était l'installation américaine top secrète répondant au nom de code « Casino », près de Nurrunga, en Australie, au nord-ouest de la terre Adélaïde. Là, le flot de bits binaires était traité par les ordinateurs IBM 360-755 de la station puis envoyé à San Francisco par câble sous-marin. De là, il transitait par voie terrestre au quartier général du NORAD, commandement de la défense de l'espace aérien d'Amérique du Nord, à Cheyenne Mountain, Colorado.

Au NORAD, les hommes qui recevaient ces renseignements n'avaient pas la moindre idée du but auquel ils étaient destinés. Leur tâche consistait simplement à les transmettre à l'étape finale, le JSTPS, et à la base aérienne d'Offut à Omaha, Nebraska.

La limousine du Juge se glissait rapidement dans la circulation sur Constitution Avenue, en direction du Potomac et de George Washington Highway vers Langley. Assis à l'arrière au côté du directeur, Art Bennington regardait avec amusement le miroitement du Reflecting Pool. C'est là qu'il avait occupé son premier bureau de la CIA, sur cette pelouse parfaitement taillée, dans ces baraques aménagées d'urgence par le Génie au cours de la Seconde Guerre mondiale. Aujourd'hui, ça lui semblait à des années-lumière.

Depuis qu'ils étaient montés en voiture, ni lui ni le directeur n'avaient soufflé mot. Les talons des mocassins noirs du Juge étaient appuyés sur le rebord du strapontin en face de lui. Le menton contre la poitrine, il paraissait perdu dans ses pensées. Il était manifestement troublé. Et merde, se dit Bennington, moi aussi je suis embêté, et je n'ai pas fait carrière à la CIA en la bouclant devant les patrons.

– Quel spectacle, hein ?

C'était un essai d'ouverture, comme le lancer d'un pêcheur à la mouche ou un gauche de boxeur. Il voulait voir quelle serait la réaction. Le Juge secoua lentement la tête.

– Vous savez, dit-il, cela fait, quoi, dix ans que je le connais. Peut-être douze. Eh bien, je ne l'ai jamais vu se mettre dans un état pareil avant aujourd'hui.

– Je ne savais pas qu'il avait un tel caractère.

– Oh, pour avoir du caractère, il en a. Il en a toujours eu. Croyez-moi, il peut se montrer rudement vache quand ça le prend. Toute cette aura de « preppie » très Nouvelle-Angleterre qu'on a bâtie autour de lui, le vrai gentleman de la ville en jeans et shetlands à ratisser ses feuilles, jamais un mot plus haut que l'autre. C'est une façade. Comme toujours. Mais je ne l'ai jamais vu furieux à ce point. Ça frisait l'hystérie, vous voyez ce que je veux dire?

– Oui, pour voir, je vois!

Le Juge tourna la tête vers Art, plissant légèrement les yeux. Bennington avait prononcé ces derniers mots sur un tel ton que le directeur venait de comprendre qu'il avait délibérément orienté la conversation.

– La façon dont il tenait sa serviette de table. Ça m'a fait penser au capitaine Queeg dans *Ouragan sur le Caine,* avec ses billes d'acier, reprit Bennington.

– Bon, où voulez-vous en venir, Art? Cessez de tourner autour du pot. C'est vous le toubib, non?

Art dévisagea son supérieur. Es-tu prêt pour ce qui va suivre? semblait-il demander.

– Au fait que nous pourrions bien avoir pour président un homme qui souffre de quelque désordre mental.

Le Juge sembla se ratatiner en entendant ça. Il contempla ses ongles un moment. Bennington comprit que cette idée était également venue à l'esprit du directeur.

– Je n'y crois pas.

– Vous n'y croyez pas ou vous ne voulez pas y croire?

Le Juge regarda par la vitre arrière.

– Entrevoyez-vous les implications constitutionnelles de ce que vous suggérez?

– Ce que j'entrevois, Juge, c'est le désastre que causerait pour notre pays le largage de quatre kilotonnes sur Qom.

– Il n'ira pas jusqu'au bout. Il va se calmer.

– C'est ce que vous espérez.

Le Juge secoua à nouveau la tête et tenta de se réfugier dans le silence. Mais avec Bennington il n'allait pas s'en tirer comme ça.

– Vous savez comment fonctionne notre système. La seule personne autorisée à ordonner un tir nucléaire est le président.

– Le général Schumacher ne le laisserait jamais faire. Le président les a tous pris par surprise, aujourd'hui.

– Possible. Mais n'oubliez pas une chose. Une fois le missile en place, il peut faire feu quand il veut. Il n'a besoin ni du secrétaire à la Défense, ni du Congrès. Personne.

– Ça ne pourra jamais arriver.

– Certainement pas avec un président intelligent et en pleine possession de ses facultés. Juge, j'ai passé ma vie à étudier le comportement humain, et je suis convaincu qu'il n'était pas tout à fait rationnel. Il était en proie à une rage incontrôlée. Il y a même eu des moments où il perdait complètement les pédales.

– Vous avez raison. Je l'ai remarqué aussi. Et ça m'a affolé. Mais bon sang, que voulez-vous qu'on fasse, Art? Dire: « Écoutez, monsieur le président, laissez donc tomber cette histoire de gosses à Wiesbaden et allongez-vous sur le divan d'un gentil psychiatre »?

– Vous vous souvenez du jeune Witter qui s'est fait piquer à Moscou? Quand nous avons perdu notre taupe au Kremlin?

– Sacré nom, qu'est-ce que ça vient faire ici?

– J'étais persuadé, et je le suis toujours, que les Russes avaient utilisé un magnéto-encéphalographe pour obtenir de Witter l'identité du colonel.

– Je le sais.

– Quand le président s'est fait faire un check-up à Bethesda, son toubib lui a ordonné un magnéto-encéphalogramme.

– Et alors?

– La magnéto-encéphalographie est essentiellement un instrument de recherche. A l'heure actuelle on l'utilise très rarement pour établir un diagnostic. Pour en faire un au président, ils devaient avoir une excellente raison médicale. Ce n'est pas un électrocardiogramme, Juge, ni une simple prise de pouls.

Le juge émit un grognement. Pourquoi laissait-il Bennington l'emmener patiner au milieu du lac, à l'endroit où la glace est le plus mince? Parce que lui aussi avait perçu cette étincelle d'irrationalité dans le comportement du président.

– Que cherchaient-ils, selon vous?

– J'ai étudié la neurochirurgie avant d'entrer à la CIA, mais je ne suis plus à la page dans ce domaine. Peut-être cherchaient-ils une tumeur qui affecterait son comportement.

– En tout cas ils n'ont rien trouvé puisqu'ils lui ont délivré un bulletin de parfaite santé.

– Ce n'est peut-être pas opérable.

– Pour l'amour du ciel, Art, on n'a plus pied! Je sais où vous voulez en venir. Je le sais parfaitement. Vous voulez aller trouver le docteur en douce et lui murmurer : « Eh! y a-t-il une possibilité, une preuve physique, indiquant que le président soit un peu dingo? »

Bennington se garda bien de répondre parce que c'était précisément ce qu'il avait l'intention de faire.

– Imaginez que Bob Woodward étale ça en première page du *Washington Post*? La CIA mène sa propre enquête sur la santé mentale du président.

– Pensez plutôt à ce qui arrivera si, dans une crise momentanée de déraison, le président commet un acte aux conséquences irréparables? Ne devons-nous pas à notre pays, aux hommes autour de la table de conférence, de voir si un tel danger existe?

– Cet homme est le président, Art. Nous sommes ses serviteurs, pas ses tuteurs.

– Et le pays? A quoi sert la CIA si elle ne protège pas le pays contre une telle chose?

Ils approchaient de l'Agence. Le directeur dit au chauffeur et au blazer bleu assis à l'avant de les conduire à l'entrée principale.

– Si vous laissez échapper un mot à ce sujet, dit-il en désignant la statue de Nathan Hale, je vous passe moi-même la corde au cou.

– Ne vous faites pas de souci, Juge, pouffa Art. Ça vient tout seul quand on a passé sa vie hors des sentiers battus.

– Voulez-vous répéter votre histoire pour ce monsieur, Willi?

Dans le bureau de la sécurité de l'aéroport de Tegel, Louis Doria leva les yeux de sa paperasse et vit son collègue allemand en compagnie d'un civil à l'air douteux. Tous deux approchaient de son bureau.

– Willi est chauffeur de taxi, expliqua le policier.

Ça crève les yeux, se dit Doria. Willi avait les cheveux aux épaules; ils étaient vaguement bouclés et paraissaient ne jamais avoir vu la couleur d'un shampooing. Il portait un anorak gris et avait le clop au bec, comme les durs des films hollywoodiens des années cinquante. Bref, le chauffeur de taxi berlinois type – futé, caustique, persuadé d'en avoir plus oublié sur la manière de se conduire que la plupart n'en apprennent dans leur vie.

– Alors, Willi, cette histoire?

– Samedi soir, j'étais en tête de file quand le Pan Am est arrivé de Francfort. Quatre Arabes sont montés dans mon taxi.

– Ah, fit Doria brusquement très intéressé. Comment savez-vous que c'étaient des Arabes, et non des Turcs par exemple?

– Ils parlaient arabe, répondit Doris en ayant l'air de plaindre Doria.

Il est vrai que les Français ne peuvent pas jouir du *savoir-faire* international des chauffeurs de taxi berlinois.

– Vous parlez arabe, n'est-ce pas?

– Un peu. Les types à l'arrière ont commencé à bavarder en arabe. Le mec assis devant à côté de moi s'est retourné pour leur dire de la fermer. De ne pas parler arabe. *'Maa't Kalemsh Araby!*

Willi dit cela avec ce qui sembla à Doria un accent correct. Il charriait probablement un peu de drogue pour les frères de temps à autre à Kreuzberg.

Doria ouvrit son tiroir d'où il tira les quatre portraits de l'Artiste.

– Vous en reconnaissez? s'enquit-il.

– Vous ne me demandez pas où je les ai emmenés? s'étonna Willi, incapable de comprendre cette façon française de voir les choses en amateur.

– Je préfère toujours garder les mauvaises nouvelles pour la fin.

– Lui, dit Willi en désignant la photo de Sayed. C'est le type qui était à côté de moi.

– Les autres?

Il haussa les épaules.

– Et vous les avez conduits à la station du zoo, c'est bien ça?

– Ouais. Comment vous le savez?

– La chance. Merci de votre aide, Willi, dit Doria en tendant la main.

Tandis que Willi et le policier s'en allaient, Doria décrocha le téléphone pour appeler Schmidt. Leur enquête était terminée. Comme ils s'en doutaient, les terroristes avaient filé. Pourtant, ils ne s'étaient pas si mal débrouillés. En quarante-huit heures, ils avaient trouvé les quatre identités, les voitures, les appartements. Manquait l'arrestation. Malheureusement, c'était ça, Berlin.

A la demande du résident du KGB, son dîner hebdomadaire avec Maj Abdoul Hamid Hatem, chef du Havarat, le service de renseignement syrien, avait été exceptionnellement ramené du mercredi au lundi. Le temps ayant fraîchi, ils avaient préféré prendre une table dans la salle à manger orientale du Sheraton à Damas. Ils décidèrent auparavant de boire un verre au bar. Hatem indiqua au chef de rang la table qu'il souhaitait occuper, une table d'angle au calme d'où il pourrait observer l'établissement. Un serveur se précipita avec des petits bols d'olives vertes et noires, de carottes crues glacées, de pistaches, ainsi qu'une bouteille de Chivas Regal, de la glace et du soda.

Hatem se versa une généreuse dose ainsi qu'à son invité et leva son verre au résident.

– *Saa'htain* – santé.

Pendant un moment, il fixa d'un regard méprisant ses compatriotes au bar, fumant leurs narghilehs et magouillant leurs petites affaires. Puis il se pencha vers le résident.

– Que pensez-vous de cette bombe contre les Américains en Allemagne?

– Je pense que c'est très, très dangereux.

Le Syrien sirotait son whisky en réfléchissant aux paroles du Russe.

– Vous croyez qu'ils vont se venger?

– J'en suis sûr. Regardez ce qu'ils ont fait à Kadhafi après la bombe de Berlin. Rien que pour la mort d'un soldat américain.

Le Russe prit son verre. Comme presque tous ses compatriotes, il ne buvait pas à petites gorgées. Il en avala le quart avant de reposer son verre. Il prit une pistache, l'ouvrit et la jeta dans sa bouche. Tout en mâchant, il dévisageait Hatem, le regard aussi dénué d'expression qu'un dentiste observant sa dixième radio de la journée.

– J'espère seulement que lorsqu'ils se vengeront, ils ne se tromperont pas de cible.

Le Syrien sursauta. Il se rapprocha de l'officier du KGB et baissa la voix.

– Nous n'avons rien à voir là-dedans. Nous l'avons appris par Reuters. Croyez-moi.

– Je crois que vous n'y êtes pour rien, Abdoul Hamid. En fait, j'en suis sûr. La question est de savoir ce que les Américains vont croire, eux.

Le Russe s'interrompit le temps que ses paroles produisent tout leur effet. Comme il le voulait, l'effet n'était guère plaisant. Il tendit le bras et serra l'avant-bras du Syrien en un geste rassurant, tel un entraîneur avec un athlète prometteur qui vient de rater d'un poil la médaille.

– Heureusement, vous n'avez pas à craindre la riposte des Américains comme ils l'ont fait avec Kadhafi. Ils auraient affaire à nous, et ils le savent parfaitement.

– Oui, approuva Hatem qui ne croyait pas un mot des paroles rassurantes de l'officier du KGB. Je le sais. Tout le monde ici est conscient de l'importance de la solidarité russo-syrienne.

Il s'arrêta pour boire un peu.

– Mais pourquoi les Américains nous croiraient-ils dans le coup, demanda-t-il.

– Parce que ceux qui l'ont fait viennent de la Bekaa.

Cette fois, le Syrien était vraiment surpris. Il ne le savait pas, et c'était une grave lacune. Il avait déjà suggéré au dirigeant de son pays, Hafez el-Assad, que cet attentat était l'œuvre de la FAR. La divulgation du Russe était aussi inquiétante qu'embarrassante.

– Vous connaissez les Américains, reprit le résident. Pour eux, tout ce qui se passe dans la Bekaa est de votre fait.

Il prit une autre pistache et ôta la coquille.

– Qui sait, dit-il en portant sa main à sa bouche, peut-être est-il dans l'intérêt des autres parties d'encourager les Américains dans leurs croyances. Comme ça, ils sont certains que c'est vous qui paierez pour eux.

Le résident n'aurait pas obtenu plus d'attention en pointant une arme sur la poitrine de Hatem.

– Les Israéliens, explosa ce dernier. Oseraient-ils faire une chose pareille?

Abdoul Hamid Hatem croyait en l'omniprésence malveillante de la main israélienne aussi fermement qu'un brahmane en la réincarnation.

Le Russe accueillit la réponse de Hatem avec un petit sourire de mépris.

– Qui alors?

Son collègue russe tourna son attention sur son verre de whisky. Puis il se pencha sur Hatem et murmura :

– Ce que vais vous dire, il ne faudra jamais le dire à personne, jamais.

– Je le jure, mon ami, croyez-moi.

– Absolument personne.

– Je le jure sur la tête de mon premier-né.

– Les quatre hommes qui ont commis l'attentat ont pris un vol Interflug pour Berlin-Est. Nous en connaissions deux. Ils venaient du groupe d'Ali Montazeri à Qom. Vous savez ce que nous en pensons, dit-il en finissant son verre. Alors nous les avons fait suivre à Berlin-Est.

Hatem hocha la tête. Il n'allait sûrement pas interrompre ces précieuses paroles de quelque phrase sans intérêt.

– Quarante-huit heures avant l'explosion, nous les avons vus entrer dans l'ambassade d'Iran à Pankow, dans Berlin-Est. Ils avaient les mains vides.

– Oui, murmura Hatem.

– Ils en sont ressortis avec deux grosses valises.

– Des explosifs! souffla le Syrien.

– Je doute que ç'ait été du caviar!

Quelques minutes plus tard, le maître d'hôtel les informa qu'ils pouvaient passer à table. Après le repas, Hatem annonça qu'à son grand regret il devait renoncer au spectacle de danse du ventre de l'Égyptienne Nimet Fouad dans les salons de l'hôtel. Un travail fou l'attendait à son bureau. Le résident hocha la tête avec compréhension.

Comme toujours, il se tenait sur le trottoir quand Hatem s'en alla, aussi respectueux qu'un vieux sergent regardant son officier s'éloigner. Il savait que Hatem était parti informer Assad de l'étonnante révélation qu'il lui avait faite avant le dîner. Puis Hatem réunirait ses principaux subordonnés et les mettrait en pièces. Le service de renseignement de Hatem était l'un des mieux infiltrés du monde. Le résident se demanda en combien de temps l'information arriverait à Tel-Aviv. Vingt-quatre heures? Moins?

Le quartier général du JSTPS, l'état major de la planification, se trouvait à trois mètres sous la pelouse impeccable du QG du Strategic Air Command, à la base aérienne d'Offut, à Omaha. Les officiers venaient pour la plupart de l'armée de l'air, anciens commandants de silos de missiles ou anciens pilotes de B-52 du SAC, ainsi qu'une poignée d'officiers de marine sous-mariniers. Leur travail consistait à assigner des cibles aux têtes de l'arsenal nucléaire américain, à s'assurer que les points soviétiques les plus menaçants étaient correctement couverts, à coordonner les lancements de missiles et les plans de vol afin que les missions n'interfèrent pas entre elles, de faire en sorte que le laps de temps soit correct entre le lancement et le moment d'impact, de tenir à jour pour chaque tête les retombées radioactives, la capacité de destruction et le nombre possible de blessés. C'était une tâche d'un immense complexité, le genre de défi qui faisait les délices des joueurs d'échecs ou de Mastermind ou des concepteurs de programmes informatiques alambiqués – à ceci près qu'il s'agissait de jouer pour de vrai à la quasi-destruction de la planète.

D'une façon générale, les têtes de l'arsenal nucléaire, jusques et y compris celles des sous-marins et des silos, étaient soumises à un plan unique intégré, le SIOP. En réalité il ne s'agissait pas d'un plan unique mais d'une gamme de près de douze options d'attaque nucléaire sur l'URSS. Par exemple, l'une des options prévoyait la destruction des postes de commandement et de contrôle soviétiques; une autre celle des silos de missiles thermonucléaires. Quelques-uns de ces missiles limités en capacité de destruction, pour la plupart des engins à courte portée entreposés dans des silos en Allemagne de l'Ouest, ou des missiles de croisière air-mer, étaient verrouillés sur des cibles préprogrammées par les responsables américains de zone. Mais ces choix avaient été supervisés et coordonnés par le JSTPS. Un nombre encore inférieur n'avaient pas de cible préétablie.

Dès que le Pentagone donna ordre de programmer un missile sur Qom, l'officier de service au JSTPS avait sélectionné un missile dans son inventaire. Le code CDPN376W60 désignait un Tomahawk de croisière de la série la plus récente, alloué à la marine, avec une double tête, l'une conventionnelle et l'autre nucléaire. Un W60.

Une fois engrangées, les informations transmises par le satellite RH IV, une équipe spécialisée de trois officiers de l'Air Force s'installèrent à leurs ordinateurs afin d'établir les détails précis du plan de vol à placer dans le cône de guidage du missile. Cela consistait essentiellement à fournir au système de guidage une banque de données de la configuration du sol qu'il aurait à survoler. Sur la base de ces informations, le missile pouvait foncer sur sa cible, ajustant sa trajectoire nécessaire. Cette tâche exigeait six heures d'un travail ardu et fastidieux avant que le plan soit tiré, vérifié et approuvé par le commandant du JSTPS. Une fois accompli le travail de cartographie, ils rédigeraient le message d'opération urgente qui contrôlerait le lancement effectif du missile sur Qom, si l'ordre en était jamais donné. Court et préformé, il contenait trois renseignements indispensables au commandant du *Valley Forge* avant que, dans des circonstances normales, il puisse considérer comme valide et opérationnel l'ordre de lâcher un missile. Le premier renseignement était le code d'identification de l'opération proprement dite, CIGUË. Le deuxième était le code d'identification qui confirmerait au commandant l'origine officielle de l'ordre. Il s'agissait d'un numéro, le 301427. Enfin, il y avait le code autorisant le commandant et son second à procéder au lancement jusqu'à la phase finale, quand le missile serait en vol. C'était une procédure complexe et exigeante, mais elle témoignait de l'extrême rigueur avec laquelle l'armée américaine entourait tout usage éventuel d'armes nucléaires.

Le plan codé et le message étaient envoyés au *Valley Forge* grâce au système de transmission militaire par satellite, système à couverture mondiale et à très haute capacité d'émission. Un autre exemplaire allait par voie terrestre sûre au bureau du général Schumacher au Pentagone.

Le mur de Berlin constitue la frontière est de Kreuzberg. Là, il passe derrière les terrains d'un vieux monastère converti par la ville en une multitude de studios d'artistes. Il y a des années de cela, les artistes qui y résidaient ont découvert que le béton rébarbatif du mur offrait une parfaite vitrine à l'affichage de leurs talents. Ils en firent une sorte de kaléidoscope hallucinogène, une bande dessinée sans queue ni tête où se côtoyaient ours dansants, dragons crachant du feu, goules paillardes, nus à la poitrine agressive ornée des slogans provocateurs de leurs créateurs : « Bouge ton corps », « La vie est un trip », « Tous les flics sont des ordures. »

Chaque fois que Dante Russo passait devant cette bande de béton – au moins trois fois par semaine –, il se régalait à la vue de ce défi bariolé adressé au monde de l'autre côté du mur. Dante Russo se représentait l'enfer en imaginant Walter Ulbricht, l'horrible concepteur de ce mur, contemplant éternellement les créations de ces artistes. Il déverrouilla la porte du 19 Bethanie Damm, immeuble de cinq étages dont la façade était à peine à trois mètres du mur, et grimpa à son appartement, situé au dernier étage. La fenêtre de son salon donnait sur le chemin de terre miné derrière le mur et sur ses environs. Il prit ses jumelles sur son bureau, les plus puissantes fabriquées par Zeiss. Prenant soin de rester bien à l'écart de la fenêtre afin de ne pas être repéré par les gardes-frontière du Mur, il observa sa cible. C'était le coin gauche de la deuxième fenêtre de l'appartement du troisième, au 7 Herbertstrasse. Un message y attendait Russo. C'était une boîte de sel bleue cylindrique sur le rebord. Tiens, se dit-il, en reposant ses jumelles, ils ont quelque chose.

L'occupant du 7 Herbertstrasse travaillait aux archives du STASI, autre nom de la MFS, la sécurité est-allemande. C'était aussi un agent de la CIA, pour qui travaillait Russo. Peut-être, songea-t-il en mettant ses jumelles sous clef, ont-ils des éléments sur l'attentat de Wiesbaden. Peu de chose se produisait à Berlin-Est à l'insu du STASI.

Le général Harold Schumacher, président du comité des chefs d'état-major avait donné des ordres afin de superviser personnellement l'insertion du programme CIGUË dans l'éventail des options nucléaires américaines. Il restait philosophiquement opposé à cette idée. Il trouvait que la programmation du missile était en elle-même téméraire et injustifiée. Néanmoins, l'ordre émanait directement du président ; c'était un ordre parfaitement légal. Schumacher n'était pas arrivé au sommet de la hiérarchie militaire en faisant fi d'ordres légitimes. Cette fois, pourtant, il était bien décidé à s'asseoir dessus autant qu'il pouvait en attendant que l'orage passe et qu'il puisse ranger son missile.

Schumacher devait d'abord envoyer le message d'action urgente et les codes au chef du bureau militaire de la Maison-Blanche. C'était le bureau responsable de ce qu'on appelait « le ballon de foot noir », qui était en réalité une serviette de cuir noir fermée avec une serrure à combinaison. De même que, contrairement à la légende, l'adjudant responsable de la serviette ne passait pas ses journées à trotter derrière le président. Il était installé au sous-sol, dans l'abri anti-atomique de l'aile est de la Maison-Blanche, et regardait les jeux télévisés et lisait des petits romans.

Le « ballon de foot » ne contenait aucun bouton rouge sur lequel le président pouvait appuyer pour déclencher une guerre nucléaire. Un tel bouton n'existait pas. La serviette contenait en revanche un dossier de soixante feuilles volantes, le Livre noir, qui détaillait dans leur infinie complexité les diverses façons dont le président pouvait lancer une attaque nucléaire. C'était le menu nucléaire du président, comme l'appelaient les militaires avec leur sens inné de la formule, les propositions du repas le plus indigeste qu'on infligerait jamais à un estomac.

Le ballon de foot contenait également un carton un peu plus grand qu'une carte de visite, semblable à une carte de loto, avec les codes d'authentification permettant d'identifier tous les membres de la chaîne de commandement jouant un rôle en cas d'alerte, à commencer par le président. Le président était censé en avoir un double, changé régulièrement, dans son portefeuille.

Tôt le mardi, les directives pour l'opération CIGUË étaient portées à la Maison-Blanche par un messager armé. Un second jeu était destiné au Centre de commandement militaire national jouxtant le bureau du président au Pentagone. Il serait à la disposition de l'officier général commandant le centre nerveux contrôlant l'armée américaine dans le monde entier.

« Un vaisseau peint sur un océan peint », songea le commandant Hobart Edmonds, commandant de l'*USS Valley Forge*, en contemplant depuis la passerelle les eaux de la frange est de la mer d'Oman. Un bref instant, le reflet du couchant changea ces eaux tranquilles en une palette criarde d'écarlates, de rouges et de roses. Sa méditation sur *La Ballade du vieux marin* de Coleridge fut interrompue par l'arrivée d'un sous-officier des transmissions.

– Commandant, un message top secret arrive par satellite.

Edmonds se leva et se rendit au centre transmission situé juste à l'arrière de son PC information et combat ultra-moderne, avec ses vingt-cinq armes sonar et radar Aegis et son système de communications.

– Il est en double, commandant, dit l'officier de transmission au moment où Edmons entrait. Un pour vous et un pour l'officier en second. Il arrive.

Edmonds fronça les sourcils. Un message en double pour lui et son second signifiait qu'il s'agissait d'un problème nucléaire. Quand son second arriva, les deux hommes se retirèrent dans la salle de décodage et, à l'aide de leurs codes personnels, décryptèrent le message désignant la cible choisie par le JSTPS.

– Seigneur, dit Edmonds en relisant le message. Qu'est-ce que c'est que cette histoire, à votre avis?

Le second, de sept ans plus jeune, réfléchit un moment.

– C'est peut-être de là que viennent ceux qui ont fait sauter le gymnase à Wiesbaden.

– Quatre kilotonnes? Pour ça? s'étonna Edmonds.

– Je vais vous dire une chose, commandant. J'ai deux gosses au lycée. Si ces salauds ont fait le coup, je mettrais volontiers vingt kilotonnes.

Les deux hommes commencèrent immédiatement à préparer le missile. L'officier de tir prit la bande de données codées transmises par le JSTPS puis la plaça dans le cône de guidage du missile. Une équipe du service miss-art descendit dans la soute des armes nucléaires du bâtiment gardée par des marines en armes et choisit une tête dans les réserves du *Valley Forge*. Un premier maître régla la charge sur les quatre kilotonnes ordonnées, procédure relativement simple, puis la tête fut montée sur le pont et placée dans le nez du missile. Cela fait, le commandant du *Valley Forge* avertit par radio le commandant de la flotte de l'Atlantique dont il dépendait, en passant par le contre-amiral commandant la Task Force du golfe Persique, que l'opération CIGUË était désormais un choix nucléaire possible.

Le capitaine de vaisseau Edmonds était mal à l'aise. Il n'appréciait guère d'avoir sur son pont d'artillerie un missile prêt à partir. Mais du moins savait-il que, même dans le cas hautement improbable d'un lancement accidentel, il ne pouvait pas y avoir d'explosion nucléaire. Comme toutes les têtes américaines, celle-ci était à sécurité redondante. Elle ne s'armait que si les clefs « autorisation de feu » étaient déverrouillées et seuls lui et son second, agissant de concert, pouvaient le faire.

– Docteur White? Ici le Dr Bennington de la division des Sciences du comportement, à Langley.

– Bonjour, docteur.

Le médecin personnel du président n'avait jamais rencontré Bennington, mais avait reconnu son nom dès que sa secrétaire l'avait annoncé. A son plus haut niveau, la bureaucratie de Washington était un club plutôt fermé où se tissaient des contacts et des relations.

– Que puis-je faire pour vous? demanda White.

– J'ai besoin d'aide. Vous savez sans doute que nous suivons de près la mise au point du magnéto-encéphalographe.

– Remarquable, n'est-ce pas? dit White. Un jour il révolutionnera notre approche du cerveau.

– Vous avez raison. Quand je songe à votre ignorance du temps de mon internat au Columbia Presbyterian dans les années cinquante, je...

– Columbia? l'interrompit White. Nous sommes presque contemporains. J'étais à Bellevue pour ainsi dire à la même époque.

– C'est vrai?

Bennington feignit la surprise. Avant d'appeler White, il avait étudié son dossier en détail et savait parfaitement où il avait fait son internat.

– Je suppose que vous n'avez jamais croisé le fer avec ce vieux Pinckney Arledge? Il y opérait de temps à autre.

– Non, mais je le connaissais de réputation.

– Quoi qu'il en soit, poursuivit Bennington ravi d'avoir détendu White, j'ai remarqué avec fascination et curiosité que vous vous étiez servi du magnéto-encéphalographe pour établir le diagnostic général du président. Jusqu'ici, je croyais qu'on ne l'utilisait que comme instrument de recherche.

White resta silencieux un moment.

– Il y avait des circonstances particulières. Vous comprenez que je vous parle en tant que confrère.

– Tout à fait, docteur.

– Le président craignait de souffrir d'une tumeur au cerveau. Il en avait quelques symptômes et s'était fait son propre diagnostic. Je tenais à le rassurer le plus fortement possible tout en vérifiant moi-même que ses craintes étaient injustifiées.

– Le pauvre. Je suis sûr qu'elles étaient sans fondement.

– Absolument. Son scanner était parfait. Nous avons découvert que ses problèmes étaient dus à une accumulation de liquide dans l'oreille moyenne. Des vertiges de Ménière.

– Ah oui, approuva Bennington. Grâce au magnéto-encéphalographe, nous avons réussi à repérer en labo les zones du cerveau associées à certains désordres émotionnels comme la schizophrénie. Mais nous ne nous sommes pas véritablement penchés sur ses applications médicales.

– La schizophrénie, reprit White. Très intéressant. Évidemment, mon rôle de conseiller médical du président ne s'étend pas à son état psychologique. Sans compter qu'il n'a jamais eu besoin de conseil ni de traitement d'ordre psychiatrique. En dépit de ce qu'affirment certains opposants, ajouta-t-il en riant. Cela dit, il est intéressant de savoir qu'on pourrait un jour appliquer cette technique à la psychiatrie.

– Vous savez, c'est un territoire encore inexploré dans son ensemble. Nos amis soviétiques s'y intéressent fortement.

Il y eut un silence long et tout à fait inattendu à l'autre bout de la ligne. White toussota.

– Vraiment? demanda-t-il.

Puis il toussa de nouveau et reprit :

– Alors il s'est produit quelque chose dont je crois devoir vous parler.

– Comment ça! s'enquit Bennington d'une voix aussi douce que possible.

– Il semble que quelqu'un ait dérobé deux copies de nos disques à l'ordinateur qui stocke nos données magnéto-encéphalographiques.

– Et le magnéto-encéphalogramme du président était sur les disques volés?

– Oui. Codé, bien sûr. Au milieu d'une centaine d'autres, tous codés. Je crois qu'il serait presque impossible d'y trouver le sien.

– Sans doute, dit Art. Mais pourquoi voler de tels disques?

– Pour s'en servir chez soi. Ils sont assez recherchés et ces derniers temps nous avons eu pas mal de petits larcins de ce type.

– L'enquête n'a rien donné?

– Pas à ma connaissance. Mais à vrai dire, je ne crois pas qu'on y ait prêté grande attention.

– Évidemment, remarqua Bennington, songeur. Ce sont tout bonnement deux disques avec un tas de signes cabalistiques dessus, non? Qui cela peut-il intéresser?

Art Bennington attendit que ses collègues du comité de la CIA créé après l'attentat de Wiesbaden se fussent tous suffisamment éloignés du bureau. Alors, il leva le sourcil pour attirer l'attention du directeur.

– Vous avez quelque chose? demanda le Juge en se plaçant entre Bennington et ceux qui s'en allaient.

– J'ai mené ma petite enquête à propos de ce dont nous avons parlé hier soir. Il s'en tire intact. Aucun problème de quelque ordre que ce soit.

Le directeur sortit un mouchoir de sa poche et se moucha à grand bruit. Qu'est-ce qu'il fabrique? se demanda Bennington. Il essaie d'éviter de reconnaître mes petits travaux annexes? Finalement, le directeur lui fit un clin d'œil.

– Dieu soit loué.

– C'était une sacrément bonne nouvelle, Juge.

– Allez au diable, Bennington. Vous avez le don de traiter les gens comme des yoyos. Et le pire c'est que vous adorez ça.

Il jeta un coup d'œil par-dessus son épaule. Tout le monde avait quitté le bureau.

– Bon, ramenez-vous et dites-moi tout.

Art lui raconta l'incident des disques volés.

– Ma première réaction est de me dire : et après? Ça montre que les sous-officiers peuvent être des sous-merdes.

– Peut-être. Mais ces disques valent 9,95 dollars à Radio Shack. Pourquoi prendre le risque de les voler?

– Autrement dit, vous voulez me persuader que c'est l'œuvre du KGB.

– Nous avons bien piqué la pisse de Khrouchtchev. Ces prétendus codes, c'est de la plaisanterie. Le disque donne la date et l'heure de chaque examen. Le premier imbécile venu sachant lire les journaux connaît le moment où le président a eu son magnéto-encéphalogramme. Et personne ne lit mieux la presse américaine que le KGB.

– Bon, à supposer qu'ils aient ces disques, ce qui me paraît totalement insensé. A quoi diable pourraient-ils leur servir?

– Je n'en sais rien.

– Voilà qui nous aide beaucoup.

– Mais je sais que les Russes sont très en avance sur nous à ce sujet. L'affaire Witter en est la preuve.

– Pour vous.

Bennington haussa les épaules. Ce n'était pas le moment d'entamer une nouvelle discussion sur le sexe des anges.

– Soit, c'est une supposition. Mais imaginez juste un instant qu'elle soit avérée. Cet engin est finalement conçu pour lire les signaux émis par le centre du cerveau où naissent les réactions émotionnelles. Si vous arrivez à connaître ces signaux, ne pourriez-vous trouver quelque moyen de les reproduire et de créer la même émotion de l'extérieur du système nerveux? C'est la grande question.

– Les Russes ont la réponse et un agent du KGB est dehors avec le fusil à rayons X de Buck Rogers prêt à l'allumer et à l'éteindre pour rendre le président fou? Art, ça ne tient pas debout. C'est de la science de dingo, ça. Je veux dire, c'est tellement ahurissant...

– Juge, le coupa Bennington, les annales de la science sont remplies d'hommes et de femmes affirmant: « Ça ne pourra jamais être possible » Et ils se réveillent un beau matin pour s'apercevoir que justement ça s'est produit. C'est vrai que c'est ahurissant. Hors des sentiers battus, je le reconnais.

– Je suis ravi que nous tombions d'accord sur quelque chose.

– Mais pour quelle autre raison le KGB voudrait-il être en possession de ces disques?

– Art, voilà que vous remettez ça. Qui vous dit que c'est le KGB qui a ces disques?

– Supposez pour la suite du raisonnement que ce soit le cas Pour quelle autre raison?

Le directeur se pinça les narines comme si son nez le chatouillait. Achèteriez-vous une voiture d'occasion à un type qui se sert de médiums pour repérer des sous-marins? se demanda-t-il. Art Bennington est peut-être un élément incontrôlé et dangereux mais il est très intelligent.

– Bon d'accord, soupira-t-il. Annoncez la couleur. Qu'est-ce que vous voulez que je fasse?

– Chatouiller le FBI. C'est un vol de propriété fédérale dans un immeuble appartenant au gouvernement, non? Qu'ils aillent à Bethesda pour voir s'ils ne peuvent pas mettre la main sur quelque chose.

– C'est assez facile. Il suffit de prononcer les mots « check-up du président » et ils y seront en moins de deux.

– Et laissez-moi m'échapper de la salle de conférence pour trois quarts d'heure. Il faut que j'aie une petite conversation avec les types qui s'occupent du système de contre-surveillance électronique de la Maison-Blanche. On est potes. J'aimerais voir s'ils captent quoi que ce soit de suspect.

– Vous avez intérêt à ce que ce soit vraiment des potes. Parce que si les gardes du corps du président vous surprennent, vous serez encore bon pour la corde de Nathan.

Une fois l'an, Art Bennington donnait une conférence top secrète à la Thunder Moutain, dans les locaux en sous-sol de la Sécurité. Le sujet : les capacités électromagnétiques des Soviétiques. Parmi ses auditeurs réguliers se trouvaient quatre officiers de l'armée qui dirigeaient le programme des contre-mesures électromagnétiques. Si bien que lorsqu'il entrait dans les bureaux de l'Executive Office, il était connu et respecté.

L'adjudant de service le salua avec effusion, approcha un fauteuil et lui offrit du café de la machine. La pièce avait tout d'une boutique de réparation de télévisions où on ne savait plus où caser le travail. Elle était entourée, sur plusieurs niveaux, d'écrans affichant leurs lignes gris-vert de fréquences qui passaient, de tuners, d'oscillateurs, d'amplis conçus pour récolter et enregistrer tout signal électromagnétique entrant ou sortant de la Maison-Blanche. Le but était de prévenir toute tentative soviétique d'espionnage électronique.

Il y avait pléthore de moyens pour mettre la Maison-Blanche sur écoute : l'écoute téléphonique classique, des « bretelles », dans le jargon; des rayons laser sur les vitres pour percevoir les vibrations d'une conversation; des micros placés par un ouvrier dans le plâtre d'un mur ou la poignée d'une porte; des émetteurs pas plus gros qu'une épingle à chapeau dans la tapisserie de fauteuils; des systèmes insérés aux douilles quand on changeait les ampoules pour relayer les conversations de la pièce chaque fois qu'on allumait la lumière.

– Alors, comment vont les affaires? demanda Art en buvant son café.

Les deux hommes se racontèrent tour à tour des histoires avant que l'adjudant en arrive à l'inévitable : « Qu'est-ce qu'il y a pour votre service? »

Bennington avait noté l'heure où le président était devenu fou furieux le dimanche et le lundi.

– Avez-vous relevé quelque chose de bizarre dimanche ou lundi entre 12 h 30 et 14 heures?

– Je ne crois pas, dit l'adjudant en tapant sur ses claviers. Mais je vais jeter un œil.

L'équipement du bureau consistait principalement en une série de systèmes de récepteurs de contre-mesures audio. Chacun balayait une zone de fréquence spécifique. Les ordinateurs enregistraient, analysaient et stockaient l'empreinte de chaque signal électromagnétique repéré. Puis il était identifié. Quand on relevait un signal inhabituel, une alarme se déclenchait jusqu'à l'identification.

– Vous ne croirez jamais tout ce qu'on ramasse comme merde avec ça, soupira l'adjudant. Radioamateurs, voitures de flics, radars pour piquer ceux qui font des excès de vitesse. Un mec qui fait démarrer sa voiture sur Pennsylvania Avenue. Une bétonnière dans la 15e Rue. On a même les signaux de navigation du phare de Chesapeake Bay.

L'idée était évidemment de détecter un micro caché à la Maison-Blanche au moment où il transmettait, ou un signal arrivant pour actionner le micro. De surcroît, tous les câbles électriques entrant à la Maison-Blanche étaient équipés de filtres spéciaux cherchant les transmetteurs parasites comme l'appareil dans la douille, qui pouvait émettre à l'extérieur sur le courant normal.

L'adjudant étudia ses écrans avec lenteur et grand soin. Art regardait par-dessus son épaule, mais ses lignes tordues étaient du chinois.

– Je ne vois rien de discordant dans tout ça, Art. Nous avons un tas de trucs dimanche depuis RFK pour le match des Skins, mais le topo habituel.

– A combien commencez-vous à chercher ?

– Cent hertz.

S'il se passe vraiment quelque chose, se dit Bennington, c'est en dessous. Ils ne l'auraient pas repéré de toute façon.

– Vous savez qu'à Langley nous avons un scanner qui couvre la zone de zéro à cent hertz, ce qui est juste en dessous de votre barrière, les gars. Pourquoi ne pas le brancher ici pendant quarante-huit heures ? On verrait ce qui en sort.

– Ouais, dit l'adjudant plein d'admiration. C'est une bonne idée. Ce serait intéressant de voir ce qui se passe.

Puis, comme s'il y pensait brusquement, il ajouta :

– Oh, il faut mieux que je passe par les Services secrets.

– Ne vous inquiétez pas, l'assura Art, je vous couvre. Une partie de notre matériel est top secret.

Rien n'attire plus le respect d'un adjudant que ces deux petits mots, songea Art.

– Oh, bon, d'accord.

– De toute façon je serai presque sans arrêt dans la salle de conférence du CNS, ajouta Art. Je passerai de temps en temps voir si vous avez du nouveau.

Il retourna à la Maison-Blanche en réfléchissant à ce qu'il venait de faire. J'ai plutôt intérêt à attraper quelque chose dans ma souricière, se dit-il. Sinon, j'en prendrai pour mon matricule quand la Sécurité découvrira le pot aux roses.

Le car bleu portait les mots « US Air Force – base aérienne de Tempelhof » en blanc sur ses flancs. Il pénétra dans le parking déjà plein de cars de touristes en provenance de Moscou, Kiev, Leningrad, Bucarest et Varsovie. La visite guidée de Berlin-Est – organisée par l'USO, qui s'occupait des loisirs des soldats américains stationnés en RFA – se terminait par un passage au parc de Treptower, où se dressait le monument soviétique dédié aux dix millions d'hommes et de femmes morts au combat sur la route de Berlin pendant la Seconde Guerre mondiale. A peine plus d'une quarantaine d'officiers et hommes de troupe de l'armée et de l'Air Force américaines s'échappèrent du car avec femmes et enfants. Ils traversèrent Unter den Linden pour se rendre dans le parc. C'était la seule artère de Berlin-Est nécessitant un feu tricolore. A la traîne, en uniforme de commandant de l'aviation, appareil photo autour du cou, suivait Dante Russo, agent de la CIA. Il accompagna le groupe jusqu'à l'arc de triomphe, puis sur une large allée menant à une statue de bronze représentant une femme agenouillée. Il ne fallait pas être bien malin pour deviner qu'il s'agissait de la mère Russie pleurant ses fils morts. Elle était dans le plus pur style des affiches soviétiques des années trente. Partout ailleurs elle aurait semblé ridicule mais, ici, elle revêtait une grandeur plutôt touchante.

Le guide est-allemand à la démarche de soldat de bois les conduisait à présent jusqu'à une vaste esplanade donnant sur le mémorial. Au-dessous d'eux se trouvait un tombeau collectif plus grand qu'un terrain de football où étaient ensevelis les soldats de l'Armée rouge tués au cours de la bataille de Berlin. Tout au bout, sur un petit monticule, se dressait un temple romain miniature, monument au soldat soviétique inconnu.

Avec un élan passionné qu'aurait approuvé un observateur du parti, le guide se lança dans la traditionnelle et inévitable tirade dénonçant le complot fasciste et faisant les louanges de la résistance héroïque des travailleurs. Seul manquait le panégyrique du chef dont le nom était gravé partout sur le marbre de façon voyante, fréquente, inopportune et ineffaçable, Staline. Russo avait évidemment entendu ce laïus plus souvent qu'à son tour. L'excursion de l'USO offrait une couverture idéale et relativement sûre pour ses petites incursions de l'autre côté du Mur, aussi l'utilisait-il fréquemment.

A vingt mètres, un autre groupe de touristes, la délégation syndicale des ateliers de locomotives de Kiev, écoutait le même discours avec une attention intense. Normal, se dit Russo. Chaque personne présente a perdu au moins un proche sur la route de Berlin.

La visite terminée, le groupe retourna tranquillement au parking près duquel se trouvaient deux stands. Dans le premier on vendait des souvenirs, dans le second des hot-dogs, du schnaps, du rhum et du jus de pomme. Russo prit un hot-dog et un café servi par une femme revêche en tablier blanc. En Allemagne de l'Est, le sourire n'allait pas de pair avec le service. Il était attablé quand il vit l'homme avec une casquette bleu foncé à la Helmut Schmidt disparaître sur le chemin entre les bosquets qui menait à la ligne de S-Bahn Schönfeld.

Il finit de manger, attendit une ou deux minutes puis se dirigea vers les toilettes. Elles ressemblaient à un trolley de Toonerville sans les roues, avec les filles à une extrémité, les garçons à l'autre. Une dame âgée à l'air sinistre était assise au milieu, représentant sans doute la frontière entre les sexes.

Comme chaque fois qu'il voyait ce panneau devant un urinoir, Russo sourit. On lisait en allemand : « Pour uriner : 10 pfennige », « Pour se laver les mains : 20 pfennige ». Quelle extraordinaire crise de logique marxiste-léniniste avait dicté ces priorités ? se demanda-t-il. Quand il eut terminé, il se tourna légèrement pour cacher ses doigts à la vue de la femme en tirant la chasse.

Il s'empara prestement du message qui l'attendait dans une crevasse derrière l'urinoir. Après quoi il se lava les mains et, avec un grand sourire, déposa un pourboire dans la coupelle.

Ces réunions de crise étaient comparables au flux et au reflux des marées, se disait Bennington. La tension montait brusquement quand on apportait une information surprenante ou lorsque le président martelait la table en exigeant qu'on agisse. Entre-temps, on tournait à vide sur une mer calme, comme en ce moment. Le Juge passait en revue les derniers renseignements que la CIA avait reçus de Berlin, le récit du chauffeur de taxi à Louis Doria. La moitié des personnes présentes écoutaient, les autres téléphonaient ou chuchotaient entre elles.

– Il les a conduits à la station de métro du zoo, autrement dit ils se rendaient à Berlin-Est, conclut le Juge.

– Jack, intervint le général Trowbridge, quelles sont les chances pour que les Allemands de l'Est les arrêtent pour notre compte ? A supposer, bien sûr, qu'ils y soient toujours.

– Nulles, répondit Jack Taylor, le secrétaire d'État.

– Même en ces jours bénis de la glasnost ?

– Kent, on ne parle jamais de Berlin-Est aux Allemands de l'Est. Jamais. C'est une loi des Alliés gravée dans la pierre. Mentionner Berlin-Est équivaudrait à reconnaître leur autorité sur cette partie de la ville. Si on s'y risquait, Anglais, Français et Allemands de l'Ouest sauteraient au plafond.

– Bon, alors que fait-on dans un cas pareil, bon sang ?

– On s'adresse aux Russes. On déverse inlassablement nos malheurs dans leur oreille probablement sourde.

– C'est tout ?

– C'est tout. Oh, si, de temps en temps, des semaines après une plainte de notre part, on peut s'apercevoir qu'on a secoué les puces à quelque diplomate libyen.

Pour calmer les frustrations du conseiller à la Sécurité, le secrétaire d'État le gratifia de son plus beau sourire. Il y a beau temps qu'il était habitué aux difficultés qu'occasionnait le statut particulier de Berlin.

– J'ai les dernières réactions du Proche-Orient. Radio Tripoli a dénoncé l'attentat la nuit dernière. Mieux vaut tard que jamais.

– Les Iraniens ?

– Un mollah est passé à la télévision hier soir. Il s'est lancé dans un discours pompeux sur la vengeance d'Allah après l'Airbus qu'on a descendu dans le golfe Persique.

– Avons-nous reçu des communications officieuses de Téhéran ? s'enquit Trowbridge.

– Pas un mot. Mais la télévision nationale a donné à ce mollah un long temps d'antenne, ce qui n'est pas précisément un signe de désapprobation, n'est-ce pas ?

Trowbridge fit une grimace et se tourna vers le représentant de la NSA, l'écoute électronique américaine.

– Et vous, quelque chose de votre côté ? Vous vous montrez terriblement lent, dans cette affaire.

– Ce n'est pas comme la Libye. Là, nous connaissions une vingtaine de numéros de téléphone utilisés par les types de la sécurité de Kadhafi. Nos ordinateurs pouvaient intercepter les appels que nous voulions écouter. Beyrouth est un véritable trou à rat. Nous sommes obligés de vérifier presque tout ce qu'il en sort. Ceux des nôtres qui parlent arabe ont un boulot fou.

– Et l'Iran ?

– Nous avons vérifié nos listes. Et l'Agence nous a remis les bandes d'écoute de Berlin-Ouest de ces quinze derniers jours. Nos hommes sont dessus depuis ce matin.

Tandis qu'il concluait, le téléphone de la CIA sonna. Art saisit le combiné. C'était Mott, du Contre-Espionnage.

– Passez-moi le directeur, dit-il.

Le Juge écouta sans un mot puis se tourna vers Trowbridge.

– Général, nous avons quelque chose qu'il faudrait faire immédiatement écouter au président.

Art sourit devant la finesse diplomatique de son patron. C'est vrai que les morceaux de choix revenaient au président, mais c'était aussi un moyen subtil de marquer des points pour le compte de la CIA.

– Monsieur le président, commença-t-il dès que le chef de l'exécutif fut descendu du bureau Ovale. Nous recevons à l'instant une communication urgente du Mossad.

– Ah !

Bennington vit apparaître un sourire sur le visage du président. Le premier depuis le début de l'affaire. Telle était la réputation des services secrets israéliens.

– C'est une de leurs sources d'infiltration à Damas – ils leur donnent une note de fiabilité de A à E –, celle-ci est classée B.

– Je parie que leurs B battent de loin tous les A des autres, lança le président.

Le Juge s'abstint de tout commentaire.

– Bref, le Renseignement syrien a été informé de façon certaine que deux des quatre hommes que nous cherchons, apparemment les deux qui sont passés par Qom, étaient filés à Berlin-Est. On les a vus entrer à l'ambassade d'Iran et en ressortir avec deux grosses valises quarante-huit heures avant l'attentat.

– Voilà ! s'exclama le président. Les Iraniens leur ont fourni les explosifs.

– Monsieur le président, intervint le secrétaire d'État. Nous pouvons présumer de la culpabilité des Iraniens, mais cela ne constitue en aucun cas une preuve. Ils ont aussi bien pu se procurer les œuvres complètes de l'ayatollah.

– Pour moi, c'est une preuve suffisante.

– Ça ne tiendrait jamais devant un tribunal.

– Nous ne sommes pas au tribunal, Jack. Nous sommes en réunion du gouvernement et nous essayons de savoir qui a commis une agression contre nos ressortissants.

– Monsieur le président, vous vous imaginez aller trouver les Français, les Allemands, les Anglais – et je ne dis rien des Russes – et justifier une attaque contre les Iraniens sous le prétexte que quelqu'un a vu deux terroristes sortir de l'ambassade iranienne avec des valises? Ils nous prendraient pour des fous.

– Je n'ai pas la moindre intention de leur en parler, ni à quiconque, d'ailleurs. Cette fois, nous n'avons pas besoin de leur foutu espace aérien.

Le Juge regarda le président de l'état-major général à l'autre bout de la table. Bennington eut l'impression qu'il était furieux, mais pas déraisonnable comme la veille.

– Général, demanda-t-il, le plan dont nous avons parlé hier est-il prêt?

– Oui, monsieur. Les pièces nécessaires ont été remises à votre équipe pour incorporation à votre Livre noir.

– Monsieur le président, dit le secrétaire à la Défense. Le général Schumacher et moi-même avons étudié toutes les autres possibilités évitant l'opération...

Il s'interrompit et se tourna vers le général.

– CIGUË.

– Exact, l'opération CIGUË. Quelque chose que vous pourriez utiliser dans l'éventualité où nous aurions la preuve que l'attentat est d'origine iranienne.

– Je vous écoute.

– Nous suggérons d'augmenter la Task Force dans le Golfe avec deux porte-avions de la base navale de Diego Garcia et du Pacifique afin de nous muscler davantage dans cette région.

– Combien de temps cela prendra-t-il?

– Ils seront sur place en dix jours.

– Dix jours! hurla le président dont les yeux semblèrent vouloir quitter leurs orbites. Vous plaisantez, j'espère. Pas question d'attendre dix jours pour agir. On ne vous a jamais appris que des représailles doivent toujours être immédiates et fortes?

– Peut-être pouvons-nous accélérer un peu le mouvement..., dit le secrétaire à la Défense en jetant à Schumacher un regard lourd de sous-entendus.

– Un peu n'est pas suffisant. Que comptez-vous faire de ces deux porte-avions une fois postés?

– Grâce aux avions dont nous disposons sur ces deux porte-avions, nous pouvons lancer un raid aérien destructeur sur Qom, monsieur le président. Terriblement destructeur.

– On dirait que je me fais mal comprendre, messieurs, répliqua sèchement le président. Vous savez ce que je pense des raids aériens et vous m'en proposez un sur Qom. Vous voulez savoir ce qui va se passer? Ils vont descendre trois ou quatre de nos avions. Cela fera encore des pertes parmi nos hommes...

– Monsieur le président, il s'agira de soldats de l'armée américaine, conscients des risques qu'ils ont accepté de prendre, pas de civils...

– Nom de Dieu!

Bennington vit réapparaître les mêmes signes que la veille.

– Personne ne prendra à la légère le sort des aviateurs de la marine, surtout devant moi. Il y aura un ou des gosses capturés. Ils seront jugés, torturés, battus, nous verrons tout cela en couleur à la télévision. Eh bien, pas tant que je serai président, laissez-moi vous le dire. Nous allons ratiboiser ceux qui ont fait le coup, et nous allons le faire sans risquer un cheveu américain.

– Excellent, gronda Bill Brennan, le robuste chef d'état-major. On va leur montrer ce qu'on sait faire. Il est grand temps de se secouer. Ça fait trop longtemps qu'on se laisse malmener par cette bande de cinglés.

Le raclement du fauteuil du président indiqua que ce dernier s'apprêtait à partir.

– Quoi qu'il en soit, messieurs, nous n'en sommes pas encore là. Gardez tous vos fers au feu tant que nous n'aurons pas trouvé l'arme des criminels encore fumante. Je repasse à 2 heures avant mon rendez-vous de cet après-midi avec la Wildlife World Foundation.

Dès que le président se fut éloigné, Trowbridge demanda une brève suspension de séance. Le Juge attira Bennington dans un coin de la salle de conférence.

– Qu'en pensez-vous?

– Il semblait aller mieux, reconnut Bennington. Je n'ai pas trouvé trace de l'incohérence d'hier.

– Non. Il avait de quoi être épuisé. Après tout, c'est sa première grosse crise. Il devait être extrêmement tendu.

Bennington haussa les épaules.

– Espérons-le. Je vais faire un tour à l'Executive Office pour relever mes casiers électroniques.

– Laissez tomber, Art, c'était la chasse au dahu. Il va bien et je ne voudrais pas qu'on nous pique en train de braconner. D'accord? Otez tout ça de là avant qu'on le découvre. Et au trot.

C'était le genre de conférence de presse à vous faire vieillir prématurément un porte-parole du président. Les correspondants auprès de la Maison-Blanche étaient comme une meute au moment de la curée. Ils s'interrompaient pendant les questions et coupaient le porte-parole au milieu de ses réponses.

– Nous sommes humiliés devant le monde entier. Chaque nouveau président prend ses fonctions en nous disant qu'il va se montrer d'une extrême dureté vis-à-vis des terroristes. Et, dès qu'il se produit quelque chose, le voilà transformé en gentil toutou.

Britt Hume, d'ABC, arborait le petit sourire narquois et poli qu'il réservait aux officiels dans l'embarras.

– Ça va durer encore longtemps?

– Messieurs, je puis vous affirmer que le président domine la situation depuis l'instant où la nouvelle lui est parvenue...

– Alors pourquoi n'a-t-il encore rien fait? s'écria le correspondant de CBS.

– Il a fait quelque chose. Le comité exécutif est en session pratiquement vingt-quatre heures sur vingt-quatre...

– C'est du blabla, tout ça, hurla quelqu'un du fond de la salle. Les gens en ont marre, du baratin, ils veulent des actes, bordel!

– Nous faisons appel à toutes nos ressources pour déterminer les responsabilités. Les Alliés nous apportent leur aide. Dès que nous aurons la réponse, nous déciderons de la conduite à tenir.

– Le président va-t-il faire une conférence de presse?

– Je suis sûr que oui. Ça ne saurait tarder.

– Pourquoi pas aujourd'hui?

– C'est peu probable. Il retourne en session à 14 heures. Il a rendez-vous à 15 heures avec les directeurs de la WWF...

Ce fut un véritable tollé.

– Messieurs, messieurs, supplia le porte-parole. C'est fixé depuis plus d'un mois.

Quelques minutes après le briefing du porte-parole, CNN transmettait la conférence de presse. Valentin Toboulko contemplait le capharnaüm avec fascination et mépris. Les cris, le désordre, la confusion, bref, tout ce qu'il détestait dans la société occidentale. Dire qu'il y avait vraiment des défenseurs de la glasnost pour souhaiter pareils spectacles en Union soviétique. Il se tourna vers Doulia Vaninga.

– Bien. Ils se retrouvent à 14 heures. Je crois que nous pouvons prévoir d'émettre aux alentours de 14 h 15.

– Que faisons-nous, au juste ? demanda-t-elle. Ça a quelque chose à voir avec le président, n'est-ce pas ?

– Vous devriez savoir qu'il ne faut jamais poser de questions. Mais en gros, c'est bien ça.

– Et cette opération doit se dérouler pendant encore combien de temps ?

– Je ne sais pas. Nous recevrons des instructions par satellite ou par ça.

Il désigna le récepteur spécial qu'on leur avait livré avec l'estafette et dont les antennes étaient réglées pour capter les émissions d'un des émetteurs de la taille d'un crayon qu'Ivan Serguéïevitch lui avait montrés à Moscou.

– Le principal est d'être prêts à filer dans la seconde. Gardez toujours votre argent et vos papiers sur vous.

Toboulko lui pressa affectueusement l'épaule. Depuis qu'ils vivaient et travaillaient ensemble, c'était le premier geste humain de son supérieur, la première fois qu'il la traitait en femme.

Lorsqu'il quitta l'appartement et referma la porte derrière lui, elle comprit pourquoi il avait fait cela. Elle ne s'était pas trompée. Ils agissaient bien contre le président – malgré la glasnost, malgré la détente. Elle ne connaissait pas les raisons de cette opération, mais elles devaient être considérables. Et ce geste de Toboulko en exprimait les risques.

L'homme à la casquette bleue, agent de Dante Russo à la Sécurité est-allemande, descendit du S-Bahn dans Frankfurter Allee à Lichtenberg et s'engagea à l'est sur la route à quatre voies qui menait à Wroclaw et à la frontière polonaise. Dans Glaschstrasse il tourna à gauche dans une rue qui montait légèrement. Sur sa gauche, un groupe d'immeubles ouvriers d'avant-guerre, retapés pour des logements bourgeois d'après-guerre. Toutes les fenêtres étaient ornées des mêmes rideaux de dentelle.

Il traversa la rue en direction de bâtiments plus récents. Au rez-de-chaussée, les fenêtres étaient grillagées. Celles des étages supérieurs étaient protégés par des barreaux de fer. A intervalles réguliers, des antennes de télévision dépassaient de l'édifice. C'était sinistre, silencieux et, comme tant de choses à Berlin-Est, sans vie. Pour cet immeuble, il y avait une bonne raison. C'était Normannenstrasse, le quartier général du STASI et de l'homme considéré par ses amis et ses ennemis comme le maître dans l'art de l'espionnage, Markus Johannes « Mischa » Wolfe.

Tandis que l'homme à la casquette bleue pénétrait dans le bâtiment, les deux hommes qui le suivaient avancèrent à ses côtés. Ils signèrent le formulaire d'entrée puis escortèrent Jurgen Stolhmeyer jusqu'à ce qui avait constitué sa résidence au cours des huit derniers mois, une cellule au sous-sol de Normannenstrasse.

En haut, un buzzer sonna dans le bureau de Mischa Wolfe. Il s'empara du téléphone, puis sourit au colonel.

– Il est de retour. Son message a été remis à vos amis de la CIA.

L'instrument qu'Art Bennington avait installé dans le bureau des contre-mesures électroniques de la Maison-Blanche était un magnétomètre trois axes : une grosse machine de soixante-dix centimètres de côté qui pesait près de vingt-cinq kilos. Considérée comme le centre d'un cercle, elle était conçue pour capter tout signal électromagnétique à basse fréquence arrivant d'un point quelconque de la circonférence. Elle repérait aussi ce qui venait d'un avion à la verticale.

L'instrument enregistrait la fréquence de chaque signal, l'heure de début et de fin d'émission, et son intensité. De plus, son amplificateur était capable de résoudre l'angle d'arrivée du signal, si bien que son opérateur pouvait déterminer les coordonnées du lieu d'émission. Si le signal était émis dans un rayon étroit, l'opérateur obtenait un résultat d'une grande précision, diffus, il définissait alors un arc de cercle à l'intérieur duquel provenait l'émission. Bennington avait relié son ordinateur à une imprimante afin de lire les informations enregistrées en son absence.

– Alors, Art, dit l'adjudant de service en le voyant regarder la bande de la matinée. Qu'est-ce qu'on a ?

– Rien que des broutilles, soupira Bennington.

Tous les signaux captés, sans exception, étaient faibles et brefs. Rien qui corresponde même vaguement avec ce qu'il avait à l'esprit.

– Vous ne manquez rien en ne contrôlant pas des fréquences aussi basses.

– Ouais. C'est exactement ce que nous disent les fabricants de tous ces trucs, approuva l'adjudant en désignant les consoles d'équipement électronique.

– Vous remportez votre joujou à Langley?

– Je suppose que oui.

Bennington n'avait pas oublié les ordres du Juge. Il était assez fier de sa réputation de franc-tireur, mais il y avait des limites à ne pas franchir, et outrepasser les ordres du patron n'était pas recommandé. Pourtant, se dit-il, il manquait un ingrédient à la colère du président, ce matin. Il n'était pas absurde et obsessionnel comme la veille. Pourquoi? Peut-être était-ce effectivement le stress, l'épuisement. Dieu sait qu'un président en voyait assez pour se mettre à débloquer. Peut-être que je deviens parano à force de vivre dans ce cirque électromagnétique. Ou peut-être que c'est moi qui ai raison et que quelqu'un a bel et bien décidé de ne pas tourner le bouton ce matin.

– Nous avons une nouvelle session à 14 heures, dit-il à l'adjudant. Autant laisser l'engin ronronner avant que je le remballe. Je le remporterai ce soir.

La réunion avait commencé depuis un quart d'heure à peine quand la discrète sonnerie du téléphone du directeur retentit. C'était Bob Arnold, des Opérations. Le Juge écouta quelques instants puis se tourna vivement vers Bennington et lui fit signe de lui passer un bloc. Cette fois, c'est important, se dit Art en observant son patron gribouiller avec frénésie. Quand il eut achevé, il toussota pour attirer l'attention et interrompit le chef d'état-major au milieu de sa phrase.

– Monsieur le président.

Bennington tourna son attention vers le chef de l'Éxécutif. Les yeux lui sortaient de la tête. Il avait à nouveau les mâchoires serrées. Dieux du ciel, nous voilà repartis pour une sacrée crise de rage, se dit-il. On sentait que toute l'éducation puritaine qui lui avait enseigné à cacher ses émotions luttait avec la colère qui bouillonnait en lui, menaçant à chaque instant d'exploser.

– Notre principal agent à Berlin-Est vient de transmettre à son officier traitant une communication de la plus haute importance pour cette réunion, disait le Juge. D'ordinaire je n'aime pas parler de nos agents, je me limiterai donc à dire que celui-ci a accès au STASI, le service secret est-allemand. Voici la teneur du message.

Le Juge consulta ses notes.

Bennington, lui, ne quittait pas le président des yeux. La sueur perlait sur ses tempes. Ses veines temporales étaient gonflées. Si on lui prenait la tension, il y aurait fort à parier que le mercure ferait un sacré bond. Bennington regarda l'heure. 14 h 18.

– Deux des terroristes que nous avons repérés, ceux entraînés à Qom, ont été identifiés par le STASI à leur arrivée à l'aéroport de Schönfeld.

– Pourquoi les surveillaient-ils?

– Ils étaient sur leur liste. Vous savez, les Soviétiques n'aiment pas plus que nous ces extrémistes islamiques. Ils ont franchi la frontière est-allemande à Friedrichstrasse lundi matin pour Berlin-Ouest. Ils sont revenus par le même chemin samedi soir à 23 h 35, et ont quitté Schönfeld pour Beyrouth sur un vol Interflug le dimanche matin.

Le Juge observa une pause pour dévisager ses auditeurs et donner le poids nécessaire à ce qui allait suivre.

– L'officier de l'immigration qui a vérifié leurs papiers à Schönfeld a noté dans ses fiches qu'ils avaient des billets d'Air Iran avec une correspondance pour Téhéran.

Il se fit un lourd silence. Soudain, la voix tonitruante du président déchira la pièce.

– Nom de Dieu!

C'est parti, pensa Bennington. Le Vésuve est en pleine éruption.

Le président leva les poings puis frappa sur la table comme un sale gosse capricieux.

– La voilà, la preuve! La voilà notre arme encore fumante! Ah! les salauds! Cette fois nous les tenons!

Bennington observait son visage congestionné et sa poitrine qui se soulevait. L'homme était en parfaite condition physique, mais la violence de sa colère était telle qu'il en avait le souffle court. Soudain, tout devint clair pour Bennington. Ce n'étaient pas les révélations de la CIA qui avaient mis le président dans un état pareil. Cela n'avait rien à voir. Sa furie avait commencé avant la sonnerie du téléphone, alors qu'ils évoquaient les procédures d'extradition. A ce moment, pas un mot n'avait été prononcé qui ait pu provoquer une telle rage. Aussi discrètement que possible, Bennington se leva et quitta la pièce.

– La réunion est déjà finie, Art? s'étonna l'adjudant en voyant Bennington entrer en trombe.

– Non, non. Il faut juste que je jette un petit coup d'œil à ma machine.

Art consulta son instrument en remontant à 14 heures et avança lentement, scrutant chaque signal imprimé sur les délicats senseurs. C'était là. A 14 :14 :19. Un signal retentissant dominait tout le reste et se frayait efficacement un chemin dans les profondeurs de la Maison-Blanche sur une fréquence au cœur du spectre, comme l'avait prévu Bennington.

Les doigts tremblants, Art tira la bande. L'émission avait duré quarante-cinq secondes. Puis autre chose, une nette indication qu'il ne s'agissait pas d'un hasard, lui sauta aux yeux entre les lignes courbes et les chiffres de l'imprimante. Il n'y avait pas qu'un signal. Il y en avait deux parfaitement identiques qui se croisaient pile sur la Maison-Blanche.

– Vite, hurla-t-il à l'adjudant, il me faut un plan de Washington.

– Ce n'est pas une cible militaire?

Le président grondait à l'adresse du général Schumacher, qui venait de s'élever contre l'attaque de Qom, le priant de choisir une installation militaire iranienne pour ces représailles.

– C'est là qu'ils enseignent à tuer et à assassiner. A prendre des otages. A fabriquer des voitures piégées. A faire exploser des avions. C'est une véritable usine de terroristes. Et vous prétendez que ce n'est pas une cible militaire?

– Monsieur le président, intervint le secrétaire à la Défense. J'aimerais supplier que les esprits se calment un peu. Qu'on réfléchisse posément. L'armée, représentée par le général Schumacher, est extrêmement réticente à l'idée d'utiliser la force alors que toutes les conséquences d'un tel acte n'ont pas été sérieusement envisagées. D'autant que vous pensez au nucléaire, ce qui multiplie les choses par cent. Plus que quiconque, l'armée est au supplice quant on évoque l'utilisation des armes atomiques, surtout qu'elle est au premier plan.

– Sérieusement envisagées? éructa le président. Parce que vous trouvez que mettre fin au terrorisme n'est pas une conséquence sérieusement envisagée?

– Monsieur le président, je n'ai pas autorité en la matière. En tout état de cause, c'est un acte de guerre, par définition. Vous devez faire une déclaration de guerre avant d'envisager une telle chose. Vous devez consulter le Congrès.

– Jamais de la vie. Relisez les lois. En particulier celle sur l'énergie atomique. Moi, et moi seul, détiens l'autorité d'ordonner l'usage d'une arme nucléaire. Je ne suis pas en train de déclencher une guerre. Ni de mobiliser les forces armées. Je n'envoie pas cinq divisions dans le golfe Persique. Il s'agit d'une action défensive pour débarrasser le monde du terrorisme. On nous a attaqués, et je riposte pour éviter que ça recommence.

Le président respirait si fortement et avec tant de difficulté que c'en était gênant. Il défit le bouton de son col et desserra sa cravate. Pendant ce temps, le ministre de la Justice s'adressa au secrétaire à la Défense.

– La loi est parfaitement claire sur ce point. Le président a raison. C'est à lui que revient la responsabilité d'une telle décision. Pas à vous. Ni au Congrès.

– Oh, pour l'amour du ciel! explosa le secrétaire de la Défense, Vous savez aussi bien que moi que cette loi a été conçue pour permettre d'agir rapidement dans le cas où un missile russe volerait droit sur nous. Les deux situations n'ont aucun point commun.

– Ce qui m'intéresse, monsieur le secrétaire, c'est ce que dit la loi, pas ce qu'elle sous-entend.

La voix du ministre était haut perchée, et trahissait le pharisaïsme inhérent au professeur de droit d'Harvard qu'il avait été.

– Si le président a la conviction que nous devons faire un exemple et que l'usage d'une petite arme nucléaire mettra fin au terrorisme une bonne fois pour toutes, ne comptez pas sur moi pour dire que c'est injustifié, reprit le ministre de la Justice.

– N'empêche qu'il y a autre chose, intervint le secrétaire à la Défense.

Il s'était fait des millions en forant du pétrole offshore dans le monde entier et avait été appelé à la Maison-Blanche pour contrôler les dépenses du Pentagone grâce à ses qualités de chef d'entreprise.

– On appelle ça l'Autorité de commandement national, ajouta-t-il. Les ordres de tir nucléaire émanent du président puis passent par moi pour être transmis au commandant de la zone censé en faire usage. Tout ordre irréfléchi et injustifié sera stoppé ici, chez moi.

Ceux qui faisaient face au président voyaient le rouge lui monter au visage aux paroles de défi du secrétaire à la Défense. Il tapa du point sur la table puis pointa le doigt dans sa direction.

– Laissez-moi vous dire une bonne chose. Je vous ai engagé. Je peux vous virer. Le temps qu'il me faut pour dire : « Vous êtes viré. » N'oubliez pas ce qu'a dit un jour Harry Truman : « Si vous n'aimez pas la chaleur, sortez de ma cuisine. » Si vous êtes incapable de soutenir ce feu, alors du balai.

La Honda bleue de Dimitri « Zébulon » Yashvili, agent du KGB et attaché culturel à l'ambassade, sortit dans Tunlaw Road et tourna au sud en direction de Wisconsin Avenue. Son apparition fut immédiatement notée par l'équipe de surveillance du FBI qui occupait un appartement en face de l'ambassade. Depuis qu'il avait semé ses baby-sitters quinze jours auparavant, Zébulon était devenu l'objet d'une véritable fascination pour le FBI. Ce matin, il y avait trois voitures rien que pour lui.

Zébulon balada ses collègues du FBI dans la capitale pour une visite officieuse. Il descendit Wisconsin à travers Georgetown. Il roula autour du Reflecting Pool, du Tidal Basin et du Mall, descendit Independence Avenue jusqu'à Capitol Hill, alla jusqu'au RFK Stadium, et revint sur Florida Avenue, Rhode Island, la 17e Rue, puis Church Street, New Hampshire Avenue, Kalorama Heights, traversa Rock Creek et s'en retourna à l'ambassade.

Chick O'Neill était à son poste de surveillance quand Zébulon franchit les grilles de l'ambassade.

– Nom d'un chien, fulmina-t-il. Le revoilà avec son sourire d'imbécile heureux. Si sa Honda n'avait pas six ans, on pourrait croire qu'il la rode.

Art Bennington étudia les lignes qu'il avait tracées sur le plan de Washington. Des signaux repérés par son magnétomètre trois axes étaient hautement définis. Ajouté à ça le fait que son instrument était capable de résoudre l'angle entre la bobine et la provenance du signal, il avait pu tracer deux traits. Le premier allait très au nord, à 352 degrés de la 16e Rue, vers le parc zoologique; le second sud-est, traversant le Mall vers l'Enfant Plaza, à 132 degrés.

Il était maintenant certain d'une chose: les transmetteurs qui avaient émis les deux signaux se croisant à la Maison-Blanche devaient se trouver quelque part le long de ces deux lignes. Il les suivit avec l'hypothèse suivante: ces transmetteurs étaient suffisamment petits pour tenir dans une maison, un appartement ou un garage. Donc, compte tenu de l'intensité des signaux captés, ils ne devaient pas se situer à plus de quinze cents ou deux mille mètres de la Maison-Blanche.

Le tout était de les trouver. Pour cela, il n'y avait qu'un moyen. Les hommes chargés de mettre les engins en marche devraient le faire encore une fois. Il avait besoin de quarante-cinq secondes pour les repérer. Autrement, c'était sans espoir. Mais, s'il pouvait transporter sa petite machine à l'autre bout de la résidence et capter une nouvelle émission, il pourrait noter deux autres repères sur son plan. Alors il les tiendrait. Il calculerait le point d'intersection des quatre tracés. L'incertitude serait de l'ordre de quinze mètres.

Dans l'immédiat, il avait besoin d'aide, et vite. Dois-je dire au Juge ce que je trame? se demanda-t-il. Si oui, il va se sentir obligé d'en parler, et éclatera une véritable crise. Et si je me trompe? Si c'est le fait du hasard, un engin électrique dont le bruit interfère? Je mets la Maison-Blanche sens dessus dessous et jette le discrédit sur le président.

Il s'empara du téléphone. Il n'appellerait pas le Juge. Il y avait des moments où il fallait hurler avec les loups, d'autres agir seul. Il composa le numéro de Mike Pettee, l'officier de liaison CIA-FBI, dont les bureaux se situaient dans l'annexe de F Street. Si un deuxième signal se présentait et qu'il avait ses marquages, ils auraient à enfoncer quelques portes, à procéder à des arrestations, et tout ça n'était pas le genre de tâche que les autorités avaient confiée à la CIA.

– Monsieur le président.

C'était le lieutenant général dirigeant la NSA. Le fait qu'il s'adresse directement au président et non au conseiller de la Sécurité nationale signala à tous les participants l'importance de son intervention.

– Nos hommes viennent d'achever l'écoute des bandes en provenance de Berlin. En préambule, j'aimerais préciser ceci : les diplomates du tiers monde en poste à Berlin-Est savent que les Allemands de l'Est écoutent leurs communications téléphoniques. En conséquence, lorsqu'ils ont quelque chose d'important à dire, ils téléphonent d'une cabine de Berlin-Ouest.

« Les équipes de surveillance de la CIA, poursuivit-il avec un signe de déférence à l'égard du Juge, ont observé que nombre de ces gens, Libyens et Iraniens en particulier, avaient une nette tendance à la paresse. Ils traversaient à Checkpoint Charlie avec leur voiture du corps diplomatique, puis allaient droit sur Kochstrasse où se trouve une série de trois cabines juste en face d'un magasin de meubles. C'est de là qu'ils appellent. Si bien que...

Il eut un geste méprisant de la main.

– Les écoutes ont continué, dit le général Trowbridge en riant.

– Exactement. Bien. A 19 h 32 vendredi soir, on a appelé l'Iran d'une de ces cabines. A l'autre bout, on a répondu en farsi. Celui qui téléphonait parlait arabe avec un accent palestinien ou libanais. Il a dit : « Dites à votre patron que le colis est prêt et qu'on le livrera demain. » Puis il a raccroché.

« Le lendemain soir, samedi, ou, pour être exact, dimanche matin à 0 h 23, reprit l'officier de la NSA, il y eut un second appel à ce numéro de la même cabine. Il s'agissait de la même personne. Son message, cette fois, était : « Votre colis a été livré. Les messagers sont revenus à bon port. »

Ses yeux reflétaient la tristesse d'un inspecteur de police chargé d'annoncer à une femme que son mari a été grièvement blessé dans un accident de voiture.

– Messieurs, ce numéro de téléphone est celui du centre d'entraînement terroriste d'Hussein Ali Montazeri à Qom.

Le président s'était levé brusquement. Il faisait les cent pas, la cravate de travers, gesticulant pour souligner chacune de ses paroles.

– Lancez ce missile, j'ai dit, rugit-il. Tout est prêt. Allez-y. Quelle preuve voulez-vous de plus? Ce sont eux qui ont fait le coup, et sacré nom ils vont me le payer!

– Monsieur le président, protesta le secrétaire à la Défense, quelle que soit la provocation, quelle que soit leur culpabilité, c'est une réaction disproportionnée, catastrophique, irréfléchie et totalement injustifiée. Et les Soviétiques? Vous croyez qu'ils vont rester là à nous regarder faire sans broncher?

– Qu'est-ce que vous voulez qu'ils fassent, nom de Dieu? Entamer une guerre uniquement parce que nous avons corrigé une poignée de types qu'ils détestent autant que nous? Ne dites pas n'importe quoi, mon vieux.

– Gorbatchev prendra le premier avion pour les Nations unies dès demain matin. Il nous écorchera vifs devant le monde entier. Nous deviendrons de véritables parias. Nous nous retrouverons seuls, complètement isolés, haïs de la terre entière.

– Et alors? Nous serons respectés. Et laissez-moi vous dire que je préfère voir ce pays respecté plutôt qu'aimé. Nous sommes une superpuissance, pas un candidat au superjeu de la popularité.

– Rien ne justifie militairement un tel ordre, monsieur le président.

Le général Schumacher venait de comprendre avec horreur que

cet homme avait bien l'intention d'envoyer ce missile. Pourquoi, se demanda-t-il, ai-je autorisé sa programmation ? Parce que c'était un ordre direct, et on ne contrevient pas à un tel ordre. Mais bon sang, qu'est-ce qu'on fait s'il donne l'ordre de tirer ?

– Rien ne le justifie, général ? aboya le président. Demandez donc aux parents des gosses tués à Wiesbaden s'ils n'ont pas de bonnes raisons. Des hommes sous votre commandement dont les gosses ont été tués dans votre lycée militaire.

– Cela ne justifie pas un tel acte, monsieur le président. Les chiens aboient, la caravane passe. Ordonnez qu'on fasse feu, et vous le ferez sans moi.

– Parfait, ce sera sans vous ! aboya le président. De toute façon vous n'êtes pas dans la chaîne de commandement.

– Monsieur le président.

C'était Jack Taylor, le plus proche allié politique du président depuis des années.

– Vous et moi sommes ensemble sur une route longue et difficile. Nous avons nos différences, mais nous avons toujours réussi à les surpasser. Vous ne pouvez pas faire ça. Vous ne le pouvez pas. Les Soviétiques ont sur le dos le terrible problème des populations islamiques. Après ça ils vont tous se regrouper. Cela détruira notre position dans le Golfe avec ses réserves pétrolières. Les musulmans du monde entier seront avec le djihad contre les Américains pour cinquante ans. Nous mettrons en péril nos ambassades et tous les nôtres en pays musulman.

– Allons-y, Jack, voyons ! rétorqua Bill Brennan, le chef d'état-major. Ces ambassades seront au contraire les endroits les plus sûrs. Personne n'osera y toucher. Le missile fera comprendre notre message une bonne fois pour toutes : touchez pas aux Américains, touchez pas à leurs intérêts. Pourquoi croyez-vous que les Britanniques ont été maîtres du monde pendant trois cents ans ? Parce que dès que quelqu'un levait la main sur eux ils envoyaient une canonnière et faisaient tout sauter.

Le secrétaire ne prit pas garde aux paroles de son rival politique.

– Monsieur le président, reprit-il, ce serait un acte de terrorisme tout à fait immoral. Cela réduirait à néant tout ce que cette nation représente, ce que vous représentez, ce que moi je représente. Si vous persistez, ce sera sans moi.

Le président se sentait mal. Il avait la nausée. Son crâne était pris dans un étau. Il sentait la sueur perler sur son front et ses mains trembler quand il ne les bougeait pas pour empêcher que cela se remarque. Mes vertiges, pensa-t-il. Je vais avoir une crise. C'est impossible. Pas ici. Pas maintenant. Pas devant tout ce monde. Il se pencha et posa les mains sur la table.

– J'ai rendez-vous en haut, dit-il. Mais je vais revenir. Et je verrai la mise à feu de ce missile.

Quand la Honda de Zébulon Yashvili passa dans Church Street, une lumière clignota sur le récepteur radio placé sur l'étagère dans l'appartement en sous-sol du 1750. Nina Wolfe la remarqua quelques minutes plus tard. Elle décoda le bref message, espérant qu'il transmettrait l'ordre de départ. Mais cela n'avait rien à voir. Il indiquait l'heure à laquelle le Centre voulait qu'on allume les générateurs. 15 heures cet après-midi. Elle appela immédiatement Toboulko dans la fourgonnette.

A Moscou, le terminal du téléphone rouge se trouvait dans une salle sévèrement gardée au rez-de-chaussée du praesidium du Soviet suprême, lourd édifice juste à l'intérieur du mur du Kremlin, au-delà de la tour du Sauveur. Contrairement au terminal américain uniquement réservé au président, celui de Moscou était à usage collectif du Politburo – encore qu'en réalité presque toutes les communications portassent la signature du secrétaire général.

Il était donc inhabituel, encore que non sans précédent, de voir Ivan Serguéïevitch se présenter aux gardes du Kremlin pour un bref contact avec Washington avec le sceau du secrétariat du Politburo. Il donna instruction à l'officier de garde de renvoyer l'original du message au KGB après expédition. Il était 23 h 35, heure de Moscou, 14 h 35, heure de Washington. Feodorov avait analysé avec soin les procédures du téléphone rouge. Son message, traduit en anglais, serait entre les mains du président des États-Unis dans une vingtaine de minutes.

Avec son goût marqué des acronymes, l'armée américaine avait baptisé MOLINK la ligne directe Moscou-Washington. Son terminal se situait au Pentagone, dans le Centre de commandement militaire national, interdit au public. Il comprenait deux pièces de la taille d'un dortoir. Sa porte était ornée d'un aigle enserrant deux éclairs avec les mots « Ligne rouge Washington-Moscou ». Elle était fermée au monde militaire extérieur, soulignant ainsi que ces deux pièces étaient le territoire exclusif du président des États-Unis.

L'antichambre était tapissée de rangées de dictionnaires anglais-russe et d'affiches de voyages représentant des basiliques, des icônes ainsi que le Kremlin, peut-être dans le but d'aider ses occupants à imaginer le monde à l'autre bout du circuit. La salle de liaison proprement dite n'était guère plus vaste qu'un dressing. Chaque message était simultanément transmis sur trois circuits : un câble souterrain jusqu'à Londres puis Moscou par voie terrestre et deux satellites Intelsat. Américains et Soviétiques utilisaient des ordinateurs IBM identiques pour transmettre, deux à chaque terminal. Leurs écrans étaient bleus bordés de rouge quand ils transmettaient en clair, et de noir quand ils transmettaient en code. A côté, deux machines à coder Siemens couleur Coca-Cola, de la taille et de la forme d'une caisse enregistreuse. Les conventions des clés figuraient sur des listes préétablies alternativement par Washington et Moscou une semaine sur deux.

Ces machines crachaient leurs messages à la cadence laborieuse de soixante-six mots la minute, mais, comme ils devaient être traduits en arrivant par le traducteur de service, cette lenteur d'escargot n'était pas un problème. Aucune des deux parties n'envisageait une machine à traduire de peur de perdre en route les nuances d'expression de certains présidents comme le langage fleuri d'un Johnson ou d'un Khrouchtchev.

Ce mardi après-midi, le directeur des transmissions et le traducteur de service s'ennuyaient ferme. Ils n'avaient rien eu d'autre à faire que d'envoyer et de recevoir les textes de test toutes les heures, discours d'une infinie platitude sur les rites funéraires pharaoniques ou l'élevage des moutons en Australie. A 14 h 49, ils furent ravis d'entendre la sonnerie d'alerte indiquant l'arrivée d'un message. Ainsi que l'exigeait la procédure, le directeur convoqua l'adjoint de garde du NMCC. Il avait pour responsabilité de s'assurer que la procédure était respectée dans ses moindres détails. Toutefois, ni lui ni le directeur n'étaient autorisés à voir le texte. Les messages étaient à usage exclusif du président. Nul autre que lui ne pouvait les lire. Même le président du comité des chefs d'état-major n'avait pas le droit d'entrer dans cette pièce pour demander à les voir.

Quand le message de Moscou eut franchi le décodeur, le traducteur pria les deux hommes de quitter la salle de liaison et commença son travail. Sur un coin de son bureau se trouvait un téléphone noir. C'était une ligne directe avec le standard de la Maison-Blanche. Dès qu'il aurait achevé, il téléphonerait directement le texte au président.

Le président était seul dans le bureau Ovale, la tête dans les mains. Il était épuisé, aussi éprouvé que lorsque, gosse, il venait de hurler sa rage contre un père en pleine folie éthylique. Il faut que je me reprenne, se dit-il. Je perds complètement les pédales, ces temps-ci. Il jeta un coup d'œil à sa montre. Dans deux minutes il serait 15 heures. Il avait rendez-vous avec la WWF. C'est alors que son téléphone sonna.

– Monsieur, annonça une voix, ici le lieutenant Esterling, traducteur de service au MOLINK. Nous recevons à l'instant une communication de Moscou. Puis-je vous la lire?

– Je vous en prie, jeune homme.

Le président grommela sa satisfaction à l'écoute du message. Peut-être que les types en bas ne comprenaient pas sa position, mais à Moscou on le comprenait. Il n'y aurait pas de représailles soviétiques pour un raid sur Qom. « Nous comprenons que vous répondiez à pareil outrage. » La conclusion était celle-ci : « Notre position ne sera pas de vous attaquer pour les conséquences de votre acte de représailles, où qu'il ait lieu. »

– Bon sang, Art, j'espère que tu sais ce que tu fais, dit Mike Pettee, l'officier de liaison FBI-CIA.

– Bien sûr que non, Michael, pouffa Bennington. Ce ne serait pas drôle, autrement.

Bennington avait installé son magnétomètre dans une sorte de grand placard à l'aile est du sous-sol de la Maison-Blanche, où l'équipe de contre-mesures avait placé une partie de son matériel. Là, il était certain que le magnétomètre serait à l'intérieur du champ étroit du signal qu'il avait capté plus tôt. Et il était en même temps suffisamment éloigné du bâtiment d'où il l'avait capté pour obtenir un relèvement lui permettant de déterminer la provenance des émissions. Il ne restait maintenant à l'opérateur qu'à tourner son bouton.

– Et si on me cherche à Langley? soupira Pettee.

Bennington savait que son collègue du FBI était homme à se torturer pour des bricoles. Avant qu'il se mette au travail, par exemple, chaque objet sur son bureau devait être à un angle précis, que ce soit la photo de sa femme ou son porte-crayons.

– On pensera que tu t'envoies une minette au Hay Adams.

– Et ça te fait rire, évidemment.

– Non, ça ne me fait pas rire. Mais je suis sûr que ça doit être chouette.

Tout en parlant, Bennington ne quittait pas son magnétomètre des yeux. Une série de chiffres roses se mirent à clignoter en cascade. On aurait dit un générateur de nombres aléatoires comme ceux avec lesquels il avait bricolé dans le labo de parapsychologie. Une chose était claire: le bruit électromagnétique ambiant qu'ils captaient n'était qu'un barbouillage confus. Aucun des signaux s'imprimant sur les senseurs n'avait la moindre intensité.

– Dis-moi, Michael, quelle est la plus grosse médaille qu'on donne au FBI?

– Comment veux-tu que je le sache?

– Si ça va comme je veux, tu en auras une, crois-moi.

– J'aurai déjà une sacrée veine si on ne m'envoie pas comme agent spécial à Lockjaw, Alaska, rien que pour avoir traîné mes guêtres avec un type de ton espèce. Tu sais ce qu'on a dit au sujet de...

– Attends!

Bennington fit un bond. Quatre chiffres brillaient sur son écran, rouges comme des braises.

– Ça y est! Ils retransmettent! hurla-t-il en s'assurant que son magnétomètre enregistrait correctement. On les tient!

– Qui?

Bennington haussa les épaules.

– On le saura en ouvrant leur porte.

Le signal s'éteignit au bout de quarante-cinq secondes.

Bennington s'empara du plan de Washington au millième sur

lequel il avait tracé les repères. Il s'aperçut immédiatement que quelque chose clochait terriblement. Le premier signal provenait du sud-ouest, de l'autre côté du Mall; il avait bougé de presque huit degrés au sud-ouest. Bennington en était malade. Cela signifiait que le générateur était mobile. Ils transmettaient d'un camion ou d'une fourgonnette.

Il se tourna vers le second transmetteur. Il s'aperçut avec soulagement que celui-là était fixe. Lentement, décidé à ne pas commettre d'erreur, il traça un nouveau trait sur le plan. Il croisa la première ligne au sud-est de Church Street. Cette rue faisait trois cents mètres de long. Après avoir mesuré la distance, il vit que l'intersection s'opérait à cent cinquante mètres de la 17e Rue. L'émetteur se situait donc dans un cercle de quinze mètres autour de ce point.

En haut, le président arpentait le bureau ovale tout en relisant le message de Moscou. Soudain, la colère noire qu'il avait si souvent éprouvée ces derniers temps resurgit avec force. Les Russes, eux, comprenaient ce que refusaient d'admettre ses conseillers bien-pensants. Ils voyaient ce qu'il convenait de faire. Il serra les poings de rage et tressaillit. Il voulait hurler sa fureur. Le seul argument de bon sens de ses conseillers concernait la réaction des Soviétiques. Eh bien, ce message réduisait cet argument à zéro. Désormais la route était libre pour pilonner ces sauvages. Et pourquoi pas maintenant? se dit-il. Pourquoi attendre? Pourquoi s'éterniser dans des débats stériles?

Il se jeta sur le téléphone.

– Passez-moi le NMCC, ordonna-t-il sèchement.

Quelques secondes plus tard, il parlait au général de brigade de l'Air Force.

– Branchez-moi sur le commandant du *Valley Forge,* ordonna-t-il.

– Bien, monsieur, répondit le général de brigade, étonné mais pas choqué.

Il était déjà arrivé que des présidents parlent directement aux commandants militaires en campagne. Richard Nixon et Lyndon Johnson l'avaient fait pendant la guerre au Viêt-nam. Depuis lors, on avait établi pour de telles circonstances une procédure informelle. Ce n'était pas autorisé explicitement noir sur blanc, mais c'était admis. Le général de brigade mit une cassette en marche pour enregistrer la conversation, puis appela le *Valley Forge* sur un réseau sûr d'accès limité.

– Veuillez ne pas quitter, le président va vous parler, dit-il au commandant estomaqué. Vous pouvez parler, monsieur, ajouta-t-il pour le président.

Ce dernier avait pris sa carte de code d'identification dans son portefeuille et la tenait devant lui.

– Commandant, ici votre commandant en chef.

Puis il donna le code d'authentification pour le jour, qui confirmait son identité.

– Oui, monsieur, répondit Edmonds qui n'avait jamais eu le moindre doute.

– Vous êtes au courant de l'opération CIGUË programmée sur votre navire?

– Oui, monsieur.

– Lancez l'opération.

Edmonds était sidéré.

– La lancer, monsieur?

– Envoyez ce missile. C'est un ordre.

Edmonds était tellement choqué qu'il ne put que souffler:

– Oui, monsieur.

Il n'eut pas le temps d'en dire plus qu'il entendit un déclic. Le président avait raccroché et l'officier de garde au NMCC l'informa que la ligne était coupée.

L'officier de pont et le second étaient avec Edmonds au Centre d'information de combat quand le président avait appelé.

– Bon, si je comprends bien, ces salauds vont enfin avoir ce qu'ils méritent, grogna le second d'un air doux et satisfait.

– C'est bien la première fois, lâcha Edmonds.

– C'est possible, commandant, mais c'était le président. Cet ordre est légal.

– Légal ou pas, nous avons une procédure de chaîne de commandement approuvée, et mes ordres à moi sont de ne jamais lancer un missile nucléaire sans un code d'autorisation émanant d'une seconde source qui connaisse aussi bien le système d'armes que celui des messages. Je dois suivre une certaine procédure, et je n'en dévierai pas d'un pouce.

– Vous ne pouvez outrepasser un ordre direct du président des États-Unis, commandant.

– Non, reconnut Edmonds d'un air sinistre, je ne le peux ni ne le veux. Mettez le navire en position de tir pour l'opération CIGUË et entamez la procédure de lancement, ordonna-t-il à son second.

Le président arriva en trombe dans la salle de conférences. Sans attendre que le général Trowbridge ou quiconque ait marqué sa présence, il fonça jusqu'au bout de la table. Au lieu de s'asseoir, il posa bruyamment son pied sur le barreau de la chaise et s'empara du dossier des deux mains qu'il agrippait violemment.

– J'ai donné ordre qu'on tire ce missile. Cette fois, ces salauds vont payer pour ce qu'ils ont fait.

– Monsieur le président, protesta le secrétaire à la Défense, ce n'est pas un ordre valable.

– Bien sûr que si, nom de Dieu! hurla le président.

– Vous n'avez pas suivi la chaîne de commandement de l'Autorité nationale de commandement.

– Où est-il inscrit que je suis obligé de la suivre? rétorqua le président. Nulle part.

Puis il quitta la pièce et remonta dans le bureau Ovale pour sa réunion avec la WWF.

Le général Trowbridge fut le premier à réagir. Il se tourna vers son adjoint.

– Appelez le vice-président. Où qu'il soit. Qu'il rappliqué immédiatement.

Il se leva et tapa sur la table.

– Messieurs, ordonna-t-il, que tout le monde quitte cette pièce, à l'exception des responsables. Tout de suite.

Le contre-amiral commandant la Task Force du golfe Persique trébucha, encore ensommeillé, jusqu'au téléphone pour prendre une communication urgente du commandant du *Valley Forge*. Dans le Golfe, il était plus de minuit. Ce que lui raconta Edmonds eut vite fait de le réveiller complètement. L'amiral était une fine mouche. Il comprit tout de suite une chose : il n'entrerait pas dans l'Histoire comme celui qui a donné ordre à Edmonds d'outrepasser un ordre direct du président.

D'un autre côté, il voulait être tout à fait certain qu'Edmonds n'enverrait pas ce missile tant qu'il n'aurait pas compris ce qui se tramait.

– Je n'ai pas connaissance de cet ordre, commandant. Il n'a pas été transmis par les canaux normaux de la chaîne de commandement.

Ce qui était censé inciter Edmonds à se montrer d'une prudence de serpent et à retarder l'exécution de cet ordre sans vraiment l'exprimer.

– Préparez-vous à exécuter cet ordre pendant que je m'assure de sa validité auprès des autorités compétentes.

Comme on pouvait envoyer le missile de croisière pour Qom en moins de soixante secondes, ces mots annonçaient aussi clairement que possible à Edmonds : attendez. L'amiral savait qu'Edmonds ne pouvait pas trop traîner. Mais en tout cas il était couvert pour au moins quinze ou vingt minutes. Il quitta sa cabine en courant jusqu'au centre de transmissions. Il était vêtu en tout et pour tout de son tee-shirt et de son caleçon.

– Appelez-moi le commandant de la flotte Atlantique, hurla-t-il à l'homme des transmissions ahuri. Je me fiche de savoir s'il est aux bouteilles, au pieu ou Dieu sait où. Il me le faut! Exécution!

Après en avoir référé à son supérieur immédiat, le commandant Edmonds entreprit la démarche nécessaire pour obéir aux ordres du président et suivre la procédure rigoureuse régissant à l'usage des armes nucélaires aux États-Unis. Il appela le général de brigade de l'Air Force de service au NMCC.

– Mon général, j'ai reçu un appel téléphonique du président des États-Unis. La procédure d'échange d'authentification s'est effectuée correctement. J'ai reçu l'ordre direct du président de lancer un missile de croisière de quatre kilotonnes sur Qom. J'ai maintenant besoin du code d'autorisation d'aujourd'hui pour effectuer mon tir après libération de l'arme.

– Je n'ai pas autorité pour donner le code, répondit le général de brigade.

C'était un mensonge. En cas d'urgence nucléaire, il en avait effectivement l'autorité, mais il aurait préféré être pendu plutôt que de s'en servir dans le cas présent. Il avait déjà écouté l'enregistrement de l'appel du président. Une fois qu'Edmonds aurait le code, ce missile s'envolerait. Il le faudrait. Edmonds n'aurait plus le choix.

– Je vais demander le code au secrétaire de la Défense, commandant, et je vous rappelle le plus vite possible.

Dès que le dernier assistant eut quitté la pièce, Trowbridge se leva et alla fermer la porte à clef. Il retourna s'asseoir et sortit de la poche intérieure de sa veste d'uniforme un petit fascicule qu'il posa sur la table devant lui. C'était un exemplaire de la Constitution. Trowbridge l'avait glissé dans sa poche vingt-quatre heures auparavant, quand il avait perçu quelque chose de bizarre dans le comportement du président. Il y posa les yeux juste une seconde, comme si les mots qu'il lisait allaient lui donner le courage de prononcer ce qui allait suivre.

– Messieurs, commença-t-il, j'ai envoyé un message au vice-président pour lui demander de nous rejoindre sans délai. Je crains que nous ne nous trouvions face à un problème terrible et tragique. Émettre un ordre de cette façon, en violant la chaîne de commandement, contre l'avis unanime de ses conseillers, peut seulement signifier que le président a momentanément perdu le contrôle de ses facultés. Je souhaite recommander l'invocation du vingt-cinquième amendement afin que le président soit relevé de ses fonctions pour cause d'incapacité temporaire.

L'énormité des paroles de Trowbridge était telle que pendant plusieurs secondes personne ne souffla mot. Bill Brennan se pencha vers le conseiller à la Sécurité nationale, mais avant qu'il ait pu parler Trowbridge leva la main.

– J'aimerais avant toute chose vous lire le premier paragraphe de la section quatre du vingt-cinquième amendement :

« Chaque fois que le vice-président et une majorité des principaux responsables de l'Exécutif ou de corps constitués transmettront au président *pro tempore* du Sénat et au président de la Chambre des représentants leur déclaration écrite selon laquelle le président est incapable d'assumer les pouvoirs et les devoirs de sa charge, le vice-président assumera immédiatement les pouvoirs et devoirs de ladite charge en tant que président en fonction. »

Les mains tremblantes, conscient de la tristesse et de l'horreur de ce qu'il proposait, Trowbridge referma le fascicule.

– Messieurs, j'ai la conviction que c'est ce que nous devons faire. Déclarer le président incapable d'assumer les pouvoirs et devoirs de sa charge pour cause d'incapacité temporaire. Et tout de suite. Il faut arrêter ce missile et éviter une catastrophe pour le pays. Les conséquences seraient incalculables et irréparables.

– Vous n'êtes pas sérieux, Kent, hurla Brennan. Vous êtes en train de nous demander de fomenter un coup d'État contre le président légitimement élu des États-Unis.

Le ministre de la Justice était debout.

– Général Trowbridge, dit-il comme s'il faisait un réquisitoire, en tant que premier homme de loi de ce pays, j'ai pour fonction de soulever les aspects légaux de votre proposition. Laissez-moi souligner tout d'abord que je n'ai pas trouvé la preuve que l'intention des rédacteurs de cet amendement ait été de l'invoquer en pareil cas. Il s'agit de ce qu'on appelle l'amendement Wilson, conçu pour répondre à des cas comme celui de Woodrow Wilson dont l'incapacité était due à une attaque. Ronald Reagan l'a volontairement invoqué pour couvrir la période où il serait sous anesthésie pendant ses opérations.

– Vous avez dit vous-même hier que c'est le texte qui compte, pas son intention, intervint Trowbridge. Ce texte offre la parfaite solution légale au dilemme dans lequel nous nous trouvons.

– Général Trowbridge, qu'y a-t-il au juste d'illégal dans l'ordre du président. Rien. C'est peut-être un mauvais ordre. Peut-être même d'une incommensurable stupidité. C'est sans doute une réaction exagérée et totalement injustifiée à une provocation. Mais cela demeure un ordre légal. Cet amendement ne vous confère aucune autorité pour déposer un président sous le prétexte qu'il a donné un ordre qui ne vous plaît pas.

– Eh bien moi, je crois que si, nom d'un chien, rétorqua le secrétaire à la Défense. Pour sauver le pays des horribles conséquences d'un ordre complètement aberrant, donné d'une manière si irrationnelle par le président qu'il prouve la perte de son équilibre mental.

– Vous n'allez tout de même pas déclarer au nom de tous que le président est mentalement déséquilibré, lança le ministre de la Justice avec mépris. Où avez-vous dégotté les qualifications médicales qui le justifieraient ? En forant des puits de pétrole en Indonésie ?

Il se tourna et pointa un doigt sur Trowbridge en signe d'avertissement.

– Je ne doute pas de vos bonnes intentions, mais c'est une mauvaise proposition. La question ici n'est pas de savoir si le président est sain d'esprit ou s'il est capable d'assumer ses fonctions. Elle concerne son jugement. La Constitution offre un remède aux graves erreurs de jugement d'un président, ça s'appelle la révocation.

– Une révocation! hurla Trowbridge. Mais vous êtes fou aussi, ou quoi? Le temps que nous l'obtenions, nous aurons fait rôtir quarante mille personnes et détruit cet homme, sa présidence et deux cents ans d'histoire américaine.

Bill Brennan s'était levé à son tour.

– Je suis absolument et résolument opposé à cette idée.

Le chef d'état-major n'avait pas l'habitude de mâcher ses mots.

– Mais comment comptez-vous vous y prendre, sacré nom? Appeler le président en salle de réunion et lui dire: « Eh, on croit que vous déménagez complètement. On demande au vice-président de prendre la relève. » Il vous répondra: « C'est vous qui débloquez. » Il décrochera le téléphone, appellera le speaker du Congrès et dira: « Il y a en bas une bande de types qui préparent un coup d'État. » A votre avis, comment allez-vous empêcher ça? Nom de Dieu, vous comptez enfermer le président des États-Unis dans le placard à balais?

Tandis qu'il proférait son point de vue, le téléphone sonna en face du secrétaire à la Défense.

– Oui, murmura-t-il.

C'était l'officier de garde à la NMCC qui transmettait la demande de code d'autorisation faite par Edmonds.

– Je vous rappelle, murmura le secrétaire à la Défense.

C'était risiblement faible comme réponse, mais sur le moment c'est tout ce qu'il avait trouvé. Ça lui donnerait toujours quelques minutes avant que le NMCC fasse pression. L'important était que personne ne s'aperçoive que le président avait oublié de donner aussi le code d'autorisation. Si Brennan ou le ministre de la Justice le lui susurrait à l'oreille, il n'aurait qu'à téléphoner au NMCC et dire au général de donner le code, et à tous les coups ce satané missile prendrait la route.

C'était maintenant au tour du secrétaire d'État de bondir sur ses pieds.

– Je suis désolé, Bill, mais la réponse est oui, nous devrons peut-être le retenir, le mettre sous sédatifs, mais je suis d'accord avec Kent. Nous ne pouvons permettre l'exécution de cet ordre.

– Je rêve, ma parole ! explosa Brennan. Vous seriez capables de transformer les États-Unis en une république d'opérette, de violer la Constitution juste pour épargner une poignée de tueurs qui de toute façon méritent leur sort.

– Non, dit Taylor d'une voix aussi calme et mesurée que possible. Pour le sauver, lui, sa présidence en tant qu'institution et ce pays d'un ordre qui n'aurait jamais dû être donné. Je connais le président mieux que quiconque ici. Je l'aime comme un frère. Et j'ai la ferme conviction que depuis quarante-huit heures c'est un homme malade et qu'il n'est plus lui-même. Si nous devons stopper cette affaire, il nous faut soit autoriser le secrétaire à la Défense à contrecarrer l'ordre du président, soit...

– Hors de question, aboya le ministre de la Justice. Il n'en a pas autorité. Seul le vice-président l'a.

– ... soit d'invoquer le vingt-cinquième amendement, acheva le secrétaire d'État.

– Puis de convaincre le vice-président de prendre le relais, dit le ministre, parce que sans lui pour coiffer votre action, cela ne mène à rien.

Le Juge n'avait pas pris part à la discussion. Il pensait que ce n'était pas son rôle, pas plus que celui de l'Agence, d'intervenir dans un tel débat. Mais où était passé Bennington ? S'il pouvait lui mettre la main dessus, il viendrait expliquer au groupe le comportement du président, voire suggérer quelques-unes de ses théories insensées. Où se cachait-il ?

Un coup bref à la porte interrompit les discussions. C'était le vice-président.

– Je suis venu aussi vite que possible, dit-il en offrant à l'assemblée son charmant sourire d'enfant. Il y a un problème ?

Art Bennington et Mike Pettee remontaient la 16e Rue, sirène déclenchée pour se frayer un chemin entre les voitures. Pettee avait mis son gyrophare aimanté.

– Eh, on se croirait dans *Deux Flics à Miami*, tu ne trouves pas, Michael ? dit Bennington en riant.

L'agent du FBI était tendu, concentré sur sa conduite, et guère d'humeur à plaisanter.

– Qu'est-ce qu'on va voir ?

– Qui peut s'intéresser à essayer de manipuler les émotions du président ? Tu me fais confiance, j'espère ?

– On devrait peut-être demander des renforts ?

– On devrait surtout s'assurer d'abord que j'ai raison. Imagine que ce soit tout simplement l'atelier d'un futur Edison ? Tu crois que le directeur apprécierait qu'on cerne l'endroit avec cinquante agents et la Brigade antigang ?

Ils passaient Massachusetts Avenue et approchaient P Street. Pettee sortit un bras et récupéra son gyrophare bleu.

– Inutile de nous annoncer.

Dès qu'il furent au coin, Art sortit en trombe.

– Gare-toi à mi-chemin dans la rue, je vais mesurer la distance.

Son calculateur de distance dans la main le conduisit juste en face du 1750, à cent cinquante mètres du coin avec la 17e. La maison était semblable aux autres, trois étages avec une saillie le long de la façade qui abritait des fenêtres arrondies. Les briques étaient peintes en beige, ses ornements en acajou. Pettee passa devant Bennington. Sur la plaque, on lisait Houlihan.

Une dame d'un certain âge à l'allure plutôt distinguée vint répondre.

– Madame Houlihan ? Je suis l'agent spécial Mike Pettee du FBI.

– Oh, mon Dieu. Veuillez entrer. Aimeriez-vous une petite tasse de thé ?

Mme Houlihan était manifestement d'une autre génération et d'un autre monde. Elle voyait la visite du FBI bien autrement que ceux auxquels Pettee avait généralement affaire.

– Non, madame, je vous remercie. J'aimerais seulement savoir depuis combien de temps vous habitez ici ?

– Cela va bientôt faire quarante-cinq ans. Depuis que mon défunt mari est revenu du Pacifique après la guerre.

– Je vois. Vous vivez seule, n'est-ce pas ?

– Oh non ! ma fille habite avec moi.

– Il n'y a personne d'autre dans la maison?

– Seulement un charmant jeune couple qui a loué l'appartement en sous-sol. Ils travaillent chez IBM.

– Cela fait longtemps qu'ils sont là, n'est-ce pas?

– Oh non, ils viennent d'emménager.

Pettee et Bennington échangèrent un bref regard.

– Auparavant, j'avais un professeur de sciences de l'université américaine.

– Peut-être allons-nous leur dire un mot, annonça Pettee en effleurant son chapeau pour remercier la propriétaire.

Les deux hommes descendirent aussi vite qu'ils le purent l'escalier qui menait au sous-sol. Bennington entendit des hauts talons cliqueter sur le sol en réponse au coup de sonnette de Pettee.

– Oui? dit une voix de femme.

– FBI, madame. Nous aimerions vous parler.

La femme ne répondit pas. Pettee frappa à nouveau.

– Madame?

Bennington colla l'oreille à la porte. Il crut entendre une autre porte s'ouvrir. Le visage brillant d'excitation, Mme Houlihan se penchait sur la rambarde et ne perdait rien de la scène.

– Y a-t-il une porte sur l'arrière? s'enquit Bennington.

– Oh oui! Elle donne sur le jardin.

– Elle se tire! cria-t-il.

Il se recula et donna un coup d'épaule qu'il réservait autrefois à ceux qui voulaient l'empêcher de marquer un essai. La porte s'ébranla. En haut, Mme Houlihan, qui n'appréciait guère ce qu'allait lui coûter le geste de Bennington, émit quand même un petit cri de plaisir : elle vivait un feuilleton de télévision pour de vrai.

– Bon sang, Art, on n'a pas de mandat! s'écria Pettee.

Bennington s'était reculé pour donner un deuxième coup. Cette fois, les gonds sautèrent. Art et Mike Pettee se retrouvèrent dans un petit salon. Au bout, un panneau vitré donnait sur un jardin. Derrière, la porte était entrebâillée. Au fond du jardin, une femme agrippait le treillis pour escalader le mur de deux mètres qui donnait sur le jardin voisin.

– Attrape-la, hurla Bennington.

Pettee piqua un sprint à travers la pièce tout en sortant de son holster un Magnum 357.

– Arrêtez! FBI! hurla-t-il en arrivant à la porte.

Les avant-bras de la femme étaient maintenant sur le haut du mur et elle avait passé un pied.

– Arrêtez ou je tire!

Pettee se retrouva dans le jardin. La femme ne s'arrêta pas. Elle était à sept mètres et roulait son corps en haut du mur avec une agilité d'athlète.

Pettee tira. La femme s'arrêta. C'était un tir d'avertissement, mais il avait fait de l'effet et permis à Pettee d'atteindre le mur du jardin. Il pointait son arme sur la tête de la femme.

– Bien, dit-il, et si vous redescendiez bien gentiment?

Dans l'appartement, Bennington avait repéré le générateur. Il sut immédiatement ce que c'était. Il arracha les fils de la prise. Dehors, dans le jardin, il entendait Pettee commencer à réciter la formule rituelle : « Vous avez le droit de garder le silence... »

Art sortit les rejoindre. Elle était appuyée contre le mur qui l'avait presque conduite à la liberté. Pettee était entre eux et Art ne la vit que lorsqu'il fut tout près. Bien sûr, c'était elle. Il le savait depuis qu'il l'avait entendue dire oui derrière la porte. Comme il lui avait dit oui derrière sa porte cette merveilleuse nuit il n'y a pas si longtemps. Il s'était demandé comment il se sentirait quand cela arriverait : furieux? trahi? atterré? Envahi par la peur qu'elle parle et le détruise? En la regardant, il n'éprouva rien de tout ça. Elle avait les cheveux en bataille d'avoir couru, et le désespoir de son arrestation se lisait sur son visage. Non. Il éprouva de la tristesse, une terrible et atroce tristesse.

Elle le regarda un instant. Ses yeux le reconnurent et un faible sourire confirma leur message muet. Elle se tourna à nouveau vers Pettee.

– Je choisis de ne parler qu'en présence de mon avocat.

Ils sont sacrément bien entraînés, se dit Art.

Dehors, Valentin Toboulko roulait dans Church Street avec sa fourgonnette. Il remarqua un étrange attroupement de voisins devant l'appartement, ainsi que la porte fracturée. Il poursuivit son chemin vers la 18e Rue et roula droit sur l'aéroport International Dulles.

Trois des hommes présents, Trowbridge, le secrétaire d'État et le secrétaire à la Défense, étaient prêts à invoquer le vingt-cinquième amendement, estimait le Juge. Deux, le ministre de la Justice et le chef d'état-major, y étaient violemment opposés. Le vice-président était hésitant. Et pourquoi pas? La responsabilité qu'on lui imposait était redoutable pour un homme si jeune et de si peu d'expérience. Le Juge avait été agréablement surpris par la maturité avec laquelle il affrontait la crise. Son téléphone sonna.

– Bennington, où êtes-vous, saperlotte?

Pendant trente secondes, le Juge écouta Bennington lui raconter ce qu'il avait fait au cours de la dernière demi-heure. Il passa par l'incrédulité, l'étonnement puis l'horreur.

– Un instant!

Il avait hurlé à l'adresse du général Trowbridge qui se préparait à demander le vote d'une motion afin d'en appeler au vingt-cinquième amendement qui permettait de déposer provisoirement le président.

– C'est inutile!

– Que voulez-vous dire?

Trowbridge était furieux à l'idée que l'intervention du Juge détruise le délicat équilibre en faveur de la démission du président.

– Le président a été manipulé. Il a été soumis à une forme extrêmement sophistiquée du contrôle du cerveau.

Le Juge brandissait son téléphone comme un procureur la preuve accablante qu'il colle sous le nez des jurés.

– J'ai au bout du fil le chef de ma division des Sciences du comportement. Lui et un agent du FBI viennent de capturer une des personnes incriminées ainsi que le matériel utilisé.

– Mais qu'est-ce que vous racontez?

Le visage du secrétaire d'État était figé d'incrédulité. Il ressemblait à un logo immobile sur un écran de télévision.

– Ils ont utilisé une forme d'émanation électromagnétique pour interférer avec ses émotions et déclencher artificiellement sa colère.

– Je ne crois pas qu'une telle chose soit possible.

Le Juge n'eut pas le temps de répondre au secrétaire d'État.

– Ce que je veux savoir, s'écria Brennan, c'est leur identité, bordel!

– Nous n'avons pas encore de preuves, mais c'est forcément le KGB. Personne d'autre ne pourrait monter un coup aussi perfectionné.

– Les ordures! éructa Brennan rouge de colère. Je n'ai jamais cru une seconde à leur putain de glasnost.

– Bill, il se déroule une lutte pour le pouvoir en ce moment au Kremlin, rétorqua le secrétaire d'État. Le KGB a peut-être fait cavalier seul.

– Une minute!

Le vice-président frappa sur la table pour ajouter à son ton dominateur. C'était la première fois qu'ils l'entendaient s'exprimer avec autorité. Il pointa l'index en direction du Juge.

– Êtes-vous absolument convaincu, sans la moindre équivoque, de la véracité des dires de votre homme?

– Tout à fait.

– Alors prenons les problèmes dans l'ordre. Nous trouverons plus tard qui a fait ça. Pour l'instant, nous devons empêcher ce missile nucléaire de prendre l'air. Monsieur le secrétaire, dit-il en regardant le secrétaire à la Défense, j'annule officiellement l'ordre du président. Donnez ordre au NMCC de remiser ce missile immédiatement.

L'espace d'une seconde, tandis que le secrétaire décrochait le combiné, le vice-président sembla trembler légèrement devant l'énormité de ce qu'il venait d'accomplir.

– J'espère que vous savez ce que vous faites, l'avertit le ministre de la Justice.

Le vice-président ne lui prêta même pas attention. Il était déjà debout, calme et sûr de lui.

– Général, dit-il à Trowbridge, le Juge, vous et moi allons monter au bureau ovale et expliquer au président ce que nous avons fait et pourquoi. Les autres, ajouta-t-il en balayant la pièce du regard, ne souffleront mot de ce qui s'est passé ici aujourd'hui. Parler serait détruire cet homme. Quant à moi, je vous promets que si la presse a vent de cette histoire toutes les couilles ici présentes passeront à la moulinette.

Les mains dans le dos, épuisé par les récents événements, le président regardait tristement par la fenêtre. Au paroxysme de la rage qu'il avait ressentie après la lecture du message rouge, il avait espéré éprouver une sorte de catharsis émotionnelle après avoir donné l'ordre de lâcher le missile sur Qom. Mais il se sentait vidé, assailli par le doute.

Il se retourna en entendant la porte s'ouvrir sur le vice-président et sa délégation.

– Dick! Je ne savais pas que vous étiez embringué là-dedans.

– Depuis peu, monsieur. Nous recevons à l'instant une information que vous devez connaître sans tarder.

– Allez-y.

– Monsieur le président, je crois que vous feriez bien de vous asseoir.

Une fois de plus, une colère soudaine s'empara du président tandis qu'il s'installait derrière son bureau. Qu'est-ce qu'ils trament encore, les salauds? Ils veulent défaire ce que j'ai fait?

– Parlez, Juge, ordonna le vice-président.

Le président écouta, passant de l'incrédulité à l'effarement.

– Monsieur le président, dit le vice-président quand le Juge eut achevé, j'ai pris la liberté de faire remiser le missile.

Un court instant, les trois hommes crurent que le président allait contester cette usurpation d'autorité. En réalité, il repassait rigoureusement tout ce qu'il avait éprouvé au cours de ces soixante-douze heures, les rages soudaines et souvent inexplicables qui l'avaient saisi. Il s'effondra.

– Dieu merci, dit-il doucement. Maintenant, trouvez les coupables. Et pourquoi ils ont fait ça.

Valentin Toboulko appela le résident de l'ambassade de Washington depuis une cabine de l'aéroport. Il s'identifia avec le mot de code qu'on lui avait donné à Moscou et lui dit :

– Informez mon supérieur que nous sommes en situation six.

C'était le code prévu avec Feodorov si la mission échouait et qu'on avait arrêté un des participants. Puis il embarqua pour Londres et rentra dans son pays.

Comme souvent chez les hommes de sa trempe, le sommeil venait vite chez Ivan Serguéïevitch Feodorov. En fait, il dormait si bien que l'appel impérieux du téléphone ne troubla pas son repos.

C'est la pression des doigts de Xenia Petrovna sur son épaule et sa voix douce et grave qui l'éveillèrent.

Il se redressa et cligna des yeux dans la pièce plongée dans l'obscurité. Aucune lumière n'entrait dans sa chambre, que ce soit dans son appartement de Moscou ou son pavillon de chasse. On dort à toute heure, dans la police; et le noir total aide à oublier l'heure et à faire taire les rythmes circadiens du corps.

Ses yeux remarquèrent enfin la lumière rouge qui clignotait sur sa table de chevet. C'était le colonel de service du KGB à l'extérieur de Moscou.

– Monsieur, annonça-t-il dès que Feodorov eut décroché, j'ai pour vous un traitement spécial qui arrive à l'instant du résident de Washington.

Feodorov était maintenant parfaitement réveillé et inquiet.

– Lisez, ordonna-t-il.

– « Résident à président CRTOL rapporte situation six. » Fin du message, dit le colonel.

– Merci.

– Y a-t-il une réponse, monsieur?

– Non, colonel, pas de réponse.

Feodorov raccrocha et reposa sa tête sur les oreillers. Il le fit avec une lenteur délibérée comme s'il était enfiévré. Situation six. C'est Toboulko qui avait envoyé le câble. La femme capitaine avait donc été capturée par le FBI. Peut-être parlerait-elle. Peut-être passerait-elle à l'Ouest. Peut-être pas. Quelle importance? Sa couverture s'écroulerait dès que le FBI et la CIA s'y intéresseraient. Elle pourrait aussi bien s'être tatoué « KGB » sous le bras. Et ils auraient vite fait de comprendre ce qui s'était passé. Feodorov ne sous-estimait jamais ses ennemis.

Cela ébranlerait la foi des Américains en la détente. Ils informeraient immédiatement le secrétaire général avec ce sens de l'outrage et la naïveté qui les caractérisaient. Mais ce ne serait rien à côté de la colère du secrétaire général. Pour lui, il n'y aurait qu'un moyen de réparer l'énormité de ce qu'il avait fait, un seul geste qui pourrait sauver la pierre angulaire sur laquelle reposait sa politique étrangère. Il devrait offrir aux dieux du Potomac un sacrifice digne.

A son côté, Xenia Petrovna s'était rendormie. Il tendit la main et effleura l'intérieur de ses cuisses avec infiniment de tristesse et de désir.

– *Moïa sladaïa* – ma douce, réveille-toi.

Xenia Petrovna s'étira.

– Quelle heure est-il? murmura-t-elle.

– Quatre heures.

– Pourquoi me réveilles-tu, Ivan chéri?

– J'ai des nouvelles de Washington.

Il la sentit se raidir.

– Nous avons échoué. Ils ont capturé une des nôtres.

Xenia Petrovna ne connaissait pas les détails de l'opération. Elle ignorait que son amant avait orchestré l'attentat de Wiesbaden. Toutefois, avec ce qu'elle savait du besoin urgent de Feodorov de manipuler les réactions agressives du président des États-Unis, elle avait vite flairé le rôle des Organes dans l'attentat.

– C'est mauvais?

– Très mauvais, je le crains. Tu devrais t'habiller et filer le plus vite possible.

– Ils viennent te chercher?

– Tôt ou tard. Et te trouver là n'arrangera pas tes affaires. Encore que le garde leur dira tout ce qu'ils veulent savoir.

– Que vas-tu devenir, Vaniousna?

– C'est toi qui m'inquiètes, Xenia, dis tout ce que tu sais, tout ce que tu as fait. Ne cache rien. Tout ce que tu as fait, c'est sur mon ordre, pour les Organes, pour la science socialiste.

– Mon Ivan, protesta-t-elle.

Mais il pressa un doigt sur ses lèvres.

– Les Américains ne vont pas tarder à comprendre ce qui s'est passé. Mais ils ne comprendront pas pourquoi. Cela prouvera à quel point tu es importante. Tu es un bien précieux pour la science soviétique, Xenia, et cela t'aidera à surmonter les difficultés à venir.

– Et toi, *moï sladki*? murmura-t-elle.

– Nous ne sommes plus sous Staline. Ce ne sera pas facile. Je ne crois pas que nous nous retrouverons dans pareil cadre, désormais.

Il avait allumé dans la chambre. Il regardait Xenia Petrovna, mais ses yeux géorgiens avaient perdu tout leur éclat.

– J'en ai vu d'autres. Je tiendrai le coup, dit-il avec un sourire empreint de tristesse. Je survivrai aux choses les moins plaisantes. Ça ira. Allez, il faut que tu te sauves.

Quand elle fut habillée, il l'accompagna à la porte. Ils se regardèrent un long moment, sans parler.

– Ne m'oublie pas, Xenia, dit-il doucement en la prenant dans ses bras.

S'arrachant à leur longue étreinte, il vit une larme rouler sur la joue de Xenia.

– Ne t'inquiète pas, dit-il en lui serrant le bras. Je m'en sortirai.

Il la regarda traverser le chemin jusqu'à sa voiture puis rentra chez lui. Il alla dans le salon jusqu'à la grosse cheminée de pierre ornée de trophées de chasse. Il y avait une chose qu'il pouvait faire : dévoiler les cassettes de ses conversations avec Tchébrikov et Ligatchev dans cette pièce. Mais à quoi bon? Cela le sauverait-il? Certainement pas. Cela ne ferait que détruire le dernier espoir de retour au chemin dont ils s'étaient écartés. Il ouvrit son système d'enregistrement caché. Les bandes s'étaient rembobinées automatiquement après leur conversation. Il appuya sur la touche effacement. Puis il referma le tout et regarda sa paire de Purdeys dans le compartiment à fusils au-dessus de lui.

Xenia Petrovna avait mis sa Citroën en marche et franchissait la grille quand le coup de feu retentit dans le silence de Zavidovo.

– Ils t'ont donné une médaille, Michael?

Mike Pettee leva les yeux de son bureau de F Street et sourit à Art Bennington.

– Comment va ton épaule? demanda-t-il.

– Mal, grimaça Bennington. Je devrais pourtant savoir que j'ai passé l'âge de jouer les cascadeurs. Alors? reprit-il en s'affalant dans un fauteuil.

– Elle est d'accord pour te voir. Et sans son avocat. Compte tenu de son comportement, c'est plus que surprenant.

– Comment ça?

– On n'a rien pu en tirer à part le sempiternel : « Je refuse de répondre eu égard à, etc. » Elle n'a même pas ouvert le bec devant son avocat. Il s'arrache les cheveux, ce qui relève de la performance car il est presque chauve.

– De quoi est-elle accusée, finalement?

– On a des instructions venant de très haut ce matin disant que rien, je dis bien rien, ne doit transparaître au cours du procès concernant la manipulation électromagnétique du président.

– Qu'est-ce qu'il reste, dans ces conditions?

– Entrée illégale dans le pays avec intention d'espionner. Sa couverture s'écroule complètement et elle avait un faux passeport sur elle quand on l'a arrêtée dans le jardin.

– Et ça tient debout?

– Oh oui, à l'aise. Son avocat laisse déjà entendre qu'à cause de son manque de coopération il sera obligé de plaider *nolo contendere*, autrement dit qu'elle ne conteste pas l'accusation mais n'avoue rien. Si on peut la traîner devant le juge adéquat, elle en prendra pour dix ou quinze ans à Atlanta. Sauf, ajouta Pettee avec le sourire d'un joueur de poker qui étale une quinte devant un full, que tu sais bien ce qui va se passer en réalité.

Bennington trouvait que les salles d'interrogatoire des prisons ressemblaient à des blocs opératoires. Même froideur stérile, même impression que la vie est suspendue, entre liberté et incarcération, entre santé et maladie. Celle de la prison fédérale de quartier était particulièrement sinistre. Sans fenêtre, elle était meublée de deux chaises et d'une table rescapées de quelque bureau officiel fermé par souci d'économie. La lumière y était si forte qu'on clignait des yeux une fois ou deux avant de s'habituer.

Une énorme gardienne noire fit entrer Nina. Elle lui ôta ses menottes et regarda Art d'un air revêche, comme si elle était persuadée que passer ne fût-ce que quelques minutes avec un espion risquait de vous contaminer mortellement. Nina s'assit et, comme le font tous les prisonniers, commença par se masser les poignets à l'emplacement des menottes. Comme elle n'avait pas encore été jugée, elle portait encore ses propres vêtements; ses cheveux roux étaient bien coiffés et elle était maquillée de frais. Elle secoua la tête et offrit à Art un sourire provocant.

– Vous refumez. Ce n'est pas bien. Je croyais que nous avions réglé cette question.

– C'est grâce à vous que j'ai arrêté, Nina, et c'est à cause de vous que je refume.

– Désolée, dit-elle avec un regard presque coquin. Dans notre profession, il y a des choses inévitables.

– Comment êtes-vous traitée?

– Vu les circonstances, je n'ai pas à me plaindre. Encore qu'une vie entière à ce régime-là ne me plairait guère.

Peut-être me tend-elle la perche, se dit Bennington.

– Je suppose que vous savez pourquoi je suis là.

– Je crois en avoir une assez bonne idée.

Art sourit et tendit vers elle ses mains ouvertes comme s'il voulait qu'elle y pose les siennes.

– Laissez-moi vous exposer clairement la situation. Je crois pouvoir le faire avec plus d'honnêteté que votre avocat. Vous savez qu'on vous a refusé une libération sous caution.

– Oui. Je m'y attendais.

– Et il est peu probable que vous l'obteniez dans l'avenir.

Nina acquiesça d'un délicat signe de tête.

– Vous êtes accusée d'entrée illégale dans le pays avec l'intention d'espionner. Votre légende s'écroule comme un tas de bois bouffé aux termites.

Elle soupira, l'air contrit.

– Elles ne résistent jamais à un examen minutieux. Vous le savez aussi bien que moi.

– Si vous avez de la chance, vous vous en tirerez avec dix ans de prison fédérale, Nina. Je ne sais ce qu'on vous a appris là-dessus avant de vous expédier ici, mais ces pénitenciers sont véritablement atroces.

Art s'aperçut que cette fois elle avait bien du mal à sourire.

– Le Centre nous prépare à merveille, Art. Même à ça.

– Ce n'est pas une solution inévitable. Nous pouvons faire autrement.

Art avait lancé cette sonde deux fois auparavant au cours de sa carrière, en Allemagne, dans les années soixante. Il s'agissait de deux chercheurs du bloc de l'Est auxquels la CIA s'intéressait. Tous les deux avaient franchi le pas.

– Rejoignez-nous, Nina. Nous prenons grand soin de ceux qui se rangent de notre côté. Vous serez bien payée. Vous pourrez avoir un job intéressant. Si vous le désirez, vous pourrez tout plaquer et faire votre vie comme vous l'entendez. Si ça vous dit, vous pourrez même remettre votre plaque à Tyson's Corner. Et vous serez protégée. A l'abri de la vengeance du KGB. J'y veillerai personnellement.

Nina ne bougeait pas, terriblement fragile sous l'éclairage violent de la pièce, vulnérable comme elle ne le serait jamais plus à ce qu'il lui proposait. Art vit ses épaules s'affaisser et son joli petit menton si fier s'incliner sur sa poitrine. Elle demeura ainsi presque une minute. Puis elle frémit et le regarda comme si elle sortait d'une transe.

– Art, dit-elle d'une voix douce. Je ne suis pas un amateur. Vous non plus. Oui, je sais que j'irai en prison. Mais pas pour dix ans. Pour un an. Peut-être deux. Alors il y aura un arrangement quelconque. Le Centre ne délaisse pas les siens.

– Même deux ans dans un pénitencier fédéral, c'est très long, Nina. Croyez-moi, c'est vrai que nous prendrons soin de vous. Pour nous, les transfuges sont très précieux. Nous voulons que le monde entier le sache.

– Je ne doute pas de vous, Art. Mais je ne doute pas non plus du Centre.

Art prit un exemplaire du *Washington Post* dans sa poche. Il l'étala sur la table. La photo de Feodorov figurait en première page avec un gros titre annonçant sa destitution. Le correspondant du journal racontait que Moscou était envahie par les rumeurs de sérieux remous à l'intérieur du KGB.

– La façon dont vous serez accueillie par le KGB à votre arrivée n'est peut-être pas celle que vous croyez, Nina.

Elle lut l'article avec attention puis poussa le journal vers lui.

– Nous ne sommes plus sous Staline, vous savez. Les choses ont changé.

– A ce point? Même pour quelqu'un qui a été impliqué dans une opération ratée contre le président des États-Unis?

– C'est non, Art. J'ai mon service, vous le vôtre. J'ai mon idéologie, vous la vôtre. J'ai ma patrie, vous la vôtre. Je rentrerai chez moi.

C'est comme en amour, songeait Art. Il y a un moment où tout est possible, mais après il est trop tard, c'est perdu à tout jamais.

– Vous avez le droit de changer d'avis. Quand vous voulez.

Il lui tendit sa carte.

– Merci, Art. Mais je ne changerai pas d'avis.

C'est vrai, pensa-t-il en se rasseyant, je ne crois pas que vous le ferez.

– Nina, j'aimerais que vous me disiez quelque chose.

– Si c'est possible.

– Comment avez-vous découvert que j'appartenais à la CIA ?

– Pendant que vous étiez en régression. Je jouais le rôle de votre femme. Vous refusiez toujours de me dire où vous étiez allé, qui vous aviez vu. Je trouvais cela bizarre pour un homme travaillant dans une compagnie pétrolière. Alors, poursuivit-elle avec son petit sourire malicieux, j'ai regardé dans votre portefeuille et je me suis aperçue que vous m'aviez donné un faux nom. J'ai envoyé le vrai au Centre, et évidemment ils savaient qui vous étiez et ce que vous faisiez.

– Et vous avez trouvé au sujet de cette New-Yorkaise qui cherchait des sous-marins ?

– Oui.

Mon Dieu, se dit Art, comment vivre avec ça ? La matonne frappait à la porte. Il se leva. Nina leva les yeux sur lui.

– Art, murmura-t-elle au moment où la gardienne entrait. Cette nuit-là était à nous. Rien qu'à nous.

Puis elle se leva à son tour, tendit les bras aux menottes et laissa la matonne l'emmener.

Le garde du service de protection vérifia leurs papiers et fit signe à la limousine du Juge d'entrer par la grille ouest de la Maison-Blanche où le secrétaire chargé des rendez-vous présidentiels les attendait.

– On déroule le tapis rouge, à ce que je vois, sourit le Juge, et je ne crois pas que ce soit pour moi.

Bennington se sentait étrangement mal à l'aise devant la notoriété dont il faisait l'objet depuis quarante-huit heures. Depuis qu'il avait compris les raisons de la mort d'Ann Robbins, le héros était mal dans sa peau. Bavardant avec effusion, le secrétaire les conduisit dans l'antichambre du bureau Ovale. Puis il les informa que le président n'allait pas tarder. Bennington et le Juge se tenaient sous un portrait de Lincoln peint aux heures les plus sombres de la guerre de Sécession.

– Juge, dit Art, à votre avis, j'ai droit à un vœu après ces quarante-huit heures ?

– Sans aucun doute.

– Alors je fais le vœu qu'on rende son habilitation à Witter. Ce gosse était parfaitement innocent, vous savez. Ceci a prouvé cela. Remontez-le de la cave.

Le Juge sourit.

– Vous n'abandonnez jamais, n'est-ce pas ? Bon, c'est d'accord, il est à vous.

– Messieurs.

Le secrétaire aux rendez-vous les pria d'entrer dans le bureau Ovale. Dans un grand sourire, le président se leva et s'avança vers eux.

– Juge, dit-il en serrant la main du directeur. Et voici votre remarquable M. Bennington, je présume.

Il leur désigna un canapé et prit place dans un vieux fauteuil à bascule de la Nouvelle-Angleterre qu'il avait rapporté de sa résidence familiale d'été de Booth Bay Harbor, dans le Maine. Il l'aimait bien, sans compter que cela évoquait ainsi le souvenir de John F. Kennedy.

– Juge, dit-il. J'ai reçu par le téléphone rouge une étonnante série de messages émanant du secrétaire général. Il profite de cette histoire pour prendre des mesures sévères à l'encontre du KGB, et mettre au point un système de procédure de responsabilité vis-à-vis de l'exécutif similaire à celui qui nous entrave. Il est par ailleurs absolument désolé et furieux de ce qui s'est passé à Wiesbaden. Il nous a assuré qu'il trouverait tous ceux qui sont impliqués et veillerait à ce qu'ils soient sévèrement châtiés. Pour être honnête, j'ai bien envie de garder cette affaire secrète. Comme cela ne représente pas le courant principal de la pensée soviétique, je ne voudrais pas mettre en péril les relations russo-américaines.

– Je suis bien d'accord, monsieur le président, dit le Juge.

– Eh bien, monsieur Bennington, dit le président en se tournant vers Art. Je dois vous dire que vous avez fait un travail remarquable. Grandiose, vraiment.

– Merci, monsieur le président.

Bennington n'était pas d'humeur à y aller de son petit couplet : « Je n'ai fait que mon devoir. »

Le président plia les orteils pour se bercer lentement. Une brève seconde, il regarda au loin comme s'il observait un coucher de soleil sur l'Atlantique depuis sa véranda à Booth Bay Harbor.

– Cela dit, je n'en suis pas encore revenu. Ça fiche une sacrée trouille, cette histoire. Si la science nous sort des trucs pareils, où allons-nous?

Le grincement du fauteuil à bascule envahit la pièce, laissant un instant la question en suspens.

Puis Bennington répondit:

– Bienvenue au XXI^e siècle, monsieur le président.

# *Épilogue*

Un vent du nord glacial secouait les vitres du poste de contrôle de la police militaire. Des bourrasques de neige comme de l'écume volaient de la fenêtre éclairée vers le centre du pont où trois hommes discutaient. Il y avait le jeune agent de l'antenne berlinoise qui les avait conduits au pont Gleinecke et un agent du KGB portant une chapka. Plus grand qu'eux, Dieter Vogel, avocat est-berlinois, surnommé le marchand d'âmes, était chargé de l'organisation des échanges. Ils se turent et l'officier de la CIA revint à la cabine.

Art Bennington regardait Nina Wolfe. Elle était sur un petit tabouret, la tête contre la vitre de la cabine, les yeux fixés sur le milieu de pont, un air lointain, rêveur peut-être, sur ses jolis traits. Elle était maigre. Un an et deux mois à Atlanta avait laissé des traces. Mais elle restait toujours fascinante.

– Il n'est pas trop tard pour changer d'avis, dit Bennington.

Elle s'éloigna de la vitre comme un chat qui s'étire au soleil.

– Non, soupira-t-elle, sans doute que non. Il faut que vous veniez me voir à Moscou.

– Bien sûr, dit Art en riant.

Le jeune agent ouvrit la porte de la cabine et l'air froid s'engouffra.

– Nous sommes prêts.

Art et Nina se levèrent pour le suivre à l'entrée du pont. Là, Nina prit place entre eux. Vogel était au milieu du pont. A l'autre bout, Art voyait l'agent du KGB et deux hommes, un de chaque côté, un électricien polonais et un diplomate hongrois, tous deux agents de la CIA, que l'Agence échangeait contre le capitaine Doulia Vaninya.

Vogel regarda à l'est puis à l'ouest, et se tourna vers eux pour leur faire signe d'approcher. Nina tendit sa main à Art.

– Au revoir, Art.

– Au revoir, Nina, sourit-il en lui serrant la main. Bonne chance.

Il regarda sa petite silhouette fière avancer vers le milieu du pont où Vogel attendait. Le Polonais et le Hongrois arrivèrent en même temps qu'elle. Vogel fit un signe de tête et les deux hommes commencèrent à détaler vers le bout occidental du pont. Elle ne se retourna pas.

Le jeune agent berlinois regarda Bennington.

– Ça a été un sacré plaisir de travailler avec vous, monsieur Bennington. Je veux dire, vous êtes une véritable légende, chez nous.

Bennington le regarda alors et fit un effort pour lui offrir l'ébauche d'un petit sourire.

– Ah ouais! grommela-t-il. Eh bien, laisse-moi te dire une chose, fiston : dans notre métier, les types intelligents ne croient pas aux légendes.

*Cet ouvrage a été réalisé sur*
*Système Cameron*
*par la SOCIÉTÉ NOUVELLE FIRMIN-DIDOT*
*Mesnil-sur-l'Estrée*
*pour le compte des Éditions Robert Laffont*
*le 23 novembre 1989*

*Imprimé en France*
Dépôt légal : avril 1989
N° d'édition : 32294
N° d'impression : 13456